Birgit Hummler
Sumpfgift

Birgit Hummler

Sumpfgift

Ein Baden-Württemberg-Krimi

Silberburg-Verlag

Birgit Hummler, Jahrgang 1953, ist in Stuttgart aufgewachsen und lebt heute in Breisach am Rhein. Sie hat Sprach- und Literaturwissenschaften (Deutsch und Russisch) sowie Journalistik und Kommunikationswissenschaften studiert. Ihre Laufbahn als Journalistin führte sie bald zu Themen aus der Arbeits- und Wirtschaftswelt, in der es manchmal mörderisch zugeht. Ihr Krimidebüt »Stahlbeton« wurde 2011 mit dem Stuttgarter Krimipreis in der Kategorie »Bester Wirtschaftskrimi« ausgezeichnet.

1. Auflage 2016

© 2016 by Silberburg-Verlag GmbH,
Schönbuchstraße 48, D-72074 Tübingen.
Alle Rechte vorbehalten.
Lektorat: Michael Raffel, Tübingen.
Umschlaggestaltung: Christoph Wöhler, Tübingen.
Coverfoto: Roland Bauer, Braunsbach.
Druck: CPI books, Leck.
Printed in Germany.

ISBN 978-3-8425-1457-7

Besuchen Sie uns im Internet
und entdecken Sie die Vielfalt unseres Verlagsprogramms:
www.silberburg.de

Ihre Meinung ist wichtig …

… für unsere Verlagsarbeit. Wir freuen
uns auf Kritik und Anregungen unter:

www.silberburg.de/Meinung

Das Sumpfgift, auch Wasserschierling genannt, ist eine Doldenpflanze, die am Rande von Gewässern oder in Sümpfen gedeiht. Alle Pflanzenteile sind sehr giftig, besonders aber die süß schmeckende Wurzel. Bei Verzehr kommt es zu Übelkeit und Brechreiz sowie zu schweren Krampfanfällen, die zum Tode führen können.

Montag, 22. Juli 2013

I

E. A.

Er trat hinaus in die Morgenluft. Sie war noch frisch und klar, aber es würde wieder ein heißer Tag werden. Ein erster lichter Streifen zeigte sich zur Stadt hin am Himmel. Ein erster Vogel zwitscherte zögerlich, als wäre er sich nicht sicher, ob er nicht doch etwas zu voreilig war.

Es war schon einige Zeit her, dass er so früh los musste. Bei irgendeiner Fernreise, als er zum Flughafen nach München fuhr. Ihm machte es nichts aus, beizeiten aufzustehen. Vor allem heute nicht. Er wollte die Unterlagen haben, und wenn eben jetzt die letzte Gelegenheit war, dass der Typ ihm die Ergebnisse übergeben konnte, dann war es eben so.

Er war leise aufgestanden, um Felicitas nicht zu wecken. Er würde mit ihr frühstücken, wenn er wieder zurück wäre. Er holte den Wagen aus der Garage und fuhr hinauf zum Kräherwald. Ein Blick auf das Navigationsgerät zeigte ihm, dass er rechtzeitig dran war und sich nicht hetzen musste. In etwa fünfundzwanzig Minuten würde er an dem angegebenen Parkplatz sein, immer noch zehn Minuten zu früh.

Der Ort, den der Mann gewählt hatte, war etwas seltsam. Wenn man von Karlsruhe kam und nach Frankfurt weiter wollte, dann gab es bessere Treffpunkte. Zumal die Straße kurz vor Leonberg wegen Bauarbeiten voll gesperrt war und man wieder umständlich zurückfahren musste. Aber der Typ war ohnehin ein bisschen verpeilt – ein Wissenschaftler eben. Der hatte es noch nicht einmal hinbekommen, selbst Kontakt zu ihm aufzunehmen, was ihm doch *sauer aufgestoßen war.* So behandelte man einen Mann in seiner Position nicht. Die Schwester des Mannes hatte bei ihm angerufen und ihm quasi verordnet, wohin er kommen sollte. Aber was tat man nicht alles, wenn es wichtig war. Und diese Ergebnisse waren ihm wichtig.

Mit ihnen hatte er etwas in der Hand, womit er in die Offensive gehen konnte. Und er wollte raus aus dieser Sackgasse, in der er steckte. Er fragte sich in letzter Zeit ohnehin des Öfteren, wie er da hineingeraten war. Sicher nicht von jetzt auf nachher. Es war ein schleichender Prozess gewesen.

Wann hatte das angefangen? Mit dieser Tasse aus Meißner Porzellan? Felicitas war vor Verzückung dahingeschmolzen. Sie hatte sich benommen wie ein Kind an Weihnachten. Niemand hatte ihren Wert auch nur erwähnt. Auch er nicht. Weil er geahnt hatte, dass damit seine Unschuld verloren war?

Aber eigentlich hatte es damit begonnen, dass er Felicitas geheiratet hatte. Dieses süße, verwöhnte Mädchen aus halbaristokratischem Hause, das nicht erwachsen werden wollte. Er war ihren rotblonden Haaren, dem feinen Alabaster-Teint und den graugrünen Katzenaugen umgehend verfallen, als er sie kennengelernt hatte. Und als sie tatsächlich seine Frau wurde, da wollte er ihr etwas bieten. Der arme Schlucker aus einfachem Hause musste zeigen, was er in sich hatte. Und es musste mehr sein als ein glänzend hingelegtes Studium und eine begehrte Partnerschaft in einer Anwaltskanzlei.

Die Politik, das war sein Feld. Dort hatte er das Gefühl, sich wirklich profilieren zu können. In der Politik konnte er seine Fähigkeit, auf Menschen zuzugehen und Netzwerke zu knüpfen, zur Geltung bringen. Dort wurde sein Ehrgeiz, Ideen zu entwickeln und umzusetzen, befriedigt. Und Felicitas fand es schick, mit einem Politiker verheiratet zu sein, auch wenn sie sich nie wirklich für das interessierte, was er tat. Was ihm wiederum egal war, weil er nicht ihretwegen in die Partei eingetreten war.

Es waren anfangs auch nicht machtpolitische Erwägungen gewesen, die ihn in die Politik gedrängt hatten. Er hatte Visionen, durchaus. Gerade im Südwesten gab es damals doch eine Reihe von Köpfen in der Partei, die neue Wege gehen wollten. In der Außenpolitik, in der Wirtschaft und in Rechtsfragen. Eine moderne Gesellschaft mit Selbstverantwortung und Entfaltungsmöglichkeiten für alle Bürger – das war das große Ziel.

Er war ein Shootingstar, ein Senkrechtstarter mit Charisma, dem man schnell viel zutraute. Eine Zeitlang tummelte er sich in der Lokalpolitik – und auf einmal war er EU-Abgeordneter. Damit kamen die Connections und Verbandelungen, und er kannte diesen Ministerialdirigenten und jenen Bundestagsabgeordneten, traf sich mit Aufsichtsratsvorsitzenden, CEOs und IHK-Präsidenten und verkehrte in den Kreisen, in denen sich Felicitas so wohl fühlte. Man wurde eingeladen zu Workshops und zu Reisen in ferne Länder. Der ersten Tasse aus Meißner Porzellan folgte eine zweite. Plötzlich war er ein gefragter Referent und Berater, und die Honorare wurden immer höher.

Doch manchmal geschehen Dinge, die man so nicht eingeplant hat. Die plötzlich einen anderen Blick auf manche Fragen notwendig machen. Durch die die Perspektive gänzlich verändert wird. Argumente, die man früher abgetan hatte, bekommen einen neuen Sinn. Und plötzlich merkt man, dass man gefangen ist in einem Netzwerk, in Seilschaften, aus denen man sich nur schwer befreien kann. Doch genau dazu war er jetzt entschlossen.

Er fuhr über den Botnanger Sattel zum Schattenring und weiter vorbei am Rotwildpark. An dem Kreisverkehr, bei dem man nach Büsnau abbiegen oder aber – wie man ihn angewiesen hatte – Richtung Leonberg weiterfahren konnte, stand er plötzlich vor einer Absperrung. Er fand es doch etwas befremdlich, dass der Straßenbelag hier schon abgetragen worden war. Man konnte die Schranke zwar umfahren, fuhr dann jedoch auf holprigem Grund. Wahrscheinlich hatte der Typ das einfach nicht gewusst.

Linkerhand kam dann das »Bruderhaus«, das ihm die Frau am Telefon als Wegmarke genannt hatte. Kurz danach sah er das Hinweisschild zum Wanderparkplatz. Er folgte ihm und hatte das Gefühl, mitten in den Wald zu fahren. Erst als er eine kleine Brücke über einen schmalen Fluss passiert hatte, sah er den großen Parkplatz.

Kaum hatte er den Wagen zum Stehen gebracht, als neben dem Auto, wie aus dem Boden geschossen, eine Gestalt stand. War das der Mann, mit dem er telefoniert hatte? Der sah beileibe nicht aus wie ein Akademiker. Der Kerl stand so nahe an der Autotür auf der Fahrerseite, dass man sie praktisch nicht öffnen konnte, und er bedeutete ihm, die Scheibe herunterzulassen. Als die sich gesenkt hatte, reichte der Mann ihm eine braune Mappe.

»I come from Mister Mayer-Mendel. And he told me to give you this.« Der Mann sprach Englisch mit einem heftigen Akzent, wahrscheinlich spanisch, italienisch oder griechisch, wofür auch sein Äußeres sprach.

Er öffnete die Kladde und sah sich den Inhalt an. Genau das war es, was er wollte. Das waren die Ergebnisse der Studie, mit denen er Fabian Montabon und seine Hintermänner von nun an in Schach halten konnte.

2

»... wurde heute Morgen beim Rotwildpark tot aufgefunden. Zur Todesursache konnte die Polizei noch keine Angaben machen.«

Gerd Stoevesandt legte die Zeitung beiseite. Er sah die HiFi-Anlage an, als wollte er den Ton zurückspulen. Dann holte er den Tablet-PC, öffnete den Internetbrowser und suchte nach den aktuellen News. Es gab noch keine Meldung zu dem Fall.

Den Kaffee trank er noch leer, das Brötchen blieb angebissen liegen. Er holte die Aktentasche aus dem Zimmer, das ihm als Heimbüro diente, überprüfte den Inhalt, zog die Schuhe an und nahm, obwohl es schon jetzt recht warm war, das obligatorische Jackett über den Arm. Dann verließ er die Wohnung und fuhr mit dem Wagen zum Landeskriminalamt. Er war spät dran. Der schlimmste Berufsverkehr war abgeebbt. Heute kam er mit dem Auto wahrscheinlich zügiger zur Arbeit als mit dem öffentlichen Nahverkehr, der zurzeit chronisch an Ausfällen litt.

In seinem Büro öffnete er am Computer den Informationsdienst der Landespolizei. Bei den WE-Meldungen, den »Wichtigen Ereignissen«, wurde er sofort fündig. Er hatte sich nicht verhört. Ansonsten erfuhr er nicht viel Neues. Nur, dass der Fall von der Polizeidirektion Böblingen übernommen worden war. Stoevesandt fragte sich, woher der Radio-Sender die Nachricht schon hatte.

Einen Moment überlegte er, ob er seine Nase da überhaupt reinstecken sollte. Dann rief er doch den Kollegen in Böblingen an, der in der WE-Meldung als ermittelnder Kommissar genannt war. Als er ihn erreichte, fiel ihm wieder einmal auf, wie selbstverständlich die Leute hier ihren Dialekt benutzten. Er hatte sich in all den Jahren eingehört in diese brabbelnde Sprache – und sich doch nie ganz daran gewöhnt, dass selbst hochrangige Polizeibeamte, Vorsitzende von Landesverbänden oder Führungskräfte in weltweit operierenden Unternehmen im Beruf, ja selbst bei halboffiziellen Gelegenheiten sich ungeniert der breiten Mundart bedienten.

»Der hat sich erschossa«, informierte der Hauptkommissar der Böblinger Kripo.

»Sie gehen von einem Selbstmord aus?«

»I dät mi wundern, wenn's net so wär.«

»Wie war die Auffindesituation?«, wollte Stoevesandt wissen.

»Isch in seim Auto g'sessa, hat eine Knarre in der Hand g'habt und ein Loch im Kopf. Was soll des sonscht sei?«

Einen Moment überlegte Stoevesandt, ob er dem Mann sagen sollte, was er wusste. Doch er zögerte. Das war nicht der Typ, mit dem er konnte. Zu schnell mit seinen Urteilen. Zu undifferenziert in seinen Beobachtungen. Er bedankte sich und legte auf.

Stoevesandt wandte sich Routineaufgaben zu. Berichte lesen, E-Mails beantworten, Dienstpläne überarbeiten ... Doch die Worte des Böblinger Kollegen waberten ständig durch sein Gehirn.

Er griff wieder zum Telefon. Bialas meldete sich sofort.

»Andreas, ihr müsst den Fall Angelhoff übernehmen«, sagte er zu dem Kollegen, ohne ihm einen guten Morgen zu wünschen. »Gibt es irgendeine Möglichkeit, dass man euch die Sache überträgt?«

Andreas Bialas räusperte sich. »Wir sind hier gerade gar nicht scharf auf publikumswirksame Fälle. Hier stehen alle noch unter Schock. Du weißt schon ... der Präsident ...«

»Steht nicht schon fest, wer der Neue wird?«

»Doch, aber hier haben alle noch nicht wieder richtig Tritt gefasst.« Bialas hatte ohnehin fast eine Stimme wie Rod Steward. Jetzt klang sie zudem leicht belegt.

Es war eine tragische Geschichte. Das Stuttgarter Polizeipräsidium hatte wohl noch nie eine ähnliche Persönlichkeit zum Präsidenten gehabt. Einer, der höchst beliebt war. Und nicht nur bei den Kollegen. Auch bei Partnern und selbst bei Widersachern der Polizei. Er hatte in nur zwei Jahren eine ganze Reihe von Reformen auf den Weg gebracht, die frischen Wind in das alte Gemäuer des Präsidiums wirbelten. Und dann dieser tödliche Motorradunfall ...

»Trotzdem.« Stoevesandt war sich sicher: Den Fall würde besser das Dezernat für Todesermittlungen am Stuttgarter Polizeipräsidium übernehmen.«Ich habe mit dem verantwortlichen Kollegen in Böblingen gesprochen. Der Mann ist voreingenommen. Der weiß schon vor der Obduktion und der Spurenauswertung, dass es ein Selbstmord war.«

»Und du glaubst das nicht?«

»Ich habe vor etwa vierzehn Tagen mit Ewald Angelhoff gesprochen. Er hat mich angerufen. Hat mir etwas von hochbrisantem Material erzählt, das er über eine Firma hier in Baden-Württemberg hätte.«

Andreas Bialas schwieg. Wahrscheinlich putzte er sich wieder mal ausgiebig die Nase, eine Art Marotte, die er sich als Pausenfüller angewöhnt hatte, wenn seine grauen Zellen ungestört arbeiten wollten.

»Und du denkst, dieses Material könnte was mit seinem Tod zu tun haben?«

»Man muss das überprüfen.«

Wieder schwieg Bialas. »Ich weiß, wer den Fall in Böblingen hat«, sagte er dann. »Wenn du Recht hast, dann ist der wirklich nicht unbedingt in den richtigen Händen ...«

Stoevesandt wartete. Doch so schnell ließ sich Bialas nicht dazu hinreißen, ihm Zusagen zu machen. »Was ist denn das für einer, dieser Angelhoff? Ein EU-Abgeordneter, okay. Ich habe aber noch nie etwas von dem gehört.«

»Ewald Angelhoff ist – oder besser: war Vorsitzender eines Ausschusses im Europäischen Parlament. Umwelt, Gesundheit, Lebensmittelsicherheit – für solche Themen ist der zuständig.«

Bialas klang noch immer nicht begeistert. Doch immerhin versprach er: »Okay, Gerd, ich hab zumindest mal ein Auge drauf, was die Böblinger so treiben. Bei so einem Politiker entscheidet wahrscheinlich ohnehin das Innenministerium, wer die Sache bearbeitet.«

3

Stoevesandt konnte sich nicht sofort auf seine Berichte und Dienstpläne konzentrieren, nachdem er aufgelegt hatte. Das Telefonat mit Ewald Angelhoff ging ihm durch den Kopf. Er hatte noch dessen ärgerliche Stimme im Ohr. Eigentlich ging ihn der Fall nichts an. Das war das Terrain der Todesermittler. Aber so einfach wie der Böblinger Kollege konnte man es sich nicht machen. Das ging gegen den Strich seiner Dienstauffassung. Er hatte sich hier nicht einzumischen, aber wenn er etwas dafür tun konnte, dass das Dezernat für Tötungsdelikte am Stuttgarter Polizeipräsidium den Fall übernahm, würde er sich dafür einsetzen. Dort waren die richtigen Leute.

Stoevesandt hatte schon einige Male mit den Kollegen vom Stuttgarter Polizeipräsidium zu tun gehabt. Manchmal kam es vor, dass Fälle sich überschnitten. Zweimal hatten sie intensiv zusammengearbeitet. Bei Todesfällen im Zusammenhang mit wirtschaftskriminellen Machenschaften.

Andreas Bialas – das war ein Kollege, den er nicht in seiner Abteilung hätte haben wollen. Zu eigensinnig, zu aufmüpfig. Er hatte es selbst erlebt bei der ersten Zusammenarbeit mit ihm, als Stoevesandt die Leitung einer Sonderkommission übernommen hatte. Der Mord an einem Bauarbeiter hatte auf illegale Beschäftigung in großem Ausmaß hingewiesen. Bialas hatte in der SoKo das Tötungsdelikt bearbeitet. Der Hauptkommissar war nicht leicht zu führen gewesen. Doch Stoevesandt entdeckte in ihm auch den brillanten Kriminalisten. Er hatte Spürsinn und Biss. Und sie hatten im Laufe der gemeinsamen Ermittlungen festgestellt, dass sie sich beide den gleichen ethischen Grundsätzen in der Polizeiarbeit verpflichtet fühlten, was trotz der hohen moralischen Ansprüche an Polizisten keineswegs immer selbstverständlich war.

Bialas hatte außerdem ein gutes Team. Auch das war keine Selbstverständlichkeit in einem System, in dem die Leiter ihre Mitarbeiter quasi durch ein ominöses Beurteilungssystem zugeteilt bekamen. Bialas und seine Stellvertreterin, eine freundliche, erfahrene Frau, waren aufeinander eingespielt. Beide führten die Truppe kollegial, aber bestimmt. Beide waren geachtet und akzeptiert. Man spürte auch als Außenstehender die gute Arbeitsatmosphäre in diesem Dezernat. Die Leute fühlten sich geachtet. Und sie hatten die uneingeschränkte Rückendeckung ihrer Führung – was Stoevesandt seinerseits oft bitter vermisste.

Er machte sich wieder an sein Alltagsgeschäft. Er war routiniert und fachlich versiert genug, um den Stand der laufenden Ermittlungen zu erfassen und zugleich den einen oder anderen Gedanken an Ewald Angelhoff zu verschwenden. In der Tat – wer wusste schon etwas über diesen Abgeordneten? Was wusste man schon über das EU-Parlament und den ganzen Bürokraten-Apparat in Brüssel? Man las Zeitung und informierte sich über Fernsehen und Internet. Der Eindruck, der sich daraus ergab, war, dass die Europäische Union immer mehr in das Leben der Menschen hineinregierte. Aber was Leute wie Angelhoff dort trieben, wusste man nicht. Und wie dort Vorschläge eingebracht und Entscheidungen getroffen wurden, war auch Stoevesandt nicht klar.

Schließlich gewannen die aktuellen Fälle der »Wirtschaftskriminalität, Umwelt und Kunst« seine volle Aufmerksamkeit. Mehr als ein Dutzend Jahre war er Leiter dieser Abteilung, und er konnte sich nicht erinnern, jemals so viele Ermittlungen gleichzeitig am Laufen gehabt zu haben, die in der Öffentlichkeit und in den Medien für Furore sorgten. Seit vier Jahren beschäftigten die Landesbanken die Wirtschaftskriminalisten und Staatsanwaltschaften. Die Führungskräfte, die die Banken mit exorbitanten Risiken in die Finanzkrise hatten rauschen lassen, wurden nach und nach angeklagt. Auch die Stuttgarter Staatsanwaltschaft hatte sich zu einer Anklage gegen die Führung der Landesbank entschlossen.

Der Porsche-Fall und die Spekulationen mit den VW-Aktien waren in der heißen Phase. Auch hier hatte man es mit hochkarätigen Managern und ebensolchen Anwälten zu tun. Einer der Manager war bereits verurteilt. Bei einem weiteren Prozess würde es um die Marktmanipulationen gehen, durch die der Kurs von VW-Aktien plötzlich in die Höhe geschossen war und viele Spekulanten eine Menge Geld verloren hatten. Manche sogar ihre Existenz.

Der dritte Fall hatte es erst recht in sich. Denn hier ging es im Grunde um einen politischen Skandal mit wirtschaftlichem Hintergrund. Der Rückkauf der EnBW-Aktien durch den damaligen Ministerpräsidenten Stefan Mappus unter Umgehung aller demokratischen Gepflogenheiten schlug nach wie vor hohe Wellen. Momentan warteten alle auf das Gutachten eines unabhängigen Experten. Doch man munkelte bereits, dass das Land weit mehr als 500 Millionen Euro zu viel für den Rückkauf der Anteile an dem Energieunternehmen gezahlt hätte.

Stoevesandt konnte sich gottlob auf eine erfahrene Truppe von Wirtschaftskriminalisten stützen, allen voran Rudolf Kuhnert, mit dem ihn eine langjährige Zusammenarbeit verband, die weit in gemeinsame Zeiten beim Bundeskriminalamt zurückreichten. Rudolf, der den Porsche-Fall federführend bearbeitete, wirkte auf den ersten Blick unscheinbar, ja unbedarft. Aber er hatte die Gabe, hinter die Zahlen zu sehen bis in die dritte Dimension und erkannte Zusammenhänge in Transaktionen und Finanzverwirrungen, bevor andere diese überschaut hatten.

Auch die Stellvertreterin des Abteilungsleiters, Charlotte Zahn, war eine erfahrene Kriminalistin, die ihr Team im Griff hatte. Für Stoevesandts Geschmack war sie zu obrigkeitshörig, und einen Draht bekam er nicht zu der Kollegin, die ihm Inspektionsleiter Kriminalrat Winfried Bechtel vor ein paar Jahren ohne Rücksprache zur Seite gestellt hatte. Die Frau trug eine unvorteilhafte Kurzhaarfrisur und farblose Kleidung, war um die fünfzig, unverheiratet und das, was man früher einen Blaustrumpf genannt hätte. Genauso phantasie- und leidenschaftslos, doch zuverlässig und gewissenhaft, machte sie ihren Job.

Stoevesandt war froh, dass bei der Menge an Arbeit, die sie momentan hatten, nicht auch noch der Fall Schlecker zu einem Dauerbrenner geworden war. Auch wenn er Nicole Marinescu im Grunde seines Herzens gut verstand, die die Schlecker-Ermittlungen geleitet und vor Empörung über die Einstellung des Verfahrens im ganzen Gesicht und am Hals rote Flecken bekommen hatte. Nicole Marinescu war in vieler Hinsicht das Gegenteil von Charlotte Zahn. Sie war hübsch und kleidete sich geschmackvoll. Für die Tätigkeit in einem so anspruchsvollen Bereich wie der Wirtschaftskriminalität war sie mit ihren sechsunddreißig Jahren noch recht jung. Sie machte den Mangel an Erfahrung jedoch durch ein leidenschaftliches Engagement und hohe fachliche Kompetenz mehr als wett. Und die älteren Kollegen, die Stoevesandt ihr zur Seite stellte, passten schon darauf auf, dass sie sich nicht zu sehr in die Rolle der Jeanne d'Arc stürzte. Akribisch hatte sie bei der Schlecker-Insolvenz recherchiert. Besonders die Verschiebungen, durch die die Schlecker-Familie einen Teil des Vermögens kurz vor der Insolvenz auf die Seite schaffen wollte, nahm sie unter die Lupe. Und sie konnte es kaum fassen, als der Insolvenzverwalter mit den Schleckers einen sogenannten Kompromiss aushandelte, demzufolge zehn Millionen aus deren Privatvermögen wieder in die Insolvenzmasse der Drogeriemarkt-Kette zurückgezahlt werden sollte, und man daraufhin das Verfahren einstellte.

»Zehn Millionen – überlegen Sie das mal«, hatte sich Nicole Marinescu aufgeregt. »Der Schlecker hat in den letzten Jahren seiner Frau jeden Monat sechzigtausend Euro Gehalt gezahlt. Das sind ja alleine schon drei Millionen. Und die ganzen Nobelkarossen und die Grundstücke und die Immobilien – das ist doch alles das Drei- und Vierfache wert. Fünfundzwanzigtausend Leute haben da ihren Job verloren! Sechshundert Millionen Euro an unbezahlten Rechnungen haben die hinterlassen. Und der zahlt gerade mal zehn Millionen und kauft sich von der Strafverfolgung frei? Jeder Ladendieb, der mal was klaut und erwischt wird ... Wenn der sagt: ›Na ja, die Hälfte vom Geklauten, die kriegt ihr halt wieder‹ ... Lässt man den dann auch laufen? Der käme vor Gericht, auch wenn er alles wieder zurückgibt!«

Stoevesandt konnte nur den Kopf schütteln. Wie konnte man nur so naiv und emotional an diesen Job herangehen? Er mochte die junge Kollegin, ja, hatte fast so etwas wie väterliche Gefühle für sie. Aber manchmal ging ihm jedes Verständnis für ihre Gefühlswelt ab. Eine Abteilung für Wirtschaftskriminalität war keine Plattform für die Rächer der Witwen und Waisen. Gerade bei diesen großen Fällen ermittelte man nicht selten gegen Personen, mit denen man niemals im selben Restaurant speisen würde, die in anderen Kreisen verkehrten und denen selbst die Staatsanwälte nicht auf Augenhöhe begegneten. Hier herrschten ohnehin andere Gesetze. Solchen Leuten wurde nie kriminelle Energie unterstellt. Es sei denn, sie trieben es so weit, dass jeder Normalsterbliche schon fünfmal verknackt worden wäre. Und dann das Problem, dass man es meist mit sehr vertrackten Sachverhalten zu tun hatte. Wirtschaftsstraftäter waren in der Regel nicht blöde. Sie nutzten Grauzonen und verzwickte Rechtslagen. Die Staatsanwälte hatten oftmals ihre liebe Mühe, die Anklagen hieb- und stichfest zu begründen. Die Gegenseite konnte sich hochkarätige, mit allen Wassern gewaschene Verteidiger leisten, und viele Prozesse gingen aus wie das Hornberger Schießen. Mit Gerechtigkeit hatte das nur bedingt etwas zu tun.

Er selbst sah trotzdem einen Sinn in dem, was er tat, auch ohne Zorro-Attitüden. Ihm lag diese systematische, gründliche Arbeit, die bei der Auswertung von Aktenschränken füllenden Zahlenwerken und Schriftstücken notwendig war. Er mochte es, seinen Grips einzusetzen, um in einem komplexen Umfeld Klarheit zu bekommen. Die Tatbestände, die verfolgt wurden, machten zwar nur ein bis zwei Prozent aller Straftaten aus, und die Dunkelziffer im Bereich Wirtschaftskriminalität war hoch. Doch der Schaden war immens. Wenn man ihn in Geld aufwog, dann ging die Hälfte der Verluste, die die Allgemeinheit durch Straftaten hinnehmen musste, auf das Konto der Wirtschaftskriminalität. Noch schlimmer war aus Stoevesandts Sicht jedoch der soziale Schaden. Vor allem der Kampf gegen die Korruption lag ihm am Herzen. Es war ein Gift, das ganze Gesellschaften untergrub und eine Atmosphäre schuf, in der redliche Arbeit und die Bemühungen, besser zu sein als andere, keine Chance hatten. Der Ehrliche und Fleißige war der Gelackmeierte, die Schmierer wurden reicher. Alles in allem war die Arbeit Stoevesandts und seiner Kollegen mühsam, trocken und nicht immer von Erfolg gekrönt. Aber durch Polizei und Staatsanwälte schwebten immerhin die Strafverfolgung und das Recht über den Tätern. Und manchmal schlug das Schwert doch auch empfindlich zu, wenn auch für die breite Öffentlichkeit eher unspektakulär und unbemerkt. Ein Stoff für Kriminalromane war das jedenfalls nicht.

4

Zum Mittagessen ging er heute in die Kantine, obwohl ihm das Geklapper und Geplapper von Tellern und Menschen regelmäßig auf den Hörnerv ging. Wenn er Zeit hatte, bevorzugte Stoevesandt, eines der kleinen Restaurants in der Cannstatter Altstadt aufzusuchen, in denen es einen preiswerten und meist guten Mittagstisch gab.

Heute wollte er vorab noch mit seinen Ermittlungsleitern sprechen, bevor er mit der Truppe bei Bechtel vortanzen musste. Er wollte auf der sicheren Seite sein und den wirklich letzten Stand und die Details kennen. Diese Art von Kontrolle mochte er eigentlich nicht. Das waren alles gestandene und selbstständig arbeitende Beamte. Es war – bei seiner Erfahrung und seinem Werdegang – eigentlich auch unter seiner Würde, dass er vor dem Vorgesetzten katzbuckelte. Aber der Kriminalrat Dr. Winfried Bechtel hatte nun mal die Angewohnheit, Mitarbeiter aus Stoevesandts Abteilung wegen haarspalterischer Details herunterzuputzen oder ihn selbst bei der LKA-Leitung madig zu machen. Stoevesandt wollte diesen Ärger, soweit es ging, vermeiden.

Der Anruf von Andreas Bialas kam, als er sich gerade mit seinen Leuten zusammengesetzt hatte.
»Hallo Gerd, du bekommst deinen Willen. Das Innenministerium hat uns den Fall Angelhoff aufs Auge gedrückt. Die Notrufzentrale hat den Fundort den Böblingern zugeordnet. Der Jogger, der den Toten gefunden hat, war wohl nicht ganz präzise bei seinen Angaben. Aber leider liegt der Parkplatz noch auf Stuttgarter Gebiet. Na ja, und außerdem scheint die Politik bis nach Berlin da ein gehöriges Wörtchen mitzureden …
Wir werden morgen früh zusammen mit den Böblingern eine SoKo zusammentrommeln. Die haben schließlich als Erste den Tatort dokumentiert. Ich gehe mit unseren Leuten von der Kriminaltechnik aber nachher trotzdem noch mal da raus in den Glemswald. Ich will, dass sich Wildermuth da so schnell wie möglich noch mal umschaut. Wenn du Zeit hast, kannst du ja dazukommen.«

Stoevesandt setzte die Besprechung fort. Zum Glück verstanden seine Leute, warum er so pedantisch ins Detail ging. Bis auf Frau Zahn. Sie schmollte, als er sie darauf aufmerksam machte, dass sie bei der Analyse der Mail-Flut von Mappus und anderen ehemals führenden Landespolitikern einen Suchbegriff wie »Vergleichsangebot« nicht durch das System gejagt hatte. Denn genau ein solches Angebot wurde niemals eingeholt. Stoevesandt konnte sich des Eindrucks nicht erwehren, dass Charlotte Zahn noch immer einem Ex-Ministerpräsidenten Loyalität entgegenbrachte, der mitsamt seiner Partei längst abgelöst worden war. Sie war nicht fähig oder willens, ganz offensichtliche Zusammenhänge aus E-Mails herauszulesen, die bei dem Deal mehr oder weniger flapsig über die Satelliten gejagt worden waren. Aber Frau Zahn würde bei Bechtel ohnehin nicht in Ungnade fallen.

Nach der Sitzung checkte er auf dem Laptop noch mal die E-Mail, in der ihn Dr. Winfried Bechtel aufgefordert hatte, heute Nachmittag den Stand der wichtigsten Fälle durch die zuständigen Ermittler referieren zu lassen. In dem Text stand nichts davon, dass der Abteilungsleiter der Wirtschaftskriminalität selbst anwesend sein sollte. Unter Umständen war es sogar besser, wenn er fehlte. Die Erfahrung zeigte, dass Bechtels Befragungen dann nicht ganz so hochnotpeinlich ausfielen. Stoevesandt beschloss, zum Rotwildpark zu fahren.

5

Der Wanderparkplatz lag abseits der Straße. Hätte nicht ein ganzer Aufzug aus blauen und zivilen Polizeiautos, aus weißen Bussen der Kriminaltechnik und einem Abschleppwagen entlang der Fahrbahn gereiht gestanden – man hätte die Einfahrt leicht verfehlen können. Hier von der Straße aus konnte man den Platz überhaupt nicht einsehen. Nur das blaue Schild mit dem P und den Wandersleuten machte auf ihn aufmerksam.

Wie Bialas ihm erklärt hatte, war die Straße, die mitten durch den Wald nach Leonberg führte, ab dem Kreisel gesperrt, von dem die Magstadter Straße vom Schattenring kommend weiter nach Büsnau führte. Man konnte, an der

Absperrung vorbei, trotzdem weiterfahren. Der Straßenbelag wurde hier erneuert, die oberste Asphaltschicht war abgetragen. Mit dem Wagen bis zum Bruderhaus zu kommen, das direkt an der Straße oberhalb des Parkplatzes lag, war kein Problem. Ein paar Kilometer weiter würde, wie am Kreisel angekündigt, die Vollsperrung der Straße sein. Es gab hier also keinerlei Verkehr. Und das Bruderhaus, in dem eine Ausbildungsstätte untergebracht war, wurde offenbar renoviert und war momentan menschenleer. Die Stille, die Stoevesandt umgab, als er ausstieg, wirkte durchdringend.

Er ging, dem Parkschild folgend, einen geschotterten, etwas abschüssigen Weg in den Wald. Es war ein Idyll, das ihn hier erwartete. Ein Flüsschen schlängelte sich zwischen dichter Vegetation, plätscherte und glitzerte in der heißen Sonne. Eine Brücke mit hölzernem Geländer führte darüber, der man kaum zutraute, tatsächlich das Gewicht von Autos zu tragen. Dann lag rechts der Parkplatz. Für diese versteckte Lage war er sehr groß. Überall flatterten die rotweißen Absperrbänder und wirkten völlig deplatziert. Auch die Menschen, die in den weißen Overalls gleichmäßig über den Platz verteilt ihren Tätigkeiten nachgingen, gehörten nicht wirklich in diesen opulenten Sommerwald. An allen möglichen Stellen standen große Koffer und Vermessungsgeräte herum. Der einzige Wagen, der sich auf dem Parkplatz befand, war ein silberner Audi A8 mit dem Kennzeichen S-EA 2000. Seine Türen standen weit offen.

Auch hier lag über allem eine satte Stille. Zwar hörte man das Knirschen der Schuhe auf dem Schotter und die Stimmen der Menschen, die sich gedämpft verständigten. Aber es fehlte jedes Verkehrsgeräusch, und kein Vogel war zu hören. Die Hitze des Tages lastete über der Szene und schien jeden Ton zu verschlucken.

Bialas kam auf ihn zu und drückte fest seine Hand. Der Kollege hatte sich seit ihrem letzten Treffen kaum verändert. Vielleicht waren die Falten zwischen den Augenbrauen und um die Mundwinkel etwas tiefer geworden – was nicht verwunderlich war beim favorisierten Gesichtsausdruck des Hauptkommissars, einer finsteren Miene, die Stoevesandt an einen Schauspieler erinnerte, der in Abenteuerfilmen einen tollkühnen Archäologen spielte und auch nicht lachen konnte. Bialas' dunkelblondes Jahr war noch immer voll, obwohl er jetzt stramm auf die fünfzig zugehen musste. Stoevesandts blondes Haar war in diesem Alter, vor etwa zehn Jahren, bereits durchweg silberweiß gewesen, auch wenn ihm, wie Bialas, die Haare zum Glück nicht ausfielen. Es freute ihn, den Hauptkommissar mal wieder zu sehen. Solange es keine Hierarchien zu klären gab, fühlten sie sich freundschaftlich verbunden.

»Schön, dass du's geschafft hast, Gerd. Schwierige Lage hier. Wildermuth, komm doch mal her«, rief Bialas einem der Kollegen im weißen Overall zu. Der machte sich sichtbar widerwillig auf den Weg. Aus der Richtung der Straße kam in Ganzkörperweiß eine Frau, wie man aus den Bewegungen erkennen konnte. Den Chef der Kriminaltechnik am Polizeipräsidium Stuttgart, Hans Wildermuth, kannte Stoevesandt. Die Frau war ihm unbekannt. Beide zogen die Kapuzen vom Kopf, beiden lief der Schweiß in Strömen übers Gesicht, bei beiden pappte das nasse Haar am Kopf. Stoevesandt fragte sich, ob Wildermuth nicht langsam auf die Pensionierung zuging. Noch immer aber machte der drahtige Kriminaltechniker einen durchtrainierten und fitten Eindruck. Wahrscheinlich lief er noch immer Marathon, wie Stoevesandt mal mitbekommen hatte.

»Keine Chance«, sagte Wildermuth und sah Stoevesandt unter seinen schwarzen Augenbrauen durchdringend an. »Der Boden ist seit Tagen trocken. Wenn es Wagen- oder Fußspuren gibt, dann sind die zeitlich nicht zuzuordnen. Das haben die Böblinger Kollegen schon ganz richtig gesehen. Ob hier heute Morgen noch ein weiteres Fahrzeug war, oder ob hier jemand rumgelatscht ist ... das wissen nur die Götter, wenn ihr keine Zeugen beibringt.«

Die Frau im Schutzanzug nickte: »Da drüben, nach der Brücke, da geht ein Weg zu einer schmalen Unterführung. Offensichtlich für Wanderer, die rüber in den Rotwildpark auf der andern Seite wollen. Die können da unter der Straße hindurch. Ein paar Leute suchen das Gebiet ab. Aber wenn es da Fußspuren gibt, dann sind die bestimmt schon ein paar Tage alt, so trocken, wie der Weg da ist.«

»Also gibt es keine Hinweise darauf, dass außer Angelhoff heute Morgen noch jemand hier war«, stellte Stoevesandt mehr für sich selbst fest. »Und das da ist sein Wagen?« Er deutete auf den silbergrauen A8.

»Der muss in die Werkstatt der KTU, und zwar so schnell wie möglich.« Wildermuth sah Andreas Bialas eindringlich an. »Wir haben noch mal alles fotografiert. Aber jede weitere Untersuchung muss im geschützten Raum stattfinden. Hier draußen gibt's einfach zu viele Quellen für Fehlspuren.«

»Ich will die Bilder sehen. Danach könnt ihr den Wagen wegbringen«, erwiderte Bialas und wandte sich an Stoevesandt. »Ich habe Luca zu den Böblinger Kollegen geschickt. Die haben heute früh ja schon die Leiche im Wagen fotografiert. Ich will mir noch mal ein Bild machen, wie das genau ausgesehen hat.«

»Und wo ist der Tote jetzt?«, fragte Stoevesandt.

»Im Robert-Bosch-Krankenhaus. Die mussten ihn hier wegbringen, so schnell es ging. Bei dieser Hitze hätten den die Fliegen umgehend aufgefressen. Morgen Nachmittag ist Obduktion.«

Oben an der Straße hörte Stoevesandt Motorengeräusche. Wagentüren schlugen. Dann kamen zwei Personen den Weg über die Brücke zum Parkplatz. Die eine war die athletische Gestalt von Luca Mazzaro, einem der jüngsten Mitarbeiter von Andreas Bialas. Fast schwarzes dichtes Haar, die dunklen Augen und die unverwechselbare Körpersprache verrieten seine italienischen Wurzeln. Dabei sprach er fließend Deutsch in der moderaten Form des hiesigen Dialekts und fühlte sich – auch wenn er durch den reichlichen Gebrauch von italienischen Sprich- und Schimpfwörtern mit seiner Herkunft kokettierte – gewiss nicht mehr als Ausländer. Stoevesandt wusste, dass Bialas große Stücke auf die fast deutsche Gründlichkeit von Mazzaro hielt. Ihm selbst kam der junge Italiener immer etwas oberflächlich und unreif vor. Dazu trugen sicher seine flapsige Sprache und sein Spleen bei, fast jeden Menschen und jede Situation mit Figuren und Geschichten aus den sogenannten Star-Trek-Episoden zu vergleichen. Ihn selbst hatte Luca einmal als Vulkanier bezeichnet, und Stoevesandt hatte keine Ahnung, ob er dies als Anerkennung oder Beleidigung auffassen sollte. Ihm ging jeder Sinn für diesen Science-Fiction-Quatsch ab.

In der zweiten Person erkannte Stoevesandt einen Staatsanwalt der Stuttgarter Behörde. Er war um gut einen Kopf kleiner als Luca Mazzaro, um einiges fülliger und doch flink wie ein Wiesel. Obwohl der Mann drei Schritte brauchte, wenn Mazzaro zwei machte, war er ihm eine Nasenlänge voraus. Stoevesandt hatte bisher nicht oft mit Staatsanwalt Friedebald Frenzel zu tun gehabt, der bei der Stuttgarter Staatsanwaltschaft in der Abteilung für Kapitaldelikte tätig war. Als Leiter der Wirtschaftskriminalität am LKA hatte er vorwiegend mit der Stuttgarter Schwerpunktstaatsanwaltschaft für Wirtschaftsstrafsachen zu tun. Bei den wenigen Gelegenheiten, die sie zusammengearbeitet hatten, hatte Stoevesandt durchaus den Eindruck bekommen, dass Frenzel seine Aufgaben engagiert wahrnahm. Doch auch ihn konnte Stoevesandt einfach nicht richtig ernst nehmen. Frenzel gab gerne den Clown. Seine Anekdoten und Bonmots, die er genussvoll zum Besten gab, hatten durchaus Esprit und Witz. Selbst ihn, den ernsthaften und eher nüchternen Norddeutschen konnte der Mann zum Schmunzeln bringen. Doch Stoevesandt war nun einmal so gestrickt, dass ihm durch diesen Klamauk etwas der Respekt abhandenkam.

Auch jetzt kam Friedebald Frenzel wieder fröhlich auf die Gruppe der Kommissare zu: »Guten Tag, die Herren und die Damen, haben wir mal wieder eine schöne Leiche?

Und dazu noch eine prominente.« Er schüttelte allen freudestrahlend die Hand. »War gar nicht leicht, hierherzukommen. Ein echtes mathematisches Problem. Die kürzeste Verbindung zwischen zwei Punkten ist gewöhnlich wegen Bauarbeiten gesperrt, ha ha.« Während Mazzaro ein leichtes, modisches Jungmänner-T-Shirt trug, war Frenzel, der kaum älter war, in ein konservatives weißes Langarmhemd gekleidet und trug trotz der Temperaturen eine Krawatte. Seine Glatze und das Gesicht glänzten entsprechend vor Schweiß. »Herr Stoevesandt, was treibt Sie hierher?«, fragte er interessiert.

»Dazu später«, griff Bialas nun ein. »Ich will die Bilder sehen.«

Luca Mazzaro schwenkte ein dickes braunes Kuvert durch die Luft, bevor er es seinem Chef aushändigte. Bialas entnahm ihm eine Mappe und dieser nun die Fotos, eines nach dem andern, und reichte sie weiter. Jedes machte seine Runde, angefangen bei Wildermuth und seiner Mitarbeiterin von der Kriminaltechnik über den Staatsanwalt zu Stoevesandt und zurück an Luca Mazzaro. Sie zeigten den Audi A8, wie er aufgefunden worden war: Alle Türen waren geschlossen. Die Fensterscheiben an der Fahrer- und Beifahrerseite waren heruntergelassen. Der Parkplatz und der Wagen waren aus allen erdenklichen Perspektiven abgelichtet. Es folgte eine lange Reihe von Detailaufnahmen und die ersten Fotos vom Toten, geschossen durch das offene Seitenfenster. Ewald Angelhoff war nach vorne rechts auf das Lenkrad gekippt. Am Kopf, schräg über dem Ohr, war deutlich die Einschusswunde zu sehen.

Weitere Bilder waren bei offenen Wagentüren und von beiden Seiten gemacht worden. Von der Fahrerseite aus sah man den hängenden Arm des Toten. Sein Unterarm war mit Blut besprizt, in der Hand hatte er noch immer einen Revolver. Eine FN High Power, erkannte Stoevesandt, eine Nachfolgerin des legendären Browning. Nahaufnahmen der Waffe und des Toten folgten. Von der Beifahrerseite her waren die besudelten Armaturen zu sehen. Die Einschlagsöffnung des Projektils in der Armatur war auf Nahaufnahmen dokumentiert. Auch der Tote war aus unterschiedlichen Winkeln zu sehen. Dem Mann hatte es ein Stück des Schädels und das rechte Auge weggerissen. Jede Menge Blut und Gehirnmasse war auf den Armaturen, der Frontscheibe und den Ledersitzen verspritzt.

»Porca miseria, was für eine Sauerei«, kommentierte Luca Mazzaro.

»Oioioi, wirklich kein schöner Anblick«, kommentierte Frenzel und wackelte mit seinem runden Kopf.

Wildermuth nahm Bialas die Bilder aus der Hand, bei dem sie gelandet waren, wählte eine ganze Reihe davon aus und meinte, zu seiner Kollegin gewandt: »Die schauen wir uns direkt am Wagen noch mal an«, womit die beiden hinüber zu dem A8 gingen.

Bialas nahm eines der zurückgebliebenen Fotos zur Hand und reichte es Stoevesandt. Es zeigte den herunterhängenden Arm von Ewald Angelhoff und die Waffe, die die Hand fest zu umklammern schien. »Ich könnte nachvollziehen, warum die Böblinger Kollegen von einem Suizid ausgehen – wenn Ewald Angelhoff Linkshänder war. Weißt du da was drüber?«

Stoevesandt schüttelte mit dem Kopf. Er hatte zu wenig mit dem Mann zu tun gehabt, als dass ihm so etwas aufgefallen wäre. Aber ein anderer Umstand beschäftigte ihn: »Fällt die Pistole nach einem Suizid nicht aus der Hand?« Er war in Hamburg nicht lange bei einer Mordkommission gewesen, und es war auch schon eine Weile her. Aber daran erinnerte er sich noch, dass keiner der Selbstmörder, die er je gesehen hatte, nach dem Schuss noch die Waffe in der Hand gehabt hatte.

Mazzaro nahm ihm das Bild aus der Hand. »Schon komisch. Ist ja eigentlich keine leichte Waffe.«

»Die Waffe setzt hier auf, auf dem Schweller der Autotür. Siehst du?« Bialas zeigte ihm ein Bild, das von der Beifahrerseite durchs Fenster gemacht worden war und in Nahaufnahme die Waffe und die Hand zeigte. »Die Bilder sind gut. Die Kollegen haben das schon ordentlich gemacht. Wenn die Waffe hier aufgesetzt hat, dann wurde ein Teil des Gewichts abgefangen. Da kann es schon sein, dass sie mal nicht aus der Hand fällt.«

Auch der Staatsanwalt wollte noch einmal einen Blick auf das Foto werfen. »Tja, schon hält der Schnitter die Waffe bereit«, zitierte er irgendein altes Gedicht.

»Woher kanntest du Angelhoff eigentlich, Gerd?«, fragte Bialas.

Frenzel und Mazzaro sahen Stoevesandt an. Er überlegte. Wie lange war das jetzt her? »Das sind jetzt etwa vier Jahre, da war ich bei einer Tagung und musste einen Vortrag über Umweltkriminalität halten. Angelhoff war ebenfalls Referent. Er hat zu Fragen der europäischen Umwelt- und Chemikalienpolitik Stellung genommen. Danach hatten wir noch ein interessantes Gespräch.«

Ewald Angelhoff war ein beeindruckender Mann gewesen. Groß, kräftig, aber nicht korpulent. Gepflegt, aber nicht schnöselig. Sein dichtes, leicht gewelltes Haar war bereits graumeliert. Er hatte eine angenehme volle Stimme gehabt, und sein direkter Blick aus braunen Augen hatte dem Gesprächspartner Aufmerksamkeit und Wertschätzung vermittelt. Er war, wie Stoevesandt sich erinnerte, ein guter Redner gewesen. Und durchaus einer, der nicht nur oberflächliche Floskeln von sich gegeben hatte. Sein Vortrag war sehr informativ gewesen und hatte auch widersprüchliche Aspekte und Interessenlagen beleuchtet. Stoevesandt erinnerte sich an die roten Plastikschüsseln. Der Verbraucher greift zu billigen, farbenfrohen und elastischen Schüsseln. Er setzt die Industrie damit unter Druck. Die greift zu Weichmachern, die den eigentlich spröden roten Schüsseln eine gewisse Elastizität verleihen, wohl wissend, dass diese die Fortpflanzungsfähigkeit bei Mensch und Tier beeinträchtigen können, und werden dafür von den Verbraucherorganisationen gescholten.

Beim Abendessen hatten sie nebeneinander gesessen und sich sehr lange und angeregt über ethische Probleme und die Vereinbarkeit von wirtschaftlichen und Umweltinteressen unterhalten. Es war um Gesetze und deren Auswirkungen auf die Konkurrenzfähigkeit von Unternehmen in Deutschland und Europa gegangen. »Die Großen, die international aufgestellt sind – die haben damit kaum Probleme«, hatte Angelhoff argumentiert. »Aber die Kleinen und Mittleren. Gerade in der chemischen und der pharmazeutischen Industrie. Die Auflagen, die auf die jetzt zugekommen sind, durch die neue Chemikaliengesetzgebung der EU – das können die überhaupt nicht mehr stemmen.«

Stoevesandt selbst war als Beamter vor allem dafür auf seinem Posten, damit die Gesetze eingehalten wurden, ob sie nun Sinn machten oder nicht. Aber er hatte selbstverständlich auch eine Meinung als Staatsbürger und Mensch. Und gerade, wenn es um Umweltfragen, Schadstoffe und Chemikalien ging, dann tauchte auch immer die Frage nach Auswirkungen auf Mensch und Natur auf. Man musste einen Ausgleich zwischen Gesundheit und Naturerhalt auf der einen Seite und den ökonomischen Interessen auf der anderen finden. Dem stimmte auch Angelhoff zu. Doch wo lag die richtige Mitte bei einem solchen Kompromiss? Darüber hatten sie sich nicht einigen können. Trotzdem – es war ein anregendes und niveauvolles Gespräch gewesen.

»Und dann habe ich ihn noch mal vor etwa einem Jahr auf einem Empfang im Innenministerium getroffen. Wir haben aber hauptsächlich über irgendein soziales Engagement seiner Frau gesprochen«, erinnerte er sich und fügte hinzu: »Die Ehefrauen waren eingeladen bei der Veranstaltung.«

Es war hauptsächlich um die frühmusikalische Erziehung gegangen. In großartiger Manier hatte Felicitas ... Ja, genau, so war der Name von Angelhoffs Frau: Felicitas. Begeistert hatte sie geschildert, wie die Stiftung aussehen sollte, die sie ins Leben rufen wollte, zur frühkindlichen Förderung für alle sozialen Schichten, mit Geigen und Pianos, durch die die

Intelligenz gefördert würde. Ines hatte sich später darüber mokiert, dass die Dame wohl sonst nicht viel zu tun habe und wie ein Hartz-IV-Kind wohl zuhause Klavier üben solle. Beide Paare hatten, wie sich herausstellte, keine Kinder, und gerade deswegen, so schwärmte Felicitas Angelhoff, liege ihr die Förderung der Kleinen besonders am Herzen. Ihr Mann, gut einen Kopf größer als sie, sah wohlwollend auf seine zierliche Frau hinab und schien es zu genießen, dass einmal nicht er selbst im Mittelpunkt stand.

»Und warum hat er dich angerufen?«, wollte Bialas nun von ihm wissen.

Was hatte Angelhoff eigentlich zu ihm gesagt, in diesem seltsamen Telefonat vor etwa zwei Wochen? Stoevesandt musste einen Moment nachdenken. »Er wollte wissen, ob man eine Anzeige wegen Betruges erstatten kann, wenn ein Unternehmen mit unterschlagenen Informationen Geld verdient. Er hat Andeutungen gemacht, dass es sich um eine große internationale Firma in Baden-Württemberg handelte. Das Ganze war ziemlich kryptisch.«

»Mit unterschlagenen Informationen – womit man nicht alles Geld verdienen kann«, wunderte sich Friedebald Frenzel.

Andreas Bialas zog ein großes Stofftaschentuch aus der Hosentasche und rieb sich damit nachdenklich die beachtliche Nase. »Mehr hat er nicht rausgelassen?«, fragte er.

»Nein. Ich habe ihm gesagt, dass ich dazu die Fakten näher kennen müsste. Er hat mir darauf ziemlich eindringlich versichert, dass er bald Unterlagen bekommen würde. Brisantes Material – ich meine, so drückte er sich aus. Und er drang auf ein Treffen mit mir, sobald er es hätte. Er wollte es mir unbedingt zeigen.«

»Und daraus schließt du, dass es vielleicht doch kein Selbstmord war.« Es war mehr eine Feststellung als eine Frage von Andreas Bialas.

Stoevesandt hob unbestimmt die Hände: »Wie ich schon sagte: Man muss das überprüfen. Er hat auf mich nicht den

Eindruck gemacht, dass er sich das Leben nehmen will. Er war wohl eher wütend. Und kampfeslustig. Das sind Selbstmörder in der Regel ja weniger.«

»Es hilft alles nichts«, sagte Bialas resolut. »Wir müssen die Spuren auswerten und die Obduktion abwarten. Haben dir die Leute in Böblingen noch keinen Bericht mitgegeben, Luca? Was ist mit dem Bericht des Arztes, der da war? Was ist mit Schmauchspuren?«

Mazzaro wedelte mit Armen und Händen: »Die stellen sich an, als wollten wir sie assimilieren. Misstrauisch wie die Romulaner. Und genauso kommunikativ. Ich habe noch nicht einmal herausbekommen, ob es überhaupt schon irgendwelche Berichte gibt.«

»Das klären wir morgen früh«, meinte Bialas. »Auf jeden Fall müssen wir wissen, ob der Mann Schmauchspuren an den Händen hatte. Wir brauchen die Obduktion ... der Einschusswinkel und der Schusskanal ... Und die Schusswaffe muss untersucht werden. Am liebsten bei euch im LKA mit dem ganzen Programm«, wandte er sich an Stoevesandt. »Gehören Waffe, Projektil und Hülse zusammen? Fingerspuren auf Waffe und Hülse. DNA-Spuren. Und die Herkunft der Waffe muss geklärt werden.«

Stoevesandt nickte: »Stell den Antrag. Das wird kein Problem sein, bei so einem Fall.«

»Andreas, kannst du mal kommen?« Die warme Altstimme von Hanna Stankowski, der rechten Hand von Bialas, schallte vom Waldrand zu ihnen herüber. Bialas' Stellvertreterin wirkte auf den ersten Blick wie eine gemütliche Matrone. Doch sie war eine erfahrene und kluge Polizeibeamtin, und Stoevesandt wusste, dass Bialas fast jeden Fall mit ihr durchsprach und ihre Einschätzungen niemals überging. Ihre Stimme weckte bei Stoevesandt sofort Erinnerungen. Augenblicklich hatte er wieder diese eine Nacht vor Augen, die er und seine Leute gemeinsam mit Stankowski in der skurrilen Villa eines Verdächtigen verbracht hatten. Sie hatte in einer endlosen, zermürbenden Ermittlung eine Sonderkommission geleitet, bei denen sie auf das Fachwissen der Wirtschaftskriminalisten zurückgreifen musste. Bis in den frühen Morgen hatten sie nach Hinweisen gesucht, um ein weiteres Verbrechen zu verhindern. Stoevesandt selbst hielt sich für sehr zäh. Doch diese Frau stand ihm in nichts nach.

Die Männer gingen hinüber zu ihr. Hanna Stankowski begrüßte ihn herzlich: »Herr Stoevesandt, Sie helfen uns mal wieder? Andreas sagte mir schon, Sie kannten den Toten. Und Herr Frenzel, Sie haben den Fall? Na, da ist ja das Dream-Team mal wieder beieinander.«

Sie sah gut aus, fast jünger als damals. Ihre braunen Augen und ihr Gesicht wirkten wach und frisch. Sie mochte auf die sechzig zugehen und neigte mit ihrer kleinen, etwas stämmigen Statur zu Übergewicht, aber sie hatte eher abgenommen, und die verbliebenen Pölsterchen standen ihr gut.

»Kommt mal mit«, bat sie die Kollegen. »Wir haben da was entdeckt.«

Gemeinsam gingen sie vom Weg ab ins Unterholz des Waldes. Ein kaum sichtbarer Trampelpfad führte in ein dunkles Dickicht. Dornige Zweige und Brennnesseln gefährdeten Stoevesandts Arme und Hosenbeine. Während die drei Kollegen von der Todesermittlung sich recht flott durch das Gestrüpp arbeiteten, hatte der Staatsanwalt seine liebe Mühe, ihnen zu folgen. »Für so etwas bin ich einfach nicht richtig angezogen«, jammerte Frenzel. »Etwas overdressed, ha ha.«

Schließlich kamen sie zu einer offeneren Stelle, die kaum die Bezeichnung Lichtung verdiente. Einige Leute in weißen Overalls waren hier bereits am Fotografieren. Das Objekt war eine Art Iglu. Dafür, dass es aus Brettern, Stangen und Planen zusammengezimmert war, hatte das Gebilde eine erstaunliche Größe. Davor stand ein Einkaufswagen, daneben – aus Obst- und Getränkekisten gebaut – eine Art Tisch und Hocker. Es war eindeutig die Unterkunft eines Obdachlosen. Sie wirkte jedoch fast ordentlich, keineswegs verwahrlost. Auf dem provisorischen Tisch stand eine gekappte Plastikflasche mit Wiesenblumen. Auch beim Blick in die Behausung wurde klar, dass der Bewohner versuchte, Ordnung zu halten. Auf dem Boden lag ein großer alter Teppich und sonst nichts. Im Hintergrund sah man ein Bett aus einer dreiteiligen Matratze, wie man sie vor hundert Jahren einmal gehabt hatte. Damit die nicht auseinanderrutschte, waren Bretter an ihren Seiten vernagelt. Eine Wolldecke lag akkurat geglättet darüber. Holzkisten, wie sie für edle Weine verwendet wurden, dienten als Schränke. Die wenigen Habseligkeiten waren darin sauber gestapelt.

»Das ist ziemlich ungewöhnlich«, meinte Hanna Stankowski, »aber hier wohnt eine Frau.« Sie deutete auf ein paar Kleidungsstücke in den Holzkisten, bunte Pullover, wie sie Männer eher nicht trugen.

»Da sieht man doch, dass Armut keine Schande ist«, meinte Frenzel strahlend, der nun endlich zu ihnen aufgeschlossen hatte und sich die Pflanzenreste von der Anzugshose klopfte.

Stoevesandt überlegte. »Bei Angelhoff wurde doch nichts entwendet, oder? Wisst ihr darüber schon was?«, wandte er sich an Bialas.

Der schüttelte den Kopf: »Nicht dass ich wüsste. Sonst wären die Kollegen ja nicht so schnell von einem Selbstmord ausgegangen. Aber das muss sicher noch mal abgeklopft werden.«

»Dass die was geklaut hat?« fragte Mazzaro und spazierte ungeniert in die Obdachlosenbehausung. »Oder sogar, dass die den umgebracht hat? Das müsste dann 'ne Cardassianerin sein. Aber woher sollte die die Waffe haben?«

»Komm sofort da raus!«, herrschte Hanna Stankowski ihn an.

»Vielleicht haben wir ja eine Zeugin«, meinte Frenzel. »Dass man obdachlos ist, muss ja nicht heißen, dass man nichts hört oder sieht, nicht wahr.«

Stoevesandt hatte denselben Gedanken gehabt.

Eine Frau im weißen Overall kam auf sie zu: »Wir haben jetzt alles fotografiert. Müssen hier Spuren gesichert werden?«

Bialas machte nun auch einen Schritt in die Behausung. »Wie ist das? Bräuchten wir hier eigentlich einen Durchsuchungsbefehl?«, wandte er sich an den Staatsanwalt.

Der verzog das Gesicht: »Grundgesetz, Artikel 13, die Unverletzlichkeit des Wohnraums. Und der schützt alle Räumlichkeiten, die einem Wohnzweck gewidmet werden.«

»Und wie ist es mit DNA?« Bialas deutete auf eine Haarbürste, die neben einem kleinen Spiegel in einem der provisorischen Regale lag.

»Hach«, meinte Frenzel und verdrehte die Augen. »Wenn ich nicht weiß, woher Sie die Probe haben ... Aber wenn wir die verwenden wollen, brauchen wir zuvor was Handfestes. Das wissen Sie ja.«

»Wir sollten hier verschwinden«, warf Hanna Stankowski ein, »und alles belassen, wie's ist. Die Person, die hier lebt, hat sicher schon mitbekommen, dass es hier vor Polizei nur so wimmelt. So ungefähr weiß ich, wie wohnungslose Frauen ticken. Die sind oft recht schutzlos. Sie muss sich hier weiterhin sicher und geborgen fühlen. Wenn wir in ihren Sachen rumwühlen, dann schnappt sie die, sobald wir weg sind, und wir finden die Frau nie wieder.«

Sie hatte recht. Auch Andreas Bialas nickte.

»Die Haarprobe nehmt ihr noch«, wandte er sich an die Frau von der Spurensicherung. »Und dann sind wir hier so schnell wie möglich alle weg.«

Als sie zurück zum Parkplatz kamen, wurde gerade der Wagen von Ewald Angelhoff auf den Transporter geladen. Die weiß verhüllten Gestalten packten ihre Gerätschaften und Koffer zusammen. Die Bäume warfen schon lange Schatten, und die Hitze hatte ein bisschen nachgelassen.

Stoevesandt hatte hier nichts mehr zu tun. Er wollte sich verabschieden, als Bialas ihn auf die Seite nahm: »Wir werden morgen früh gleich eine Sonderkommission zusammennageln. Den Kollegen Hahnelt von der Böblinger Polizeidirektion nehme ich mit rein. Und ein paar seiner Leute. Die haben den ›Ersten Angriff‹ am Fundort und die ersten Dokumentationen gemacht. Deswegen will ich die dabei haben. Wir drei, Hanna, Hahnelt und ich, bilden erst mal das engste Führungsteam der SoKo.« Bialas machte eine kurze Pause und fragte dann: »Was denkst du? Soll ich euch auch anfordern? Als fachliche Unterstützung der Sonderkommission? Immerhin hat sich Angelhoff an dich als Wirtschaftskriminalist gewandt.«

Stoevesandt dachte nach. In seiner Abteilung am Landeskriminalamt gab es wahrlich genug zu tun. Und was sollte er in der SoKo, solange es nicht wirklich einen Anhaltspunkt dafür gab, dass der Tod von Ewald Angelhoff mit dem Telefonat in Verbindung stand, das Stoevesandt mit ihm geführt hatte? Bedächtig schüttelte er den Kopf: »Nein, Andreas. Bei euch stehen jetzt ohnehin die Auswertung der Spuren und die ganze Ermittlungslitanei auf dem Programm. Was sollen ich oder meine Leute dabei? Nur …« – eines wollte er sich trotzdem nicht nehmen lassen, gerade weil es ihm nicht in den Kopf wollte, dass Angelhoff sich selbst das Leben genommen hatte – »… bei der Obduktion – da wäre ich gerne dabei. Wenn da wirklich Fremdeinwirkung festgestellt wird, dann können wir ja noch mal überlegen, ob wir mit unseren Mitteln etwas für euch tun können.«

»Kein Problem. Komm einfach dazu. Ich halte dich auf dem Laufenden.« Mit festem Händedruck verabschiedeten sich die beiden Männer.

6

Ines saß auf dem kleinen Balkon, als er nach Hause kam, vor sich einen Campari Orange mit viel Eis. Auf dem Gartentisch, der hier stand, hatte sie bereits das Abendbrot angerichtet und wartete offensichtlich nur noch auf ihn. Alle Fenster in der Wohnung waren weit aufgerissen. Ob das etwas half, oder ob die Hitze nicht erst recht hereindrückte, war fraglich. Aber irgendwie musste man versuchen einen leichten Luftzug zu erzeugen.

Gerd Stoevesandt und seine Frau lebten in einer geräumigen Wohnung direkt an der Uhlandshöhe. Das Haus hatte es Ines angetan, weil es sie etwas an die Jugendstilvillen in Hamburg erinnerte. Aber auch die Lage war genial. Es war hier erstaunlich ruhig – dafür, dass man sich quasi im Zentrum der Stadt befand –, und die urbane Geräuschkulisse war im Hintergrund kaum vernehmbar. Von hier aus konnte man über eine der »Staffeln« locker zu Fuß zu den Stuttgarter Kultureinrichtungen, dem Staatstheater, der Oper im »Alten Haus« oder zur Staatsgalerie gelangen. Auch in die Innenstadt und zu den Shopping-Meilen war es nicht weit. Sie waren beide Stadtmenschen, brauchten den Rummel und ein kulturelles Angebot. Aber jetzt, in diesem heißen Sommer, zeigte sich die Kehrseite. Die Luft stand im Talkessel der Stadt und schien immer schwerer zu werden.

Ines sah erschöpft aus. Sie war Anästhesistin an einem der traditionsreichen Stuttgarter Krankenhäuser. Das große Klinikum in der Nähe von Universität und Liederhalle war wie fast alle anderen in den letzten Jahren zur Gesundheitsfabrik geworden, hatte sich aber seinen guten Ruf bewahrt. Es war ein beliebtes Haus, auch aufgrund von hohen Qualitätsstandards. Doch der durchorganisierte Operationsbetrieb und die enge Taktung der Arbeit forderten ihren Tribut, und manchmal wusste Stoevesandt, dass Ines den schwereren Beruf hatte. In der Nacht zuvor hatte sie Rufbereitschaft gehabt, und prompt hatte der Piepser sie, aber auch Stoevesandt um zwei Uhr aus dem Schlaf gerissen. Er konnte weiterschlafen, sie hetzte ins Krankenhaus. Es musste eine schwierigere Operation gewesen sein, denn sie war vor ihrem regulären Dienst nicht mehr nach Hause gekommen, was zum Glück nur noch äußerst selten passierte.

Denn das ging doch an die Substanz, und auch Ines wurde nicht jünger.

»Was Schlimmes heute Nacht?«, fragte er sie und setzte sich zu ihr in die gemütliche Balkonecke, die sie sich hier mit vielen Topfpflanzen eingerichtet hatten.

»Ein Aneurysma. Der Mann hat einen solchen Dusel gehabt. Wenn der Notarzt da nicht gleich dran gedacht hätte ... Und ich habe Blut und Wasser geschwitzt.«

Sie sprachen nicht mehr oft über Ines' Patienten. Sie war lange im Beruf und hatte schon viel gesehen. Nur schwierige Fälle gingen ihr nahe, solche, bei denen auch die Anästhesie über Leben und Tod entschied. Oder wenn etwas schief gegangen war und sie sich immer noch fragte, ob sie irgendetwas versäumt hatte. Dann brauchte sie ihn, um darüber zu reden.

»Und bei dir?«, fragte sie müde.

»Da geht alles seinen ordentlichen polizeilichen Gang«, meinte er, während er sich eine Stulle mit frisch angerichtetem Mett bestrich. Er sprach nicht über Angelhoff. Das gehörte schließlich nicht zu seinem Dienstbereich. Er erzählte ein bisschen etwas über die aktuellen Fälle. Sie unterhielten sich noch eine ganze Weile über Aktien- und Firmendeals und die Selbstherrlichkeit von Politikern und Wirtschaftsbossen, über die Hitze und darüber, dass es jetzt an der Nordsee sicher angenehmer war, und ob sie noch versuchen sollten, für das Open-Air-Konzert am Wochenende auf der Solitude Karten zu bekommen. Ines war dafür – sie war Klassikfan. Ihm war es egal – seine Musik war der Jazz.

Sie ging früh zu Bett – kein Wunder. Stoevesandt holte sich noch ein Glas Chardonnay. Im Süden Deutschlands war er, das ›Nordlicht‹, zum Weintrinker geworden. Er nahm das Buch, das ihm sein Kollege Kapodakis gegeben hatte, machte die Wandleuchte auf dem Balkon an und setzte sich wieder nach draußen. Hier war es jetzt wirklich erträglich. Sie hatten oft bedauert, dass die kleine Veranda nach Nord-Osten ging. Jetzt war es von Vorteil.

Georg Kapodakis war Leiter der Abteilung OK – Organisierte Kriminalität. Er war damit auf derselben Führungsebene wie Stoevesandt. Die beiden waren in vielem sehr unterschiedlich. Kapodakis hatte einen schwarzen Humor, der für Stoevesandt manchmal grenzwertig war. Als Ausgleich liebte er deutsche Schlager, allen voran Helene Fischer und Dieter Thomas Kuhn. Was sie gemeinsam hatten, war das Interesse an gesellschaftsphilosophischen Fragen, wie sie bei einem Mittagessen in der Cannstatter Altstadt vor etlichen Jahren entdeckt hatten. Kapodakis behauptete, sein Urururururgroßvater sei griechischer Philosoph gewesen. Man wisse nur nichts von ihm, weil er schon vor zweitausend Jahren die ethische Verwerflichkeit von Steuerhinterziehung und Korruption erörtert habe, worauf er aus dem Lande gejagt worden sei und alle seine Werke vernichtet worden seien.

Seit einiger Zeit beschäftigte beide, was Menschen dazu trieb, zu schauderhaften Monstern und verantwortungslosen Charakterschweinen zu werden – die alte Frage nach Gut und Böse und ihren Ursachen. Was war Veranlagung und genetische Disposition? Welche Rolle spielten Erziehung und die Gesellschaft, in der ein Mensch aufwuchs? Sie hatten sich gemeinsam über den neuesten Trend geärgert, der durch die Hirnforschung en vogue geworden war: Gehirn-Scans würden zeigen, dass Täter nicht aus freien Stücken so handelten, wie sie es taten. Nicht die Massenmörder, Steuerhinterzieher und Kinderschänder seien schuldig, sondern die Anomalien in ihren Gehirnen. Täter als willenlose Opfer einer abnormen Biologie? Und wo blieb da das Verantwortungsbewusstsein?

Kapo, wie seine Leute ihn nannten, hatte ihm dieses Buch gegeben. »Ist von einer Seelenklempnerin«, meinte er. »Die hat's mit der Traumdeuterei und mit den Märchen. Zum Teil bohrt sie furchtbar in der Tiefenpsychologie rum. Hab ich einfach überblättert. Aber vor allem am Anfang ... Ganz interessante Gedanken ...«

»Der Schatten in uns« hieß das schmale Bändchen. Und es war, wie Stoevesandt feststellen musste, eine beunruhigende Lektüre. Jeder, aber auch wirklich jeder von uns habe Schattenseiten, behauptete die Psychologin. Das seien Persönlichkeitszüge, die auf gar keinen Fall offen vor der Welt daliegen und gesehen werden sollten. Tun sie es doch, so verliere der Betreffende zumindest vorübergehend das Gesicht. Und weil damit oft große Scham und Angst verbunden sei, schaue keiner hin. »Wir versuchen einfach, uns selbst so schön wie möglich zu finden und dies von der Umwelt auch bestätigt zu bekommen, damit wir ein gutes Selbstwertgefühl aufrechterhalten können.« Doch gerade aus dem Nicht-Wahrhaben-Wollen der eigenen Schattenseiten, so die These der Therapeutin, entstehe sehr viel Destruktives – vom Zerbrechen von Beziehungen bis hin zu Mord und Totschlag.

»Eine Schattenseite auch in mir?«, überlegte Stoevesandt. Er hielt sich selbst für einen Gutmenschen. Für integer und verantwortungsbewusst, für aufrichtig und gerecht. Und außerdem für ziemlich klug. Wo sollte da bei ihm eine Schattenseite sein?

Dienstag, 23. Juli 2013

I

DIE SCHÖNE JULE

Er lag wieder auf ihr. Er keuchte in ihr Ohr. Das Messer lag kalt an ihrem Hals. Er keuchte und keuchte, und es hörte nicht auf. Es hörte nicht auf, und sie war erstarrt, gelähmt, wie abgestorben. Sie konnte keine Faser ihres Körpers regen. Noch nicht einmal die Augen schließen. Sie sah nur das Gitter an der Decke und hörte sein nicht enden wollendes Stöhnen. Es nahm einfach kein Ende.

Schweißgebadet schreckte sie hoch. Dieser verfluchte Traum. Wieder einmal. So lange hatte sie Ruhe gehabt, und nun kam er zurück, der Horror.

Sie setzte sich auf. Horchte in die Nacht. Das gewöhnliche Rascheln und Knacken des nächtlichen Waldes. Da ist nichts, versuchte sie sich selbst zu beruhigen. Er hat dich nicht gesehen, versicherte sie sich. Er kommt nicht wieder. Sie hatte zusammengekauert unter der Brücke gesessen. Ein Steinchen hatte sich gelöst, durch ihren Fuß. Es war ins Wasser gekullert. Und hatte die Aufmerksamkeit von diesem Mann erregt. Er war ein paar Schritte an der Böschung zum Fluss entlanggegangen. Auf die Brücke zu. Sie hatte seine weißen Turnschuhe gesehen, mit diesen dunklen Tropfen. Den Gürtel mit der großen Schnalle um die schmalen Hüften. Und die Mappe in seiner Hand. Beides, Mappe und Hand, mit blutigen Spritzern. Und das Tattoo zwischen Daumen und Zeigefinger, den fünfzackigen Stern und darüber, über dem Handgelenk die Schlange, die sich um einen Dolch wand.

Noch einen Schritt, und er hätte sie gesehen, wie sie da kauerte, angespannt bis zum Zerreißen, um das Zittern zu unterdrücken. Doch er war stehen geblieben, hatte sich dann umgewandt und war mit schnellen Schritten davongegangen. Sie hatte das Knirschen des Kieses unter seinen weißen, befleckten Turnschuhen gehört. Er hatte sich eilig entfernt. Dann war Stille gewesen.

2

Stoevesandt hatte am Morgen die wichtigsten Informationen im Polizeiinformationssystem gecheckt und wollte seine E-Mails bearbeiten, da stand Winfried Bechtel schon vor ihm und presste die Hände ins Nussbaumholz von Stoevesandts Schreibtisch. Der Inspektionsleiter funkelte den untergebenen Kriminaldirektor wütend an. Sogar eine Strähne des wohldrapierten Haares war verrutscht.

»Wo waren Sie gestern? Hatte ich nicht um Bericht gebeten?«

Stoevesandt antwortete erst mal nicht. Ruhig durchsuchte er die Mails von den Vortagen. Dann las er vor: »›… möchte ich über den aktuellen Stand folgender Ermittlungen informiert werden.‹ Meines Wissens ist dies gestern doch geschehen. Oder etwa nicht? Ich bin gestern noch mal mit allen betroffenen Mitarbeitern die Fälle durchgegangen. Und die haben Ihnen doch sicher nichts vorenthalten.«

»Wenn ich einen Bericht über die Arbeit der Abteilung will, dann will ich, dass der Leiter der Abteilung anwesend ist. War das jemals anders?« Bechtel hatte ohnehin eine blecherne Stimme, und wenn er sich aufregte, klang er wie Micky Maus. Leider reizte diese Tonlage Stoevesandt erst recht dazu, den Vorgesetzten auflaufen zu lassen. Er faltete die schmalen Hände vor sich auf dem Schreibtisch und sah auf sie hinunter. Die Geste war seine Art des Pausenfüllers, wenn seine grauen Zellen ungestört arbeiten wollten.

»Sie haben Fälle genannt, Herr Dr. Bechtel, über die Sie informiert werden möchten. Von einem Bericht über die Arbeit der Abteilung steht hier nichts.«

Bechtels Stimme wurde noch ein bisschen schriller: »Na gut, weil's Sie sind ... jedem anderen in dieser Inspektion wäre es vollkommen klar ... Wenn Fälle von einem solchen Gewicht besprochen werden, dann erwarte ich, dass der Abteilungsleiter dabei ist. Das gilt auch für den vornehmen Herrn Stoevesandt!«

Damit rauschte er wieder aus dem Raum.

Für einen Moment war Stoevesandt platt. Der ›vornehme Herr Stoevesandt‹ – so sah ihn Bechtel also. Für ihn war sein Vorgesetzter ein Ausbund an Arroganz und Selbstverliebtheit. Beides Eigenschaften, die er auf den Tod nicht ausstehen konnte. Bechtel trat immer auf wie aus dem Ei gepellt, trug – auch jetzt im Sommer – teure Anzüge und im Winter diese modischen Schals und vorzugsweise Kaschmir-Mäntel. Sein volles, leicht gewelltes Haar, auf das er so stolz war, wurde so regelmäßig gefärbt, dass man nur selten einen grauen Haaransatz erkennen konnte. Er war immer braun gebrannt, und selbst jetzt, bei Sonne satt, wirkte die Bräune künstlich wie aus dem Sonnenstudio. Stoevesandt seinerseits legte durchaus Wert auf ein gepflegtes Äußeres und eine gewisse Kleiderordnung. Doch Bechtels gockelhafte Auftritte gingen ihm gründlich über die Hutschnur.

Noch mehr ärgerte ihn jedoch, wie der Inspektionsleiter mit seinen Leuten umging. Er ließ jeden Mitarbeiter spüren, dass der in der Hierarchie unter ihm stand. Herablassend ließ er sich berichten, um dann inquisitorische Fragen zu stellen. Dabei konnte er endlos auf Details herumreiten. Ja, Details waren seine Leidenschaft. Kriminalrat Dr. Winfried Bechtel hatte ein hervorragendes Gedächtnis für Details. Er erinnerte sich noch an Einzelheiten aus abgeschlossenen Fällen, die Stoevesandt gedanklich längst ad acta gelegt hatte. Vor allem aber erinnerte er sich an die Fehler und Fauxpas seiner Untergebenen und schmierte sie diesen aufs Butterbrot, sobald er die Notwendigkeit verspürte, jemanden klein zu machen.

Wodurch sich Stoevesandt jedoch am meisten gekränkt fühlte, war der unaufhaltsame Aufstieg dieses Mannes, der mehr als zehn Jahre jünger war als er und an dessen Führungsstil er kein gutes Haar lassen konnte. Bechtel hatte seine Stärken – das wusste er. Sonst wäre er auch niemals auf diesem Posten beim Landeskriminalamt gelandet. Da war zum einen das wirklich phänomenale Gedächtnis. Er war organisiert, hatte ständig den Überblick und sorgte zuverlässig dafür, dass in der Inspektion 4 bei Ermittlungen in den Bereichen Organisiertes Verbrechen, Drogen, Wirtschaftskriminalität und Verdeckte Ermittlungen alles dokumentiert wurde und Vorschriften und Dienstanweisungen genau befolgt wurden. Bechtel war dabei recht konservativ. Neue Impulse oder eine kritische Betrachtung der Regularien kamen für ihn nur dann in Frage, wenn von ganz oben, vom Präsidenten, aus dem Innenministerium oder aus anderen Bundesländern ein Anstoß dafür kam. Für Stoevesandt, der an Führungskräften durchaus schätzte, wenn die eigene Organisation und althergebrachte Verfahren auch mal auf den Prüfstand gestellt wurden, hieß das, dass auch seine Initiativen und Verbesserungsvorschläge nicht erwünscht waren. Was ihn jedoch noch mehr fuchste, das war die Tatsache, dass Dr. Winfried Bechtel nicht die lange, manchmal recht mühsame Laufbahn eines Polizisten über Streifendienst, Polizeihochschule und verschiedene Kommissariate hatte nehmen müssen. Er war von Haus aus Jurist, hatte als Quereinsteiger direkt bei der Polizeidirektion Biberach eine gute Stelle bekommen, war dann ins Innenministerium gewechselt und von dort aus vor rund zehn Jahren ins LKA geschickt worden. Stoevesandt vermutete, dass diese Karriere weniger den Führungsqualitäten als vielmehr einem gewissen Parteibuch geschuldet war.

Er mochte den Mann nicht. Und er konnte es sich nicht verkneifen, es seinen Vorgesetzten spüren zu lassen. Er kannte die Schwäche von Winfried Bechtel, diese Angst vor Kontrollverlust. Das war ja der Motor für seine Detailversessenheit und das Bestehen auf den Regeln. So versuchte er sich abzusichern, damit gewiss nichts Unvorhergesehenes auf ihn zukam und jeder seiner Mitarbeiter berechenbar blieb. Doch gerade diese Kontrolle zu unterlaufen, machte Stoevesandt ein diabolisches Vergnügen. Vor allem dann, wenn Bechtel sich nicht wehren konnte, weil er selbst die Maschen nicht eng genug geknüpft hatte – wie eben in jener E-Mail, die sie beide so unterschiedlich interpretiert hatten. Und er wusste genau, dass er Bechtel damit auf die Palme bringen konnte, und zwar ganz weit hinauf.

»Mein lieber Schwan – ein diabolisches Vergnügen«, wiederholte Stoevesandt den Gedanken laut und konnte ein leichtes Grinsen nicht unterdrücken. Der Gutmensch Stoevesandt hatte teuflische Gefühle. Vielleicht war das ja auch eine jener Schattenseiten, die die Psychologin gemeint hatte. Denn wenn Bechtel konnte, würde er sich rächen, und Stoevesandts Arbeit wurde dadurch nicht leichter.

3

Bevor Stoevesandt sich am Nachmittag zum Pragsattel aufmachte, um der Obduktion beizuwohnen, hatte er für den Bruchteil einer Sekunde die Idee, sich bei Bechtel abzumelden. Als Geste der Unterwürfigkeit sozusagen. Doch er verwarf den Gedanken umgehend. Er traute Bechtel zu, dass er dies dann auch in Zukunft einfordern würde. Man durfte nichts einreißen lassen.

Er rief Rudolf Kuhnert an und gab ihm Bescheid, dass er für eine Weile außer Haus war. Dabei konnte er auch gleich nach dem Verlauf des Rapports fragen, zu dem Bechtel seine

Leute gestern einbestellt hatte. Er machte sich vor allem Gedanken um Stephan Ströbele, einen seiner jüngeren Mitarbeiter, der die Ermittlungen gegen die ehemalige Führung der Landesbank leitete. Die Hauptermittlungen waren abgeschlossen. Trotzdem waren Stephan Ströbele und ein paar weitere Mitarbeiter immer noch mit Detailfragen beschäftigt, auf denen Bechtel herumreiten konnte.

»Ähm«, begann Rudolf in seiner unbeholfenen Art und informierte Stoevesandt zunächst über seinen eigenen Fall. »Du weißt ja, wie er ist. Lückenlos, ähm, er will ja alles lückenlos. Die Protokolle von den Aufsichtsratssitzungen von Porsche. Und ob Piëch die Protokolle lückenlos einsehen konnte.«

Stoevesandt wusste, dass die Frage fast eine Beleidigung für den alten Vertrauten war. »Und? Alles beieinander?«

»Nun ... ja ... doch ...« Rudolf fühlte sich nie beleidigt. An ihm glitt alles ab, auch das misstrauische Löchern von Winfried Bechtel. Er nahm einfach nie etwas persönlich.

»Und die andern?«

»Na ja, Stephan Ströbele war gut vorbereitet. Was ja nicht leicht ist. Bei den ganzen undurchsichtigen Geschäften von der Landesbank. Wirklich, er macht das gut. Und bei Charlotte ... wie soll ich sagen? Da will Bechtel ja sowieso nur wissen, ob der Staatsanwalt etwas beanstanden könnte. Na ja, ich meine, ob der EnBW-Deal rechtens war oder nicht ... Ich weiß ja nicht, ob ihm das wichtig ist. Er hat halt immer noch Sorge ... Es war ja nun mal seine Regierung. Ich meine, eine, die er ja mit unterstützt hat.«

Alles in allem hatte Bechtel also keinerlei Grund gehabt, etwas an der Arbeit der Abteilung auszusetzen.

4

Er traf sich mit Bialas und Frenzel vor dem Polizeipräsidium am Pragsattel, wo man problemlos parken konnte. Die

Hitze brütete noch immer über der Stadt. Selbst der Staatsanwalt war heute kurzärmelig unterwegs, wenngleich eine der knallbunten Krawatten, die er zu tragen pflegte, nicht fehlen durfte.

Gemeinsam machten sie sich auf den kurzen Weg hinüber zum Robert-Bosch-Krankenhaus, und Stoevesandt bereute schon nach wenigen Minuten, nicht doch direkt zu der Klinik gefahren zu sein. Man konnte sich kaum im Freien bewegen, ohne nicht unverzüglich das Hemd durchzuschwitzen. Auch Frenzel stöhnte und wischte sich den Schweiß von der Glatze, und selbst das große Stofftaschentuch von Andreas Bialas kam heute auf dessen Stirn zum Einsatz.

Von der Anhöhe, auf der das Krankenhaus und das Präsidium lagen, hatte man einen guten Blick auf die Innenstadt. Heute lag sie unter einer Dunstglocke, die kaum etwas erkennen ließ. Nur die markante Topografie zeigte sich auch heute von hier oben. Die Silhouetten der Höhenzüge, die wie ein fast geschlossener Kreis die Stadt umrandeten, zeichneten sich vor dem milchig-blauen Himmel ab. Stoevesandt wunderte sich wieder einmal, wie viel Ruhe hier, an einem zentral zwischen großen Stadtteilen gelegenen Ort, doch herrschte. Die Betriebsamkeit der Stadt ringsum war nur als Hintergrundrauschen vernehmbar.

Bereits in der Eingangshalle des Robert-Bosch-Krankenhauses empfing sie eine angenehme, klimatisierte Belüftung, die fast frisch wurde, als sie sich in die Kellerräume begaben. Hier befanden sich seit ein paar Jahren neue Obduktionsräume, eine Einrichtung des Tübinger Universitätsinstituts für Rechtsmedizin, mit Bedingungen, die bei jedem Arzt Begehrlichkeiten wecken würden. Molekularbiologische Spurenuntersuchungen, forensische Computertomografie, Histologie und Toxikologie und was noch nicht alles. Stoevesandt wusste durch den Beruf seiner Frau das medizinische Potenzial durchaus einzuschätzen. Auch für die Todesermittler waren das große Hilfen.

Gemeinsam betraten sie den Sektionssaal, einen nüchternen Hightech-Raum, in dem jedes Geräusch leicht nachhallte. Auch hier war es angenehm kühl. Professor Doktor Ehrenberg höchstpersönlich begrüßte die beiden Polizeibeamten und den Staatsanwalt. Der Leiter des Instituts für Rechtsmedizin an der Universität Tübingen war eine Legende. Wer bei der Polizei mit Todesfällen zu tun bekam, kannte Professor Ehrenberg. Er war ein hochgewachsener, schlanker Mann mit gekräuselten silbergrauen Haaren. Während er jedem fest die Hand drückte, schaute er sein Gegenüber über den Rand einer dünnen Brilleneinfassung durchdringend an. Die himmelblauen Augen unter einer hohen Stirn beherrschten das Gesicht. Sein Ruf begründete sich zum einen auf seinen hieb- und stichfesten Gutachten, die jedem Staatsanwalt das Herz höher schlagen ließen und jeden Richter beeindruckten. Die zweite Eigenschaft, die ihn berühmt und berüchtigt gemacht hatte, war die Coolness, mit der er sein blutiges Tagewerk verrichtete. Noch bei den grausigsten Funden, bei denen sich selbst abgebrühte Polizisten die Eingeweide aus dem Leibe würgten, blieb Ehrenberg unbeeindruckt. Jetzt war Stoevesandt vor allem die Gründlichkeit des Mannes wichtig. Es war dem Fall Angelhoff nur angemessen, dass der Chef der Rechtsmedizin sich seiner selbst angenommen hatte.

Der führte sie zu einem der Sektionstische, auf dem Ewald Angelhoff aufgebahrt lag. Für Stoevesandt hatten die Toten, wenn sie entblößt und gereinigt auf Edelstahltischen lagen, etwas Nüchternes, mit dem er in der Regel gut umgehen konnte. Einen Menschen zu sehen, den man lebhaft und lebendig kennengelernt hatte, berührte ihn nun aber doch. Neben dem Tisch stand eine Frau mit großen braunen Augen, im Nacken zusammengebundenen Haaren, vollen Lippen und einem Pferdegebiss. Sie war fast so groß wie Ehrenberg und Stoevesandt, überragte Bialas um einen halben und Frenzel um einen ganzen Kopf und hatte die typische Körperhaltung von langen Menschen, die sich kleiner machen wollten.

»Frau Doktor Spangenberg, unsere Spezialistin für Schussverletzungen«, stellte Professor Ehrenberg sie vor. Stoevesandt kam sie noch etwas jung vor, um als Spezialistin zu gelten. Aber Ehrenberg war ja zugegen, sodass es sicher keine Fehler gab.

»Zunächst mal zum Allgemeinzustand des Probanden«, begann Ehrenberg und schob Friedebald Frenzel ein bisschen näher an den Seziertisch. Der wirkte bleich und wagte kaum einen Blick auf den Toten, zumal das zerschossene Gesicht wirklich kein schöner Anblick war.

»Unser EU-Abgeordneter war ganz gut beieinander. Körperbau, Gewicht, Ernährungszustand – passt alles zueinander. Über den Zahnstatus müssen wir hier auch nicht reden. Die inneren Organe waren alle in Ordnung. Das einzige, was mir nicht ganz gefällt, sind die Herzkranzgefäße. Er hätte wahrscheinlich irgendwann mal einen Herzinfarkt erlitten. Na ja, das erübrigt sich ja nun.« Ehrenberg sah auf den Toten nieder, als ob er damit zufrieden wäre. »Die Todesursache ist auch vollkommen unzweifelhaft: Herz-Kreislauf-Versagen infolge der Zerstörung wichtiger Hirnareale, sowohl in der Großhirnrinde als auch im Thalamus. Der Tod ist sofort eingetreten. Und damit möchte ich eigentlich schon an meine Kollegin hier übergeben. Frau Doktor Spangenberg, bitte.«

Die Ärztin warf einen kurzen Blick auf ihre Notizen. Dann begann sie ihre Erläuterungen, wobei die großen Zähne noch mehr zur Geltung kamen. Der Blick der klugen Augen und die Sicherheit, die in ihrer angenehmen Stimme lag, gaben Stoevesandt das Gefühl, dass man sie durchaus ernst nehmen konnte.

»Zuerst einmal: Sie haben uns ja schon mitgeteilt – wir haben es mit einem Teilmantelgeschoss im Kaliber neun Millimeter zu tun. Wie Sie wissen, pilzt dieses Geschoss auf und richtet ziemlich viel Schaden an. Die Austrittswunde entspricht genau diesem Schema.« Sie deutete auf das zerfetzte rechte Auge von Angelhoff. »Bei Suiziden wird gern solche Munition verwendet. Damit geht man auf Nummer Sicher.

Zur Auffindung des Toten: Der Arzt vor Ort hat anhand der Totenflecken die Vermutung festgehalten, dass der Leichnam wahrscheinlich nicht bewegt worden ist. Man hat ihn jedoch recht schnell gefunden. Bei einer Umlagerung würden die Flecken ja erst nach etwa sechs Stunden nicht mehr wandern. Auch haben wir keinerlei Hinweise auf eine Verlagerung der Leiche gefunden. Die Abrinnspuren etwa waren alle lagegerecht. Also kann man mit großer Wahrscheinlichkeit sagen, dass Tatort und Fundort identisch sind.

Dann, was für Sie ja sehr wichtig ist: Der Tote war tatsächlich Linkshänder. Die Bemuskelung der Hände und Arme ist eindeutig. Die linke Hand kann also durchaus die Schusshand gewesen sein. An ihr waren auch die typischen Schmauchspuren.«

Andreas Bialas nickte: »Das haben unsere Kriminaltechniker auch schon bestätigt.«

»Das heißt dann wohl«, fragte Frenzel, der sich mittlerweile wieder mehr in den Hintergrund verdrückt hatte, »dass Ewald Angelhoff auf jeden Fall einen Schuss abgegeben hat. Oder?«

Die Ärztin wiegte den Kopf: »Ich vermute schon. Es gibt zwar Fälle, wo Schmauchspuren an der Hand gefunden werden, weil das Opfer nach der Waffe gegriffen hat. Aber die Verteilung der Spuren an der Hand lässt darauf schließen, dass die Waffe von ihm selbst in Schussposition gehalten wurde. Was aber natürlich nicht zwingend heißt, dass er sich selbst erschossen hat. Er kann genauso gut in die Luft oder auf eine andere Person gezielt haben.«

Wieder nickte Bialas: »Wir müssen natürlich Projektil und Waffe vergleichen. Eine Hülse haben wir nur im Fußraum des Wagens gefunden. Aber Hülsen kann man natürlich entfernen.«

Die Frau Doktor mit dem Pferdegesicht machte sich an einem PC zu schaffen, der auf einem Edelstahlwagen neben dem Seziertisch stand. »Nun zu weiteren Spuren am Leichnam.« Sie ließ auf einem Bildschirm, der über dem Tisch hing, ein paar Fotos erscheinen. Es waren Fotografien von Hand und Arm des Toten, bevor der Körper gereinigt worden war.

»Sie sehen hier am Unterarm diese feinen Blutspritzer. Die sind typisch für Körperbereiche, die sich in der Nähe der Einschusswunde befunden haben. Natürlich untersuchen wir das Blut, aber wir können erst einmal davon ausgehen, dass es sein eigenes ist, das beim Schuss ausgetreten ist. Nur ...« – sie zeigte Bilder von der Hand des Toten und zögerte einen Moment. »Da gibt es eine Ungereimtheit. Diese feinen Blutspritzer befinden sich zwar am Arm, nicht aber an der Schusshand selbst. Und das ist ungewöhnlich.«

»Wie könnte so etwas zu erklären sein?«, fragte Bialas.

Sie zuckte die Achseln. »Ich hatte einmal einen Fall, da hat ein Selbstmörder mit der einen Hand die andere abgedeckt. Aber da waren diese Spritzer dann eben auf beiden Händen zu finden.«

»Inwieweit kann man das als Indiz werten, dass er sich doch nicht selbst erschossen hat?«, fragte Stoevesandt.

Sie schüttelte bedauernd den Kopf: »Das müssten Sie Ihre Kriminaltechniker fragen. Die werden sicher auch die Blutspritzer auf der Kleidung auswerten. Wenn es keine andere Erklärung gibt, dann ist es schon seltsam.« Frau Doktor Spangenberg zeigte eine weitere Aufnahme. Es war eine Nahaufnahme des Hinterkopfes von Angelhoff mit der typischen Wunde, die jeder kannte, der eine Weile bei Todesermittlungen eingesetzt war. »Lassen Sie mich vielleicht zunächst mal ein Gesamtbild geben. Hier haben wir die Einschusswunde mit der charakteristischen Wundform von einem Nahschuss. Hier die strahlig aufgeplatzte Haut durch den Pulvergasdruck. Es war ein aufgesetzter Schuss, wie Sie hier an der Stanzmarke sehen.«

Dann folgten Aufnahmen der abgelösten und präparierten Kopfhaut, auch von hinten, wodurch erst die höhlenförmige Auftreibung der Haut überm Knochen sichtbar wurde, die bei einem Nahschuss durch die Explosionsgase entstand.

»Allerdings weist die Form von Schmauchhöhle und Stanzmarke um die Wunde herum darauf hin, dass die Waffe nicht vollständig aufgesetzt war. Sie muss leicht schräg zur Schädelfläche gestanden haben. Die Einschussstelle ist relativ weit hinterm Ohr, noch im Schläfenbeinbereich, aber doch recht nahe am Scheitelbein. Die Ausschusswunde liegt hier, direkt neben dem Auge, in der Stirnbein-Jochbein-Naht. Wir haben den Schusskanal in einer Computertomografie dargestellt.«

Auf dem Monitor war jetzt die animierte dreidimensionale Darstellung des Kopfes mitsamt seiner Innereien zu sehen. Stoevesandt begriff: Dieser Schusskanal war ungewöhnlich für eine Selbsttötung.

Die Ärztin hatte nun eine fiktive Waffe in der Hand, die sie sich selbst an den Kopf hielt: »In Verbindung mit dem nicht vollständig aufgesetzten Lauf ... Die Waffe hat wahrscheinlich den Kopf nur so angetippt ... Also, es ist auf jeden Fall eine unbequeme Haltung gewesen, wenn er selbst geschossen hat.«

»War unser Abgeordneter also ein Yogi«, warf Frenzel ein.

Doktor Spangenberg nickte: »Wir haben uns die Beweglichkeit der Arme und der Schultern angesehen. Er hatte für sein Alter noch recht wenige Einschränkungen. Er hätte eine Waffe durchaus so halten können.«

»Was denken Sie?«, fragte Bialas. »Bringt sich jemand so um?«

Die Antwort war typisch für eine Ärztin: »Anatomisch ist es möglich. Soweit ich das beurteilen kann. Die Waffe war ja wohl ein Browning – oder eine FN High Power, wie sie jetzt genannt wird. Also keine ganz leichte Waffe. Sie sollten das unbedingt alles auch durch die Kriminaltechnik rekonstruieren lassen. Auch das mit den fehlenden Blutspritzern an der Hand.

Was ich auch sagen muss: Es ist gar nicht so leicht, einen andern Menschen so zu erschießen. Mit so einem fast aufgesetzten Schuss. Man muss erst mal so nah an das Opfer herankommen. Man muss die Schussrichtung exakt kennen und das dann auch umsetzen können. Bei weitem nicht jeder Schuss in den Kopf endet tödlich. Und meistens wendet das Opfer, wenn es bloß aus den Augenwinkeln eine Waffe sieht, intuitiv das Gesicht zum Angreifer. Zufälle kann ich aber natürlich nicht ausschließen. Rein aus der Sicht der Gerichtsmedizin ist Fremdeinwirkung nicht ausgeschlossen. Ein Suizid aber auch nicht.«

Es herrschte einen Moment Stille im Raum. Frenzel seufzte. Bialas zog sein Taschentuch aus der Hosentasche und putzte sich geräuschlos die Nase. Stoevesandt sah auf den toten Körper hinab, der wirklich nur noch eine Hülle war. Das war übrig geblieben von dem vitalen und eloquenten Mann, den er kennengelernt hatte. Wieder fragte er sich, warum der sich hätte umbringen sollen.

»Machen Sie eine toxikologische Untersuchung?«, fragte er. »Antidepressiva, Barbiturate, Drogen. Alles, was auf eine Depression hindeutet.«

Professor Ehrenberg antwortete: »Selbstverständlich. Das ganze Programm. Dauert eben, wie Sie ja wissen. Die Schnelltests von Urin und Blut haben keinen Hinweis auf einen aktuellen Drogenkonsum erbracht. Alles andere später. Und was die Frage nach der Machbarkeit eines Suizids angeht: Da kann ich mich nur meiner Mitarbeiterin anschließen. Weder Mord noch Selbstmord sind bis jetzt auszuschließen. Aber ...« Er sah Stoevesandt über die Brillenränder hinweg an und runzelte die hohe Stirn. »... wenn Sie mich fragen würden, ob ich in meiner dreißigjährigen Karriere als Rechtsmediziner schon mal einen gehabt habe, der sich so verrenkt hat, um sich umzubringen, dann würde ich sagen: Nein.«

»Würden Sie das auch vor Gericht so sagen?«, fragte Andreas Bialas.

Ehrenberg sah ihn über den Brillenrand kritisch an. »Nein. Das sind Mutmaßungen und keine Fakten.«

5

Die Sonne tat jetzt richtig gut, als Stoevesandt, Bialas und der Staatsanwalt wieder vor dem Krankenhaus standen. Der Tod, die kühle Atmosphäre und die Temperaturen in den Sektionsräumen hatten sie frösteln lassen, zumal sie alle drei leicht angezogen waren.

Die Sonne stand nicht mehr ganz so hoch, die Wärme wurde langsam angenehm und der Rückweg zum Polizeipräsidium war nicht mehr so schweißtreibend. Und so konnte sogar Stoevesandt die Gegend fast genießen, die ihm immer ein bisschen fremd blieb. Die Weinreben, mitten in der Stadt, hatten einen gewissen Charme. Zugleich blieben sie für ihn jedoch auch ein Symbol für die etwas provinzielle Mentalität der Region und ihrer Bewohner. Auch wenn sich Stuttgart in den letzten Jahren sehr gewandelt hatte und Stoevesandt immer häufiger feststellte, dass die Stadt doch einige ihm liebgewordene Ecken und Events zu bieten hatte – Heimatgefühle kamen nicht auf. Dafür musste er immer noch nach Hamburg fahren.

»So, und jetzt brauch ich dringend eine Pause«, wandte sich Bialas an Stoevesandt, als sie wieder vor dem kastigen, graubraunen Polizeigebäude standen. »Hast du noch einen Moment? Auf ein kleines Bier in unserer Kantine?«

Der Gedanke an ein kühles Bier war an diesem heißen Tag zu verlockend. Die beiden Männer gingen in den Speiseraum des Präsidiums, der um diese Uhrzeit recht leer war. Stoevesandt war sich nicht sicher, ob Bialas mit ihm noch etwas besprechen wollte, was mit dem Fall zu tun hatte.

Doch Bialas war nur in Plauderlaune. Stoevesandt lag das Klönen nicht besonders, obwohl er sich manchmal auch einen Männerfreund wünschte. Einen, mit dem man eben klönen konnte – über den alltäglichen Ärger, die Fälle, die ihn beschäftigten, und vielleicht sogar über Privates. Einen solchen Freund gab es nicht.

In seiner Abteilung war ihm Rudolf Kuhnert am vertrautesten. Doch nicht, weil sie sich viel erzählten. Rudolf war wie er keine Plaudertasche. Ihre Verbundenheit resultierte aus einem gleichen Verständnis ihres Berufes und einer gemeinsamen Vergangenheit beim Bundeskriminalamt, bei dem sie beide in eine große Bedrängnis geraten waren und das sie gemeinsam als Verlierer verlassen hatten. Ansonsten redete er mit Ines, wenn er etwas auf dem Herzen hatte. Aber auch mit ihr sprach er nicht über alles, am wenigsten darüber, was ihm wirklich unter die Haut ging.

Andreas Bialas war einer, bei dem er sich mit seiner Wesensart doch recht weit öffnen konnte. Der Kollege war wie er selbst von ernster Natur. Man musste seinen finsteren Blick zu deuten wissen, den er oft aufsetzte, wenn ein Fall ihn besonders fesselte. Dabei kam auch das obligatorische Stofftaschentuch zum Einsatz. Man musste ihn einigermaßen kennen, um zu sehen, wenn sich ein schelmischer Ausdruck um seine Augen legte und ein Mundwinkel zuckte. Stoevesandt hatte von ihm noch nie ein hörbares Lachen vernommen. Er selbst lachte ja auch nicht laut, zum letzten Mal vielleicht in seiner Kindheit. Bei wirklich guten Pointen konnte Stoevesandt immerhin deutlich sichtbar schmunzeln.

Vor allem aber fand Stoevesandt mit dem zehn Jahre jüngeren Kollegen immer Themen und einen Ton, bei dem sie sich beide gut verstanden fühlten. Es waren die gleichen Fragen, für die sie sich interessierten, und sie schätzten vieles ähnlich ein. Sie hatten ähnliche Ansprüche an sich und andere und an die Arbeit der Polizei.

Sie sprachen über die Polizeireform, die die neue Landesregierung in die Wege geleitet hatte. Sie waren beide nicht direkt davon betroffen. Doch sie waren sich einig, dass die Straffung der Organisation durchaus Sinn machte, wenn man sie mit dem nötigen Fingerspitzengefühl anging. Für Andreas Bialas würde es im Rahmen der Umstrukturierung einen neuen Chef geben. Franz Kallinger, der alte Haudegen und Mentor von Andreas, würde dann in den wohlverdienten Ruhestand gehen. Stoevesandt war instinktiv klar, dass das für den Kollegen einen problematischen Einschnitt bedeuten konnte. Kallinger hielt große Stücke auf Bialas und ließ ihm sehr viele Freiheiten. Freiheiten, die der brauchte, um nicht zu rebellieren. Bialas schaute mürrisch drein, als er gestand, dass er durchaus Bammel hatte vor dem Wechsel: »Mal sehen, wen sie uns da vor die Nase setzen. Und wie's dann aussieht mit der eigenständigen Arbeit und der Protektion. Wie geht's dir eigentlich mit Bechtel?«

Stoevesandt blies leise die Luft aus, faltete seine Hände vor sich auf dem Tisch und sah auf sie nieder. »Alles beim Alten«, meinte er dann sarkastisch. »Er lebt seinen Kontrolldrang aus und passt auf, dass wir alle nicht mit höheren Werten in Konflikt kommen. Wobei ich vermute, dass die Werte sich nach dem Sozialprestige der Leute richten, die sie vertreten. Reputation – das ist ihm eben sehr wichtig. Und daneben machen wir unsere Arbeit so gut es geht.«

»Wie geht es deiner Frau Marinescu?«

Ja, wie ging es ihr eigentlich? Wenn man nicht viel klönte, erfuhr man auch wenig. Das hatte Vor- und Nachteile. Stoevesandt lag die Trennung zwischen Beruflichem und Privatem, wobei er sich durchaus bewusst war, dass Privates so in den Beruf hineinspielen konnte, dass es zu Beeinträchtigungen führen konnte. Für ihn war völlig klar, dass er als Vorgesetzter wissen musste, dass Nicole Marinescu alleinerziehend und dadurch manchmal nicht so flexibel einsetzbar war wie die Kollegen, die keine Kinder hatten oder denen eine Ehefrau den Rücken freihielt. Aber die junge Frau wirkte in letzter Zeit manchmal unausgeschlafen und unkonzentriert. Die Ursache dafür kannte er nicht, und er hätte es nicht nur als taktlos empfunden, danach zu fragen. Er war auch froh darüber, dass ihn dies nichts anging.

»Sie macht sich gut«, antwortete er. »Bearbeitet schon recht wichtige Fälle in verantwortlicher Position. Ein kluges Mädchen, das weißt du ja. Tja, und ihre Tochter dürfte ja nun auch schon fast zehn sein. Da ist sie doch nicht mehr ganz so eingeschränkt. Nein, wirklich, eine von meinen Zuverlässigsten und Schlausten. Und Frau Stankowski? Sie macht einen ganz zufriedenen Eindruck.«

Die Geschichte von Hanna Stankowski war weit über das Präsidium hinaus bekannt. Sie hatte noch recht jung ihren Mann verloren, der als Polizist im Dienst ums Leben gekommen war, und musste sich mit drei damals noch kleinen Kindern alleine durchschlagen. Die drei waren mittlerweile aus dem Haus, und Hanna Stankowski hatte wieder einen Partner. Dass die stellvertretende Leiterin des Dezernats für Tötungsdelikte jetzt mit dem Leiter der Stuttgarter Hundestaffel liiert war, hatte sich wie ein Lauffeuer in der Polizistenszene der Stadt verbreitet.

Bialas verzog den Mundwinkel und bekam das Schmunzeln um die Augen: »Der geht es, glaube ich, sehr gut. Sie schimpft zwar manchmal über den Macho und sagt immer noch, dass sie nicht zu ihm zieht, weil sie ihm sonst die Socken waschen müsste. Aber an den freien Wochenenden, da findest du sie mit Sicherheit nicht in ihrer eigenen Wohnung. Ich glaube, die beiden haben ein ganz gutes Arrangement gefunden.«

»Und was macht deine Gesundheit?«, fragte Stoevesandt den Kollegen. Es war ihm aufgefallen, dass Bialas wieder zugenommen hatte. Nach dessen Herzinfarkt und Reha, da hatte er doch eine recht gute Figur gehabt. Bialas war keiner, der wirklich dick wurde. Doch nun schob er wieder ein ganz schönes Bäuchlein vor sich her. Und Stoevesandt war wieder einmal froh, dass er mit seiner hageren Figur so gar keine Gewichtsprobleme hatte.

Bialas verzog den Mund: »Ich hatte mir ja vorgenommen, mehr Sport zu machen. Und zu tanzen. Dann fällt es das erste Mal aus. Dann das zweite Mal und dann dreimal hintereinander. Und das Herz sagt gar nichts dazu. Thea, meine Frau, die schimpft mit mir. Neulich hatten wir richtig Krach. Weil … das mit dem Tanzen funktioniert natürlich nur, wenn man regelmäßig dabei ist. Sonst kennt man die Schritte nicht oder hat sie schon wieder vergessen und fühlt sich wie ein Bär im Ballett.« Er schüttelte den Kopf: »Nein, das läuft nicht gut. Da muss etwas wieder anders werden. Die Überstunden, die ich habe, sind auch jenseits von Gut und Böse. Aber sag mir mal, wie ich das machen soll. Jetzt wieder diese Sonderkommission. Dienst nach Vorschrift geht da einfach nicht.«

Stoevesandt war froh, dass er selbst solche Extremsituationen nur noch selten hatte. Nur wenn Durchsuchungen in früher Morgenstunde vorbereitet und durchgeführt werden mussten, hatte die Wirtschaftskriminalität noch einigermaßen Dramatik.

Wohl der Gedanke an den Job brachte Bialas darauf, dass er doch noch etwas auf dem Herzen hatte: »Hör mal, Gerd! Wir werden morgen noch einmal die Witwe von Angelhoff besuchen. Sie war heute kaum ansprechbar. Der Arzt hat sie wohl auch unter Drogen gesetzt. Aber das alleine war es nicht. Sie war total abweisend. Trotzig wie ein Kind. Hanna hat versucht, mit ihr zu sprechen. Und du weißt ja – wenn irgendjemand in so einer Situation einen Draht zu den Angehörigen findet, dann ist sie es. Aber Felicitas Angelhoff hat ihr nicht die geringste Chance gegeben.«

Er nahm einen Schluck von seinem Bier. »Immerhin konnten wir feststellen, dass kein Abschiedsbrief von Angelhoff herumlag. Und die Witwe schwört, dass es nichts dergleichen gegeben hat. Wir haben den Computer von ihm mitgenommen. Der steht schon oben in der Computerforensik. Auch da, bei seinen Mails, kein Hinweis auf eine Selbsttötungsabsicht. Auch nicht bei den SMS oder bei seinen Internet-Auftritten.«

Wieder machte er eine Pause und nahm einen Schluck. »Wie gesagt, wir müssen nochmal zu der Witwe. Der Arzt meinte, dass morgen um elf der beste Zeitpunkt wäre. Da ist sie auf jeden Fall wach und nervlich noch so gut beieinander, dass sie sich nicht wieder volldröhnen muss. Also, Gerd, ich möchte, dass du da mitkommst. Sie kennt dich. Das kann von großem Vorteil sein, gerade wenn sie noch unter Schock steht. Die Leute sind dann offener, ihnen fällt mehr ein, wenn jemand dabei ist, den sie kennen.«

Stoevesandt überlegte. Ob Felicitas Angelhoff sich überhaupt noch an ihn erinnern würde? Bei dem Empfang war sie doch sehr mit sich selbst und ihren Projekten beschäftigt gewesen. Immerhin hatte sie noch ein paar höfliche Fragen nach der Arbeit der Kriminalpolizei gestellt und dabei alle gängigen Klischees bedient. Er ging im Geiste seine Terminplanung für den nächsten Tag durch. Dann sagte er zögerlich zu.

6

Stoevesandt machte sich, nachdem er sich von Andreas Bialas verabschiedet hatte, direkt auf den Weg nach Hause. Nachdem er und Ines zu Abend gegessen hatten, gingen sie hinauf zur Uhlandshöhe. Sie hatten beide das dringende Bedürfnis, sich die Füße ein wenig zu vertreten – und die Hoffnung, außerhalb der stickigen Wohnung, jetzt kurz vor Sonnenuntergang, etwas Abkühlung zu finden. Doch die schwüle Luft lag wie Brei auch über der kleinen Anhöhe im Zentrum der Stadt, auf der die Sternwarte stand. Es war so drückend, dass die Beine schwer wurden. Und als Stoevesandt und seine Frau wieder zu Hause waren, hatten sie fast das Gefühl, dass es drinnen doch erträglicher war. Sie sehnten das Gewitter herbei, das in der Luft lag.

Mittwoch, 24. Juli 2013

I

Am nächsten Morgen ließ Stoevesandt als Erstes Nicole Marinescu zu sich kommen. Etwas wollte er noch auf den Weg bringen.

»Ich habe eine Bitte an Sie, Nicole.«

Die einzige Person in seiner Abteilung, die Stoevesandt duzte, war Rudolf. Sie kannten sich schon zu lange und hatten schon zu viel gemeinsam durchgestanden, als dass da etwas anderes in Frage gekommen wäre. Bei allen anderen Mitarbeitern blieb Stoevesandt konsequent beim ›Sie‹. Das schnelle Duzen, wie es immer mehr um sich griff, war ihm schon immer suspekt. In dieser Hinsicht war er einfach altmodisch. Nur Nicole Marinescu nannte er manchmal beim Vornamen. Wobei er sie dennoch siezte, eine Form, die vielleicht ebenfalls seltsam war. Doch es passte einfach für ihn, besonders dann, wenn ein Gespräch mit ihr eine gewisse Vertraulichkeit hatte. Nicole hatte momentan ein paar kleinere Fälle von Insolvenzverschleppung und Subventionsbetrug. Nachdem der Schlecker-Fall im Sande verlaufen war, konnte er ihr am ehesten noch etwas aufbürden.

»Wenn Sie mal dazu kommen, dann möchte ich Sie bitten zu recherchieren, was Ewald Angelhoff eigentlich gemacht hat. Was macht der Ausschuss genau, den er geleitet hat? Was war seine Aufgabe? Und wie viel hatte er zu sagen, da in Brüssel?«

An ihren rosigen Wangen und glänzenden Augen sah er, dass sie schon wieder eine Schlacht für die Gerechtigkeit witterte. »Meinen Sie, da gibt's irgendwas, was mit seinem Tod zu tun hat?«

»Ich weiß es nicht, Nicole. Und Sie machen zuerst Ihren Job! Wenn wir Luft haben, um den Kollegen bei der Todesermittlung am Präsidium ein bisschen unter die Arme zu greifen, dann tun wir das. Das habe ich zugesagt. Aber wie gesagt: zuerst die Arbeit, für die Sie auch vor Bechtel geradestehen müssen.«

Sie nickte eifrig. Doch er wusste, dass sie die Zeit finden würde.

Dann rief er Rudolf zu sich. Er bat ihn, sich einmal Angelhoffs Finanzen anzusehen, soweit es ohne Staatsanwalt und richterliche Anordnung möglich war. Einem Rudolf Kuhnert musste er auch nicht sagen, dass natürlich der Porsche-VW-Fall absoluten Vorrang hatte.

Rudolf sah abwesend durch sein unmodernes Brillengestell. Er hatte es sich vor zwanzig Jahren zugelegt, als das Siebziger-Jahre-Design gerade unmodern wurde, als Ersatz für eine dicke Hornbrille, wie sie jetzt wieder en vogue waren.

»Ähm«, sagte er, »seine Einkünfte, Vermögensverhältnisse … ähm, ich schau mal …«

Stoevesandt wusste auch bei ihm, dass er liefern würde.

2

Er fuhr beizeiten los, die Serpentinen der Birkenwaldstraße, Parler- und Robert-Bosch-Straße hinauf zum Killesberg, wo er sich vor der Villa von Angelhoff mit Bialas, Hanna Stankowski und dem Staatsanwalt treffen wollte. Die Wohnlage um den Bismarckturm gehörte zu den besten Adressen in Stuttgart. Hier, in der Höhenlage mit Gärten an Südhängen und wunderbaren Ausblicken auf die Stadt, hatten sich schon in den zwanziger Jahren die Reichen und Einflussreichen aus Württemberg ihre Domizile gebaut. Noch immer standen einige von ihnen und bewahrten den damals modernen Landhaus- oder Gutsherrenstil. Dazwischen lagen die ersten vom Bauhaus inspirierten Flachdachbauten und moderne Wohnhäuser von Alt- und Neureichen, die sich hier ein frei werdendes Grundstück ergattern konnten.

Stoevesandt war der Erste, der vor Angelhoffs verspieltem, durch Jugendstilelemente verzierten Haus stand. Es war top gepflegt. Fenster, Klappläden und Balkongitter waren neu, aber stilgetreu und hochwertig nachgebildet. Über den gar nicht so hohen Ziergitterzaun hatte man Einblick in eine wohlgeordnete Pflanzenwildnis, die an die Gestaltung englischer Gärten angelehnt war. Angetan betrachtete er Haus und Garten und bekam gar nicht richtig mit, wie der Staatsanwalt sich zu ihm gesellte.

»Die Villa Wöhrle«, nickte Friedebald Frenzel heftig. »Englischer Landhausstil. Noch vor dem Ersten Weltkrieg gebaut von Kommerzienrat Wöhrle, altes Stuttgarter Großbürgertum. Und Felicitas Wöhrle ist das verhätschelte Einzelkind von Richard Wöhrle, Teilhaber der Poly-Werke in Besigheim. War früher das Zellstoffwerk Besigheim. Heute macht man dort Polymere, Kunstfasern aller Art. Und es gehört jetzt zur NBAF in Mannheim. Wissen Sie, ich habe da einen guten Bekannten, und der kennt einen ... Na ja, ich habe mich eben ein bisschen schlau gemacht. Ewald Angelhoff hat eine richtig gute Partie gemacht. Das Töchterchen vom alten Wöhrle hat sicher nicht nur das Haus vererbt bekommen.«

Stoevesandt konnte sich gut vorstellen, dass Angelhoffs Frau aus gutem Hause und verwöhnt war. Er hatte sie als durchaus stilvoll mit einem gewissen kindlichen Charme, aber auch weltfremd in Erinnerung.

»Die Stuttgarter Villenkultur, ein Ausdruck der Emanzipation des Bürgertums im 19. Jahrhundert«, dozierte Frenzel weiter. Er war offensichtlich kulturinteressiert. »In Stuttgart hatte sie um die Wende vom 19. zum 20. Jahrhundert ihre Blüte. Wer da etwas auf sich hielt und sogar noch einen Titel hatte, der hat sich eine Villa gebaut. Fabrikanten, hohe Beamte, Wissenschaftler oder Künstler. Zuerst an der Birkenwaldstraße und am Herdweg. Da durfte übrigens nur eine Seite, nämlich die Bergseite bebaut werden. Damit man sich nicht gegenseitig die schöne Aussichtslage versaut. Nach dem Ersten Weltkrieg hat man dann hier oben angefangen, am Feuerbacher Weg, um den Bismarckturm. Manche Villen sind einfach verfallen. Aber den meisten haben der Zweite Weltkrieg und ein paar modernisierungswütige Architekten den Rest gegeben.« Er lachte.

Mittlerweile waren auch Bialas und Hanna Stankowski eingetroffen.

»Dann wollen wir mal«, meinte Bialas und betätigte die Klingel an der Gartenpforte. Sie wurden eingelassen von einer dürren Frau mittleren Alters, die ihrer Kleidung nach eher in kleinbürgerliche Kreise passte.

»Elisabeth Wagenhals«, stellte sie sich vor. »Ich bin die Cousine. Ich kümmere mich ein bisschen um Feli. Kommen Sie, sie erwartet Sie im Wohnzimmer.«

Sie folgten der Frau durch eine große Eingangshalle in den Wohnbereich. Dort ließ sie die Beamten mit der Hausherrin alleine und schloss sanft die Tür hinter ihnen. Stoevesandt stellte fest, dass die Einrichtung eine geschmackvolle und teure Kombination aus Biedermeier-Möbeln und modernen Elementen war. Beim Vorbeigehen bemerkte er eine Glasvitrine, die vollgestellt mit Tassen, Geschirr und Porzellanfigürchen war. Auf einer großen modernen Couchkombination aus elfenbeinfarbenem Leder saß verloren und klein Felicitas Angelhoff. Sie trauerte – das war ihr deutlich anzusehen. Doch ihr Gesichtsausdruck spiegelte auch Misstrauen, ja Abneigung gegenüber den unwillkommenen Besuchern wider. Das folgende Gespräch wurde entsprechend langwierig und zäh.

3

FELICITAS

Sie saß da, unfähig, sich zu bewegen. Die Leere tat weh. Die Stille um sie herum hämmerte in ihrem Kopf. Sie war gelähmt und kribbelig zugleich. Wie Ameisen fühlte es sich an, die ihre Nervenbahnen entlangkrabbelten und die sie abschütteln wollte. Doch es fehlte ihr jede Kraft dazu.

Warum war es nur so still ringsum? Sie war zum ersten Mal ganz allein. Seit dieser Nachricht, die sie nach wie vor für einen Traum hielt. Einen bösen Traum, aus dem sie einfach nicht erwachen konnte. Jetzt, in dieser Einsamkeit, schien der Traum in die Wirklichkeit driften zu wollen. Und das war noch furchtbarer.

Sie wollte schreien und brachte keinen Ton heraus. Immerhin ein Wimmern kam zustande. Das einzig Gute war jetzt, dass niemand Zeuge würde, wie sie ihre Contenance verlor. Elisabeth war gegangen, kurz nachdem die Polizisten gekommen waren. Sie habe dringende Erledigungen zu machen, hatte sie gesagt.

Sie verstand es ja. Elisabeth hatte Familie und war schon den dritten Tag fast ununterbrochen bei ihr. Aber wie sollte das denn weitergehen? Wie sollte sie denn diese Verlassenheit aushalten? Schon jetzt, nach zehn Minuten, war die Einsamkeit unerträglich. Der Arzt war nicht da. Und die Haushälterin würde erst am Nachmittag kommen. Elisabeth konnte sie doch nicht einfach so allein lassen.

Dieses Gespräch mit der Polizei ... Elisabeth hätte dableiben müssen. Ihre Erledigungen hätte sie doch auch später machen können ... Nur sie, allein, und die fremden Leute in diesem Haus, das immer ihr ureigenes Nest gewesen und das plötzlich von einer Leere und Kälte durchdrungen war, in der sie Geister sah. Da kam Ewald zur Tür herein, da stand *er plötzlich in der Küche ... Wenn sie aufwachte, lag er neben ihr – und plötzlich entzog er sich, erlosch wie ein Licht im Nebel, der immer dichter wurde.*

Sie hatten von ihr wissen wollen, was für ein Mensch er gewesen war. Er war der beste Mensch auf Erden. Was hätte sie anderes sagen sollen?

Ob er schwermütig gewesen sei. Aber nein! Ewald Angelhoff ist ein Sonnenkind. Sein Lachen nimmt alle um ihn herum in Beschlag. Er war fast immer gut gelaunt. »War«. Als ihr das Wort über die Lippen kam, da schwappte der böse Traum wieder in ihr Wachbewusstsein.

Ob er in letzter Zeit anders war als sonst. Ein bisschen ernster vielleicht. Ja, ein bisschen in sich gekehrt. Er hatte sogar einmal mit ihr geschimpft, weil sie sich eine dieser Vasen mit asiatischen Motiven gewünscht hatte, einfach nur eines der schönen Meißner Stücke, die er doch oft von seinen Reisen mitgebracht hatte. Aber das sagte sie den Beamten natürlich nicht. Dass Ewald in letzter Zeit auch oft wütend war, aus irgendwelchen Gründen, die sie nicht kannte, das behielt sie natürlich auch für sich. Natürlich, sie wusste, dass er auch eine zornige Seite hatte. Sie war schließlich seine Frau. Aber nie an der Öffentlichkeit, kein Fremder kannte dieses andere Gesicht.

Sie hatten gefragt, wie ihre Ehe war. Was ging das diese grässlichen Menschen an? Sie mochte sie nicht. Diesen Mann mit seinem finsteren Blick, der sich auch noch die Geschmacklosigkeit erlaubte, ein riesiges Taschentuch herauszuziehen und sich damit minutenlang die Nase zu putzen, ohne sich abzuwenden. Und diese Frau. Sie kam ihr irgendwie proletenhaft vor. In diesem Alter mit gewöhnlichen Jeans und Poloshirt herumzulaufen, und das auch noch im Dienst ... Sie klang verständnisvoll – aber was wusste die schon. Von Ewald und diesem Verlust, den sie niemals, niemals würde verkraften können.

Er hatte sie auf Händen getragen. Er hatte für sie gesorgt. Er hatte sich immer um alles gekümmert. Wie war ihre Ehe?

Mein Gott, sie war so gut, dass sie gar nie auch nur einen Moment daran gedacht hätte, sich von ihm zu trennen. Bei ihm – das wusste sie nicht … Da gab es einmal eine Zeit … Sie hatte sie längst verdrängt. Denn auch er hätte niemals offen die Möglichkeit angesprochen, sie zu verlassen. Die Zweifel, die sie eine Zeit lang hatte, waren längst verflogen und sicher kein Thema für diese Leute. Sicher nicht für diesen kleinen dicklichen Mann, der angeblich ein Staatsanwalt war. Immerhin trug er eine Bügelfaltenhose. Doch die Art, wie er sie angrinste, war so unangemessen, dass sie fast Abscheu empfand. Es machte die Sache auch nicht besser, dass er sich wenigstens recht gewählt ausdrücken konnte.

Und wie er sie gelöchert hatte. Was sie über die Tätigkeiten ihres Gatten wisse. Er war eine wichtige Persönlichkeit im EU-Parlament und dort hochgeschätzt. Aber das wusste doch jeder!

Mit welchen Unternehmen ihr Gatte in letzter Zeit Kontakt gehabt hatte. So genau wusste sie das natürlich nicht. Ewald hatte sie nicht mit seinen Alltagsgeschäften behelligt. Auf jeden Fall verkehrte er natürlich auch in Industriellenkreisen. Und war dort gern gesehener Gast.

Ob sie seine engeren Geschäftsfreunde gekannt hatte. Sie war oft dabei, bei gesellschaftlichen Ereignissen, bei Empfängen, bei Geschäftsessen mit den Ehefrauen. Und natürlich hatte sie da auch Ewalds Freunde kennengelernt. Doch er verkehrte mit so vielen angesehenen Leuten, wo sollte sie da anfangen? Und außerdem – was hatte das mit dem zu tun, was geschehen war?

Der einzige mit Stil in dieser Runde war der ältere Herr, der sie so zurückhaltend gefragt hatte, ob Ewald im Besitz einer Pistole gewesen sei. Er war ihr gleich bekannt vorgekommen, und als er ihr sagte, dass sie sich schon einmal bei einem Empfang im Innenministerium begegnet waren, da erinnerte sie sich auch an ihn und seine nette Frau. Genau, die beiden hatten sich ja so für das Projekt interessiert, das sie seit einiger Zeit so engagiert unterstützte. Das war ein gebildeter

Mensch mit Manieren und gesellschaftlichem Niveau, das hatte sie gleich gemerkt. Und so hatte sie ihm willig Auskunft darüber gegeben, dass Ewald sicher keine Pistole gehabt hatte und Waffen ohnehin verabscheute.

Nun saß sie hier, nachdem die Beamten gegangen waren. Wieder ganz allein. Das Gespräch hatte den bösen Traum übertüncht, von ihm abgelenkt. Jetzt war er wieder da, so heftig und wirklich, dass ihr Magen schmerzhaft zusammenkrampfte. Dabei konnte es doch gar nicht wahr sein, dass Ewald nie wieder hier zur Tür hereinkommen sollte, dass er sie nicht mehr in den Arm nahm und fragte, ob alles in Ordnung war. Wie sollte sie ohne ihn leben? Wie sollte sie zurechtkommen?

Sie weinte zum ersten Male seit der furchtbaren Nachricht. Sie weinte laut und klagend und herzzerreißend. Sie weinte, bis sie keine Kraft und keine Tränen mehr hatte. Doch die Schmerzen hörten nicht auf.

Wo hatte sie nur die Tabletten, die der Arzt ihr gegeben hatte? Sie ging nach oben ins Bad. Da lagen sie auf dem Waschbeckenunterschrank. Sie sollte tagsüber eine nehmen, hatte der Doktor gesagt. Sie nahm zwei, ging wieder hinunter in den Wohnbereich, zog die Vorhänge zu und setzte sich auf eine Couch in ihrer Wohnlandschaft. Nach und nach waberte der Tran in ihr Gehirn, ließ die Welt in Grautöne sinken und linderte die Qualen. Dann schlief sie ein.

4

Sie waren alle etwas ratlos. Das Gespräch hatte nicht allzu viel gebracht.

»Ich bekomme zu der Frau keinen Draht«, meinte Hanna Stankowski unzufrieden. Dann waren sich die drei Kommissare und der Staatsanwalt nach kurzer Beratung schnell einig: Ob Ewald Angelhoff in letzter Zeit nur verstimmt war oder ernsthafte Depressionen hatte, konnte man aus den Aussagen der Witwe nicht schließen. Die Wahrscheinlichkeit, dass er bislang wirklich keine Waffe besessen hatte, war groß. Was jedoch nicht hieß, dass Angelhoff sich nicht vielleicht die Pistole in Belgien besorgt hatte. Über das berufliche und politische Leben ihres Mannes wusste Felicitas Angelhoff erstaunlich wenig. Es schien sie auch nicht wirklich zu interessieren.

Stoevesandt war froh, dass er eine Frau hatte, die mitten im Leben stand – auch wenn sie manchmal auf dem Zahnfleisch daherkam. Mit Ines konnte man über den Beruf und alle ernsthaften Fragen des Lebens sprechen. Sie interessierte sich und hatte eine Meinung.

Er verabschiedete sich von den Kollegen. Im Cannstatter Stadtteil Seelberg warteten auf seinem Schreibtisch Stapel von Akten, auf die diverse Staatsanwälte angewiesen waren. Andreas Bialas versprach ihm, ihn in Sachen Angelhoff auf dem Laufenden zu halten.

5

Am späten Nachmittag kam endlich das ersehnte Gewitter. Es regnete so stark, dass Keller volllliefen und im Stuttgarter Süden der Verkehr zum Erliegen kam. Der Guss tat allen Kreaturen gut. Doch eine wirkliche Erleichterung brachte er nicht. Die schwülheiße Luft blieb. Es würde weitere Gewitter geben.

Donnerstag, 25. Juli 2013

I

Die schöne Jule

Die Unterführung war ein Segen. Selbst bei diesen Sturzbächen blieb sie trocken. Sie hatte, als erkennbar war, was da auf sie zukommen würde, Vorsorge getroffen. Mit der kleinen Schaufel hatte sie in den Waldboden vor dem Betontunnel einen Graben geschürft. Zum Rotwildpark hin führte der Weg leicht nach oben. Von dort würde das Wasser hereinschießen. In die Unterführung. Im letzten Jahr hatte sie das auch mal erlebt. Aber jetzt würde sie trocken bleiben. Der Graben leitete das Wasser ab.

Sie hatte sogar ihre Matratzen herbringen können und hier geschlafen. Falls nochmal ein Gewitter kommen sollte. Jetzt war es früher Morgen, und die Unwetter waren erst mal weitergezogen. Sie nahm ein Matratzenteil, brachte es zu ihrer Plastikplanenbude und sah sich darin um. Ein bisschen Wasser war hereingelaufen. Vor allem unter den Planen durch. Das Dach war dicht und hatte gehalten. Gott sei Dank. Schnell holte sie noch die anderen beiden Matratzenteile.

Sie wollte hier nicht weg. Hier war es gut. Sie hatte den Unterführungstunnel. Bei miesem Wetter konnte sie dort Schutz finden. Da kamen auch kaum Leute vorbei. Nachts schon gar nicht. Und dann der Fluss. Sie konnte sich waschen. Und ihre Kleider auch. Und das Plätschern war so schön. Selbst am Wochenende, bei schönem Wetter, kamen die ersten Leute erst, wenn sie schon lange wach war und die Symphonie aus Vogelgezwitscher und dem Rieseln des Baches ausgiebig genossen hatte.

Nein, sie wollte nicht weg. Ihre Hütte war gut im Wald versteckt, so tief im Unterholz, dass selbst die Kinder nicht bis hierher kamen. Und die Erwachsenen blieben ohnehin meist auf den Wegen. Zumindest diejenigen, die hier wandern wollten. Einmal war ein Hund bis zu ihr vorgedrungen. Er hatte laut gebellt und ihr furchtbare Angst gemacht. Aber nicht diese lähmende Angst, nicht dieses Entsetzen, diesen Verlust von jeglicher Kontrolle. Sie hatte ihr Pfefferspray geschnappt und gesprüht. Viel konnte der Hund nicht abbekommen haben. Er hatte aufgejault und war davongesprungen, zu seinem Herrchen, das zwar lautstark nach dem Hund gerufen hatte, aber nicht in den Wald hineingelaufen war.

Die Leute gestern waren keine Wanderer. Was hatten die gewollt? Sie war, als sie die Stimmen gehört hatte, schnell hinausgegangen und hatte sich noch weiter in die dichten Büsche zurückgezogen. Gerade so, dass sie noch ein bisschen etwas beobachten konnte. Die Leute suchten etwas. Es waren sechs oder sieben. Sie war sich eigentlich fast sicher, dass die ihre Behausung entdeckt haben mussten. Aber sie rührten sie nicht an, blieben sogar etwas davon entfernt. Das waren keine normalen Wanderer. Die Frauen und Männer waren auch keine Paare. Im Grunde wusste sie, wer das war. Vor drei Tagen, da war sie zurückgekommen. Als der Mann mit den weißen Turnschuhen weg war, war sie regelrecht geflohen. Kopflos war sie durch den Wald gestolpert und irgendwie in Büsnau gelandet. Und als sie dann zurückgekommen war, da waren überall Leute auf dem Parkplatz und im Wald. Manche in Uniform, manche in diesen weißen Anzügen. Und auch von den Leuten, die ganz normal angezogen gewesen waren und gestern hier herumgestochert hatten, wusste sie, dass es Polizisten waren.

Was sollte sie nur tun, wenn die immer wieder kamen? Warum ließ man sie nicht in Ruhe? Hier war der beste Platz im Sommer. Sie hatte sich in den ganzen Jahren seit dieser Katastrophe nirgends besser und sicherer gefühlt. Der Him-

mel über ihr war so weit. Die Pflanzen gaben ihr Schutz und engten doch nicht ein. Und es war nicht weit bis Büsnau. Dort konnte sie zur dicken Elvira gehen, in den kleinen Laden mit der Bäckerei. Und die hatte immer irgendetwas, bei dem das Verfallsdatum abgelaufen war. Manchmal richtig leckere Sachen. Und Elvira fragte nicht. Sie war einfach nur freundlich und lustig und hatte ein so großes Herz.

Es war schon seltsam. Hier und in diesem Sommer, da hatte sie Menschen nicht mehr als Bedrohung empfunden. Da hatte sie plötzlich ihren Körper wieder gespürt. Da war so etwas wie eine tiefe Ruhe in ihr eingekehrt, die sie schon völlig verloren geglaubt hatte. Sollte das alles jetzt vorbei sein wie eine geplatzte Seifenblase?

Sie hatte jetzt immer das Spray dabei. Nachts lag es direkt bei ihrem Kopf. Immer wieder hatte sie danach gegriffen. Die Nächte waren nicht mehr gut, seit vor drei Tagen der Mann mit der blutigen Hand aufgetaucht war. Auch wenn sie sich immer wieder sagte, dass er nicht mehr kommen würde, es blieb die Angst. Und wenn sie wegdöste, dann schreckte sie die Furcht auf, der Albtraum könne wieder kommen. Und dann die Polizisten. Was, wenn die immer wieder kamen? Wenn die nach ihr suchten? Auf keinen Fall durfte sie denen in die Hände fallen. Sie würden sie in irgendeine Verhörzelle stecken. Oder gar ins Gefängnis. Schon der Gedanke löste diese Panik aus, die sie wie ein schwarzes Ungeheuer überfiel und ihr die Luft nahm, sodass sie meinte zu ersticken. Sie lief wieder in den Wald. Nur einfach weg von allem. Sie lief und lief, als könnte sie der abgrundtiefen Verzweiflung und Ausweglosigkeit davonlaufen.

Freitag, 26. Juli, 2013

I

Bialas hielt Wort. In den Tagen nach dem Besuch bei Angelhoffs Witwe hörte Stoevesandt regelmäßig von ihm, während er selbst sich intensiv um seine WiKri-Fälle kümmerte, Besprechungen mit verschiedenen Abteilungen der Schwerpunktstaatsanwaltschaft für Wirtschaftsstrafsachen vorbereitete und Berichte für Winfried Bechtel schrieb.

Am Freitagvormittag rief Bialas ihn an. »Unsere Kriminaltechniker sind jetzt durch mit der Untersuchung von Angelhoffs Wagen. Den Bericht, den schick ich dir nicht, das erspar ich dir. Der ist seitenlang, und herausgekommen ist nichts. Fingerspuren haben sie von Angelhoff selbst und Felicitas gefunden. Die ist immer noch voll neben der Kappe, hat sich aber wie eine Fünfjährige im Trotzalter dagegen gewehrt, dass man ihr die Fingerabdrücke abnimmt.«

Es war interessant, dass auch Andreas die Frau nur beim Vornamen nannte, so wie er das im Stillen ebenfalls tat. Ewald Angelhoffs Frau war bestimmt um die Vierzig, vielleicht etwas jünger als der tote Abgeordnete. Aber sie wirkte kindlich, unreif, wie eine kleine Prinzessin.

»Keine anderen Fingerspuren«, berichtete Bialas weiter, »weder innen noch außen. Der Wagen muss vor kurzem mal gründlich gereinigt worden sein. Aber eben bevor seine Frau zum letzten Mal drin saß. Und das war zwei Tage vorher. Biologische Spuren gibt es so gut wie keine. Außer dem Blut und der Gehirnmasse natürlich. In dem Wagen wurde nicht einmal gebumst. Ein Paar Krümel und Fasern gibt es, die sie noch untersuchen. Aber Wildermuth hat mir keine großen Hoffnungen gemacht, dass uns die weiterbringen. Also ist das Fazit: keinerlei Hinweise darauf, dass irgendjemand dabei war, als Angelhoff umgekommen ist. Wir haben auch noch mal gründlich untersucht, ob etwas fehlt von seinen Sachen. Bislang Fehlanzeige – alles noch da, soweit wir's überschauen.«

2

Am Nachmittag machte sich Stoevesandt gemeinsam mit Rudolf Kuhnert und einem riesigen Stapel Porsche-Akten auf den Weg in die Neckarstraße zur Staatsanwaltschaft. In den Räumen des Landeskriminalamtes bekam man kaum mit, was draußen für Temperaturen herrschten. Sie waren klimatisiert, und die Backsteinwände, die auch innen nur weiß gestrichen waren, taten ein Übriges zur unterkühlten Atmosphäre in der Behörde hinzu. Draußen erdrückte die Hitze sie fast. Es mussten inzwischen wieder weit über dreißig Grad sein. Stoevesandts Hemd war augenblicklich durchgeschwitzt. Und ihm grauste bereits vor der kommenden Nacht. In ihrer Wohnung mitten in der Stadt, die keinerlei Kühlung hatte, konnte man kaum noch schlafen.

Während Rudolf am Steuer saß, versuchte er Ines zu erreichen. Und sie rief tatsächlich nur zwanzig Minuten später zurück. Er war bereits in der Staatsanwaltschaft und damit glücklich wieder in klimatisierten Räumen, aber die Zeit, mit ihr zu sprechen, nahm er sich noch, bevor er in die Besprechung ging.

»Was hältst du davon, wenn wir heute Abend noch in den Schwarzwald fahren? Möglichst hoch hinauf.« Er wusste, dass sie das ganze Wochenende frei hatte. Ines mochte die Berge nicht besonders, aber sie würde sie schätzen, wenn sie beide ein paar Grad Erleichterung bekommen könnten.

Sie stimmte sofort zu. Sie hatten sich eigentlich überlegt, ob sie ein wenig der Christopher-Street-Day-Parade zuschauen wollten, die am Samstag durch Stuttgart ziehen sollte. Einfach interessehalber, und weil sie beide es gut fanden, dass Farbe in die Stadt kam, die sie immer noch als recht bieder empfanden. Doch schon alleine die Vorstellung, das Wochenende in dieser hitzebrodelnden Luftsuppe zu verbringen, verursachte Schweißausbrüche.

Zurück im Landeskriminalamt versuchte Stoevesandt sofort, ein Hotel für sie zu finden. Erst beim sechsten hatte er Glück, und nur, weil kurzfristig jemand abgesagt hatte. Es war Hochsaison im höchsten deutschen Mittelgebirge, und die Idee, der Hitze der Täler zu entfliehen, hatten wahrscheinlich auch andere gehabt.

Er konnte das Landeskriminalamt nicht so frühzeitig verlassen, wie er sich gewünscht hätte. Ines war schon zu Hause und am Packen. Er suchte rasch ein paar Sachen zusammen – viel brauchten sie ja nicht. Dann fuhren sie los nach Furtwangen, in die höchstgelegene Stadt Baden-Württembergs, was hoffentlich endlich wieder eine Nacht versprach, in der sie nicht alle zwei Stunden schweißgebadet aufwachen würden.

Wochenende, 27. und 28. Juli 2013

I

Es wurde ein wunderbares Wochenende. Am Samstag faulenzten sie nur. Nachmittags kamen wieder Gewitter auf, die zwar verhinderten, dass sie hinaus in die Natur konnten, aber die Luft wohltuend kühlten und reinigten. Ines war zudem sehr erschöpft. Der Job mit den Schichtdiensten, den Bereitschaftsdiensten und den vielen Überstunden schlauchte sie immer mehr. Auch Stoevesandt merkte, dass ihm der Tapetenwechsel gut tat. Er hatte in letzter Zeit nur schwer abschalten können. Die Arbeit hatte deutlich zugenommen, nicht zuletzt durch die Finanzkrise.

Am Nachmittag setzten sie sich beide auf den kleinen Balkon vor ihrem Hotelzimmer und genossen es, mal wieder mit Muße lesen zu können. Ines hatte einen Krimi dabei. Irgendwann lachte sie laut.

»Ich weiß gar nicht, warum bei euch immer alles so kompliziert ist und so lange dauert. Mein Kommissar hier, der wirft einen Blick in den Computer von einem Verdächtigen, und schon weiß er, dass der Steuern hinterzogen hat.«

Das war der Grund, warum Stoevesandt Krimis nicht mochte, weder im Fernsehen noch in Büchern. Er hatte zwar immer wieder mal Anläufe genommen, aber die Bücher beiseitegelegt, wenn die Ermittlungsmethoden allzu grotesk und die Handlung zu absonderlich wurden. Vor allem Serientäter-Krimis hasste er. Die Erfahrung mit einem Serienvergewaltiger in seiner Hamburger Zeit reichte ihm. Er konnte nicht verstehen, welche Lust man daran haben konnte, so etwas zu lesen.

Er selbst nahm sich den »Schatten in uns« vor. Wieder war Stoevesandt auf seltsame Weise vom Inhalt fasziniert.

Ihn irritierte, auf welche Weise sich Schattenseiten im Menschen manifestieren sollten. Doch wenn er die Beispiele dafür las, dann musste er der Autorin eingestehen, dass er selbst schon viel davon beobachtet hatte. Frauen, die sexuell aufreizende Geschlechtsgenossinnen ekelhaft finden, dann selbst aber leicht alkoholisiert Männer anflirten, sie dann abweisen und den Männern die Schuld für die entstandene Situation geben. Menschen, die auf keinen Fall neidisch sein wollen, sich aber darüber aufregen, was andere sich alles leisten. Ein Mann, der einen anderen als Softie verachtet und lächerlich macht, weil er sich seiner eigenen weichen Gefühle im Grunde genommen schämt. Bis hin zu Menschen, die bestimmte Neigungen haben, die andere auf keinen Fall sehen dürfen. Sexuelle Neigungen, allzu menschliche Schwächen oder gar der Drang, andere Kreaturen zu erniedrigen, vielleicht sogar zu quälen. Wird diese Schattenseite nicht wahrgenommen, sondern versteckt oder geleugnet, so kann daraus viel Unheil entstehen, bis hin zu einem Doppelleben, Dr. Jekyll und Mr. Hyde. Ehrbare Leute, die über andere herzogen, Kollegen beim Chef anschwärzten, sich heimlich homosexuelle Liebhaber kauften. NS-Schergen oder Folterer, die abends heimgehen und den guten Familienvater geben. Das Böse hatte viele Schattierungen. Es reichte von hellgrau bis tiefschwarz.

Er las eine Stelle, die ihn sehr beschäftigte, zweimal. »Wenn wir nicht zum Schatten stehen können, wenn wir ihn verbergen wollen oder ihn verleugnen, sind wir aber manipulierbar, erpressbar. Das ist der Stoff, aus dem unter anderem auch die Krimis sind.« Es geschehen Verbrechen, weil die dunkle Seite nicht ans Tageslicht kommen darf. Wenn andere doch sehen, was niemand sehen soll, dann können sie über uns verfügen, können uns in Angst und Schrecken versetzen, haben Macht über uns. Nach Ansicht der Autorin gab es nur einen Ausweg: »Wir müssen zu diesem schattenhaften Verhalten stehen. Akzeptanz des Schattens macht uns selbstsicherer, authentischer, identischer mit uns selbst – allerdings auch gewöhnlicher. Wir sind dann keine so wunderbaren Ausnahmemenschen mehr, sondern Menschen mit einem Schatten, der einem zu schaffen macht wie allen anderen auch.«

2

Das Abendessen im Hotel war exzellent. Die Stoevesandts gingen des Öfteren zum Essen aus, vorzugsweise in gehobene italienische oder französische Restaurants mit eher modernem Ambiente. Hier war alles süddeutsch heimelig und schwarzwaldtrunken. Trotzdem fühlten sie sich wohl in dem gemütlichen Erker mit Eckbank und dem schummerigen Licht von Leuchtern und Kerzen.

»Das war die beste Idee seit langem, mien Jung«, sagte Ines und hob ihr Glas, um anzustoßen. Sie sprach noch deutlicher als er das platte Deutsch, hängte an harte Vokale ein h, wodurch sie noch härter wurden, und konnte nach wie vor kein St mit Zischlaut sprechen, womit sie in »Schduddgard« natürlich immer auffiel.

»Du kannst ihn, glaube ich, gerade brauchen, den kleinen Kurzurlaub. Ihr habt wohl momentan ziemlich viel Stress?«, fragte Stoevesandt.

Sie nickte. »Oh ja.« Dann schüttelte sie den Kopf, so dass die braunen, halblangen Haare flogen, als könnte sie selbst kaum glauben, wie viel Arbeit sie gerade hatte. »Zurzeit ist es wieder heftig. Ein Kollege in der Anästhesie ist ausgefallen. Zwei mit schulpflichtigen Kindern haben Urlaub. Und die Kardiologen machen gerade Überstunden, weil bei der Hitze die ganzen Herzpatienten Probleme bekommen.« Sie nippte an ihrem Wein.

»Und ich stecke den Stress auch nicht mehr so weg«, sagte sie dann nachdenklich. »Ich glaube, Gerd, deine Frau wird alt.« Sie lächelte traurig. Er liebte noch immer dieses Lächeln an ihr, selbst wenn es traurig war. Ihn faszinierte der Kontrast ihrer kornblumenblauen Augen und dem brünetten Haar. Und er genoss heute Abend, wie schon lange nicht mehr, die vertraute Nähe zu ihr.

Er spürte, dass sie etwas auf dem Herzen hatte. So schwieg er und sah sie erwartungsvoll an, um ihr Gelegenheit zu geben zu reden.

»Weißt du, Gerd, neulich, bei dem Aneurysma, da habe ich Momente gehabt, da dachte ich, dass ich nicht durchhalte. Du kannst mit Erfahrung und Routine einiges wegstecken. Aber da ... Da liegt ein Mensch, und du siehst, dass an der Aussackung der Arterie nur noch ein hauchdünnes Häutchen vorhanden ist, unter dem das Blut pulsiert. Und wehe, es zerreißt. Also senkst du den Blutdruck so weit wie irgendwie nur möglich. Aber du musst natürlich auch aufpassen, dass du den Patienten dabei nicht verlierst! Manchmal bin ich so kaputt, dass die Geräte vor meinen Augen flimmern.«

Sie machte eine Pause und nahm ein paar Bissen.

»Weißt du, was mir zur Zeit oft durch den Kopf geht? Wie lange ich das noch machen will. Und ehrlich gesagt: Ich will es nicht mehr lange machen. Teilzeit ist nicht drin, da macht die Klinik nicht mit. Ich habe wirklich Angst, dass mir jetzt zum Ende hin noch irgendein fataler Fehler unterläuft. Ich glaube, das ist eigentlich das, was am stressigsten ist.«

Sie schwieg wieder, und er unterbrach das Schweigen nicht.

»Und du? Hast du dir schon Gedanken gemacht? Du kannst ja auch nicht ewig Verbrecher im weißen Kragen jagen.«

Er legte die Gabel beiseite. Was sollte er dazu sagen? Drei Jahre hatte er noch bis zur Pensionierung. Der Gedanke an Frühpension war ihm noch nie gekommen.

»Bis jetzt habe ich darüber noch nicht nachgedacht, muss ich sagen. Natürlich, ich merke auch manchmal, dass ich älter werde. Aber ...« Mehr fiel ihm dazu nicht ein.

»Weißt du, wovon ich träume?«, fragte sie und lächelte nun fast beseligt. »Davon, dass wir beide bald in Rente gehen und dann wieder nach Hamburg zurückkehren.«

Stoevesandt sagte wieder nichts. Der Wunsch seiner Frau löste beklemmende Gefühle bei ihm aus, die er überhaupt nicht einzuordnen und schon gar nicht zu benennen vermochte.

Ines zog sofort ihre Schlüsse. Ihre Miene verdüsterte sich. »Das sind nun mal meine Wünsche. Was sind deine? Lass uns offen darüber reden. Sag mir, wie es dir damit geht.«

Er fühlte sich überfallen und unter Druck. »Ich kann dazu momentan einfach nichts sagen, Ines. Pensionierung, Hamburg ... bitte ... ich kann mich dazu doch nicht auf die Schnelle festlegen.«

»Es geht doch nicht ums Festlegen. Lass mich einfach nur an deinen Gedanken teilhaben.«

Sie aßen weiter und führten das Thema nicht fort. Man sprach noch über dieses und jenes und war sich einig in der Beurteilung der kitschigen Kuckucksuhren, der freundlichen jungen Bedienung und des vorzüglichen Kirschwassers, das sie sich zum Abschluss genehmigten. Doch es blieb ein schales Gefühl, und die Stimmung war nicht mehr wie zuvor.

3

Am nächsten Morgen war der Himmel klar, die Luft schien gereinigt. Sie waren früh zu Bett gegangen. Stoevesandt war nur einmal aufgewacht, nicht weil ihm zu heiß war, sondern weil wieder Gewitterdonner zu hören gewesen war.

Doch der Tag versprach bestes Wanderwetter. Sie machten sich beizeiten auf und fuhren über Titisee nach Hinterzarten. Stoevesandt, verantwortlich für die Planung der Touren, hatte eine Route ausgesucht, bei der sie sowohl die Ravenna-Schlucht als auch ein Stück des Höllentals erwandern konnten. Sie waren nicht alleine unterwegs an diesem schönen Sonntag, was verwunderlich gewesen wäre bei diesem Wetter und der spektakulären Landschaft. Die Ravenna, ein wilder, ursprünglicher Bach, sprudelte über Geröll und Felsgestein in mehreren Kaskaden und Wasserfällen hinunter ins Höllental. Immer wieder fanden sich alte Mühlen und Sägen am Wegesrand. Die Wände der Schlucht waren teils so steil, dass diese nur durch Stege und Brücken begehbar war. Man musste aufpassen. Die hölzernen Dielen und die Stufen waren nach dem Regen in der Nacht an manchen Stellen recht glitschig, zumal die Tannen den ganzen Tag Schatten spendeten.

Beim Ravenna-Viadukt, einer imposanten Eisenbahnbrücke, erreichten sie das Höllental. Es war ein Jammer, dass diese eindrucksvolle Landschaft durch eine der wichtigsten Ost-West-Transitstrecken über den Schwarzwald durchschnitten wurde. In abenteuerlichen Kurven quälten sich selbst heute Wohnmobile und einige Laster die Serpentinen hinauf und hinunter. Und auch, als sie höher wanderten, hatte man immer wieder das Rauschen der stark befahrenen Straße in den Ohren. Doch der Ausblick, die sie am Posthaldenfelsen und anderen Aussichtspunkten am Trauf des Höllentals hatten, machte das Manko mehr als wett. Bei der Ortschaft Nessellachen öffneten sich Täler und Wälder für einen wunderbaren Rundumblick auf das Dreisamtal, Freiburg und den Feldberg. Sie wanderten vorbei an Bauernhöfen mit tiefgezogenen Walmdächern, an kleinen hölzernen Kapellen, an steilen Felswänden und über Wege durch dichten dunklen Wald. Fast jedes Klischee vom Schwarzwald wurde bestens bedient. Vom Höllental kommend erreichten sie schließlich Himmelreich, einen kleinen Ort im Dreisamtal, von dem sie mit der Bahn zurück nach Hinterzarten fahren konnten.

Ines hatte manchmal ein bisschen über die tiefeingeschnittenen Täler und die hoch aufragenden Berge geschimpft, die ihr die Sicht nahmen. Vor allem, wenn es aufwärts ging. Doch oben angelangt genoss auch sie die Aussicht und die Frische der Luft. Und am Abend war sie, wie Stoevesandt, müde, zufrieden und hungrig.

Sie beschlossen kurzerhand, noch einmal im Hotel zu essen und zu übernachten. Der schöne Tag sollte abgerundet werden. Lieber wollten sie morgens früh los. Ines hatte Spätschicht, sodass es kein Problem war, und auch Stoevesandt genehmigte sich gerne einen späteren Start in den Arbeitstag, schon um die gute Stimmung zu genießen, in der sie beide waren.

Montag, 29. Juli 2013

I

Als Stoevesandt kurz nach zehn den Gang zu seinem Büro entlangging, kam ihm der Kollege vom Kriminaltechnischen Institut des Landeskriminalamtes entgegen, der hier für die Untersuchung der Schusswaffen zuständig war.

»Ach, da sind Sie ja. Ich soll Ihnen eine Kopie von diesem Bericht geben.« Er wedelte mit einer Kladde herum. »Hat mich der Kollege Bialas vom Stuttgarter Präsidium drum gebeten. Wenn's Fragen dazu gibt – Sie wissen ja, wo Sie mich finden.«

Stoevesandt ging in sein Büro, setzte sich an den Schreibtisch und überflog den Bericht. Mit etwas Routine sah man sehr schnell die Dinge, auf die es ankam. Das Projektil, das Ewald Angelhoff das Leben gekostet hatte, war eindeutig aus der Waffe gekommen, die man bei ihm gefunden hatte. Blut und Gewebe auf der Pistole stammten ebenfalls von ihm – und nur von ihm. Auch die Fingerspuren am Abzug und Griff gehörten alle dem Toten. Auf der Hülse waren keine daktyloskopischen Spuren gefunden worden – was aber nichts bedeuten musste. An Hülsen konnten oftmals keine Fingerspuren nachgewiesen werden.

Die Waffe war war in der Tat eine FN High Power mit 9 × 19 Millimeter Kaliber. Alle Prüfzeichen waren auf der Waffe ordnungsgemäß angebracht. Das Beschusszeichen war belgisch, was bedeutete, dass die Herkunft über das Bundeskriminalamt und die belgische Polizei ermittelt werden musste. Stoevesandt wusste, dass dies umständlich und langwierig sein konnte.

Ein Dokument des Stuttgarter Amtes für öffentliche Ordnung, das der Akte beigelegt war, bescheinigte, dass

Angelhoff keine Waffenbesitzkarte und auch keinen Waffenschein beantragt hatte. Was nicht heißen musste, dass er sich die Pistole nicht illegal in Brüssel besorgt hatte. Er war ja oft genug dort gewesen.

Die Waffe war mit Sicherheit noch nicht häufig benutzt worden. Und: Die typischen Verfeuerungsspuren auf dem tödlichen Geschoss waren bisher nicht in der Tatmunitionssammlung des Bundeskriminalamtes aufgetaucht. Die FN High Power war also bisher bei keiner Tat benutzt worden, bei der ein Geschoss sichergestellt worden war.

Auch dieser Bericht würde den Kollegen oben am Pragsattel nicht viel weiterhelfen.

2

Stoevesandt ging mit Stephan Ströbele die Akten durch. Ströbele war ein angenehmer Mitarbeiter, Mitte vierzig, schlank und hochgewachsen, umgänglich, mit einem trocken-freundlichen Humor. An ihm war ein Buchhalter verloren gegangen. Zahlen waren für ihn, was für Stoevesandt die Musik war. Seine einzige Schwäche war, dass er kein Teamplayer war, als Leiter der Ermittlungsgruppe zu wenig delegierte und meinte, alles selbst machen zu müssen.

Er hatte sich noch einmal die Zweckgesellschaften vorgenommen, in die die Landesbank ihre faulen Kreditverbriefungen verschoben hatte. In den Bilanzen waren diese hochspekulativen Geldanlagen nie aufgetaucht. Aber während der Finanzkrise schlugen die Verluste so zu Buche, das die Bank durch ihre staatlichen Eigentümer mit Milliardenhilfen vor der Pleite bewahrt werden mussten.

»Glauben Sie, der Staatsanwalt kommt damit durch?«, fragte Ströbele seinen Chef und lächelte spöttisch. »Die Banker haben dem Steuerzahler das Geld ja nicht geklaut. Sie haben's nur verspielt. Und das haben alle Banken so gemacht.

Riskante Geschäfte, ausgelagert in Zweckgesellschaften, bei denen offiziell keiner wusste, was dort eigentlich liegt.«

»Die Frage wird sein, ob die Richter es als Bilanzfälschung werten oder nicht«, meinte Stoevesandt nur lakonisch. Auch er hatte seine Zweifel. Denn bisher war dies in der Tat gängige Praxis bei allen Geldinstituten, und keine Bankenaufsicht und keine Prüfstelle für Rechnungslegung hätte das je beanstandet.

Am frühen Nachmittag begann eine längere Sitzung aller Abteilungs- und Inspektionsleiter mit dem Präsidenten des Landeskriminalamtes. Es ging um Details der Polizeireform im Land, um Stellungnahmen und Änderungswünsche von Seiten der Landesbehörde.

Nach Ende der Besprechung stellte Stoevesandt fest, dass Bialas versucht hatte, ihn zu erreichen. Er rief zurück.

»Wir haben ein Ergebnis von der toxikologischen Untersuchung der Rechtsmedizin«, informierte der ihn. »Sie haben das Haar von Angelhoff untersucht und dabei festgestellt, dass unser Abgeordneter vor acht Wochen und dann noch mal vor fünf bis sechs Wochen gekokst hat. Danach war er clean. Was davor war, wissen wir nicht. Die Beweismittel hat der Friseur weggeschnitten.«

Ewald Angelhoff – ein Kokser? Stoevesandt konnte ihn sich so einfach nicht vorstellen. Der Mann wirkte in sich ruhend und hatte nicht die Daueraufgedrehtheit an sich, die er von Kokain-Abhängigen kannte. Aber die Haare sprachen eine eindeutige Sprache. Die Drogenverfallsprodukte lagerten sich unweigerlich in allen Körperhaaren ab. Bei einem Wachstum von etwa einem Zentimeter pro Monat hatte man einen zuverlässigen Protokollstreifen, wann wie viel konsumiert worden war. Ewald Angelhoffs Haar war dicht und nicht allzu kurz geschnitten gewesen. Alles deutete also auf einen gelegentlichen Konsum hin. Ein EU-Abgeordneter, der sich ab und an die Champagnerdroge der Schönen und Reichen genehmigte – das konnte für Stoevesandt gerade noch ins Bild passen.

3

Am Abend kaufte er auf dem Weg nach Hause den Spiegel. Nicole Marinescu hatte ihn darauf aufmerksam gemacht, dass ein großer Bericht über Angelhoff darin stand.

Eigentlich hatte Stoevesandt für heute genug. Der Tag war anstrengend gewesen. Doch die Nachricht von Bialas über den Drogenkonsum hatte ihn neugierig gemacht.

Auch andere Medien hatten mittlerweile über den Tod des EU-Abgeordneten berichtet. Doch erstaunlich unaufgeregt. Angelhoff war – außer den wirklichen Politprofis – kaum jemandem bekannt. Man wusste als politisch interessierter Mensch vielleicht, wer der Abgeordnete im Bundestag war, der den eigenen Wahlkreis vertrat. Aber die Europäische Union und Brüssel, die waren weit, weit weg. Wahrscheinlich hörten viele den Namen des Abgeordneten durch seinen Tod zum ersten Mal. Tenor der Berichterstattung war, dass er selbst Hand an sich gelegt hatte. Es gab kaum Spekulationen. Das Thema Depression war mittlerweile so in der Öffentlichkeit angekommen, auch durch scheinbar hartgesottene Fußballstars, dass keine Fragen mehr gestellt wurden.

Stoevesandt hingegen war durch die Information über den Drogenkonsum noch misstrauischer geworden. Kokain war ein wunderbares Mittel, um Depressionen im Schach zu halten – wenn man es regelmäßig nahm. Natürlich folgte auf den Höhenflug oft ein Tief, wenn die Wirkung der Droge nachließ. Und es gab durchaus prominente Fälle, bei denen sich Leute nach einem solchen Absturz das Leben genommen hatten. Aber häufig durch eine Überdosis in Kombination mit Medikamenten, Alkohol oder anderen Drogen. Und eigentlich nie nach einer wochenlangen Abstinenz wie bei Angelhoff.

Dass der Spiegel berichtete, ließ Stoevesandt hoffen, etwas mehr über den Toten zu erfahren. Das Blatt war nicht unbedingt seine Lieblingslektüre. Der Stil behagte ihm nicht. Er hatte oftmals das Gefühl, dass Fakten so drapiert und in Reihenfolge gebracht wurden, dass nur ganz bestimmte Schlüsse möglich waren. Diese unterschwellige Meinungsmache und der latente Sarkasmus waren nicht das Seine. Andererseits hatte das Magazin hervorragende Rechercheure, und er kannte so manchen Fall, bei dem Journalisten wichtige Hinweise geliefert hatten. Vor allem durch die Kenntnis bestimmter Kreise und durch Beziehungen zu Informanten, die sich der Polizei nicht ohne Weiteres öffnen würden.

Zuhause riss er zuerst einmal die Fenster auf. Durch die Gewitter am Vortag und in der Nacht hatte es erheblich abgekühlt. Tiefausläufer, die den ganzen Tag schon über die Stadt zogen, taten ein Übriges. In der Wohnung und den Gemäuern schien die Hitze noch gefangen. Doch die kühle Luft, die durch die Fenster hereinkam, machte die Behausung wieder erträglich. Sie würden heute Nacht endlich auch hier wieder einigermaßen schlafen können.

Er machte es sich gemütlich. Ines würde spät von ihrem Dienst kommen. So aß er alleine eine Kleinigkeit, schenkte sich ein Glas Chardonnay ein und legte die alte CD »Relaxin' with the Miles Davis Quintet« auf. Er setzte sich im Wohnzimmer auf das alte Sofa und nahm sich den Spiegel vor.

Der Artikel über Ewald Angelhoff hatte den Titel »Der mysteriöse Tod eines Industrie-Verstehers«. Der EU-Abgeordnete wurde zunächst als äußerst geachtetes Mitglied des Europäischen Parlaments dargestellt. Er war offenbar ein guter Organisator gewesen und hatte den Parlamentsausschuss für Umweltfragen, öffentliche Gesundheit und Lebensmittelsicherheit, kurz ENVI, hervorragend geleitet. Dort schien er vor allem als Vermittler zwischen den zusammengewürfelten nationalen Temperamenten und den politischen Couleurs in Erscheinung getreten zu sein.

Dann jedoch führte der Autor des Artikels diese und jene Geschichte auf, die Angelhoff in einem ganz anderen Licht erscheinen ließen. Vor allem vor ein paar Jahren, als in der Europäischen Union neue Richtlinien für Chemikalien erarbeitet worden waren, musste Angelhoff wohl eine äußerst dubiose Rolle gespielt haben. Die chemische Industrie war Sturm gelaufen gegen die neue Gesetzgebung. Eine Lawine von Gutachten, ganzseitigen Anzeigen und angeblichen Aufklärungsgesprächen wurde auf die Abgeordneten im Europäischen Parlament und auf die Öffentlichkeit losgelassen. Der Hammer einer drohenden Massenarbeitslosigkeit in der europäischen Chemie-Industrie war wohl unablässig geschwungen worden. Angelhoff war damals nach Darstellung des Blattes recht offen für die Interessen der Industrie eingetreten. Vor allem seine Parlamentsfraktion, aber auch er selbst hatte eine Flut von Änderungsanträgen gestellt. Über 250 Anträge, die den ursprünglichen Gesetzentwurf der Europäischen Kommission in vielen Punkten verwässern und aushebeln sollten. Der Spiegel-Artikel führte ein paar wörtlich zitierte Beispiele auf, wie Anträge von Angelhoff und anderen EU-Parlamentariern Wort für Wort aus einem Memorandum des Verbandes der Deutschen Chemie-Industrie abgeschrieben worden waren.

Auch bei aktuellen Fragen schien Angelhoff ein Herz für die Industrie zu haben. So hatte er wohl intensiv für Verständnis dafür geworben, dass die Automobilindustrie den CO_2-Ausstoß von Neuwagen nicht bis zum vorgegebenen Zeitpunkt reduzieren könne. Er wurde mit ein paar eindeutigen Aussagen zitiert, die er natürlich nicht in seinem Ausschuss oder im Parlament gemacht hatte, sondern bei der Informationsveranstaltung einer parteinahen Stiftung, zu der viele Abgeordnete und Mitarbeiter der EU-Kommission eingeladen waren. Bei Klimafragen, die ebenfalls in das Ressort von Angelhoffs Parlamentsausschuss gehörten, verhielt es sich angeblich genauso. Stellungnahmen seiner Fraktion zum Thema Erneuerbare Energien hörten sich erstaunlich ähnlich an wie Positionspapiere von deutschen Energieversorgern. Den Handel mit Emissionszertifikaten, der einmal dazu gedacht war, den Treibhauseffekt zu verringern, hatte Angelhoff mehrmals als Überregulierung bezeichnet und den freien Wettbewerb verschiedener Energieformen gefordert. Überhaupt sei »Regulierungswut« das Lieblingswort von Angelhoff gewesen, wenn die Interessen der Industrie angetastet worden waren.

Geschickt, und aus Stoevesandts Perspektive manipulativ, ließ der Spiegel-Journalist Persönliches einfließen. So die Nähe des Abgeordneten zur Nord-Badischen Ammoniak-Fabrik NBAF in Mannheim über die familiären Bande seiner Frau. Über die Poly-Werke in Besigheim hatte man wohl Aktien an dem Chemie-Giganten am Rhein. Freundschaften mit Managern von Stuttgarter Automobilkonzernen wurden benannt. Gemeinsame Urlaube in deren Villen im Norden von Sardinien belegten die Nähe. Auch zu einem Vorstandsmitglied der EnBW, dem regionalen Energieversorger in Baden-Württemberg, bestanden offensichtlich so enge Beziehungen, dass man gemeinsame Segeltörns unternahm.

Am Ende schlug der Journalist etwas versöhnlichere Töne an. Angelhoff sei in den letzten Monaten emanzipierter geworden, behauptete er. So habe auch er sich vehement dagegen ausgesprochen, dass Pestizide länger als geplant auf dem Markt bleiben dürfen, die in dringendem Verdacht standen, das Bienensterben zu befördern. Auch bei der Umsetzung der Europäischen Chemikaliengesetzgebung, kurz REACH genannt, sei er zuletzt sogar für eine Verschärfung der Richtlinien eingetreten. Schließlich spekulierte der Autor des Artikels wild über die Hintergründe des Todes von Angelhoff. Wie selbstverständlich ging er davon aus, dass der EU-Abgeordnete umgebracht worden war. Andeutungen gingen in die Richtung, dass er unbequem für bestochene Abgeordnete oder bestechende Lobbyisten und Firmenvertreter geworden sein könnte.

Stoevesandt gingen solche Spekulationen gegen den Strich. Trotzdem blätterte er zurück zum Vorspann des Artikels. Der Autor war ein Volker Petersen. Diese Journalisten wussten viel, das war Stoevesandt klar. Sie schrieben, was sie belegen konnten. Doch ihr Hintergrundwissen war oft um einiges breiter. Vielleicht hatte dieser Petersen ja Anhaltspunkte dafür, über welches Unternehmen Angelhoff so sehr erbost war, dass er sogar erwogen hatte, juristisch gegen es vorzugehen. Hatte es etwas mit den Pestiziden und den Bienen zu tun?

Stoevesandt legte die Zeitschrift beiseite. Er trank seinen Wein und konzentrierte sich auf die Improvisationen in »I could write a book«, die Trompete von Miles und das Tenorsaxophon von John Coltrane. Für heute wollte er sich nicht mehr den Kopf über Ewald Angelhoff zerbrechen. Am liebsten wollte er sich ganz aus der Sache heraushalten. Auf jeden Fall solange es keinerlei Hinweise darauf gab, dass dessen Tod tatsächlich etwas mit Wirtschafts- oder Firmeninteressen zu tun hatte.

Dienstag, 30. Juli 2013

1

Endlich ein Tag ohne Sitzungen und Besprechungen. Stoevesandt konnte am Stück und ohne Unterbrechungen arbeiten – Akten aufbereiten, Berichte schreiben, die Arbeit der Abteilung organisieren und andere interne Aufgaben erledigen. Zwischendurch führte er ein paar Telefonate.

Irgendwann im Laufe des Vormittags steckte Rudolf Kuhnert den Kopf zur Tür herein.

»Ähm, Gerd, wir haben da ein bisschen was gefunden. Ich, und auch Nicole. Ähm, zu dem Fall Angelhoff, meine ich.«

»Könnt ihr mir's als kurzen Bericht zukommen lassen?«, bat Stoevesandt. Er wollte sich jetzt nicht ablenken lassen.

Rudolf nickte, und der Kopf verschwand wieder aus dem Türspalt.

Zum Mittagstisch traf er sich mit Georg Kapodakis. Heute lag nicht mehr diese Bruthitze über der Stadt, sodass man sich aus dem klimatisierten Landeskriminalamt hinauswagen und in einem der urigen Restaurants der Cannstatter Altstadt eine Kleinigkeit essen konnte. Stoevesandt genoss diese Mittagspausen mit »Kapo«. Er war einer der wenigen, mit denen man sich auch über gehaltvollere Themen unterhalten konnte, die nichts mit der Polizeiarbeit zu tun hatten.

Trotzdem kamen sie heute auf Winfried Bechtel. Eigentlich nur, weil sie sich über die »Schatten in uns« unterhielten. Kapodakis hatte, ähnlich wie Rudolf Kuhnert, die Gabe, die Leute so sein zu lassen, wie sie waren, und sich damit zu arrangieren. Auch mit Winfried Bechtel kam er im Großen und Ganzen gut zurecht, obwohl er Stoevesandt in jedem

Punkt recht gab, den der an dem gemeinsamen Vorgesetzten auszusetzen hatte.

»Du solltest nicht vergessen, Gerd«, meinte Kapodakis, während er noch an seinem Schnitzel kaute, »wo Schatten ist, da gibt es auch Licht. Das steht auch in dem Buch. Sogar bei Winfried Bechtel. Und Bechtel glaubt ganz genauso wie du von dir, dass er ein anständiger Mensch ist. Er blendet eben bestimmte Dinge aus. So wie wir alle das tun, jeder halt bei sich das Seine.« Er nahm einen kräftigen Schluck von dem Bier, das er sich gegönnt hatte, obwohl er – zu Recht – immer über die überflüssigen Pfunde klagte.

»Und weißt du, was das eigentliche Problem von unserem Winfried ist? So sehe ich es zumindest. Der hat sich nicht – wie wir alle – die Karriereleiter hochgequält. Der musste nie aufpassen, dass er von Fußball-Hooligans keine in die Fresse bekommt. Er musste sich nie von Demonstranten beschimpfen lassen oder vermisste Kinder suchen. Irgendjemand bei Staat und Partei hat es ihm einfach gemacht. Und genau das ist die dunkle Seite bei Winfried Bechtel. Er hat die Vorteile angenommen. Und jetzt hat er Angst, dass wir ihn nicht respektieren. Ich meine richtig respektieren. Nicht nur, weil er über uns steht. Er weiß nie, ob wir nur Achtung vor dem Amt haben oder auch vor seiner Person. Und das macht ihn sehr verletzbar. Deswegen ist er so empfindlich.« Er steckte sich wieder ein Stück Schnitzel in den Mund, was ihn nicht wirklich davon abhielt weiterzusprechen. »Das ist doch ein richtig schönes Beispiel dafür, was passiert, wenn man sich mit solchen Negativ-Geschichten nicht auseinandersetzt.«

In diesem Moment meldete sich Stoevesandts Diensthandy. Wenn man vom Teufel sprach ... Es war Winfried Bechtel. Normalerweise hätte Stoevesandt ihn jetzt weggedrückt. Doch Kapos Worte hatten so etwas wie Nachsicht für den Chef bei ihm ausgelöst.

»Herr Stoevesandt, sind Sie noch in der Mittagspause?« Bechtel klang umgänglich. »Könnten Sie, wenn Sie zurück sind, bitte mal zu mir kommen?« Seit wann bat er und ordnete nicht an?

»Bis in einer halben Stunde. Passt das?«, fragte Stoevesandt.

»Ja, ja, kein Problem. Essen Sie nur in Ruhe«, meinte der Chef. Und Stoevesandt wunderte sich. So konnte man also auch miteinander umgehen. Aber doch nur, weil Bechtel irgendetwas von ihm wollte, und er fragte sich, was das war.

2

Stoevesandt klopfte an die Tür von Bechtels Büro und wurde sofort hereingerufen.

»Setzen Sie sich, hier, bitte.« Noch immer klang der Kriminalrat konziliant. Er saß hinter seinem Schreibtisch, mit schickem Kurzarmhemd und farblich abgestimmter Krawatte. Vor sich hatte er eine dicke Akte mit Berichten.

Stoevesandt zog den Besucherstuhl heran und nahm Platz. Sein Blick fiel auf das aufgeschlagene Schriftstück. Das war doch der Bericht für die SoKo am Stuttgarter Präsidium, den der LKA-Kollege von der Fachgruppe »Schusswaffen« ihm als Kopie gegeben hatte.

»Herr Stoevesandt, ich habe mir ein paar Unterlagen kommen lassen, die den Tod von Herrn Angelhoff betreffen.« Bechtel sprach bedächtig, fast vorsichtig. »Und es gibt hier einen Vermerk, dass auch Sie den Kollegen von der Todesermittlung ein paar Hinweise gegeben haben. Das ist doch richtig, oder?«

»Ich habe sie über ein Telefonat informiert, das Ewald Angelhoff erst vor kurzem mit mir geführt hat.«

»Wenn ich das hier richtig lese, dann interpretieren die Kollegen diesen Hinweis als Indiz dafür, dass Angelhoff sich eventuell doch nicht das Leben genommen hat.«

»Ich weiß nur, dass beide Varianten – Suizid und Fremdeinwirkung – geprüft werden.«

»Und wie schätzen Sie das ein?« Jetzt klang er lauernd. Was wollte Bechtel von ihm? Warum interessierte er sich für den Fall Angelhoff?

Stoevesandt faltete die Hände vor sich auf dem Tisch und atmete lange aus, bevor er eine Antwort gab. »Ich kenne den Stand der Ermittlungen nicht, Herr Dr. Bechtel. Das Einzige, was ich sagen kann und den Kollegen gesagt habe, ist, dass Angelhoff keineswegs depressiv klang, als ich mit ihm gesprochen habe.«

Bechtel schwieg. Er schien ernsthaft zu überlegen. Dann blätterte er wieder in den Papieren vor sich.

»Soweit ich das hier sehe, gibt es aber sonst keinerlei Hinweise auf irgendeine Fremdeinwirkung«, meinte er abwägend. »Und ich frage mich natürlich auch, Herr Stoevesandt, ob man alleine anhand eines solchen Telefonats erkennen kann, ob jemand suizidgefährdet ist. Nicht, dass ich Ihren Eindruck in Frage stellen würde. Aber ich habe da Informationen ...« Er zögerte einen Moment. »Also, ich hätte gerne, dass Sie einmal mit einem Bekannten sprechen. Ich kann es ja offen sagen, mit einem Parteifreund.«

Natürlich. Jetzt war es klar. Angelhoff hatte ja derselben Partei angehört wie Bechtel.

»Er ist in Brüssel tätig«, fuhr er fort. »Und er hat Herrn Angelhoff sehr gut gekannt. Sie waren eng befreundet, kann man sagen. Also, Herr Stoevesandt, das ist ja nun kein Fall, aus dem man sich einfach heraushalten kann, nur weil eine andere Behörde ihn bearbeitet, nicht wahr. Ich möchte, dass Sie Herrn Dr. Gapka anrufen. Er hatte einen ganz anderen Eindruck von Ewald. Und er hat Informationen, die so manches erklären könnten. Hier ...« Bechtel nahm einen Zettel, kritzelte etwas darauf und reichte ihn Stoevesandt.

Der nahm den Zettel verdutzt an. »Dr. Guido Gapka« stand darauf und eine Telefonnummer mit der Vorwahl von Belgien. Stoevesandt nahm ihn entgegen und fragte:

»Warum übergeben Sie die Sache nicht an Herrn Bialas? Dann wären diese Informationen gleich dort, wo man sie braucht.«

Bechtel reagierte heftig: »Ich kenne diesen Herrn Bialas kaum. Auf Sie kann ich mich verlassen, Herr Stoevesandt. Wenn Sie der Ansicht sind, dass die Aussage von Herrn Dr. Gapka relevant ist, dann können Sie Herrn Bialas ja informieren. Aber erst mal sprechen Sie mit ihm.«

Bechtel war wieder der Alte. Stoevesandt war vollkommen klar, dass er nur deshalb eingeschaltet worden war, weil sein Chef ihn besser unter Kontrolle hatte als den Kollegen in einer anderen Behördenhierarchie und schneller an Informationen kam. Er musste sich fügen, doch das hatte auch einen gewissen Reiz. Es interessierte ihn nun doch, warum sein Chef so großes Interesse an dem Fall hatte und ob das irgendetwas mit ihrer kriminalistischen Arbeit oder vielmehr mit parteipolitischen Gefälligkeiten zu tun hatte.

»Vielleicht könnten Sie ja die Ermittlungen der SoKo ein bisschen im Auge behalten. Ich meine, Sie haben doch einen ganz guten Draht zu diesem Herrn Bialas, soweit ich weiß. Ich meine nur ...« Er fing an herumzueiern. »Nun ja, es ist ja nun einfach ein besonderer Fall. Wie ich schon sagte, man hat da ja auch generell eine Verantwortung als Landespolizeibehörde. Sie verstehen schon.«

Stoevesandt verstand überhaupt nicht. Zugleich überkam ihn wieder mal der unwiderstehliche Drang, Bechtel zu ärgern. Zu gerne hätte er ihn auf das gegenwärtige Arbeitspensum in der Abteilung aufmerksam gemacht und ihn gefragt, welche der WiKri-Fälle nachrangig behandelt werden sollten, wenn er sich auch noch um den Fall Angelhoff kümmern müsste. Doch er hielt sich zurück. Er würde mitbekommen, welche Motive Bechtel für die Anteilnahme an Angelhoffs Tod hatte. Er würde wissen, was Bechtel wissen wollte. Und so hatte er umgekehrt auch den Kriminalrat Dr. Winfried Bechtel unter Kontrolle.

3

Zurück in seinem Büro betrachtete Stoevesandt nachdenklich den Zettel, den er noch in der Hand hielt. Dr. Guido Gapka – wer war das eigentlich? Er hatte ganz versäumt zu fragen, mit wem er es da zu tun haben würde. Er legte den Zettel beiseite. Heute würde er diesen Mann bestimmt nicht mehr anrufen. Vielleicht sollte er zuvor sogar mit Andreas über den seltsamen Auftrag sprechen. Bialas würde bestimmt nicht erfreut darüber sein, dass da jemand Parallelermittlungen anstellen wollte.

Stoevesandt wollte nun wirklich die Geschäfte erledigen, die er sich für heute vorgenommen hatte. Doch er kam wieder nicht sofort dazu. Das Telefon auf seinem Schreibtisch klingelte, und die Zentrale verband ihn mit der Stuttgarter Staatsanwaltschaft.

»Herr Stoevesandt, wie geht es Ihnen bei diesem herrlich kühlen Wetter?« Es war unverkennbar die Tenorstimme von Friedebald Frenzel. Trotz der fröhlichen Worte hörte Stoevesandt einen ernsten Unterton heraus. Er hatte keine Lust auf Smalltalk.

»Bestens, Herr Frenzel, was kann ich für Sie tun?«

Der Staatsanwalt zögerte. »Ich muss gestehen, Herr Stoevesandt, dass ich nicht so recht weiß, wie ich mein Anliegen formulieren soll. Sehen Sie, wir haben da eine Bitte um Akteneinsicht von Seiten Ihres werten Inspektionsleiters. Von Herrn Dr. Bechtel also. Wir sind der Bitte gerne nachgekommen. Warum auch nicht? Verstehen Sie mich nicht falsch. Nur …« Er machte eine Pause. »Zugleich bekomme ich von meiner vorgesetzten Behörde, der Generalstaatsanwaltschaft, klare Signale … Nun, wie soll ich mich ausdrücken? Sagen wir mal so: Es werden mir im Fall Angelhoff bestimmte Vorgaben gemacht.«

Wieder schwieg Frenzel. Auch Stoevesandt wusste nicht, was er sagen sollte. Bis schließlich der Staatsanwalt die Stille durchbrach und herausplatzte: »Also, am besten, ich rede Klartext. Das liegt mir auch mehr wie dieses Drumrumgerede. Ich habe da ein Bauchgefühl, und Sie wissen ja – mein Bauch hat Volumen, ha, ha. Und dieses Gefühl signalisiert mir, dass da von irgendwo weiter oben der Fall in eine ganz bestimmte Richtung vorangetrieben werden soll.

Entschuldigen Sie, Herr Stoevesandt, aber ich möchte jetzt am Telefon keine Details nennen. Ganz konkret: Ich möchte Sie bitten, möglichst bald wieder einmal an einer Besprechung der Sonderkommission Glemswald teilzunehmen. Es gibt eine ganze Reihe von Informationen, die Sie auch kennen sollten. Auch in Bezug auf die Spurenlage.«

Auch jetzt wusste Stoevesandt nicht sogleich, was er sagen sollte. Doch er war gar nicht abgeneigt, der Bitte des Staatsanwalts nachzukommen. Der Auftrag, den er von Bechtel bekommen hatte, und dessen Neugier, die Andeutungen, die Frenzel gemacht hatte – das alles bedurfte der Klärung.

»Wann würde die nächste SoKo-Sitzung denn stattfinden?«

»Morgen Nachmittag um vierzehn Uhr«, beeilte sich Frenzel zu sagen.

Es waren ein paar kleinere Fälle von Kapitalanlagebetrug und Steuerhinterziehung, die er mit einigen seiner Mitarbeiter hatte durchgehen wollen. Keiner dieser Fälle hatte bislang einen Gerichtstermin. Er konnte sie also durchaus vom Mittwoch- auf den Donnerstagnachmittag verschieben.

»Also gut. Wenn nicht etwas Wichtigeres dazwischenkommt, werde ich da sein.«

Frenzel bedankte sich überschwänglich. Der Mann stand spürbar unter Druck, was Stoevesandt bei ihm, dem Frohsinn in Person, nicht kannte.

Nachdenklich sah er auf das Telefon, nachdem er aufgelegt hatte. Plötzlich hatte er das Bild von Ewald Angelhoff wieder vor sich, und ihn überkam ein äußerst befremdliches Gefühl. Es war, als wollte der EU-Abgeordnete nicht von ihm lassen. Als ob er – angefangen bei dem Anruf und der seltsamen Frage nach der Betrugsklage über die Befragung seiner Witwe bis hin zu den Anliegen von Dr. Bechtel und Friedebald Frenzel – speziell Gerd Stoevesandt damit beauftragen wollte, seinem Tod nachzugehen.

Stoevesandt war weit davon entfernt, an esoterische Vorstellungen von der Totenwelt zu glauben. Dazu war er viel zu rational. Doch jetzt hatte er plötzlich das Gefühl, dass es kein Zufall mehr sein konnte, wie Angelhoff sich ihm aufdrängte.

Er verscheuchte den Gedanken. Klar war, dass er nun auf jeden Fall wissen wollte, was Rudolf und Nicole über den Abgeordneten herausbekommen hatten. Er rief beide an. Fünfzehn Minuten später saßen sie in seinem Büro.

4

Nicole Marinescu sah wieder einmal mitgenommen aus. Ihre Wangen bekamen nur langsam Farbe, während sie sprach, und sie hatte zunächst Schwierigkeiten, sich zu konzentrieren.

»Also, was ich rausbekommen habe: Ewald Angelhoff war ja Vorsitzender von einem Ausschuss. Es gibt viele solche Ausschüsse. Zweiundzwanzig ganz genau. Einen für ›Landwirtschaft und ländliche Entwicklung‹, einen für ›Wirtschaft und Währung‹, einen für ›Recht‹ und einen für ›Fischerei‹ und so weiter und so fort. Und einen eben auch für ›Umweltfragen, öffentliche Gesundheit und Lebensmittelsicherheit‹. Und den hat Angelhoff geleitet.«

Sie rieb sich die Schläfe und suchte in ihren Aufzeichnungen.

»Wissen Sie, was für Aufgaben diese Ausschüsse haben?«, fragte Stoevesandt.

»Es scheint so zu sein: Die Kommission der EU, die hat unendlich viele Expertengruppen. In denen werden die Gesetze erarbeitet. Ich glaube, so an die tausend Stück gibt's von diesen Arbeitsgruppen. Diese Gesetze müssen zu einem großen Teil vom Europäischen Parlament abgenickt werden. Das heißt, dass die EU-Abgeordneten ununterbrochen mit Gesetzentwürfen bombardiert werden. Und dazu müssen sie sich erst mal 'ne Meinung bilden. Ich denke, die Ausschüsse sind so 'ne Art Arbeitsteilung. Dass man sozusagen quer durch die Nationen und durch die politischen Fraktionen Leute hat, die sich auf bestimmte Themen spezialisieren können. Und die geben den anderen Parlamentariern in ihren Fraktionen dann vor, wie die im Plenum abstimmen sollen.« Sie hatte sich doch wieder gründlich mit der Materie beschäftigt. Langsam wurde sie auch etwas munterer.

»Ich habe auch mal recherchiert, was so ein Vorsitzender von so 'nem Ausschuss zu sagen hat. Der hat da schon einen Einfluss. Er hat engen Kontakt zur Kommissionsbürokratie. Der Ausschuss selbst kann Änderungsvorschläge zu den einzelnen Gesetzen ins EU-Parlament einbringen. Und wenn die EU-Kommission merkt, dass die Parlamentarier querschießen, dann wird der Ausschussvorsitzende schon auch mal hofiert. Man versucht dann, über ihn Einfluss auf den Parlamentsausschuss zu nehmen. Aber so wie's aussieht, hat Angelhoff den Job sehr neutral und fair gemacht.«

Sie schob eine blonde Strähne beiseite, die ihr immer wieder aus dem hochgesteckten feinen Haar ins Gesicht fiel. »Aber etwas ist doch interessant. Es gibt da eine Internet-Seite, die ›Lobbypedia‹. Die wollen die Einflüsse von Lobbyisten auf die Gesetze aufdecken, die in der EU zusammengebastelt werden. Und da taucht Ewald Angelhoff auch auf. Als ein Abgeordneter, der angeblich viele Kontakte zur Industrie hat, vor allem zu der in Baden-Württemberg. Und hier gibt es ja 'ne ganze Reihe großer Läden mit Namen, die jeder kennt. Also, es wird suggeriert, dass er die Interessen dieser Unternehmen recht offen vertritt. Wobei das alles ein bisschen polemisch ist. Ich denke mal, dass er als Abgeordneter aus Stuttgart auch die Unternehmen der Region vertreten muss. Ehrlich gesagt, außer diesen Behauptungen – und dem Spiegel-Artikel, der ja in die gleiche Kerbe haut ... Ich habe keine handfesten Hinweise gefunden, dass Angelhoff sich hätte korrumpieren lassen.«

»Ähm«, sagte Rudolf Kuhnert und hatte sofort Stoevesandts volle Aufmerksamkeit. Auch Nicole Marinescu wandte sich ihm zu. Sie hörten beide schon an der Art und Weise, wie er sein berühmtes »ähm« sagte, dass er Wichtiges beizusteuern hatte.

»Nun ja, ich habe mir ja die Finanzen von Ewald Angelhoff einmal angeschaut. Also, was ich euch jetzt sage, können wir natürlich nicht verwenden. Und, ähm, also das können wir auch nicht den Kollegen von der Sonderkommision geben. Na ja, Gerd, du weißt ja ...« Er zögerte, als ob er überlegen würde, inwieweit er selbst diese engsten Vertrauten einweihen konnte.

Stoevesandt wusste, dass Rudolf bestimmte Quellen hatte. Es gab Kontakte zu den Abteilungen für Finanzermittlungen beim LKA und der für Organisierte Kriminalität im Bundeskriminalamt. Und Kuhnert kannte diesen und jenen in verschiedenen Finanzbehörden. Man gab sich gegenseitig unter der Hand Tipps. Natürlich ohne jede richterliche Anordnung. Stoevesandt wollte gar nichts darüber wissen. Er behandelte diese Informationen immer wie anonyme Hinweise. Sie gaben die Richtung einer Ermittlung vor und ersparten bestenfalls lange Irrwege. Wenn sie die Hinweise mit konkreten Verdachtsmomenten untermauern konnten, wurde der Ermittlungsrichter eingeschaltet.

»Also«, fuhr Rudolf fort. »Also, es sind zwar keine ganz aktuellen Daten. Da komme ich noch nicht ran. Aber Angelhoff hat über Jahre hinweg unregelmäßig Beträge erhalten. Zu seinem normalen Einkommen, ähm, also das, was er eben für seine Tätigkeit als EU-Abgeordneter bekommt.

Die Summen liegen zwischen tausend und fünfzehntausend Euro. Manchmal steht der Verwendungszweck dabei, manchmal nicht. Also, wir haben da zum Beispiel ein Honorar für einen Vortrag beim Verband der Deutschen Chemie-Industrie. Zehntausend Euro. Die Beträge kommen eigentlich immer von den gleichen Absendern. Und das ist, ähm ...« Er kramte in den Papieren herum, die er mitgebracht hatte. »Also es ist die ›Energie Baden-Württemberg‹, die Nord-Badische Ammoniak-Fabrik und eben der Verband der Chemie-Industrie – also im Wesentlichen sind es die. Ein paar andere auch, aber das können wir vernachlässigen, meine ich.«

Er blickte auf und sah Stoevesandt an, als könnte er das Folgende selbst kaum glauben: »Alles in allem hat er in den untersuchten drei Jahren fast eine Million Euro an solchen Honoraren bekommen. Und nach den Angaben, die ich vom Bundeszentralamt für Steuern und der Erbschaftssteuerstelle bekommen habe, hat sich daran in letzter Zeit auch nichts geändert. Sein Vermögen, ähm, das ist immer schön weiter gewachsen.«

Nicole begann nun, aufgeregt auf ihrem Stuhl herumzurutschen. Sie kramte hektisch in den Unterlagen herum, die sie mitgebracht hatte, und zog mehrere zusammengeheftete Seiten Papier hervor.

»Da, schauen Sie mal. Das habe ich auch gefunden.« Sie drehte das Dokument so hin, dass Stoevesandt es lesen konnte. Rudolf stand auf und trat neben ihn, sodass er ebenfalls Einblick hatte.

»Jeder Abgeordnete wird auf der Homepage des Europäischen Parlaments vorgestellt. Wer er ist und was er schon so getan hat. Und da gibt es auch einen Punkt, der heißt ›Erklärungen‹. Wenn man den anklickt, dann kommt man zu diesem Formular«, erklärte Nicole.

»Erklärung der finanziellen Interessen der Mitglieder«, so las Stoevesandt den Titel eines Fragebogens mit offiziellem Stempel der Parlamentsadministration.

»Sehen Sie hier ...« Vor Aufregung hatte die junge Frau nun rote Flecken auf Wangen und Hals bekommen. »Jeder Abgeordnete muss das ausfüllen. Er muss angeben, was er die drei Jahre getan hat, bevor er als EU-Abgeordneter gewählt worden ist. Also bei Berufstätigkeit und bei Mitgliedschaften. Angelhoff hat hier seine Tätigkeit als Anwalt angegeben und dass er im Aufsichtsrat der Poly-Werke war. Und hier ...« Sie blätterte weiter. »Hier muss man angeben, was man jetzt, während man das Mandat hat, für Einkommen hat. Aber nicht genau – nur ungefähr. Da sehen Sie, es gibt vier Einkommenskategorien, und man macht einfach ein Kreuzchen hin.«

Stoevesandt sah sich Kategorien an. Fünfhundert bis tausend Euro pro Monat war die erste Kategorie, dann bis fünftausend, bis zehntausend und schließlich über zehntausend Euro monatlich.

»Angelhoff hat hier einiges angegeben bei Mitgliedschaften und Tätigkeiten. Aber Geld kassiert hat er dafür nach seinen Angaben keines«, erläuterte Nicole die ausgefüllte Tabelle.

Stoevesandt überflog die Liste. Angelhoff war im Vorstand einer Stiftung, im Aufsichtsrat einer Krankenhausgesellschaft, als Mitglied im Naturschutzbund, im Beirat seiner ehemaligen Anwaltskanzlei und in einigen Parteigremien tätig. In der Tat hatte er dafür keine Vergütung angegeben. Auf einer weiteren Seite des Dokumentes wurde nach gelegentlichen vergüteten Tätigkeiten gefragt wie das Verfassen von Texten, Vorträge und sachverständige Beratung. Hier hatte Angelhoff das Wort ›Vorträge‹ angegeben.

»Schauen Sie mal, was er da als Vergütung angegeben hat.« Nicole war wieder auf ihrem Gerechtigkeitstrip. »Die erste Kategorie. Also maximal 1000 Euro im Monat. In drei Jahren macht das ...«

»36 000 Euro«, meinte Rudolf nüchtern.

»... aber niemals eine Million! Dann überprüfen die doch dieses Ding überhaupt nicht.« Nicole stippte mit dem Finger empört auf das EU-Formular.

»Also, ähm«, sagte Rudolf Kuhnert und blätterte in dem Papier auf Stoevesandts Schreibtisch zurück. »Die Vergütungen hat er auch nicht angegeben. Also er bekommt, ich gehe davon aus, bis zum Zeitpunkt seines Todes, da bekam er immer noch von seiner Anwaltskanzlei und von den Poly-Werken Vergütungen. Da ist er im Beirat und im Aufsichtsrat, ähm, jeweils eben. Achttausendsiebenhundertfünfzig für die Beiratstätigkeit in der Kanzlei und vierzehntausendfünfhundert als Aufsichtsrat. Pro Jahr.« Die Zahlen hatte er im Kopf. »Das sind jetzt natürlich nur die Dinge, die er auch angegeben hat. Ich meine, wenn er Schwarzgeld angelegt hat ... wenn er Konten im Ausland hat, was da dann drüber geht, weiß ich natürlich nicht.«

Stoevesandt faltete die Hände vor sich auf dem Schreibtisch und überflog Angelhoffs Angaben zu seinen »Finanziellen Interessen«. Er überlegte und suchte nach einem Zusammenhang zwischen diesen Unstimmigkeiten und dem Tod des EU-Abgeordneten.

»Gibt es hier irgendetwas, das als Mordmotiv herhalten könnte?«

Rudolf schüttelte den Kopf: »Abgeordnetenbestechung, § 108e. Da müssen Geldzahlungen im Vorfeld einer Abstimmung nachgewiesen werden, ähm, also dass die Stimme direkt für eine Abstimmung gekauft worden ist. Das sehe ich hier nicht.«

Auch Stoevesandt konnte keinen Zusammenhang zu Angelhoffs Tod herstellen. Er kannte nur einen einzigen Fall, in dem einem Stadtrat eine solche »Honorierung« nachgewiesen werden konnte, weil er ein Darlehen angenommen und im Gegenzug ein Hotelprojekt befürwortet hatte. Sogenannte »Dankeschön-Prämien«, bei denen das Geld floss, nachdem der Mandatsträger »richtig« abgestimmt hatte, wurden nach deutschem Recht nicht geahndet. Der Paragraph war ein stumpfes Schwert. Korruption war kaum ein Mordmotiv. Es profitierten in der Regel beide Seiten. Geschädigt wurde eine anonyme Sozialgemeinschaft.

»Vielleicht wurde er erpresst. Wenn so etwas an die Öffentlichkeit kommt ...«, überlegte Nicole Marinescu laut.

Stoevesandt nickte. »Das wäre dann ein Motiv für den Selbstmord.«

Einen Moment schwiegen sie alle drei etwas ratlos. Dann schob Stoevesandt die Papiere zusammen und gab sie Nicole zurück. »Ich werde morgen Nachmittag an einer Sitzung der Sonderkommission Glemswald teilnehmen. Nicole, ich möchte, dass Sie mich begleiten. Rudolf, ich weiß, du hast zu tun. Und wir brauchen dich da ohnehin nicht. Hören Sie, Nicole: Das, was Herr Kuhnert da ermittelt hat, das können wir niemandem sagen. Auch nicht den Kollegen. Wenn herauskommt, dass wir ohne richterliche Anordnung in den Finanzen von Angelhoff herumwühlen, kommen wir in Teufels Küche. Ist Ihnen das klar?«

Sie nickte brav, und er hoffte, dass sie verstanden hatte.

5

Er war nicht gerne allein an diesem Abend. Ein bisschen Gesellschaft hätte ihm gut getan. Doch Ines hatte diese Woche den späten Dienst, und wenn sie nach Hause kam, war sie mit Sicherheit so ausgepowert, dass sie sich nur noch vom Fernsehprogramm berieseln lassen wollte.

Er setzte sich nach einem einfachen Abendbrot mit einem Glas Weißwein auf den Balkon. Die Geräusche der Stadt schwangen zu ihm herauf. Ein Martinshorn, ein Hupen, die ungedämpfte Unterhaltung zweier türkischer Männer, die unten vorbeigingen. Er setzte den Kopfhörer auf und hörte über Online-Radio »Smooth Jazz.com«, eine schöne Mischung aus ruhigen Jazz-Titeln aller Richtungen und Epochen. Dann schweiften seine Gedanken ab, zu dem Gespräch, das sie am Wochenende geführt hatten.

Ines wollte also aufhören, lieber heute als morgen. Und sie wollte zurück an die Waterkant. Er hatte sich nicht klar äußern mögen. Und es hatte mal wieder diese Verstimmungen gegeben. Weil er nicht redete, meinte sie. Aber der eigentliche Grund war, dass er sich gar nicht sicher war, was er wollte. Er hatte sich einfach noch keine Gedanken darüber gemacht, wie er sich die Pensionierung und den Ruhestand vorstellte. Erst jetzt wurde ihm klar, dass er ganz selbstverständlich davon ausgegangen war, bis fünfundsechzig seinen Dienst zu tun. Was danach kam, das konnte er immer noch überlegen, wenn es so weit war.

Oder vielleicht doch nicht. Es waren gerade mal drei Jahre, die ihm noch blieben. Und er wusste, wie schnell die Zeit verging. Vor allem dann, wenn er dem Wunsch von Ines nachgeben und sich früher in den Ruhestand versetzen lassen würde. Aber wollte er das?

Er liebte seine Arbeit. Das war das Terrain, auf dem er Bescheid wusste und sich sicher fühlte. Er war anerkannter Fachmann und wurde gebraucht. Auch wenn er manchmal unter Druck geriet, wenn Staatsanwälte Wunder erwarteten – es war die berufliche Bestätigung, die ihn lebendig machte.

Was würde er tun, ohne diese Aufgabe? Sie hatten keine Kinder und damit auch keine Enkel, um die man sich kümmern konnte. Er las gerne, und er wanderte gerne. Aber damit konnte man doch kein Leben füllen. Er würde sich nutzlos fühlen. Er würde in dieser oder einer anderen Wohnung herumtigern und nicht wissen, was er mit sich anfangen sollte.

»Für einen, der die Arbeit liebt,
ist die Pension nicht leicht.
Er fürchtet, dass im Müßiggang
das Hirn langsam erweicht.«

Genau diese Passage hatte er sich gemerkt, als vor zwei Jahren ein Kollege mit einem Gedicht in den Ruhestand verabschiedet worden war. Und genau das war auch seine Befürchtung.

Aber irgendwann würde auch für ihn der Moment kommen ...

Wollte er dann zurück nach Hamburg? Auch da war er sich nicht sicher. Das Wetter hier im Süden hatte schon was. An warmen Sommertagen in einem Café am Schlossplatz im Freien zu sitzen, das weckte mediterrane Gefühle. Die Stadt mit ihrer hügeligen Topografie bot immer wieder neue abwechslungsreiche Perspektiven. Er mochte das »Grüne U«, die Parkanlagen der Stadt. Wenn sie beide keine Zeit hatten für lange Wanderungen, gingen sie gerne dort ein bisschen spazieren. Das kulturelle Angebot der Stadt war reich. Ines kam in der Oper und in Konzerten auf ihre Kosten, er bei diversen Jazz-Veranstaltungen in der Region. Die Gastronomie hier im Südwesten war sicher die beste der Republik, sowohl wegen der einheimischen Küche als auch aufgrund der Vielzahl von internationalen Restaurants mit hohem Niveau. Er war hier zum Weintrinker geworden, weil die württembergischen, badischen und pfälzischen Weine immer wieder für positive Überraschungen gesorgt hatten. Wo würde er in Hamburg eine solche Auswahl bekommen? Sicher war die Hansestadt seine Heimat. Aber war sie immer noch sein Zuhause?

Als Ines kam, war sie wie immer platt und zu keinem Gespräch mehr aufgelegt. Stoevesandt war es mehr als recht. Man konnte solche Gedanken haben. Aber darüber reden ...

Sie sahen gemeinsam noch ein paar Beiträge eines Wirtschaftsmagazins an, bevor sie zu Bett gingen.

Mittwoch, 31. Juli 2013

I

Es wurde eine lange Sitzung mit vielen gewichtigen Informationen. An deren Ende hatte Stoevesandt mehr Fragen als Antworten.

Er kam einige Minuten vor Beginn der SoKo-Sitzung mit Nicole zum Stuttgarter Präsidium am Pragsattel. Ein Mitarbeiter der Sonderkommission, den er nicht kannte, holte sie an der Pforte ab und führte sie in die Räume, die solchen speziellen Zwecken vorbehalten waren. An den Schreibtischen der großen Büroräume herrschte gelassene Geschäftigkeit. Jeder der Männer und Frauen arbeitete konzentriert am PC oder am Telefon. Sie wurden in einen größeren Besprechungsraum geführt, in dem sie vorerst allein waren. Es war das typische Szenarium einer Sonderkommission: große Magnettafeln, an denen eine Menge Fotos befestigt waren, ein Whiteboard mit Notizen zum bisherigen Ermittlungsstand, ein Flipchart, auf dem offene Fragen notiert waren. Stoevesandt ging von einem zum andern und betrachtete Bilder und Fakten. Es waren ein paar Namen mit der Bezeichnung von Funktion oder Beziehung zu dem Toten hinzugekommen. Ein Bruder, eine Büroleiterin, ein paar Mitarbeiter von Angelhoff. Ansonsten konnte er nichts Neues entdecken.

Als Erster gesellte sich der Staatsanwalt zu ihnen. Er trug ein langärmeliges weißes Hemd, obwohl die Temperaturen draußen langsam wieder stiegen. Und natürlich durfte die Krawatte nicht fehlen, die heute kanariengelb war und den Augen wehtat.

»Das ist ja sehr schön, Herr Stoevesandt, Frau Marinescu, dass Sie es geschafft haben, hierherzukommen. Ich bin Ihnen da wirklich sehr dankbar.« Friedebald Frenzel schien vor Freude fast zu hüpfen, obwohl er die Arme voller Aktenordner hatte. Umständlich deponierte er sie auf einem der langen Tische des Besprechungsraums.

Der Nächste, der kam, war Luca Mazzaro. Auch er hatte einen großen Stapel Papier bei sich, weshalb er alle nur durch ein Nicken begrüßen konnte. »Die E-Mail-Korrespondenz von Ewald Angelhoff«, sagte Mazzaro, während er den Packen neben die Akten des Staatsanwaltes platzierte. »Was der gemailt hat – das geht auf keine Giga-Platte.«

Dann stießen Andreas Bialas, der Chef der Stuttgarter Kriminaltechnik, Hans Wildermuth, und ein dritter Mann zu ihnen. Die drei unterhielten sich erregt, als sie den Raum betraten.

»Aha, alle schon da«, sagte Andreas Bialas in die Runde der Anwesenden und drückte jedem die Hand. »Gut, dass du's geschafft hast, Gerd«, wandte er sich an Stoevesandt. »Das ist der Kollege Hahnelt von der Polizeidirektion Böblingen«, stellte er den dritten Mann vor. Der sah genau so aus, wie Stoevesandt ihn sich vorgestellt hatte: untersetzt, etwas derb und mit beleidigter Miene. Wahrscheinlich war er immer noch sauer, dass man ihm das Heft aus der Hand genommen hatte.

»Dann können wir ja gleich anfangen«, meinte Bialas, als alle sich gesetzt hatten. Stoevesandt fiel auf, dass Hanna Stankowski nicht anwesend war. Doch das hatte wohl so seine Richtigkeit. Bialas jedenfalls begab sich nach vorne zu dem Whiteboard und begann umgehend, den Stand der Ermittlungen darzulegen:

»Also, bevor wir zu ein paar neuen Ergebnissen kommen, lasst mich erst mal in aller Kürze zusammenfassen, was wir haben. Angelhoff wird aufgefunden, erschossen, mit einer FN High Power in der Hand. Die Obduktion bringt keine Klarheit, ob es sich um Suizid oder Fremdeinwirkung handelt. Was dabei rausgekommen ist: Der Mann hat mal Kokain konsumiert. Zur Waffe: Angelhoff hatte weder eine Waffenbesitzkarte noch einen Waffenschein. An der Herkunft der Waffe sind wir dran. Ich hoffe, dass die belgischen Kollegen einigermaßen kooperieren.

Dann zum Motiv. Wir sehen nach wie vor keines – weit und breit. Weder für den Selbstmord – seine Frau hat noch mal heftig bestritten, dass Angelhoff so etwas tun würde. Er stand finanziell gut da, soweit wir das beurteilen können. Keine Auffälligkeiten bei der Schufa. Nach Auskunft der Banken gibt's keine Auffälligkeiten. Sein Nachlassverwalter ist ein Anwalt aus der Kanzlei, bei der Angelhoff einer der Partner war. Er meint, dass da ziemlich viel Geld von Felicitas da ist, und Angelhoff selbst, der hatte wohl auch ein gutes Auskommen und einiges auf der hohen Kante.«

Stoevesandt bemerkte, wie Nicole Marinescu neben ihm zappelig wurde. Für den Bruchteil einer Sekunde blickte er sie warnend an. Sie riss sich zusammen.

»Wir haben ein paar erste Sondierungen im persönlichen Umfeld von Angelhoff vorgenommen. Er hatte kaum Verwandte. Einen Bruder, der zehn Jahre älter ist als er. Die Eltern leben nicht mehr. Der Bruder hat angegeben, dass er fast keinen Kontakt zu Ewald hatte. Er ist Postbeamter und lebt in der Nähe von Heilbronn. Außerdem hat er gemeint, dass er nicht zu den Kreisen gepasst hat, in denen sein Bruder verkehrt hat. Die beiden stammen wohl aus sehr einfachen Verhältnissen. Ewald ist sozial aufgestiegen, der Bruder nicht. Auf jeden Fall hat auch er bestätigt, dass Angelhoff ein sehr positiver Mensch gewesen ist. Einer, dem immer alles geglückt ist – so hat er sich ausgedrückt.«

Bialas trat an das Whiteboard und deutete auf ein paar Namen, die dort notiert waren. »Auch die Mitarbeiter in seinen Büros hier in Stuttgart und in Brüssel haben alle angegeben, dass sie keinen Grund für eine Selbsttötung sehen. Die Ehe wurde von allen als gut und intakt beschrieben.«

»Stimmt wahrscheinlich auch«, warf Luca Mazzaro ein. »Er hat sie fast immer zwei bis drei Mal angerufen, wenn er die vier Tage in der Woche in Brüssel oder Straßburg war. Hier, die Handy-Auswertung.« Er wedelte mit einer Aktenmappe.

»Auch für einen Mord sehen wir momentan kein Motiv«, setzte Bialas seinen Rapport fort. »Es war mit großer Sicherheit kein gewöhnlicher Raubmord. Er hatte noch seine teure Uhr und das Portemonnaie mit ein paar hundert Euro drin. Außerdem gibt es nach den bisherigen Ermittlungen nichts von Wert, das fehlen würde. Die Untersuchung von Angelhoffs Wagen hat ebenfalls nichts gebracht. Also keine Fingerspuren, keine fremde DNA, die auf die Anwesenheit einer weiteren Person hinweisen würde. Aber – und da möchte ich Wildermuth jetzt bitten, uns sofort zu informieren – es gibt eine neue Erkenntnis. Hans, du bist dran.«

Hans Wildermuth hatte sich bereits an dem Laptop zu schaffen gemacht, der auf einem der Konferenztische stand und über den man mit einem Beamer Bilder auf eine große Leinwand projizieren konnte. Der Kriminaltechniker räusperte sich, strich sich über den schwarzen Schnurrbart und sah sich mit seinen dunklen Augen in der Runde um, als wollte er sicherstellen, dass alle ihm zuhören.

»Also – wie Andreas sagte: Wir haben den Wagen auf jeden Krümel hin untersucht. Leider ohne verwertbare Ergebnisse. Aber: Wir haben uns auch das Spurenbild der Blutspritzer noch mal genau angeschaut. Und da zeige ich euch jetzt einmal ein paar Bilder. Zum Teil sind sie am Tatort von den Böblinger Kollegen oder von uns gemacht worden, zum Teil in unserer Werkstatt.«

Er ließ ein paar Fotos durchlaufen, die Stoevesandt so erst mal nichts sagten. Die typischen Blutspritzer einer solchen Tat eben.

»Mach's nicht so spannend, Wildermuth. Komm auf den Punkt«, mahnte Andreas Bialas ungeduldig.

»Ihr seht hier, dass es einen Bereich gibt am Armaturenbrett ...« Er zeigte ein bestimmtes Bild und zeigte mit dem

Laserpointer auf die Stelle, die er meinte. Dann folgte ein Bild vom Lenkrad. Auch hier lenkte er die Aufmerksamkeit der Anwesenden auf eine bestimmte Stelle. Mit einem Schlag wurde Stoevesandt klar, was der Kriminaltechniker meinte.

»Hier noch ein Bild von der Kleidung des Toten«, fuhr Wildermuth fort. »Bei allen diesen Bildern gibt es einen Bereich, wo eigentlich Blutspritzer sein müssten, aber keine sind. Teilweise haben wir eine sehr klare gerade Linie. Auf der einen Seite Blut, auf der andern Seite keines.«

»Wie ist so etwas zu erklären?«, fragte Friedebald Frenzel.

Der drahtige Kriminaltechniker strich sich wieder über den Schnauzer und schien die Spannung im Raum regelrecht zu genießen. »Wir haben das Blutspurenmuster einer Spezialistin für forensische Blutspurenanalytik bei der Rechtsmedizin der Universität Jena gezeigt. Sie kommt zu einem Schluss, den auch wir als wahrscheinlich angenommen haben: Angelhoff hatte zum Zeitpunkt seines Todes einen Gegenstand auf dem Schoß, und zwar über dem Lenkrad. Wahrscheinlich hatte er ihn sogar in der Hand.«

»Und der fehlt jetzt«, schlussfolgerte Luca Mazzaro und sprang vom Stuhl auf.

»Wir haben rekonstruiert, wie groß dieser Gegenstand in etwa war.« Wildermuth zeigte nun eine mit Maßen versehene grafische Darstellung auf der Projektionsleinwand. »Wir schätzen, aufgrund der Linien, die sich ergeben haben, dass es sich um ein viereckiges Objekt handeln muss, das etwa die Maße 35 auf 25 Zentimeter hat. Länge mal Breite. Die Höhe ist nur schwer abzuschätzen.«

Einen Moment herrschte Stille.

»Sagen Sie mir«, fragte dann Friedebald Frenzel. »Können wir das eindeutig als Indiz dafür werten, dass doch eine weitere Person während der Tat anwesend war?«

Wildermuth runzelte die Stirn. Dann antwortete er so typisch für einen Kriminaltechniker, wie Stoevesandt es schon oft bei den Kollegen der KTU erlebt hatte: »Es ist ein klares

Indiz dafür, dass dieser Gegenstand von einer Person entfernt worden ist, und zwar nach dem Tod von Ewald Angelhoff.«

»Des könnt aber auch jemand weggenomma habe, nachdem er sich erschossa hat«, meinte der Böblinger Kollege.

»Wir haben noch einen Hinweis auf eine Person gefunden«, meldete sich nun Hans Wildermuth wieder zu Wort. Die Aufmerksamkeit aller war augenblicklich wieder auf ihn gerichtet. Er zeigt ein weiteres Bild, die Großaufnahme eines kurzen schwarzen Haares auf grauem Textiluntergrund.

»Dieses Haar haben wir an Angelhoffs Hose gefunden, und zwar ziemlich genau mittig unter dem Gegenstand, den der Tote auf dem Schoß gehabt haben muss. Das Haar ist keines von Angelhoff selbst. Farbe und Morphologie stimmen nicht überein. Schon gar nicht mit denen seiner Frau. Dann haben wir ja noch die Haarprobe von der Frau, die da im Wald campiert. Auch da: Keine Übereinstimmung.«

»Wir haben, bevor wir hierhergekommen sind, schon überlegt, wie dieses Haar dahin gekommen sein kann, wenn Angelhoff sich selbst erschossen hat«, sagte Andreas Bialas. »Der Gegenstand könnte als Überträger des Haares fungiert haben. Dann hätten wir es aber mit jemandem zu tun, der Angelhoff den Gegenstand vor seinem Tod gegeben hat, und mit jemandem, der nach seinem Tod dieses Objekt wieder entfernt hat.«

»Er bekommt etwas, vielleicht von einem Mitarbeiter«, spekulierte nun Luca Mazzaro, der immer noch stand und seine Worte mit italienischer Gestik untermalte. »Das nimmt er mit. Vielleicht eine Kiste. Er guckt rein, sieht da was, was ihn schockt, und erschießt sich. Dann kommt einer vorbei, guckt durch das offene Wagenfenster, sieht die Kiste und denkt: ›Die könnt ich brauchen‹, und nimmt sie mit. Klingt ziemlich crazy, oder?«

»Wenn jemand zufällig an dem Auto mit dem Toten drin vorbeigekommen ist«, schaltete sich nun auch Nicole Marinescu ein, »dann muss er sich ja durch das Wagenfenster gebeugt haben. Und dabei hat er keine Fingerspuren hinterlassen? Das ist doch fast nicht möglich.«

»Oder ...«, meinte Bialas nachdenklich, zog ein Stofftaschentuch aus der Hosentasche und massierte sich ausgiebig die Nase. »Oder Angelhoff wurde genau wegen diesem Gegenstand umgebracht. Von jemandem, der darauf geachtet hat, keine Spuren zu hinterlassen.«

2

Stoevesandt gingen nun verschiedene Möglichkeiten durch den Kopf. Selbst er, der nüchterne Wirtschaftskriminalist, konnte sich der Spannung nicht mehr völlig entziehen: »Habt ihr eigentlich mal nach Zeugen gesucht? Wenn es ein Mord war, müssen zwei Schüsse gefallen sein. Der tödliche und einer, der die Schmauchspuren an Angelhoffs Hand verursacht hat.«

»Ein öffentlicher Aufruf über die Medien, ob jemand zur gegebenen Zeit in der Nähe joggen oder mit dem Hund unterwegs war.« Andreas Bialas nickte und verzog dann grimmig das Gesicht. »Haben wir dran gedacht, Gerd. Leider macht uns die Generalstaatsanwaltschaft gerade das Leben schwer.«

Frenzel seufzte laut vernehmlich. »Ja, Herr Stoevesandt, ich habe es ja gestern schon angedeutet. Deswegen habe ich Sie ja hergebeten. Damit Sie wissen, wie der Stand der Ermittlungen tatsächlich ist. Und warum wir Sie trotz dieser Presseerklärung um weitere Unterstützung bitten wollen.« Er zog aus seinen Unterlagen ein Papier hervor und reichte es an Stoevesandt weiter. Der Kopf der Generalstaatsanwaltschaft Stuttgart prangte über dem Text, der überschrieben war mit der Titelzeile »Kein Hinweis auf Fremdeinwirkung im Fall Angelhoff«.

Stoevesandt überflog die Mitteilung. Es war in der Hauptsache eine Stellungnahme zum Ermittlungsstand des Falles. Zwei Stellen waren mit gelbem Marker hervorgehoben. Bei der ersten hieß es: »Die Ergebnisse der Obduktion lassen keinen Schluss auf eine Fremdeinwirkung zu. Auch kriminaltechnische Untersuchungen haben keine Hinweise in diese Richtung ergeben.«

Die zweite markierte Stelle war sogar unterstrichen und lautete: »Hinsichtlich der Information der Öffentlichkeit über das weitere Ermittlungsverfahren bestand zwischen dem Generalstaatsanwalt und dem Leitenden Oberstaatsanwalt Übereinstimmung, dass Mitteilungen an Presse und Öffentlichkeit nur noch erfolgen, wenn wesentliche neue Erkenntnisse vorliegen.«

Nicole Marinescu hatte die Pressemeldung parallel zu Stoevesandt gelesen und fragte nun verständnislos: »Und was soll das?«

Stoevesandt hatte sofort begriffen. So erfahren war Nicole einfach noch nicht, als dass sie die Behördensprache zwischen den Zeilen richtig zu deuten wüsste. Diese Presseerklärung war nicht in erster Linie an die Öffentlichkeit gerichtet, sondern an die ermittelnden Beamten und den für den Fall zuständigen Staatsanwalt.

»Man hat Herrn Frenzel einen Maulkorb verpasst«, sagte Andreas Bialas finster.

»Wissen Sie«, erklärte der nun, »ich habe von dieser Presseerklärung zeitgleich mit der Presse Kenntnis erhalten. Man hat sie mit mir nicht abgesprochen. Die Entscheidungsträger der höchsten Ebenen einigen sich auf ein Ergebnis der Ermittlungen. Und ich fürchte, dass daran nicht nur mein Chef und der Generalstaatsanwalt, sondern auch das Innenministerium beteiligt waren. Dann zelebriert man das gewünschte Ergebnis vor dem weisungsabhängigen Untergebenen. Das bin in diesem Falle ich. Und damit muss man mir keine förmliche Weisung geben – was einen Skandal bedeuten würde, wenn das publik werden tät.

Aber die Botschaft an mich ist angekommen. Der Fall Angelhoff soll doch bitte als Suizid behandelt werden. Und ich werde sie nicht ignorieren können, ohne in Ungnade zu fallen.«

Frenzel lehnte sich auf seinem Stuhl zurück, faltete die Hände über dem runden Bauch und lachte. »Wir können also keinen Aufruf an die Öffentlichkeit rausgeben. Aber ... wie sagte schon Heinrich Heine? ›Ein Hund, dem man einen Maulkorb umhängt, bellt mit dem Hintern‹, ha, ha. Dann müssen wir eben auf andere Weise ›wesentliche neue Erkenntnisse‹ gewinnen, damit wir uns dann doch noch an die Öffentlichkeit wenden können. Wir werden die Ermittlungen in alle Richtungen vorantreiben. Natürlich auch in Richtung Selbstmord – wobei ich hier, offen gesagt, immer weniger sehe, wie wir die Fakten sinnvoll zusammenbringen sollen. Aber eben auch in Richtung einer Firma, über die sich Angelhoff wohl geärgert hat und wegen der er Sie angerufen hat, Herr Stoevesandt.«

Was wurde da an höchster Stelle gemauschelt? Warum sollte der Tod von Angelhoff unbedingt wie ein Selbstmord aussehen? Was sollte da vertuscht werden? Es schien Stoevesandt an der Zeit, über den Auftrag zu informieren, den er von Bechtel bekommen hatte. »Ich bin nicht nur hier, weil Sie mich darum gebeten haben, Herr Frenzel.« Stoevesandt faltete seine Hände vor sich auf dem Tisch und überlegte, wie er es am besten formulieren sollte. »Ich habe von meinem Inspektionsleiter die Aufgabe bekommen, Ihre Ermittlungen zu beobachten. Und ich soll mit einem gewissen Herrn Dr. Gapka sprechen, wie er mir sagte, einem Freund von Ewald Angelhoff. Angeblich hat dieser Herr Gapka Informationen darüber, warum Angelhoff sich umgebracht haben könnte.«

Zuerst mal herrschte Stille. Nicole sah ihn erstaunt von der Seite her an. Auch für sie war das ja neu.

Der Erste, der sich fing, war Friedebald Frenzel: »Ach, aus diesem Loch pfeift die Maus. Deshalb hat Herr Dr.

Bechtel um Akteneinsicht gebeten. Aber was hat Ihr Chef für ein Interesse an dem Fall Angelhoff?«

»Sie sind – oder vielmehr waren – in derselben Partei. Wie übrigens dieser Herr Gapka auch.«

»Was soll das?«, fragte Bialas. Er war sichtlich sauer. »Macht das LKA jetzt seine eigenen Ermittlungen? Ohne uns was davon zu sagen?«

Stoevesandt hob bedauernd die Hände.

»Gapka. Dr. Guido Gapka«, sagte nun Luca Mazzaro, noch bevor Stoevesandt etwas antworten konnte. »Den kenn ich.« Der junge Mann mit dem dichten schwarzen Haar hatte sich wieder gesetzt und schlug nun mit der flachen Hand auf den Stapel mit den E-Mails von Angelhoff. Dann kramte er darin herum und zog eine Liste hervor. »Der kommt hier immer wieder vor, bei E-Mails und Telefonaten. Ist der Chef vom Verband der Deutschen Chemie-Industrie. Ich meine von dem Büro, das die in Brüssel haben. Also, die haben sich wirklich ziemlich regelmäßig kontaktet.«

Leiter des Brüsseler Büros des Verbandes der Deutschen Chemie-Industrie war Gapka also. Nun wusste Stoevesandt dies auch. »Ich habe mit diesem Mann noch keinen Kontakt aufgenommen, Andreas. Ich werde mit Sicherheit keine Parallelermittlungen führen. Auch deshalb sind wir hier.«

Bialas sah ihn nachdenklich an. Die Falte zwischen seinen Augenbrauen war steil und tief. »Da versucht uns jemand zu manipulieren«, meinte er finster. »Das Einzige, was da hilft, ist eine absolut saubere Arbeit. Wir müssen jetzt systematisch überlegen, welcher Tathergang und welche Motive überhaupt in Frage kommen. So, und deshalb machen wir jetzt genauso weiter, wie Herr Frenzel gesagt hat. Das persönliche Umfeld haben wir gecheckt. Es gibt weder für Mord noch für Selbstmord irgendeinen Hinweis. Also müssen wir uns jetzt um das politische und berufliche Umfeld von Angelhoff kümmern. Luca, ich möchte jetzt, dass du uns die ersten Auswertungen der E-Mails und Telefonate vorstellst. Vielleicht ergeben sich da ja Anhaltspunkte.«

3

»Subito«, sagte der und machte sich nun ebenfalls an dem Laptop zu schaffen, den Wildermuth mittlerweile geräumt hatte. Er präsentierte dann Listen mit Namen, Terminen und anderen Daten. »Also, wir haben bisher Folgendes ausgewertet: mal grob die E-Mails, die Telefonate über Handy, die Internet-Auftritte. SMS kann man vergessen, hat er kaum geschrieben. Und wenn, dann nur mal 'ne Bestätigung für einen Termin. Internet-Auftritte auf Facebook und Twitter und auf den Seiten vom Europäischen Parlament brauchen wir, glaube ich, erst mal auch nicht so genau anschauen. Was ich bisher gesehen habe, so sind das nur so ödige Image-Geschichten für Angelhoff gewesen, wo er sich halt so als molto importante gegeben hat. Die Daten von der Festnetztelefonie haben wir noch nicht. Die Telekom lässt sich mal wieder Zeit. Und der Internet-Provider auch. Also, wo Angelhoff so alles im Internet gesurft ist, damit können wir noch nicht dienen. Aber die E-Mails und Telefonate ...«

Er fuhr sich mit der Hand durchs dichte schwarze Haar und zeigte eine Präsentationsfolie.

»Was der E-Mails geschrieben und telefoniert hat ... mir würden die Finger und Ohren abfallen. Ich glaub, wenn der nicht gerade 'ne Sitzung hatte, dann hat er telefoniert oder Mails geschrieben. Auf jeden Fall haben wir mal die Kontakte grob systematisiert.«

Auf der Leinwand erschienen nun nacheinander verschiedene Tabellen. Die Arbeitsgruppe, die Luca Mazzaro leitete, hatte die Mails von Ewald Angelhoff unter verschiedenen Aspekten ausgewertet. Da waren zunächst gesendete und erhaltene von und an andere Abgeordnete des Europaparlaments, geordnet nach Nationalitäten und nach Fraktionszugehörigkeit. Mails an Mitarbeiter der EU-Kommission, Mails an Parteifreunde und -gremien in Deutschland, Mails an Organisationen und Unternehmensvertretungen in

Brüssel. Schließlich auch der Mailverkehr mit diversen Unternehmen in Baden-Württemberg. Einige große Namen waren darunter, auch die von Automobilherstellern, Energieversorgern und Chemie-Riesen, die in dem Spiegelartikel vorgekommen waren.

Dann folgten die Auswertungen der Handy-Kontakte. Mazzaros Arbeitsgruppe hatte sich die Arbeit gemacht, die Namen und Nummern mit den E-Mails abzugleichen.

»Da haben wir im Großen und Ganzen dasselbe Bild: Mit wem er gemailt hat, den hat er meistens auch angerufen. Das kann ich euch ersparen, da ins Detail zu gehen. Vielleicht mit ein paar Ausnahmen. Wir haben mal die Periode genauer unter die Lupe genommen – ich meine die Zeit, so etwa vierzehn Tage, bevor Angelhoff Herrn Stoevesandt angerufen hat. Und die Zeit danach bis zu seinem Tod.«

Die nächste Folie wurde gezeigt. Stoevesandt musste wieder einmal feststellen, dass er jemanden unterschätzt hatte. Die Systematik, mit der der junge Kollege gearbeitet hatte, beeindruckte ihn und passte gar nicht zu dem nachlässigen Image, das Mazzaro pflegte.

»Hier fällt auf, dass Angelhoff genau in dieser Zeit ganz schön oft mit einem Typen telefoniert hat. Teilweise ziemlich lange Gespräche. Ein gewisser Dr. Fabian Montabon. Der ist in irgendeinem Ausschuss von der EU-Kommission als Experte tätig. Für irgendwelche Tests. Verstanden habe ich das nicht wirklich, muss ich zugeben. Zu dem hat er auch schon früher regelmäßig Kontakt gehabt, aber da, in diesem Zeitraum, da haben sie halt extrem viel palavert. Und dann ...« Mazzaro deutete mit einem Laserpointer auf einen Firmennamen, der zwar nicht zu den ganz Großen gehörte, aber auch Stoevesandt durchaus vertraut war. Ein großer Hersteller von Reinigungssystemen aller Art in der Nähe von Ludwigsburg.

»Dann hat er in dieser Zeit ganz intensiv mit dieser Firma gemailt und telefoniert. Also, mit den Themen, um die's da ging, in diesen ganzen Mails ... Das ist natürlich so eine

Sache. Bei der Unmenge von Nachrichten ist das kaum überschaubar. Wir haben stichprobenmäßig ein paar Mails angeschaut. Aber verstanden haben wir – mal ganz ehrlich – nicht allzu viel. Meistens ging's wohl um Themen, die auch in dem Ausschuss behandelt worden sind, den Angelhoff geleitet hat. Da, bei dieser Firma ...« – der rote Pointerpunkt wanderte wieder auf den Namen – »... da ging es um das ›Eco-Design von Vakuum-Reinigungsgeräten‹. Und da liegt la lepre im pepe, oder wie der Italiener sagen würde: Hier fällt der Esel eben um. Dass diese Vakuumsauger von der Firma hergestellt werden, ist schon klar. Die bauen ja lauter solche Pumpen und Sauger. Aber ob das Thema irgendeine Sprengkraft hat – keine Ahnung. Und so haben wir eben viele Fälle.«

»Also, das Eco-Design«, meldete sich nun neben Stoevesandt Nicole Marinescu. Sie wurde rot und stotterte ein wenig, als die allgemeine Aufmerksamkeit sich auf sie richtete. »Also, da geht es um den Verbrauch ... Also den Energieverbrauch, meine ich. Wie viel Strom darf so ein Ding fressen. Die EU macht da durch die Ökodesign-Richtlinie ziemlich genaue Vorgaben. So wie bei den Glühbirnen. Und das Thema fällt eben auch in den Aufgabenbereich des ENVI, also ich meine von dem Ausschuss, bei dem Angelhoff Vorsitzender war.«

»Und sehen Sie da irgendeinen Punkt, der Anlass zu einem Mord oder Selbstmord sein könnte?«, fragte Friedebald Frenzel und sah Nicole Marinescu mit großen runden Augen interessiert an.

Nicole zuckte die Achseln: »Keine Ahnung. Dieser Pumpenhersteller hat da natürlich bestimmt irgendwelche Interessen. Er muss die Auflagen ja erfüllen. Aber ob das wirklich so kritisch ist – keine Ahnung.«

»Und woher wissen Sie, dass das in Angelhoffs Zuständigkeit gehört hat?«, wollte nun Andreas Bialas wissen.

»Weil ich mich mal mit den Themen beschäftigt habe, die in letzter Zeit in dem Ausschuss behandelt worden sind.« Nicole Marinescu kramte in ihren Unterlagen und zog einen abgehefteten Stapel Papier hervor. »Das kann ich Ihnen gerne überlassen.«

»Na, fantastico! Das ist vielleicht genau der Link, den wir brauchen, um zu verstehen, um was es in den Mails geht.« Luca Mazzaro war wieder aufgesprungen.

»Wir müssen das alles inhaltlich strukturieren und schauen, ob's etwas gibt, das den Tod von Ewald Angelhoff wert wäre«, überlegte auch der Staatsanwalt laut und wandte sich an Stoevesandt. »Sagen Sie, bei Ihnen im LKA gibt es doch da so eine kleine, aber feine Auswertungssoftware. Vielleicht nicht ganz so potent wie die bei der NSA. Aber immerhin ... Können Sie, Herr Stoevesandt, Ihren Leuten von der Forensischen Datenanalyse direkt Aufträge erteilen?«

»Natürlich.«

»Und muss Herr Dr. Bechtel darüber immer informiert sein?«

»Nicht unbedingt.«

»Und was würden Sie Ihrem Präsidenten sagen, wenn Ihr Herr Bechtel sich bei ihm beschwert, dass Sie ihn nicht einbezogen haben?«

Stoevesandt überlegte einen Moment. Er hatte Frenzel unterschätzt. Der kleine runde Staatsanwalt war ganz schön schlitzohrig. Er wusste, wie man sich absichert. Stoevesandt musste sogar etwas schmunzeln, denn die Antwort war völlig klar: »Ich würde meinem Präsidenten mitteilen, dass Herr Dr. Bechtel mich persönlich darum gebeten hat, Ermittlungen im Fall Angelhoff anzustellen.«

»Na, wunderbar«, freute sich Frenzel. »Dann können wir ja jetzt eigentlich überlegen, nach welchen Stichworten wir diese Terabytes an Daten filtern könnten.«

»Wenn Sie Data- oder Text-Mining meinen, das ist sehr aufwändig. Und Sie brauchen dafür bestimmte kriminalistische Hypothesen«, stellte Stoevesandt klar. »Sie werden in den E-Mails und SMS kaum das Wort ›Betrug‹, ›Waffe‹ oder ›Selbstmord‹ finden, wenn es wirklich um Betrug, Waffen oder Selbstmord geht. Sie brauchen Szenarien, die schon möglichst konkret sind und mit den bisherigen Ermittlungsergebnissen übereinstimmen. Erst dann können wir aus den Daten Zusammenhänge herausfiltern, die vielleicht neue Erkenntnisse bringen.«

Andreas Bialas sah jetzt Nicole Marinescu nachdenklich an. Er hatte wieder das unvermeidliche Taschentuch hervorgezogen. »Wären Sie in der Lage«, fragte er, »uns jetzt schon eine Idee zu vermitteln, um was es da alles ging?«

Nicole blätterte in ihren Recherchen. »Na ja, es geht da immer um ganz unterschiedliche Dinge. Was mich sehr gewundert hat ...« Sie hielt einen Moment inne, als wollte sie prüfen, ob sie den Gedanken wirklich äußern sollte. »Es geht zum Teil wirklich um Kinkerlitzchen. Zum Beispiel, ob im Honig Blütenpollen sein dürfen.«

»Blütenpollen im Honig, ha, ha«, lachte Friedebald Frenzel, der das irgendwie lustig fand. »Vielleicht wird ja demnächst diskutiert, was der Hopfen im Bier zu suchen hat, ha, ha, ha.«

»Oder wie viel Trinkwasser pro Klospülung verwendet werden darf – auch so ein Thema.« Nicole Marinescu sah sich unsicher um. »Na ja, das macht vielleicht noch ein bisschen Sinn. Und dann gibt es wirklich gewichtige Themen, von denen ich weiß, dass es da auch bei uns immer wieder Diskussionen gibt. Momentan wird wohl eine Richtlinie erarbeitet, um wie viel Prozent bei neuen Kraftfahrzeugen der CO_2-Ausstoß reduziert werden muss und bis wann. Da haben natürlich die Automobilhersteller hier im Land handfeste Interessen. Und hier ist wohl ein Parteifreund von Angelhoff im EU-Parlament sehr aktiv und versucht, Änderungen in die EU-Richtlinie reinzubringen. Damit die Fristen verlängert und bestimmte Fahrzeugtypen als Ausnahmen behandelt werden.« Jetzt hatte sie Tritt gefasst und wirkte sicher. »Aber was mich auch überrascht hat: Es geht da auch um Fragen, die haben's eigentlich richtig in sich, und in der Öffentlichkeit weiß kein Mensch etwas davon. Ich hab da zum ersten Mal was über ›Endokrine Disruptoren‹ gehört. Das sind wohl Chemikalien, die wie Hormone wirken. Sie verursachen Fortpflanzungsstörungen bei Mensch und Tier. Und das Zeug ist überall in Plastikartikeln drin als Weichmacher. Sogar im Kinderspielzeug.«

»Könnte die Automobilindustrie vielleicht Informationen unterschlagen und damit Geld verdienen? Und wäre das ein Mordmotiv, wenn Angelhoff das als Betrugsversuch anzeigen wollte?«, fragte der Staatsanwalt sinnierend.

»Des glaubet Se doch selber net«, meldete sich nun der Böblinger Kollege zu Wort, »dass a Weltfirma einen EU-Abgeordneten umbringt. Aber vielleicht ischt er ja erpresst worda, weil er mal d'Hand aufg'halta hat, und hat sich deshalb selber umgebracht.«

Nicole sah Stoevesandt verstohlen von der Seite her an, hielt aber den Mund. Andreas Bialas nickte unterdessen zustimmend. Der Böblinger hatte wohl einfach die Rolle, die Selbstmord-These nicht in Vergessenheit geraten zu lassen. Und das war sicher auch gut so.

4

Bialas wollte gerade wieder das Wort ergreifen, als die Tür zum Konferenzraum aufging und Hanna Stankowski eintrat. Hinter ihr war eine Frau, die im Türrahmen stehen blieb.

»Stören wir?«, fragte Stankowski. »Wir können gerne ein bisschen warten. Nur muss Frau Krause-Kiesewetter möglichst rasch wieder zurück.«

»Kommt rein«, meinte Bialas bestimmt. »Bitte, setzen Sie sich.«

Die beiden Frauen nahmen an dem Konferenztisch Platz.

»Das ist Frau Vera Krause-Kiesewetter«, stellte Frau Stankowski die Besucherin vor. »Sie leitet die ›Zentrale Frauenberatung Stuttgart‹. Dort kümmert man sich auch um obdachlose Frauen. Sie hat mich zwar nicht in ihre Einrichtung reingelassen. Aber war bereit, mit hierherzukommen.«

»Tut mir leid«, meinte die Frauenberaterin. Sie hatte eine volle, leicht rauchige Stimme. »Wir brauchen einfach einen Raum für unsere Arbeit, in dem sich die Frauen wirklich sicher fühlen. Sobald da auch nur der Anschein von Polizei auftaucht, bleiben da manche einfach weg.«

»Frau Krause-Kiesewetter kennt die Frau, die da oben im Büsnauer Wald haust«, erklärte Hanna Stankowski.

»Erzählen Sie«, forderte Bialas sie auf.

Die Leiterin der Frauenberatungsstelle war etwa Mitte vierzig, groß gewachsen und etwas kantig. Sie wirkte mit ihrer aparten Sommerbekleidung aus leichtem Leinen und einer originellen Brille durchaus modebewusst. Man sah ihr aber an, dass sie auf Äußerlichkeiten achtete, ohne ihnen einen übermäßigen Wert beizumessen – eine Frau, die mit beiden Beinen im Leben stand. Sie überlegte, kramte dann in ihrer Handtasche herum, gab es aber schnell wieder auf. »Rauchen darf man hier wohl nicht«, meinte sie. »Also, wo fange ich an?«

Dann erzählte sie ruhig, fast distanziert und doch mit Anteilnahme die Geschichte der Frau, die eventuell eine wichtige Zeugin für sie sein konnte:

»Es handelt sich mit Sicherheit um die schöne Jule. Ich weiß, dass sie, solange es irgendwie vom Wetter her geht, in der Nähe von Vaihingen im Glemswald lebt. Juliane Walter ist ihr richtiger Name. Wir nennen sie die ›schöne Jule‹, weil sie wirklich mal eine bildhübsche Frau war. Ich finde, sie ist eigentlich immer noch schön, aber ein Leben auf der Straße hinterlässt Spuren.«

»Was ist mit ihr? Warum lebt sie im Wald?«, fragte Bialas.

Die Frau sah ihn durch ihre ausgefallene Brille an und berichtete dann sachlich weiter: »Ich weiß nicht genau, was passiert ist. Sie hat lange gebraucht, bis sie Vertrauen zu mir gefasst hat. Und auch dann hat sie nur Andeutungen gemacht. Aber ich glaube, dass sie vergewaltigt worden ist. Vor etwa zehn Jahren. Sie hat mir nur mal gesagt, es sei in einem Aufzug passiert. Mehr nicht. Sie hat keine Anzeige erstattet – ich habe mich bei der Polizei danach erkundigt. Aber auf jeden Fall hat sie ein handfestes Posttraumatisches Belastungssyndrom entwickelt. Zuerst konnte sie nur nicht mehr Aufzug fahren. Sie hat aber im Bülow Tower in der neunten Etage bei einer Versicherung gearbeitet. Das ist ja hier bei Ihnen gleich in der Nähe, an der Heilbronner Straße. Sie ist also jeden Tag ins neunte Stockwerk zu Fuß die Treppen hoch und abends wieder runter. Sie war ja noch jung, das ging schon. Sie muss jetzt etwa vierzig Jahre alt sein.«

Die Leiterin der Frauenberatung sah einen Moment nachdenklich über die Köpfe hinweg. Niemand mochte sie dabei stören.

»Aber wenn so ein psychisches Syndrom nicht behandelt wird«, fuhr sie dann fort, »dann wird's nicht besser. Mit der Zeit muss sie eine heftige Klaustrophobie entwickelt haben. Ich habe auch mit ihrem ehemaligen Chef gesprochen. Der war regelrecht erschüttert darüber, wie sich die Frau entwickelt hat. Sie sei plötzlich aus den Büroräumen gerannt und einfach nicht wiedergekommen. Es kamen immer mehr Krankmeldungen. Und selbst wenn sie da war, konnte sie sich nicht mehr auf die Arbeit konzentrieren. Die Frau war mal fleißig, intelligent und hätte eine gute Karriere vor sich gehabt. Aber irgendwann war der Punkt da, wo er sie entlassen musste. Und sie wehrte sich wohl auch nicht.

Wir haben immer wieder auch mit solchen traumatisierten Frauen zu tun. Das Problem ist, dass sie sich immer mehr zurückziehen und die sozialen Kontakte verlieren. Oft sogar zur eigenen Familie. Und sie suchen die Schuld meistens bei sich selbst, fühlen sich als Versager und ziehen sich noch mehr zurück.

Die schöne Jule kam zu uns, nachdem sie auch ihre Wohnung verloren hatte und ein paar Tage auf der Straße war. Aber vor allem in der Innenstadt, um den Bahnhof herum und im Schlosspark, da werden die Frauen oft von den obdachlosen Männern drangsaliert und bedroht. Sie hatte Todesangst, als sie zu uns kam. Wir haben Unterkünfte für solche Frauen. Aber dann kam das nächste Problem – die Platzangst. Groß sind die Zimmer nicht, in die wir die Frauen stecken müssen. Und es müssen sich halt drei oder vier ein Zimmer teilen. Sie hatte Panikattacken am laufenden Meter. Wir wussten ihr nicht mehr zu helfen. Irgendwann war sie dann verschwunden. Und ich habe von anderen Frauen erfahren, dass sie wohl in der Nähe vom Bärenkopf, irgendwo zwischen Botnang und Vaihingen im Wald lebt.«

»Wovon lebt sie da?«, fragte Hanna Stankowski.

»Sie schafft es anscheinend regelmäßig, ihre Sozialhilfe abzuholen. Das ist schon sehr viel wert. Und sie hat mir erzählt, dass es in Büsnau einen kleinen Tante-Emma-Laden gibt und eine Verkäuferin sie dort mit abgelaufenen Lebensmitteln versorgt. Es geht ihr eigentlich sehr gut dort, vor allem psychisch. Nur wenn der Winter kommt, muss sie herunter in die Stadt kommen. Wir bringen sie dann in einem Wohnheim unter, das hat einen sehr langen Flur. Dort schläft sie und hält es gerade so aus. Aber oft ist sie fix und fertig, wenn die Winter lang sind.«

»Kann man so jemandem denn nicht helfen?«, fragte Nicole Marinescu. »Da gibt's doch sicher Therapien heutzutage.«

Die Frauenberaterin nickte. »Wir haben uns darum bemüht. Auf solche Therapieplätze wartet man leider manchmal Jahre. Aber wir haben etwas gefunden. Die Psychologin wäre sogar bereit gewesen, unter freiem Himmel zu arbeiten. Aber dann haben drei Pensionen, in denen wir Frauen unterbringen, gleichzeitig die Preise erhöht, und damit war die Finanzierung im Eimer. Und je länger eine solche Posttraumatische Störung besteht, umso schwieriger wird es natürlich auch, sie zu therapieren.«

»Frau …«, meinte Friedebald Frenzel nun. Er hatte ihren Namen vergessen.

»Krause«, sagte sie. »Nennen Sie mich einfach Frau Krause. So heiß ich schon immer und hab mich mittlerweile daran gewöhnt.«

»Also, Frau Krause«, setzte der Staatsanwalt erneut an. »Sehen Sie eine Möglichkeit, dass wir mit der Frau sprechen könnten? Ich meine erst mal, ist sie seelisch und geistig in der Lage, uns gewisse Auskünfte zu geben?«

»Sie ist nicht geisteskrank, wenn Sie das meinen. Auch nicht schizophren oder etwas in der Art. Sie ist sogar eine gute Beobachterin und kann sich ausdrücken. Vielleicht konnte sie die Traumatisierung gerade deswegen nicht wegstecken, weil sie recht feinsinnig ist. Sie ist noch nicht mal Alkoholikerin, was wirklich verwunderlich ist. Meines Wissens trinkt sie nur, wenn sie eben in geschlossenen Räumen übernachten muss, um besser einschlafen zu können.«

»Aber wie kommen wir an sie ran?«, fragte Andreas Bialas.

Frau Krause-Kiesewetter sah ihn ernst an: »Wenn Sie mit ihr sprechen wollen, dann auf jeden Fall nicht hier. Sie wird keinen Mucks von sich geben, wenn Sie sie in einen geschlossenen Raum bringen.«

»Wir haben versucht, sie oben im Wald zu finden«, berichtete Hanna Stankowski. »Wir könnten sie durchaus auch mitten im Wald befragen. Aber ich hatte den Eindruck, dass sie sich versteckt, sobald wir dort auftauchen.«

»Was wollen Sie denn eigentlich von ihr erfahren? Vielleicht kann ich ja einschätzen, ob Juliane Walter darüber überhaupt etwas wissen kann.«

Hanna Stankowski sah Bialas an. Es war seine Entscheidung als SoKo-Leiter, welche Informationen nach außen gegeben werden konnten. Der antwortete nicht gleich. Er sah gedankenschwer vor sich hin und überlegte offenbar, inwieweit die Frau einbezogen werden sollte. Dann gab er sich einen Ruck: »Also gut, Frau Krause-Kiesewetter. Am Montag in der letzten Woche ist auf dem Wanderparkplatz an der Mahdentalstraße ein Mann zu Tode gekommen. Ganz in der

Nähe haben wir die Behausung gefunden, die offensichtlich Ihrer schönen Jule gehört. Es könnte sein, dass sie irgendetwas gesehen oder gehört hat, das uns bei der Aufklärung weiterhilft. So, das ist der Hintergrund.«

»Wenn es wirklich wichtig ist ...«, meinte die Frauenberaterin und stockte dann. Sie schüttelte den Kopf. »Sie wird nichts sagen gegenüber Fremden. Und wenn sie wittert, dass es sich um die Polizei handelt, wird sie versuchen abzuhauen.«

»Und wenn Sie mit ihr sprechen?«, fragte Hanna Stankowski vorsichtig. »Ich meine, dort im Wald. Wir würden Ihnen zeigen, wo sie ihren Unterschlupf hat.«

Die Sozialarbeiterin überlegte, sichtlich hin- und hergerissen. Sie zog ein kleineres Pad aus der Handtasche und tippte auf dem Touchscreen herum. »Es ist gerade recht eng mit den Terminen bei mir. Aber ...« Sie suchte in ihren Daten auf dem Pad herum. »Ich glaube, ich müsste wirklich auch mal schauen, wie es der Jule momentan geht. Wenn sie wirklich etwas mitbekommen hat ... Die ist nicht stabil in stressigen Situationen. Nur ... man kann mit ihr halt keinen Termin ausmachen.« Echte Besorgnis klang in ihrer Stimme mit.

»Sie kommt doch regelmäßig zu diesem Laden in Büsnau«, überlegte Andreas Bialas. »Wir könnten versuchen, über die Verkäuferin etwas zu arrangieren. Wären Sie bereit, es mit uns zu versuchen?«

Vera Krause-Kiesewetter überlegte. Sie erinnerte Stoevesandt in diesem Moment sehr an seine eigene Frau, an Ines. An den professionellen Umgang mit der Angst und dem Leid, an dem sie teilnehmen musste. An die Abgeklärtheit, mit dem sie ihren Job durchzog. Aber auch an den Harnisch, der manchmal Risse bekam, durch die die Not der Anvertrauten in die eigene Seele zu dringen drohte.

Frau Krause-Kiesewetter konnte sich einen Moment noch Zeit lassen mit der Antwort, weil die Tür zum Konferenzraum aufgerissen wurde. Ein älterer Kollege kam herein, den Stoevesandt als Mitarbeiter von Andreas Bialas erkannte.

»'ntschuldigung«, sagte der grummelig, »ist aber wichtig. Die Kollegen aus Brüssel haben geliefert. Schau's dir am besten mal gleich an, Andreas.« Er lieferte eine dünne Aktenmappe ab und verließ mit schweren schnellen Schritten wieder den Raum.

Bialas öffnete die Mappe sofort, blätterte darin herum und studierte einige Seiten genau. Der Inhalt fesselte ihn. Es mussten wichtige Informationen sein, die Bialas da vor sich hatte. Trotzdem schlug er die Mappe wieder zu und meinte: »Bringen wir das erst einmal zu Ende. Frau Krause-Kiesewetter, ich glaube, wir bräuchten diese Juliane Walter – so hieß sie doch, oder? Wir brauchen die als Zeugin. Unbedingt.«

Die Sozialarbeiterin nickte. »Also gut. Aber – ich habe zwei Bitten.« Sie sah sich etwas unglücklich in der Runde der Beamten um. »Ich bin wirklich zeitlich recht limitiert. Leider. Wir sind einfach notorisch unterbesetzt. Und es gibt noch sehr viele andere Frauen in Stuttgart, denen es auch dreckig geht. Also, wenn Sie das Ganze so vorbereiten könnten, dass ich möglichst nicht drei oder vier Mal nach Büsnau muss ...«

»Das müssten wir schaffen«, meinte Bialas. »Hanna, kümmerst du dich darum?«

Frau Stankowski nickte nur.

»Und die zweite Bitte«, fuhr die Frauenberaterin fort, »die ist fast noch dringender. Bitte nehmen Sie Rücksicht auf die psychische Störung von Juliane Walter. Wenn sie etwas weiß, was Ihnen weiterhilft, bitte finden Sie Wege, dass sie nicht vor einem Staatsanwalt oder einem Gericht aussagen muss. Das schafft die Frau nicht. Bitte glauben Sie mir das.«

»Das ist keine ganz einfache Prämisse, die Sie uns da auferlegen«, meinte Friedebald Frenzel und wackelte mit dem runden Kopf. »Ich als Staatsanwalt hätte ja keine Probleme, meinen Arbeitsplatz am Bären-Schlösschen ins Freie zu verlegen. Aber ob ein Richter das auch so toll fände, das ist nicht gewiss. Ich denke, wir finden eine Möglichkeit – wenn die Aussage wichtig ist. Das verspreche ich Ihnen.«

Wie er das bewerkstelligen wollte, war Stoevesandt schleierhaft. Eine Zeugin mit Posttraumatischem Belastungssyndrom und einer Klaustrophobie war aus seiner Sicht ohnehin ein Problem. Aber erst mal musste man sicher abwarten, ob die Frau überhaupt etwas wusste.

Andreas Bialas machte nun Druck. Der Inhalt der Mappe vor ihm schien ihn umzutreiben. »Es tut mir leid, wenn wir Sie jetzt etwas unhöflich schnell verabschieden müssen«, wandte er sich an die Frauenberaterin, die schnell verstand und gar nicht ungehalten war. Auf dem Weg aus dem Konferenzraum kramte sie bereits in ihrer Handtasche. Die nächste Zigarette war sicher überfällig. Hanna Stankowski begleitete sie und verließ die SoKo-Kollegen ebenfalls wieder.

5

»So«, sagte Bialas, nachdem sich die Tür geschlossen hatte. »Die belgischen Kollegen haben festgestellt, woher die Waffe kommt, mit der Angelhoff erschossen worden ist – oder sich selbst erschossen hat. Sie ist bei einem belgischen Waffengeschäft im Quartier des Marolles – das ist wohl ein Stadtteil von Brüssel – gekauft worden.« Er entnahm der dünnen Mappe vor sich ein paar einzelne Blätter und reichte sie in die Runde. »Der Besitzer des Waffenladens hat sich ordnungsgemäß alle Unterlagen zeigen lassen und sie auch kopiert. Das müsst ihr euch mal anschauen.«

Stoevesandt und Nicole Marinescu saßen zunächst bei Bialas und sahen die Papieren zuerst, bevor sie sie an Luca Mazzaro, den Staatsanwalt, den Böblinger Kollegen und schließlich an den Chef der Kriminaltechnik Hans Wildermuth weiterreichten. Stoevesandt verstand augenblicklich die Reaktion von Bialas. Es handelte sich um eine Waffenbesitzkarte und einen Waffenschein, ausgestellt auf den Namen Ewald Angelhoff, sowie eine Kopie des deutschen Personalausweises des EU-Abgeordneten. Außerdem eine Empfangsbescheinigung für die Waffe mit der Unterschrift von Ewald Angelhoff. Der Abgeordnete hatte noch einen alten Personalausweis besessen. Die Kopie war schlecht. Das konnte Angelhoff sein oder auch nicht.

»Die sind vom Amt für öffentliche Ordnung hier in Schduddgard«, meinte der Böblinger fast empört. »Dort ischt aber keine Waffabesitzkarte ausgeschdellt worden. Und au koin Waffaschein. Des ham mir überprüft.«

»Sag mal, Wildermuth«, wandte sich Andreas Bialas an den Kriminaltechniker. »Wir haben doch bei Angelhoff den Personalausweis sichergestellt. Könntet ihr den gleich mal abgleichen mit dieser Kopie? Und eine Originalunterschrift brauchen wir. Aber das dürfte ja kein Problem sein.«

Die entsprechenden Papiere waren inzwischen bei Hans Wildermuth angekommen. Der zog die schwarzen Augenbrauen zusammen und fuhr sich mit der Hand über den Schnauzer. Dann schüttelte er langsam den Kopf: »Das ist eine echt miese Qualität. Natürlich analysieren wir das mal. Aber wenn das quasi die Kopie einer guten Farbkopie von Angelhoffs Ausweis ist, dann wird es schwierig.«

»Oioioi! Die Waffenbesitzkarte eine Fälschung. Der Waffenschein eine Fälschung.« Friedebald Frenzel fuhr sich mit der Hand über die runde Glatze.

Luca Mazzaro hatte es mal wieder nicht auf dem Stuhl ausgehalten. »Die Waffenbesitzkarte – das geht ja noch«, meinte er im Stehen. »Hat er sich halt fälschen lassen, damit er an eine Waffe kommt. Wenn er sich umbringen wollte. Aber den Waffenschein ... Den braucht er doch gar nicht, um eine Waffe zu kaufen. Was treibt der für einen Aufwand?«

»Ts, ts, ts – aber es war mit Sicherheit ein Suizid – sagt der Generalstaatsanwalt. Wissen Sie«, meinte der Staatsanwalt spitzbübisch, »es gab da mal einen Fall. Im Süden der USA lag in den fünfziger Jahren ein toter Farbiger auf der Straße.

Der Sheriff untersucht die Leiche, findet 23 Einschussstellen und sagt: ›Mein Gott, so einen abartigen Selbstmord habe ich lange nicht gesehen.‹« Er lachte aus vollem Halse, so anstecken, dass selbst Stoevesandt grinsen und Bialas den Mundwinkel verziehen musste.

Es folgte eine wilde Diskussion. Luca Mazzaro entwickelte eine abwegige These, nach der der EU-Abgeordnete und Ausschussvorsitzende Ewald Angelhoff in den Kokainhandel eingestiegen, der Mafia in die Quere gekommen und von einem Auftragskiller ermordet worden war: »Kokain im Haar, gefälschte Waffenbesitzkarte und Waffenschein, komischer Schusskanal – fast in den Hinterkopf. Und der Gegenstand, der fehlt ... da wo die Blutspritzer jetzt drauf sind, die Wildermuth vermisst – das war einfach ein Päckchen Kokain.«

Der Böblinger Kollege versteifte sich weiter auf die Selbstmordthese und führte an, dass der Mörder gewusst haben müsste, dass Angelhoff Linkshänder gewesen war. Der Abgeordnete habe sich mit gefälschten Papieren in Brüssel eine Waffe besorgt, sei an einen einsamen Ort gefahren und habe sich umgebracht. Warum sonst sollte er in aller Herrgottsfrühe zu diesem Waldparkplatz fahren, der zudem noch durch die Absperrung der Straße fast nicht zugänglich war. Die Einwände von Friedebald Frenzel, dass dies nicht den fehlenden Gegenstand erklärte, ließ er nicht gelten. Da könne sonst wer vorbeigekommen sein. Und die Sachen der Obdachlosen hatte man ja auch noch nicht untersucht. Vielleicht war ja bei ihr etwas gelandet. Auch Frenzels Hinweise, dass es keinen Abschiedsbrief gab und keinerlei Hinweise auf eine Depression aus dem persönlichen Umfeld von Angelhoff, ließ er nicht gelten.

Frenzel spann seine Geschichte weiter, dass ein großer Autohersteller Informationen zurückhielt, damit die Europäische Union den CO_2-Ausstoß nicht reduzieren würde: »Angelhoff wollte die verpfeifen. Und siehe da: Das Imperium schlägt zurück.«

Stoevesandt ging das alles gründlich gegen den Strich. Wilde Phantastereien halfen hier bestimmt nicht weiter. Er überlegte schon, ob er etwas sagen sollte. Doch er war hier nicht der Chef.

Andreas Bialas hörte sich unterdessen alles an, ließ jeden zu Wort kommen und schien die Argumente auf sich wirken zu lassen. Seine Stirnfalte zwischen den Augenbrauen wurde jedoch immer länger und tiefer. Schließlich griff er ein: »Genug! Das führt uns jetzt nirgendwo hin. Wildermuth, du sorgst dafür, dass das Haar, das ihr an Angelhoffs Kleidung gefunden habt, schnellstmöglich auf DNA hin analysiert wird. Und natürlich Vergleich mit der DNA-Analyse-Datei beim Bundeskriminalamt. Außerdem will ich, dass du dir die Kopien von Waffenschein, Waffenbesitzkarte und Personalausweis vornimmst. Vor allem beim Ausweis ist die Frage, ob das wirklich der von Angelhoff war. Und natürlich die Unterschrift. Da werden wir wohl am einfachsten feststellen können, ob das eine Fälschung ist.«

Der Kriminaltechniker, der sich aus den wilden Spekulationen herausgehalten und wie Stoevesandt das Ganze unwillig beobachtet hatte, nickte nur.

»Luca«, wandte sich Bialas an seinen Mitarbeiter, »du schaust dir den Terminkalender von Angelhoff, seine E-Mails und seine SMS noch mal an. Der Zeitpunkt vor seinem Tod, der interessiert hier. Gibt es irgendeinen Hinweis darauf, warum Angelhoff an diesem Montagmorgen da hoch in die Mahdentalstraße gefahren ist? Wenn wir da schon die Datenanalyse des LKA nutzen könnten – umso besser«, wandte er sich an Stoevesandt und fuhr, ohne eine Antwort abzuwarten fort: »Hahnelt, du organisierst, dass die Leute bei seiner Kanzlei und hier in seinem Stuttgarter Büro befragt werden: Ob irgendetwas über einen Termin bekannt war, den Angelhoff da oben am Rotwildpark wahrnehmen wollte. Und ob die eine Idee haben, welchen Gegenstand Angelhoff dabeigehabt haben könnte. Etwas, das jetzt fehlt.« Der Böblinger Kollege brummelte unwillig etwas vor sich hin, machte sich aber Notizen.

»Hanna wird die Witwe noch mal befragen. Und sie kümmert sich auch um die schöne Jule. Und dann habe ich noch eine Bitte an dich, Gerd.«

Bialas sah ihn eindringlich an. »Du hast doch den Auftrag, von deinem Winfried Bechtel, mit diesem Chemie-Menschen zu sprechen, mit diesem Gapka. Wo wirst du ihn treffen?«

Stoevesandt hatte auch schon darüber nachgedacht. »Alles, was ich habe, ist eine Nummer in Brüssel. Momentan hat das EU-Parlament Sommerpause. Aber ich gehe mal davon aus, dass der Mann in Brüssel ist.«

»Willst du nur am Telefon mit ihm reden? Oder trefft ihr euch?«

Auch das hatte Stoevesandt schon kurz überlegt und für sich bereits beschlossen, dass er diesen Parteifreund von Winfried Bechtel von Angesicht zu Angesicht befragen wollte. »Ich werde auf jeden Fall zu ihm fahren. Entweder nach Brüssel. Oder nach Frankfurt. Da ist meines Wissens der Sitz des Verbandes der Chemie-Industrie.«

»Wirst du alleine mit ihm sprechen?«, fragte Bialas weiter.

Stoevesandt war nun klar, worauf Andreas hinauswollte. Nein, er würde mit diesem Mann nicht alleine sprechen wollen. Das Vier-Augen- und Vier-Ohren-Prinzip war hier verdammt wichtig. Schließlich wusste er nicht, ob Bechtel ihn in irgendwelche Kungeleien hineinziehen wollte.

»Ich würde es ausdrücklich begrüßen, wenn von euch jemand dabei wäre. Schon um besagte Parallelermittlungen zu vermeiden.«

Bialas zog sein Taschentuch aus der Hose und nahm sich die Zeit, die Nase zu reiben. Dann meinte er abwägend: »Wenn das in Brüssel stattfindet, dann komme ich selbst mit. Ich hätte da Ideen, wen wir noch besuchen könnten. Zum Beispiel einen Waffenhändler im Quartier des Marolles. Wenn die belgischen Kollegen mitspielen. Und dann habe ich mit der Büroleiterin von Angelhoff telefoniert. Sie ist wohl seine rechte in Hand in Brüssel gewesen. Ich habe das

Gefühl, die weiß ziemlich viel. Was meinst du, Gerd? Lässt sich das organisieren, dass wir da zusammen hinfahren?«

Stoevesandt nickte. Natürlich würde das gehen. Und ihm kam eine Idee, wen auch er ganz gerne in Brüssel noch treffen würde. Der Gedanke, mit Andreas Bialas die Reise zu unternehmen, gefiel ihm. Der Auftrag, mit Dr. Gapka zu sprechen, der ihm bislang schwer im Magen gelegen hatte, begann spannend zu werden und brachte vielleicht sogar wirklich etwas Licht in diesen obskuren Fall.

6

Es war viel später geworden, als Stoevesandt erwartet hatte. Jetzt noch einmal ins Büro zu gehen, lohnte sich nicht. Er fuhr Nicole Marinescu zu ihren Eltern, wo sie ihre Tochter abholen wollte. Dann ging er nach Hause.

Wieder bedauerte er, dass Ines nicht da war. Heute hatte er sogar das Bedürfnis, ihr über den Fall Angelhoff zu erzählen. Das half oft, Struktur und Logik in die Geschichte zu bringen.

Er richtete sich eine Stulle und begann zu essen. Warum war Ewald Angelhoff in aller Herrgottsfrühe in eines der einsamsten Waldgebiete von Stuttgart gefahren? Wirklich, um sich umzubringen? Wenn er tatsächlich selbst Waffenbesitzkarte und Waffenschein gefälscht hatte oder fälschen ließ, um an eine Waffe zu kommen, dann war der Suizid von langer Hand geplant. Wenn er jedoch nicht spontan war, warum gab es dann keinerlei Hinweise aus seinem Umfeld, dass es ihm nicht gut gegangen war? Warum fehlte jeder Abschiedsbrief und jede Andeutung von Angelhoff selbst, was die Beweggründe hätten sein können? Hatte Nicole vielleicht Recht? Angelhoff war – wenn nicht korrupt – so wahrscheinlich doch in gewisser Weise gekauft gewesen. War er dadurch in eine ausweglose Situation geraten? Was war das für ein Gegenstand gewesen, der Blutspritzer aufgefangen haben musste? Und wer hatte den nach dem Tod von Angelhoff weggenommen?

Stoevesandt räumte das Geschirr beiseite. Dann nahm er den Staubsauger und bearbeitete Fußböden und Teppiche in einem Raum nach dem andern. Er hatte lange dafür plädiert, eine Putzhilfe zu engagieren. Und ein Kollege hatte ihm sogar eine polnische Frau empfohlen, die sehr zuverlässig sei. Doch Ines wollte keine Fremde im Haus haben, wenn niemand da war. Und das Argument, die Frau könne ja vormittags kommen, wenn Ines Spätdienst hatte, wurde abgeschmettert mit dem Hinweis, in dieser Zeit könne sie den Haushalt ja selbst versorgen. Irgendwann gab Stoevesandt auf und teilte sich weiterhin mit seiner Frau die Hausarbeit. Nur Waschen, Bügeln und Fensterputzen waren ihre Sache. Bei allem anderen packte er mit an, und Staubsaugen hatte sogar etwas Meditatives für ihn.

Die Selbstmordthese war nicht schlüssig. Doch ein Mord schien ihm genauso absurd zu sein. Heute, in der langen Sitzung der Sonderkommission, hatte es niemand auf den Punkt gebracht, aber es hatte in der Luft gelegen: Wenn dies ein Mord war, dann war das ein Auftragsmord, und ein Profikiller war im Spiel. Einer, der sich schlau gemacht hatte und wusste, dass Angelhoff Linkshänder war. Einer, der es irgendwie geschafft hatte, den Abgeordneten an einen einsamen Ort zu locken, der zudem momentan durch eine Baustelle noch unzugänglich war. Wer aber würde einen Profi engagieren, um einen Politiker umbringen zu lassen, der im EU-Parlament zwar eine gewichtige Position hatte, aber doch keine so wichtige, als dass er bedeutsame Entscheidungen selbst hätte fällen können? Der Böblinger Kollege hatte recht. Die großen Unternehmen im Lande hatten ganz andere Möglichkeiten, wenn ihnen jemand auf den Schlips trat. Da gab es juristische Möglichkeiten und politische Einflussnahmen. Man konnte Leute bloßstellen oder sogar verleumden. Aber jemanden umbringen lassen wegen einer Regelung zum CO_2-Ausstoß? Oder wegen des Energieverbrauchs von Vakuumsaugern? Selbst die Einbußen bei der Pestizidproduktion, die die Bienenvölker schädigte – wenn die EU sie denn von heute auf morgen verboten hätte, sie konnten nicht so hoch sein, dass dafür eine Mord begangen werden würde.

Stoevesandt fühlte sich plötzlich so wie am Ende der SoKo-Sitzung. Er drehte sich im Kreise, und das ärgerte ihn Er stellte den Staubsauger weg und beschloss, ein wenig fernzusehen, um sich auf andere Gedanken zu bringen. Man musste die Ergebnisse der Analysen abwarten. Und die weiteren Befragungen und Gespräche. Vor allem auf das, was ihn in Brüssel erwartete, war er gespannt.

Freitag, 2. August 2013

I

Felicitas

Sie geisterte im ganzen Haus herum. Vom Wohnbereich in die Küche. Vom Erdgeschoss in den ersten Stock. Vom Schlafzimmer ins Bad und wieder zurück. Und wieder hinunter ins Erdgeschoss. Sie wusste nicht, wohin mit sich selbst. Das Haus war zu groß und zu klein auf einmal. Sie hatte das Gefühl, innerlich zu zerbersten, durch all das Angestaute an Gefühlen und Gedanken. »Warum bist du nicht da? Wie kannst du mich einfach so verlassen?« Sie hatte nicht gewusst, dass sie so laut und schrill schreien konnte.

Wie konnte er sie einfach mit diesem Schmerz alleine lassen? Jetzt, wo sie ihn so dringend brauchte. Es war absurd, doch sie beklagte laut, dass er nun, wo sie so einen schrecklichen Verlust erlitten hatte, nicht da war, um sie zu trösten. Dabei war er doch der Einzige, der ihr in dieser Situation hätte Trost spenden können.

Viele Leute waren gekommen. Sie hatte es nicht mehr hören können: »Mein Beileid.« So ein mickriges kleines Beileidchen – was war das im Vergleich zu dem Leid, das wie ein zentnerschwerer Felsen auf ihr lastete und sie zu erdrücken drohte? Und die Frage: »Wie geht es dir?« Was, um Himmels willen, sollte man darauf sagen? Am schlimmsten war Barbara. »Das wird schon wieder«, hatte sie nur gesagt, hatte sich umgedreht und war davongegangen. Und so etwas von ihrer allerbesten Freundin! Wie sollte da irgendetwas wieder werden, wenn Ewald nicht mehr da war? Sie wusste, dass manche es ehrlich gemeint hatten, wenn sie sagten, dass sie *ihr helfen wollten und dass sie mit ihr fühlten. Aber das Einzige, was ihr geholfen hätte, wäre gewesen, wenn er einfach wieder da gewesen wäre.*

Irgendwann landete sie in seinem Arbeitszimmer. Sie setzte sich in einen der schwarzen Ledersessel, die um einen kleinen Couchtisch standen. Es war der einzige Raum im Haus, dem nicht sie ein Gesicht gegeben hatte. Der einzige ohne jedes Landhausstil-Element. Schreibtisch, Aktenschränke und Sideboards waren Mahagoni-Möbel in einem modernen Design. Den kobaltblauen pakistanischen Perserteppich hatte er von einer Reise mitgebracht. Die Leuchten wirkten futuristisch, und die modernen kubistischen Gemälde an den Wänden hatte sie immer als befremdlich empfunden.

Trotzdem fühlte sie sich ihm hier plötzlich ganz nahe. Das war so wonnig und so schmerzhaft zugleich, dass sie dachte, verrückt werden zu müssen. Sie ließ die Tränen fließen, bis ihre Augen die Atacamawüste selbst waren. Sie weinte laut und jämmerlich wie ein arabisches Klageweib, bis sie keine Töne mehr hatte. Dann saß sie da und stierte vor sich hin. Ihre Gedanken kreisen um die letzten Tage.

Die Beerdigung, die endlich nach der Freigabe seines Leichnams stattfinden konnte, hatte sie wie in Trance erlebt. Als ob sie neben sich stünde und sich selbst beobachtete. Die Reden waren vorbeigerauscht. Erst später registrierte sie, dass sie doch alles gehört hatte. Der Geistliche hatte mit warmen Worten die Menschlichkeit, die Herzlichkeit und Aufrichtigkeit von Ewald hervorgehoben. Die Predigt hätte ihm gut gefallen. Der Mensch von der Partei dagegen sprach von Durchsetzungsvermögen und politischem Gespür und zählte auf, was Ewald alles gemacht hatte und wo er überall Lücken hinterließ. Sie war sich sicher, dass bald schon einer, der nur darauf wartete, in die Parteiposten aufstieg, und für die Arbeit bei der EU würden sich auch schnell Leute finden, die darin einen Karrieresprung sahen. Die einzige Lücke, die durch nichts und niemanden zu füllen war, war die an ihrer Seite.

Weder der Pfarrer noch einer der Parteifreunde, ja überhaupt niemand auf der Beerdigung, davor oder danach, hatte jedoch die entscheidende Frage auch nur berührt. Warum war Ewald Angelhoff tot? Was war geschehen? Alle schienen stillschweigend davon auszugehen, dass er sich das Leben genommen hatte.

Die Einzigen, die dies zu bezweifeln schienen, waren die Kriminalbeamten. Sie waren wieder und wieder gekommen und hatten indiskrete Fragen gestellt. Auch wenn sie die Leute nicht mochte, so gaben die ihr in all dem Elend doch das Gefühl, etwas zu tun, das auch ihr Klarheit bringen würde. Sie hatte die Möglichkeit, dass Ewald sich selbst etwas angetan haben könnte, weit von sich geschoben. Was hätte das denn bedeutet? Dass sie nicht gemerkt hatte, dass es ihm schlecht ging? Dass sie ihn nicht kannte? Dass sie daran schuld war, dass dies alles nicht verhindert worden war? Dass Ewald sie einfach so sitzen gelassen hatte – ohne Erklärung und ohne ein Wort?

Jetzt, hier in seinem Arbeitszimmer, wo sie so sehr das Gefühl hatte, dass er anwesend und um sie war, da ließ sie zum ersten Mal den Gedanken zu, dass es wahr sein könnte. »Hast du dich umgebracht?«, fragte sie laut – und erschrak fast, als in einer klaren Eingebung die Antwort kam: »Nein. Du weißt, ich war immer ein Kämpfer. Du musst mir helfen. Das darf nicht so stehen bleiben.«

Sie stand auf und ging ins Schlafzimmer. Dort nahm sie aus der Schatulle mit dem Alltagsschmuck den Schlüssel. Wie schlafwandlerisch ging sie hinunter und setzte sich wieder in den Sessel. Lange sah sie den Schlüssel an.

Was hatte Walter ihr am Vortag gesagt, als er sie besuchte? Er war einer der wenigen, die sich mit Beileidsbekundungen zurückhielt und einfach tat, was notwendig war. So wie Wilhelm, der ihr bei der Vorbereitung der Beisetzung geholfen hatte, ohne viele Worte, obgleich auch ihm der Tod des klei-

nen Bruders sichtlich nahe ging. Sie hatte ihn immer als etwas simpel und proletenhaft empfunden und sich ihm nun, in dieser schweren Zeit, doch erstaunlich nahe gefühlt.

Walter war gekommen, um mit ihr die finanzielle Lage zu besprechen. Er hatte ihr dargelegt, welche Lebensversicherungen Ewald abgeschlossen hatte und welche Vermögenswerte vorhanden waren. Er hatte ihr versichert, dass für sie gesorgt war, als ob das jemals in Zweifel gestanden hätte. Er hatte ihr die Geldanlagen von Ewald erläutert und dann zu ihr gesagt: »Ich kann dich dabei unterstützen, Felicitas. Wenn du das möchtest. Aber ich kann dir nicht alles abnehmen, so wie Ewald das getan hat. Die wichtigsten Entscheidungen, wie du euer Geld weiterhin anlegen willst, die musst du selbst treffen, mit allen Risiken, die damit halt auch verbunden sind. Und noch etwas ...« Er hatte aus einem Kuvert den Schlüssel geholt. Und ein Dokument. Eine »Vollmacht für den Todesfall« einer Bank, unterschrieben von Ewald. »Das soll ich dir geben, für den Fall ... Ewald hat ein Bankschließfach. Das ist der Schlüssel. Ich werde es auf keinen Fall öffnen. Auch das musst du selbst tun.«

Sie musste ihn wohl völlig entgeistert angesehen haben, denn er nahm ihre Hand und sagte eindringlich: »Es hilft alles nichts, Felicitas. Du musst jetzt erwachsen werden.«

Erwachsen werden – was sollte das denn heißen? Sie war Mitte vierzig, gescheit und recht selbstständig. Sie hatte die halbe Woche und manchmal auch länger alleine gelebt und war gut damit zurechtgekommen. Natürlich: Ewald hatte ihr jeden Wunsch erfüllt, hatte ihr alles abgenommen, was schwierig werden konnte. Verhandlungen mit Handwerkern, die Organisation von Reisen, was oft Frau Bethke in Brüssel übernommen hatte – und natürlich alles Finanzielle. Aber sie wie eine Unmündige zu behandeln ...

Sie sackte in sich zusammen. Erwachsen werden – und das jetzt. Sie hatte durchaus das Gefühl, dass sie erwachsen gewesen war, bevor das alles passierte. Doch ohne Ewald, da fühlte sie sich plötzlich so halb und so verloren. Wie ein Kind, das die Eltern mutterseelenallein im finsteren Wald zurückgelassen hatten. Mutlosigkeit und Verzweiflung übermannten sie wieder.

Wochenende, 3. und 4. August 2013

I

Der Rest der Woche war, obwohl es Sommer- und Ferienzeit war, noch recht stressig für Stoevesandt geworden. Oder vielmehr gerade deswegen. In Hamburg hatte der Prozess gegen die Spitzenmanager der HSH Nordbank begonnen. Und der Staatsanwalt in Stuttgart, der die Anklage gegen die entsprechende Landesbank in Baden-Württemberg vorbereitete, hatte offenbar die Anklageschrift aus dem Norden sehr genau studiert und war dadurch auf eine ganze Reihe von Ideen gekommen, die er durch die Wirtschaftskriminalisten am LKA noch überprüfen lassen wollte. Stephan Ströbele hatte drei Kinder im schulpflichtigen Alter und war deshalb seit Beginn der Woche im Urlaub. Der Staatsanwalt hatte keine Kinder, den Urlaub bereits im Juni genossen und war entsprechend tatendurstig. Stoevesandt verstand ihn auch. Die Staatsanwaltschaften für Wirtschaftsstrafsachen hatten quer durch die Republik das Problem, dass fast alle Landesbanken mit den ihnen anvertrauten Mitteln vor der Finanzkrise Roulette gespielt hatten, es aber kaum Gesetze gab, die ihnen das verboten hätten. Die Frage war, ob sich die offensichtlichen Fehler der Finanzmanager auch strafrechtlich erfassen lassen würden. Stoevesandt musste sich also selbst um den Fall kümmern, die Mitarbeiter, die daran arbeiteten, einweisen und sich in die eine oder andere Thematik einarbeiten.

Nebenbei hatte er die Fahrt nach Brüssel vorbereitet. Er hatte Dr. Guido Gapka nicht auf Anhieb erreicht. Doch eine beflissene Mitarbeiterin des Brüsseler Büros des Deutschen Chemie-Verbandes hielt Wort, und Gapka rief alsbald zurück. Er hatte eine etwas laute, tönende Stimme, wie bei Leuten, die Angst hatten, überhört zu werden. Mit dem Vorschlag, dass Stoevesandt nach Brüssel kommen könnte, um dort persönlich mit ihm zu sprechen, war er sofort einverstanden: »Das ist eine wunderbare Idee. Im direkten Gespräch ist manches auch besser zu erklären. Ich werde mir wirklich Zeit für Sie nehmen. Und von Brüssel komme ich momentan nicht weg. Wir sind mitten in den Vorbereitungen der nächsten Sitzungsperiode des Europäischen Parlaments.« Es hatte geklungen, als wäre er höchstpersönlich für die Agenda des EU-Parlaments zuständig. Dass der Leiter der Sonderkommission Glemswald dabei sein würde, unterschlug Stoevesandt zunächst einmal.

Den zweiten Ansprechpartner, der ihn interessierte, erreichte er nicht. Ihm wurde jedoch versichert, dass der in der kommenden Woche wieder in Brüssel sei. Er würde am Montag noch mal nachhaken.

2

Da Ines ohnehin Spätschicht hatte, war auch Stoevesandt abends lange im LKA geblieben, um sein Pensum zu erledigen. So war er recht froh über die Atempause durch das Wochenende. Doch Ines offenbarte ihm am Morgen, dass sie den Dienst mit einem Kollegen getauscht hatte:

»Er übernimmt für mich die Rufbereitschaft von Samstag auf Sonntag, Gerd. Ich schaffe das einfach nicht mehr – die Nächte, wo ich mich hin und her wälze, immer in Erwartung, dass dieser verdammte Piepser anschlägt. Und wenn ich raus muss, dann hängt mir das tagelang nach. Da weiß ich lieber, ich muss ranklotzen bis vierzehn Uhr und hab dann definitiv frei.«

Früher hatte ihr das gar nicht so viel ausgemacht. Sie hatte erstaunlich fest geschlafen, mit der Einstellung: »Wenn es piepst, dann piepst es. Und wenn nicht, lasse ich mir nicht die Nacht versauen.« Sie war dünnhäutiger geworden.

Stoevesandt wusste nicht so recht, was er mit dem freien Samstagvormittag alleine anfangen sollte. So machte er die Einkäufe und ging dann noch mal ins LKA, um Akten und Verwaltungskram aufzuarbeiten.

Ines legte sich – was bei ihr nur selten vorkam – nach dem Dienst hin und döste sogar, wie sie sagte, ein bisschen weg. Dann machten sie sich am späten Nachmittag trotz der Hitze auf den Weg in die Stadt, wo an diesem Wochenende das Stuttgarter Sommerfest stattfand. Man konnte von ihrer Wohnung an der Uhlandshöhe die Innenstadt bequem über einen Fußgängerweg, die Haußmannstraße mit ihren schattenspendenden Kastanienbäumen, die Emil-Molt-Staffel und die zweizügige Sängerstaffel mit ihrem mittigen Grünstreifen erreichen.

In Stuttgart, vor allem hier im Osten, war die kürzeste Verbindung zwischen zwei Punkten immer eine Treppe, die man hier Staffeln nannte. Stoevesandt hatte sich in seiner Anfangszeit in der schwäbischen Metropole beim Blick auf den Stadtplan oft gewundert, dass Straßen über lange Strecken parallel zueinander verliefen, ohne dass es Verbindungen zwischen ihnen gab. Mit der Zeit wurde ihm klar, dass sie sich auf verschiedenen Ebenen der Höhenzüge entlanghangeln mussten und jede Verbindung, die nicht eine Staffel war, zu steil geworden wäre. Er mochte die Treppen in Stuttgart. Sie hatten ein besonderes Flair, vor allem dann, wenn es noch die alten mit den schmiedeeisernen Geländern waren. Mitten in der Stadt befand man sich auf ihnen plötzlich in einem heimlichen, verschwiegenen Winkel, den kein Auto, ja nicht einmal ein Fahrrad erreichen konnte. Manchmal erschienen ihm diese Staffeln wie verwunschene Plätze, die, überwachsen und an Mauern geschmiegt, weder Einblick noch Ausblick gewährten. Manchmal waren sie verbunden mit Aussichtsplattformen, auf denen man eine malerische Sicht auf die Stadt haben konnte. Er hätte Ines gerne gefragt, ob ihr die Staffeln auch so am Herzen lagen. Doch das wagte er nicht. Er scheute das Thema, das hinter der Frage verborgen sein konnte. Sie wollte zurück nach Hamburg, sie hatte hier offenbar keine Wurzeln geschlagen. Und er hatte Angst, dass sein Bekenntnis zu den Reizen dieser Stadt wieder zu einer Missstimmung führen würde.

Das Stuttgarter Sommerfest war eine Veranstaltung, die die Stoevesandts schätzten. Das Fest hatte Stil. Schon durch die weißen Zelte und Sonnenschirme, dem Markenzeichen des Sommerfestes, die rund um den Eckensee, das klassizistische Opernhaus, den Landtag, das Kunstgebäude und das neue Schloss bis hin zum Schlossplatz und Königsbau aufgebaut waren und der Innenstadt ein ganz besonderes Flair gaben. Selbst die »Fressstände« hatten Niveau, und es gab hier nicht nur Currywurst und Maultaschen, sondern vor allem ein Angebot von namhaften Köchen und Gastronomien aus der Region, die auch ein feines Rinderfilet oder Garnelen servierten.

Auf rund einem halben Dutzend Bühnen spielten Bands und Ensembles. Es war eine breite Palette an Stilrichtungen, für jeden etwas. Eine kleine Jazz-Formation in der Nähe des Schlossplatzes spielte »Sweet Georgia Brown«. Sofort wurden Erinnerungen wach. Als Halbwüchsiger war Stoevesandt fast jeden Donnerstag zur Freilichtbühne im Hamburger Stadtpark gegangen, um die Jazz-Konzerte zu hören. »Sweet Georgia Brown« erinnerte ihn an den Klarinettisten Mr. Acker Bilk und seine Band, von dem er diesen Titel zum ersten Mal gehört hatte. Umsonst oder für gerade mal fünfzig Pfennige konnte man dort Musiker erleben, die zum Teil heute noch Namen in der Szene hatten. Es war Kult, es war ein Muss für jeden Sechzehnjährigen, der nicht für spießig gehalten werden wollte und dem die muffige deutsche Schlagerwelt auf den Keks ging. Stoevesandts Musikgeschmack hatte sich im Laufe der Jahre weiterentwickelt. Er stand heute mehr auf den Modern Jazz eines Miles Davis oder John Coltrane. Doch die alten Swing-Standards weckten nostalgische Gefühle.

Auf einer Bühne beim Alten Haus, dem Opern- und Ballett-Tempel der Stadt, wurden Operettenarien geboten. Ines blieb eine ganze Weile stehen. Das war eher ihre Welt, wenngleich sie sinfonische Musik eigentlich mehr mochte.

An einem der gastronomischen Stände wurde Matjesfilet in verschiedenen Varianten geboten, mit denen sie beide genüsslich ihren Hunger stillten.

»Fast wie zu Hause«, meinte Ines. Und Stoevesandt schwieg.

Sie hatten das Sommerfest bald wieder verlassen. Die Hitze wollte einfach nicht nachlassen, und auch der Sonnenuntergang und die einbrechende Nacht brachten kaum Linderung. Die Kleider hatten ihnen an den Leibern geklebt. Jede Bewegung war schweißtreibend. Zuhause konnte man wenigstens halbnackt durch die Wohnung gehen und sich ab und an eine kühle Dusche gönnen. Der Südwesten erlebte momentan die wärmsten Tage des Jahres. Sie schienen langjährige Hitzerekorde brechen zu wollen.

»Wir müssen morgen hier weg«, meinte Ines. »Die Nordsee ist zu weit. Lass uns noch mal in den Schwarzwald fahren.«

Stoevesandt nahm eine Landkarte und studierte sie. Dann suchte er auf einer Internet-Seite nach Vorschlägen für Wanderungen. Es waren GPS-Protokolle von anderen Wanderern oder Fahrradfahrern, die man sich herunterladen und nachwandern oder nachfahren konnte. Die Frage war, wie man auf kürzester Route an einen möglichst hochgelegenen Ort gelangte, an dem vielleicht sogar ein laues Lüftchen ging.

3

Auch die folgende Nacht war tropisch. Sie schliefen beide schlecht und standen mehrmals auf, um sich kalt abzuduschen. Sobald sie sich einigermaßen ausgeschlafen fühlten, frühstückten sie und machten sich auf den Weg.

Sie fuhren über die B 10 und bei Plochingen auf den Autobahnzubringer Richtung Wendlingen. Dann ging es auf der A 8 nach Südosten zum Albaufstieg. Nach dem Drackensteiner Hang und dem Lämmerbuckel-Tunnel fuhr Stoevesandt an der Behelfsausfahrt Hohenstadt ab. Er kannte die Route. Sie waren in den letzten Wintern ein paar Mal hierher gefahren. Sie hatten beide am Langlauf Gefallen gefunden, und in der Region gab es tolle Loipen. Auch Ines, die sich niemals auf Abfahrtskier getraut hätte, war regelrecht selig gewesen nach diesen Touren in der herrlich weißen, von der Sonne beschienenen Landschaft.

Jetzt war hier alles grün, und selbst im klimatisierten Auto konnte man spüren, wie über der Albhochfläche die Sonne brütete. An der Behelfsausfahrt Hohenstadt ging es nach Laichingen. Stoevesandt fuhr durch das schlichte Städtchen, immer den Schildern nach zur Tiefenhöhle. Es war schon viel los auf den Parkplätzen vor dem Höhlenhaus. Der nahegelegene Kletterwald zog in der Ferienzeit die Familien an wie Pflaumenkuchen die Wespen.

»Keine schlechte Alternative zum Freibad, so eine Kletterpartie im dichten Wald. Bei so einem Wetter«, überlegte Stoevesandt laut.

»Vielleicht sogar die bessere«, meinte Ines. »Was glaubst du, was heute in den Bädern los ist!«

Andere Besucher zog es zielstrebig zur Laichinger Tiefenhöhle, die, wie der Name schon sagte, die tiefste Höhle der Region war. Und ein Ort, an dem man garantiert auch heute nicht schwitzte.

Sie waren die einzigen, die von hier aus weiterzogen. Die Temperaturen auf der Albhochfläche auf etwa 800 Höhenmetern waren wirklich zum Aushalten und eindeutig angenehmer als im Stuttgarter Talkessel. Man spürte ständig einen leichten Luftzug. Die Wahl des Ortes war richtig. Doch bei diesem schwülwarmen Wetter war das Wandern auch hier beschwerlich. Nicht schattenspendende Wälder prägten diese Landschaft auf der hügeligen Hochfläche, sondern Wiesen, Felder und kleine Haine und dort, wo sie noch ursprünglich war, die Wacholderheide, die ihr ein Gesicht gaben – kein spektakuläres wie am Albtrauf mit bis zu 400 Meter hohen Steilwänden. In Reinform hatten Stoevesandt und Ines diese Landschaft im vergangenen Jahr bei einer langen Wanderung durch das Biosphärengebiet bei Münsingen erlebt. Man musste genau hinsehen und -hören, um ihre eigentümliche Melodie zu verstehen, die Stoevesandt insgeheim an den introvertierten Cool Jazz eines Lennie Tristano mit seinen Solo-Piano-Stücken erinnerte. Das war nicht mainstreamtauglich. Sogar Ines hatte diese Landschaft berührt. »Ein bisschen wie in der Lüneburger Heide«, hatte sie gemeint.

Heute war sie gedrückter Stimmung. Und Stoevesandt hatte den Eindruck, dass es nicht nur das Wetter war, das ihr die Energie entzog. Sie sprachen wenig auf der Route. Die gleißende Sonne schluckte Stimmen und Töne. Selbst die Windräder bei dem kleinen Ort Wennenden standen still, als wollten sie in der Hitze keinen Flügel bewegen.

Dann endlich ging es in einen dichten, urwüchsigen Wald und in den steilen Abstieg hinunter nach Blaubeuren. Die Kühle und die Ausblicke, die sich hier und da auftaten, belohnten die Mühen. Es war, als wäre man plötzlich in einer anderen Welt aus duftendem Waldboden, felsigem Gestein und ursprünglicher Natur eingetaucht. Der Weg war steil und schmal. An einer Stelle blickte man ins Tal, auf den kleinen Ort am Blautopf. Er lag, umgeben von zerklüfteten steilen Hängen, malerisch eingebettet am Rand der Schwäbischen Alb. Stoevesandt wusste, dass ganz in der Nähe der Eingang zu einem Höhlensystem liegen musste, das sich von der Laichinger Alb bis hinunter zu der Karstquelle des Blautopfs zog. Hobby-Höhlenforscher hatten vor ein paar Jahren den Zugang entdeckt und ein phantastisches Labyrinth an Tropfstein-Kathedralen und unterirdischen Wasserläufen aufgetan, das längst noch nicht erschlossen war. Er hätte sich gerne auch darüber mit Ines ausgetauscht, doch etwas hielt ihn zurück. Er hatte plötzlich das Gefühl, dass sie alles, was ihn hier im Süden Deutschlands faszinierte, nur mit Argwohn betrachten konnte.

Doch am Blautopf konnte sich auch Ines nicht mehr der Magie entziehen. Die fast kreisrunde Karstquelle mit ihrem tief türkisblauen Wasser ließ ihre blauen Augen leuchten. Über ein breites Wehr floss ständig Wasser und speiste das Flüsschen Blau, das hier seinen Ursprung hatte. Und doch war die Wasseroberfläche wie poliert. Auf ihr spiegelte sich die ganze Umgebung wie auf einer umgekehrten Fotografie: das Blau des Himmels, die überhängenden Zweige der Bäume ringsum, die Kirche des mittelalterlichen Klosters und die alte Hammerschmiede, deren Rad sich durch die abfließenden Wassermassen geruhsam drehte. Trat man jedoch näher und schaute genauer hin, tat sich im See eine zweite Ebene auf. Im kristallklaren Wasser war bis auf den Grund jedes Steinchen und jede Pflanze zu erkennen. Kleine Fische schwammen darin herum. Wenn man jedoch mehr zur Mitte hinschaute, erahnte man das dritte Mysterium dieses Quelltopfes. Das Türkisblau wurde tiefer bis zum Schwarz. Der Grund war nicht mehr zu erkennen. Hier fiel der kleine, runde See zur Tiefe hin ab und bildete einen Trichter, der so tief wie das Gewässer breit war und in einen Schlund ins Erdinnere mündete, wo sich eine bizarre Welt aus unterirdischen Tropfsteinhöhlen, Seen und Flüssen verbarg.

Sie beobachteten das alte Wasserrad der Hammerschmiede und studierten die Tafeln, die das Phänomen Blautopf erklärten, gingen rund um den Quelltopf herum und versuchten noch einmal die Tiefe im Mittelpunkt zu ergründen. Obwohl sie einige Höhenmeter hinabgestiegen waren, schien die Luft hier frischer und reiner zu sein. Das Wasser strahlte eine Kühle aus, die die sengende Hitze vergessen ließ.

»Schön ist es hier«, sagte Ines und lächelte zum ersten Mal an diesem Tag.

Die Zeit war schnell vorangeschritten. Sie waren langsamer vorwärtsgekommen, als sie gedacht hatten. Fast vier Stunden waren sie unterwegs gewesen. So schlenderten sie durch das mittelalterliche Städtchen auf der Suche nach einem Happen zu essen und landeten schließlich in einem netten Bistro am Kirchplatz bei der Stadtkirche.

»Ich schaffe es nicht mehr zurück«, meinte Ines, nach dem ersten großen Schluck Kirschsaft-Schorle. »Die Hitze macht mich fertig.« Sie sah müde und abgekämpft aus.

Auch Stoevesandt hatte keine Lust mehr. »Es gibt einen Bus. Mit dem kommen wir zurück. Und du ...« Er überlegte, wie er das Thema ansprechen sollte, ohne wieder auf die Pensionierung und die Rückkehr nach Hamburg zu kommen. »Du bist überarbeitet, Ines. Ich mache mir Sorgen um dich. Gibt es keine Möglichkeit, mal kürzer zu treten? Oder dir ein paar Tage Urlaub zu nehmen?«

Sie lächelte bitter: »Das mit dem Urlaub, das hatten wir doch schon. Ich habe dir schon vor Wochen gesagt, dass ich frei nehmen kann, wenn die Schulferien vorbei sind. Vorher sind eben die Kollegen mit Kindern dran. Das ist Mitte September. Das sind diese bescheuerten Ferientermine hier in Baden-Württemberg.«

Sie hatten besprochen, dass sie zwei Wochen ans Mittelmeer wollten, wo es noch warm war. An Nord- oder Ostsee konnte es zu dieser Jahreszeit schon herbstlich sein. Auch Stoevesandt brauchte eine Pause. Aber er kam nicht so auf dem Zahnfleisch daher wie Ines.

»Der normale Dienst geht ja«, meinte sie. »Wenn das Wochenende frei ist«, schränkte sie ein. »Aber was mir immer größere Probleme macht, ist die Rufbereitschaft. Und diese Angst. Ich habe in meinem bisherigen Berufsleben noch keinen Fehler gemacht, der wirklich katastrophal gewesen wäre. Nur wegen mir hat noch niemand sein Leben verloren. Aber ich habe Angst, dass genau das noch passieren wird.«

Sie rührte mit dem Trinkhalm in ihrem Saft und schien auf eine Reaktion von ihm zu warten.

»Gibt es keine Möglichkeit, Teilzeit zu arbeiten? Oder nur den Regeldienst zu machen?«

»Doch, natürlich. Ich kann mir ein ärztliches Attest geben lassen, dass ich nicht mehr voll belastbar bin. Oder ich gehe auf eine Teilzeitstelle. Aber die Stelle als Oberärztin kann ich dann vergessen. Ich muss nach der Pfeife von irgendeinem jungen Greenhorn tanzen. Und sie stellen einen Spezialisten für die Herzsachen ein, weil sie sagen: ›Frau Doktor Stoevesandt, Sie sind zwar die beste Anästhesistin in der Herz- und Gefäßchirurgie. Aber Sie fehlen zu oft.‹ Und ich muss wieder zu den Unfällen und den Blinddärmen und den Krebspatienten. Ich will das nicht, Gerd.«

Er faltete die Hände vor sich auf dem Tisch, sah auf sie nieder und schwieg.

»Weißt du, Gerd«, sagte sie leise, »manchmal weiß ich nicht, ob ich so ein Heimweh nach tohuus habe, weil mir alles zu viel wird. Oder ob mir alles zu viel wird, weil ich Heimweh habe.«

Da war es doch wieder, dieses leidige Thema, zu dem er sich nicht äußern wollte, weil er Angst hatte, dass sie sich entzweien würden. Hilflos hob er die Hände.

»Du brauchst Urlaub«, sagte er nach einer Pause, die schon wieder auf die Stimmung schlug. »Ich werde schauen, ob ich drei Wochen weg kann und nicht nur zwei. Und dir müssen sie das auch mal zugestehen. Wir fahren hoch an die Waterkant, wenn das Wetter mitmacht. Im September findet man da immer noch was, auch spontan. Und wenn es zu schlecht ist, dann gehen wir eben drei Wochen in den Süden. Aber du musst da mal raus aus dieser Tretmühle. Dann siehst du die Dinge auch wieder mit anderen Augen.«

»Vielleicht«, sagte Ines. Doch es klang nicht überzeugt.

4

Der Bus fuhr erst um vier Uhr nachmittags. Und auch nur, weil in den Sommermonaten ein Fahrrad- und Wanderbus eingesetzt wurde.

Um die Zeit totzuschlagen, schlenderten sie wieder in Richtung Blautopf zu dem alten Kloster. Die Kreuzgänge boten Schatten. Und vor allem die kleine Kapelle und die Klosterkirche strahlten die Kühle alter Gemäuer aus. Der klerikalen Kunst hatte Stoevesandt noch nie viel abgewinnen können, doch er verstand so viel davon, dass der geschnitzte und bemalte Hochaltar bestimmt kein Plunder war. Ines betrachtete ihn lange, und Stoevesandt mochte sie nicht stören, sodass sie fast den Bus verpasst hätten.

Die Wetterlage hatte sich geändert, als sie die Kirche verlassen hatten. Zunächst weiße, dick aufgebauschte Wolken, dann immer dunklere schoben sich weiter und weiter unter den blauen Himmel. Die Hitze ließ langsam nach, nicht aber die drückende Schwüle. Sie waren froh, nicht mehr zurückwandern zu müssen, auch wegen der Gewitter, die in der Luft lagen.

In Laichingen beeilten sie sich, ins Auto und auf den Weg nach Hause zu kommen. Die Wolken wurden immer schwärzer. Am Albabstieg waren in der Ferne bereits das Leuchten entfernter Blitze und das Grummeln von Donner wahrzunehmen. Nach einer Autobahnkurve hatten sie das Gefühl, auf eine schwarze Wand zuzufahren, die aus dem Westen immer näher rückte. Sie erreichten Stuttgart mit den ersten Regengüssen und die Uhlandshöhe, als die ersten Hagelkörner niederknallten. Stoevesandt fuhr rasch den Wagen in die Garage. Sie rannten den kurzen Weg zum Haus und mussten doch die nasse Kleidung wechseln, sobald sie in der Wohnung waren. Sie waren immerhin in Sicherheit, denn draußen ging gerade die Welt unter. Wenigstens würde die Nacht nicht mehr so furchtbar heiß werden.

Montag 5. August 2013

I

Die schöne Jule

Sie saß wieder unter der Brücke. Ziemlich weit oben. Die Glems war durch die heftigen Niederschläge angeschwollen. Das Wasser schnellte an ihr vorbei. Sie fror. Es wurde langsam wieder wärmer, aber ihre Sachen waren immer noch klamm. Alles war nass geworden. Die Hagelkörner hatten eine dicke Plane durchschlagen. Da, wo sie ihre Klamotten aufbewahrte. Zum Glück hatte die Konstruktion über ihrem Schlafplatz gehalten. Die Matratzen waren nur von unten feucht geworden. Zuerst hatte sie gedacht, die Unterführung würde wieder ausreichen. Aber es ging schon los, bevor sie die Polster rüberbringen konnte. Und sie sah schnell: Dieses Mal würden die kleinen Gräben das Wasser nicht ableiten können. Der Schwall, der sich ergossen hatte, war wie ein Sturzbach durch den kleinen Tunnel geschossen. Am Nachmittag hatte es wieder heftige Gewitter gegeben. Sie hatte sich unter die Brücke gerettet und war hier einfach sitzengeblieben, lange nachdem der Regen aufgehört hatte.

Sie hörte Stimmen. Unwillkürlich zuckte sie zusammen. Für einen Moment fühlte sie sich wie gefangen. Ihr war, als ob die Stahlkonstruktion der Brücke sie erdrücken wollte und zugleich keinerlei Schutz vor fremden Blicken bot. Das Gefühl des totalen Ausgeliefertseins überkam sie wieder. Dieser Lähmungszustand, dieser Drang, weglaufen zu müssen und die Unfähigkeit, auch nur die Augen zu schließen. Wie damals...

Die Stimmen entfernten sich in Richtung Parkplatz. Es waren offenbar die Jogger, die trotz der Abendstunde und dem unbeständigen Wetter noch ihre Runde gedreht hatten. Autotüren wurden zugeschlagen, ein Motor angelassen. Wenig später hörte sie den Wagen über ihrem Kopf die Brücke überqueren. Die Geräusche entfernten sich Richtung Straße. Dann war es wieder vollkommen still.

Sie musste weg von hier. Weg, weg, nur weg.

Aber wohin? Nirgends war es besser als hier. Wo sollte sie es denn aushalten, wenn sie es hier nicht mehr aushielt? Sich einfach in Luft auflösen, wie ein Geist über dem Wasser der Glems schweben, so dass sie frei und unnahbar werden würde und doch alles noch sehen und spüren und hören konnte.

Sie wusste genau: Wohin sie auch ging – die Albträume kamen überallhin mit. Der enge Raum, aus dem es kein Entrinnen gab. Der Mann über ihr, der ihr ins Ohr keuchte. Und das Messer an ihrem Hals ...

Dabei hatte er gar kein Messer gehabt. Er hatte sie nur gewürgt, mit diesen übergroßen derben Händen. NUR gewürgt. Eine dieser Pranken war immer auf ihren Hals gedrückt geblieben, sodass sie kaum Luft bekommen hatte.

Vera hatte gut reden. Zur Polizei gehen sollte sie, auch jetzt noch, wo es doch schon so lange her war. Sie hätte damals ja schon nicht sagen können, wie der Kerl ausgesehen hatte. Obwohl sie nicht einmal fähig gewesen war, die Augen zu schließen. Nicht einmal seiner Augenfarbe hatte sie gewahr werden können, obwohl sein Gesicht direkt über dem ihren war. Da war nur diese Pranke, dieses Stöhnen und dieser widerliche Geruch, den sie wochenlang am eigenen Körper vermeinte, obwohl sie sich obsessiv wusch.

Vera. Auf einmal war sie dagestanden. Mit der dicken Elvira.

Irgendwie hatte sie das Gefühl, in eine Falle getappt zu sein. Und das gerade bei den beiden Menschen, bei denen sie in den letzten Jahren so etwas wie Sicherheit und Vertrauen gespürt hatte.

Die dicke Elvira hatte sie wieder fast mütterlich begrüßt und sich erkundigt, wie sie das Unwetter überstanden hatte. Sie hatte ihr versprochen, nach einer Plane zu schauen: »Ich meine, wir haben da noch etwas.«

Dann war sie lange verschwunden. Sie hatte auf dem Hinterhof des kleinen Lebensmittelgeschäftes gewartet, so lange, dass sie schon fast wieder Platzangst bekam. Dann war Elvira mit einem großen Karton mit Lebensmittel gekommen. Und Plastiksandalen, die gerade im Angebot waren. Die Plane müsse sie noch suchen, hatte sie gesagt und war wieder verschwunden.

Zurückgekommen war sie mit Vera.

Zuerst hatte sie gar nicht verstanden, was die Sozialarbeiterin von der Frauenberatung hier wollte. Es war doch Sommer. Die Unwetter waren vorbei. Es würde wieder warm werden. Sie musste noch nicht in eine Unterkunft. Erst als Vera sie ansprach, begriff sie: Es ging um den Mann mit der blutigen Hand.

Die Polizei sei bei ihr gewesen. Sie würden sie suchen. Die wüssten von ihrer Bude im Wald. Aber sie schwor, dass die sie nicht mitnehmen würden. Sie, Vera, würde das unter keinen Umständen zulassen. Deswegen war sie ja da. Wenn Juliane ihr sagen würde, was sie gesehen und gehört hatte, an diesem Montagmorgen, als der Mann da tot in seinem Auto gefunden worden war, dann würde das der Polizei völlig genügen.

Plötzlich war alles wieder vor ihr gestanden: Die weißen Turnschuhe mit den dunklen Flecken. Natürlich – auch das war Blut gewesen. Die langen, dünnen Beine und die dicke Gürtelschnalle. Diese Hand mit Blutspritzern und den Tattoos. Es war ihr plötzlich klar geworden, dass sie diesen Morgen in den letzten Tagen erfolgreich hatte verdrängen können. Jetzt war alles wieder da.

Wie viele Schüsse hatte sie gehört, wollte Vera wissen. Und wie schnell kamen die hintereinander? Was hatte sie gehört oder gesehen? Und sie hatte Auskunft gegeben und war sich jetzt nicht mehr sicher, ob das nicht ein Fehler gewesen war. Sie hatte nicht alles gesagt, aber vielleicht doch schon so viel, dass die Polizei doch wiederkommen würde. Und sie doch mitnehmen würde. Was konnte Vera da schon ausrichten?

Sie hasste diesen Mann mit den weißen Turnschuhen. Sie sah vorsichtig unter der Brücke hervor, als ob er gerade jetzt wieder auftauchen könnte. Er hatte ihr Refugium zerstört, den einzigen Platz, an dem sie sich geborgen gefühlt hatte, seitdem es sie aus der Bahn katapultiert hatte. Jetzt war sie selbst hier nicht mehr sicher, und die Albträume waren wiedergekommen.

Sie solle noch einmal einen Anlauf machen, hatte Vera gemeint. Sie würde sich noch mal ins Zeug legen für eine Therapie. Erst kürzlich habe sie gelesen, dass man ein Posttraumatisches Belastungssyndrom auch lange nach dem Trauma noch sehr gut behandeln konnte. Sie hatte nur den Kopf geschüttelt. Sie wollte ein Geist sein, der über dem Wasser schwebte, den niemand sehen würde und dem niemand etwas anhaben konnte.

Die dicke Elvira hatte die ganze Zeit auf dem Bänkchen im Hinterhof neben ihr gesessen, ihre Hand gehalten, sie dann zum Schluss getätschelt, sie mit ihren warmen mütterlichen Augen angeschaut und gesagt: »Du kannst nicht ewig davonlaufen, Jule.«

Dann hatte sie ihr zwei dicke Packen mit schwarzen, robusten Abfallsäcken und eine Rolle Paketklebeband in die Arme gedrückt und gemeint, das könnte fürs Erste vielleicht helfen.

Mittwoch, 7. August 2013

I

Am Mittwoch um neun Uhr saßen Stoevesandt und Bialas im Zug von Stuttgart nach Brüssel. Man hatte ihnen geraten, nicht mit dem Auto zu fahren. Im Europa-Viertel seien die Parkplätze rar. Der Gare de Bruxelles-Luxembourg sei außerdem direkt am Europa-Parlament, und von dort aus waren alle ihre Ziele gut zu Fuß zu erreichen.

Zu Wochenanfang hatte Stoevesandt noch ein paar Vorbereitungen getroffen. Erst am Vortag hatte er Petersen erreicht, den Spiegel-Journalisten.

»Dat is ja nich to gloeven«, sagte Petersen in bestem hamburgischem Platt, nachdem Stoevesandt ihm sein Anliegen vorgetragen hatte. »Die Stuttgarter Polizei verfolgt tatsächlich noch eine andere als die Selbstmordthese?« Er hatte passend zur Mundart eine tiefe Seemannsstimme, und natürlich hatte er auch sofort Stoevesandts Herkunft herausgehört.

»Warum wundert Sie das?«, fragte der.

»Na ja, das ist mal wieder so eine typisch europäisch-deutsche Geschichte. Die Wahrnehmung könnte nicht unterschiedlicher sein. Offenbar geht man in Deutschland ganz klar von 'nem Suizid aus – was ich so mitbekommen habe. Ganz besonders da bei euch im süden Deel von de Republik. Hier in der ›Brussels bubble‹, in der Europäischen Glasglocke, glaubt kein Mensch daran, dass Angelhoff sich umgebracht hat.«

»Und warum nicht?«, hatte Stoevesandt gefragt.

Petersen war einen Moment lang still geblieben. »Wissen Sie was, Herr Kommissar? Wir reden morgen drüber. Aber Sie wissen ja, wie wir Schrieverlinge sind ... Meine Infos gegen Ihre. Und zwar exklusiv. Ich will die Story haben, wenn es eine geben sollte.«

Man würde sich aneinander herantasten müssen. Es wäre nicht das erste Mal, dass Stoevesandt mit Journalisten kooperierte. So sehr man sich vor den Schmierfritzen von den Boulevardmedien hüten musste, so sehr konnte man bei seriösen Vertretern auf deren Geheimhaltung von Quellen vertrauen. Dies war das Grundkapital jedes investigativen Journalisten, ohne das er seine Arbeit vergessen konnte.

»Und wie geht's Ihnen bei den schwäbischen Kniesbuedeln?«, fragte Petersen zum Schluss noch. Er lachte dabei, als ob er gar keine Antwort erwartete. Stoevesandt musste für einen Moment an Ines denken, die sich mit der Mentalität der Menschen im Südwesten nach wie vor schwer tat. Er selbst hatte einen Draht zu den Leuten hier gefunden, wie ihm jetzt bewusst wurde.

»Selbst Schwaben sind Menschen«, antwortete er trocken.

Petersen gnudderte mit seinem tiefen Seemannsbass so vor sich hin und meinte: »Klar doch. Ich habe mittlerweile sogar unter den Belgiern ein paar Freunde gefunden. Man gewöhnt sich an allem, auch an dem Dativ. Nicht wahr?«

Dann hatten sie sich bis zum nächsten Tag verabschiedet.

Stoevesandt hatte außerdem Nicole Marinescu auf Gapka angesetzt, nachdem er Bechtel informiert hatte, dass er zusammen mit Bialas nach Brüssel fahren würde.

Sein Chef hatte sofort wieder diesen inquisitorischen Blick aufgesetzt. Seine gequetschte Stimme war fast eine Oktave hinaufgerutscht, als er fragte: »Warum kommt der mit?«

Stoevesandt hatte auf dem Besucherstuhl vor dem Chef-Schreibtisch das rechte über das linke Bein geschlagen, seine Hände auf dem Knie gefaltet und für einen Augenblick darüber nachgedacht, ob es nicht besser gewesen wäre, Andreas Bialas gar nicht zu erwähnen.

»Vielleicht, weil er der Leiter der Sonderkommission Glemswald ist«, sagte er dann sarkastisch.
Winfried Bechtel überlegte mit zusammengekniffenem Mund.
»Aber Dr. Gapka ist doch oft in Mannheim«, meinte er schließlich störrisch. »Und ab und zu auch in Stuttgart. Da müssen Sie doch nicht nach Brüssel fahren.«
»Herr Dr. Gapka bereitet die nächste Legislaturperiode der EU vor. Er war sehr froh, dass ich nach Brüssel kommen würde.«
Bechtel war darauf nichts mehr eingefallen.
Doch Stoevesandt hatte sich gefragt, was Gapka in Mannheim zu suchen hatte. Er wusste zu wenig über den Mann. Die Richtige, um mehr über ihn zu erfahren, war sicher Nicole. Und die hatte prompt geliefert:
Dr. Guido Gapka war aus dem Stall der Nord-Badischen Ammoniak-Fabrik. Der promovierte Volkswirt war viele Jahre im Bereich »Strategic Planning & Controlling« der NBAF tätig gewesen, bevor er zur Zentrale des Verbandes der Deutschen Chemie-Industrie nach Frankfurt gewechselt war und dann die Leitung des Brüsseler Büros übernommen hatte.
Nicole Marinescu war wieder einmal nicht besonders gut drauf gewesen. Und Stoevesandt hatte ganz kurz den Gedanken gehabt, dass er als Vorgesetzter doch auch die persönlichen Probleme seiner Mitarbeiter kennen sollte. Aber Nicole hatte wie üblich gute Arbeit abgeliefert. Und ihm sogar unaufgefordert ein kleines Dossier über die Chemikalienverordnung REACH zugeschoben. »Also, so viel habe ich herausbekommen: Dieser Dr. Gapka ist immer noch bei der NBAF beschäftigt. Der bekommt vom Verband nur Aufwandsentschädigungen. Und da ist er nicht allein. Der Verband der Deutschen Chemie-Industrie ist quasi ein Ableger der NBAF, so viele Führungskräfte stellen die da. Einschließlich des Verbandsvorsitzenden. Ist ja auch ein Riesenladen, da in Mannheim. Ich war mal bei einer Betriebsbe-

sichtigung. Da fahren Sie über eine halbe Stunde mit dem Auto von einem Ende des Betriebsgeländes zum andern. Und das ist nur das Stammwerk.

Es gibt übrigens auch einen europäischen Verband der chemischen Industrie. Da hat die NBAF auch das Sagen. Also, wenn man die chemische Industrie in der Welt anschaut, dann ist ein Drittel davon in Europa. Und da wieder hat Deutschland mit Abstand den größten Anteil. Mit drei oder vier ganz großen und vielen, vielen kleinen Unternehmen. Und was die Verbände angeht und die Kontakte zum Staat und zur Politik, da hat eben die NBAF die Nase vorn.

Ich habe mal bei diesen kritischen Organisationen angerufen. Bei LobbyControl. Und bei einem ›Corporate European Observatory‹. Die beobachten vor allem die Lobbyisten, die auf die Europäische Union Einfluss nehmen wollen. Und beide sagen, dass Dr. Gapka federführend bei der Kampagne war, mit der die chemische Industrie vor acht Jahren ein neues Chemikalien-Gesetz verhindern wollte. Und dann ist Gapka natürlich auch noch im Landesvorstand von Bechtels Partei. Also war er auch Parteifreund von Ewald Angelhoff.«

2

Sie saßen in einem Großraumwagen. Vor ihnen unterhielten sich zwei unverkennbare Ingenieure höchst angeregt über die Tücken und Finessen von Extrudern. Hinter ihnen saß ein junger Mann, der über Kopfhörer so laut Musik laufen hatte, dass das rhythmische Scheppern der Bässe deutlich zu hören war. Zudem hackte er auf der Tastatur seines Notebooks herum. Weder hinter ihnen noch vorne würde man ihre Unterhaltung also mitverfolgen. Bialas konnte den LKA-Kollegen leise über den Stand der Ermittlungen informieren.

»Ich habe direkten Kontakt zu den belgischen Kollegen aufgenommen. Wir können schon heute Nachmittag den Waffenhändler besuchen, bei dem Angelhoff angeblich die Waffe gekauft hat.«

»Habt ihr schon etwas über den Personalausweis und die Unterschrift rausbekommen?«, fragte Stoevesandt.

»Der Personalausweis scheint tatsächlich der von Ewald Angelhoff gewesen zu sein. Aber die Kopie, die der Waffenhändler sich gemacht hat, ist so schlecht, dass es auch die Kopie einer Kopie sein könnte, sagt Wildermuth. Die Belgier haben uns ja auch nur wieder eine Kopie dieser Kopie geschickt. Ich glaube nicht, dass wir jemals rausbekommen, ob der Originalausweis von Angelhoff vorgelegt worden ist oder eine halbwegs gute Fälschung.

Die Unterschrift unter der Empfangsbestätigung – da bräuchten wir das Original. Darauf bestehen die Handschriften-Leute beim BKA. Das möchte ich mit den Belgiern noch verhandeln. Wir haben die Kopie, die wir von den belgischen Kollegen bekommen haben, ein paar Leuten gezeigt, die mit Angelhoff zusammengearbeitet haben. Auch seiner Frau. Alle sagen, die Unterschrift sei arg krakelig, aber ausschließen konnte niemand, dass sie von Angelhoff stammt.«

»Also heißt es auch hier: abwarten, bis handfeste Ergebnisse da sind.«

Bialas nickte und fuhr fort: »Dann konnten wir jetzt tatsächlich Kontakt zu der obdachlosen Frau aufnehmen, die da oben im Glemswald ihre Behausung hat«, berichtete Bialas weiter. »Es gibt da in Büsnau in dem kleinen Lebensmittelgeschäft eine Mitarbeiterin, die sehr kooperativ war. Sie hat uns am Montagvormittag benachrichtigt, dass die schöne Jule wieder da sei. Sie hat sie fast eine Stunde hingehalten, und Frau Krause-Kiesewetter, diese Sozialarbeiterin von der Frauenberatung, ist sofort hochgefahren.«

»Habt ihr sie verkabelt?«

»Sie hatte ein Aufnahmegerät dabei. Und zwei Leute von uns waren dort sozusagen ›einkaufen‹.«

»Und?«

»Die schöne Jule hat zwei Schüsse gehört. Da schien sie vollkommen sicher zu sein. Und zwar im Abstand von fünf bis zehn Minuten.«

Stoevesandt überlegte, was das bedeuten konnte.

Auch Andreas Bialas hatte sich schon seine Gedanken gemacht: »Wir haben nur eine Kugel und eine Hülse gefunden. Aber bei einem zeitlichen Abstand von fünf bis zehn Minuten kann Angelhoff in den Wald gelaufen sein und einen Probeschuss abgegeben haben. Die Kugel und die Hülse finden wir dort im Leben nicht mehr. Er kann zurück zum Wagen gegangen sein und sich dort erschossen haben. Aber die Frau hat noch eine Beobachtung gemacht.«

Bialas machte eine theatralische Pause und sah den LKA-Kollegen bedeutungsvoll an: »Sie hat kurz nach dem zweiten Schuss einen Mann am Tatort gesehen. Allerdings nicht ganz. So, wie sie es geschildert hat, saß sie die ganze Zeit unter der Brücke. Du weißt schon – diese Brücke, die über das Flüsschen auf den Parkplatz führt. Sie hat den Mann nur etwa bis zum Brustkorb gesehen. Er soll groß und schlank gewesen sein. Und er hatte ein Tattoo an der Hand, einen Stern mit fünf Zacken zwischen Daumen und Zeigefinger.«

Stoevesandts Gehirn arbeitete. Ein Tattoo zwischen Daumen und Zeigefinger. Irgendetwas sagte ihm das. Er dachte spontan an Motorradgangs. Die russische Mafia pflegte durch Tattoos den Status und die Vergehen des jeweiligen Trägers zu demonstrieren. »Wenn das der Täter war«, dachte er laut nach, »muss er dann nicht mit Blut bespritzt worden sein? Und der Gegenstand, der euch ja immer noch fehlt ...«

Bialas nickte: »Fragen über Fragen. Die Frau hat aber plötzlich abgeblockt. Frau Krause-Kiesewetter hat ihre Sache wirklich gut gemacht. Hanna hat sie super instruiert. Und Frau Kiesewetter hat verstanden, worauf es uns ankommt. Aber diese Juliane Walter, das ist ein Bündel aus Angst und Schrecken. Sie hat auf einmal Panik bekommen.

Sie hat nur noch gefragt, ob die Polizei sie nicht doch noch abholen würde, und wollte nur noch weg. Mehr konnten wir nicht erfahren.«

»Bringt euch diese Zeugin dann überhaupt etwas? Kann man glauben, was sie gesagt hat? Oder sind das Gespenster, die sie sieht?«

Bialas sah nachdenklich aus dem Fenster des fahrenden Zuges. »Ich habe das Band abgehört«, meinte er schließlich. »Mein Eindruck war, dass Frau Krause-Kiesewetter wirklich recht hat: Die Frau ist nicht verrückt. Sie hat anfangs alles sehr sachlich und präzise beschrieben. Sie drückt sich klar und verständlich aus. Aber dann ist es eben plötzlich gekippt. Offenbar bekommt sie selbst in einem ummauerten Innenhof unter offenem Himmel klaustrophobische Anfälle. Du hast schon recht: Das würde wirklich schwierig werden mit ihr als Zeugin. Aber ich werde das Gefühl nicht los, dass die Frau mehr weiß, als sie ihrer Sozialbetreuerin gesagt hat. Keine Ahnung, wie wir da weitermachen. Ich muss darüber mit Frenzel reden.«

Eine Weile schwiegen sie und hingen ihren Gedanken nach. Dann nahm Bialas wieder den Faden auf: »Luca hat mittlerweile mit seiner Arbeitsgruppe den Terminkalender von Ewald Angelhoff unter die Lupe genommen. Der wurde im Wesentlichen von seiner Büroleiterin in Brüssel geführt. Wir haben bisher nichts Auffälliges gefunden. Angelhoff muss ein Workaholic gewesen sein. Mir ist schleierhaft, wann der gegessen hat, wenn er in Brüssel war. Und in Stuttgart hatte er auch ständig Termine. Mit Vertretern von irgendwelchen Interessenverbänden, von Unternehmen, von staatlichen oder sozialen Einrichtungen. Und dann natürlich die Meetings seiner Partei. Ein paar Fragen sind noch offen. Die will ich eben mit Frau Bethke, der Büroleiterin, klären. Sie ist momentan auch noch in Brüssel, trotz der Sommerpause, die das Parlament gerade hat.«

Andreas Bialas kramte in einer Aktentasche herum, zog einen dünnen Hefter hervor und reichte ihn Stoevesandt.

»Luca hat sich auch angeschaut, wo Angelhoff in letzter Zeit im Internet unterwegs war. Der hat nicht viel gesurft, muss man sagen. Wann auch, bei dem Terminkalender. Aber hier, gelb markiert, das sind Internet-Adressen, für die er sich seit etwa einem halben Jahr besonders interessiert hat. Immer das gleiche Thema: MCS – Multiple Chemikalien Sensitivität. Sagt dir das irgendetwas?«

Stoevesandt schüttelte den Kopf und überflog die Domain-Adressen. Wikipedia hatte einen Artikel unter der Überschrift »Vielfache Chemikalienunverträglichkeit«. Die Homepage einer Selbsthilfegruppe in Nordrhein-Westfalen hatte MCS und andere schwer zu diagnostizierende Erkrankungen zum Thema. Es gab ein Chemical Sensitivity Network und ein Zentrum für seltene umweltbedingte Erkrankungen an der Universität Freiburg.

»Könnte es sein, dass Angelhoff an so etwas gelitten hat?«, fragte Stoevesandt.

»Ich habe mit Professor Ehrenberg gesprochen. Ob so etwas bei der Obduktion erkannt worden wäre. Er meinte, ja. An der Haut, in der Lunge oder sonst irgendwo in den inneren Organen müsste sich so etwas manifestiert haben – wenn es nicht psychosomatisch war. Sie haben jedenfalls keinerlei Anzeichen dafür gefunden. Und der Mann ist super gründlich, wie du ja weißt.«

»Oder jemand aus seiner Umgebung? Seine Frau oder andere Verwandte?«

»Hat Luca überprüft. Nichts dergleichen. Und dann gibt es da noch eine Seite – die hat er vier Wochen vor seinem Tod ebenfalls sehr häufig besucht.« Bialas deutete auf eine Internet-Adresse in der Liste, die rot unterstrichen war. »Das ist ein Forschungsinstitut in Karlsruhe. Angelhoff hat sich da besonders für Testverfahren interessiert, mit denen man die Wirkung von chemischen Stoffen analysieren kann. Könnte natürlich mit dieser Chemikalienunverträglichkeit zusammenhängen. Aber keine Ahnung, ob das für uns interessant ist.«

Auch Stoevesandt wusste keine Antwort. Er nahm sich vor, Petersen danach zu fragen.

In Frankfurt mussten sie umsteigen. Um sie herum saßen nun nur noch Menschen, die lasen oder einfach nur still zum Fenster hinausschauten. So konnten sie sich nicht mehr über den Fall unterhalten und studierten Akten, Bialas die der SoKo Glemswald, Stoevesandt das Dossier von Nicole Marinescu zur Europäischen Chemikalienverordnung.

Schon 1993 hatten die EU-Umweltminister Handlungsbedarf festgestellt. Chemische Substanzen waren allgegenwärtig, und täglich kamen neue hinzu. Den Markt überschaute niemand und erst recht nicht die Wirkungen auf Mensch und Umwelt. Über die giftigsten und umstrittensten Stoffe sollte die Industrie auf freiwilliger Basis Daten liefern. Doch es geschah nichts. So wurde vom Europäischen Rat, der Versammlung der Regierungen der Mitgliedsländer, das Thema auf die Tageordnung der EU gesetzt. Das REACH-Projekt zur Registrierung, Bewertung, Zulassung und Beschränkung von Chemikalien war geboren. Kurz nach der Jahrtausendwende hatte die EU-Kommission einen Entwurf für die neuen Richtlinien vorgelegt. Danach folgten endlose Debatten, und schließlich wurde die Verordnung 2006 vom Europäischen Parlament mit unzählig vielen Änderungen verabschiedet. Damit begann jedoch erst der Prozess der Registrierung und Beurteilung von Substanzen, die nun schrittweise einer Europäischen Chemikalienagentur gemeldet werden mussten. Bis 2018 sollte die Erfassung sämtlicher Stoffe abgeschlossen sein. Welche Substanzen aktuell zur Beurteilung anstanden, konnte Stoevesandt der kurzen Zusammenfassung nicht entnehmen.

3

Sie wurden von zwei belgischen Kollegen in Zivil abgeholt, nachdem sie in einem kleinen, etwas schäbigen Hotel ganz in der Nähe des Gare de Bruxelles-Luxembourg im Europa-Viertel von Brüssel eingecheckt hatten. Der eine von ihnen sprach ein ganz passables Englisch, der andere nur französisch, was weder Stoevesandt noch Bialas beherrschten.

Die Fahrt dauerte nicht lange und führte doch an einigen repräsentativen Gebäuden vorbei. Stoevesandt hatte sich noch nie für Brüssel interessiert. Das war für ihn einfach kein Reiseziel. Jetzt war er doch erstaunt, wie reich und großzügig sich die Stadt zeigte. Die belgischen Kollegen nannten ihnen die wichtigsten Sehenswürdigkeiten, die sie passierten. Sie erhaschten einen Blick auf das Palais Royal, oder vielmehr seinen Park mit einer imposanten Reiterstatue. Es ging vorbei am Justizpalast, einem gigantomanischen Prachtbau, der mit seinen überladenen Stilelementen auf Stoevesandt eher schaurig als eindrucksvoll wirkte. Dann fuhren sie in einen Stadtteil mit engen Straßen und einem verwirrenden Einbahnstraßensystem, mit nahtlos aneinandergereihten Häusern in den unterschiedlichsten Stilen der letzten zweihundert Jahre. Unzählige kleine Geschäfte, Cafés, Restaurants und Trödelläden prägten das Straßenbild. Sie bogen schließlich in eine schmale, schmucklose Straße ein, die fast unbelebt wirkte. Die Kollegen parkten verwegen im eingeschränkten Halteverbot. Nur wenige Schritte weiter befand sich das Waffengeschäft, das für die versteckte Lage doch eine erstaunliche Größe hatte. Der Besitzer, ein untersetzter älterer Mann, führte die vier Beamten in Zivil ohne große Worte in ein Hinterzimmer. Selbst die wenigen Kunden, die im Verkaufsraum die Ware beäugten und von einem Verkäufer im Auge behalten wurden, brauchten nicht mitzubekommen, dass die Polizei im Haus war. Stoevesandt konnte beim Passieren des Verkaufsraums feststellen, dass alle Waffen und das Zubehör fein säuberlich und wohlsortiert in

Glasvitrinen verräumt und mit stabilen Schlössern gesichert waren. In krassem Gegensatz dazu stand der Raum, in den sie geführt wurden und der als Büro diente. Er war über und über mit Ordnern vollgestellt, auf einem Tisch mit Computer quoll ebenfalls der Papierkram über. Nur zwei Besucherstühle standen zur Verfügung, die die belgischen Polizisten den deutschen Kollegen überließen.

Andreas Bialas hatte sich gut vorbereitet. Er fragte auf Englisch, wer den Mann bedient hatte, der vor etwa sechs Wochen die FN High Power gekauft hatte. Der belgische Kollege übersetzte.

Es war der Chef persönlich gewesen. Er konnte sich noch so ungefähr an den Mann erinnern. Um die fünfzig, mit dunklem, grau meliertem Haar, ordentlich gekleidet, machte einen soliden Eindruck und sprach halbwegs vernünftig Französisch mit einem Akzent, der deutsch oder niederländisch oder auch dänisch hätte sein können. Die Beschreibung traf durchaus auf Angelhoff zu. Der Käufer hätte auch genau gewusst, was er wollte. Er hatte direkt nach der High Power mit Kaliber 9 × 19 Millimeter gefragt und den Kauf zügig abgewickelt.

Bialas fragte nach den Dokumenten, die der Käufer vorgelegt hatte. Der Besitzer des Waffengeschäftes versicherte wortreich, dass er es damit hundertprozentig genau nehme und bei den vorgelegten Papieren keinerlei Verdacht gehegt habe. Sonst hätte er niemals … Und auch der Personalausweis habe echt ausgesehen, und wie gesagt, der Mann habe sehr seriös gewirkt.

Bialas nahm aus einer Akte, die er bei sich hatte, ein paar Fotos. Sie zeigten Ewald Angelhoff in verschiedenen Situationen. Ein Porträtbild für die Publicity, Auftritte als Redner und Gast bei Empfängen. Der Waffenhändler nahm eines nach dem andern und betrachtete sie aufmerksam. Er wiegte unschlüssig den Kopf. Das könne der Mann gewesen sein. Aber sicher sei er sich da nicht. Er meinte, die Augen seien irgendwie anders gewesen.

Dann nahm er ein Foto, das Angelhoff in einer Gruppe mit anderen honorigen Männern zeigte, und sah es mit zusammengekniffenen Augenbrauen an. Wie groß der Tote denn gewesen sei, wollte er wissen. Ewald Angelhoff war ein stattlicher Mann gewesen, mit breiten Schultern und mindestens einen Meter achtzig groß, in etwa so groß wie Stoevesandt, der es auf einen Meter fünfundachtzig brachte.

Als der Mann die Information in französischer Übersetzung bekommen hatte, schüttelte er energisch den Kopf. Nein. Der Mann, der bei ihm die Waffe gekauft hatte, sei kaum größer als er selbst gewesen. Er habe lange genug neben ihm gestanden, sodass er das mit Sicherheit sagen könne. Er selbst sei einen Meter siebzig groß. Nein, wenn dieser große Mann der Tote war, der sich mit der gekauften Waffe erschossen haben soll, dann war das nicht der Käufer.

Bialas und Stoevesandt schwiegen fast andächtig nach dieser Aussage und blickten auf das Bild mit der Männergruppe. Schließlich fragte Bialas den Waffenhändler, ob er das auch beeiden würde, eventuell sogar vor einem deutschen Gericht. Der Besitzer des Waffengeschäfts sah die beiden belgischen Kollegen an, die nur nickten. Dann nickte auch er. Offenbar konnte er es sich nicht leisten, nicht mit den Behörden zusammenzuarbeiten, wollte er unbehelligt sein Geschäft betreiben.

Es ging zurück ins Europa-Viertel. Die belgischen Kollegen sicherten ihre weitere Unterstützung zu. Man vereinbarte, dass der Waffenhändler von der belgischen Polizei noch einmal vorgeladen und er seine Aussage zu Protokoll geben sollte. Die Belgier sagten außerdem zu, dass das Original der Empfangsbestätigung mit der Unterschrift des vermeintlichen Ewald Angelhoffs der deutschen Polizei überstellt würde. Aber nur auf offiziellen Wegen über Europol ans Bundeskriminalamt. Schließlich wolle man nicht wieder Vorwürfe bekommen, die belgische Polizei würde schlampig arbeiten.

4

Stoevesandt und Bialas schwiegen in stiller Übereinkunft. Nachdem sie sich von den Belgiern verabschiedet und sich in ein kleines Café am Place du Luxembourg gesetzt hatten, um einen Kaffee zu trinken, erwähnten sie den Waffenhändler und seine Aussage mit keinem Wort mehr. Es war ihnen beiden klar, dass man die Analyse der Unterschrift von Angelhoff abwarten musste. Das war der Knackpunkt und der sichere Beweis, ob Angelhoff oder ein anderer die Waffe gekauft hatte. Was der Waffenhändler letztendlich zu Protokoll gab und ob er die Größe eines Kunden tatsächlich richtig einschätzte – das alles war zu ungewiss.

Stoevesandt beobachtete das Treiben ringsum. Hier war es anders als in Straßburg, wo er einmal beim Europäischen Parlament zu tun gehabt hatte. Dort war er sich vorgekommen wie auf einem Satelliten, einem Mond der Stadt, der, steril, fremd und weit draußen, nicht wirklich mit ihr zu tun hatte. Hier in Brüssel thronte das futuristische Glasgebäude des EU-Parlaments über der gewachsenen Substanz aus neoklassizistischen Bürgerhäusern, die tatsächlich auch mit Leben erfüllt zu sein schienen. In der Sommerpause war nicht viel los in den EU-Gebäuden. Doch jede Menge Touristen ergossen sich aus roten Doppeldeckerbussen und bestaunten die Glasfassaden von außen. Irgendwo gab es eine Bildungseinrichtung, die auch jetzt einen Schwarm junger Leute in sich aufnahm und sie wieder an die Umgebung abgab. Einheimische palaverten auf der Straße, Mütter schoben Kinderwägen vorbei. In den Cafés und Restaurants rund um den Platz, die selbst in der sitzungsfreien Zeit des Parlaments geöffnet waren, saßen Menschen, die sich unterhielten, Zeitung lasen oder einfach nur die Sonne genossen.

Sie gingen zu einem der wartenden Taxis. Ohne die europäische Betriebsamkeit waren sie momentan wohl unterbeschäftigt. Stoevesandt gab dem Fahrer die Adresse, die Petersen ihm genannt hatte. Der Mann nickte und fuhr los, vorbei an modernen Hochhäusern an breiten Boulevards, durch engere Straßen, gesäumt durch Bürgerhäuser in allen möglichen Stilkombinationen des neunzehnten Jahrhunderts, hier und dort ersetzt durch lieblose Neubauten. Aber auch ornamental verzierte Jugendstilhäuser fanden sich darunter. Der Fahrer bog in eine breite Avenue ab, die durch einen weitläufigen englischen Park mit altem Baumbestand führte. Stoevesandt dachte schon, der Mann wolle durch einen Umweg etwas dazuverdienen, doch da passierten sie schon das Ortsschild »Uccle/Ukkel«. Die Straßen wurden lichter, grüner und waren von Baumreihen flankiert. Die Häuser standen einzeln und wirkten reicher und repräsentativ, manche fast luxuriös. Hier lebten sicher die wohlhabenderen Bürger Brüssels.

An einem langgezogenen Platz, umgeben von verzierten Backsteingebäuden und einer massigen Kirche aus dunkelrotem Klinker, war ihre Fahrt nach nur etwas mehr als einer viertel Stunde beendet. Dennoch spürte man, dass Brüssel hier anders war. Nicht mehr das der Europäer und Weltenbummler. Die Gegend gehörte den Einheimischen, die in diesem Viertel geschäftig ihren Alltag zelebrierten.

Das Restaurant, das der Spiegel-Journalist ihnen als Treffpunkt angegeben hatte, sah von außen wenig vertrauenswürdig aus. Es war ein älteres einstöckiges Gebäude mit hohem Giebel. Der Backstein war schnörkellos und zum Teil weiß übertüncht. Die Kabel für eine Beleuchtung am Giebel lagen nicht unter Putz. Moderne, kaum unterteilte Kunststofffenster hatten die Vorgänger ersetzt, die sicher noch Sprossen gehabt hatten und aus Holz gewesen waren. Doch als sie den großen Gastraum betraten, hatte Stoevesandt umgehend den Eindruck, das karge Äußere war durchaus gewollt, um Nichteingeweihte wie ihn und Bialas fernzuhalten. Sie kamen in ein freundliches und behagliches Ambiente, in dem in warmen Gelbtönen getünchte Wände, dunkle Holzvertäfelungen und stilvolle Deko-Accessoires und Gedecke den Ton angaben.

Sie erkannten Petersen, der an der Theke saß, sofort, ohne ihn je gesehen zu haben, so wie auch er gleich wusste, dass dies die Kommissare waren, die er erwartet hatte. Der Journalist hatte nicht nur Namen und Stimme eines Seemanns. Er sah auch so aus. Er war um die fünfzig, von kräftiger Statur, hatte volles Haar und einen Vollbart. Stoevesandt wunderte sich, das es immer wieder Menschen gab, die so sehr das Klischee erfüllten, dass es fast unwirklich schien.

»Es gibt oben eine sehr schöne Dachterrasse«, informierte sie Petersen, »aber ich würde es bevorzugen, hier zu bleiben. Dort oben wird es heute sicher noch sehr voll, bei dem schönen Wetter. Hierher verirrt sich zwar kaum ein Europäer, und die Leute verstehen in der Regel kein Deutsch. Aber sicher ist sicher. Wir brauchen wohl keine Mithörer.«

Sie setzten sich abseits, plauderten etwas über das schöne Wetter und die Stadt und warteten ab, bis der Ober ihre Bestellung aufgenommen hatte. Petersen war sicher nicht zum ersten Male hier. Er empfahl das Carpaccio vom Lachs und das Steak. Und man müsse hier unbedingt die frisch zubereiteten belgischen Fritten probieren.

Als die Getränke auf dem Tisch standen, sah er Stoevesandt und Bialas verschmitzt an. »So, meine Herren, was kann ich für Sie tun?«

Stoevesandt hatte sich lange überlegt, was er dem Journalisten als Köder anbieten konnte. Fakten, die dessen Interesse weckten und ihn veranlassten, auch ihnen Infos zu bieten, ohne dass sie Interna verrieten. So viel, dass Petersen mit ihnen kooperierte, auch wenn er daraus noch keine Story machen konnte.

»Sie haben am Telefon gesagt, hier in Brüssel würde niemand daran glauben, dass Ewald Angelhoff sich das Leben genommen hat. Warum ist das so?«, fragte er den Journalisten.

Petersen schwieg und sah die beiden Polizisten abwägend an. Er wirkte locker und entspannt. Doch seine wachen, klugen Augen beobachteten die Kommissare aufmerksam. »Sie scheinen das ja auch nicht zu glauben. Sonst wären Sie nicht hier«, meinte er schließlich.

Stoevesandt musste den ersten Joker ausspielen: »Nun gut. Der Auslöser für bestimmte Fragen, die sich uns stellen, ist ein Telefonat, das Ewald Angelhoff etwa zwei Wochen vor seinem Tod mit mir geführt hat. Er sagte mir damals, er hätte hochbrisantes Material über ein großes Unternehmen aus Baden-Württemberg. Und er wollte wissen, welche Aussichten eine Anzeige wegen Betrugs hätte, wenn diese Firma Informationen unterschlägt und damit Geld verdient.«

Petersen ließ es auf sich wirken und meinte dann: »Aber das ist doch für die Kriminalpolizei sicher nicht alleiniger Grund, um Ermittlungen zu einem Tötungsdelikt aufzunehmen. Denn das wäre es ja dann, wenn's kein Selbstmord war. Oder?«

Bialas übernahm die Antwort. Er war es schließlich, der als SoKo-Leiter auch den Kopf hinhalten musste, wenn Polizeiwissen an die Öffentlichkeit gelangte. »Sie wissen, dass wir Ihnen nicht alles sagen können, Herr Petersen. Und Sie wissen auch, was passiert, wenn irgendwelche nicht abgesicherten Vermutungen an die Öffentlichkeit kommen.«

Petersen nickte langsam und ernst. Ich bin ein Profi, sagte sein Blick.

»Also werden wir schwammig bleiben, und Sie machen sich keine falschen Reime darauf. Können wir uns darauf einigen?«, fuhr Bialas fort.

Wieder nickte Petersen langsam und bedeutungsschwer.

»Ich kann Ihnen so viel sagen: Wir haben keine eindeutigen Beweise dafür, dass es sich um einen Suizid gehandelt hat. Aber genauso wenig haben wir Beweise, dass eine Fremdeinwirkung vorliegt. Wir sind gerade dabei, verschiedene Dinge zu prüfen, die wir noch nicht einordnen können. Was uns aber fehlt – vor allen Dingen – ist ein Motiv. Und zwar sowohl für einen Selbstmord als auch für ein Tötungsdelikt. Deshalb interessiert uns, warum Sie nicht an den Selbstmord glauben.«

»Also kein Abschiedsbrief«, stellte Petersen für sich fest. Er zog die dichten Augenbrauen zusammen und nahm einen Schluck von seinem Rotwein. »Eine große Firma in Baden-Württemberg, sagten Sie? Ich überlege gerade, in welche Themen die Großen gerade involviert sind. Mit denen Angelhoff auch zu tun gehabt hat. Da ist natürlich gerade der CO_2-Ausstoß von Kraftfahrzeugen. Da habt ihr im Süden ja einige der ganz Großen. Die Automobilindustrie wehrt sich mit Händen und Füßen gegen eine schnelle Umsetzung der EU-Vorgaben. Da werden natürlich mal wieder sämtliche Lobby-Register gezogen. Und dann natürlich der Emissionshandel mit CO_2-Zertifikaten. Auch ein heiß umstrittenes Thema: Die EU-Kommission sollte einen Vorschlag machen, wie die Zertifikate nicht immer mehr zur Ramschware werden. Die sind mittlerweile nämlich so billig, dass sie niemandem mehr Anreiz bieten, beim CO_2-Ausstoß zu sparen. Was vor allem die Kohleindustrie freut. Und die Energieunternehmen, die auf die Stromerzeugung aus Kohle setzen. Aber die sitzen ja eigentlich weniger in Baden-Württemberg. Dort hat man ja eher auf Atomkraft gesetzt.« Er lachte sarkastisch. »Und außerdem ist das Ding gelaufen. Denn die so unabhängigen Abgeordneten des Europäischen Parlaments haben vor zwei Monaten mit acht Stimmen Mehrheit beschlossen, dass alles beim Alten bleibt und weiterhin der Kohlenstoff billig in die Luft geblasen werden kann.«

Die Vorspeisen wurden gebracht. Stoevesandt hatte mächtigen Appetit, nachdem sie mittags auf einem Bahnhof nur ein belegtes Brötchen gegessen hatten. Sie alle drei machten sich über das Carpaccio her, das wirklich köstlich schmeckte.

Nach den ersten hungrigen Bissen fragte Stoevesandt: »Sie haben mir gesagt, hier in Brüssel würde niemand daran glauben, dass Angelhoff sich umgebracht hat. Warum?«

Petersen nahm noch ein Stück auf die Gabel, das er genüsslich kaute, bevor er antwortete: »Wir haben hier gerade Sommerpause. Die Abgeordneten, die meisten von den Eurokraten, die bei der Kommission beschäftigt sind, die ganzen Lobbyisten – alle sind sie jetzt im Urlaub oder daheim. Und natürlich auch die meisten Journalisten. Aber wenn ich mit jemandem über Angelhoff gesprochen habe, dann waren sich alle einig: Der wurde umgebracht. Da kursieren die abenteuerlichsten Geschichten. Von der, dass er der russischen Mafia in die Quere gekommen ist, bis zu der These, er hätte ein paar bestechliche Abgeordnete auffliegen lassen wollen. Sie sind Kriminalisten. Sie brauchen Fakten. Da kann ich Ihnen keine nennen. Angelhoff war einfach nicht der Typ dafür. Ich habe immer wieder Interviews mit ihm gemacht. Und man trifft sich auf den unzähligen Veranstaltungen, die hier in Brüssel permanent stattfinden. Die sind ja mittlerweile fast wichtiger als die öffentlichen Sitzungen der EU. Dort wird ja heute die Meinung gemacht.«

Er dachte einen Moment nach, bevor er fortfuhr: »Das ist jetzt aus dem Bauch raus, aber Ewald Angelhoff war einfach nicht der Typ dafür. Er hat seine Rolle hier in Brüssel genossen. Der hat richtig gerne getan, was er gemacht hat. Er hat unheimlich viel gearbeitet und war trotzdem immer locker und gut drauf. Warum hätte er sich umbringen sollen?«

»Wir haben uns seinen Terminkalender angeschaut«, meinte Bialas nun. »Er war ein Workaholic, wenn Sie mich fragen. Solche Leute bekommen nicht selten mal einen Burn-out und Depressionen. Und zwar ohne, dass das Umfeld was davon merkt.«

Der Seemann legte seine Gabel weg und blickte finster auf den Rest des Lachs-Carpaccio. »Früher hätte ich auch nichts gemerkt«, meinte er und nahm die Gabel wieder auf. »Ich hatte einen Bruder. Ein sehr erfolgreicher Arzt an einem sehr erfolgreichen Hamburger Krankenhaus. Wir hatten eigentlich immer Kontakt zueinander. Und ich habe mich später wieder und wieder gefragt, warum ich nichts gemerkt habe. Ich hab mich damit sehr lange beschäftigt.«

Wieder nahm er einen Happen, bevor er nachdenklich fortfuhr: »Ich habe Ewald Angelhoff nie sehr persönlich kennengelernt. Vielleicht täusche ich mich auch. Aber wenn er suizidgefährdet war, dann hat das irgendjemand in seinem engeren Umfeld bemerkt. Vielleicht nicht mal die engsten Angehörigen. Aber irgendjemand, der viel mit ihm zu tun hatte. Bei meinem Bruder war es eine Kollegin, eine Ärztin, die sich dann schreckliche Vorwürfe gemacht hat, weil sie ihre Ahnungen selbst nicht ernst genug genommen hat.«

Stoevesandt musste an Ines denken. War es möglich, dass auch sie in so ein Stimmungstief hineingerutscht war? Er hatte auch in anderen Zusammenhängen schon gehört, dass tiefe Depressionen zu Suizidgedanken führten. Geriet auch sie in einen solchen Strudel hinein? Er musste mit ihr sprechen, wenn er wieder zuhause war.

Und er dachte augenblicklich an Gapka. »Herr Petersen, wir sind hier in Brüssel vor allem deswegen, um uns mit einem Mann zu treffen, der angeblich ein enger Freund von Angelhoff war. Er hat Andeutungen gemacht, dass es sehr wohl Gründe gab, warum Angelhoff sich umgebracht hat. Sagt Ihnen der Name Dr. Guido Gapka etwas?«

»Gapka!« Der Spiegel-Journalist lachte sein tiefes bullerndes Seemannslachen. »Dr. Guido Gapka. Der ist schon wieder in Brüssel? Was heckt der denn gerade aus? Moment mal. An welchen REACH-Themen sind die denn gerade dran im EU-Parlament?«, fragte er sich selbst.

»Sie kennen ihn also?«

»Jeder, der schon mal was mit REACH zu tun hatte, kennt Dr. Gapka. Er hat uns mehr als drei Jahre mit einer Lobby-Schlammschlacht überzogen. Gapka, Dr. Fabian Montabon und Ewald Angelhoff – das Trio Chemicale, wie wir es nannten. Ich denke: Ja. Gapka und Angelhoff kannten sich bestimmt gut.«

Der Ober kam, schenkte Wein nach und trug das Vorspeisengeschirr ab. In der Pause, die dadurch entstand, zückte

Andreas Bialas sein Taschentuch und vollzog das Ritual. Er rieb sich ausgiebig die Nasenflügel, bevor er das Tuch wieder wegsteckte.

»Fabian Montabon, wer ist das?«, fragte er gespannt, nachdem der Ober sie wieder alleine gelassen hatte.

»Der ist Ihnen bei Ihren Ermittlungen also auch schon über den Weg gelaufen?«, meinte Petersen verschmitzt.

»Was hat der mit der Sache zu tun?« Der gewiefte Pressemann wusste, wie man Infos entlockte.

Stoevesandt erinnerte sich, den Namen schon einmal gehört zu haben, doch leider nicht mehr, wie er einzuordnen war.

Bialas ließ sich Zeit mit einer Antwort. »Wir wissen, dass Ewald Angelhoff in den letzten beiden Wochen vor seinem Tod sehr häufig mit Montabon telefoniert hat. Teilweise sehr lange. Es hat aber keinen entsprechenden E-Mail-Verkehr gegeben. Bei anderen Gesprächspartnern, mit denen Angelhoff intensiv gesprochen hat, da gab es immer auch parallele E-Mail-Kontakte. Wir können da in etwa nachvollziehen, um welche Themen es ging. Bei Montabon haben wir lediglich ein paar alte, vollkommen nichtssagende Mails gefunden. Wer ist dieser Fabian Montabon?«

Bevor Petersen antworten konnte, kam der Hauptgang, den sie erst einmal probieren mussten. Stoevesandt hatte tatsächlich das Steak mit den belgischen Fritten bestellt und musste sagen, dass die Empfehlung mehr als angemessen war. Er hatte noch selten so gute Pommes frites gegessen, und das Filet war zart und begleitet von einer feinen Champignon-Sauce.

»Dr. Fabian Montabon«, begann Petersen. »Er ist Chemiker. Spezialist für Testverfahren. Und er ist Mitarbeiter der EU-Kommission. Er leitet eine Expertengruppe in der Kommission. Und während der Arbeit an REACH hat er sich damit hervorgetan, dass er jedem, der's hören wollte oder auch nicht, vorgerechnet hat, was die Tests kosten und wie damit die chemische Industrie ruiniert wird.«

Bialas fragte: »Was ist Rietsch?«

Petersen setzte erst einmal sein Mahl fort, nahm einen Happen von dem Fisch, den er gewählt hatte, und ließ sich Zeit mit der Antwort.

»REACH. ›Registration, Evaluation and Authorization and Restriction of Chemicals‹. Oder zu deutsch: ›Registrierung, Bewertung, Zulassung und Beschränkung von Chemikalien‹. Na gut, dann erzähle ich Ihnen mal eine Geschichte.« Bevor er die jedoch zum Besten gab, beendete er genüsslich sein Essen und nahm einen ordentlichen Schluck Wein.

»Es war einmal eine junge Europäische Union. In der durfte jeder Chemikalien produzieren, so viel er wollte und was er wollte. Und so wuchs und gedieh die chemische Industrie. Vor allem die in Deutschland. Mehr als hunderttausend verschiedene Substanzen sind da nach und nach produziert und gehandelt worden. Und niemand hat gewusst, ob die etwa Auswirkungen auf die Gesundheit haben oder vielleicht auf die Umwelt. Musste auch keiner nachweisen. In den achtziger Jahren hat man zwar eine Meldepflicht für Chemikalien eingeführt. Aber nur für Neuentwicklungen. Die restlichen 99 Prozent, die vor 1980 entwickelt worden sind, waren davon ausgenommen. Und wenn ein Stoff in Verdacht geraten ist, dass er schädlich sein könnte, dann mussten staatliche Einrichtungen und Forschungseinrichtungen den Beweis antreten, dass der Stoff tatsächlich negative Effekte hatte. Bis kurz vor der Jahrtausendwende hat man in Europa gerade mal hundertelf chemische Substanzen ins Visier genommen. Für keine dieser Substanzen hat da aber ein abgeschlossenes Gutachten vorgelegen, geschweige denn, dass man Maßnahmen getroffen hätte, die vom Markt zu nehmen Dann haben Umweltchemiker in einem europaweiten Forschungsprojekt herausgefunden, wie viele gesundheitsschädliche Stoffe ein Durchschnittseuropäer im Fettgewebe und im Blut hat. Seit den siebziger Jahren sind diese Werte horrend gestiegen.«

Petersen grinste schelmisch vor sich hin und ließ den Blick zwischen den beiden Kommissaren hin und her schweifen.

»So, und jetzt wird die Geschichte typisch europäisch. Die Umwelt- und Gesundheitsminister der einzelnen Länder haben also gesagt: ›Es muss etwas geschehen.‹ Völlig unbemerkt von der breiten Öffentlichkeit in Europa hat man deshalb eine revolutionäre Richtlinie auf den Weg gebracht. Das Ergebnis ist das fortschrittlichste und strengste Chemikaliengesetz weltweit. Die EU-Kommission hat ein White Paper aufgesetzt, eine Art Strategiepapier. Und das Revolutionäre war, dass man erstmals die Beweispflicht umgedreht hat. Nicht mehr die Behörden müssen jetzt beweisen, dass ein Stoff schädlich ist. Die chemische Industrie sollte verpflichtet werden, alle relevanten Gesundheits- und Sicherheitsdaten ihrer Stoffe den Behörden zur Verfügung zu stellen. Und man hat es zum Gesetz erhoben, dass schädliche Stoffe möglichst schnell durch unschädliche ersetzt werden müssen.«

Mittlerweile waren alle drei Teller leer. Auch Andreas hatte sichtlich mit Genuss gegessen. Der Ober trug das Geschirr ab und bot die Dessert-Karte an. Sie alle drei bevorzugten jedoch einen Espresso und eine weitere Flasche Wein. Dann setzte Petersen seine Geschichte fort:

»Unbemerkt blieb das Ganze allerdings keineswegs bei der chemischen Industrie. Die hat hier in Brüssel und in den Hauptstädten, allen voran in Berlin, eine der größten Lobby-Schlachten aller EU-Zeiten vom Zaun gebrochen. Ich glaube, ein paar Leute bei der chemischen Industrie haben da hohl gedreht. Vor allem bei den Großen in Deutschland. Zuerst haben sie gesagt, es gebe überhaupt kein Problem. Dann hat die damalige EU-Kommissarin Margot Wallström, die für die Umwelt zuständig war, sich Blut abnehmen lassen und war schockiert. Spuren von mindestens achtundzwanzig zum Teil giftigen Chemikalien hat man darin gefunden. Und die Wissenschaftler meinten, das sei heutzutage ein ganz normales Ergebnis.«

Espresso und Wein kamen.

Petersen wartete, bis der Ober sich wieder außer Hörweite begeben hatte. »Nichtsdestotrotz: Die chemische Industrie ist Sturm gelaufen. Die haben sämtliche Register gezogen. Die Chemie hat den Bundesverband der Deutschen Industrie ins Boot geholt. Der BDI hat eine Studie in Auftrag gegeben bei einer großen Unternehmensberatung. Und die kam zu dem Schluss, dass allein in Deutschland über zwei Millionen Arbeitsplätze durch REACH hops gehen würden. Die chemische Industrie in Europa wäre nicht mehr wettbewerbsfähig und würde quasi untergehen. Der Chef der NBAF ... die Nord-Badische Ammoniak-Fabrik bei Ihnen im Ländle war von vornherein die Speerspitze der Bewegung. Die De-Industrialisierung Europas hat er vorausgesagt. Es war ein Wunder, dass sie nicht die Entvölkerung weiter Landstriche an die Wand gemalt haben. Und das alles hatte seine Wirkung: Der Bundeskanzler und der deutsche Wirtschaftsminister haben plötzlich in Brüssel eingegriffen, zum Schutz der deutschen Arbeitsplätze. Und der britische Premier und der Präsident von Frankreich haben eingestimmt in den Chor der Empörung. Und Italiens Berlusconi, der damals Ratsvorsitzender der Europäischen Union war, hat die REACH-Gesetzgebung kurzerhand dem Umwelt-Kommissar weggenommen und sie dem Industrie-Kommissar zugeschanzt. Kein Mensch hat da mehr über Gesundheit und Umwelt gesprochen. Es ging nur noch um Arbeitsplätze und die Wettbewerbsfähigkeit der europäischen Wirtschaft. Und kein Mensch hat registriert, dass die BDI-Studie bei einer Nachprüfung durch den Sachverständigenrat für Umweltfragen als sehr fragwürdig eingestuft worden ist. Methodisch unsauber. Die Kosten wurden systematisch überschätzt. Und wenn Sie heute einen von den Chemie-Funktionären danach fragen, dann sagt der Ihnen, dass die Zahlen schon ein bisschen überzogen waren, und grinst vielleicht noch dabei.«

Petersen schwieg eine Weile und ließ die Informationen auf die beiden Zuhörer wirken. Stoevesandt musste sich eingestehen, dass diese Geschichte auch an ihm vorbeigegangen war, obwohl er ihre Relevanz für die Gesellschaft und auch sein Ressort, die Umweltkriminalität, sehr deutlich sah. Doch hatte dies alles irgendetwas mit dem Fall Angelhoff zu tun? Er sah Andreas Bialas förmlich an, dass auch ihm diese Gedanken durch den Kopf gingen.

Petersen kam ihren Fragen zuvor: »Und in diesem Szenarium ist auch unser Trio Chemicale zum Einsatz gekommen. Gapka ist NBAF-Mann durch und durch. Er hat in Mannheim seine Karriere gemacht. Er hat hier in Brüssel die Kampagne geleitet. Da verging kein Tag, wo man nicht ein Dossier oder eine Einladung zum Expertengespräch bekommen hat. Immer schön mit Sekt und Häppchen bei diesen Meetings. Wir hätten uns auf Kosten der chemischen Industrie dick und kugelig fressen können.« Petersen sah auf seinen Bauch hinunter und lachte. »Aber der ist vom selbstgekauften Bier und Wein. Na ja, auf jeden Fall wurden wir Journalisten und die EU-Abgeordneten systematisch weichgeklopft.

Dr. Fabian Montabon ist als nationaler Sachverständiger beim Industriekommissar tätig. Er ist Spezialist für Testverfahren. Gapka hat ihn immer wieder zu Informationsveranstaltungen eingeladen, wo er dann höchst sachlich und kompetent vorgerechnet hat, wie unendlich teuer solche Testverfahren sind und wie sie die chemische Industrie in den sicheren Abgrund treiben, wenn sie für alle Chemikalien zur Pflicht werden. Ich bin sicher, dass er auch ein paar der Dossiers selbst geschrieben hat, mit denen man uns bombardiert hat. Irgendwie bin ich nie den Eindruck losgeworden, dass Montabon von der NBAF bestochen worden ist. Und wie er in der EU-Kommission gewirkt hat, das kann man sich ungefähr vorstellen. Aber auch das ist eine typisch europäische Geschichte. Je früher im Gesetzgebungsprozess der Lobbyist eingreifen kann, umso besser. Und was da bei der EU-Kommission an Einflussnahmen jeglicher Art so läuft, das bekommen wir, die Öffentlichkeit, gar nicht mit. Ich denke, das ›Verdienst‹ von Montabon war, dass nicht mehr so viele Tests für die Substanzen vorgeschrieben werden, wie ursprünglich geplant war. Man hat die Untersuchung wegfallen lassen, mit der man feststellt, ob die Substanzen in der Natur abgebaut werden und wie lange das dauert. Und ob Chemikalien auf die Zellen von Säugetieren toxisch wirken, muss auch nicht mehr geprüft werden. Lauter solche ›Kinkerlitzchen‹.« Er lachte wieder sarkastisch und tief.

»Am Ende steht dann das EU-Parlament bei einem solchen Gesetzgebungsprozess«, setzte er seine Schilderung fort. »Das muss das ganze Werk durcharbeiten, stellt Änderungsanträge und nickt alles am Schluss ab. Und da hatte Angelhoff dann seine Rolle. Er war damals noch nicht Vorsitzender des ENVI, dieses Umweltausschusses. Aber er hat zweihundertfünfzig Änderungsanträge gestellt. Wir Journalisten und ein paar Umweltorganisationen haben uns tatsächlich mal die Mühe gemacht, diese Anträge mit Dossiers vom Verband der Deutschen Chemie-Industrie und mit Expertenstellungnahmen aus verschiedenen Chemieunternehmen zu vergleichen. Teilweise war es wörtlich abgeschrieben. Zum Teil war es so spezifisch, dass man dafür einen Doktortitel der Chemie gebraucht hätte, um das zu formulieren. Eine ganze Reihe von Abgeordneten hat damals seltsam abgestimmt. Anders, als sie's angekündigt hatten. Manche haben bei Sachen zugestimmt, die sie mit Sicherheit nicht verstanden haben. Damals kam dann erstmals das Gerücht auf, dass auch welche bestochen worden seien. Beweisen konnte das aber niemand.«

Petersen schwieg. Stoevesandt ließ die Infos auf sich wirken. Und Bialas hatte seinen finster-fragenden Blick aufgesetzt. Er unterbrach als Erster die lange Pause: »Das heißt, Angelhoff, dieser Gapka und vielleicht auch dieser Doktor mit dem französischen Namen, die haben sich so gut gekannt, dass Gapka vielleicht wirklich etwas über die Motive von Angelhoff wissen kann?«

»Das sind Kumpels. Gewesen – im Fall von Angelhoff. Da war man per Du, und die haben mit Sicherheit auch privat einiges zusammen unternommen. Zumindest in diesen Jahren, wo es um REACH ging. Ich glaube, als Angelhoff dann diesen Ausschuss übernommen hat, ist es weniger geworden. Er hat sich da ohnehin verändert. Nicht mehr ganz so forsch, etwas nachdenklicher.«

Stoevesandt hatte aus dem Dossier von Nicole Marinescu noch im Kopf, dass die Chemikalienverordnung ja schon vor längerem verabschiedet worden war. Ein direkter Zusammenhang mit dem Tod von Angelhoff war da ja eher unwahrscheinlich. Doch er wusste auch noch, dass die Meldefristen für bestimmte Stoffe sich über Jahre hinzogen.

»Wie ist momentan der Stand bei REACH? Gibt es da noch Konfliktpotenziale?«, wollte er von Petersen wissen.

Der überlegte und zog die dichten Brauen zusammen. »Ich bin nicht mehr drin in dem Thema. Zu viel anderes. Energie und Auslandsbeziehungen und Euro-Krise – und es wird immer noch mehr. Ich müsste mich mal erkundigen. Aber ich meine, dass es jetzt gerade um die Weichmacher geht. Ist in jedem Plastikteil drin, das in unseren Ozeanen rumschwimmt und den Fischen und Vögeln den Schlund verstopft. Das Zeug wird noch mal einige Spezies mitsamt dem Menschen ausrotten. Es vermindert die Zeugungsfähigkeit.« Er lachte wieder.

Stoevesandt war es gar nicht zum Lachen. Es gehörte nicht hierher, doch das Thema berührte einen wunden Punkt. Wahrscheinlich machte der Beruf den Journalisten zynisch. Da erfuhr man vieles, was eigentlich traurig und zornig machte, und hatte doch kaum Möglichkeiten, etwas daran zu ändern.

Er wurde langsam auch müde. Die Konzentration ließ nach. Die zweite Flasche Wein war leer. Immer mehr Gäste kamen von der Terrasse herunter, durchquerten den Raum und verließen das Restaurant. Auch Bialas und Petersen saßen eine Weile schweigend da.

»Ich glaube, wir müssen das alles erst einmal verdauen«, meinte Andreas dann, und Stoevesandt ergänzte im Geist: Und auf Relevanz für unseren Fall prüfen.

»Ich kann durchaus noch ein bisschen recherchieren, wo Angelhoff in letzter Zeit so seine Nase drin hatte«, meinte Petersen nachdenklich. »Doch dafür – da bitte ich um Verständnis – da müsste ich doch einen gewissen Anreiz haben. Was mir schon seltsam vorkommt: Der Suizid wäre doch für alle ganz praktisch. Angelhoff hatte Burn-out, und keiner stellt mehr Fragen. Aber Sie beide scheinen aus irgendeinem Grund damit nicht zufrieden zu sein. Sonst würden Sie mir nicht stundenlang bei meinen monotonen Vorträgen über europäische Verwirrspielchen zuhören.« Er sah sie beide gespannt an.

Stoevesandt wollte nicht antworten. Das war wieder die Sache von Andreas. Der sagte schließlich langsam und leise: »Herr Petersen. Es gilt, was ich vorher gesagt habe: Ich bleibe schwammig, und Sie verbreiten keine Gerüchte. So viel kann ich Ihnen sagen: Es ist egal, ob es sich um Selbstmord oder Mord gehandelt hat – in beiden Fällen ist es so, dass die Tat von langer Hand vorbereitet worden sein muss. Es war mit Sicherheit keine Affekthandlung, weder im einen noch im anderen Fall. Wir haben noch nie einen solchen Suizid gehabt – lang im Vorhinein geplant –, bei dem es gar keinen Hinweis auf einen Beweggrund gegeben hat. Und wenn das ein Mord war, dann war er sehr gut – man könnte sagen professionell – vorbereitet.«

Man sah Petersen an, dass er durchaus begriffen hatte. Auch der Journalist wusste, dass ein Auftragsmord ein sehr starkes Motiv brauchte. Er sagte jedoch nichts und wartete geduldig, was der Kommissar noch preisgeben würde.

Bialas zog düster die Brauen zusammen und dachte einen Moment nach. »Ich bin, offen gesagt, sehr gespannt auf das Gespräch mit Herrn Dr. Gapka. Wenn der uns Hinweise liefert, die plötzlich unsere ganze Spurenlage erklärt und uns die Schuppen von den Augen fallen, dann werden wir Ihnen das umgehend mitteilen. Dann haben Sie nämlich keine Story. Im andern Fall müssen Sie sich gedulden. Sie können recherchieren oder es bleiben lassen. Wir können Ihnen nichts zusagen. Ich kann noch nicht einmal sagen, ob das, was Sie uns heute erzählt haben, uns auch nur ansatzweise weiterbringt. Aber das ist nun mal unser Geschäft.«

Bialas schwieg wieder einen Moment, um dann fortzufahren: »In jedem Fall möchte ich mich bei Ihnen bedanken. Für die Zeit, die Sie sich genommen haben. Für die Informationen, die wir bekommen haben. Wer weiß, vielleicht war ein wichtiger Hinweis dabei. Und wenn wir es verantworten können, werden wir uns erkenntlich zeigen. Wir wissen ja, worauf Sie scharf sind.« Und Bialas verzog tatsächlich den Mundwinkel zu einem leichten Lächeln.

Auch Petersen war sichtlich müde. Er gab sich zufrieden, und Stoevesandt war sicher, dass der versierte Journalist durchaus die Häppchen aufgeschnappt hatte, die sie ihm zugeworfen hatten. Der fehlende Abschiedsbrief, die unklare Spurenlage und die von langer Hand geplante Tat ...

Sie zahlten und verabschiedeten sich mit einem weiteren Dankeschön. Petersen wohnte gleich um die Ecke, weit ab vom europäischen Rummel, wie er sagte. Da bräuchte man nämlich Abstand, wenn man eine halbflämische Familie hatte und immer hier lebte.

An dem langgezogenen Platz vor dem Restaurant bekamen Stoevesandt und Bialas am Taxistand direkt einen Transfer ins Europa-Viertel. Müde zogen sie sich beide schnell in ihre Hotelzimmer zurück, wo Stoevesandt über sein Pad in einen Smooth-Jazz-Sender reinhörte und bald einschlief.

Donnerstag, 8. August 2013

I

Doktor Guido Gapka war von derselben Statur wie Volker Petersen. Ansonsten hätten die beiden Männer nicht unterschiedlicher sein können. Auch das Gespräch verlief völlig anders.

Stoevesandt hatte nicht gut geschlafen. In dem alten Gebäude knarzte und kollerte es ständig ein wenig, und die Matratze war zu weich.

Sie hatten in einem zum Hotel gehörenden Café ein passables Frühstück zu sich genommen und sich dann auf den Weg gemacht. Es waren zu Fuß keine fünf Minuten bis zu dem charmelosen modernen Gebäude, in der der Verband der Deutschen Chemie-Industrie seinen Brüsseler Sitz hatte.

Gapka holte sie ab, nachdem sie sich bei der Dame am Empfang vorgestellt und ausgewiesen hatten. Im Inneren des Gebäudes ließ die Repräsentation nichts zu wünschen übrig: edle Materialien in modernem Design, wie es sich für Banken und Vorstandsetagen und eben auch einen der mächtigsten Industrieverbände Europas geziemte. Gapka führte sie über einen langen Gang zu einem Sitzungszimmer. Er machte offensichtlich zu wenig Sport, hatte Gewichts- und Hüftprobleme. Alles übrige an ihm war perfekt. Die rosigen Wangen waren glattrasiert wie ein Kinderpopo. Eine topmoderne große Hornbrille verkleinerte ein wenig die wasserblauen Augen. Das kurz geschnittene, dunkelblonde Haar war mit Gel dezent gestylt. Er trug einen gut sitzenden Anzug und Krawatte, obwohl es auch in Brüssel sommerlich warm war.

Der Besprechungsraum, in den sie sich setzten, hätte gut und gerne zwanzig Personen aufgenommen. Stoevesandt empfand die kleine Dreier-Gruppe als fast verloren zwischen den hochlehnigen Lederstühlen und den modernen Kommunikationsmitteln, die dem Raum seinen Charakter gaben.

»Und? Sie finden sich zurecht in Brüssel?«, fragte Gapka und wartete die Antwort nicht ab. »Na ja, auch Europa ist im Grunde nur ein Dorf.« Wie schon am Telefon sprach er einen Tick zu laut und zu forsch.

Es wurden Kaffee und Kekse gebracht. Und als die Dame, die sie bewirtet hatte, fast lautlos den Raum wieder verlassen hatte, kam Dr. Gapka umgehend zur Sache: »So meine Herren. Also. Sie gehen nach wie vor bei Ihren Ermittlungen davon aus, dass Ewald Angelhoff umgebracht wurde.« Es war keine Frage. Es klang wie eine Rüge.

Damit war die Stimmung augenblicklich versaut. Stoevesandt ging sofort auf Distanz, und er wusste, dass es Andreas Bialas genauso ging. Man konnte zwei erfahrenen Kriminalisten nicht vorgeben, wie sie ihre Ermittlungen zu führen hatten. Sie schwiegen beide eine Weile. Was Gapka als Aufforderung verstand, weiterzusprechen und noch einen draufzusetzen: »Also, Sie wissen ja, dass Ewald sich hier eine Waffe besorgt hat. Und ...«

»Woher wissen Sie, was wir wissen?«, fragte Andreas Bialas scharf.

»Ich weiß, dass Ihnen ein Motiv für den Freitod fehlt. Ansonsten ist die Sache ja ziemlich klar. Und genau dazu möchte ich Ihnen eine Aussage machen.«

»Herr Dr. Gapka, wie klar oder unklar die Sache ist, überlassen Sie bitte uns. Aber wir sind schon sehr gespannt auf Ihre Aussage. Also bitte.«

Den Ton, mit dem Bialas ihn zurechtgewiesen hatte, war Gapka sichtlich nicht gewohnt. Er zog die Augenbrauen hoch, ließ sich dann jedoch dazu herab, dem Wunsch nachzukommen: »Na gut. Also, was Sie wissen müssen: Ewald war ein zutiefst zerrissener Mensch. Davon wusste allerdings so gut wie niemand etwas. Er hat sich mir kurz vor seinem Tod anvertraut. Wir waren nicht nur Parteifreunde, müssen Sie wissen.«

Er dachte einen Moment nach und legte dann los: »Ewald hatte eine Geliebte. Offenbar schon eine ganze Weile. Er hat aber auch seine Frau über alles geliebt.« Gapkas Offenbarung klang seltsam emotionslos. »Er hat mir anvertraut ... Wir waren nicht mehr ganz nüchtern, aber bestimmt nicht völlig zugedröhnt. In der Stimmung eben ... Also, Sie wissen schon, in der man sich schon mal das Herz ausschüttet. Er hat mir gesagt, dass er nicht mehr ein noch aus weiß. Dass er keinen Ausweg sieht, sozusagen. Als ich das gehört habe, mit Ewald ... Also, das ist ja wirklich schrecklich. Aber ich habe sofort gewusst, was passiert ist.«

Stoevesandt faltete die Hände vor sich auf dem Schreibtisch und sah auf sie hinunter. Dass der Ewald Angelhoff, den er kennengelernt hatte, eine Geliebte hatte, das konnte er sich gerade noch vorstellen. Aber dass er sich deshalb das Leben genommen hatte, verstand er nicht. Ein erfolgreicher Mann, der mit beiden Beinen im Leben stand? Der, wie Petersen am Vortag gesagt hatte, seine Rolle hier in Brüssel genoss? Als er aufsah, war der fragende Blick von Andreas auf ihn gerichtet. Der hatte also auch seine Vorbehalte.

Gapka spürte die Skepsis der Beamten sehr wohl. »Sie meinen vielleicht, das sei ein schwaches Motiv. Aber hinter der Fassade des Machers ... Also, das war Ewald sicher auch – ein Macher. Aber er war auch ein höchst sensibler Mensch. Er hat beide Frauen sehr geliebt. So hat er mir's quasi gebeichtet. Und er wollte keiner von ihnen wehtun. Er hat auch so etwas gesagt wie: Das Leben mache keinen Sinn mehr für ihn. Wenn Sie meine Meinung hören wollen: Er hat eine Lösung gesucht, bei der er keine der beiden Frauen verstoßen musste. So war Ewald Angelhoff.«

»Wann genau hat dieses Gespräch stattgefunden?«, fragte Bialas.

»Irgendwann, kurz bevor das Parlament in die Sommerpause gegangen ist.«

Bialas nahm einen Laptop aus seiner Aktentasche, öffnete sie und durchsuchte Dateien. Schließlich öffnete er eine. »Wir haben den Terminkalender von Ewald Angelhoff. Er war sehr eng gedrängt in dieser Zeit. Auch viele Abendtermine. Bitte versuchen Sie sich zu erinnern, wann genau dieses vertrauliche Gespräch stattgefunden hat. Sie haben doch sicher auch einen Terminkalender. Vielleicht könnten wir das mal abgleichen.«

Gapka war sichtlich genervt. »Also, das kann ich jetzt wirklich nicht mehr genau sagen. Ich habe auch gleich noch eine Besprechung. Das ändert ja auch nichts an den Tatsachen, wann genau das war.« Er machte keine Anstalten, seinen Terminkalender zu holen.

»Aber wo das war, wissen Sie doch bestimmt noch.« Bialas ließ nicht locker.

Gapka stockte kurz. »Hier, in seiner Wohnung«, sagte er dann.

»Wissen Sie sonst noch etwas über diese Geliebte? Wo lebt die? Hier in Brüssel?«

»Keine Ahnung.« Gapka hob die Hände.

»Wir haben in Angelhoffs Unterlagen bisher keinerlei Hinweise auf eine solche Geliebte gefunden. Weder in seinen Telefonaten und E-Mails noch im Terminkalender oder anderen Dokumenten.«

»Er war eben sehr diskret«, meinte Gapka und schob in seiner bevormundenden Art gleich eine Frage nach: »Haben Sie denn sämtliche Unterlagen von Ewald konfisziert? Und das haben Sie alles durchgecheckt, um ein Mordmotiv zu finden?«

Bialas ging nicht darauf ein. Er war im Vernehmungsmodus. »Wer kann noch von dieser Geliebten gewusst haben?«

»Keine Ahnung.«

»Wir wissen, dass sich Ewald Angelhoff vor seinem Tod sehr kritisch mit einer Firma in Baden-Württemberg auseinandergesetzt hat. Er war nicht einverstanden mit gewissen Geschäftsgebaren. Hat er Ihnen gegenüber erwähnt, um welches Unternehmen es da ging?«

Gapka stutzte: »Nein. Da weiß ich von nichts. In der Regel hat Ewald ein sehr gutes Verständnis für die Belange von Wirtschaftsunternehmen gehabt. Wer in unserer Partei ist, weiß sehr wohl, dass es der Gesellschaft gut geht, wenn es den Unternehmen gut geht. Was soll das für eine kritische Geschichte gewesen sein?«

»Wissen Sie, was MCS ist?«

»Multiple Chemikalien-Sensitivität. Eine der neuen Krankheiten mit unspezifischen Symptomen. So unspezifisch, dass sie auch psychosomatisch sein könnten. Aber man hat mal wieder einen Schuldigen gefunden, nämlich chemische Substanzen. Wissen Sie, wir leben in einer Gesellschaft der Angst, und zwar der selektiven Angst. Menschen steigen in ein Flugzeug, ohne sich zu kümmern, wer die Maschine eigentlich fliegt. Aber bei Kunststoffprodukten macht man sich alle möglichen Sorgen. Was ist mit diesem MCS?«

»Angelhoff hat in der Zeit vor seinem Tod sehr intensiv im Internet über die Krankheit recherchiert. Das hat ihn offenbar sehr stark beschäftigt.«

Gapka wurde ungehalten. »Und was soll das alles mit seinem Tod zu tun haben?«

Wieder antwortete Bialas nicht und stellte die nächste Frage: »Wissen Sie, dass Ewald Angelhoff Kokain konsumiert hat?«

Jetzt war Gapka einen Moment lang verunsichert. Dann wurde er ärgerlich. »Ewald war mit Sicherheit nicht drogenabhängig. Ich habe Ihnen gesagt, was passiert ist. Sie sollten den Mann endlich ruhen lassen und nicht wegen irgendwelchen dubiosen Zeugenaussagen weiter herumstochern und abwegige Mordtheorien zusammenzimmern. Lassen Sie Ewald Angelhoff in Frieden ruhen und machen Sie es seiner Witwe nicht noch schwerer.«

»Was meinen Sie mit ›dubiosen Zeugenaussagen‹?« Die Frage von Bialas kam wie aus der Pistole geschossen.

»Na, diese unzurechnungsfähige Frau, die da jemanden gesehen haben will. Das kann ja wohl nicht Ihr Ernst sein, wenn völlig klar ist, dass alles andere auf einen Selbstmord hinweist.«

»Und wie kommen Sie zu dem Schluss, dass alles andere auf Selbstmord hinweist?«

Jetzt war Gapka sauer. »Schluss damit! Das bringt doch nichts. Ich habe Ihnen gesagt, was ich zu sagen hatte. Mehr kann ich nicht sagen. Machen Sie daraus, was Sie wollen. Aber jetzt müssen Sie mich leider entschuldigen. Wie gesagt, ich habe gleich noch einen Termin.«

Er erhob sich und ging vor den beiden Polizisten aus dem Raum und den Gang entlang Richtung Empfang. Plötzlich blieb er stehen und wandte sich um, sodass Stoevesandt beinahe mit ihm kollidiert wäre.

»Äh, also«, begann er und klang merkwürdig unsicher. »Sie haben bei Ihrer Konfiszierung nicht etwa eine Liste gefunden? Also, eine Liste mit Namen. Wir hatten Ewald gebeten, eine Aufstellung für uns zu machen. Die wäre uns jetzt sehr hilfreich. Die üblichen Vorbereitungen für das neue Parlamentsjahr.«

»Was für eine Liste? Was für Namen sollen da drauf sein?«, fragte Bialas.

Gapka hatte forschend von einem zum andern geblickt und meinte dann: »Ach, vergessen Sie's. Das ist jetzt ja nicht so wichtig. Er ist tot. Da sollte man nicht an solche banalen Dinge denken.« Er wandte sich abrupt wieder um, stapfte mit seinem leicht hinkenden Gang zum Empfangsbereich und verabschiedete sie mit kurzem Handschlag.

2

Sie gingen schweigend nebeneinander her die Rue du Luxembourg hinunter. Am Ende war bereits von weitem die halbrunde Kuppel des EU-Parlamentsgebäudes sichtbar, die silbrig-blau im Sonnenlicht gleißte. Am Place du Luxembourg sagte Bialas: »Lass uns hier noch was trinken. Ich muss das erst mal verdauen, bevor wir zu Frau Bethke gehen.« Stoevesandt merkte, dass Andreas ziemlich sauer war.

»Was war das denn?«, fragte Bialas dann auch, nachdem sie sich in eines der Straßencafés gesetzt und ein kleines Bier bestellt hatten. »Woher wusste Gapka, dass die Waffe hier in Brüssel, angeblich von Angelhoff selbst, gekauft worden ist? Woher weiß der von der Zeugin? Das darf doch alles nicht wahr sein.«

Stoevesandt hatte sich schon während des Gesprächs mit Gapka genau die gleichen Fragen gestellt. Und er wusste auch die Antwort: »Das sind alles Parteifreunde.«

»Wir haben mit dieser Zeugin erst vor zwei Tagen gesprochen. Und hier in Brüssel weiß der Herr Dr. Gapka schon davon?«, regte sich Bialas weiter auf. Er zückte sein Handy, stand auf und entfernte sich ein ganzes Stück, um ohne Zuhörer zu telefonieren. Als er zurückkam, nickte er: »Ich habe mit Frenzel gesprochen. Tatsächlich: Dein Dr. Bechtel hat gestern schon wieder Akteneinsicht gefordert.«

Es war nicht Stoevesandts Dr. Bechtel. Ganz und gar nicht. »Ich habe mir diesen Chef nicht ausgesucht. Ganz bestimmt nicht.« Er schlug ein Bein über das andere, legte die gefalteten Hände übers Knie und überlegte, ob er wirklich handfeste Beweise hatte, dass Bechtel einem Unbefugten wie Gapka Informationen weitergegeben hatte. Die beiden würden natürlich alles bestreiten.

»Du hast gar nichts gesagt während dieses Gesprächs mit Gapka, Gerd«, meinte Bialas und sah Stoevesandt kritisch an.

»Du machst so etwas wesentlich besser als ich.« Das war für Stoevesandt eine Tatsache. Bialas hatte die Gabe, zum richtigen Zeitpunkt die richtigen Fragen zu stellen. »Und um ehrlich zu sein: Wenn Gapka weiß, was Bechtel weiß, dann funktioniert das umgekehrt genauso. Ich könnte wetten, dass die beiden heute noch telefonieren. Dir kann Bechtel nicht an den Karren fahren.«

Andreas verstand, auch wenn er nicht zufrieden schien.

»Die Liste«, dachte Stoevesandt laut nach. »Gapka sucht eine Liste. Er hat versucht, uns auszufragen. Er wollte wissen, was ihr alles ›konfisziert‹ habt, wie er sich ausdrückt. Was könnte das für eine Liste sein, Andreas?«

»Wenn ich das wüsste. Meines Wissens haben wir nichts dergleichen gefunden. Da muss Luca noch mal ran und suchen.« Er zückte sein großes Taschentuch und putzte sich nachdenklich die Nase. »Uns fehlt ja auch immer noch der Gegenstand, den Angelhoff vor seinem Tod bei sich hatte. Eine Mappe, ein Aktenordner ... Die Größe könnte passen.«

Er rief die Bedienung und zahlte. »Wir sollten gehen. Frau Bethke wartet auf uns.«

3

Das Gespräch mit Frau Anette Bethke hatte Bialas eingefädelt. Bereits bei der Vorbereitung ihrer Fahrt nach Brüssel hatte Bialas Stoevesandt erzählt, dass er mit der Büroleiterin von Angelhoff ein längeres Telefonat geführt und den Eindruck gewonnen hatte, dass diese Frau alles Wichtige über den EU-Abgeordneten wusste, weit mehr als dessen Ehefrau, zumindest was das Berufliche anging.

Frau Bethke holte sie am Eingang in der Rue Wiertz zwischen den hohen Glasgebäuden des Parlaments der Europäischen Union ab.

Stoevesandt sah auf Anhieb, dass sie der Typ von Frau war, ohne den mächtige Männer völlig aufgeschmissen wären. Er schätzte sie auf etwa vierzig, wobei es gut sein konnte, dass sie älter war, als sie aussah. Sie war nicht besonders groß, schlank und sehr gepflegt gekleidet mit engem, knielangem Rock und einer weit geschnittenen Kurzarmbluse, die fast bis zum Kragen zugeknöpft war. Das hellbraune Haar trug sie halblang und glatt in einer braven Frisur. Die leicht geschminkten Augen taxierten die beiden deutschen Polizisten wach und doch unauffällig.

Sie half ihnen, in der großen Eingangshalle die Formalitäten zu erledigen, und ging mit durch die Schleusen. Die Prozedur glich der auf Flughäfen. Man merkte, dass hier zurzeit nichts los war. Außer dem Sicherheitspersonal waren kaum Menschen unterwegs. Sie führte sie über Aufzüge und weite Flure in ein Seitengebäude des riesigen Komplexes. In einem langen Gang passierten sie Türen in regelmäßigen Abständen. Hier lagen die Büros der Abgeordneten des Europäischen Parlaments, wie Stoevesandt an den Namensschildern neben den Türen erkannte.

Frau Bethke schloss eine Tür auf. Das Schild wies noch immer den MEP Ewald Angelhoff aus. Im Gegensatz zu der Weitläufigkeit des Gebäudes ging es in dem Büro eher eng zu. Ein Raum stand den Mitarbeitern mit sechs aufeinander gedrängten Arbeitsplätzen zur Verfügung. Der Abgeordnete selbst hatte einen etwas geräumigeren Nebenraum mit Schreibtisch gehabt. Auch an den Besprechungstisch passten kaum mehr als etwa acht Menschen. Er war jetzt vollgestellt mit Kartons und Akten.

»Hatte Herr Angelhoff nur dieses kleine Büro? Für all das, was er so gemacht hat?«, fragte Bialas.

»Nein, natürlich nicht«, meinte Frau Bethke. »Der ENVI, der Ausschuss, den Herr Angelhoff geleitet hat, der hat natürlich einen ganzen Stab von Mitarbeitern. Und fast eine ganze Etage an Büroräumen. Hier, das ist das normale Abgeordnetenbüro. Wir, von seinem persönlichen Stab, haben meistens auch in den Ausschuss-Räumen gearbeitet. Aber dort hat sich jetzt schon der Italiener einquartiert – einer von Herrn Angelhoffs Stellvertretern. Er wird den ENVI erst mal kommissarisch leiten und wollte sich jetzt schon einarbeiten. Anfang September muss er einige Themen beherrschen, wenn es wieder losgeht.«

Sie bot ihnen die Stühle an den Arbeitsplätzen an, schob dort die Bildschirme und Papierstapel so zur Seite, dass sie sich sehen konnten. »Und hier sind wir jetzt noch beengter als sonst.« Sie deutete auf die Kartons auf dem kleinen Tisch. »Aber das wird ja alles bald sein Ende finden.« Sie holte aus einem kleinen Kühlschrank Gläser, Mineralwasser und kleine Saftflaschen und stellte sie auf die Schreibtische, bevor sie sich selbst zu ihnen setzte.

Es war klar, dass sich Stoevesandt auch hier im Hintergrund halten würde. Andreas hatte wieder die Gesprächsführung: »Frau Bethke, wir haben ja schon telefoniert. Und Sie sagten mir, Sie könnten sich nicht vorstellen, dass Ewald Angelhoff sich selbst das Leben genommen hat. Warum waren Sie da so sicher?«

Anette Bethke wirkte sehr beherrscht. Sie überlegte nur kurz. »Er war nicht der Typ dafür.« Sie wählte denselben Ausdruck wie der Spiegel-Journalist. »Vielleicht ist das sehr unpräzise. Aber ich kann mir einfach nicht vorstellen, dass jemand, der bis zum Schluss ein dynamischer und lebensfroher Mensch war, von jetzt auf nachher Schluss machen will.«

»Könnte es irgendein Motiv für so eine Tat gegeben haben? Mal unabhängig von seiner Persönlichkeit und seiner psychischen Verfassung.«

Sie schüttelte bedächtig den Kopf. »Ich sehe keines.«

»Hatte er mit irgendwem Konflikte?«

»Hier in Brüssel hat man immer mit irgendwem Konflikte. Das ist in der Politik nun mal so. Hat man es dem einen Verband recht gemacht, dann protestiert ein anderer. Mal ganz abgesehen von den Streitereien zwischen den verschiedenen politischen Fraktionen. Wer hier arbeitet, dazu noch in so einer Position, der muss mit Konflikten umgehen können.«

»Ich meine eher eine Art existenzieller Konflikte.«

Sie sah Bialas verständnislos an.

»Könnte es sein, dass er von jemandem erpresst wurde?«

»Ich wüsste nichts, womit man ihn hätte erpressen können.«

Stoevesandt schaltete sich nun doch ein. »Es könnte um Geld gegangen sein. Vielleicht hat er Geld angenommen. Für bestimmte Gefälligkeiten. Oder er hat selbst jemanden erpresst. Weil er vielleicht von Gesetzesverstößen wusste. So etwas in der Art meinen wir.«

Frau Bethke war der Typ von Frau, der durchaus Gefühle hatte, sie aber zu verbergen wusste. Sie machte ein Pokerface, während sie nachdachte. Dann schüttelte sie wieder langsam den Kopf.

»Sehen Sie, Herr Stoevesandt vom Landeskriminalamt ist in den Fall involviert«, erläuterte Bialas und wies auf den Kollegen, »weil Herr Angelhoff ihn zwei Wochen vor seinem Tod angerufen hat und nach rechtlichen Möglichkeiten gefragt hat. Es ging um eine Firma in Baden-Württemberg, gegen die er schwere Vorwürfe erhoben hat.«

»Davon weiß ich gar nichts. Mit unserer normalen Arbeit kann das nichts zu tun gehabt haben. Wir haben immer über alles gesprochen. Worum ging es da denn?«

»Das wissen wir nicht«, antwortete Stoevesandt. »Er hat nur Andeutungen gemacht, war aber sehr erbost über ein Unternehmen, das bestimmte Informationen zurückhält.«

Sie wusste nichts damit anzufangen.

Bialas seufzte und fragte dann: »Wie war eigentlich das Verhältnis zu seiner Frau?«

Sie setzte wieder das Pokerface auf und antwortete nach kurzem Überlegen: »Ich denke, es war gut. Natürlich ist das nicht mehr wie bei einem frisch verliebten Paar. Aber Herr Angelhoff hatte ständig Kontakt zu ihr. Er hat sie mehrmals in der Arbeitswoche angerufen. Und ich hätte da nie gehört, dass er aggressiv oder ärgerlich klang. Er hat auch vieles von hier aus für sie organisiert. Den Gärtner oder finanzielle Dinge. Oder hat uns etwas besorgen lassen. Tickets für Flüge und Ähnliches.«

»War sie oft hier? Oder in Straßburg?«, fragte Bialas.

»Nein, eigentlich nicht sehr oft. Und wenn, dann meistens, wenn die beiden von hier aus Reisen gemacht haben. Herr Angelhoff hat natürlich auch Auslandskontakte innerhalb seiner Arbeit wahrgenommen. Besuche in Südostasien oder anderen EU-Ländern. Da hat sie ihn ab und zu begleitet. Aber ich denke, mehr aus touristischen Gründen.«

»Sie hat sich nicht sehr für seine Arbeit interessiert«, stellte Bialas mehr fest, als er fragte.

»Nein. Aber ich glaube, das hat der Beziehung keinen Abbruch getan. Es war einfach so, dass Stuttgart und Felicitas sein Refugium waren. Da konnte er abschalten. Natürlich musste er auch in Stuttgart und Baden-Württemberg immer wieder Termine wahrnehmen. Aber das war bei Weitem nicht so geballt wie hier. Er wollte in Stuttgart auch nur angerufen werden, wenn es wirklich dringend war. Ja, Felicitas war so etwas wie seine Insel. Ich glaube, er hätte gar nicht gewollt, dass auch sie noch mit ihm über Umwelt-Direktiven und CO_2-Emissionen diskutiert.«

»Wussten Sie, dass Herr Angelhoff eine Geliebte hatte?«

Einen Moment sah sie Bialas konsterniert an. Dann hatte sie sich wieder im Griff. »Aber nicht hier in Brüssel. Oder in Straßburg. Ich weiß nicht, ob Sie sich das vorstellen können. Aber hier folgt Sitzung auf Sitzung und Einladung auf Einladung. Da war keine Zeit für eine Geliebte.«

Es sei denn, dachte Stoevesandt, die besagte Frau war ohnehin den ganzen Tag an seiner Seite. Das würde auch erübrigen, dass man sich Mails schickt oder anruft. Und eine gemeinsame Nacht war immer mal drin.

Bialas nickte. »Wir haben uns den Terminkalender von Ewald Angelhoff angeschaut. Ich habe mich gefragt, wann er eigentlich zum Essen kam.«

»Wir haben hier im Gebäude mehrere Restaurants und Snack-Bars, von denen man sich etwas kommen lassen kann. Und dann kann man sich problemlos bei den vielen Veranstaltungen durchfuttern, die hier in Brüssel ständig stattfinden. Manchmal habe ich den Eindruck, dass die halbe Stadt vom Catering für die EU lebt.«

»Was sind das für Veranstaltungen?«

»Informationsveranstaltungen, Workshops, Gesprächsrunden für den Meinungsaustausch. Von Verbänden, von Unternehmen, von Organisationen oder Think Tanks, also von Instituten, die mit einem bestimmten Thema Einfluss nehmen wollen. Und überall gibt's Häppchen und nicht selten ganze Menüs. Wenn Sie möchten, können Sie als EU-Beamter oder als Abgeordneter jeden Tag sieben solcher Events mitmachen. Herr Angelhoff ist nur noch zu den wichtigsten gegangen, seit er den Vorsitz im ENVI hatte. Nur zu denen, wo er unbedingt hinmusste. Aber verhungern muss man hier wirklich nicht. Woher haben Sie das mit der Geliebten?«

Stoevesandt sah Bialas an. Er musste entscheiden, ob er die Quelle preisgab.

»Von einem angeblich sehr guten Freund von Ewald Angelhoff. Er wusste nur nicht, wo diese Frau lebt.«

Wieder schüttelte sie leicht den Kopf. »Nein, das klingt absurd, wenn Sie mich fragen. Auf jeden Fall nicht in Brüssel und nicht in Straßburg. Sie können mir glauben, das wäre mir nicht entgangen.«

Bialas nickte und fragte: »Wo leben Sie? Immer hier in Brüssel?«

»Nein, ich bin in Heidelberg zuhause. Ich bin, wie die Abgeordneten auch, jede Woche hin- und hergefahren. Hier in Brüssel habe ich nur eine ganz kleine Wohnung, gemeinsam mit einer Frau, die das Büro eines anderen deutschen Abgeordneten leitet.«

»Das ist sicher dann auch nicht einfach für die Familie«, meinte Bialas. Stoevesandt war der Hintergedanke sogleich klar. Andreas wollte etwas mehr über Frau Bethke erfahren.

»Ich habe einen Sohn, der ist fünfundzwanzig und braucht mich nicht mehr. Und meinen Mann, den brauche ich nicht mehr.« Sie lächelte zum ersten Mal. Sogar ein bisschen schelmisch. »Es ist anstrengend. Aber ich liebe diesen Job. Er erfüllt mich. Und man gewöhnt sich an die Reiserei und den ständigen Wechsel.«

»Was wird jetzt aus Ihnen?«

»Ich habe bereits Angebote von anderen Abgeordneten. Da muss ich mir keine Sorgen machen. Ich denke, wenn die neue Parlamentsperiode beginnt, dann habe ich wieder einen Job. Und wenn es beim Nachfolger von Herrn Angelhoff ist. Da rückt ja jemand nach.«

»Und warum sind Sie jetzt in der Sommerpause hier in Brüssel?«, fragte Bialas.

Sie deutete auf die Kartons und Unterlagen auf dem kleinen Tisch. »Jemand muss ja die ganzen Sachen sichten und zusammenräumen. Ich wollte eigentlich wegfahren. Daraus ist jetzt nichts geworden. Ich habe erst mal alle Unterlagen von Herrn Angelhoff hierhergebracht. Aus dem ENVI-Büro und aus seiner Wohnung. Die Wohnung ist jetzt so weit leer. Nur das Mobiliar ist noch da. Ich konnte mit seiner Frau noch nicht vernünftig über die Wohnungsauflösung reden. Sie ist völlig kopflos. Aber das muss sie wohl nun selbst auf die Reihe bekommen.«

»Was machen Sie mit den Unterlagen?«, fragte Bialas, und Stoevesandt sah ihm an, dass er dabei überlegte, wie die Stuttgarter Polizei am besten an die Sachen herankam.

»Nun, ich habe versucht, erst einmal alles zu ordnen. Zum Teil werde ich wieder etwas an den Ausschuss zurückgeben, wenn es dessen Arbeit betrifft. Zum Teil soll es an die Partei gehen, an den Landesverband. Und den Rest, mit dem ich nicht weiß, wohin, werde ich an die Witwe schicken.«

»Haben Sie bei der Sichtung auch so etwas wie eine Namensliste gefunden?« Bialas musste sich sichtlich zusammenreißen, um sich seine Anspannung nicht anmerken zu lassen. »Herr Angelhoff hat sie wohl kurz vor seinem Tod für den Verband der Deutschen Chemie-Industrie zusammengestellt.«

»Die Liste, die Herr Dr. Gapka und Herr Dr. Montabon gesucht haben?«

»Sie haben sie hier gesucht?«

»Sie waren in seiner Wohnung. Kurz nach seinem Tod. Hier lag noch ein Schlüssel für das Apartment. Den habe ich ihnen gegeben. Und die Unterlagen hier haben sie auch alle durchforstet. Ich weiß leider gar nichts von einer solchen Liste. Normalerweise war ich in solche Vorgänge immer involviert.«

»Und die beiden haben nichts gefunden?«

»Nein.«

»Haben die auch seinen Computer durchsucht, nach dieser Liste?«

»Nein. Es muss reines Papier gewesen sein. Nur ein Ausdruck. Das hat mich eben auch gewundert. Dass diese Liste nur auf Papier existieren soll.«

Bialas seufzte wieder. »Frau Bethke, eine andere Sache: Wie Sie sagten, war der Alltag von Herrn Angelhoff sehr arbeitsintensiv. Kann es sein, dass er sich da manchmal mit Medikamenten oder Drogen wach gehalten hat?«

Wieder sah sie ihn erstaunt an. »Er hatte eher das Problem, abends runterzukommen. Wenn, dann hätte er Schlaftabletten genommen. Aber soweit ich weiß, nahm er gar nichts. Abends ein bisschen zu viel Alkohol – das war eher ein Thema. Und Drogen schon gar nicht. Auf Dauer schafft man damit das Pensum nicht – oder die Umgebung merkt etwas. Wir haben hier einige Fälle ... Aber nicht Herr Angelhoff.« Sie war sich wieder sehr sicher.

»Noch eine Frage, Frau Bethke. Dann lassen wir Sie weiter Ihre Arbeit machen. Wer hatte Zugang zum Personalausweis von Herrn Angelhoff?«

Sie wurde nun fast ein bisschen aufgeregt. »Niemand. Normalerweise. Aber vor einiger Zeit muss Herr Angelhoff

ihn verloren haben. Er hatte das noch gar nicht bemerkt, da hat jemand am Eingang den Ausweis abgegeben.«
»Und dort hat man nicht notiert, wer das war?«
»Nein. Ich kann Ihnen nicht einmal sagen, wer genau den Ausweis angenommen hat.«
»Wissen Sie noch, wann das war?«
Sie überlegte. »Das muss am 25. oder 26. Juni gewesen sein. Ich weiß das deswegen, weil wir hier unheimlichen Stress hatten, weil in der Arbeitswoche sowohl Ausschusssitzungen als auch Fraktionssitzungen stattgefunden haben.«
Stoevesandt zweifelte keinen Moment an dem hervorragenden Erinnerungsvermögen der Büroleiterin. Er meinte sich zu erinnern, dass die Waffe nach den Unterlagen des Waffenhändlers Anfang Juli gekauft worden war, also kurz nachdem der Ausweis abhanden gekommen war. Bialas zog wieder mal sein Taschentuch heraus.
»Gut, Frau Bethke«, meinte er, nachdem er das Stofftuch wieder in der Hosentasche deponiert hatte. »Sie haben uns auf jeden Fall geholfen. Und ich möchte mich für Ihre Geduld bedanken. Wenn wir noch Fragen hätten, können wir ja sicher noch mal auf Sie zukommen.« Er erhob sich.
Anette Bethke zögerte nun, blieb sitzen und gab sich dann einen Ruck und sprach: »Eines möchte ich Ihnen noch sagen. Sie haben mich jetzt verschiedene Dinge gefragt. Und ich konnte darauf wohl keine befriedigenden Antworten geben.« Einen Moment schien sie nicht richtig zu wissen, wie sie weitersprechen sollte. »Wissen Sie, der Tod von Herrn Angelhoff ist mir doch auch sehr nahe gegangen. Und wie ich schon sagte: Ein Selbstmord ist für mich einfach nicht vorstellbar. Das wäre seiner einfach nicht würdig.«
Zum ersten Mal verlor sie ein wenig die Fassung und zeigte Gefühle. Ihr Gesicht war schmerzlich verzogen. Sie riss sich wieder zusammen. »Ich gehe davon aus, dass Sie nicht nur ins Blaue hinein fragen. Ihre Fragen haben sicher einen Hintergrund, der mir in meiner täglichen Arbeit mit

Herrn Angelhoff verborgen geblieben ist. Es gibt eigentlich nur einen Punkt – das ist so eine Art weißer Fleck auf der Landkarte.« Sie zögerte etwas. »Herr Angelhoff hatte eine anonyme Freemail-Adresse.«

»Ein anonymes E-Mail-Konto?«, fragte Bialas erstaunt. »Luca hat nichts dergleichen auf seinen Computern gefunden«, informierte er Stoevesandt. »Angelhoff hatte ein Netzwerk, mit dem er von jedem Standort aus auf alle seine Programme und Daten zugreifen konnte.«

»Nicht bei diesem«, meinte Frau Bethke. »Diese Mails konnte er nur von hier verschicken und empfangen. Kommen Sie.« Sie erhob sich und führte sie in das Büro des ehemaligen Besitzers. Es wirkte schon recht leer und aufgeräumt. Sie startete den Computer. Auf der Bildschirmoberfläche erschien unter vielen anderen ein Icon von SAFe-mail mit einem Logo, das an einen kreisrunden Tintenfleck erinnerte. Frau Bethke klickte darauf, und es erschien eine Maske, die ein Kennwort forderte. »Niemand kennt das Passwort. Das wusste nur Herr Angelhoff.«

Wie kam die SoKo Glemswald an diese Daten ran? Es war der reflexhafte Gedanke eines Kriminalkommissars. Und auch Bialas zog wieder sein Taschentuch hervor. Frau Bethke in ihrer korrekten Art würde niemals erlauben, dass Andreas die Kiste einfach mitnahm, was der mit Sicherheit am liebsten getan hätte.

»Wir müssen über den Provider gehen. Und noch mal die belgischen Kollegen bemühen«, meinte Bialas und sah missmutig auf den Bildschirm. »Gibt es irgendeine Möglichkeit, dass diesen Computer erst mal niemand anrührt?«

Frau Bethke überlegte. »Das ist das Eigentum der Europäischen Union. Sonst hätte ich ihn der Witwe schicken können. Aber ...« Dann hatte sie eine Idee: »Ich kann ihn an OLAF überstellen. Das ist das Europäische Amt für Betrugsbekämpfung. Auf Französisch: Office Européen de Lutte Anti-Fraude. Das ist so eine Art innerbehördliche Polizei für Betrugs- und Korruptionsbekämpfung in der

Europäischen Union und bei den EU-Behörden. Ob die mit Ihnen zusammenarbeiten werden, weiß ich natürlich nicht. Aber sicher wäre der Computer erst mal.«
Bialas nickte heftig. »Tun Sie das. Den Rest bekommen wir schon hin.«

Die Ex-Büroleiterin von Ewald Angelhoff begleitete sie wieder durch das großräumige Labyrinth des EU-Parlaments bis zur Einlassschleuse. Sie entließ sie diesmal an dem Ausgang, der in Richtung zum Place du Luxembourg lag. Als die beiden Kommissare den großen Platz überquerten, über dem, im Halbrund schwebend, ein futuristischer verglaster Steg die EU-Gebäude verband, sagte Bialas zu Stoevesandt: »Ich werde meine Leute natürlich auf die übrigen Mitarbeiter von Ewald Angelhoff ansetzen, damit wir rausbekommen, ob da irgendetwas gelaufen ist zwischen Büroleiterin und Chef. Aber wenn das die Geliebte war, die Gapka gemeint hat, dann ist die Frau unglaublich cool.«

Freitag, 9. August 2013

I

Den Rest der Woche musste sich Stoevesandt intensiv um die eigenen Angelegenheiten kümmern. Er spürte, dass er selbst solche kleineren Reisen mittlerweile als belastend empfand. Und es war einiges liegengeblieben. Der Staatsanwalt machte Druck in Sachen Landesbank. Stoevesandt rief die Truppe von Stephan Ströbele zusammen und ließ sich berichten. Dann kümmerte er sich um Charlotte Zahn und den EnBW-Deal. Im Grunde genommen war dies eigentlich kein Fall für die Wirtschaftskriminalisten. Natürlich musste man das Aktiengesetz und das Kontroll- und Transparenz-Gesetz kennen. Aber das reichte in diesem Falle einfach nicht. Der Rückkauf der EnBW-Aktien war per Notbewilligung besiegelt worden, vorbei am Landtag. Da musste man auch prüfen, ob dies nach den Verfassungen von Bund und Land überhaupt rechtens war. Auch Vorgaben der Landeshaushaltsordnung waren ganz augenscheinlich missachtet worden, die man ebenfalls aufarbeiten musste. Damit war Frau Zahn trotz ihrer Erfahrung und Akribie leicht überfordert.

Auch beim Porsche-VW-Abenteuer musste sich Stoevesandt aufs Laufende bringen. Vor allem die Ermittlungen gegen Mitglieder des Porsche-Aufsichtsrats wegen Beihilfe zur Marktmanipulation standen unter hohem Druck. Bestimmte Gesetzesverstöße, wenn sie denn stattgefunden hatten, würden demnächst verjähren. Der Staatsanwalt wollte so schnell wie möglich Ergebnisse sehen. Doch bei Rudolf Kuhnert und seinen Zuarbeitern machte er sich keine Sorgen. Rudolf kristallisierte die Ansätze der Ermittlungen heraus und verteilte die einzelnen Aspekte auf sein Team, das ebenso unaufgeregt und systematisch wie er die Arbeit erledigte. Schneller konnten sie einfach nicht liefern.

Es kamen neue Fälle hinzu. Die Schwerpunktstaatsanwaltschaft für Wirtschaftskriminalität hatte dem Landeskriminalamt die Ermittlungen gegen einen Immobilienkonzern übertragen. Das Unternehmen besaß in fast jeder größeren Stadt in Baden-Württemberg Mietwohnungen, die es jedoch erbarmungslos verkommen ließ oder aber als Eigentumswohnungen verkaufte und die Mieter vor die Tür setzte. Nun wollte die Stadt Freiburg gegen die Wohnungsgesellschaft klagen. Denn die Stadt hatte ihr eine stattliche Anzahl von Wohnungen zur Verwaltung übertragen und den Mietern einige Garantien gegeben, die nun mit Füßen getreten wurden. Doch kurz bevor die Klage publik wurde, verkaufte der Geschäftsführer der Immobiliengesellschaft Anteile des Unternehmens im Wert von fast fünf Millionen Euro. Wohl wissend, dass der Aktienkurs nach Bekanntwerden der gerichtlichen Auseinandersetzung in den Keller rauschen würde und die Käufer, die vorher im guten Glauben an den Wert des Unternehmens Anteile gekauft hatten, gründlich übers Ohr gehauen wären. Verbotenen Insider-Handel nannte man das im wirtschaftsjuristischen Fachjargon. Die Staatsanwaltschaft hatte Razzien an allen drei Standorten angeordnet, um Beweismaterial zu sichern. Der Fall war komplex, und Stoevesandt überlegte, wen er mit der Führung der Ermittlungen betrauen sollte. Rudolf Kuhnert wäre der Richtige gewesen – wenn nicht der Porsche-VW-Fall ihn gebunden hätte.

Eine weitere Durchsuchung kam hinzu. Eine Gemeinschaftspraxis von Radiologen stand unter dem Verdacht des Abrechnungsbetruges. Die Kassenärztliche Vereinigung hatte festgestellt, dass regelmäßig teure diagnostische Verfahren abgerechnet wurden, die nicht im Verhältnis zu den Krankheiten standen, die damit abgeklärt werden sollten, und zwar in einem solchen Maße, dass nicht einmal die Kassenärztliche Vereinigung mehr ein Auge zudrücken konnte. Stoevesandt wusste sofort, dass dies ein Fall für Nicole Marinescu war. Aber auch hier war eine schnelle Einarbeitung notwendig und die minuziöse Vorbereitung der Razzia.

Irgendwann wunderte sich Stoevesandt einen Moment, dass Winfried Bechtel ihn gar nicht zur Berichterstattung über die Brüssel-Reise einbestellte. Doch was hätte der Inspektionsleiter auch Neues erfahren sollen? Mit Sicherheit hatten er und Dr. Gapka schon ausführlich telefoniert. Und vielleicht wusste Bechtel schon, bevor er das Gespräch mit Gapka in Auftrag gegeben hatte, von Angelhoffs Geliebter und benutzte Stoevesandt nur, um selbst im Hintergrund bleiben zu können. Die häufige Akteneinsicht stieß ja dem Staatsanwalt und den Kollegen der Sonderkommission jetzt schon sauer auf. Von Bechtel über Parteiwege von einer Liebschaft des Toten zu erfahren, hätte bestimmt für Ärger gesorgt.

Der Fall Angelhoff wurde jedoch zur Nebensache. Im eigenen Hause war zu viel zu tun, und es gab auch keinen Grund für ihn, sich mit den Ermittlungen der SoKo Glemswald zu befassen. Das Einzige, was Stoevesandt noch beisteuern wollte, war ein weiterer vertraulicher Auftrag für Rudolf Kuhnert und Nicole Marinescu. Nach einer Sitzung der gesamten Abteilung bat er die beiden in sein Büro.

»Dr. Fabian Montabon, Mitarbeiter bei der Europäischen Kommission. Spielt immer wieder eine Rolle im Fall Angelhoff«, informierte er die beiden. »Könnt ihr euch mal schlau machen, wer das ist und wie seine finanziellen Verhältnisse aussehen? Natürlich nur außerhalb der regulären Arbeit. Für Sie, Nicole, heißt das: Nur dann, wenn Sie die Radiologen-Geschichte im Griff haben. Und mit der nötigen Diskretion.«

Die beiden nickten, und Nicole bekam mal wieder rosige Wangen.

Wochenende, 10. und 11. August 2013

I

Es wurde ein ruhiges Wochenende. Stoevesandt ging nur am Samstagvormittag kurz ins Landeskriminalamt, um ein paar interne Verwaltungsaufgaben zu erledigen, die durch die Fahrt nach Brüssel liegen geblieben waren.

Ines hatte das ganze Wochenende frei, worüber sie wirklich froh war. Dennoch wirkte sie in sich gekehrt und bedrückt.

Stoevesandt sprach das Thema nicht an. Obwohl ihm die Geschichte vom Bruder des Spiegel-Journalisten Volker Petersen wirklich nahe gegangen war. Doch zu groß war seine Angst, dass das Ganze wieder in Diskussionen über vorzeitige Ruheständebund die Rückkehr nach Norddeutschland enden würde.

Er las noch etwas im »Schatten in uns« – und ließ kaum ins Bewusstsein, dass er Schattenseiten nur in anderen sah. Bei sich selbst sah er da nichts. Er überflog einige Seiten, auf denen es über Mythologie und Traumdeutung ging. Das waren die Stellen, die Kapodakis als tiefenpsychologische Bohrungen bezeichnet hatte. Auch Stoevesandt war das alles zu abgehoben und metaphysisch.

Dann kamen wieder Passagen, die ihn fesselten. »›Lieber sterben als das Gesicht verlieren!‹ – So denken Menschen mit einem hohen Ich-Ideal ...« Menschen – so führte die Autorin aus –, bei denen hinter dem idealen Selbstbild immer etwas sehr Grundsätzliches stand: die Frage nach den Werten, an deren Verwirklichung man sein Leben misst. Wird beispielsweise das Leitbild, immer fair oder immer redlich zu sein, zu einem absoluten Muss, dann wird ein unfaires oder unredliches Verhalten als Versagen, ja als Katastrophe empfunden. Man verliert das Gesicht.

Diese Passage ließ für Stoevesandt den Fall Angelhoff plötzlich in einem ganz neuen Licht erscheinen. Wer sagte denn, dass ein Mensch sich nur umbrachte, weil er depressiv war? Vielleicht war es ja doch ein Freitod, weil Angelhoff sonst das Gesicht verloren hätte. Stoevesandt wurde bewusst, dass er Andreas Bialas immer noch nicht über die befremdlichen Ungereimtheiten bei Ewald Angelhoffs Finanzen aufgeklärt hatte. Mit Rücksicht auf Rudolf Kuhnert und dessen Quellen natürlich. Aber vielleicht lag ja gerade hier ein Schlüssel zu dem Fall ...

2

Sie hatten keine Lust wegzufahren. Aber die Beine vertreten mussten sie doch. Durch die Gewitter war es deutlich abgekühlt, doch die Sonne schien und das Wetter war ideal für einen ausgiebigen Spaziergang. Das grüne U von Stuttgart bot dazu Gelegenheit inmitten der Stadt.

Alte und jüngere Parkanlagen, Schrebergärten und Brachen waren durch Gartenschauen im Laufe der Jahrzehnte so verbunden worden, dass die größte Parkanlage der Stadt entstanden war. Man konnte vom Schlossplatz über den oberen, mittleren und unteren Schlossgarten, über den Rosensteinpark hinauf zum Pragsattel gehen und weiter über den Wartbergpark hoch zum Höhenpark auf dem Killesberg, und durch ein kurzes urbanisiertes Stück erreichte man sogar den langgestreckten Kräherwald. Jeder einzelne Abschnitt hatte seine eigene Geschichte, sein eigenes Gesicht und seinen eigenen Charakter.

Die ganze Strecke wäre sicher eine Tageswanderung gewesen. Stoevesandt und Ines erreichten den unteren Schlossgarten von ihrem Zuhause aus zu Fuß. Familien, die

Picknick machten, Gruppen von Jugendlichen, die laut Musik hörten und – weiß der Teufel was – tranken und rauchten, gaben hier den Ton an. Man musste aufpassen, dass man nicht von Radfahrern oder Inline-Skatern über den Haufen gefahren wurde. Im Rosensteinpark, einem alten Landschaftsgarten im englischen Stil, ging es beschaulicher zu. Schon die weiten Rasenflächen und die uralten, hohen Bäume strahlten Ruhe und Besinnlichkeit aus. Über den Wartbergpark, eine Kunstlandschaft aus Seen und Skulpturen, verwoben mit Rasen, gingen sie hinauf zum Killesberg. Bei diesem Wetter herrschte überall ein buntes Treiben. Jogger, Familien mit Kindern, Leute mit Hunden und Liebespaare – alle waren hier unterwegs. Der alte Höhenpark mit seinen Kunstseen, seinem alten Baum- und Buschbestand und den schön arrangierten Staudenbeeten hatte einen Reiz, der immer noch die Massen anzog und dem sich auch die Stoevesandts nicht ganz entziehen konnten.

Trotzdem hatten sie bald genug. Die vielen Leute, die asphaltierten oder geschotterten Wege – das alles erschöpfte sie. Die Beine taten ihnen weh, mehr als nach einer stundenlangen Wanderung. So beschlossen sie, mit der S-Bahn zurückzufahren, und machten sich zuhause noch einen gemütlichen Nachmittag.

3

FELICITAS

Das Wochenende war die Hölle. Er war am Wochenende meistens dagewesen, und das Haus hatte gelebt. Jetzt war da nur noch tote Leere, und die Stille schrie sie an.

Sie hatte das Radio angeschaltet und bald wieder abgedreht. Der fröhlich plaudernde Ton der Moderatorin war unerträglich.

Sie dürfe nicht länger alleine hier wohnen, hatte der Arzt gesagt und darauf gedrängt, dass sie in die Einliegerwohnung von Elisabeth zog. Wahrscheinlich hatte er recht. Sie nahm immer mehr ab. Sie konnte das eingefallene Gesicht im Spiegel selbst kaum noch ertragen. Und sie spürte, dass sie immer kraftloser wurde.

Die Haushälterin kaufte für sie ein. Der Kühlschrank quoll über von Lebensmitteln. Aber diese geistig minderbemittelte Frau war nicht in der Lage, etwas Gescheites herzuschaffen. Sie fragte, was sie denn mitbringen sollte, und wenn sie einfach nicht in der Lage war, ganz genau zu sagen, was sie wollte, mit genauer Bezeichnung und Marke, dann brachte dieses beschränkte Wesen fette Wurst und Fertiggerichte, die sie ohnehin nicht hinuntergebracht hätte.

Unter der Woche war die Haushälterin immerhin der einzige Mensch in ihrer Nähe. Doch die Frau, die zuvor ruhig und akkurat ihre Arbeit erledigt hatte, huschte nun wie ein Schatten durch das Haus, sprach sie nur an, wenn's gar nicht anders ging. Sie vermied den Kontakt zu ihr, als ob sie aussätzig wäre.

Ewalds Bruder Wilhelm meldete sich immer wieder mal, um in seiner unbeholfenen Art nach ihrem Befinden zu fragen. Aber viel reden konnte sie nicht mit ihm. Sie beide fanden einfach keinen Draht zueinander.

Eine der Frauen, mit denen sie sich regelmäßig zu ihrem Kränzchen getroffen hatte, meinte, sie solle doch wieder kommen. Doch als sie abgesagt hatte, merkte sie wohl, dass die Freundin fast erleichtert war. Ein trauernder Mensch stört im geselligen Kreis.

Barbara ließ gar nichts mehr von sich hören. Und das war vielleicht sogar besser als diese verächtlichen Blicke und die verletzenden Bemerkungen, sie lasse sich gehen. Sie wusste selbst, dass sie momentan nicht besonders auf sich achtete.

Aber wofür auch? Das Leben war so hohl geworden. Ihr kam alles so sinnlos vor. Selbst die Arbeit für die musikalische Frühförderung, die ihr so viel gegeben hatte, empfand sie angesichts des Todes fast als unanständig.

Natürlich wurde sie auch nicht mehr von Ewalds Freunden und Parteigenossen eingeladen. Ohne ihn war sie ein Nichts für die. Die gesellschaftlichen und geselligen Verbindungen zu diesen ehrenwerten Leuten waren schlagartig abgebrochen.

Nur dieser Dr. Gapka hatte gestern noch mal angerufen. Nicht wegen ihr – das war ihr klar. Auch wenn er scheinheilig gefragt hatte, ob er etwas für sie tun könne. Es war ihm doch nur um Ewalds Unterlagen gegangen – um sonst gar nichts. Um irgendwelche Listen, die er dringend benötige. Und wo die wohl sein könnten in Ewalds Büro. Sie hatte ihm nichts von dem Safe gesagt, genausowenig wie der Polizei. Der war verschlossen geblieben bis jetzt und sollte es auch bleiben. Ebenso wie das Bankschließfach, dessen Schlüssel noch immer in der Schatulle mit dem Modeschmuck lag.

Es war ihr in den letzten Tagen immer wieder durch den Kopf gegangen, ob es nicht das Beste wäre, ein paar Tabletten zu besorgen und Ewald zu folgen. Vielleicht gab es ja doch einen Himmel, und sie würden beide wieder vereint sein. Doch im Grunde wusste sie, dass sie dazu zu feige war.

Sie hatte in den letzten acht Tagen Ewalds Büro nicht mehr betreten. Jetzt ging sie wieder in den Raum, in dem die Anwesenheit des geliebten Mannes noch so schmerzhaft gegenwärtig war. Sie schob die Bücher im Regal ein wenig zur Seite, sodass sie gerade einen Spalt des Safes sehen konnte. An diesem späten Sonntagabend dachte sie zum ersten Mal: Vielleicht finde ich ja doch einmal die Kraft, um beides zu öffnen, den Safe und das Schließfach.

Sie setzte sich in den schweren Ledersessel und starrte auf diesen Spalt wie das Kaninchen auf die Schlange. Er hat sich nicht umgebracht! Das darf nicht so stehen bleiben! Wieder war ihr, als käme diese Botschaft direkt von ihm.

Dann nahm sie die Bücher aus dem Regal. Die Tür des kleinen Safes wurde nun ganz sichtbar. Sie kannte die Nummernkombination, und sie wusste, was drin war. Ihr Schmuck war hier deponiert. Nicht viele, aber die wertvollen Stücke, die sie eigentlich nur sehr selten trug. Ewald hatte hier manchmal Dokumente aufbewahrt. Was augenblicklich von ihm drin war, wusste sie nicht. Sie wartete, nachdem das Schloss den typischen Öffnungsklick von sich gegeben hatte, und ließ die Hände sinken. Dann fand sie schließlich die Kraft, die Safe-Tür zu öffnen.

Nichts war darin. Nichts, was sie nicht kannte. Da war die Schatulle mit ihrem Schmuck, der vollständig vorhanden war. Und die beiden kleinen Kästchen, in denen Ewald zwei sehr wertvolle Uhren aufbewahrte. Auch die waren an Ort und Stelle. Es fehlte nichts, aber ansonsten war auch nichts Weiteres in diesem Safe.

Der Schlüssel, dachte sie. Wenn Ewald irgendeine Überraschung – ob eine gute oder schlechte – für sie bereit hielt, wenn irgendwo noch etwas lag, das das Geschehene erklären konnte, dann lag es in diesem vermaledeiten Schließfach, von dem sie zuvor nie etwas gewusst hatte. Und den Schlüssel zu nehmen, hinzugehen und das Fach zu öffnen – dazu fehlte noch bei Weitem die Kraft und der Mut.

Eine Weile noch starrte sie in das Dunkel des offenen Safes. Wieder überkam sie dieser Katzenjammer, der Schmerz der Verlassenheit und Einsamkeit. Sie schloss den Safe, ohne die Bücher wieder an ihren Platz zurückzustellen.

Dann beschloss sie, morgen ein paar Sachen zu packen und das Angebot von Elisabeth anzunehmen. Sie mochte deren Mann nicht besonders und konnte auch mit den drei Kindern nichts anfangen. Aber in der kleinen Einliegerwohnung konnte sie sich ja zurückziehen und war trotzdem sozusagen unter Menschen, die nach ihr schauten und sie versorgten. Sie musste irgendwie überleben.

Montag, 12. August 2013

I

Am Montagvormittag rief Andreas Bialas Stoevesandt an, um ihm zu sagen, dass man Friedebald Frenzel von dem Fall Angelhoff abgezogen hatte. Der Oberstaatsanwalt der Hauptabteilung I und der Leitende Oberstaatsanwalt waren der Auffassung gewesen, dass Frenzel sich verrannt habe.

Dienstag, 13. August 2013

I

Am nächsten Tag meldete sich Staatsanwalt Dr. Gäbler bei Stoevesandt. Er teilte ihm mit, dass er den Fall Angelhoff nun bearbeite und am folgenden Tag eine ausführliche Besprechung mit den zuständigen Kriminalbeamten angesetzt hatte. Es war weniger eine Bitte als vielmehr eine Order, als er sagte: »Ich erwarte Ihre Anwäsenheit äbenfalls.«

Dr. Gäbler sprach abgehackt mit einer schnarrenden Stimme und in einem Honoratioren-Schwäbisch, das dem Slogan ›Wir können alles außer Hochdeutsch‹ alle Ehre machte.

Stoevesandt hatte überhaupt keine Lust, in die Reibereien hineinzugeraten, zu denen es nun unweigerlich zwischen Kripo und Staatsanwaltschaft kommen würde. Frenzel konnte man kaltstellen. Aber Bialas würde nicht so leicht umschwenken, nur weil ein Staatsanwalt ein bestimmtes Ermittlungsergebnis wünschte.

»Ich gehöre der Sonderkommission nicht an, Herr Dr. Gäbler. Von daher hat meine Teilnahme wenig Sinn.«

»Aber Sie – Sie haben doch – Herr Schdövesand – Sie haben doch erschd die Ermittlungen in eine Richtung gebracht – in eine Richtung, wo jetzt jedes fadenscheinige Indiz – da wird jetzt jedes Indiz weiterverfolgt, das eine Fremdeinwirkung vielleicht – vielleicht erahnen lassen könnte. Ohne Schdringenz. Des ischt ein furchtbares Durcheinander – in dieser Ermittlung. Nur weil Sie mal mit dem Herrn Angelhoff telefoniert haben und der einen Hinweis auf Unregelmäßigkeiten bei einer Firma gegäben hat.«

»Herr Dr. Gäbler, ich glaube nicht, dass ich da noch etwas beitragen kann. Das Gespräch mit Herrn Angelhoff habe ich zu Protokoll gegeben. Alles andere ist meines Erachtens nun die Sache der Stuttgarter Polizei.«

»Aber Sie waren doch auch in Brüssel dodabei.«

»Weil Herr Dr. Bechtel das wünschte.«

»So – und das wünscht er nun äben auch wieder – dass Sie morgen da noch mal dabei sind, Herr Schdövesand – damit mir des Ganze abschließen können.«

Stoevesand spürte, wie sich ihm förmlich die Nackenhaare sträubten. Winfried Bechtel ließ ihn nach seiner Pfeife tanzen wie eine Marionette. Aber warum und zu welchem Zweck? Der erfuhr doch über andere Quellen genug. Bestimmt auch über diesen Staatsanwalt. Es konnte eigentlich nur darum gehen, dass auch ihm von der übergeordneten Stelle der Staatsanwaltschaft ein Riegel vorgeschoben werden sollte. Bei allem, was nicht in die Suizid-These passte. Ohne dass Herr Dr. Bechtel offizielle Anweisungen geben musste, bei Dingen, die ihn eigentlich nichts angingen.

Doch es half alles nichts. Der Kelch ging nicht an ihm vorüber. Wenn sein Vorgesetzter dies wünschte, musste auch er beim Staatsanwalt vortanzen. Vor allem tat Andreas ihm leid. Er selbst war ja die ganze Zeit nur Zaungast dieser Ermittlungen gewesen. Aber Andreas musste den Kopf hinhalten. Gegenüber der Staatsanwaltschaft, wenn er weiter in eine unerwünschte Richtung ermittelte. Oder aber gegenüber einer Öffentlichkeit, vielleicht auch gegenüber Angehörigen, die die vielen Ungereimtheiten des Falles nicht auf sich beruhen ließen.

Mittwoch, 14. August 2013

I

Es kam, wie es kommen musste. Die Besprechung bei Dr. Gäbler in der Staatsanwaltschaft Stuttgart war der reinste Spießrutenlauf.

Andreas Bialas, Hanna Stankowski und der Böblinger Kripo-Beamte waren für die Leitung der Sonderkommission Glemswald anwesend. Stoevesandt vervollständigte das Quartett, das einem temperament- und emotionslosen Staatsanwalt gegenüberstand. Dr. Gäbler war ein hagerer Mann mit dichtem, grauschwarzem Haar und einer markanten Hakennase. Pragmatisch und zielgerichtet leitete er die Sitzung, der er gleich vorneweg das Ergebnis vorgab: »So wie sich mir das darschdellt – meine Herren, Frau Stankowski – die bisherigen Ermittlungen – die schdellen sich mir so dar, dass Sie in alle möglichen Richtungen recherchiert haben – in alle Richtungen – und ob die alle relevant sind – das frage ich mich schon. Wir müssen da eine Linie reinbringen – also eine Linie: Was ischt tatrelevant und was nicht.«

Dann ging er anhand der Akten systematisch die Ermittlungsergebnisse durch. Einige Punkte waren schnell abgehakt. An anderen gingen genau die Querelen los, die Stoevesandt erwartet hatte.

Der Obduktionsbericht war der erste Anlass. Andreas Bialas machte auf die fehlenden Blutspritzer an der Schusshand und den ungewöhnlichen Einschusswinkel aufmerksam.

»Ischt das als unzweifelhafter Beweis zu werten, dass eine Fremdeinwirkung schdattgefunden hat?«, wollte Dr. Gäbler wissen.

Natürlich musste Bialas das verneinen.

Die Ergebnisse der KTU wurden erörtert. Dabei kam man natürlich auch auf das Blutspurenbild und den Gegenstand zu sprechen, den Angelhoff bei seinem Tod bei sich gehabt haben musste.

Der Staatsanwalt sah sich die Bilder an und fragte dann: »Ja, dann sagen Sie mir mal – sagen Sie mir: Wo und wie haben Sie denn nach dem fehlenden Gegenstand gesucht?«

Der Kollege Hahnelt von der Böblinger Polizei verwies erst mal auf seinen Bericht und referierte dann in seinem breiten Schwäbisch: »Mir habet quasi alle befragt, die mit dem Angelhoff zusamma g'arbeitet ham. Sei Frau erscht mal; die Kanzlei, bei der der als Rechtsanwalt g'schafft hat; die Leut bei dem Abgeordnetenbüro in Stuttgart. Des isch übrigens in der Landesparteizentrale untergebracht. Also auch die Mitarbeiter sind befragt worde. Und in Brüssel habe mir auch zumindest die wichtigschde Leut in seim Abgeordnetenbüro und in dem Ausschuss, wo er g'leitet hat, telefonisch befragt. Ein Riesenaufwand ... Und kein Mensch hat a Idee, was der Angelhoff bei sich g'habt habe könnt. Es fehlt nix.«

»Bis auf eine Liste«, meinte Stoevesandt leise.

»Was für eine Lischde?«, fragte Gäbler.

Bialas informierte ihn: »In Brüssel haben ein Herr Dr. Gapka und ein Dr. Montabon eine Liste gesucht, die Herr Angelhoff angeblich für sie zusammengestellt hat. Sie haben dafür sein Büro fast auf den Kopf gestellt.«

»Und wer ischd das, diese Herren – diese Doktor soundso?«

»Dr. Gapka ist Leiter des Brüsseler Büros des Verbandes der Deutschen Chemie-Industrie. Und Dr. Montabon ist Mitarbeiter bei der EU-Kommission.«

»Ja, dann ischd das die normale Alltagsarbeit – das ischd ja ein normaler Vorgang im Rahmen von der Arbeit von Herrn Angelhoff gewesen. Da sehe ich keine Tatrelevanz«, entschied Gäbler kurzerhand, um wieder auf das Blutspurenbild zu kommen. »Der Gegenschdand, der fehlt – das scheint ebenfalls keine Relevanz zu haben. Sonscht hätt ihn ja irgendjemand vermisst. Wir wissen nicht – wer ist denn da vorbeigekommen? Da kann jemand den Toten gesehen haben und durch das offene Fenster – hat da jemand was rausgeholt. Sehen Sie Möglichkeiten, da weiter zu ermitteln?«, wandte er sich an Bialas.

Der schaute finster drein. Stoevesandt wusste genau, wie sehr die Art des Staatsanwalts ihm gegen den Strich ging. Und vielleicht hatte Andreas wie er selbst den Widerspruch in Gäblers Argumentation festgestellt: Die vermisste Liste hatte keine Tatrelevanz, und der fehlende Gegenstand ebenfalls nicht, weil den niemand vermisste. Doch der gebieterische Habitus des Staatsanwalts ließ nicht den Schluss zu, dass es einen Wert hätte, wenn man ihn darauf aufmerksam machen würde.

»Wir bräuchten einen öffentlichen Aufruf nach Zeugen. Den haben bisher der Generalstaatsanwalt und der Oberstaatsanwalt abgelehnt.«

Staatsanwalt Dr. Gäbler schnarrte, davon unberührt: »Dann schlage ich vor, dass Sie die Schdradegie – also wir machen das jetzt anders: Sie werden Beamte vor Ort – in der Regel sind das doch immer die gleichen – die Jogger oder Spaziergänger mit Hund – die lassen Sie befragen. Und haben Sie eigentlich schon diese Frau durchsucht – diese Hütte, oder was das ischd?«

»Das ist eine wichtige Zeugin«, warf Hanna Stankowski ein. Auch sie war sichtlich angespannt. »Und eine heikle Zeugin. Es ist schon recht schwierig, sie überhaupt zu befragen.«

»Dazu komme ich schpäder noch«, schnitt ihr Gäbler das Wort ab. »Jetzt noch – was ischd mit dem Haar? Das was Sie da auf Herrn Angelhoffs Kleidung gefunden haben. Haben Sie da Ergäbnisse? Ich hab nix gefunden dazu.«

»Das Haar ist analysiert. Ich habe gestern den Bericht bekommen«, meinte Bialas. »Allerdings haben wir keinen Treffer in den Dateien des Bundeskriminalamtes.«

»Na gut«, schnarrte Dr. Gäbler. »Das Haar kann ja von sonschd wem sein. Eine Reihenuntersuchung – das ischd zu aufwändig. Wo fängt man da an – wo hört man da auf. Und die Relevanz ischd mit großer Wahrscheinlichkeit sehr gering«, entschied er, um auf den nächsten Punkt zu kommen: »Haben Sie neue Fakten zu der Waffe?«

»Nur die Aussage des Waffenhändlers, dass der Käufer nicht viel größer als einen Meter siebzig war und Angelhoff wesentlich größer war. Die Handschriftenspezialisten beim BKA lassen sich leider Zeit. Wir haben immer noch kein Ergebnis, ob die Empfangsbescheinigung für die Waffe wirklich von Ewald Angelhoff unterschrieben worden ist.«

»Dann warten wir das ab«, entschied der Staatsanwalt. »So, und jetzt zu diesen ganzen Auswertungen – die Telefonate und E-Mails und was der Mann da in seinem Ausschuss für Themen bearbeitet hat – das bringt uns nicht weiter. Auch was er Ihnen da erzählt hat – Herr Schdövesand – dass er irgendeine Firma anzeigen wollte – das ischd ja alles ganz normale Arbeit von so einem Abgeordneten. Sie haben da, Herr Bialas, sehr viel Personal gebunden mit diesen Ermittlungen. Ich weiß ja nicht – also, was da Ihr Präsident dazu sagen tät. Mir ischd nämlich bei der Lektüre auch überhaupt nicht klar geworden, wieso Sie sich da so reingehängt haben.«

»Mir hend halt koi Motiv«, meinte nun der Böblinger Kollege. »Egal, mit wem mr g'schwätzt hot ... Also bei alle Befragunge – koiner kann sich erkläre, warum sich der Mann 's Leba nehma wollt.« Selbst der eiserne Verteidiger der Selbstmordthese war mittlerweile bei den Zweiflern.

»Herr Dr. Gäbler«, begann Bialas nun mit fester Stimme, »wir haben jetzt nach langen Ermittlungen in alle Richtungen nach wie vor keinerlei Hinweise auf eine Suizidgefährdung, keinerlei Äußerungen von Angelhoff selbst, die in diese Richtung gehen würden, und keinerlei Umstände, sei es finanzieller oder persönlicher Art, die eine solche Tat erklären würden. Wir müssen« – er wiederholte das Wort und betonte es – »müssen auch in die Richtung einer Fremdeinwirkung ermitteln.«

Stoevesandt ging kurz durch den Kopf, dass er die Kollegen noch immer nicht über die Widersprüche bei Angelhoffs Finanzen aufgeklärt hatte. Das Problem war, dass sie mit diesem Staatsanwalt erst recht keine richterliche Anordnung bekommen würden, die Rudolfs Recherchen im Nachhinein rechtfertigen würden. Aber Geld und Erpressung waren immer starke Motive, für welche Tat auch immer. Irgendwann musste er es Bialas sagen.

»Und was ischd mit der Geliebten?« Gäbler ging gar nicht auf die Einwände ein.

»Erste Befragungen haben ergeben, dass weder im privaten Umfeld noch in Stuttgart bei seiner Partei oder seiner Kanzlei und auch nicht in Brüssel bei seinen Mitarbeitern irgendjemand auch nur den Verdacht gehabt hätte, dass Angelhoff eine Geliebte hatte.«

»Mir ham geschdern bestimmt fuffzig Leut ang'rufe«, ergänzte der Böblinger die Ausführungen von Bialas. »'s gibt bloß ein Hinweis, den mr aber noch net einordne könnet. A Sekretärin in der Kanzlei hat ausg'sagt, dass der Herr Angelhoff zwei bis dreimal im Jahr für a paar Tag weg war. Immer so drei bis fünf Tag. Sei Witwe hat g'meint, dass er da immer a Auszeit g'nomme hat, wenn's em z'viel gworda isch. No hat er net amol ihr g'sagt, wo er isch, und war telefonisch au net zu erreicha.«

»Dann ermitteln Sie in diese Richtung weiter. Diese Firmengeschichten lassen wir. Herr Schdövesand, wie Ihr Inschbektionsleiter mir sagte – Sie sind ja momentan sehr gut ausgelaschdet – mit Ihren Themen. Da ischd Ihre Aufgabe hier – also hiermit ischd die endgültig erledigt. Und diese Geschichten mit der Europäischen Union genauso, Herr Bialas. Ich sehe nirgends eine Tatrelevanz. So, und jetzt zu dieser Obdachlosen. Die Aussage habe ich gelesen. Das ischd doch aber keine Zeugin. Wenn ich es richtig verstanden habe, ischd die geischdig verwirrt.«

»Sie ist nicht geistig verwirrt, Herr Dr. Gäbler.« Auch die sonst sehr gutmütige Hanna Stankowski war mittlerweile so verärgert, dass sie es nicht verbergen konnte. »Die Frau hat eine Posttraumatische Belastungsstörung. Sie ist einmal in einem Aufzug vergewaltigt worden und hält es seither nicht mehr in geschlossenen Räumen aus. Und das ist schon alles. Im Kopf ist sie völlig normal.«

Dr. Gäbler blieb völlig unberührt von Hanna Stankowskis Stimmung und der Geschichte. »Das ischd keine Zeugin – die kann ich nicht befragen, wenn sie nicht hierherkommen kann – oder zu Ihnen – oder in einen Gerichtssaal. Und ob die zurechnungsfähig ischd – und was die Aussage wert ischd –, das kann ich nicht beurteilen. Also fällt die als Zeugin weg. Für mich ischd das allenfalls eine Tatverdächtige, wenn es um die Entwendung – den Gegenschdand, der angeblich fehlt – den kann die genommen haben. Das ischd aber auch alles.«

Die Ausführungen des Staatsanwalts waren so kategorisch, dass erst mal Stille im Raum herrschte. Es wäre sinnlos gewesen, diesen Mann von irgendetwas anderem als seiner eigenen Meinung überzeugen zu wollen. Der nahm das Schweigen als Zustimmung und fasste zusammen: »Die Ermittlungen werden jetzt weitergeführt – es werden weitere Zeugen gesucht – richtige Zeugen – also Sie befragen Leute, die sich regelmäßig im Glemswald aufhalten. Sie informieren mich, wenn die Ergäbnisse der Handschriftenanalyse kommen. Und Sie suchen weiter nach der Geliebten – die hat er ja vielleicht bei diesen – wenn er weg war und niemand wusste, wo er dann war – also das muss geklärt werden. So.«

Damit war alles gesagt und die Sitzung beendet. Jeder wusste, wenn es jetzt nicht noch eine Überraschung gab, dann waren die Ermittlungen tot.

14. bis 16. August – WiKri-Tage

I

In den folgenden Tagen musste sich Stoevesandt intensiv um seine Abteilung kümmern. Der Fall Angelhoff trat aber auch in den Hintergrund, weil die staatsanwaltlichen Einmischungen zu einer Lähmung aller Beteiligten und der gesamten SoKo geführt haben mussten. Der sonst regelmäßige Kontakt und Informationsaustausch mit Andreas Bialas war abgebrochen. Ende der Woche teilte ihm lediglich Hanna Stankowski in einer kurzen Mail mit, dass Felicitas Angelhoff verschwunden war. Man hatte sie noch einmal zu der Geliebten und zu den seltsamen Auszeiten von Ewald Angelhoff befragen wollen. Man hoffte, dass sie sich nichts angetan hatte und würde zunächst bei den Verwandten herumfragen.

Und Kriminalrat Winfried Bechtel erinnerte Stoevesandt in seiner unnachahmlichen Art noch einmal an die verkorksten Ermittlungen.

»Sie konzentrieren sich jetzt wieder voll und ganz auf Ihre Aufgaben hier im Hause«, wies er Stoevesandt nach einer Besprechung aller Abteilungsleiter an. Er hatte ihn gebeten, noch kurz zu bleiben, und gewartet, bis alle anderen gegangen waren.

»Ich konzentriere mich immer voll und ganz auf meine Aufgaben hier im Hause.« Stoevesandt konnte es sich mal wieder nicht verkneifen, seinen Chef zu reizen.

»Sie wissen genau, was ich meine«, giftete der auch prompt. »Sie haben jetzt keine Zeit mehr für eine Unterstützung irgendwelcher Sonderkommissionen außerhalb Ihres Arbeitsbereiches. Und das gilt auch für Ihre Mitarbeiter!«

»Bisher war das kein Problem«, musste Stoevesandt noch mal nachlegen. »Solange ich für Sie die Arbeit der SoKo beobachten sollte.«

Bechtel bekam denn auch umgehend ein rotes Gesicht, seine Stimme schnappte nach oben, und er beugte sich in drohender Manier nach vorne. »Der Fall Angelhoff ist quasi abgeschlossen, und Sie und Ihre Mitarbeiter werden sich nicht mehr mit den Ermittlungen in diesem Fall befassen. Dies ist eine Dienstanweisung!«

Die Nacht von Samstag, 17. August, auf Sonntag, 18. August 2013

I

Felicitas

Der Ton heulte durch ihren Traum. Sie träumte von einem überschrillen Sirenenton, der ihr durch Mark und Bein ging und sie aus dem Schlaf riss. Einige Momente brauchte sie, um gewahr zu werden, ob sie wach war oder wirklich schlief. Als sie senkrecht im Bett saß und fast schon sicher war, dass dies kein Traum war, riss der Heulton plötzlich ab. Es war die schlagartige Stille, die ihr die Gewissheit gab, dass sie nicht träumte.

Doch wo war sie? Sie fühlte sich benommen. Am Vorabend hatte sie eine Tablette genommen, um einschlafen zu können. Sie brauchte einige Sekunden, um zu erfassen, dass sie ja zu Hause war. Weg von dieser schrecklichen Familie, diesem Pascha, der sich um nichts kümmerte, am allerwenigsten um sie. Weg von diesen Plagen, die sich ständig zankten und sich selbst beim Essen an den Haaren rissen. Weg auch von Elisabeth, die sie behandelte wie eine Sterbenskranke. Ja, so war es gewesen. Sie war geflüchtet. Nichts wie nach Hause. Und wenn sie dort verhungern würde.

Dann plötzlich hörte sie wieder Geräusche. Und die waren noch furchterregender als der schrille Ton der Alarmanlage. Denn jetzt wusste sie, dass es kein Traum war. Es waren schwere Schritte und Stimmen. Von Männern, die sich benahmen, als müssten sie keine Entdeckung fürchten. Die Fremden gingen im Erdgeschoss von Raum zu Raum. Sie sprachen in kurzen Sätzen im Befehlston miteinander. Sie konnte nichts verstehen. Das war kein Deutsch. Aber auch zu weit weg und zu dumpf durch die Tür, um eine andere Sprache auszumachen.

Sie saß aufrecht wie eine Kerze im Bett. Dann kam die Panik. Wenn die nun auch hier hoch kamen ... Zu ihr ins Schlafzimmer ... Es steckte kein Schlüssel in der Tür. Sie begann am ganzen Körper zu zittern. Ihr Herzschlag, den sie sonst kaum wahrnahm, raste. Unfähig, sich zu bewegen, starrte sie mit weit aufgerissenen Augen in die Dunkelheit, als könnte sie so besser hören oder begreifen.

Unten wurde nun gehämmert und rumort. Es klang wie von Bohr- oder Schleifmaschinen. Der Krach kam aus Ewalds Arbeitszimmer – so wenigstens verortete sie ihn. Die Männer waren nicht mehr auf dem Flur.

Mit einem Male strafften sich alle ihre Muskeln. Nackt, wie sie war, sprang sie aus dem Bett, griff nach dem leichten Negligé, das sie sich umwarf. Auf Zehenspitzen rannte sie hinüber zur Badezimmertür. Sie drückte die Klinke und öffnete die Tür, so leise sie konnte. Der Schließmechanismus der Tür, die sie hinter sich schloss, klackte erschreckend vernehmbar. Immer noch auf den Zehen, doch langsamer und vorsichtig ging sie zu der zweiten Badezimmertür, die auf den Flur hinausführte. Auch diese Verriegelung schien grausam laut zu knarren. Sie warf sich fast von innen gegen die Tür, als könne sie so verhindern, dass diese schrecklichen Männer sie aufbekamen. Dann rutschte sie, am weiß lackierten Holz entlang, auf die Bodenfliesen. Das Ohr ließ sie am Türblatt.

Drunten knackte und polterte es. Sie hatte den Eindruck, dass die Männer sämtliche Räume durchsuchten und Schränke und Schubladen aufrissen. Wie viele mochten es sein? Drei waren es bestimmt. Das meinte sie an den unterschiedlichen Stimmen erkennen zu können, die sie auch hier, im Badezimmer, nur dumpf und konturlos hören konnte. Was wollten die? War das einfach ein Raubüberfall? Ewald hatte doch extra eine Alarmanlage und Überwachungskameras installieren lassen. Das würde Einbrecher abschrecken, hatte man ihnen versichert, selbst in so wohlhabenden Gegenden wie der ihren. Und warum versuchten die erst gar nicht, leise zu sein? Hatten die gewusst, dass das Haus eigentlich leer stehen sollte?

Plötzlich hörte sie, wie schwerfällige Schritte die Treppe heraufkamen. Unterm Türspalt sah sie Licht. Sie sprang auf und machte drei Schritte zurück, als könnte sie so eine sichere Distanz zwischen sich und den Eindringling bringen. Sie hatte das Gefühl, ihr Herz bleibe stehen. Sie raffte den leichten Morgenmantel um sich und ging noch weiter nach hinten zur Dusche.

Jetzt durchsuchte der furchtbare Besucher die oberen Räume rechts, ihr persönliches Zimmer und ein Gästezimmer mit eigenem Bad. Offenbar wurde alles durchsucht, geräuschvoll und hemmungslos, als ob auf keinen heimlichen Beobachter Rücksicht genommen werden müsste. Schließlich gingen die Schritte hinüber nach links zu ihrem Schlafzimmer. Die Tür wurde hörbar aufgerissen.

Sie sackte wieder auf den Boden, den Rücken an der Duschwand. Jetzt spürte sie gar nichts mehr außer dem Schwindel. Sie war einer Ohnmacht nahe und konnte doch nicht wegtreten. Der Mann würde sehen, dass im Bett jemand geschlafen hatte. Dann würde er die Tür zum Badezimmer eintreten. Und dann ... ?

Doch die Schritte gingen zurück zur Treppe. Der Mann rief den andern mit einer kehligen Stimme etwas zu. Er ging wieder hinunter. Erst jetzt dämpften die Einbrecher etwas den Ton. Wieder folgten kurze Befehle. Es klapperte noch eine Weile. Metall schlug auf Metall. Das Licht unterm Türspalt verlosch. Dann verließen die Männer die Villa und schlugen die Tür hinter sich zu.

Felicitas saß noch eine ganze Weile an die Dusche gelehnt und horchte in die Finsternis. Sie wagte kaum zu atmen und *fror, obwohl es auch nachts immer noch recht warm war. Immer wieder mal hatte sie das Gefühl, das Bewusstsein zu verlieren. Doch die schreckliche Angst, die nicht weichen wollte, hielt sie bei Besinnung.*

Sie wusste nicht, wie lange sie so gesessen hatte, als sie endlich aufstehen konnte. Vorsichtig, als könnte sie noch jemand hören, entriegelte sie die Tür. Leise ging sie über den Flur in das Zimmer, das schon als Kind ihr ganz persönliches Refugium gewesen war. Selbst ohne Beleuchtung sah sie im dämmrigen Nachtlicht die Verwüstung. An ihrem kleinen Schreibtisch waren sämtliche Türen aufgerissen und die Inhalte der Schubladen auf den Boden entleert. Auch alle andern Schränke waren durchwühlt worden. Handarbeiten, persönliche Erinnerungsstücke und Fotos lagen auf dem Boden. Nur ihre Bücher und die Sammlung der Stücke aus Meißner Porzellan standen unbehelligt in den verglasten Vitrinen.

Mit zitternden Händen suchte sie das Telefon auf ihrem Schreibtisch und wählte die 112.

Montag, 19. August 2013

I

Stoevesandt erfuhr von dem Einbruch in die Angelhoff'sche Villa durch einen Anruf von Andreas Bialas, der zunächst sehr privat klang: »Grüß dich, Gerd. Sag mal, hast du morgen Abend schon was vor? Ich lade gerade ein paar nette Kollegen zu mir zum Grillen ein. So ganz privat. Einfach nur mal unter Kollegen. Also ohne Partner. Es kommt übrigens auch der Kollege vom Dezernat für Eigentumskriminalität, der den Einbruch heute Nacht in die Villa von Ewald Angelhoff bearbeitet. Ein netter Kerl. Er wird dir gefallen. Ich kann mir vorstellen, dass wir da einiges zum Tratschen haben. Ganz privat natürlich. Was meinst du?«

Stoevesandts Gehirn arbeitete. In Angelhoffs Haus am Bismarckturm war also eingebrochen worden ... Ein inoffizielles Treffen, weil es einen neuen Sachverhalt gab, der anders offenbar nicht kommuniziert werden konnte ... Was waren das nur für Arbeitsbedingungen? Eigentlich ein Skandal.

»Was ist mit Felicitas?«, fragte er.

Bialas antwortete nicht sofort. Dann sagte er: »Die ist okay.«

Stoevesandt verstand, dass Andreas am Diensttelefon so wenig wie möglich sagen wollte. Aber immerhin konnte er andeuten, dass die Frau offenbar wieder aufgetaucht und unversehrt war. Er überlegte kurz, wie es momentan bei Ines aussah. Sie hatte diese Woche Frühdienst. Es kam nicht oft vor, dass er abends noch Termine hatte, wenn er nicht gerade auf Reisen war. Doch er wusste, dass schon ein dezenter Hinweis bei Ines reichte, und sie verstand, dass es um Dinge ging, die nicht in die reguläre Arbeitszeit passten. Sie würde sich auch ohne ihn einen schönen Feierabend machen. Also sagte er zu.

Dienstag, 20. August 2013

I

Stoevesandt war der Erste, der in dem kleinen Reihenhaus in Gerlingen bei Andreas Bialas eintraf. Er war direkt vom Landeskriminalamt hierhergefahren, nachdem er noch fast bis sieben Uhr abends gearbeitet hatte. Auch wenn Bialas ihn mit festem Handdruck freudig willkommen hieß, hatte er doch das Gefühl, unbefugt in eine Privatsphäre einzudringen.

Andreas' Frau Thea stand in der offenen Küche, begrüßte ihn mit einem Kopfnicken, während sie weiter ein paar Häppchen auf einer Platte anordnete. Stoevesandt hatte sie einmal kurz kennengelernt – eine hübsche Frau mit rehbraunen Augen und dunklen, lockigen Haaren. Jetzt steckte sie in Sportbekleidung und erklärte ihrem Mann, wo die Salate waren und wie er das Fleisch würzen sollte. Sie war offensichtlich auf dem Sprung zu irgendeinem Fitness-Training.

Jemand polterte die Treppe in dem schmalen Einfamilienhaus herunter. Ein junger Mann kam in den Raum, der der Familie Bialas, durch Raumteiler untergliedert, als Wohnbereich und Essküche diente. Auch er steckte in einem Trainingsanzug. Er war gut einen halben Kopf größer als sein Vater und sah mit seinen dunklen Augen und dem braunen dichten Haar seiner Mutter frappierend ähnlich. Ohne jemanden zu begrüßen, maulte er seine Eltern an und mäkelte daran herum, dass an ihn wieder mal keiner denke. Er müsse schließlich auch etwas essen.

»Mach dir ein paar belegte Brote und zisch ab«, meinte Thea Bialas nur. »Wir haben dir schließlich rechtzeitig gesagt, dass du dich heute selbst verpflegen musst.«

»Hallo Alex«, sprach Andreas ihn an. »Könntest du vielleicht freundlicherweise die Menschen noch grüßen, die dir so über den Weg laufen?«

Alex warf mit einer lässigen Kopfbewegung das Haar zurück, das ihm in einer langen Tolle ins Gesicht hing. Er sah Stoevesandt kurz an, hob die Hand und sagte: »Hi.« Dann machte er sich daran, sich ein paar Brote zu schmieren, während er weiterbruddelte: »Und das Fleisch? Da krieg ich wieder nichts von. Und von dem Nudelsalat? Was ist damit?«

Seine Mutter holte einen Plastikbehälter aus einem Schieber. »Hier. Nimm dir was, aber lass den Gästen noch was über.«

Es klingelte, und Bialas, der geöffnet hatte, kam mit Hanna Stankowski zurück.

»Hallo Alex, mein Gott, bist du groß geworden«, begrüßte sie den Junior. »Schon volljährig, oder?«

»Demnächst. Aber immer noch voll pubertierend«, meinte Bialas mit ironisch-finsterer Miene. Hanna Stankowski reichte auch Stoevesandt mit einem freundlichen Nicken die Hand, als ob es nichts Selbstverständlicheres gäbe, als sich hier privat bei der Familie Bialas zu treffen.

»Und wie geht es Ihren Kindern, Frau Stankowski«, fragte Thea Bialas interessiert.

Hanna Stankowski lächelte warm. »Mein Ältester hat vor einem halben Jahr geheiratet. Und mein zweiter hat seit immerhin drei Jahren dieselbe Freundin. Bei dem dachte ich früher immer, dem kann es keine recht machen. Er war immer so unstet und unzufrieden. Und Steffie« – sie wurde wehmütig – »ist halt immer noch in Chile. Demnächst brauch ich mal einen langen Urlaub, Andreas. Wenn sie nicht mehr nach Hause kommt, dann muss ich sie eben dort besuchen.«

Die Menschen sprachen frei weg über Familie und persönliche Angelegenheiten. Stoevesandt merkte sehr wohl, dass dies auch bei Bialas und Hanna Stankowski nicht die alltägliche Praxis war. Doch man wusste einfach über die wichtigen Dinge aus der Privatsphäre Bescheid, was Stoevesandt über sich und seine Kollegen im LKA nicht gerade behaupten konnte.

Der Nächste, der zu ihnen stieß, war Luca Mazzaro in Begleitung eines hochgewachsenen Kollegen.

»Das ist Hauptkommissar Axel Buchberger, Gerd«, stellte Bialas den Mann Stoevesandt vor. »Er ist stellvertretender Leiter des Dezernats Zwei-eins bei uns am Präsidium. Eigentumskriminalität und Organisierte Kriminalität. Er bearbeitet federführend den Einbruch von gestern Nacht bei der Witwe von Ewald Angelhoff. So, und das ist Gerd Stoevesandt, von dem ich dir erzählt habe«, wandte sich Bialas an den Kollegen.

Buchberger gab Stoevesandt die Hand. Er hatte trotz seiner Größe ein echtes Baby-Face und wirkte etwas ungelenk. »Ich denke, wir unterhalten uns später«, meinte er mit Blick zu Bialas' Sohn, der auf einmal höchst interessiert an den Gesprächen der richtig Erwachsenen zu sein schien.

»Auf, Alexander«, mahnte ihn sein Vater. »Du hast genug gehamstert. Mach, dass du zu deinen Handballern kommst.«

Der junge Mann trollte sich, nicht ohne noch einmal in schnodderiger Manier kundzutun, dass er in diesem Hause einfach mies behandelt wurde.

Auch Bialas' Frau verabschiedete sich, nachdem sie mit Unterstützung von Hanna Stankowski den Esszimmertisch gedeckt und jeden Gast mit Getränken versorgt hatte. »Ich werde Sie nun auch allein lassen. Lassen Sie sich's schmecken. Und passen Sie auf meinen Mann auf. Er ist nicht gerade der beste Koch.«

»Aber der beste Grillmeister«, erwiderte Bialas grimmig und gab ihr zum Abschied einen Kuss. Dann ging er gemeinsam mit Luca auf die Terrasse, wo sie sich mit dem bereitstehenden Gasgrill befassten.

Thea Bialas hatte gerade die Gruppe der Polizisten verlassen und die Haustür geöffnet, da wurde eine bekannte Stimme hörbar: »Frau Bialas, Sie leisten uns keine Gesellschaft? Das ist aber schade«, tönte es fröhlich.

Sie antwortete lachend etwas, was drinnen nicht mehr verstanden wurde, und zog die Tür hinter sich zu. Friedebald Frenzel betrat den Wohnbereich im Hause Bialas und erfüllte sofort alles mit seiner Präsenz. Ausnahmsweise trug er keinen seiner zerknitterten Anzüge mit farbenfroher Krawatte, sondern ein gepflegtes dunkelblaues Polo-Shirt, in dem er fast seriöser aussah. Im Schlepptau hatte er einen schmächtigen, gut gekleideten Mann, der nur wenig größer als Frenzel war und sehr verunsichert dreinschaute. Frenzel gab allen mit einer braven Verbeugung die Hand und stellte den unbekannten Gast allen vor: »Dr. Torben Steck. Wir haben seinerzeit gemeinsam Tübingen unsicher gemacht und die Professoren mit juristisch unlösbaren Fragen geärgert. Jetzt macht er mit mir die Staatsanwaltschaft Stuttgart unsicher und kümmert sich vor allem um die Diebe und Einbrecher.«

Wie Stoevesandt konstatierte, reagierte der Kollege von Frenzel recht erstaunt auf Axel Buchberger, den Stuttgarter Kriminalkommissar, der den Einbruch bei der Witwe Angelhoff bearbeitete. »Sie auch hier?«, fragte Staatsanwalt Steck erstaunt. Ganz offensichtlich arbeiteten sie gemeinsam an dem Fall.

Frenzel war mittlerweile beim Grill auf der Terrasse bei Bialas und Luca Mazzaro angekommen. »Herr Bialas, schön, Sie doch mal wieder zu sehen. Nachdem man unsere Beziehung so rüde abgebrochen hat. Ihre Frau hält sich fit. Ich bewundere das. Ich lebe ja eher nach dem Grundsatz ›Sport und Turnen füllt Gräber und Urnen‹. Ha, ha, ha. Ein schönes Häuschen haben Sie hier.«

»Und fast schon abbezahlt«, erwiderte Bialas mit einem Schmunzeln um die Augen.

Mittlerweile hatte sich die ganze Gesellschaft auf der Terrasse um die beiden Grillmeister geschart.

»Und ganz bezahlt ist es dann, wenn der Jüngste auch aus dem Haus geht und es für uns beide schon wieder zu groß ist«, meinte Andreas Bialas nachdenklich.

»Warte nur«, meinte Hanna Stankowski, »den Platz brauchst du wieder, wenn erst mal Enkel da sind.«

»Und was ist mit dir?«, wandte sich Mazzaro an sie, während er gerade ein Stück Fleisch wendete. »Drei erwachsene Kinder hast du. In Sizilien hättest du da schon mindestens zehn Enkel. Aber hier in Germania ... Deshalb werden sie aussterben, die Germanen. Zum Glück gibt es uns, die Zuwanderer.«

Hanna Stankowski lächelte verlegen. »Na ja, vielleicht sterben wir ja doch nicht aus. Ich kann ja mal mit einem Enkel anfangen.«

Bialas hob die Augenbraue. Eine Bratwurst rutschte ihm aus der Zange, zurück auf den Grill. »Der Älteste? Frank?«, fragte er.

Sie nickte glücklich.

»Frau Stankowski, das ist ja wunderbar«, freute sich Frenzel. »Ich weiß ja, dass die Eltern darauf gar keinen Einfluss mehr haben. Trotzdem herzlichen Glückwunsch. Ich hab ja keine Erfahrung damit. Aber eigentlich hätte ich lieber gleich Enkel und keine Kinder. Die kann man einfach wieder bei den Eltern abliefern, wenn sie einem auf die Nerven gehen. Ha, ha.«

»Dann geht es Ihnen so wie meinen Eltern«, stimmte nun auch der lange Kommissar Buchholz mit den weichen Gesichtszügen ein, der offensichtlich ebenfalls Spaß an den Wortspielereien von Frenzel hatte. »Die hat mein vierjähriger Sohn neulich gefragt, warum sie eigentlich keine Kinder hätten.«

Das Fleisch und die Würste waren fertig, und sie gingen nach drinnen. Auch beim Essen herrschte eine lockere Atmosphäre. Sie plauderten vor allem über das Innenleben des Stuttgarter Präsidiums und über den neuen Polizeipräsidenten und betrauerten noch einmal den alten, verunglückten. Dann philosophierten sie über den Generationswechsel in Polizei und Staatsanwaltschaft und erörterten, wie durch die

Ablösung der alten Garde doch auch eine neue Grundstimmung in die Institutionen einzog.

Der Kollege von Friedebald Frenzel hielt sich dabei zurück. Er sah aus, als ob er nicht sicher wäre, im richtigen Film zu sein. Und auch Stoevesandt fühlte sich in der Rolle des Beobachters. Er überlegte, nach welchen Kriterien die Gäste eingeladen waren. Der Böblinger Kollege, der ja auch in der Leitung der Sonderkommission war, fehlte jedenfalls. Offenheit und Vertrauen unter den Anwesenden waren offenbar wichtiger gewesen für die Auswahl. Die lockere Atmosphäre, der freimütige Gedankenaustausch und die fast private Geselligkeit – all das fühlte sich für ihn sonderbar und zugleich behaglich an. Wann war er zum letzten Male in einer solchen Runde gesessen? Mit seinen Kollegen aus dem Landeskriminalamt mit Sicherheit noch nie. Noch nicht einmal mit Rudolf. Auch bei ihm gab es eine strikte Trennung zwischen Arbeit und Privatleben.

Ines hatte ein paar Kollegen, mit denen sie sich auch in der Freizeit ab und zu traf. Und einige Male waren sie dort auch zu Geburtstagen eingeladen gewesen oder gemeinsam essen gegangen. Es waren immer Treffen gewesen, bei denen es entweder um das Krankenhaus, medizinische Fragen oder Familienangelegenheiten ging, und Stoevesandt hatte sich jedes Mal einigermaßen fremd gefühlt. Ab und zu bekamen die Stoevesandts Besuch aus dem Norden. Doch auch das waren meistens alte Freunde und vorzugsweise Freundinnen von Ines. Dann wurde auch bei ihnen zuhause mal gekocht, geschlemmt und geklönt, und Stoevesandt hatte sich dabei immer recht wohl gefühlt.

Es wurde ihm wieder einmal bewusst, dass er selbst eigentlich keine Vertrauten hatte und sein Sozialleben sich fast gänzlich auf seine Ehe und seinen Beruf beschränkte. Und auch er gehörte, wenn er ehrlich war, zur »alten Garde«, deren Ablösung die Kollegen hier gerade begrüßten, die alle, bis auf Hanna Stankowski, noch wenigstens zehn Berufsjahre vor sich hatten. Irgendwann musste auch er aufhören. Und was blieb dann? Nur noch die Ehe? Keine Kollegen mehr wie Bialas, mit dem man ab und an sogar über Dinge reden konnte, die einen persönlich berührten? Oder Kapodakis, mit dem man immerhin über Gott und die Welt philosophieren konnte?

»So, und nun mal zum Ernst des Lebens«, sagte Bialas, als der erste Hunger gestillt war. Alle verstummten schlagartig.
»Axel, kannst du uns mal erzählen, was da los war, in der Nacht von Samstag auf Sonntag?«

Die Runde schaute den langen Ermittler von der Eigentumskriminalität gespannt an. Der legte die Gabel beiseite, räusperte sich und trug dann, etwas monoton, aber konzentriert die Fakten vor:

»Also: Am Sonntag, etwa um zwei Uhr dreißig, sind in die Villa von Ewald Angelhoff vier Männer eingebrochen. Das waren mit Sicherheit absolute Profis. Das Haus ist mit Videokameras und einer Alarmanlage gesichert. Alle vier Männer waren maskiert und dunkel gekleidet. Da sah einer wie der andere aus. Die wussten genau, wo die Kameras waren. Sie haben sich völlig ungeniert bewegt, aber keiner hat auch nur einmal sein Gesicht in eine Kamera gehalten. Da ist jeder Versuch einer Identifizierung zwecklos.

Die Alarmanlage hat die auch nicht geschreckt. Sie haben sie aufheulen lassen, als sie die Haustür aufgebrochen haben, und dann sofort ausgeschaltet. Selbst wenn jemand den Alarm gehört hat – wenn der Ton so schnell wieder weg ist, dann gehen die Leute von einem Fehlalarm aus. Nachts um drei geht da kaum einer raus oder holt die Polizei.

Und dann haben sie das Haus systematisch durchsucht. Sie haben den Safe aufgebrochen. Da waren wertvoller Schmuck und Uhren drin. Die haben sie mitgenommen.«

»Ein Safe?«, fragte Luca Mazzaro. »Wir haben doch gar keinen gefunden.«

»War hinter einem Regal hinter Büchern versteckt.«

»Felicitas Angelhoff hat angegeben«, schaltete sich Hanna Stankowski ein, »dass sie selbst vor ein paar Tagen in den Safe geschaut hat, um zu sehen, was eigentlich drin ist. Danach hat sie die Bücher nicht wieder hingestellt. Das Türchen war also leicht zu sehen.«

»War sonst noch etwas in dem Safe, das jetzt fehlt?«, wollte Andreas Bialas wissen.

Der lange Axel Buchholz von der Eigentumskriminalität schüttelte den Kopf: »Nein, nur der Schmuck und die Uhren.«

Der schmale Dr. Steck, der in der Staatsanwaltschaft den Einbruch bearbeitete, rutschte nun neben Stoevesandt unruhig auf seinem Stuhl herum. Er fragte: »Und warum haben Sie von den Tötungsdelikten die Frau vernommen? Und nicht die Leute, die den Fall bearbeiten?«

»Wenn das mal zwei Fälle sind ...«, warf Mazzaro ein.

»Weil«, erklärte Axel Buchholz, »Frau Stankowski mit der Frau in den letzten Wochen immer wieder gesprochen hat. Im Rahmen der Ermittlungen zum Tod von Ewald Angelhoff. Die Frau war völlig durch den Wind. Wir haben nichts aus ihr herausbekommen. Die Kollegen, die nachts vor Ort waren, haben schon überlegt, ob sie sie gleich in eine Klinik bringen lassen sollen oder ob der Notarzt reicht. Deshalb haben wir die Kollegen vom Einser-Dezernat gebeten, mit Frau Angelhoff zu sprechen.«

»Felicitas Angelhoff war also in dieser Nacht zuhause, während der Einbruch passiert ist?«, fragte Stoevesandt. Auch wenn er keine wirkliche Nähe zu Angelhoffs Witwe empfand, fühlte er sich doch ein bisschen für sie zuständig. Und die Vorstellung, dass die zart besaitete Frau nach dem Tod ihres Mannes auch noch den ganzen Überfall mitbekommen hatte, weckte ein gewisses Mitgefühl.

»Felicitas war die ganze Woche bei ihrer Cousine.« Selbst Hanna Stankowski nannte die kindlich wirkende Frau nun beim Vornamen. »Der Arzt hat ihr das quasi verordnet, damit sichergestellt ist, dass sie regelmäßig isst.

Aber am Samstagabend, so sagt sie, wollte sie einfach nur wieder nach Hause. Und so hat sie dummerweise den ganzen Schlamassel mitbekommen. Sie stand ziemlich unter Schock.«

»Aber sie konnte Hanna dadurch einiges erzählen, was wichtig für uns ist«, berichtete Buchholz weiter. »Die Einbrecher haben sich benommen, als ob niemand im Hause wäre, meinte sie. Sie haben sich beispielsweise in normaler Lautstärke miteinander unterhalten. Sie meinte, dass die nicht Deutsch gesprochen haben. Aber was für eine Sprache es war, konnte sie nicht sagen.«

»Wo war sie denn während des Einbruchs?«, fragte Bialas, der offenbar auch erst jetzt die Ergebnisse des Gesprächs zwischen Hanna Stankowski und Felicitas Angelhoff mitgeteilt bekam.

»Zunächst natürlich im Schlafzimmer. Sie hat sich dann aber im Bad verschanzt. Sie muss Todesängste ausgestanden haben. Vor allem, als die Täter dann auch noch den oberen Stock durchsucht haben. Interessant ist aber …« Hanna Stankowski überlegte. »Wie hat sie sich ausgedrückt? Sie hat gehört, dass einer auch ins Schlafzimmer gegangen ist. Und sie dachte: ›Jetzt treten die gleich die Badezimmertür ein‹, weil sie bemerkt haben, dass doch jemand im Haus sein musste. Weil das Bett ja zerwühlt war und ihre Kleider dalagen. Aber offenbar ist das Gegenteil passiert. Die Kerle sind danach ziemlich schnell abgezogen.«

Axel Buchholz nickte und hatte nach wie vor seinen kindlich-naiven Gesichtsausdruck, als er nüchtern sagte: »Das waren Profis. Organisierte Kriminalität. Und die haben es nicht auf den Schmuck abgesehen. Den haben sie nur zur Tarnung mitgehen lassen, damit man nicht sofort sieht, dass sie nach etwas anderem gesucht haben.«

»Und wie kommen Sie zu diesem Schluss?«, fragte Staatsanwalt Dr. Steck misstrauisch. »Ich bin da doch der Meinung, dass man auch an einen ganz normalen Raubüberfall bei den Ermittlungen denken muss.«

Buchholz nickte. »Wir lassen nach dem Schmuck fahnden. Die Beschreibungen sind schon raus. Die Angelhoffs haben dafür Zertifikate und Gutachten mit Fotos. Wenn das Zeug irgendwo auftaucht, kriegen wir es. Aber es wird nicht auftauchen, wenn ihr mich fragt. Höchstens, jemand fischt es mal aus dem Neckar. Die Zertifikate waren nämlich in einer Schublade von Angelhoffs Schreibtisch. Die Schublade wurde ausgeleert und durchwühlt. Die Diebe hätten die Dokumente ohne weiteres finden können. Und hätten sie natürlich mitgenommen. Der Schmuck lässt sich mit Zertifikat ja viel besser verscherbeln.

Unser Eindruck – und der von den Kollegen der KTU, die die Villa untersucht haben –, der sieht eher so aus: Die Einbrecher haben systematisch alle Schubladen und Fächer durchsucht, in denen Papiere aufbewahrt worden sind. Und das vor allem im Büro von Ewald Angelhoff. Da wurde alles bis auf den letzten Leitz-Ordner rausgenommen und durchsucht. Im Wohnzimmer haben sie einen Schieber geleert, in dem Landkarten und Stadtpläne waren. Die Schränke und Vitrinen, in denen teure Vasen standen oder hochwertige elektronische Geräte, zum Beispiel 'ne teure Videokamera und ein Fotoapparat, die sind geöffnet worden. Aber rausgenommen wurde da nichts. In dem Privatzimmer von Frau Angelhoff steht Meißner Porzellan im Wert von mehreren Tausend Euro. Die Vitrinen wurden nicht mal geöffnet. Aber der Schreibtisch von Frau Angelhoff wurde durchsucht. Und zwar so, dass der jetzt bis auf die Bleistifte leer ist. Man hat gezielt nach etwas gesucht, was aus Papier sein muss.«

»Hat die KTU irgendwelche verwertbare Spuren gefunden?«, wollte Andreas Bialas mit finster-sinnierender Miene wissen.

Axel Buchholz schüttelte den Kopf. »Keine Fingerabdrücke, keine DNA. Die haben konsequent mit Handschuhen gearbeitet und waren quasi ganzkörpervermummt. Sogar die Schuhe waren sauber. Ich sag ja: Das waren Profis.«

»Und wer wusste, dass Felicitas Angelhoff in dieser Nacht eigentlich nicht in ihrer Villa sein sollte?« Während Bialas dies fragte, rieb er sich die Nase und schaute immer finsterer drein.

»Das habe ich sie auch gefragt«, antwortete Hanna Stankowski. »Sie hat in den letzten Tagen zu kaum noch jemand Kontakt gehabt außer zu ihrer Haushälterin und der Familie ihrer Cousine. Aber die hatte ja mitbekommen, dass Felicitas am Samstagabend wieder nach Hause ist. Dann ist ihr aber noch etwas eingefallen.« Die sonst so ungekünstelte Hanna Stankowski machte jetzt eine theatralische Pause. »Letzte Woche hat Dr. Guido Gapka vom Verband der Deutschen Chemie-Industrie sie angerufen. Anscheinend hat er sie schon mal vor noch nicht allzu langer Zeit kontaktiert. Er hat sie gefragt, wo Angelhoff ein Dokument aufbewahren würde, das mit seiner Arbeit fürs EU-Parlament zu tun hätte und die Namen von verschiedenen Abgeordneten enthält. Als sie meinte, das könne nur in seinem Büro sein, hat er sie gebeten, mal nachzuschauen. Es sei sehr wichtig. Da hat sie ihm gesagt, dass sie gar nicht zuhause sei und auch in nächster Zeit nicht zurückkehren würde.«

»Die Liste«, entfuhr es Stoevesandt. Doch sofort ging ihm durch den Kopf, dass dies bedeuten würde, dass der ehrenwerte Herr Dr. Gapka in diesem Falle direkt mit dem organisierten Verbrechen zusammenarbeiten würde. Selbst für ihn, der schon viel gesehen hatte und fast jedem Weißkragen fast alles zutraute, war die Vorstellung ungeheuerlich.

»Was für eine Liste?«, fragte der Staatsanwalt für Eigentumsdelikte hellhörig.

Andreas Bialas antwortete: »Dr. Guido Gapka ist Leiter des Brüsseler Büros des Verbandes der Deutschen Chemie-Industrie. Er hat bereits in Brüssel das Abgeordnetenbüro und die Wohnung von Ewald Angelhoff durchsucht nach einer Liste, die ihm offenbar sehr wichtig ist.«

»Deshalb hast du mich hierhergeschleppt«, wandte sich Dr. Steck an seinen Ex-Studienkollegen, der bisher erstaunlich still neben ihm gesessen hatte. »Ihr seht einen Zusammenhang zwischen diesem Einbruch und dem Tod von Ewald Angelhoff.«

Friedebald Frenzel grinste, lehnte sich zurück und faltete die Hände über dem runden Bauch. »Ich bin nur wegen dem Essen hier. Vollkommen privat. Und dir hat's doch offenbar auch geschmeckt. Mit dem Fall Angelhoff habe ich ja nichts mehr zu tun, wie du weißt. Das macht ja jetzt der Herr Dr. Gäbler. Und der hat ja schon alles rausgefischt, was relevant ist und was nicht. Die Liste ist nicht relevant.«

Steck sah den Studienfreund nachdenklich an. Dann wandte er sich wieder in die Runde und sagte: »Also gut, dann erzählen Sie mal.«

Es war vor allem Andreas Bialas, der die Ermittlungen im Fall Angelhoff zusammenfasste. Er bemühte sich spürbar, die bisherigen Ergebnisse ohne jede Wertung wiederzugeben. Doch am Ende war ein Bild aus Fakten und Indizien entstanden, aus einem fehlenden blutbespritzten Gegenstand, mit einer Zeugin, die zur Tatzeit und am Tatort einen Mann mit Tattoo an der Hand gesehen haben wollte, ein Bild ohne jeglichen Hinweis darauf, dass der EU-Abgeordnete sich selbst etwas antun würde, aber mit einer ominösen Geliebten, auf die es bisher keinerlei Hinweise gegeben hatte. Hanna Stankowski berichtete, dass sie zwar versucht hatte, das Thema der Geliebten im Gespräch mit Felicitas anzusprechen. Doch die hatte – vorgeblich oder tatsächlich – nicht verstanden, worum es da gehen sollte und stand viel zu sehr unter dem Eindruck der schrecklichen Nacht, als dass die Sache vernünftig zu besprechen gewesen wäre. Staatsanwalt Dr. Torben Steck erfuhr von dem fremden Haar ohne DNA-Treffer in den Datenbanken, das sie auf Angelhoffs Kleidung gefunden hatten, von dem Telefonat, das Angelhoff vor seinem Tod mit Kriminaldirektor Gerd Stoevesandt, dem Leiter der Abteilung Wirtschaftskriminalität am Landeskriminalamt, geführt hatte, und von den Aussagen des Waffenhändlers in Brüssel. Bialas versäumte dabei nicht, darauf hinzuweisen, welche der Hinweise und Spuren der nun ermittelnde Staatsanwalt Dr. Gäbler als irrelevant oder relevant einstufte.

Eine Weile schwiegen alle, nachdem Bialas seine Ausführungen beendet hatte. Dann fragte Dr. Steck: »Und was soll ich jetzt Ihrer Meinung nach tun?«

»Nichts«, meinte Bialas. »Ich meine, ich habe dazu gar keine Meinung. Dazu bin ich schließlich nicht befugt. Wir sind schließlich bei einem privaten Treffen.«

»Aber wie geht es jetzt weiter?«, fragte Luca Mazzaro. »Das Ganze schreit doch zum Himmel. Und das Kokain in Angelhoffs Haar sollten wir lieber auch nicht vergessen.«

»Wir alle sind privat hier«, sagte Bialas noch einmal nachdrücklich. »Wir haben hier vor allem gegessen und uns nett unterhalten. Als Nebeneffekt sind wir alle nun auf demselben Wissensstand. Nicht weniger und nicht mehr. Jeder Einzelne muss selbst wissen und entscheiden, was er daraus macht. Das werden wir keinesfalls hier besprechen.« Er sah sich in der Runde um. Jeder hatte verstanden.

Eine Weile noch wurde über dieses und jenes geredet. Der eine oder andere aß oder trank auch noch etwas. Friedebald Frenzel versuchte ein paar Scherze zu machen. Doch die unbeschwerte Stimmung kehrte nicht zurück. Irgendwann erhob sich der hochgewachsene Axel Buchholz und bat um Verständnis, dass er gehen wolle. Und als wäre dies ein Zeichen, erhoben sich auch die andern. Jeder hatte am nächsten Morgen einen fordernden Arbeitstag vor sich. Nur Hanna Stankowski blieb, um Andreas zu helfen, die Überbleibsel der Mahlzeit zu beseitigen. »Das können wir deiner Frau auf gar keinen Fall zumuten.«

Mittwoch, 21. August

I

Obwohl der Tag erfüllt war von Insidergeschäften und Wertpapierhandelsgesetzen, von Krankenscheinmissbrauch und Sozialgesetzbuch, von richterlichen Anordnungen und der Vorbereitung von Hausdurchsuchungen ging Stoevesandt der Fall Angelhoff nicht mehr aus dem Kopf. Der Einbruch bei Felicitas hatte dem Ganzen nochmals eine dramatische Wende gegeben.

Wie fügte sich das alles zusammen? War es wirklich denkbar, dass ein Mann in der Position von Gapka direkt mit kriminellen Profis zusammenarbeitete? Was war auf der Liste, was solch einen Aufwand und solch ein Risiko rechtfertigte? Und wo war diese Liste jetzt? Die Polizei und Dr. Gapka hatten nichts dergleichen gefunden. Und die Einbrecher? Vielleicht waren sie ja fündig geworden. Oder sie hatten nach etwas völlig anderem gesucht.

Stoevesandt war sich sehr wohl bewusst, dass sein erster Gedanke, den er gestern Abend so spontan geäußert hatte, nicht unbedingt zutreffend sein musste. Doch Bialas und Frau Stankowski hatten offenbar dieselbe Assoziation gehabt. Andreas ging in seinen Vermutungen sogar einen Schritt weiter. Er dachte bei dieser Liste ganz offensichtlich an den fehlenden Gegenstand, den Angelhoff bei seinem Tode bei sich hatte und der ihm abgenommen worden war.

Doch das waren alles Spekulationen. Stoevesandt zwang sich zur Konzentration auf seine eigentliche Arbeit. Sie waren Kriminalisten und damit auf Beweise angewiesen. So bunt schillernd das Mosaik aus Indizien und Spurenlagen im Fall Angelhoff auch sein mochte – es wollte sich einfach nicht zu einem schlüssigen Bild zusammenfügen.

Zur Mittagszeit fragte der Abteilungsleiter Organisierte Kriminalität Georg Kapodakis, ob sie gemeinsam in die Cannstatter Altstadt zum Mittagessen gehen wollten. Stoevesandt sagte zu, vor allem, weil er das Kantinenessen nicht mehr ab konnte. Aus Zeitmangel hatte er die letzten Tage zu oft dort gegessen. Und außerdem war ihm daran gelegen, den Kontakt zu Kapo zu pflegen.

Sie hatten einige Neuigkeiten aus dem LKA ausgetauscht, und ihre Gerichte waren gerade serviert worden, als Kapodakis ihn wieder an Angelhoff erinnerte: »Was war denn da in der Nacht auf Sonntag los? Da hat jetzt die Witwe von diesem EU-Abgeordneten nicht nur den Ehemann verloren, sondern auch noch die Preziosen. Muss man sich fragen, worum sie mehr trauert?«

Es war der typische böse Humor von Kapodakis, wobei er genüsslich den ersten Bissen seines Rostbratens zu sich nahm.

»Ich glaube nicht«, antwortete Stoevesandt. Er wollte das Thema eigentlich nicht weiterführen, aus dem er sich offiziell heraushalten musste. Doch ein Gedanke ließ ihn nicht mehr los. »Sag mal Georg, ein fünfzackiger Stern, eintätowiert zwischen Daumen und Zeigefinger. Sagt dir das etwas?«

Kapodakis legte die Gabel weg und sah Stoevesandt besorgt an.

»Ja, das sagt mir etwas.«

Er nahm die Gabel wieder auf und nahm einen Happen, den er langsam kaute. Dann fragte er: »Darf ich wissen, in welchem Zusammenhang du das wissen willst?«

»Eben der Fall Angelhoff. Mehr will ich nicht sagen. Bechtel hat mir eigentlich untersagt, mich weiter damit zu beschäftigen.«

Wieder legte Kapo die Gabel weg. Er fuhr sich mit der Hand durch den schwarzen, nur leicht ergrauten Bürstenhaarschnitt. Dann sah er sich im Restaurant um. Es waren keine potenziellen Zuhörer in unmittelbarer Nähe.

»Der fünfzackige Stern ist das Erkennungszeichen der sizilianischen Stidda«, sagte er dann leise. »Das ist eine Abspaltung von der Cosa Nostra, wahrscheinlich um 1970 in der Gegend von Palma di Montechiaro und Agrigento gegründet. Eine äußerst gewalttätige Truppe. Sie haben durch etliche Festnahmen an Terrain verloren. Aber in letzter Zeit haben sie sich spezialisiert und arbeiten mit anderen Clans zusammen. Ihr Spezialgebiet: Auftragsmorde. Sie werden gerne als ›Pentolante‹ eingesetzt, geschultes Personal, das aus Italien für spezielle Problemlösungen anreist. Sie werden auch mit Vorliebe von der 'Ndrangheta angefordert. Warum fragst du das? Gibt's da irgendeinen Zusammenhang mit dem Fall Angelhoff?«

Er war nun gar nicht mehr sarkastisch, sondern verdammt ernst.

Stoevesandt aß von seinem Fischfilet, eigentlich mehr, um einen Moment überlegen zu können, denn aus Hunger.

»Georg, das sind absolut vertrauliche Informationen. Wie gesagt: Bechtel hat mich zurückgepfiffen. Und der Staatsanwalt, der den Fall jetzt hat, hat mir auch schon sehr klar zu verstehen gegeben, dass er meine Einmischung nicht wünscht.«

»Pass mal auf, Gerd ...« Kapodakis beugte sich nun zu ihm vor und raunte ihm leise, aber energisch zu: »Wenn so ein Typ in meinem Revier wildert, dann muss ich das wissen. So einer kommt nicht einfach mal so vorbei und bringt jemand aus 'ner Laune heraus um. Da steckt immer eine Organisation dahinter. Ein konkreter Auftrag. Und die machen so was nur, wenn es für sie – und nur für sie – absolut notwendig ist. Verstehst du?«

Stoevesandt sah den Kollegen nachdenklich an. Da hatte er nun etwas angeteigt. So stehen lassen konnte er das nicht, das wusste er. »Die Information, Georg, die kommt von einer Zeugin, die etwa zur Tatzeit und am Tatort einen Mann mit einem solchen Tattoo gesehen haben will«, sagte er leise. »Inwieweit diese Frau allerdings vertrauenswürdig ist, wissen wir nicht. Der Staatsanwalt hat sie bereits als unzurechnungsfähig eingestuft. Er lehnt weitere Ermittlungen in diese Richtung ab.«

Kapodakis speiste weiter, doch man sah ihm an, dass sein Gehirn arbeitete.

»So etwas denkt man sich nicht aus«, sagte er dann. »Über die Stidda wird bei uns so gut wie gar nicht in den Medien berichtet. Sie spielt zum Glück nur eine sehr untergeordnete Rolle. Das mit dem Stern – genau an dieser Position, zwischen Zeigefinger und Daumen – das ist nur Insidern bekannt.«

»Du denkst also, es könnte etwas dran sein?«

»Man muss das verfolgen, Gerd. Wenn die SoKo Glemswald das nicht darf, dann muss wenigstens ich es tun. Habt ihr sonst irgendwelche Hinweise oder Spuren, die damit im Zusammenhang stehen könnten?«

»Es gibt einen Gegenstand, der nach dem Tod des Abgeordneten entwendet worden sein muss. Das Bild der Blutspritzer zeigt das. Und es gibt eine DNA-Spur vom Tatort. Ein fremdes Haar an der Kleidung des Toten. Allerdings haben die Leute am Stuttgarter Präsidium keinen Treffer in den Datenbanken der Länder oder beim BKA.«

Sie aßen wieder eine Weile schweigend weiter.

»An wen muss ich mich wenden?«, fragte Kapodakis dann.

»Am besten direkt an Andreas Bialas, den SoKo-Leiter. Und je weniger du ihm sagen musst, woher die Infos stammen, umso besser. Er wird sich ohnehin seinen Reim drauf machen.«

Georg Kapodakis nickte. Das Thema war für sie beide hiermit abgeschlossen.

Freitag, 23. August 2013

I

Stoevesandt kam sich langsam vor wie der Zauberlehrling, der die Geister, die er gerufen hatte, nicht mehr loswurde.

Er hatte gar nicht mehr an Dr. Fabian Montabon gedacht, der für ihn ohnehin nur ein Name ohne Gesicht war. Doch Nicole Marinescu hatte den Auftrag ernst genommen. Sie kam zu ihm gleich morgens und legte ihm ihre Recherchen vor. Am Vortag hatte er mit ihr das Vorgehen im Fall des Krankenscheinmissbrauchs durch die Radiologen besprochen und wieder einmal festgestellt, dass sie sich in Windeseile in die Materie eingearbeitet hatte. Und neben den eigentlichen Aufgaben hatte sie auch die Zeit gefunden, nach dem Dritten im Bunde des Trio Chemicale, wie der Spiegel-Journalist sich ausgedrückt hatte, zu forschen.

»Also, dieser Dr. Montabon«, referierte sie, »das ist irgendwie eine undurchsichtige Figur. Er ist ein sogenannter nationaler Sachverständiger bei der EU-Kommission. Das ist an sich nichts Ungewöhnliches. Davon gibt's wohl ziemlich viele in Brüssel. Die sitzen in Expertengruppen, und die beraten die EU-Beamten, die die Gesetzesvorlagen machen. Offiziell ist es so, dass diese Experten von nationalen Behörden oder von öffentlichen Einrichtungen entsandt werden. Also bei uns zum Beispiel von Ministerien des Bundes oder der Länder oder aber von Unis und anderen Forschungseinrichtungen. Aber de facto sieht das ganz anders aus. In den 38 Expertengruppen, die die Kommission seit September letzten Jahres einberufen hat, sitzen mehr Vertreter aus der Großindustrie als aus allen andern Gruppierungen zusammen.«

Stoevesandt sah seiner Mitarbeiterin an, dass sie langsam, aber unaufhaltsam wieder in ihren Jeanne-d'Arc-Modus geriet. Ihre Augen leuchteten vor Empörung, und die roten Flecken breiteten sich auch auf den Wangen aus.

»Also, das müssen Sie sich mal vorstellen: Es gibt eine Expertengruppe zur Vorratsdatenspeicherung. Und alle sieben externen Berater sind Vertreter von Vodafone und anderen großen Anbietern in der Telekommunikation. Kein einziger Datenschützer oder Wissenschaftler. Und bei der Expertengruppe zur Bekämpfung von Steuerhinterziehung, Steuervermeidung und Steuerflucht, da sitzen zu zwei Dritteln Leute drin von Steuerberatern, Wirtschaftsprüfern und Verbänden, bei denen die Mitglieder ihr Geld zum Teil damit verdienen, dass sie Tipps zur Steuervermeidung geben.«

Wenn sie recht hatte, dann war hier wohl einer der Gründe zu sehen, warum den Wirtschaftskriminalisten und Staatsanwälten das Leben durch die Gesetzgebung oft schwer gemacht wurde. Denn gegen viele ganz offensichtliche Strategien zur Steuervermeidung gab es einfach keine rechtliche Handhabe, weil europaweit und international zu viele Schlupflöcher bestanden. Doch Stoevesandt interessierte jetzt etwas anderes: »Und was ist mit diesem Montabon?«

»Er ist auch so ein nationaler Sachverständiger. Normalerweise bleiben die aber nur für vier Jahre in Brüssel. Dann werden sie wieder heimgeschickt. Aber Dr. Fabian Montabon war schon Experte, als man 2007 das neue Chemikaliengesetz, dieses REACH, verabschiedet hat. Damals offiziell als Vertreter der Nord-Badischen Ammoniak-Fabrik. Und die hat ihn auch bezahlt. Das ist so üblich bei den nationalen Sachverständigen. Die bekommen weiterhin ihr Gehalt von der Institution, die sie entsandt hat. Die EU-Kommission zahlt nur ein Tagesgeld.

So weit, so gut. Aber dann ist Montabon zum KIT, zum Karlsruher Institut für Technologie gewechselt. Dort war er ein halbes Jahr als Wissenschaftler tätig und hat Testverfahren für Chemikalien entwickelt. Dann hat er sich vom KIT wieder als Experte entsenden lassen und sitzt jetzt in derselben EU-Expertenkommission. Und die hat die Aufgabe, der

EU-Kommission einen Vorschlag zu unterbreiten, welche Tests von der chemischen Industrie verlangt werden – bei Stoffen, die unter Verdacht stehen, schädlich für Mensch und Umwelt zu sein.

Aber jetzt kommt der Clou: Rudolf – also Herr Kuhnert meine ich – hat festgestellt, dass Fabian Montabon vom KIT sein Gehalt bekommt, aber zugleich auch immer noch von der Nord-Badischen Ammoniak-Fabrik, und das wahrscheinlich bis in die jüngste Zeit.«

Ihre blauen Augen leuchteten vor Empörung: »Er ist ein U-Boot von der NBAF. Und dazu noch eines, das den Hals nicht vollkriegt. Rudolf hat gesagt, dass es da auch noch ein paar Ungereimtheiten bei den Finanzen gibt. Aber das will er nochmal genauer prüfen.«

Stoevesandt überlegte. Wenn das stimmte – und davon konnte er ausgehen –, dann war das ganz schön abgefeimt. Mit dem Tod von Angelhoff musste das aber nichts zu tun haben. Das einzig Kritische, was Montabon und Angelhoff bislang verband, war die vermisste Liste.

»Soll ich das mal an Herrn Bialas weiterleiten?«, fragte Nicole Marinescu.

»Nein«, sagte er schnell. Und musste sich eine Begründung einfallen lassen. »Wir warten, bis Herr Kuhnert seine Ergebnisse hat.« Doch eigentlich ging es darum, dass er nicht wusste, wie er mit den Recherchen umgehen sollte, angesichts der Tatsache, dass er sich nicht mehr um den Fall kümmern durfte.

Nicole Marinescu wollte etwas erwidern.

»Sie kümmern sich jetzt um Ihre Radiologen und um sonst gar nichts mehr«, unterband er ihren Einwand. »Alles andere mache ich schon selbst.«

Doch wie konnte er sein Wissen an Bialas weiterleiten, ohne dass offiziell in den SoKo-Akten die wahre Quelle dafür auftauchte?

2

Fast den ganzen restlichen Tag konnte er sich um Kreditbetrug und Marktmanipulationen, um Notbewilligungen und Schiedsgerichtsklagen, um Bilanzfälschungen und Zweckgesellschaften kümmern. Sein Kommunikationsproblem mit der SoKo Glemswald trat dabei in den Hintergrund.

Am späten Nachmittag rief ihn Kapodakis an. »Gerd, ich muss dich warnen. Unser verehrter Herr Inspektionsleiter hat mitbekommen, dass ich die DNA-Spur vom Fall Angelhoff über Interpol in den internationalen Datenbanken prüfen lasse. Er hat mich schon zur Sau gemacht. Und als Nächstes bist du dran.«

Stoevesandt hatte das kurze Telefonat mit Kapo kaum beendet, da klingelte das Telefon auf seinem Schreibtisch auch schon. Er hörte bereits am erhöhten Tonus der blechernen Stimme, dass der Chef auf hundertachtzig war. Bechtel bestellte ihn umgehend zu sich ein.

»Wie kommen Sie dazu, auch noch Herrn Kapodakis in die Angelhoff-Geschichte hineinzuziehen?«, zischte Bechtel ihn an, ohne ihn zu grüßen oder ihm einen Platz anzubieten.

Stoevesandt zog erst einmal den Besucherstuhl an den Schreibtisch, hinter dem Dr. Winfried Bechtel, die Hände auf die Tischplatte gestemmt, stand. Er setzte sich und ließ sich demonstrativ viel Zeit mit der Antwort. »Herr Kapodakis ist erwachsen und lässt sich in gar nichts hineinziehen. Schon gar nicht von mir.«

»Und wie kommt es dann, dass er eine DNA-Spur aus dem Fall Angelhoff über Interpol überprüfen lässt?«

»Das müssen Sie ihn selbst fragen. Oder Herrn Bialas. Der hat die DNA-Spur ja offensichtlich zur Verfügung gestellt.«

»Niemand in meiner Inspektion – weder Sie noch einer Ihrer Mitarbeiter oder etwa Herr Kapodakis – niemand hat sich hier um den Fall Angelhoff zu kümmern. Das ist einzig und alleine die Aufgabe der Sonderkommission am Polizeipräsidium Stuttgart. Ein für alle Mal! Ist das klar?« Die Stimme war nun gut eine Oktave höher. Mickey Mouse hatte Helium inhaliert.

Stoevesandt schlug die Beine übereinander. Er faltete die Hände, legte sie aufs Knie und sah auf sie nieder. Er konnte sich nicht zurückhalten. »Mich würde mal interessieren, warum es unbedingt ein Suizid sein muss. Warum es keinesfalls Mord sein darf.«

Bechtel antwortete nicht gleich, weil er nach Luft schnappen musste.

Und Stoevesandt musste nachlegen: »Und welche Interessen Sie dabei haben. Kriminalistische bestimmt nicht, wenn man alle Indizien, die in Richtung Mord gehen, unter den Tisch fallen lässt.«

Kriminalrat Winfried Bechtel fiel auf seinen Bürostuhl zurück. Das volle, schön drapierte und gefärbte Haar verrutschte aus unerfindlichen Gründen. Der Inspektionsleiter griff sich an die engsitzende blau-graue Krawatte, die wieder exakt abgestimmt war auf das feinkarierte, silber-weiße Armani-Hemd. Das braungebrannte Gesicht schien plötzlich auseinanderzufallen und verzerrte sich zu einer wütenden Fratze. Doch Stoevesandt sah noch etwas anderes in den braunen Augen des Vorgesetzten. Da war nicht nur Wut. Da war auch abgrundtiefe Angst. Und er wusste instinktiv, dass Bechtel jetzt gefährlich werden würde.

Der beugte sich nun über den Schreibtisch und sah Stoevesandt mit zornfunkelnden Augen an. Er sprach jetzt nicht mehr so gequetscht. Seine Stimme wurde leiser, fast zischend.

»Sie werden sofort Ihren vorzeitigen Ruhestand beantragen, Herr Stoevesandt. Um einer Suspendierung zuvorzukommen. Und das sage ich jetzt nicht nur so dahin, glauben Sie mir. Sie werden sich pensionieren lassen.«

Er stand auf und ging hinter dem Schreibtisch hin und her wie ein Tiger hinter den Käfigstangen.

»Und wenn Sie das nicht tun, wenn Sie hier weiter die Leute aufhetzen – gegen mich ... Wenn Sie hier weiter die Leute für Fälle einsetzen, die Sie überhaupt nichts angehen, dann werde ich den Augiasstall hier mal ausmisten.

Glauben Sie, ich weiß nicht, warum der Herr Kuhnert das Bundeskriminalamt verlassen musste? Er ist neulich von einem jungen Mann abgeholt worden. Hier, direkt vor dem Landeskriminalamt. Ich weiß nicht, ob der junge Mann schon volljährig war. Und ob der Herr Kuhnert immer noch bestimmte Vorlieben hat. Und Ihre Frau Marinescu ...«
Bechtel kam jetzt in Fahrt. »Hat die ein Alkoholproblem? Jedenfalls fährt sie nachts mit einem Promille durch Stuttgart und hat auch noch ihre Tochter dabei. Wissen Sie eigentlich, dass eine Lehrerin des Mädchens das Jugendamt alarmiert hat? Kann es sein, dass die Alkoholikerin ist und ihre Tochter vernachlässigt? Reichen Sie Ihren Antrag auf eine Versetzung in den Ruhestand ein. Dann lasse ich die Sache vielleicht auf sich beruhen. Und vielleicht drücke ich dann auch wieder mal ein Auge zu, wenn Herr Kapodakis bei der Beschaffung von Informationen gegen jedes Recht und Gesetz verstößt. Ich weiß genau, mit welchen Methoden da gearbeitet wird in der Abteilung OK. Was glauben Sie, was da passiert, wenn einige dieser Praktiken publik werden? Woher da manche Informationen kommen, wo doch gar kein richterlicher Beschluss vorliegt. Fürs Abhören. Fürs Hacken von Computern. Ich werde meine Hand da nicht mehr drüber halten.«

Bechtel setzte sich wieder und sah Stoevesandt direkt in die Augen. Der erschrak fast, angesichts des Hasses, der ihm aus diesem Blick entgegenschlug.

»Es sei denn, Sie gehen«, zischte Bechtel.

3

Als Stoevesandt wieder an seinem eigenen Schreibtisch saß, fühlte er sich benommen. Was war das gerade für eine Szene gewesen? Sie kam ihm unwirklich vor. Er hatte immer schon gewusst, dass Winfried Bechtel anders tickte als er selbst. Aber was seinen Vorgesetzten dazu veranlasst hatte, so viel Niederträchtigkeit an den Tag zu legen, verstand er überhaupt nicht mehr. Trotz aller unterschiedlichen Auffassungen zwischen ihnen beiden hatte Bechtel nie die Ebene der Professionalität verlassen. Formal war er seiner Position immer gerecht geworden. Aber das jetzt ...

Stoevesandt versuchte die Unwirklichkeit des gerade Erlebten dadurch zu vertreiben, dass er sich in seinem Büro umschaute. Die Wände mit den weiß getünchten Backsteinen, der grau-blaue Teppichboden und die grauen Standardbüromöbel – das alles entsprach nie wirklich seinem Geschmack. Und doch hatte er im Laufe der Jahre diesen Raum als seine zweite Heimat empfunden. Vielleicht auch durch den altehrwürdigen, imposanten Schreibtisch aus Nussbaumholz, der sein Privatbesitz war und auf dem seit ebensolanger Zeit das leicht verblasste Foto von ihm und Ines stand, das sie bei einem Urlaub an der Ostsee zeigte. Plötzlich hatte er das Gefühl eines Vertriebenen. Den Schreibtisch würde er mitnehmen können. Doch die hässlichen Wände und die geschmacklosen Aktenschränke – er würde sie verlassen müssen.

Stoevesandt versuchte sich seinen Aufgaben zu widmen. Doch die Druckerschwärze in den Akten vor ihm verband sich gerade mal zu Buchstaben. Schon den Sinn der Wörter, die da standen, vermochte er nicht zu erfassen, geschweige denn den von ganzen Sätzen. An eine vernünftige Arbeit war nicht mehr zu denken. Er steckte die Unterlagen in seine Aktentasche. Er würde sie morgen zu Hause anschauen. Dann verließ er das Landeskriminalamt.

4

Ines war da, als er nach Hause kam. Sie bereitete gerade das Abendessen vor, war aber doch erstaunt, dass er schon so früh von der Arbeit kam.

»Schon Feierabend? Ich brauch noch ein bisschen. Es gibt Thunfisch-Lasagne. Die muss noch in den Ofen.«

»Ich hab einfach genug für heute«, brummte Stoevesandt. »Hab mir Arbeit mitgenommen. Das mach ich morgen Vormittag hier zuhause. Da hab ich meine Ruhe.«

Sie sah weg, als sie gewollt belanglos sagte: »Das trifft sich gut. Ich habe wieder getauscht und mache morgen noch mal die Frühschicht.«

»Hättest du schon wieder Rufbereitschaft gehabt?«

»Ja, das macht ein anderer Kollege. Dem ist es so lieber.«

Stoevesandt war alarmiert. So konnte das wirklich nicht weitergehen. Ines brauchte das ganze Wochenende, um sich zu erholen. Und doch schien ihr die nächtliche Rufbereitschaft ein noch größerer Graus zu sein als der sechste Arbeitstag. Er sah sie besorgt an. Und schwieg wieder einmal. Jetzt nicht auch noch eine Diskussion über ihre Arbeitsbelastung und den Wunsch, aufzuhören.

Stattdessen sagte er, er wolle noch etwas im Internet suchen, bis das Essen fertig war, und ging in den Raum, den sie sich als kleines Büro mit einem Notbett für Gäste eingerichtet hatten. Er setzte sich auch wirklich an den Computer. Doch ihm fiel nichts ein, wonach er hätte suchen sollen. Er klickte auf Simfy, holte sich aus seiner PlayList das Stück »Blue in Green« von der legendären Miles-Davis-LP »Kind of Blue« und ließ die Gedanken schweifen.

Noch immer kam ihm die Szene, die Bechtel ihm gemacht hatte, unwirklich vor. Schon die Aufforderung, sich pensionieren zu lassen, ohne ihm ein wirkliches Fehlverhalten vorwerfen zu können, war ungeheuerlich. Aber dass er auch noch alle die Kollegen und Mitarbeiter in Sippenhaft nahm, die ihm nahe standen, das war unfassbar. Natürlich kannte er Bechtels Unart, sich sämtliche Schwachpunkte und Dummheiten seiner Untergebenen zu merken und sie zu gegebener Zeit gegen sie zu verwenden. Aber alles, was Bechtel angesprochen hatte, konnte er eigentlich nur durch gezielte Bespitzelungen erfahren haben. Er selbst als direkter Vorgesetzter von Nicole Marinescu hatte bisher keine Informationen über die nächtliche Promillefahrt erhalten. Und schon gar nicht über die Intervention des Jugendamtes.

Aber was war los mit der jungen Frau? Dass sie in letzter Zeit nicht besonders gut drauf war, hatte er auch bemerkt, dem aber keine Bedeutung zugemessen.

Und Rudolf? Was hatte Bechtel da beobachtet? Und vor allem wie? Vom Fenster seines Büros aus konnte der den Eingang des LKAs jedenfalls nicht überwachen. Und würde sich Rudolf direkt vor dem LKA mit einem Liebhaber treffen? Das war doch absurd. Stoevesandt war bisher immer davon ausgegangen, dass Rudolf seit Jahren mit seinem Partner zusammen war, auch wenn sie nicht zusammenwohnten. Daniel war ihm seinerzeit aus Wiesbaden nach Stuttgart gefolgt, als Rudolf beim Bundeskriminalamt regelrecht gemobbt wurde und ihm unter der Hand gedroht worden war, seine Beziehung zu einem wesentlich jüngeren Mann auffliegen zu lassen und ihn des Missbrauchs von Minderjährigen zu bezichtigen. Rudolf hatte seinen Daniel immer wieder mal erwähnt. Doch in letzter Zeit hatten sie kaum mehr über Privates gesprochen.

Wirklich perfide aber waren die Anschuldigungen gegen Kapodakis. Bechtel wusste genau, wie schwierig es war, der organisierten Kriminalität mit ihren menschenverachtenden Geschäftsmodellen, ihrem Drogen-, Waffen- oder Menschenhandel beizukommen. Und nicht nur, weil die Polizei schon personell den Kartellen und kriminellen Vereinigungen unterlegen war. Hinzu kam, dass gerade in Deutschland – sicher aus gutem Grunde – der Spielraum für Überwachungsmethoden teilweise eng geregelt war.

Das Anzapfen von Telefonen und Computern, das Mithören von sogenannten »persönlich geführten Geschäftsgesprächen« irgendwo in einem Café oder Restaurant oder das Betreten einer Wohnung unter einem erfundenen Vorwand – das alles unterlag nun mal gesetzlichen Regelungen, die die Ermittler oft vor die Wand laufen ließen. Es war unter den einschlägigen Kreisen kein Geheimnis, dass die OK-Leute manchmal nur deshalb gerichtsverwertbare Beweise beschaffen konnten, weil sie plötzlich, »einer Eingebung folgend«, wussten, wonach sie suchen mussten. Bechtel konnte doch nicht im Ernst daran denken, solche Praktiken öffentlich an den Pranger zu stellen. Er hätte damit den Hass sämtlicher OK-Ermittler weltweit auf sich gezogen.

Ines lugte zur Tür herein. »Was hörst du denn für eine Musik? Das Essen ist fertig.«

Am Tisch sprach sie es noch einmal an. »Blue in Green. Wie lange hast du das nicht mehr gehört?«

»Mir war danach«, brummte Stoevesandt.

Sie sah ihn kritisch an. »Was ist los mit dir?«

»Nichts. Der übliche Ärger mit Bechtel.«

Sie schwieg. Doch er sah ihr an, dass sie ihm nicht glaubte.

Den restlichen Abend sprachen sie nur noch über Belangloses. Stoevesandt spürte sehr wohl, dass die Probleme wie schlechte Luft den Raum erfüllten, die ihnen beiden ein Unwohlsein bescherte. Doch er fühlte sich außerstande, heute Abend noch darüber zu reden.

Wochenende, 24. und 25. August

I

Stoevesandt brauchte lange, bis er sich auf die Akten konzentrieren konnte. Manche Sätze musste er anfangs drei Mal lesen. Wann hatte er zum letzten Male einen solchen Durchhänger gehabt? Erfahrung und Sachverstand waren mittlerweile so sichere Leitplanken in seinem Leben, dass er eigentlich gedacht hatte, ihn könne nichts mehr aus der Bahn werfen.

Nach der Aktendurchsicht machte er ein wenig Hausarbeit. Er kaufte ein und bereitete eine Kleinigkeit fürs Mittagessen. Dann rief Ines an. Sie müsse noch bleiben. In der Unfall-Chirurgie war Not am Mann.

Also aß Stoevesandt alleine. Danach machte er sich auf den Weg zur Uhlandshöhe. Er ertappte sich bei dem Gedanken, dass es ihm ganz recht war, noch einige Zeit für sich selbst zu haben. Ines hätte sicher sofort wieder gespürt, in welcher Verfassung er war. Und sie hätte wieder diese leidigen Fragen gestellt. Er musste nachdenken. Er musste sich selbst darüber klar werden, was hier eigentlich vorging und vor allem, wie er damit umgehen sollte. Plötzlich jedoch überkam ihn auch eine Mischung aus Angst und Scham, wie er sie bisher nicht gekannt hatte. Ines arbeitete zu viel. Es war unverantwortlich von ihm, dass er das nicht ansprach, sondern einfach zuschaute, wie sie in einen Zusammenbruch oder eine Depression hineinsteuerte. Doch dann kam ihm der Gedanke, dass die Lösung seiner Probleme ja auch ihre Probleme lösen konnte, indem sie einfach beide in den Ruhestand gingen. Das beruhigte ihn ein wenig.

Er stand am steil abfallenden Rand der großen Wiese hinter der Sternwarte. Es war ein herrlicher Sommertag. Angenehme Wärme mit leichten Brisen hatte die drückende Schwüle schon seit ein paar Tagen abgelöst. Ein paar weiße Wölkchen belebten den blauen Himmel. Die Sicht war phänomenal. Er sah über den Stuttgarter Osten bis hinüber nach Cannstatt. Deutlich waren der Gaskessel, die Daimler-Werke und das hohe Oval des Daimler-Museums zu sehen. Irgendwo meinte er sogar, ein Glitzern des Neckars wahrnehmen zu können.

Wie sollte er jetzt weitermachen? Wäre es nicht wirklich das Einfachste, der Nötigung durch Bechtel nichts mehr entgegenzusetzen und die Pensionierung zu beantragen? Irgendwann musste er sich ohnehin mit einem neuen Lebensabschnitt abfinden. Und immer häufiger spürte er doch auch, dass die Arbeit und die ständigen Querelen mit Bechtel ihn auslaugten. Sie könnten beide gemeinsam aufhören und zurück in den Norden gehen. Ines würde ihm um den Hals fallen. Und was gab es Wichtigeres als seine Ehe? Sie würde das Einzige bleiben, was ihm blieb, ganz gleich, wann er den Schritt in den Ruhestand tat.

Er ging von der Sternwarte durch den kleinen Park, vorbei am Kinderspielplatz zu der Aussichtsplattform mit der Natursteinbrüstung. Es war hier, direkt über der Stadt mit all ihren Geräuschen, erstaunlich ruhig. Nur ein Martinshorn hallte durch den Talkessel. Kindergeschrei schallte gedämpft vom Spielplatz herüber. Der eine oder andere Vogel zwitscherte. Immer wieder faszinierte ihn der Blick, den man von hier aus auf die Stadt hatte. Ringsum waren der Fernsehturm, die Karlshöhe, der Hasenberg und der Birkenkopf. Unten, im innersten Herzen der Stadt, sah man sämtliche markante Gebäude, den Königsbau, das Kunstgebäude, den Schlossplatz mit der Jubiläumssäule und natürlich das Neue und das Alte Schloss. Man blickte von hier quasi direkt auf die Oper, das Theater im »Neuen Haus« und die Staatsgalerie. Hinterm Hauptbahnhof war die gigantische Baustelle des neuen »Europaviertels« zu erkennen. Wie viele gebürtige Stuttgarter auch fragte sich Stoevesandt, ob die Stadtplaner auf dem freigewordenen Gelände des ehemaligen Güterbahnhofs der Stadt wirklich etwas Gutes taten. Die bisher entstandenen Gebäude strahlten Moderne und Kühle aus, etwas, das Stoevesandt mit Stuttgart nie verbunden hatte. Die neue Stadtbibliothek, ein puristischer, quadratischer Würfel, den die Einheimischen bereits »Bücher-Knast« nannten, stand beispielhaft für die neue Architektur. Es würden Shopping-Meilen entstehen, die das Leben aus den Straßenadern der Stadt – der Königstraße mit ihren Nebenstraßen, dem Marktplatz und der Eberhardstraße – heraussogen. Die wenigen Wohnungen, die hier entstanden, würde sich das Gros der Stadtbewohner nicht leisten können.

Stoevesandt ließ den Blick weiter Richtung Norden schweifen. Dort war zunächst der Bülow Tower mit der auffälligen fahnenartigen Plastik auf dem Dach ein Eye-Catcher. Ihm fiel plötzlich ein, dass die schöne Jule, die obdachlose Frau oben im Glemswald, dort gearbeitet hatte, bevor sie von jetzt auf nachher aus einem ganz normalen Leben ins Elend gestoßen worden war. Weiter ging der Blick zum Pragsattel, auf dem das Stuttgarter Polizeipräsidium stand. Dort arbeiteten noch immer Kollegen an dem Fall Angelhoff und wollten sich nicht mit den Maulkörben und Fußfesseln abfinden, die man ihnen angelegt hatte.

Was für ein Interesse, verdammt noch mal, hatte die Politik und die Staatsanwaltschaft daran, dass Angelhoff unbedingt Suizid begangen haben sollte? Irgendetwas sollte da doch vertuscht werden. Und was für ein Interesse hatte Bechtel daran? Stoevesandt erinnerte sich an die Angst, die er in den Augen des Vorgesetzten gesehen hatte. Der Inspektionsleiter musste offenbar so tief in der Sache drinstecken, dass er, in seiner Furcht vor einer anderen Lösung, zu solch gemeinen Mitteln der Erpressung griff.

Er hatte Andreas Bialas nach wie vor noch nicht über die finanziellen Verhältnisse und Honorare von Ewald Angelhoff informiert. Durfte er diese Infos denn zurückhalten? Sie konnten durchaus ein Schlüssel zu dem Fall sein. Auch die Informationen über Dr. Fabian Montabon konnten irrelevant, aber auch essentiell sein.

Wenn er tatsächlich seine Pensionierung beantragte, dann konnte es ihm eigentlich völlig egal sein, wenn Bechtel tobte, weil er diese Informationen an die SoKo Glemswald weitergereicht hatte. Er hatte nichts zu verlieren. Er müsste noch eine Weile aushalten und den ungeliebten Chef ertragen, um nicht zu hohe Abschläge von seiner Pension hinnehmen zu müssen. Aber das konnte man durchstehen, wenn man die Perspektive hatte, danach nie wieder etwas mit dem Mann zu tun zu haben. Und eine Suspendierung würde Bechtel nicht wagen. Die wäre kaum begründbar, ohne dass Fragen aufkämen, die auch für den Inspektionsleiter sehr unangenehm werden würden. Das Perfide war, dass Bechtel andere Kollegen in Mitleidenschaft zog. Kollegen, die sich noch nicht einfach pensionieren lassen konnten. Und er traute seinem Vorgesetzten durchaus zu, dass er sich an anderen rächte, nur um ihn zu treffen.

Kapo würde sich zu wehren wissen. Um ihn war ihm am wenigsten bange. Man konnte so einen erfahrenen OK-Ermittler nicht einfach absägen. Man konnte nicht Ermittlungen und verdeckte Ermittler gefährden, indem man inoffizielle Ermittlungsstrategien in die Welt hinausposaunte.

Kritischer war es schon bei Rudolf. Wobei Stoevesandt die Gefahr nicht in erster Linie bei den Gerüchten über Rudolfs Liebesleben sah, die er ohnehin nicht glaubte, bevor es dafür nicht handfeste Hinweise gab. Aber auch Rudolf erlangte Informationen auf Wegen, die nicht von einem Staatsanwalt oder Richter abgesegnet waren und die wohl auch nicht von ihnen abgesegnet werden würden. Genau um solche Informationen handelte es sich aber bei den Finanzdaten, die Stoevesandt an Andreas Bialas weitergeben wollte. Bechtel würde einen Weg finden, Rudolf daraus einen Strick zu drehen.

Das schwächste Glied in der Kette war Nicole Marinescu. Was hatte sie nur angestellt? Wenn die Geschichte mit der Trunkenheit am Steuer wahr war, dann würde sie sich zunächst in einem zivilen Verfahren verantworten müssen, wie jeder andere auch. Danach musste sich die Behörde mit ihr befassen. Er als ihr direkter Vorgesetzter hatte dann zu entscheiden, ob und welche Konsequenzen die Sache für die berufliche Laufbahn der Mitarbeiterin hatte. Normalerweise hing dies vom zivilrechtlichen Urteil und von dem bisherigen Verhalten des Beamten ab. Doch wenn Bechtel dabei ein Wörtchen mitreden wollte, konnte ihm das niemand verwehren. Und Stoevesandt schätzte den Kriminalrat mittlerweile so ein, dass er Nicole reinreiten würde, nur um ihm eins auszuwischen.

Stoevesandt seufzte schwer. Er wandte sich um und ging langsam zurück zu seiner Wohnung. Und er wusste noch immer nicht, was er tun sollte.

Als Ines nach Hause kam, war sie fix und fertig. »Organspende-Tag«, sagte sie nur und winkte ab. Da sie beide absolut keine Lust zum Kochen hatten, gingen sie auswärts essen und machten sich danach einen gemütlichen Abend bei einem ganz passablen deutschen Film im Fernsehen.

2

Felicitas

Jetzt saß sie wieder in dieser Wohnung mit den klobigen dunklen Möbeln, die ihre Stimmung noch mehr drückten. Elisabeth hatte hier sicher ihre alte Einrichtung untergebracht, nachdem sie sich ein neues, moderneres Mobiliar zugelegt hatte. Die Schränke, Tische und Stühle erinnerten sie ein bisschen an ein Ferienhaus, das ihre Großeltern in Tirol besessen hatten. Auch dort hatte sie die alten Eichenmöbel und die schweren Vorhänge immer als ein wenig trist empfunden, obwohl sie gediegenen Wohlstand repräsentieren sollten.

Sie hatte mit Elisabeths Familie zu Abend gegessen. Und dann war das Gespräch, nachdem die Kinder davongesprungen waren, auf ihr Haus gekommen. Sie hatte genau gemerkt, dass Elisabeths Mann nicht begeistert war, dass sie zurückgekehrt war. Aber wo sollte sie denn hin? Sie war bestimmt nicht gern wiedergekommen. Und das hatte sie ihnen auch gesagt. Dass sie niemandem zur Last fallen wolle. Aber einfach nicht zurückkönne. Jetzt, wo sie nicht nur alles an Ewald erinnerte, sondern auch an die Horror-Nacht, die sie durchgemacht hatte.

Sie solle das Haus doch einfach verkaufen und sich eine schöne Eigentumswohnung suchen, hatte Elisabeth gemeint. Aber das war für sie genauso ein Horror. Es war ihr Elternhaus. Sie war darin aufgewachsen. Bis auf ein paar Jahre hatte sie immer in diesem Haus gelebt. Nur, als sie in den USA Musik studiert hatte und in den ersten Jahren ihrer Ehe, als ihre Mutter noch lebte, hatte sie in fremden Häusern gewohnt.

Vielleicht hatte Elisabeth jedoch recht. Denn würde sie jemals wieder gut schlafen können in der alten Villa? Vielleicht konnte sie ein Haus oder eine Wohnung finden, wo sie nicht ständig an Ewald erinnert werden würde.

Plötzlich überkam sie wieder diese Panik. Und was, wenn dort auch eingebrochen werden würde, weil die Einbrecher noch nicht gefunden hatten, was sie suchten? Und wenn die es sogar hier, in dieser Wohnung, vermuten würden? Oder was, wenn jemand sie bedrohen würde? Damit sie rausrückte, was für irgendjemanden von so großer Bedeutung war, dass er Berufsverbrecher darauf ansetzte. War sie irgendwo noch sicher, solange nicht klar war, was die schrecklichen Männer gesucht hatten?

Sie wusste, die Panik war irrational. Lange war sie mit dieser Kommissarin alles durchgegangen, was als Beute für diese Einbrecher in Frage hätte kommen können. Denn dass es nicht allein die Wertsachen waren, das verstand sie sehr schnell, als die Polizistin ihr geschildert hatte, wie die Verbrecher vorgegangen waren. Und auch, dass sie es mit Sicherheit mit professionellen Kriminellen zu tun gehabt hatten. Sie war sich auch sicher, dass die nicht gefunden hatten, wonach sie suchten. Warum hätten sie sonst ihr kleines Refugium, ihr »Kinderzimmer«, wie sie es für sich noch immer nannte, durchwühlen sollen?

Auch die Kommissarin hatte nach einer Liste gefragt. Und ihr eingeschärft, dass sie niemandem erzählen sollte, was die Einbrecher entwendet hatten und vielleicht entwenden wollten. Sie empfand die Frau immer noch als fremd und etwas gewöhnlich. Doch hatte sie während der langen Befragung Einfühlungsvermögen und Geduld gezeigt.

Sie holte das Kästchen mit dem Modeschmuck. Das hatte sie dieses Mal auch mitgenommen. Sie stellte es vor sich auf den Tisch. Das Gefühl ließ sie nicht los, dass hier die Antwort lag. Sie öffnete den Deckel und nahm den Schließfachschlüssel heraus. Lange hielt sie ihn in der offenen Hand.

»Du musst erwachsen werden, Felicitas.«

Es war ihr, als ob nicht Walter aus der Kanzlei diese Worte zu ihr sagte. Es war Ewald selbst, der zu ihr sprach.

3

Es war allerschönstes Wanderwetter. Nach einem ausgedehnten Frühstück und ein paar Erledigungen im Haus fuhren Ines und Gerd Stoevesandt über die B 14 Richtung Vaihingen und weiter über die Autobahn, vorbei an Böblingen und Herrenberg und schließlich zu dem kleinen Ort Breitenholz am Rande des Schönbuchs. Sie hatten den Naturpark schon von verschiedenen Seiten her erwandert. Über das Siebenmühlental und Waldenbuch im Nordosten und von Bebenhausen aus, das im Süden des riesigen Waldgebietes lag. Wenn die Schwäbische Alb Stoevesandt an Cool Jazz erinnerte, dann der Schwarzwald mit seinen mächtigen Bergen und tief eingeschnittenen Tälern an die Pathetik von symphonischer Musik wie der Fünften von Beethoven oder der Leningrader Symphonie von Schostakowitsch. Der Schönbuch dagegen war ›Langsamer Walzer‹. Es gab auch hier Steigungen und Täler. Doch es war ein gefälliges Wandergebiet. Die Natur hier wirkte nicht schroff oder karg, sondern war eine beschwingte und doch ruhige Komposition aus dichter Bewaldung mit Hainbuchen, Erlen und uralten Eichen, aus Flüsschen und Feuchtwiesen, anmutig und freundlich.

Von Breitenholz aus, einem schmucken Dorf, ging es gleich bergauf, vorbei an Streuobstwiesen und steilen Weinbergen mit kleinen Parzellen. Sie konnten sicher nicht maschinell bearbeitet werden und lohnten nur nebenerwerblichen Weinliebhabern den Aufwand. Sobald der Mensch die Flächen nicht mehr sichtbar nutzte, begann der Laubwald, der in voller, spätsommerlicher Fülle stand. Er spendete hier und da Schatten und ließ auf Lichtungen und in den Bachtälern der Sonne und ihren wohltuenden Strahlen genügend Raum.

Nach einer Stunde leichtem Aufstieg gelangten sie zur Falkenkopfhütte, einer Aussichtsplattform. Das Panorama war nicht so spektakulär, wie Stoevesandt erwartet hätte. Doch der Blick über die Birken und Pappeln, über die hügelige Landschaft und das Tal des Baches hatte etwas Besänftigendes. Sie setzten sich für ihre Mittagsrast auf die Bänkchen unter dem ziegelgedeckten Dach der Aussichtshütte und aßen ein paar mitgebrachte Stullen.

»Was ist los mit dir, Gerd«, fragte Ines ihn plötzlich.

»Was soll los sein?«

»Hör auf, ich kenn dich, Gerd Stoevesandt. Du hörst ›Blue in Green‹. Du bist verschlossen und schaust finster drein. Ich kenn das. Und es ist nicht gut.«

»Ich habe Ärger mit Bechtel«, meinte er einsilbig.
»Was für Ärger?«, bohrte sie nach.
Er hob nur die Hände. Was sollte er ihr denn erzählen? Die Sache war kompliziert. Er hätte gar nicht gewusst, wo er anfangen sollte. Und vor allem nicht, wie aufhören, weil er selbst nicht wusste, wie er sich verhalten sollte.
»Warum redest du nicht mit mir?«, fragte sie leise und doch eindringlich. »Warum, um alles in der Welt, Gerd Stoevesandt, redest du nicht mit mir? Ich merke doch, dass dich etwas bedrückt.«
Wie oft hatten sie dieses Thema schon gehabt? Wie oft hatte Ines ihm vorgeworfen, nicht mit ihr über seine Probleme zu sprechen? Aber über die eigenen Nöte zu sprechen, das kam ihm vor wie eine distanzlose Belästigung anderer Menschen.
Er konnte reden. Er konnte Vorträge vor großem Publikum halten. Er konnte komplexe Ermittlungsergebnisse verständlich darstellen. Er konnte Besprechungen leiten und jedem klar mitteilen, was von ihm erwartet wurde. Aber bei Dingen, die ihn selbst betrafen und womöglich gar mit negativen Gefühlen verbunden waren, da schien ihn die tiefe Gewissheit zu steuern, dass er dies alles selbst in den Griff bekommen müsse, ohne jemanden damit zu belasten.
So wie er es schon seit früher Kindheit gelernt hatte. Er war elf gewesen, als seine Mutter den Vater aus dem Haus gejagt hatte, einen Mann, der traumatisiert aus dem Krieg zurückgekommen war, der gemeint hatte, in der Liebe und der Familie neuen Halt zu finden und dennoch die aufgestauten Aggressionen immer öfter an Frau und Kindern ausgelassen hatte. Vor allem, wenn er die Mutter geschlagen hatte, war das für Gerd so unerträglich gewesen, dass es ihm lieber war, wenn er die Prügel abbekam. Auf sich allein gestellt musste die Mutter dann ihn, den Ältesten, und die beiden Schwestern ohne männliche Unterstützung durchbringen. Sie hatte den ganzen Tag in einer Fabrik gearbeitet, und Gerd hatte für sich und die Schwestern gekocht und aufge-

passt, dass sie die Hausaufgaben machten. Seine eigenen Wehwehchen und Kümmernisse behielt er damals schon für sich. Die Schwestern hätten ihn ohnehin nicht verstanden. Die Freunde waren harte Jungs, bei denen man keine Schwäche zeigte. Und die Mutter hatte andere Sorgen. Er wollte ihr nicht auch noch zur Last fallen.

So wie er Ines jetzt nicht belasten wollte. Sie hatte mit ihrem Job schon genug am Hals. Sie würde sich nur aufregen und ihn fragen, was er jetzt tun wolle. Und darauf hatte er keine Antwort.

»Weißt du, Gerd, mir kommt das alles so bekannt vor. Es ist wie ein Déjà-vu. Du hörst schwermütigen Jazz. Du bist verschlossen und schweigst vor dich hin. Und wenn ich dich frage, bekomme ich keine Antworten.«

Er wusste genau, was sie meinte. Auch er hatte in den letzten Tagen manchmal das Gefühl gehabt, noch einmal im selben Film zu sitzen. Damals, beim Bundeskriminalamt, hatte er zunächst nicht gemerkt, was sich über ihm zusammenbraute. Damals war es ebenfalls um politische Rücksichten gegangen, die man von ihm erwartet hatte. Ein deutscher Rüstungskonzern hatte Fuchs-Spürpanzer an einen arabischen Staat verkauft. Die Hälfte des Auftragsvolumens war als Schmiergelder geflossen. Derselbe Konzern hatte auch Patrouillenboote an denselben arabischen Abnehmer verkauft. Sie hatten seinerzeit lange und intensiv ermittelt und waren nahe daran, eine Anklage auf die Beine zu stellen. Von den Panzern erfuhr auf wundersame Weise die Presse. Die Sache wurde ein handfester Skandal. Aber dann wurde von den obersten Stellen des BKA und von der Politik massiver Druck auf Stoevesandt ausgeübt. Die Patrouillenboote sollte er unbedingt unter den Tisch fallen lassen. Denn der Vermittler des Geschäftes, der das Schmiergeld in diesem Fall kassiert hatte, war ein Beamter des Bundesinnenministeriums und ein Ziehkind des damaligen Innenministers. Und der wiederum war nun mal der Chef des Präsidenten des Bundekriminalamtes.

Als er sich weigerte, die Sache zu vertuschen, hatte man ihm ein Disziplinarverfahren an den Hals gehängt. Es waren absurde Anschuldigungen. Wahrscheinlich wäre die Behörde damit gar nicht durchgekommen. Doch die Arbeitsbedingungen wurden unerträglich. Er wurde abgemahnt, weil er auf E-Mails nicht geantwortet hatte, die nie bei ihm angekommen waren. Er versäumte Besprechungen, von denen er nichts erfahren hatte. Es fehlten Dokumente in seinen Akten, von denen er genau wusste, dass er sie selbst an einer bestimmten Stelle abgelegt hatte. Also beantragte er selbst die Versetzung. Die einzige Stelle, die damals in Frage kam, war am Landeskriminalamt Stuttgart. Er konnte auch Rudolf Kuhnert hier unterbringen. Der farblose, unbeholfene Kollege war einer der wenigen, die nicht bereit waren, die Fakten zu manipulieren, um einem Innenminister den Kopf zu retten. Er war zu sehr Zahlengläubiger und Wahrheitsfetischist. Schon damals erkannte Stoevesandt die besondere Begabung von Rudolf Kuhnert, nicht nur Geldflüsse auf den verschlungensten Pfaden zu verfolgen, sondern auch Schlüsse zu ziehen und obskure Finanztransaktionen in Beziehung zueinander zu setzen und so zu neuen Erkenntnissen zu kommen. Ohne ihn hätte Stoevesandt die Geschäfte mit den Patrouillenbooten kaum durchschaut.

Auch Rudolf hätte beim BKA keine gute Stunde mehr gehabt, zumal er ein Verhältnis zu einem jüngeren Mann angefangen hatte. Die ersten Gerüchte kursierten bereits. Die erste inoffizielle Drohung stand im Raum, die Sache offiziell untersuchen zu lassen. Auch wenn Daniel damals schon achtzehn war, so war es doch noch eine Zeit, in der Schwulsein bei der Polizei ein absolutes Tabu war. Irgendwie hatte Stoevesandt es geschafft, Rudolf aus den Gemeinheiten herauszuhalten, ihn beim LKA Baden-Württemberg als unverzichtbaren Spezialisten anzupreisen und Rudolf zu überzeugen, dass er mit ihm nach Stuttgart wechselte.

Die Versetzung wurde schwindelerregend schnell abgewickelt. Auch damals hatte Stoevesandt nicht mit Ines gesprochen. Sie hatte natürlich bemerkt, dass ihn etwas bedrückte. Und schon damals war da dieses Schweigen und die Unfähigkeit zu reden. So kam es, dass Ines Stoevesandt von heute auf morgen vor die Wahl gestellt war, in Wiesbaden zu bleiben, wo sie eine gute Arbeitsstelle mit einem tollen Team hatte und sich ausgesprochen wohl fühlte. Oder ihrem Mann nach Stuttgart zu folgen, in eine Stadt, zu der sie null Beziehung hatte.

Stoevesandt war seinerzeit klar gewesen, dass ihre Ehe zum wiederholten Male in der Krise steckte. Auch damals hatte Ines ihm vorgeworfen, dass er alles mit sich selbst ausmachte. Er war sich keineswegs sicher gewesen, dass sie ihn nicht verlassen würde. Ja, er hatte sich gewundert, als sie ihm mitteilte, dass sie ihm ins Schwabenland folgen würde, sobald sie eine passable Stelle gefunden hätte. Wahrscheinlich lag in dieser ganzen Geschichte auch der Grund, warum Ines die Stadt nie wirklich hatte annehmen können. Sie war ihr in gewisser Weise aufgezwungen worden.

Er konnte ihr nicht böse sein, als sie nun sagte: »Gerd, ich werde das nicht noch einmal mitmachen. Ich werde deinetwegen nicht noch einmal auf meine Bedürfnisse verzichten. Ich kann auch alleine nach Hamburg zurückgehen.«

Sie saßen da, an diesem herrlichen Sommertag, inmitten einer idyllischen Landschaft, die sie bislang im Einklang genossen hatten. Und nun schien ihre Beziehung wieder zerbrechen zu wollen. Stoevesandt überkam die Angst. Das durfte er auf keinen Fall zulassen.

»Ines«, sagte er mit belegter Stimme, »ich habe mir überlegt, ob ich nicht auch genug habe von diesen ständigen Auseinandersetzungen. Irgendwie bin ich es langsam leid. Und ich bin auch manchmal müde und ausgelaugt. Ich werde auch älter. Ich werde meine Pensionierung beantragen.«

Sie sah ihn fragend an und schwieg.

»Ein Jahr muss ich noch machen. Auch damit die Höhe der Pension noch stimmt. Dann gehen wir zurück nach Hamburg.«

»Nur meinetwegen?«, fragte Ines.

Stoevesandt überlegte. Ihretwegen oder seinetwegen – er wusste es nicht. Er wusste nur, dass ihm Ines über alles ging.

»Auch meinetwegen«, sagte er darum.

Eine Weile saßen sie schweigend aneinandergelehnt und schauten in die Landschaft. Dann machten sie sich wieder auf den Weg. Der größte Teil der Wanderung lag noch vor ihnen. Sie gingen durch das Tal des Großen Goldersbaches, das Stoevesandt bei sich – so kitschig es klang – nur als lieblich bezeichnen konnte. Vorbei an einigen Weihern ging es zur Teufelsbrücke, wo die beiden Rinnsale des Großen und des Kleinen Goldersbaches sich zu einem Bach vereinigten, der diesen Namen auch verdiente. Und von hier ging es weiter über die Königsjagdhütte, einem stattlichen Blockhaus, zurück nach Breitenholz.

Man kann auch an der Waterkant herrliche Wanderungen machen, ging es Stoevesandt durch den Kopf. Doch diesen Reichtum an unterschiedlichsten Landschaftstypen, an geographischer und botanischer Vielfalt würde er vermissen.

Zuhause kochten sie gemeinsam. Ines war in heiterer Stimmung. Und Stoevesandt war froh darum.

Nach dem Essen wollten sie gemeinsam den Tatort anschauen. Doch nach wenigen Minuten waren sie sich einig, dass die Handlung zu abstrus und die Stimmung zu düster werden würde. Ines schaltete um in einen schnulzigen Liebesfilm, den Stoevesandt auch nicht ertrug. So nahm er wieder den »Schatten in uns« zur Hand, setzte sich mit einem Glas Rotwein auf den Balkon und las.

Der eigentliche Antrieb für die Lektüre war die Frage, was einen Menschen wie Winfried Bechtel dazu trieb, so böse und gemein zu sein. Mit Ines konnte Stoevesandt seinen Frieden machen, da war er nun zuversichtlich. Doch der Fall Angelhoff beschäftigte ihn weiter. Was musste er den

Kollegen mitteilen? Wie konnte er seine Mitarbeiter schützen? Wie sollte er Bechtel in Schach halten?

Er blätterte in dem Buch herum und blieb an einer Stelle hängen. Es ging wieder mal drum, dass jeder die Aufgabe habe, die eigenen dunklen Seiten zu erkennen und zu akzeptieren. »Ich akzeptiere meine Begrenztheit, ich weiß, ich bin mir selber immer für eine Überraschung gut, auch für unangenehme.« Der Gedanke war ihm zuwider. Die Autorin zwang ihn ja geradezu, das alles auch auf sich selbst zu beziehen, was ihm gänzlich widerstrebte. Trotzdem las er weiter. Die Akzeptanz des eigenen Schattens »bringt aber auch ein Mehr an Verantwortlichkeit. Wir können nicht mehr einfach ›das Böse‹ verantwortlich machen oder die Bösen, wir müssen uns immer auch die Frage stellen, wo wir selber destruktiv handeln und denken und wie wir damit umgehen.«

Es war doch eindeutig Winfried Bechtel, der »Böse«, schuldig an der ausweglosen Situation, in der sich Stoevesandt jetzt befand.

»Schattenakzeptanz wäre einfacher«, las er weiter, »wenn wir in unserer Sozialisation lernen würden, mit den verschiedenen Ängsten umzugehen, sie als sinnvoll zu sehen, offen darüber zu sprechen und dadurch auch neue Strategien zu ihrer Bewältigung zu erwerben.«

Er legte das Buch ärgerlich zur Seite. Sich über die Sozialisation und die Ängste seines Chefs den Kopf zu zerbrechen, dazu hatte er so gar keine Lust. Und doch beunruhigte und verfolgte ihn der letzte Satz. Offen darüber reden ... Neue Strategien der Bewältigung ... Wieder fühlte er sich persönlich angesprochen. Ja, auch er redete nie offen über seine Ängste. Und das bestimmte die Strategie der Bewältigung seiner Probleme. Es war, als ob er erahnte, dass auch er sich für eine unangenehme Überraschung gut war.

Er schob Gedanken und Gefühle beiseite, setzte sich zu Ines auf die Couch und sah mit ihr den Rest der Liebesschnulze an, bei der die Probleme am Ende sich wie von selbst in Wohlgefallen auflösten.

Dienstag, 27. August, 16.00 Uhr

I

Felicitas

Sie starrte auf das Dokument. Auf den Stempel, auf die eingetragenen Namen.
 Sie hatte das Gefühl, jeden Moment den Halt zu verlieren. Der Boden unter ihr, der Stuhl, auf dem sie saß, alles begann zu schwanken. Der Raum um sie schien zu verschwimmen.
 Das konnte doch nicht Wirklichkeit sein. Das musste ein böser Traum sein. Sie hatte gedacht, dass sie wirklich ganz unten gewesen sei, dass es nicht schlimmer hätte kommen können. Sie war doch schon der verzweifeltste Mensch des Erdballs gewesen. Mehr war einfach nicht zu ertragen. Und nun das. Sie hatte nicht nur Mann und Haus verloren. Sie war nicht nur verlassen und heimatlos, sondern nun auch noch zutiefst verraten worden.

Am Vortag hatte sie ihren ganzen Mut zusammengenommen und bei der Bank angerufen. Sie könne jederzeit kommen, hatte man ihr gesagt. Heute Morgen hatte sie sich sorgfältig angezogen, frisiert und geschminkt, als ob sie zu einem wichtigen Date aufbrechen wollte. Es hatte sie unendlich viel Kraft gekostet, wirklich in den Wagen zu steigen und zur Bank zu fahren.
 Eine freundliche Angestellte hatte sie in den Keller begleitet, in diesen sterilen, weißen Raum mit den unzähligen Türchen. Die Frau hatte ihr dieses eine Schließfach gezeigt und sie dann allein gelassen. Es wäre ihr fast lieber gewesen, die

Angestellte wäre dageblieben, so sehr fürchtete sie sich vor dem Inhalt.

Sie hatte aufgeschlossen und das Fach langsam herausgezogen und geöffnet. Es waren nur Papiere darin. Mehrere zusammengeheftete Dokumente. Mit befremdlichen Titeln.

Plötzlich war sie sich eingesperrt vorgekommen. Sie hatte nur noch raus gewollt aus diesem bunkerähnlichen Raum. Bestimmt war darunter das Papier, das die Einbrecher gesucht hatten. Aber wie sollte sie selbst beurteilen, welches dieser Schriftstücke wirklich heikel war? Sie hatte den ganzen Packen in die große Tasche gesteckt, die sie eigens mitgenommen hatte, und dabei beschlossen, alles zu Walter in die Kanzlei zu bringen. Der würde schon wissen, was damit zu tun war.

Doch dann hatte sie zuhause den Fehler gemacht. Sie hatte die Papiere doch zur Hand genommen und eines nach dem andern angeschaut. Ihr Bedürfnis, zu verstehen, hatte überwogen. Nun hielt sie dieses Dokument in Händen und konnte es nicht fassen.

Dann gingen ihr die Nerven vollends durch. Sie weinte wie ein Kind. Es tropfte auf ein Kuvert und die Aufschrift verwischte, die sie durch die Tränen hindurch ohnehin nur verschwommen wahrnahm.

»Für Felicitas« stand da. In seiner Handschrift.

Schluchzend und mit zitternden Händen machte sie den Brief auf.

Meine geliebte Felicitas,
ich hoffe, dass Du diesen Brief niemals öffnen musst.
Sollte mir aber doch etwas zustoßen, dann möchte ich, dass Du weißt, dass ich Dich immer über alles geliebt habe und Dir niemals wehtun wollte.
Ich muss allerdings auch die Verantwortung übernehmen für einen großen Fehler, den ich begangen habe. Daher habe ich bestimmte Maßnahmen getroffen, und ich bitte Dich instän-

dig, dies zu respektieren. Bitte räche Dich nicht an Menschen, die absolut nichts für den Schmerz können, den ich Dir zugefügt habe.

Ich hoffe, dass ich diesen Brief eines Tages vernichten kann und du niemals etwas über meinen Sohn erfährst. Sollte es aber anders kommen, so bitte ich Dich inständig um Verzeihung.

    Du bist und bleibst meine große Liebe
    Dein Ewald

Es tat weh. Es tat sehr, sehr weh. Und doch hatte sie wieder das Gefühl, dass er anwesend war. Dass er sie nicht ganz verlassen hatte.

Freitag, 30. August 2013

I

Stoevesandt hatte erfolgreich geschafft, die ganze Woche sein Dilemma zu verdrängen. Die viele Arbeit in der Abteilung machte es ihm leicht. Besprechungen mit Mitarbeitern, Telefonate mit Staatsanwälten, die Vorbereitung auf Gerichtsverhandlungen, die demnächst anstanden, Gutachten über staatliche Notbewilligungen, Aktennotizen über die Offenlegung kursrelevanter Tatsachen durch Aktiengesellschaften, über Leistungsziffern bei der kassenärztlichen Abrechnungen und die Bilanzierungstricks von Banken – das alles beschäftigte ihn so sehr, dass er kaum einen Gedanken an Ewald Angelhoff verschwenden musste.

Dann kam es jedoch knüppeldick.

Er hatte am Freitagmorgen gerade seine Mails gelesen, da rief Andreas Bialas an: »Sag mal, Gerd, habt ihr Erkenntnisse über die Finanzen von Angelhoff und über diesen Dr. Fabian Montabon, die wir noch nicht bekommen haben?«

Stoevesandt fühlte sich wie ein Verräter.

»Wie kommst du darauf?«, fragte er nur.

»Dein Rudolf Kuhnert hat mich gestern angerufen. Er hat gemeint, er müsse etwas nachreichen. Zu den Erkenntnissen über diesen Montabon. Als er gemerkt hat, dass wir davon gar nichts wissen, hat er sofort einen Rückzieher gemacht. Aber ...«

Bialas ließ den Satz in der Luft hängen.

Wie sollte Stoevesandt ihm das erklären, ohne Rudolf reinzureiten?

»Andreas, es ist richtig: Wir haben bestimmte Informationen. Nur ... Wenn herauskommt, wie wir zu denen gekommen sind, macht uns Bechtel die Hölle heiß. Ich weiß nicht, ob wir euch die überhaupt zukommen lassen können.«

Am andern Ende der Leitung war es einen Moment still. Dann sagte Bialas: »Ich weiß langsam nicht mehr, wie ich noch sinnvoll ermitteln soll, Gerd. Hier wird eine wichtige Zeugin für unzurechnungsfähig erklärt. Dort soll eine DNA-Spur plötzlich ohne Relevanz sein, und ich bekomme vom Staatsanwalt eine aufs Dach, weil ich die eurer OK-Abteilung zur Verfügung gestellt habe. Und du hältst Informationen zurück ...«

Stoevesandt hörte deutlich, wie ungehalten Bialas war. Und er hatte vollstes Verständnis für ihn. »Andreas, lass mir Zeit. Ich will dir die Infos zugänglich machen. Aber ich muss einen Weg finden, wie ich das anstelle, ohne diverse Suspendierungen zu riskieren.«

Wieder schwieg Bialas einen Moment. »Gerd, erinnerst du dich noch an den Toten auf dem Messegelände? Unser erster gemeinsamer Fall sozusagen. Du hast mich damals gefragt, was ich von illegalen Abhöraktionen halte. Und was ich tun würde, wenn ich durch solche ungenehmigten Abhörmethoden Informationen bekommen würde, die für die Ermittlungen wichtig sind. Weißt du noch, was ich geantwortet habe? Ich hab dir gesagt, dass ich dafür bin, dass wir nicht alles dürfen. Dass gerade wir als Gesetzeshüter die Gesetze achten müssen. Aber ich würde versuchen, die Informationen auf legalen Wegen zu erhärten. Ich würde alles daran setzen, sauber zu arbeiten, sodass niemand die Ergebnisse oder ihr Zustandekommen in Frage stellen könnte. Ich werde keine Informationen in die Akten packen, die nicht koscher sind. Aber ich habe dann vielleicht einen Ansatzpunkt, wie wir weiter ermitteln können. Und ich halte dicht, darauf konntest du dich damals verlassen und kannst es heute genauso noch, Gerd.«

»Das weiß ich doch. Lass mir bitte ein bisschen Zeit, Andreas.«

Doch Zeit wofür eigentlich? Stoevesandt hatte nicht die leiseste Ahnung, wie er den Spagat hinbekommen sollte. Er war mittlerweile davon überzeugt, dass Winfried Bechtel versuchte, mit allen Mitteln etwas zu vertuschen. Etwas, das mit der Aufklärung des Todes von Ewald Angelhoff ans Tageslicht kommen konnte. Er würde keine Suspendierungen beantragen und niemals auf offiziellen Wegen gegen diejenigen vorgehen, die seiner Meinung nach diese Vertuschung unterminierten. Bechtel hatte genügend andere Methoden, um bestimmte Leute zu mobben. Er kam Stoevesandt vor wie ein angeschossenes Raubtier, bei dem man nie wusste, wann es zum Angriff überging. Und Bechtel würde Rudolf das Leben schon dann schwer machen, wenn er nur ahnen würde, dass der der SoKo Glemswald zuarbeitete.

2

Seine Gedanken wurden wieder durch das Klingeln eines Telefons unterbrochen. Dieses Mal war es das Diensthandy.

»Petersen«, meldete sich eine kräftige Seemannsstimme.

»Hallo, Herr Stoevesandt. Wie geht es Ihnen und Ihren Ermittlungen?«

Was sollte er darauf antworten? »Wir treten etwas auf der Stelle.«

»Stimmt es, dass bei der Witwe von Ewald Angelhoff eingebrochen wurde? Es heißt, da seien Profis am Werk gewesen.«

»Herr Petersen, ich bitte um Verständnis, aber dazu kann ich Ihnen gar nichts sagen. Die Sache wird von den Eigentumsdelikt-Leuten am Stuttgarter Polizeipräsidium bearbeitet.«

»Also ein Einbruch, der nichts mit dem Tod von Angelhoff zu tun hat?«

»Sie müssen sich an die Pressestelle des Stuttgarter Präsidiums wenden«, sagte Stoevesandt ungeduldig.

»Das habe ich bereits getan, Herr Stoevesandt. Und man gibt sich dort sehr zugeknöpft. Bei allem, was mit Angelhoff zu tun hat. Ich werde den Eindruck nicht los, dass man den Fall am liebsten als Selbstmord zu den Akten legen würde. Zumindest von höherer Stelle.«

»Ich werde mich dazu jetzt nicht äußern, Herr Petersen.« Stoevesandt war klar, dass er den Journalisten damit eigentlich bestätigte.

»Ich verstehe, ich verstehe«, sagte der. »Aber eigentlich rufe ich Sie nicht wegen des Einbruchs an. Ich wollte Ihnen etwas anderes sagen. Das eine ist, dass ich noch mal recherchiert habe, was bei der Chemikalien-Richtlinie der EU gerade so der Stand ist. Es sind tatsächlich die Endokrinen Disruptoren, also Chemikalien, die auf das Hormonsystem von Tieren und Menschen wirken. Unter anderem geht es auch um Weichmacher in Plastikartikeln. Und da scheint Angelhoff eine ganz neue Rolle gespielt zu haben.«

Petersen machte eine Pause, als ob er eine Reaktion erwartete. Doch Stoevesandt wusste wirklich nicht, ob er das alles noch hören wollte, und schwieg.

Petersen nahm es als Aufforderung weiterzuerzählen: »Die Bewertung dieser Stoffe wurde ja seinerzeit zurückgestellt. Erst jetzt geht es darum, ob diese Substanzen als gefährlich eingestuft werden. Und davon hängt ab, mit welchen Tests diese Stoffe von den Herstellern geprüft werden müssen, damit sie bei der Chemikalien-Behörde der EU angemeldet werden können. Angelhoff war es, der in das EU-Parlament eine Initiative eingebracht hat. Das Parlament hat daraufhin vor etwa drei Monaten, Mitte März dieses Jahres, die EU-Kommission aufgefordert, diese Substanzen als ›besonders gefährliche Stoffe‹ im Sinne der REACH-Verordnung einzuordnen. Denn darum geht es. Wenn ein Stoff als besonders gefährlich eingestuft wird, unterliegt er viel strengeren Auflagen bei den Tests und bei der

Vermarktung als andere Stoffe. So, und jetzt hat hinter den Kulissen natürlich wieder eine Lobby-Schlacht vom Feinsten begonnen. Da fliegen die Fetzen. Jetzt wenden sich Wissenschaftler mit einem offenen Brief an die EU-Kommission und werfen der EU eine unwissenschaftliche Herangehensweise vor. Andere Wissenschaftler halten dagegen und werfen den Kollegen Parteinahme für die chemische Industrie vor. Die EU-Beamten, die mit der Sache zu tun haben, werden bombardiert mit Stellungnahmen von Umweltorganisationen und von Industrieverbänden und einer ganzen Phalanx von Sachverständigen von beiden Seiten.«

»Ich habe gar nicht mitbekommen, dass das in der EU ein heißes Thema ist«, wunderte sich Stoevesandt.

»Da hören Sie auch nichts davon. Das findet nicht an der Öffentlichkeit statt. Noch nicht einmal ich hätte etwas mitbekommen, wenn ich nicht gezielt recherchiert hätte. Es geht auch nicht darum, die Öffentlichkeit zu informieren. Vor allem der chemischen Industrie ist es recht, wenn da keine schlafenden Hunde geweckt werden. Es geht einzig und alleine um die Einflussnahme auf die EU-Kommission und die Beamten, die dann einen Vorschlag vorlegen müssen.«

»Und Angelhoff, was hat er da für eine Rolle gespielt?«

»Er hat in seiner Eigenschaft als Vorsitzender des Parlamentsausschusses für Umweltfragen und öffentliche Gesundheit das EU-Parlament aufgewiegelt. Er muss konsequent den Standpunkt vertreten haben, dass man über Endokrine Substanzen zwar noch längst nicht alles weiß, aber immerhin so viel bekannt und belegt sei, dass das Zeug mit Vorsicht zu genießen ist. Und deshalb müsse es eben nach dem Vorsorgeprinzip als gefährlich eingestuft werden. Um die Industrie zu zwingen, die Stoffe besser als bisher zu untersuchen. Und damit weniger von dem Zeug auf den Markt kommt. Vom Saulus zum Paulus. Ich weiß nicht, ob das seiner Partei so gefallen hat.« Petersen lachte sein bullerndes Seemannslachen. »Ich sage Ihnen: Zum Glück gibt es das EU-Parlament. Nur dadurch ist die EU ein halbwegs demokratisches Gebilde. Die EU-Kommission würde sonst mitsamt Europa im Lobby-Sumpf ersticken.«

»Und wie kommt es zu dieser Sinneswandlung bei Angelhoff?«, fragte Stoevesandt, den das Thema nun doch wieder packte.

»Keine Ahnung. Das ist allen ein Rätsel. Ich habe allerdings Informationen ...« Petersen machte eine theatralische Pause, wohl um zu überlegen, was er preisgeben sollte. »Sagen wir es mal so: Angelhoff soll deshalb mit ein paar Freunden – oder sagen wir: ehemaligen Freunden – erhebliche Schwierigkeiten bekommen haben. Insbesondere mit Dr. Fabian Montabon. Über den ich ein paar Informationen habe, die auch für Sie höchst interessant sein dürften. Es geht da wirklich um – sagen wir mal – kriminelle Energien. Dafür müssten Sie aber noch einmal nach Brüssel kommen. Am Telefon geht das gar nicht. Und ich hätte im Gegenzug doch gerne noch ein paar Details erfahren – Sie verstehen, was ich meine.«

»Herr Petersen, Sie müssen sich damit an Herrn Bialas wenden. Er ist der Leiter der Sonderkommission. Die gibt es schließlich immer noch.« Stoevesandt wurde sich nun doch wieder des Maulkorbs bewusst, den Bechtel ihm verpasst hatte.

»Man stellt mich nicht zu ihm durch. Ich habe nur Ihre Handynummer. Seine nicht.«

Stoevesandt überlegte, ob man ihm einen Strick daraus drehen konnte, wenn er die Dienst-Nummer von Andreas weitergeben würde. Irgendwie musste er einen Weg finden, mit Bialas zu reden.

»Okay. Machen wir es so: Ich werde Herrn Bialas sagen, dass er sich bei Ihnen melden soll.«

Als er den Hörer aufgelegt hatte, überlegte Stoevesandt ernsthaft, was eigentlich passieren würde, wenn er dem Journalisten steckte, wie die Sonderkommission und er selbst von Staatsanwaltschaft und Polizeiführungskräften in ihrer Arbeit behindert wurden. Als Flucht nach vorne sozusagen. Bechtel würde ihn sofort suspendieren. Aber wäre das so tragisch? Vielleicht weniger schlimm, als den Kollegen ständig in den Rücken zu fallen, wie er es jetzt gerade tat. Vielleicht würden sich dann bestimmte Leute in der Öffentlichkeit auch Fragen gefallen lassen müssen, die nicht sehr angenehm für sie wären. Doch was war eigentlich der Skandal, den Journalisten wie Petersen brauchten? Dass der Staatsanwalt bestimmte Fakten nicht als tatrelevant einstufte? Das war sein gutes Recht und gebräuchlich in jeder Ermittlung. Dass Kriminalrat Dr. Winfried Bechtel auf ein dienstlich und moralisch einwandfreies Verhalten seiner Mitarbeiter pochte? Wenn Bechtels Anschuldigungen gegen Nicole, Rudolf und Kapodakis öffentlich würden, dann hätten die drei genau die Probleme, die Stoevesandt ihnen unter allen Umständen ersparen wollte. Er ließ den Gedanken schnell wieder fallen.

3

Er wollte sich wieder seiner Arbeit zuwenden, da klopfte es an die Tür und Rudolf steckte den Kopf herein.
»Ähm, Gerd«, meinte er. »Hast du einen Moment Zeit?«
»Komm rein.«
Rudolf zog sich einen Besucherstuhl an Stoevesandts Schreibtisch. Er hatte eine Mappe bei sich, die er jetzt vor sich platzierte und wie ein Schuljunge die Hände darauf legte.
»Ähm, also«, begann er umständlich. »Ich hab da mal mit Herrn Bialas gesprochen. Weil ich gedacht habe ... Na ja, ich wollte ihm nur ankündigen, dass da noch was kommt. Ich hätte es natürlich erst mal dir gezeigt.« Er schob Stoevesandt die Mappe hin. »Aber, aber ...«, stammelte Rudolf verwirrt weiter und sah seinen Chef hinter seinen Brillengläsern mit

aufgerissenen Augen an. »Der hat davon noch gar nichts gewusst. Hast du ihm davon noch gar nichts gesagt?«

Wieder fühlte sich Stoevesandt wie ein Verräter. Er stand auf und sah aus dem Fenster. So konnte er nicht weitermachen. Durch sein Schweigen wurden die Probleme immer größer.

»Also, ähm, Gerd«, sagte Rudolf. Er wand sich förmlich, bevor er weiterredete. »Ich weiß, dass Bechtel dich unter Druck setzt. Hat er, ähm, also ... hat er etwas gegen dich in der Hand? Also ich will ja nicht ...«

»Nicht gegen mich. Aber vielleicht gegen andere, die richtig Probleme bekommen könnten.«

»Also Gerd, du musst mit uns reden«, sagte Rudolf nun mit erstaunlich fester Stimme. »Wir wissen genau, dass etwas nicht stimmt ... also Nicole und ich. Und wir müssen wissen, worum es geht. Das ist nicht richtig, wenn du meinst, du müsstest das alles alleine mit dir ausmachen. Das betrifft uns doch genauso. Hat Bechtel etwas gegen Nicole gesagt?«

»Was ist los mit ihr?« Stoevesandt setzte sich wieder an den Schreibtisch.

»Sie hat gerade Probleme.«

»Was für Probleme?«

»Ähm, ich will da nicht drüber sprechen. Ich weiß nicht, was sie erzählen will und was nicht. Du musst mit ihr sprechen. Du bist ihr Vorgesetzter. Und also, Gerd, sie muss doch von dir zuerst wissen, was Bechtel über sie weiß!« Er sprach eindringlich wie nur selten zuvor.

Ja, er musste reden. Rudolf hatte Recht. Dieses Schweigen, diese Lonesome-Wolf-Attitude und das Alles-mit-sich-selbst-Ausmachen war nicht immer eine Stärke, wie er es sich selbst gern einredete. Das konnte auch zum Schwachpunkt werden. Und es konnte in der Tat denjenigen Schaden zufügen, die er eigentlich schützen wollte.

»Okay, Rudolf, dann machen wir doch mit dir weiter.«

Stoevesandt faltete die Hände vor sich auf dem Schreibtisch und betrachtete sie. »Bechtel will beobachtet haben, wie du dich mit einem sehr jungen Mann direkt vor dem LKA getroffen hast.«

Jetzt riss Rudolf die Augen richtig auf. »Aber«, sagte er völlig konsterniert, »das war doch mein Neffe. Er hat einen Studienplatz bekommen. In Vaihingen. Maschinenbau. Der sucht jetzt hier in Stuttgart eine Wohngemeinschaft. Und so lange wohnt er bei mir.«

Rudolf lehnte sich auf dem Stuhl zurück und schüttelte so sehr den Kopf, dass ihm das dünne, mausbraune Haar ins Gesicht fiel. »Nein, das will ich nicht mehr, Gerd. Da mach ich nicht mehr mit, bei so einem Versteckspiel. Weißt du Gerd, ich war dir damals dankbar, dass du mich aus der Schusslinie genommen hast. Glaub mir, ich hab's gewusst. Ich hab schon mitgekriegt, was da lief. Und dass du dich vor mich gestellt hast. Und da war ich dir dankbar dafür. Weil damals hätt ich das noch nicht geschafft. Aber noch mal will ich das nicht. Ich bin schwul, und jeder kann das wissen. Die Leute, die mir wichtig sind, die wissen das sowieso.«

Er schwieg einen Moment und hatte ein sehr nachdenkliches Gesicht. »Damals war auch noch eine andere Zeit. Da gab's noch keine schwulen Regierenden Bürgermeister und Außenminister. Und Daniel war ja auch noch so jung. Wir haben vor kurzem überlegt, ob wir heiraten sollen, ähm, du weißt schon, diese Lebenspartnerschaft. Einfach, dass jeder von uns abgesichert ist, wenn irgendwas mal wär. Nein, Gerd, damit erpresst man mich nicht mehr.«

»Aber vielleicht mit deinen Methoden der Informationsbeschaffung. Kenntnisse über Konten und Depots, über Kontenbewegungen und Höhe der Vermögen, die man nur rausbekommt, wenn man entsprechende Kontakte zu den Finanzämtern hat. Und das alles ganz ohne richterliche Anordnung ...«

Rudolf rutschte nun nervös auf seinem Stuhl herum. »Ähm, aber das haben wir doch immer so gemacht. Also, ich meine, wir wissen dann halt, in welche Richtung wir bohren müssen. Ähm, also, solange eben, bis wir saubere Fakten haben und die richterliche Anordnung bekommen. Das weiß Bechtel doch auch und hat noch nie was dagegen gehabt.«

»Gegen Kapodakis will er genauso vorgehen, wenn der sich nicht aus dem Fall Angelhoff raushält.«

»Weiß der das?«

»Nein, noch nicht.«

»Du musst ihm das sagen, Gerd. Du lässt ihn sonst ins Messer laufen. Wir kennen Bechtel doch. Der macht das scheibchenweise. Der sammelt erst mal, bis er Kapo einen Strick draus drehen kann.«

»Was glaubst du, warum ich im Fall Angelhoff auf die Bremse getreten bin.«

»Aber, aber ...« Rudolf regte sich jetzt richtig auf. »Da soll was unter den Teppich gekehrt werden, Gerd. Da können wir doch nicht einfach die Augen zumachen.« Er deutete auf die Mappe auf dem Schreibtisch. »Ich hab noch was Komisches festgestellt, Gerd.«

Nein, in der Tat, Stoevesandt konnte nicht einfach weiter so tun, als ob sich die Widersprüche und Fakten beim Tod von Ewald Angelhoff durch Ignorieren in Luft auflösen würden. Er musste seine Strategie ändern, auch wenn ihm das sehr, sehr schwerfiel. Er musste offen mit allen reden. Mit Nicole, mit Kapodakis und vor allem auch mit Bialas.

»Was hast du gefunden?«, fragte er.

Rudolf schlug die Mappe auf und deutete auf eine Tabelle mit Zahlenreihen. Jetzt war er wieder der Alte, nüchtern und penibel. »Mir ist da etwas aufgefallen. Dieser Dr. Montabon bekommt doch immer noch von der NBAF sein Gehalt. Aber nicht nur das. Er hat auch über die Jahre immer wieder Sonderzahlungen erhalten. Unterschiedlich hohe Summen. Und was mir aufgefallen ist: Immer zum selben Zeitpunkt hat auch Angelhoff Honorare von der NBAF bekommen. Für irgendwelche Vorträge. Die Höhe bei Montabon und die bei Angelhoff stehen in keinem Zusammenhang, ähm, also, glaube ich. Aber wenn Mantabon eine, äh, sagen wir mal, Provision erhalten hat, dann hat Angelhoff zur selben Zeit auch ein Honorar bekommen. Siehst du, was ich meine?«

Stoevesandt sah sich die Daten an. Es war eine typische Rudolf-Kuhnert-Leistung. Kein anderer wäre darauf gekommen, die Überweisungen zueinander in Beziehung zu setzen. So aber war ein Zusammenhang doch sehr wahrscheinlich.

»So, und jetzt ist Nicole noch auf eine Idee gekommen.« Rudolf blätterte in der Mappe ein paar Seiten um. Eine weitere Tabelle lag bei, in der Datumsangaben mit bestimmten Ereignissen verknüpft waren. »Also, sie hat überlegt, wo und woran beide in diesen letzten Jahren gearbeitet haben. Montabon und Angelhoff waren beide in Brüssel, und beide hatten mit diesem Chemikaliengesetz zu tun. Sie hat mal eine Chronik der Ereignisse gemacht, wann da was beschlossen oder auf den Weg gebracht worden ist.«

Stoevesandt las ein Datum. Dahinter standen die Beträge, die der EU-Abgeordnete und der nationale Sachverständige jeweils bekommen hatten. Daneben stand, dass 2003 aus dem REACH-Entwurf der Kommission etliche Vorschriften gestrichen worden waren. Darunter auch die Tests, mit denen Chemikalien darauf geprüft werden sollten, ob sie in der Umwelt abbaubar sind und ob sie sich toxisch auf die Zellen von Säugetieren auswirkten. Dann kamen Zahlungen, kurz nachdem die Kompetenz für das Chemikaliengesetz dem EU-Rat für Umwelt weggenommen worden war und der Rat für Unternehmen und Industrie in der Europäischen Union das Thema zur Bearbeitung übertragen bekommen hatte. Beide, Angelhoff und Montabon, hatten größere Beträge bekommen, als die REACH-Vorschriften im EU-Parlament 2006 verabschiedet worden waren. Weitere Zuordnungen von Zahlungen und Entscheidungen legten in der Tat den Gedanken nahe, dass da Geld geflossen war, wenn in der EU Entscheidungen im Sinne der chemischen Industrie gefällt worden waren.

»Aber«, sagte Rudolf nun, »da gibt es was, was ich noch nicht verstehe. Dieser Dr. Montabon ist pleite. Das sind ja nun zwei ordentliche Gehälter, die er bezieht, plus die Provisionen. Aber trotzdem hat er Schulden ohne Ende.«

Stoevesandt rieb sich die Schläfen und Stirn. War es das, was der Spiegel-Journalist ihn wissen lassen wollte? Oder hatte der ebenfalls Hinweise auf Bestechungen und Korruption?

»Ich werde so schnell wie möglich mit Andreas Bialas sprechen. Erst mal sozusagen ›privat‹ und allein. Du hast recht, Rudolf. Wir können das nicht alles unter den Teppich kehren, nur weil es dem Herrn Kriminalrat Winfried Bechtel nicht in den Kram passt. Aber zuerst muss ich mit Nicole sprechen.«

4

Stoevesandt rief Nicole Marinescu sofort zu sich, nachdem Rudolf gegangen war. Sie sah die Mappe auf seinem Schreibtisch und bekam glänzende Augen.

»Darum geht es jetzt nicht«, sage Stoevesandt mit Blick auf Unterlagen von Rudolf. »Setzen Sie sich.« Er fand selbst, dass er streng klang.

Wie sollte er dieses Gespräch eröffnen? Er hasste es einfach, sich in Privatangelegenheiten seiner Mitarbeiter einzumischen. Er fühlte sich dabei wie ein Voyeur, der in eine geschützte Sphäre eindrang. Doch die Probleme der jungen Frau machten sie angreifbar. Wenn Stoevesandt ihr noch einen gewissen Schutz geben konnte, musste er wirklich wissen, worum es ging.

»Herr Bechtel hat mir gesagt, dass Sie von der Polizei aufgegriffen worden sind. Mit einem Prozent Blutalkohol.«

Sie wurde bleich und sah ihn bestürzt an.

»Und er behauptete auch, dass sich das Jugendamt eingeschaltet hat. Wegen Ihrer Tochter. Stimmt das?«

Jetzt bekam sie die Flatter. Auf ihrem Hals und ihren Wangen erschienen die roten Flecken, wie immer, wenn ihr etwas unter die Haut ging. Sie sah Stoevesandt nicht mehr an. Nervös fingerte sie an ihrer silbernen Halskette herum.

»Erzählen Sie, was ist los?«, forderte Stoevesandt sie auf. Er klang jetzt gnädiger. Sie tat ihm leid.

Sie begann zu weinen. Lautlos, aber das hübsche Gesicht schmerzhaft verzogen. Stoevesandt wartete. Sie musste sich erst mal wieder fangen.

»Ach, ich greife immer in die Scheiße«, sagte sie plötzlich, halb im Zorn, halb in Verzweiflung. »Bei den Männern.« Sie holte ein Taschentuch hervor und putzte sich die Nase. »Zuerst dieser Marinescu, dieser rumänische Macho. Der irgendwann angefangen hat zu prügeln. Man denkt immer, die könnten sich ändern, wenn sie einen wirklich lieben. Aber das tun sie nicht. Ich bin abgehauen. Bevor er meiner Kleinen noch was antun würde. Und jetzt wieder …«

Sie konnte nicht weiterreden, weil wieder die Tränen flossen.

»Ich hab mich verliebt. Nach so langer Zeit, wo ich schon dachte, dass ich solche Gefühle nie wieder haben würde. Ich war richtig glücklich.«

Sie sah, während sie erzählte, auf ihre Hände nieder, in denen sie das Papiertaschentuch hin- und herwalkte.

»Ich hab schon gemerkt, dass mit Sarah was nicht stimmt. Aber ich dachte, das ist eben so 'ne Phase. Sie ist letzten Herbst aufs Gymnasium gekommen. Und da hat sie sich anfangs schwer getan. Ich dachte einfach, das ist ein Durchhänger. Dann hat mich die Lehrerin einbestellt und gefragt, ob bei uns zuhause alles in Ordnung sei. Sarah sei plötzlich so unkonzentriert und verschlossen. Und die Leistungen seien so stark abgefallen.

Man hat ja so seine Ahnungen. Und irgendwie dachte ich schon dran, dass es damit zusammenhängt, dass Sandor jetzt bei uns wohnte. Aber vielleicht, weil sie sich dran gewöhnen musste, dass ich jemanden habe, oder ein bisschen aus Eifersucht.«

Sie machte eine Pause, bevor sie fortfuhr: »Dann kam eine Frau vom Jugendamt. Die Lehrerin hat die alarmiert. Weil Sarah sich geweigert hatte, mit Sandor zusammen nach Hause zu fahren. Er hat sie ab und zu von der Schule abgeholt, wenn sie nachmittags Unterricht hatte. Zuerst hab ich die Lehrerin verflucht. Aber jetzt bin ich ihr dankbar. Es kam raus, dass dieser ... dieses Schwein ... Er hat sich an sie rangemacht.«

Sie war wieder außer sich, weinte wütend und traurig zugleich und konnte nicht weitersprechen.

»Hat er ihr etwas angetan?«, fragte Stoevesandt leise.

Sie schüttelte den Kopf, während sie auf das zerfledderte Taschentuch in ihren Händen sah. »Sarah sagt, er hätte nur versucht, sie anzufassen. ›Nur‹. Ich weiß nicht wirklich, wie weit er gegangen ist. Aber er hat ihr gedroht, dass er mich verlässt, wenn sie mir etwas erzählt. Und sie wollte nicht, dass ich traurig bin. Warum nur, warum ... muss ich immer an solche ... solche Arschlöcher geraten? Warum kann ich mich nicht einfach verlieben und alles ist gut? Es ist manchmal so schrecklich schwer, immer, immer allein zu sein.«

Sie schob energisch den zerfledderten Zellstoff in die Hosentasche und sah auf.

»Am letzten Schultag vor den Sommerferien, da hab ich Sarah von der Schule abgeholt. Ich hab sie zu meinen Eltern gebracht. Ich hab gewusst, wenn ich nichts tue, dann geht das so weiter und wird schlimmer. Abends, zuhause, hab ich mir Mut angetrunken. Und als Sandor dann kam, hab ich ihn rausgeschmissen. Das Unschuldslämmchen wusste natürlich von nichts. Aber Sarah erzählt nicht einfach solche Dinge. Die hat sich ja schon schwer genug getan, weil sie nicht wollte, dass ich unglücklich bin. Ich hab seinen ganzen Krempel genommen und vor die Tür geworfen. Und dann hab ich weitergetrunken – aus lauter Frust und Wut. Ich hatte plötzlich solche Sehnsucht nach Sarah. Ich wollte sie einfach bei mir haben, im Arm, und sie beschützen. Also bin ich noch in der Nacht zu meinen Eltern gefahren und hab sie abgeholt. Ein Taxifahrer hinter mir hat dann die Polizei informiert. Ich hatte wohl einen ziemlichen Schlingerkurs drauf.«

Stoevesandt seufzte. Das Ganze war also schon über einen Monat her. Er wunderte sich, dass er als Vorgesetzter bislang keine Meldung von dem Vorfall hatte.

»Warum hat Herr Bechtel gewusst, dass das Jugendamt bei mir war?«, fragte sie plötzlich verwundert.

»Das weiß ich nicht, Nicole. Ich weiß nur, dass er momentan bei jedem, der im Fall Angelhoff recherchiert, die Schwachpunkte sucht. Und sie verwendet, um gegen jede weitere Ermittlungen vorzugehen. Er macht das nicht nur bei Ihnen. Auch bei mir und Rudolf und sogar bei Herrn Kapodakis.«

Sie sah ihn erschrocken an: »Aber was hat er denn gegen die in der Hand?«

»Er wirft Herrn Kuhnert und Herrn Kapodakis vor, dass sie sich bei ihren Ermittlungen nicht immer an legal vorgeschriebene Wege halten. Und versucht sonstige Schwächen auszunutzen, um Druck zu machen.«

»Und bei Ihnen?«

»Er will, dass ich die vorzeitige Pensionierung beantrage und droht mit Suspendierung.«

»Das ist doch lächerlich«, meinte sie empört. »Das kann er doch nicht machen.«

Stoevesandt wurde selbst bewusst, wie dünn das Eis eigentlich war, auf dem Bechtel sich bewegte. Es war ihm fast ein bisschen peinlich, wie sehr er sich von dem Vorgesetzten hatte einschüchtern lassen. Bei Nicole Marinescu war die Sache noch am schwierigsten. Aber selbst das würde er hinbekommen. Trunkenheit am Steuer in einer seelisch stark belastenden Situation musste noch nicht einmal ein Grund für eine Abmahnung sein. Trotzdem musste er vor allem sie aus der Schusslinie nehmen.

»Wir warten ab, ob es zu einer Anklage kommt. Dann nehmen Sie sich einen guten Anwalt, der die Extremsituation darlegen kann, in der Sie sich befunden haben. Hier im Amt sehen wir dann weiter. Und Sie halten sich ab sofort aus dem Fall Angelhoff komplett heraus. Haben Sie verstanden?«

»Aber das können Sie doch nicht machen!«, protestierte sie. »Wir können doch nicht einfach aufhören. Da stinkt doch was zum Himmel. Selbst wenn dieser Angelhoff Selbstmord begangen haben sollte – da riecht doch alles nach Korruption und Manipulation, dort in Brüssel. Sie dürfen doch nicht einfach aufgeben. Und sich nicht erpressen lassen. Ich kann mich versetzen lassen. Ich finde auch einen Job in der freien Wirtschaft. Aber Sie dürfen nicht einfach aufgeben, Herr Stoevesandt.« Jetzt war sie wieder die Alte.

»Ich habe nicht gesagt, dass ich und Herr Kuhnert uns raushalten werden. Aber Sie machen jetzt wieder genau den Job, für den Sie hier im Hause zuständig sind. Und zwar so ordentlich, dass niemand, wirklich niemand Ihnen da etwas anhaben kann. Verstanden?«

Einen Moment zögerte sie, bevor die Vernunft siegte und sie nickte.

5

Nachdem Nicole Marinescu sein Büro verlassen hatte, versuchte er, Kapodakis zu erreichen. Die lähmende Beklemmung der letzten Tage war einer beherzten Entschlossenheit gewichen. Die Situation war nicht wie damals beim BKA. Es waren zu viele Kollegen, beim Stuttgarter Präsidium wie hier im Hause, mit den Fakten vertraut, als dass es Bechtel gelingen konnte, sie alle zum Kuschen zu bringen. Nun musste er noch Kapo ins Boot holen. Wenn der Bescheid wusste, dann würde er mit Bialas einen Treff vereinbaren, vielleicht sogar noch heute oder morgen, auch wenn dann Samstag war.

Doch der war, wie einer seiner Mitarbeiter ihm mitteilte, außer Haus und würde erst am frühen Nachmittag wieder da sein.

Stoevesandt hatte gehofft, mit dem Kollegen auswärts essen gehen zu können. Nun nahm er mit dem Kantinenessen vorlieb und versuchte dann mit großer Mühe, sich wieder auf seine Fälle der Wirtschaftskriminalität zu konzentrieren.

Kapo stürzte kurz nach drei in sein Büro, fast ohne anzuklopfen.

»Jetzt dreht er hohl. Das ist doch nicht zu fassen. Er fragt mich, ob ich direkten Kontakt zu den italienischen Kollegen aufgenommen hätte. Natürlich habe ich das. Und das weiß er doch auch ganz genau. Kurze informelle Wege. Ich kenne doch viele Anti-Mafia-Leute persönlich. Er kann doch nicht ernsthaft erwarten, dass ich abwarte, bis dieser schwerfällige Bürokratenapparat bei Interpol endlich mal in Bewegung kommt. In Rom und Palermo liegen die DNA-Sätze in den Datenbanken rum. Ein Abgleich dauert eine Stunde und wir haben ein Ergebnis. Ich komme da nicht direkt dran, weil die Italiener noch immer nicht dem Prümer EU-Vertrag beigetreten sind, weiß der Henker warum nicht. Und er will, dass ich Wochen und Monate auf ein Ergebnis warte, nur damit alles seine sogenannte Ordnung hat. Sonst hetzt er mir die Dienstaufsicht auf den Hals. Als ob man das nicht im Nachhinein auch noch alles offiziell und sauber hinkriegen würde!«

»Du sprichst von unserm ehrenwerten Chef?«, fragte Stoevesandt und bedeutete dem erregten Kollegen, sich zu setzen.

Kapo winkte ab und nahm Platz. »Man hat mir gesagt, du wolltest etwas von mir?«

»Eigentlich wollte ich dir nur mitteilen, dass Bechtel dir an den Karren fahren will. Dass er gedroht hat, dir Schwierigkeiten zu machen. Wegen bestimmter Ermittlungsmethoden, gerade beim Fall Angelhoff. Aber das hast du ja nun live erleben können.«

»Wann war das?«

»Vor einer Woche.«

»Und das sagst du mir erst jetzt?«

Da war es wieder, das Gefühl, die Kollegen verraten zu haben. Stoevesandt wand sich. »Ich musste erst mit meinen Leuten reden. Er hat bei Rudolf und Frau Marinescu auch gedroht, sie zu belangen. Teilweise mit haltlosen Anschuldigungen, teilweise sind da wirklich Dinge vorgefallen. Ich musste erst mal wissen, inwieweit ich mich vor sie stellen kann.«

»Und womit hat er dich unter Druck gesetzt?«, fragte Kapo finster und zog die dunklen Augenbrauen zusammen.«

»Er hat einfach gesagt, ich solle die Pensionierung beantragen, und zwar sofort. Wenn nicht, würde er die Dienstaufsicht auf dich, auf Rudolf und Nicole hetzen.«

Kapodakis regte sich nicht mehr auf. Er sah eher nachdenklich aus.

»Jetzt hat er sich wirklich in die Scheiße geritten«, sagte er dann lapidar. »Die dunkle Seite des Kriminalrats Winfried Bechtel. Er hat die Kontrolle verloren und schlägt jetzt um sich.«

»Er will etwas vertuschen. Das steht für mich fest.«

»Aber steckt er da wirklich mit drin, in dieser Angelhoff-Geschichte?«, fragte Kapo skeptisch. »Mit Korruption und Mafia-Killern? Ich glaube etwas anderes. Er hat einem Parteifreund einen Gefallen zugesagt. Damit die Partei nicht in ein schlechtes Licht gerät. Und da ist etwas aus dem Ruder gelaufen. Wobei – wenn du mich fragst – die Partei gerade ohnehin keine gute Figur macht. Aber das ist Politik … Weißt du übrigens, dass der Leitende Oberstaatsanwalt in der Neckarstraße auch in dieser Partei ist? Was hast du jetzt vor?«

»Dasselbe wie du, denke ich. Wenn ich Ermittlungsergebnisse im Fall Angelhoff habe, werde ich sie umgehend an die SoKo Glemswald weiterleiten«, antwortete Stoevesandt.

»Okay.« Kapodakis nickte und stand auf. Im Gehen sagte er: »Und unseren Winfried müssen wir einbremsen.« Damit verließ er ohne Gruß und energischen Schrittes Stoevesandts Büro.

6

Er wollte gerade den Telefonhörer abheben, um Bialas anzurufen, als der Apparat von sich aus Laut gab.

Eine Kollegin von der Vermittlung fragte: »Ich habe eine Frau Angelhoff für Sie in der Leitung. Wollen Sie das Gespräch annehmen?«

»Ja.«

»Herr Stoevesandt?«, meldete sich ein zittriges Stimmchen. »Entschuldigen Sie. Ich weiß nicht, an wen ich mich wenden soll. Mein Mann hatte ein Schließfach. Und ich hab da jetzt Unterlagen rausgeholt. Also, Ihre Kollegin hat doch gesagt ... Wissen Sie, bei dem Einbruch ... Die hätten Papiere gesucht ...« Sie wusste offenbar einen Moment nicht, wie weiter. Man spürte ihr die Aufregung durch die Leitung hindurch an.

»Frau Angelhoff, ganz ruhig erst einmal. Warum wenden Sie sich denn an mich? Ich habe mit dem Fall nur indirekt zu tun.«

»Ihnen vertrau ich«, sagte sie schnell.

»Und was ist es, was Ihr Mann in dem Schließfach hatte?«

»Ich verstehe ... Ich weiß nicht so genau, was das alles ist. Aber, wissen Sie, wenn das die Unterlagen sind, die die gesucht haben ... Ich hab so Angst. Dass die nochmal kommen. Also, darf ich Ihnen das bitte vorbeibringen. Ich kann das heute noch bei Ihnen vorbeibringen.«

»Nein«, sagte Stoevesandt wie aus der Pistole geschossen. Er hatte mit einem Mal die Vision, wie Felicitas Angelhoff mit brisanten Materialien unterm Arm im LKA Winfried Bechtel über den Weg lief.

»Ich komme zu Ihnen«, sagte er schnell. Er spürte, dass ihr dies sehr recht war. Sie bedankte sich überschwänglich und gab ihm eine Adresse in Ludwigsburg.

Stoevesandt betrachtete seinen Schreibtisch. Normalerweise war der aufgeräumt, und nur wenige Vorgänge lagen geordnet in den Ablagen. Für ihn war das ein Zeichen, dass er seinen Laden im Griff hatte. Jetzt lag alles wild herum, und der Überblick drohte verlorenzugehen. Er würde nach dem Besuch bei Felicitas Angelhoff noch einmal herkommen und noch einiges aufarbeiten müssen. Ines hatte Spätdienst, so dass er ohnehin zu Hause alleine wäre.

Er fuhr von Cannstatt nach Ludwigsburg-Ossweil und brauchte für die knapp zwanzig Kilometer fast eine Stunde. Der Freitagnachmittagsverkehr im Großraum Stuttgart floss zäh wie halberkaltete Lava. Alles wollte jetzt raus aus der Landeshauptstadt. Man unterschätzte die Stadt mit ihren sechshundertfünfzigtausend Einwohnern leicht. Sie ging ringsum an ihren Rändern fast übergangslos in etliche Mittelstädte und kleinere Gemeinden über und bildete mit ihnen einen urbanen und kulturellen Großraum mit über zweieinhalb Millionen Menschen und einer enormen Wirtschaftskraft. Als er endlich vor dem biederen Einfamilienhaus mit Einliegerwohnung ankam, war es schon später Nachmittag.

Felicitas Angelhoff kam heraus, bevor er klingeln konnte. Sie hatte ihn offenbar sehnlich erwartet.

»Kommen Sie herein. Die brauchen das nicht mitzubekommen«, sagte sie rasch und deutete auf die oberen Stockwerke.

Sie führte Stoevesandt in eine altmodisch eingerichtete Wohnung mit schweren Eichenmöbeln, stellte Kekse auf den Esstisch und bot ihm einen Kaffee an, den er gerne annahm. Felicitas sah sehr mitgenommen aus. Abgemagert und verhärmt. Sie hatte sich sorgsam und fein geschminkt. Dennoch sah man ihren Augen an, dass sie geweint hatte. Nachdem sie selbst einen Schluck Kaffee genommen hatte, stand sie jäh auf und ging in einen anderen Raum, in dem Stoevesandt das Schlafzimmer vermutete. Sie kam mit mehreren Mappen zurück, die sie Stoevesandt zuschob, als erwarte sie daraus nur Unheil.

»Das war in dem Schließfach meines Mannes«, sagte sie wieder mit zittriger Stimme. »Ich verstehe nicht, was das alles ist. Aber vielleicht hilft Ihnen das ja weiter.«

Stoevesandt nahm die oberste der Kladden, die alle aus dunkelblauer Pappe mit einer Art Lederprägung waren und nur durch Gummizüge geschlossen wurden. Sie enthielt ein etwa fünfzig Seiten starkes Dokument, das mit einer Klemmschiene zusammengehalten wurde. Der Titel der offensichtlich wissenschaftlichen Publikation lautete »Computational toxicology and non-test methods for screening substances for endocrine activity«.

Stoevesandts Englisch war nicht so gut, dass er problemlos jeden Text in der Fremdsprache herunterlesen konnte. Hier hatte er gar keine Chance, als er versuchte, das zusammenfassende Abstract am Anfang des Schriftstücks zu lesen. Es war reines Fachchinesisch. Schon den Titel verstand er nicht wirklich.

Als Autor war ein Dr. Hubert Mayer-Mendel genannt. Der Name sagte ihm nichts. Wohl aber das Forschungsinstitut, an dem die Arbeit entstanden war. Es war das Karlsruher Institut für Technologie, kurz KIT, an dem, wie sich Stoevesandt nun erinnerte, auch Dr. Fabian Montabon für ein halbes Jahr tätig gewesen war, bevor er erneut als nationaler Sachverständiger nach Brüssel entsandt worden war.

»Können Sie damit etwas anfangen?«, fragte Stoevesandt die Witwe.

Sie schüttelte nur den Kopf und sah den Kommissar mit ihren graugrünen Augen hilflos an. Sie hatte jetzt wieder etwas von der kindlichen Anmut, die ihr durch die Schicksalsschläge abhandengekommen war. Stoevesandt fragte sich, warum so eine wissenschaftliche Abhandlung in das Schließfach einer Bank gewandert war.

Er griff zur nächsten Mappe und öffnete sie. Sie enthielt etwa zehn Seiten, die am linken oberen Eck einfach zusammengetackert waren. Darauf waren Tabellen im Querformat. Die erste Spalte enthielt Nachnamen, bei einigen mit Titel, und Vornamen. Es waren deutsch klingende Namen, was durch den Vermerk DE in der zweiten Spalte der Tabelle bestätigt wurde. Manche kamen ihm bekannt vor. Von zweien wusste er sicher, dass es sich um EU-Abgeordnete handelte. Auf den letzten Seiten fanden sich auch einige Namen, hinter denen eine andere Nationalität angegeben war. Bei den meisten war dies AT, aber auch BE oder IT war zu finden. Die dritte Spalte enthielt ebenfalls Abkürzungen. Kurz musste Stoevesandt überlegen. Dann meinte er sich zu erinnern, dass EVP, EGP oder ALDE für die verschiedenen Fraktionen im Europäischen Parlament standen. In einer weiteren Spalte waren offenbar Mitgliedschaften und Funktionen in diversen EU-Gremien, Organisationen und Verbänden aufgeführt. Dahinter, in einer sehr breiten Tabellenspalte, waren bei etlichen Namen computergeschriebene Vermerke angebracht:
Hält sich an Fraktionsentscheid.
Ideologe. Sehr verbohrt.
Empfänglich. Afrika-Fan. Liebt Safaris.
Dringende Intervention erforderlich. Kann gewonnen werden. Hat Einfluss auf Ausschuss-Mitglieder.
Sehr unterstützend. Sehr empfänglich.
In dieser Spalte waren auch handschriftliche Vermerke, fast immer von demselben Autor. Die Schrift war nicht leicht zu entziffern. Manches jedoch war gut zu lesen:
»Liebt alten Whisky. Sehr alten«, stand da zum Beispiel. Oder: »Passionierter Golfer. WoE mit ›Workshop‹ wäre nicht schlecht.« Aber auch: »Lasst besser die Finger von ihr. Kann nach hinten losgehen.« Genau hinter dieser Bemerkung stand in einer anderen Handschrift die Anmerkung: »Sehe ich anders. Hab in der Bib Solvay mit ihr gesprochen. War ganz zugänglich.«

Stoevesandt suchte nach einem Titel des Dokuments. Es enthielt weder ein Datum noch eine Überschrift, eine Fußzeile oder sonst einen Hinweis auf die Autorenschaft. Nur auf der ersten Seite stand, wie Stoevesandt schon beim ersten Blick festgestellt hatte, ebenfalls von Hand: »Mit der Bitte um Ergänzungen und Tipps«. Eindeutig war es eine dritte Handschrift.

Stoevesandt wusste, was er vor sich hatte. Und auch Felicitas Angelhoff war sich dessen bewusst. Er schob das Papier zu ihr hin und fragte: »Erkennen Sie eine dieser Handschriften?«

Sie nickte und deutete auf die Bemerkungen hinter den Namen: »Das hat Ewald geschrieben.«

»Und hier? Und diese Notiz am Anfang?«

»Das weiß ich nicht. Die kenne ich nicht, diese Handschriften. Ist das die Liste, nach der alle gesucht haben?«, fragte sie ängstlich.

»Ich denke schon.«

»Hat man ihn deswegen umgebracht?«

»Sie sind immer noch davon überzeugt, dass er sich nicht selbst getötet hat?«

»Niemals.« Sie klang sicherer als je zuvor. Und Stoevesandt hatte jetzt den Eindruck, dass sie ihm etwas verschwieg.

Er ließ es auf sich beruhen und griff zum dritten Dokument in einer der blauen Mappen. Wieder war er etwas erstaunt, dass eine solche Publikation in einem Bankschließfach verwahrt worden war. Zumal es sich höchstwahrscheinlich um ein öffentlich zugängliches PDF-Dokument handelte. Es war der medizinische Fachartikel eines Arztes über das Krankheitsbild »Multiple Chemikalien-Sensitivität«, kurz MCS. Symptome wurden beschrieben, auslösende Substanzen und die Problematik der Diagnostik, wie Stoevesandt beim schnellen Überfliegen des Artikels feststellen konnte. Angelhoff hatte über diese Erkrankung ja auch intensiv im Internet recherchiert, wie er sich erinnerte.

»Hatte Ihr Mann irgendwelche gesundheitlichen Probleme? Vielleicht solche, die er nicht einordnen konnte?«
»Nein.« Wieder klang sie sicher.
»Oder Sie? Haben Sie Beschwerden?«
Sie schüttelte den Kopf
»Oder sonst jemand aus der Familie?«
Sie antwortete nicht, aber verlor immer mehr die Fassung, bis sie schließlich schluchzend vor ihm saß. Für heute hatte er eigentlich genug von weinenden Frauen. Doch er wartete geduldig, bis sie sich etwas beruhigt hatte.

Sie stand auf und ging in das mutmaßliche Schlafzimmer. Mit einem großen weißen Umschlag kam sie zurück. Den schob sie Stoevesandt wortlos hin und setzte sich wieder zu ihm an den Tisch.

Er nahm wieder verschiedene Dokumente heraus. Zuoberst eine Geburtsurkunde. Sie war ausgestellt auf den Namen Constantin Barnhelm. Das Geburtsdatum war der 8. März 2005. Der Junge war jetzt also acht Jahre alt. Als Mutter war eine Dana Barnhelm eingetragen, als Vater Ewald Angelhoff.

Ein weiteres Dokument war die medizinische Diagnose eines Dermatologen und Umweltmediziners in Kempten für den Patienten Constantin Barnhelm. Sie war in der typischen Medizinerfachsprache gehalten. Stoevesandt verstand nur, dass bei dem Jungen umfangreiche Untersuchungen gemacht worden waren. Seitenweise waren Laborwerte aufgeführt. Irgendwo fiel ihm der Satz ins Auge: Verdacht auf Chronische Multisystemerkrankung (CMI/MCS).

»Wir wollten immer Kinder haben«, meinte Felicitas Angelhoff nun bedrückt. »Vor allem Ewald. Er hat sich untersuchen lassen. Sogar von verschiedenen Spezialisten. Aber es lag an mir. Ich kann keine Kinder bekommen.« Gedankenverloren sah sie aus dem Fenster. »Er hätte sogar ein Kind adoptiert. Aber ich hatte Angst davor. Was, wenn so ein fremdes Kind plötzlich seltsame Eigenschaften entwickelt. Ich weiß nicht, ob ich mit so etwas hätte umgehen können.«

Sie riss sich zusammen, um nicht wieder zu weinen. »Jetzt hat er doch ein Kind gehabt. Bestimmt war er überglücklich. Und jetzt sieht er es nicht aufwachsen. Er war bestimmt ein guter Vater. Einer, der für sein Kind sorgt. Ich weiß genau, dass er sich nicht umgebracht hat. Nicht, wenn er einen Sohn hat. Niemals!«

Das Thema berührte Stoevesandt sehr unangenehm. Schnell sah er sich die restlichen Unterlagen an. Es waren notariell beglaubigte Schenkungen. Für Constantin Barnhelm. Zum einen ein Anlagedepot über achthunderttausend Euro. Zum andern eine Eigentumswohnung in Esslingen.

Felicitas nickte: »Er hat für ihn gesorgt.«

»Werden Sie das anfechten?«

Sie schüttelte energisch den Kopf. »Ich werde seinen letzten Willen respektieren.«

»Woher wissen Sie, was sein letzter Wille war?« Wieder kam es Stoevesandt so vor, als ob sie ihm nicht alles sagte. Sie kämpfte wieder mit den Tränen.

»Frau Angelhoff, Sie sind überzeugt, dass Ihr Mann sich nicht das Leben genommen hat. Aber Sie wissen, was das bedeutet. Wenn wir eine Chance haben wollen, herauszubekommen, wer Ihrem Mann das angetan hat, dann müssen wir alles wissen. Auch sehr Persönliches.«

Sie sah ihn nachdenklich an, erhob sich und holte aus dem Nebenzimmer ein weiteres weißes, aber kleineres Kuvert.

Stoevesandt entfaltete den Brief und las die Worte, die Ewald Angelhoff als letzte an seine Frau gerichtet hatte.

Dann bat er die Witwe, die gesamten Unterlagen mitnehmen zu dürfen. Er war sich durchaus bewusst, dass diese Sicherstellung nicht besonders professionell war, so ganz ohne Kollegen und Zeugen. Doch er hätte mit Sicherheit nicht so viel erfahren, wenn er nicht allein gewesen wäre. So ließ er sich Papier und Stift geben und führte jedes Dokument mit Titel und Beschreibung auf, dies alles in zweifacher Ausfertigung, unterschrieb das Ganze und ließ Felicitas Angelhoff gegenzeichnen. Nur den privaten letzten Brief ließ er da. Man würde ihn sicher auch offiziell noch sicherstellen können.

Als er sich schließlich verabschiedete, wirkte die Witwe sehr bestimmt. »Herr Stoevesandt, ich will, dass der gefasst wird, der meinen Mann umgebracht hat. Ich will, dass der das büßen muss. Und ich will wissen, wer das war. Die ganze Welt soll wissen, wer das war. Bitte fassen Sie den. Versprechen Sie mir, dass Sie den fassen!«

Das war nicht mehr die kindlich-naive Edelgattin, die Stoevesandt einmal kennen gelernt hatte. Felicitas Angelhoff war in den letzten Wochen nicht nur gealtert. Sie war auch reifer geworden.

7

Es war schon nach halb acht, als Stoevesandt zurück im LKA war. Der Verkehr hatte etwas nachgelassen, war aber immer noch nervend. Er nahm die Unterlagen und machte Seite für Seite Kopien. Die Originale verschloss er in seinem Schreibtisch. Die Kopien nahm er mit nach Hause. An die Aufarbeitung seiner eigentlichen Arbeit war nun nicht mehr zu denken. Er würde morgen, am Samstag, noch einmal ins Büro müssen.

Zuhause machte er sich eine Kleinigkeit zu essen, räumte dann das Geschirr weg und holte sich eine Flasche Wein und ein Glas. Am Esstisch nahm er sich die Dokumente aus Ewald Angelhoffs Bankschließfach vor. Bei dem englischen Fachartikel hatte er keine Chance. Es ging einerseits um chemische Substanzen, andererseits um Computersimulationen. Mehr verstand er nicht. Das musste sich ein Experte anschauen.

Dann nahm er sich die »Liste« vor. Fast zu jedem zweiten Abgeordneten waren hier Vermerke gemacht, entweder computergeschrieben vom anonymen Ersteller der Auflistung oder von Angelhoff handschriftlich. An vier Stellen waren Bemerkungen in der zweiten Handschrift notiert. So wie die Liste geführt war, musste es um eine wichtige Entscheidung im Parlament gegangen sein. Und darum, wie man dabei auf einzelne Abgeordnete Einfluss nehmen konnte.

Er holte den Laptop und recherchierte im Internet. Schnell stellte er fest, dass einige der aufgeführten Abgeordneten nach der Europawahl 2009 dem EU-Parlament nicht mehr angehört hatten. Die Abstimmung, um die es gegangen war, musste also vor dieser Wahl stattgefunden haben. Stoevesandt konnte sich des Eindrucks nicht erwehren, dass es um REACH, die EU-Chemikalienverordnung, gegangen war. Das lag nahe, wenn dies die Liste war, die Dr. Guido Gapka vom Verband der Deutschen Chemie-Industrie und der Sachverständige für Chemikalientests, Dr. Fabian Montabon, gesucht hatten. Dass diese Aufstellung mit ihren Vermerken für einen Lobbyisten wie Gapka brandgefährlich war und keinesfalls an die Öffentlichkeit kommen durfte, war klar. Doch was war mit Angelhoff? Seine Anmerkungen waren ebenso ein Skandal wie die Existenz der Liste. Ganz sicher wäre er erpressbar geworden, wenn jemand sie in die Hände bekommen hätte. Aber warum hatte er sie nicht einfach vernichtet? Und hatte man ihn, wie Felicitas Angelhoff gefragt hatte, wegen dieser Liste ermordet? Der Gegenstand, der nach seinem Tod entwendet worden war, konnte dieses Schriftstück jedenfalls nicht sein, wie Bialas vermutet hatte. Sein Fund war für Stoevesandt eher verwirrend als klärend.

Interessant war die Frage, ob der eine Abgeordnete tatsächlich eine Afrika-Safari gemacht hatte und ob der Italiener zu einem Workshop in einem Golf-Hotel eingeladen worden war. Oder ob der Österreicher seinen sehr alten Whisky bekommen hatte. Das zu klären, wäre eine Aufgabe nach dem Geschmack von Nicole Marinescu, ging es ihm durch den Kopf.

Er legte die Kopien der Liste beiseite und holte sich die Unterlagen über den Sohn hervor. Die Eigentumswohnung war in Esslingen. Über das Internet bekam er schnell heraus, dass unter dieser Adresse tatsächlich eine Dana Barnhelm im Telefonbuch stand.

Es war also doch wahr: Angelhoff hatte tatsächlich eine Geliebte gehabt. Man musste so schnell wie möglich mit ihr sprechen. Es war schon recht spät. Sonst hätte er jetzt noch Andreas Bialas angerufen. Das war das Erste, was er morgen früh tun musste.

Und Angelhoff hatte einen Sohn gehabt! Stoevesandt überkam wieder dieses ungute, beklemmende Gefühl. Auch er und Ines hatten sich Kinder gewünscht. Und keine bekommen. Wie die Angelhoffs. Nur, dass Ewald Angelhoff zu Ärzten gegangen war, um sich untersuchen zu lassen.

Stoevesandt erinnerte sich nicht gerne an diese Zeit zurück. Ständig lagen Probleme in der Luft. Über die er nicht reden wollte und konnte. Die Kinderlosigkeit war nur die Spitze des Eisbergs. Ines hatte ein paar Mal angesprochen, dass er auch mal zum Arzt gehen sollte. Er hatte es immer abgetan oder gar nicht darauf reagiert. Auch über eine Adoption wollte sie einmal sprechen. Und darüber, ob er eigentlich wirklich Kinder haben wollte. Immer wieder, auch in anderen Fragen, warf sie ihm vor, dass er ihr nicht mitteilte, was in ihm vorging.

Dann kam das Angebot, zum Bundeskriminalamt zu wechseln. Der Beruf stand nun mal in dieser Zeit für ihn im Mittelpunkt. Und Ines schloss daraus, dass ihm die Arbeit wichtiger war als die Beziehung und Familie. Er wusste genau, dass sie sich lange überlegt hatte, ob sie mit ihm nach Wiesbaden gehen sollte. Es war ihm völlig klar, dass ihre Beziehung auf der Kippe stand. Doch nicht einmal darüber konnte er mit ihr reden, obwohl er sich nichts Schlimmeres hätte vorstellen können, als sie zu verlieren.

Auch mit den Kindern war das so eine Sache. Er wollte Kinder. Aber die Horrorvorstellung, zu einem Arzt zu gehen und den niederschmetternden Bescheid zu bekommen, wog schwerer als der Kinderwunsch. Und noch schwerer erschien es ihm, sich Ines mitzuteilen. Es gehörte ja ohnehin nicht zu seinen Gepflogenheiten, sich auszusprechen.

»Wenn du einer Frau kein Kind machen kannst, dann bist du kein Mann.« Das war der O-Ton seines Vaters. Und auch, wenn er vom Verstand her solche Sprüche abtun konnte, so saßen die Erniedrigungen doch tief. Für seinen Vater war der kleine Gerd nie ein richtiger Kerl gewesen. Er kam zu sehr seiner Mutter nach. Er ließ keine Muskeln spielen, hatte vielmehr Köpfchen. Und manchmal hatte er schon als Kind das Gefühl gehabt, dass sein Vater ihn dafür nicht nur verachtete, sondern auch hasste. Sein Selbstwertgefühl hatte er als Junge damit aufgebaut, indem er der Mutter half und sie unterstützte, erst recht, als sie den Vater rausgeworfen hatte. Und später durch den Beruf. Vielleicht war die Entscheidung, Polizist zu werden, noch unter dem Bedürfnis gefallen, dem Vater zu beweisen, dass er ein richtiger Mann war. Doch schnell war er zu den »Intellektuellen« bei der Kriminalpolizei gestoßen. Zu den Polizisten, die mit Köpfchen Fälle lösten und nicht mit Muskelkraft und Schießeisen. Und auch darin hatte er eine Bestätigung seiner Männlichkeit erfahren. Unfruchtbarkeit dagegen – das hätte sein Selbstbewusstsein wieder ins Wanken gebracht. Die Angst davor war größer als die Furcht, dass Ines ihn verließ.

Ja, immer wenn es heiß geworden war, wurde er sprachlos. Die zweite große Ehekrise hatten sie gehabt, als er sich quasi nach Stuttgart »strafversetzen« lassen musste. Wieder hatte er nicht geredet. Er hatte so gut wie nichts erzählt von den Schikanen und Verleumdungen, die er über sich hatte ergehen lassen müssen. Teils, weil er zu stolz war und alles alleine schaffen wollte, teils, weil er sie nicht belasten wollte. Doch das Ergebnis war ein Schock für sie, auf den sie nicht vorbereitet gewesen war.

Und jetzt? Jetzt war es wieder so. Es standen Entscheidungen an. Die Pensionierung. Die Rückkehr nach Hamburg. Und wieder sprach er nicht wirklich mit seiner Frau. Weder über die Probleme mit Bechtel beim Fall Angelhoff, die die Entscheidungen ja irgendwie beeinflussten. Noch über seine zwiespältigen Gefühle, was den Ruhestand und eine Rückkehr nach Hamburg betraf.

Plötzlich erinnerte er sich an einen Satz, den er in dem Buch »Der Schatten in uns« gelesen hatte und der ihm merkwürdig unverständlich und treffend zugleich vorgekommen war: »Unendlich viele schwierige Beziehungsprobleme entstehen aus der Unbewusstheit über den Schatten, und zwar oft gerade durch jene Menschen, die glauben, ihren Schatten im Griff zu haben.« Es fiel ihm schwer, doch er musste sich eingestehen: Sein Schatten war die Unfähigkeit, über belastende Gefühle zu sprechen.

Als Ines nach Hause kam, war Stoevesandt tief in Gedanken versunken.

»Was ist mit dir los?«

Er antwortete nicht gleich, sondern holte ein Glas und schenkte ihr Wein ein. »Komm, setz dich zu mir. Ich muss mit dir reden.«

»Ist das der Fall, der dich gerade so plagt?«, fragte sie mit einem Blick auf die Papiere, die über den Esstisch verstreut waren.

Er nickte.

Sie nahm einen Schluck Wein. »Erzähl.«

Wo sollte er anfangen? Was erzählen und was lieber für sich behalten? Am besten war es wohl einfach die Fakten und Ereignisse für sich sprechen zu lassen. Er erzählte von dem Anruf, den er von dem EU-Parlamentarier Ewald Angelhoff erhalten hatte, von dessen plötzlichem Tod und den Zweifeln, ob es sich wirklich um einen Suizid handelte. Er erzählte, wie er von Bechtel instrumentalisiert worden war, der ihn nach Brüssel schickte, um von dort ein Motiv für den Selbstmord mitzubringen. Wie plötzlich von sehr hoher Stelle alles, was in Richtung Mord wies, unter den Teppich gekehrt wurde und sogar der Staatsanwalt, der nicht ins Konzept passte, gegen einen genehmeren ausgetauscht worden war. Und schließlich, wie Bechtel ihn unter Druck gesetzt und verlangt hatte, dass er seine Pensionierung einreichen solle, und wie er die Schwachstellen von Mitarbeitern nutzte, um jede weitere Ermittlung zu unterbinden.

Ines saß da und hörte aufmerksam zu, obwohl sie sichtbar müde war. Sie unterbrach ihn kein einziges Mal und nippte nur ab und zu am Wein. Als er nichts mehr zu erzählen wusste, sagte sie: »Dann hast du also nur an die Pensionierung gedacht, weil das Schwein von einem Chef, den du hast, dich erpresst hat.«

Hatte sie recht? »Nein, so einfach ist das nicht, Ines.« Er brauchte einen Moment, um Worte zu finden, für das, was er sagen wollte. »Da im Schönbuch, da hatte ich es einfach so unendlich satt. Diese ständigen Auseinandersetzungen mit Bechtel. Es kam mir wirklich wie eine Lösung vor, die einfach das vorzieht, was ohnehin in den nächsten drei Jahren ansteht.«

Sie sah ihn mit festem Blick an. »Du kannst jetzt nicht die Pensionierung beantragen. Nicht unter diesen Umständen, Gerd. Selbst wenn du es wirklich wolltest. Ihr könnt doch jetzt nicht klein beigeben. Was sagen denn die anderen dazu?«

»Ich hab erst heute Vormittag mit Nicole und Rudolf gesprochen. Ich wollte sie raushalten, aber das geht nicht. Ich glaube, wir müssen es drauf ankommen lassen. Wir können keinen Rückzieher mehr machen.« Er wies auf die Papiere, die auf dem Tisch herumlagen. »Mit diesen Unterlagen ohnehin nicht mehr.«

»Was ist das?«

»Das sind Dokumente, die Ewald Angelhoff in einem Bankschließfach aufbewahrt hat. Zum Teil verstehe ich, warum. Zum Teil ... Sag mal, Ines, könnest du mir einen Gefallen tun? Es geht hier auch um eine Diagnose. Um medizinische Themen.« Er suchte den Fachartikel über die Multiple Chemikalien-Sensitivität und die Untersuchungsergebnisse von Constantin Barnhelm heraus. Dann legte er noch die Abhandlung über die »Computational toxicology« bei. »Meinst du, du könntest das mal anschauen und mir sagen, was du davon hältst?«

Sie nickte. »Wenn's nicht mehr heute sein muss.«

Stoevesandt winkte ab. Es war spät geworden, und der Tag war wahrlich nicht langweilig gewesen.

Ines stand auf und sah Stoevesandt eindringlich an. »Ich will nochmal mit dir reden. Über meine Verrentung und deine Pensionierung. Nur – bevor wir über unsere Zukunft sprechen, musst du diesen Fall zu Ende bringen. Aber eines sage ich dir, Gerd Stoevesandt. Wenn du dann nicht offen und ehrlich über deine Gedanken und Gefühle mit mir sprichst, über alles, was dir Angst macht oder Unbehagen, wenn du an den Ruhestand denkst, dann lasse ich mich scheiden. Und wenn du nur meinetwegen nach Hamburg zurückgehst, dann bleibe ich hier in Stuttgart. So, und jetzt bin ich todmüde und muss ins Bett.«

Samstag, 31. August 2013

I

Stoevesandt ging früh ins Landeskriminalamt. Dort versuchte er es als Erstes auf Andreas Bialas' Diensthandy, erhielt jedoch nur die Auskunft, dass momentan niemand zu erreichen war. Er ärgerte sich, dass er es nicht doch am Vortag probiert hatte. Dann rief er Andreas' Festnetznummer im Präsidium an, wurde aber mit der Zentrale verbunden. Dort sagte man ihm, Herr Bialas sei nicht im Hause, man könne ihn aber mit dessen Stellvertreterin Frau Stankowski verbinden. Stoevesandt ließ sich durchstellen. Entweder Hanna Stankowski konnte ihm sagen, wie er Bialas erreichte, oder er musste mit ihr sprechen.

»Andreas ist an den Kaiserstuhl gefahren, um seine Ehe zu retten«, informierte ihn Hanna Stankowski.

»Steht es damit so schlecht?«, fragte Stoevesandt.

»Seine Frau fühlt sich vernachlässigt, und ich habe vollstes Verständnis dafür. Wir hatten kaum ein wirklich freies Wochenende in letzter Zeit. Wenn schon mein Partner die Stirn runzelt ... und der kennt das Geschäft ja auch. Aber lassen wir das. Sie sind ja offensichtlich auch am Samstag früh schon wieder im Dienst. Und sicher wollen Sie mit mir nicht nur plaudern.«

Stoevesandt erzählte ihr von seinem Besuch bei Felicitas Angelhoff, von den Dokumenten aus dem Schließfach und von der Geliebten samt Sohn. Hanna Stankowski hörte zu, ohne ihn zu unterbrechen, und schwieg auch noch einen Moment, als er geendet hatte.

»Wir müssen mit der Frau reden. So schnell wie möglich«, meinte sie dann.

Stoevesandt gab ihr Adresse und Telefonnummer.

»Ich kümmere mich drum«, versprach die Kriminalkommissarin. »Und ich halte Sie auf dem Laufenden. Und, Herr Stoevesandt« – kurz zögerte sie – »meinen Sie, Sie könnten vielleicht mitkommen? Irgendwie habe ich das Gefühl, dass Sie bei allem, was mit Ewald Angelhoff zu tun hat, besser an die Leute rankommen als wir.«

Stoevesandt sagte zu, obwohl das auch für ihn bedeuten konnte, dass das Wochenende geopfert werden würde. Doch seine Ehe würde das mit Sicherheit nicht gefährden. Da gab es andere heikle Probleme, die Sand ins Getriebe brachten.

Nach dem Telefonat versuchte er, sich auf seine WiKri-Fälle zu konzentrieren. Vor allem zwei Besprechungen in der Staatsanwaltschaft gleich am Montagmorgen wollten gut vorbereitet sein. Langsam fand er sich in die Thematik ein und schaffte es schließlich sogar, kaum noch an den Fall Angelhoff zu denken.

Um die Mittagszeit meldete sich Hanna Stankowski und teilte ihm mit, dass sie Frau Barnhelm erreicht hatte und dass die heute zwar keine Zeit mehr hatte, die Beamten aber morgen, am Sonntagvormittag gerne empfangen würde.

2

Als Stoevesandt am frühen Nachmittag nach Hause kam, fand er Ines auf dem Balkon in die Dokumente von Ewald Angelhoff vertieft.

»Komm, setz dich her. Ich bin quasi durch«, sagte sie.

Stoevesandt holte Kaffee für sie beide und setzte sich zu ihr.

»Also, zuerst mal zu diesem Artikel über die Multiple Chemikalien-Sensitivität. Ich hab mal mit einem Kollegen telefoniert, einem Allergologen, von dem ich recht viel halte. Es ist so: Nach der offiziellen Schulmedizin gibt es so eine

Krankheit nicht wirklich. Da herrscht die Meinung vor, dass das mehr so psychogene Geschichten sind. Was heißt: Die Leute haben sozusagen eine Chemikalienphobie. Die steigern sich so in eine Angst hinein, bis sie wirklich Symptome entwickeln. Mein Kollege sieht das aber auch ein bisschen anders.«

Sie nahm einen Schluck von ihrem Kaffee.

»Wir haben heute die Situation, dass fast jedes zehnte Kind eine Neurodermitis hat. Vor fünfzig Jahren waren das gerade mal zwei bis drei Prozent. Und Allergien aller Art explodieren geradezu. Der Kollege meinte, dass das nicht mehr nur durch übertriebene Hygiene oder durch zu wenig Kontakt zu anderen Kindern oder zu Tieren in der frühen Kindheit zu erklären ist. Das sind so die klassischen Thesen in der Ursachenforschung. Er kann sich vorstellen, dass die vielen Stoffe, die vom Menschen produziert und in die Umwelt geblasen werden, schon auch eine Rolle spielen.«

»Also gibt es die Krankheit doch?«, fragte Stoevesandt. Er erinnerte sich an die Reaktion von Dr. Guido Gapka, als sie ihn auf die Recherchen von Angelhoff zum Thema MCS angesprochen hatten. Auch der hatte das Ganze ja als Panikmache abgetan.

»Also, dieser Artikel ist wirklich naturwissenschaftlich fundiert geschrieben«, antwortete Ines. »Dieser Umweltmediziner begründet seine Thesen durch Regulations- und Stoffwechselvorgänge in der Zelle, vor allem in Nervenzellen und im Immunsystem. Da geht es wirklich um einzelne Rezeptoren und Enzyme, die er detailliert beschreibt. Und mich hat eine Sache nachdenklich gemacht.« Sie hielt einen Moment inne. »Er erwähnt auch, dass MCS-Patienten Narkosemittel schlecht oder gar nicht vertragen. Ich kann mich an zwei Fälle erinnern. Einmal hat eine Frau Atemnot bekommen, weil sich die oberen Luftwege schlagartig verengt haben. Sie hat mir dann erzählt, dass sie extrem auf Chemikalien reagiert. Und einmal ... Ich hab den Mann ein bisschen für einen Hypochonder gehalten ... Da gab es

Probleme mit dem Kreislauf. Ich hatte meine liebe Not, ihn durch die OP zu bringen. Und er hat sich nur schwer erholt. Ich hatte da auch den Eindruck, dass es gar nicht die OP an sich war, die ihn so extrem belastet hat, sondern die Narkose.«

»Und was ist diese MCS nun eigentlich? Auch eine Art Allergie – oder?«

Ines sah ihn nachdenklich an. »Wie fasse ich es am besten zusammen? Mit den Details kannst du wahrscheinlich ohnehin nichts anfangen. MCS ist eigentlich keine klassische Allergie. Es ist vielmehr so, dass die geringsten Konzentrationen von bestimmten Chemikalien heftige Symptome auslösen. Kopfschmerzen, Muskelschmerzen, Übelkeit, Magen-Darm-Probleme, Atemwegserkrankungen, Müdigkeit, Leistungsabfall, Erschöpfungszustände. Das Schlimme ist, dass immer geringere Dosen der Chemikalien ausreichen, um diese Symptome hervorzurufen, die dazu noch immer heftiger werden. Und die Betroffenen reagieren auf immer mehr Stoffe. Und da gibt's unzählig viele, die man da in Verdacht hat oder sogar weiß, dass die Probleme machen. Weichmacher in Verpackungsfolien und Kunststoffgegenständen, neurotoxische Pestizide, die sogar in Reinigungsmitteln für den Haushalt drin sind, Flammschutzmittel in Möbeln und Textilien, synthetische Duftstoffe in Kosmetika oder in Waschmitteln, Stoffe mit hormonartigen Wirkungen, die sich nur langsam oder gar nicht biologisch abbauen. Und so weiter und so fort. Dazu kommt der sogenannte Cocktail-Effekt. Das ist das Zusammenwirken oder die Wechselwirkung von verschiedenen Chemikalien. Auch der Kollege, mit dem ich gesprochen habe, hat etwas in diese Richtung gesagt. Auch wenn einzelne Stoffe, zum Beispiel in Kosmetika oder in Nahrungsmitteln, weit unter der Dosis liegen, wo sie sich nach wissenschaftlichen Erkenntnissen schädlich verhalten könnten – kein Mensch weiß, wie sich das Zusammenspiel all dieser Stoffe in ihrer Gesamtheit auf den Organismus auswirkt.«

»Und der Sohn von Angelhoff, dieser Constantin, der hat dieses MCS?«, fragte Stoevesandt.

Ines langte nach dem ärztlichen Bericht für Constantin Barnhelm. »Nein, so kann man das nicht sagen. Der Lütte hat eine heftige Neurodermitis, und er hat Asthma. Das sind erst mal klassische Allergien, bei denen das Immunsystem eine überschießende Reaktion auf bestimmte Reize zeigt. Zu diesem Arzt in Kempten ist er gegangen, weil vor der Untersuchung dort noch andere Symptome aufgetreten sind: Kopfschmerzen, Gliederschmerzen, Konzentrationsstörungen und eine starke Abgeschlagenheit. Der Arzt hat so ziemlich alles untersucht. Blut, Urin, Serum und Haare und noch einiges mehr. Ein sogenannter ›großer Immunstatus‹ wurde gemacht. Ich hab übrigens auch da mal recherchiert. Das ist ein durchaus seriöser und ernstzunehmender Allergologe, der sich auf Umwelterkrankungen spezialisiert hat. Auf jeden Fall kommt er zu dem Schluss, dass die Gefahr besteht, dass der Junge eine Multiple Chemikalien-Sensitivität entwickeln könnte. Und dass dringend in seinem Umfeld geschaut werden müsste, wodurch die Symptome ausgelöst werden. Damit eben keine MCS entsteht. Wenn die mal ausgebrochen ist, hat man kaum noch Chancen, das in den Griff zu bekommen. Und die Konsequenzen sind ziemlich heftig. Die Betroffenen können praktisch kein normales Leben mehr führen oder irgendeinen Beruf ausüben, weil sie ständig schauen müssen, dass sie nicht mit den Auslösern für die schweren Symptome in Berührung kommen.«

Stoevesandt ließ sich durch den Kopf gehen, was dies alles mit dem Tod von Ewald Angelhoff zu tun haben könnte. Zumindest erklärte es, warum Angelhoff in der letzten Zeit nicht mehr so willfährig das Hohelied der Chemieindustrie gesungen hatte.

»Sag mal, Ines, in diesem Fachartikel, gibt es da irgendeinen Hinweis darauf, warum man so eine Publikation in einem Bankschließfach deponiert?«

Sie schüttelte den Kopf. »Nein, das kann ich mir auch nicht erklären. Das Einzige, was mir aufgefallen ist, das ist das Datum. Er hat diesen Artikel von einem ›Institut für angewandte Immunologie GmbH‹ angefordert. Hier ist das Formular, und hier eine Info über einen Immuntoleranztest. Da – die Internetadresse und der Zeitpunkt des Ausdrucks.« Sie zeigte ihm zwei Seiten, die hinter dem Artikel in der Mappe abgeheftet waren. »Das war kurz nachdem die Diagnose erstellt worden ist. Vielleicht hat er einfach alles, was mit dem Jungen zu tun hatte, versteckt. Damit seine Frau oder seine Mitarbeiter nicht auf komische Gedanken kommen.«

Auch Stoevesandt fiel kein anderer Grund dafür ein. »Und was ist mit diesem englischen Fachartikel?«

»Also, das ist eine wirklich harte Nuss. Da musst du mit Sicherheit noch mal einen Experten dransetzen. Wenn ich es richtig verstanden habe, dann geht es um eine computergestützte Bewertung von Chemikalien. Um deren Eigenschaften. Darum, ob die toxisch oder umweltschädlich oder hormonell wirksam sind. Es gibt wohl schon eine ganze Reihe von sogenannten In-silico-Tests für Chemikalien. Also Tests, die nicht am lebendigen Organismus oder an Zellkulturen gemacht werden, sondern im Silizium, also im Computer. Man erfasst da zum Beispiel dreidimensional den Aufbau eines Stoffmoleküls. Und dann vergleicht man das mit einem ähnlichen Molekül. Man kann dann gewisse Aussagen machen, dass die beiden Stoffe auch ähnliche Eigenschaften haben.

Also, das ist nur eine von vielen dieser Computermethoden, die es schon gibt. Was dieser Hubert Mayer-Mendel nun gemacht hat, ist Folgendes: Er hat alles, was es an Methoden gibt, in ein Expertensystem gesteckt. Damit will er sehr exakte Voraussagen bekommen, welche Eigenschaften ein chemischer Stoff hat. Das Ganze hat er dann mit Endokrinen Disruptoren durchgespielt und überprüft. Also mit Stoffen, die hormonähnliche Eigenschaften haben und die das endokrine System von Mensch und Tier beeinflussen können.«

»Kannst du einschätzen, ob so etwas Sinn macht? Oder ist das nur die Spielerei von irgendwelchen Computer-Freaks?«

»Ich glaube, das macht schon Sinn. Wenn der Autor recht hat, dann kann man sich damit jede Menge Tierversuche ersparen. Wahrscheinlich muss man trotzdem noch ein paar In-vitro- oder In-vivo-Versuche machen. Aber die kann man viel gezielter angehen. Bestimmt spart man damit jede Menge Zeit. Und auch jede Menge Geld.«

»Siehst du da irgendeinen Grund, warum man das in ein Schließfach sperrt?«

»Nein. Nicht wirklich. Das ist sicher Spitzenforschung. Und der Autor hat bestimmt ein Interesse, dass da niemand abkupfert. Aber erstens kann man dieses Wissen ohnehin nur nutzen, wenn man dieses Computerprogramm, also dieses Expertensystem hat. Und zweitens fehlt bei dieser Publikation das Wichtigste, nämlich die Ergebnisse. Dieser Mayer-Mendel hat zwar genau beschrieben, welche Methoden es gibt, um computerunterstützt Chemikalien zu bewerten. Und er hat auch beschrieben, wie das alles zusammengeführt und ausgewertet wird. Die konkrete Untersuchung dieser Endokrinen Disruptoren und die Ergebnisse, die fehlen.«

Warum hatte Ewald Angelhoff diese wissenschaftliche Arbeit in seinem Bankschließfach? Stoevesandt überkam eine vage Ahnung. Was hatte Ewald Angelhoff ihn gefragt, als er ihn seinerzeit angerufen hatte? Ob man eine Anzeige wegen Betruges erstatten kann, wenn ein Unternehmen mit unterschlagenen Informationen Geld verdient. Konnte man Geld verdienen, wenn man unterschlug, dass hormonell wirksame Substanzen durch ein Computerprogramm bewertet werden konnten?

Stoevesandt seufzte. Für heute reichte es ihm. Er hatte keine Lust mehr, sich allein darüber den Kopf zu zerbrechen. Die Sachen mussten möglichst schnell an die SoKo Glemswald weitergeleitet werden. Er legte Ines den Arm um die Schulter und küsste sie auf die Schläfe.

»Ich danke dir, Ines. Du bist super.«

Sie lächelte ihn verschmitzt an. »Wann habe ich so etwas von dir zum letzten Mal gehört?«

In der Tat fühlte sich Stoevesandt ihr so nah wie schon lange nicht mehr.

Sonntag, 1. September 2013

I

Er traf sich mit Hanna Stankowski vor dem Haus, in dem Dana Barnhelm mit ihrem Sohn Constantin wohnte. Es war ein schönes Wohnviertel, das sich in nordöstlicher Richtung über der Altstadt den Berghang hinaufzog, auf dem in westlicher Richtung die Esslinger Burg stand. Schmucke Ein- und Mehrfamilienhäuser mit viel Grün dazwischen reihten sich hier aneinander. Das Haus, in dem die Barnhelms wohnten, war ein modernes, stufenartig angelegtes Gebäude mit mehreren Wohnungen.

Ihnen öffnete auf ihr Klingeln hin eine Frau, die Stoevesandt auf Mitte dreißig schätzte. Verblüffend war für ihn, dass Dana Barnhelm ihn umgehend an Felicitas Angelhoff erinnerte. Sie hatte ebenfalls einen feinen, hellhäutigen Teint und graugrüne Augen. Ihr Haar war ebenso rotblond, jedoch nicht wie bei Frau Angelhoff glatt und akkurat frisiert. Es lockte sich und sah aus, als ob es nicht zu bändigen wäre. Frau Barnhelm trug eine farbenfrohe, legere Mode. Sie sah die Polizeibeamten aus ihren Katzenaugen fast ein bisschen schelmisch an. Alles in allem war sie die Pippi-Langstrumpf-Version von Felicitas Angelhoff.

Sie bat Stoevesandt und Hanna Stankowski herein. Stoevesandt fiel sofort auf, dass die Wohnung ungewöhnlich eingerichtet war. Teppiche und Textilien fehlten fast ganz. Es gab viel Holz. Vor allem der Fußboden war durchgehend Parkett. Auch die Möbel schienen alle aus Massivholz zu sein. Und selbst die Jalousien waren aus Holzlamellen.

Aus einem Zimmer sprang ein Junge. Er wirkte lebendig. Bis auf ein paar aufgekratzte Stellen an den Wangen sah er aus wie jedes andere achtjährige Kind. Die Vaterschaft hätte

Ewald Angelhoff kaum verleugnen können. Er hatte denselben aufmerksamen Blick aus braunen Augen. Das dunkle Haar war dicht und leicht gelockt. Auch Nase und Mund waren vom Vater.

Er gab den beiden Besuchern etwas verlegen die Hand, um sich dann sogleich lebhaft an seine Mutter zu wenden: »Darf ich los?«

»Ja, geh nur. Aber ...« Sie sah auf die Armbanduhr. »Um eins gibt's Essen. Zwei Stunden ...« Sie wandte sich an die beiden Kommissare. »Das müsste doch reichen. Oder was meinen Sie?«

Beide nickten

»Also, in zwei Stunden bist du wieder da. Okay?«

Der Junge nickte und schlüpfte zur Tür hinaus.

»Er darf zu einem Freund, einem Nachbarskind. Das ist doch in Ordnung, oder? Dann können wir uns in Ruhe unterhalten.« Auch Dana Barnhelm war etwas unsicher und verlegen.

Sie führte sie ins Wohnzimmer zu einer Sitzecke aus rotbraunem Leder. Auch hier gab es keine Kissen oder Teppiche und kein Möbelstück aus Kunststoff. Dafür aber wieder viel Holz, das dem Raum eine gewisse Wärme gab. Die Einrichtung war hochwertig, wie Stoevesandt auffiel. Und die großformatigen, farbenfrohen Grafik-Drucke fielen ins Auge. Eine Wand war vollgepinnt mit Kinderzeichnungen.

Dana Barnhelm bot ihnen Kaffee an, den sie gerne annahmen. Sie ließ in der offenen Küche drei Tassen Cappuccino aus einem Automaten und setzte sich dann zu den Besuchern.

»Sie haben mir am Telefon ja schon gesagt: Sie kommen wegen Ewald, nicht wahr?«, sagte sie. Stoevesandt merkte ihr an, dass ihr nicht wohl in ihrer Haut war.

»Ja, Frau Barnhelm«, antwortete er. »Frau Angelhoff hat Unterlagen über Ihren Sohn in einem Bankschließfach ihres Mannes gefunden. Und damit sind wir natürlich jetzt auch bei Ihnen gelandet.«

»Dann weiß sie es jetzt also?« Sie klang fast kleinlaut. »Ich hätte mich bei der Polizei melden müssen. Nicht wahr?« Sie sah Stoevesandt schuldbewusst an.

»Sagen wir mal so: Es hätte uns sehr geholfen. Hatten Sie denn bis zum Schluss ein Verhältnis mit Herrn Angelhoff?«

»Aber nein!« Sie wurde immer nervöser. »Wir hatten Kontakt. Aber doch nur wegen Constantin.«

Hanna Stankowski schaltete sich ein: »Frau Barnhelm, wir machen grundsätzlich keine Vorwürfe. Es geht immer nur um Aufklärung. Wann und wie haben Sie denn vom Tod von Herrn Angelhoff erfahren?«

Stoevesandt war es nur recht, dass Frau Stankowski die Gesprächsführung übernahm. Während Felicitas Angelhoff das benötigte, was sie für Seriosität hielt, um sich zu öffnen, brauchte Dana Barnhelm offenbar das warmherzige Verständnis, das Hanna Stankowski ausstrahlte.

»Im Radio, und dann aus der Zeitung. Ich war total geschockt.«

»Und haben Sie auch etwas über die Todesursache erfahren?«

»Er soll sich umgebracht haben. Aber ...« Sie stockte und man sah ihr an, dass sie das Ganze immer noch erschütterte.

»Aber?«, fragte Frau Stankowski nach und konkretisierte, als Dana Barnhelm nur hilflos die Schultern hob: »Was halten Sie davon? Können Sie sich vorstellen, dass er sich das Leben genommen hat? Sie kannten ihn doch einigermaßen.«

Wieder schüttelte die junge Frau den Kopf: »Als ich das gelesen habe ... Ich konnte das überhaupt nicht glauben. Und ich kann es eigentlich immer noch nicht glauben. Wie konnte er Constantin so etwas antun? Aber ... Sie fragen mich das so komisch. Gibt es denn noch eine andere Möglichkeit? Meinen Sie, dass es vielleicht ein Unfall gewesen sein könnte?« In ihrer Frage klang so etwas wie Hoffnung mit.

»Wir wissen immer noch nicht genau, was da passiert ist«, gab Hanna Stankowski Auskunft. »Wir können nach wie vor einen Selbstmord nicht ausschließen. Aber es gibt auch Hinweise auf das, was wir Fremdeinwirkung nennen. Deshalb sind wir vor allem hier. Vielleicht können Sie uns ja Hinweise geben, damit wir besser verstehen, was da geschehen sein könnte.«

Dana Barnhelm sah die Kommissarin ungläubig an und brauchte wohl einen Moment, um zu begreifen, was mit Fremdeinwirkung gemeint sein könnte.

»Frau Barnhelm, erzählen Sie doch einfach mal über sich und Herrn Angelhoff. Und über Constantin. Wie alles angefangen hat. Welches Verhältnis Sie zueinander hatten. Und so weiter.«

Frau Barnhelm überlegte einen Moment. Dann erzählte sie:

»Also, es war so: Ich hab mal ein halbes Jahr bei Ewald in der Kanzlei gearbeitet. Vor zwölf Jahren etwa. Ich hab Anwaltsgehilfin gelernt. Aber so richtig Spaß hat mir das nicht gemacht. Ich hab dann einen Platz für Grafik-Design an der Kunsthochschule, oben am Weißenhof in Stuttgart, bekommen. Ich war dann sofort weg von der Kanzlei. Nach so einem Studienplatz, da schlecken sich ja alle die Finger.

Und dann hab ich Ewald wieder getroffen. Per Zufall. In Köln. Wir waren im selben Hotel. Ich hatte da für einen Kunden zu tun. Ich war freiberuflich für eine Agentur tätig. Und Ewald hatte wohl irgendeine Tagung, an der er teilgenommen hat. Und da sind wir uns im Hotel über den Weg gelaufen. Ewald hat mich zum Abendessen eingeladen, und ich fand's toll, dass ich nicht alleine in irgendeinem Restaurant sitzen musste. Es hat ja auch schon ein bisschen geknistert, als ich da in der Kanzlei gearbeitet hab. Aber da war immer alles clean. Da hat er sich immer fast überkorrekt verhalten.

Na ja, und in Köln, da war er ja nicht mehr mein Chef. Und wir waren beide super drauf. Und da ist es halt passiert. Wir hatten drei Nächte ... Das war schon der Hammer.« Sie lachte in der Erinnerung und sah dann Stoevesandt sogleich verlegen an.

»Es war klar, für uns beide, dass das alles war. Und er hat mir von vornherein in aller Deutlichkeit gesagt, dass er seine Frau niemals verlassen würde. Und als Geliebte, so als fünftes Rad am Wagen, oder vielmehr als drittes ... Also, das war noch nie mein Ding. Aber dann hat uns eben Constantin einen Strich durch die Rechnung gemacht.«

Sie machte eine nachdenkliche Pause.

»Ich hab eigentlich überhaupt nicht damit gerechnet, dass ich schwanger werden könnte. Eigentlich wär's gar nicht der Zeitpunkt gewesen. Und deshalb hat es auch relativ lange gedauert, bis ich mir eingestanden habe, dass doch was passiert ist. Und dann hab ich mich plötzlich auf das Kind gefreut. Wenn ich auch wusste, dass es schwer sein würde, allein ein Kind großzuziehen. Zuerst dachte ich, ich sage Ewald gar nichts. Ich wollte keine Almosen, und ich wollte niemals von ihm abhängig sein. Aber finanziell ist es schwer als freiberufliche Grafikerin. Und Ewald ist immer in Geld geschwommen.«

Sie nahm einen Schluck von ihrem Cappuccino.

»Ewald hat sofort gesagt, dass er mich unterstützen würde. Er hat sich richtig über den Jungen gefreut. Er wollte wohl immer schon Kinder. Aber seine Frau kann anscheinend keine bekommen. Nein, ich hätte nie gedacht, dass er ein so guter Vater sein würde. Er hat mich finanziell unterstützt, bis ich eine Festanstellung gefunden habe. Der Job ist zwar nicht so prickelnd, aber ich kann Teilzeit arbeiten. Mit flexiblen Arbeitszeiten. Und ich verdiene nicht schlecht. Und als ich dann die Unterstützung nicht mehr gebraucht habe, da hat er für Constantin Geld angelegt, das der später mal haben kann, wenn er volljährig ist. Und die Wohnung hat er uns gekauft, nachdem der Junge immer kränker geworden ist.« Sie deutete auf den Raum um sie herum.

»Sagen Sie, Frau Barnhelm«, schaltete sich Stoevesandt nun doch wieder ein. »Wie sah Ihr Kontakt denn in den letzten Monaten oder Jahren aus?«

»Also, Ewald wollte den Jungen einfach regelmäßig sehen. Das war ihm ganz wichtig. Conny wusste ja auch immer, dass das sein Papa war. Wir sind zwei bis drei Mal im Jahr für ein paar Tage an die Ostsee geflogen. In ein kleines, aber doch recht exklusives Hotel. Constantin ging es am Meer immer viel besser. Er hat fast seit seiner Geburt ein atopisches Ekzem, also Neurodermitis, und reagiert allergisch auf alles Mögliche. Und ich konnte mal ein paar Tage richtig ausspannen. Ewald hat sich dann immer fast rund um die Uhr um den Jungen gekümmert.« Sie lächelte in der Erinnerung. »Aber seit diesen wilden Nächten in Köln hab ich nichts mehr mit Ewald gehabt. Wir haben einfach nur zusammen für Constantin gesorgt. Und Ewald war immer total fair und wollte auch weiter nichts mehr von mir.«

»Wie haben Sie denn kommuniziert? Wie haben Sie sich verabredet?«, fragte Hanna Stankowski.

»Über E-Mail. Nur über E-Mail. Ewald hat Kontakt zu mir aufgenommen. Er hat mir gesagt, dass er in Brüssel einen E-Mail-Account hat, den außer ihm niemand einsehen kann. So eine Art Geheimadresse.«

»Wann haben Sie Ewald Angelhoff zum letzten Mal gesehen oder Kontakt zu ihm gehabt?«

»In den Pfingstferien. Ende Mai. Da waren wir wieder auf Rügen. Da hat Constantin seinen Vater zum letzten Mal gesehen.« Es klang unendlich traurig, wie sie das sagte.

»Sagen Sie«, fragte Hanna Stankowski weiter, »kann es sein, dass Ewald Angelhoff sehr unter dieser Situation gelitten hat? Vielleicht, weil er sich nicht öffentlich zu seinem Sohn bekennen konnte? Oder hat er Sie vielleicht doch geliebt und ist damit nicht zurechtgekommen?«

Dana Barnhelm sah der Kommissarin fest in die Augen. »Sie meinen, dass er sich deshalb umgebracht haben könnte? Niemals! Er hätte das Constantin niemals angetan, so verantwortungsbewusst, wie er war!«

»Weiß Ihr Sohn, dass sein Vater nicht mehr lebt?«

Sie nickte, und man sah ihr an, wie sehr ihr das unter die Haut ging. »Ich hab ihm gesagt, der Papa hätte einen Unfall gehabt. Man merkt es Conny nicht gleich an, aber ich weiß, wie schlimm das für ihn ist. Und ich hätte mir so sehr gewünscht, dass er überhaupt einen Papa hat, bis er groß ist. Wenn der schon nicht mit ihm leben kann wie andere Väter.«

Stoevesandt fragte nun wieder: »Frau Barnhelm, können Sie sich irgendeinen anderen Grund vorstellen, warum Herr Angelhoff sich das Leben genommen haben könnte? Hatte er sonst Probleme oder Sorgen?«

Wieder schüttelte sie den Kopf. »Wissen Sie, wir haben über nichts anderes geredet als über den Jungen. Aber das passt auch einfach nicht zu ihm. Selbst wenn er Probleme gehabt hätte ... Ewald war immer so optimistisch, immer so anpackend. Mir geht das überhaupt nicht in den Kopf, dass er freiwillig in den Tod geht. Ganz ehrlich, ich hab mir nächtelang den Kopf zerbrochen und sogar überlegt, ob ich nicht zur Polizei gehen soll. Einfach um zu sagen, dass das doch unmöglich sein kann. Aber ich dachte, das bringt ja doch nichts. Und ich wollte nicht, dass seine Frau erfährt ...«

»Sie haben also nie mit ihm über seine Arbeit in Brüssel gesprochen? Oder über seine politische Tätigkeit?«

Sie lachte: »Nein. Es hätte wahrscheinlich nur Zoff gegeben. Ich finde seine Partei ziemlich uncool. Aber ...« Sie überlegte und erzählte dann: »Einmal haben wir uns gestritten. Ziemlich heftig sogar. Aber das ist schon drei oder vier Jahre her. Constantin ging's damals nicht gut. Und ich war ziemlich neurotisch. Weil ich mir einfach nicht mehr zu helfen wusste. Ich weiß nicht, ob Sie sich das vorstellen können. Sie werden wahnsinnig, wenn ein Kind auf alles Mögliche allergisch reagiert. Auf Hausstaubmilben, auf bestimmte Seifenlotionen, auf Nahrungsmittel, sogar auf Textilien. Was kochen Sie, wenn Ihr Kind allergisch auf Äpfel, Kirschen, Bananen, Karotten, Tomaten und sogar

Wassermelonen reagiert? Was geben Sie einem Achtjährigen für Spielsachen, wenn Sie vermeiden wollen, dass er mit PVC in Berührung kommt. Kaufen Sie dem mal Holzklötze!

Schon als Baby, wenn er die ganze Nacht geschrien hat, oder wenn er sich die Haut blutig gekratzt hat, das ging mir so an die Nerven ... Und damals hat er dann auch noch ein allergisches Asthma und eine Nahrungsmittelallergie entwickelt. Es war die Hölle, weil ich ihm nicht helfen konnte. Man fängt an, sich mit den ganzen Stoffen zu beschäftigen, die in der Luft und im Essen und in den Kleidern sind. Da gibt's ja schon jede Menge natürliche, und noch mehr künstliche. Und man wird paranoid. Man sieht nur noch Schadstoffe um sich herum.

Und einmal, als ich so richtig am Schimpfen war, da hat er so sinngemäß gesagt, man dürfe nicht einfach alles Chemische verteufeln. Und er habe vor kurzem an einem Gesetz für die ganze Europäische Union mitgearbeitet. Und danach müssten bis in ein paar Jahren alle Chemikalien registriert sein. Und die Hersteller müssen nachweisen, dass die Stoffe nicht gefährlich sind.

Ich bin aus allen Wolken gefallen. Ich bin immer davon ausgegangen, dass man chemische Stoffe nur auf den Markt bringen darf, wenn die auf alles Mögliche getestet sind. Aber von wegen! Ewald hat mir erklärt, dass vor diesem Gesetz nur ein Prozent aller chemischen Stoffe untersucht waren. Weil man nur neuentwickelte Stoffe testen musste. Aber da waren schon hunderttausend Chemikalien auf dem Markt und in der Umwelt, die nie getestet worden sind. Ich hab mich furchtbar aufgeregt.«

Sie sah jetzt aus wie die zornige Pippi Langstrumpf mit offenem Haar. »Und er hat plötzlich seine Politiker-Platte aufgelegt und mir einen Vortrag gehalten. Wie teuer so was ist, und wie schwer es die Industrie mit den ganzen Auflagen hat. Da bin ich ausgerastet. ›Schau dir doch deinen Jungen an, schau ihn dir an!‹, hab ich geschrien. ›Ist's der nicht wert, dass man ein bisschen vorsichtiger ist, und dass man die Sachen testet, bevor man sie auf die Menschheit loslässt?‹ Er ist dann ziemlich still geworden.«

Auch Dana Barnhelm wurde still und schaute irgendwohin in die Ferne.

»Er muss sich aber in letzter Zeit trotzdem mit einem Krankheitsbild beschäftigt haben, das Multiple Chemikalien-Sensitivität heißt«, nahm Stoevesandt das Gespräch nach einer Pause wieder auf. »In dem Schließfach, in dem die Kopie der Geburtsurkunde Ihres Sohnes und die Schenkungsurkunden waren, da hat Herr Angelhoff auch einen wissenschaftlichen Artikel über Multiple Chemikalien-Sensitivität und den Befund Ihres Sohnes aufbewahrt. Und er hat im Internet über diese Krankheit recherchiert.«

Dana Barnhelm nickte. »Ich glaube, er hat seine Haltung wegen dem Jungen wirklich geändert. Wir – Conny und ich – wir haben die Krankheit so nach und nach ganz gut in den Griff bekommen. Mit der Zeit bekommt man raus, dass man keine Teppiche im Haus haben darf. Und dass man nur noch T-Shirts kauft aus biologisch angebauter Baumwolle. Und dass man bei jedem Lebensmittel schauen muss, was da so alles drin ist. Ich bin in einer Selbsthilfegruppe. Da haben sie mir auch sehr geholfen.

Und dann kam Constantin in die Schule. Er ist gerne hingegangen und hatte eine supernette Lehrerin. Und trotzdem ist es ihm wieder schlechter gegangen. Mit der Haut und dem Asthma vor allem. Aber er hat außerdem auch immer Kopfschmerzen gehabt. Und war so müde. Die Lehrerin hat gesagt, er kann sich nicht gut konzentrieren. Und das war im Kindergarten gar nicht so. Ich glaube, da haben bei Ewald die Alarmglocken geschrillt. Er hat sich drum gekümmert, einen Arzt zu finden, und uns dann nach Kempten zu diesem Umweltmediziner geschickt. Und er hat uns die Wohnung hier gekauft. Gebaut mit echten Ziegeln. Das findet man heute kaum noch. Wir haben ja vorher in Stuttgart am Stöckach gewohnt. Der Ort mit der höchsten Feinstaubbelastung europaweit.« Sie lachte sarkastisch.

»Constantin musste dann auch die Schule wechseln. Und siehe da – plötzlich ging's ihm wieder besser. Er hat unter dem Wechsel gelitten, weil er alle seine Freunde aufgeben musste. Und die neue Lehrerin ... Na ja. Aber es ging ihm eindeutig besser. Ich weiß nicht, woran es lag. Man bekommt das kaum heraus. Es gibt da einfach zu viele Faktoren und zu viele Stoffe. Aber ich denke, es lag an der Schule. Ich weiß, dass auch andere Kinder immer wieder Kopfschmerzen gehabt haben. Und sogar die Lehrer. In der Selbsthilfegruppe meinten die, es liegt am PVC, an Stoffen in den Bodenbelägen oder in den Wandfarben. Da könnten Stoffe ausgeschieden werden, die auch Allergien verursachen. Irgendetwas war dort. Aber beweisen Sie das mal. Auf jeden Fall ... Da fällt mir gerade wieder etwas ein ... Das ist jetzt vielleicht ein Jahr her. In den letzten Sommerferien. Da hat Ewald zu mir gesagt, dass er nicht mehr alles mitmachen will, was die chemische Industrie so treibt. So in diese Richtung ging es.«

Eine Weile war es still im Wohnzimmer. Jeder hing seinen Gedanken nach. Woher wusste der Brüsseler Büroleiter des Verbandes der Deutschen Chemie-Industrie Guido Gapka von einer Geliebten, fragte sich Stoevesandt. Und warum wusste er nichts von einem Kind? Oder gab es vielleicht doch noch eine dritte Frau? Wenn, dann hatte Angelhoff mit der sicher auch über den geheimen E-Mail-Account auf dem Computer kommuniziert, der immer noch in Brüssel stand und sozusagen unter Verschluss gehalten wurde. Reichte es schon als Mordmotiv, dass Angelhoffs Haltung zur Chemieindustrie kritischer geworden war? Wohl kaum. Und warum war es für Gapka und Bechtel oder deren Partei so wichtig, dass Ewald Angelhoff Selbstmord begangen haben sollte?

Hanna Stankowski unterbrach die Gedanken. »Ich denke, Frau Barnhelm, dass das erst mal reicht. Oder haben Sie noch etwas?«, fragte sie Stoevesandt.

Er verneinte. Zu all den Fragen, die er hatte, wusste Dana Barnhelm wohl auch keine Antwort.

Sie erhoben sich, bedankten sich für den Cappuccino und für das Gespräch. Frau Barnhelm nickte brav, als Hanna Stankowski sie bat, ihnen gegebenenfalls noch einmal zur Verfügung zu stehen.

2

Draußen, vor dem Haus, bat Stoevesandt Hanna Stankowski, mit ihm ins Landeskriminalamt zu kommen. Er wollte, dass die Dokumente aus Angelhoffs Schließfach so schnell wie möglich der SoKo Glemswald zur Verfügung standen. Sie nickte. Es war kein großer Umweg für sie auf der Fahrt nach Hause.

Im LKA gingen sie in Stoevesandts Büro. Er schloss den Schreibtisch auf und holte die Papiere heraus. Während er die offiziellen Übergabeformulare ausfüllte, blätterte Frau Stankowski in den Unterlagen.

»So etwas hatte er im Bankschließfach?«, fragte sie beim Überfliegen der »Computational toxicology«. Stoevesandt versuchte möglichst kompakt wiederzugeben, was Ines ihm dazu erklärt hatte.

Dann hatte sie die »Liste« in der Hand. »Wem gehören diese Handschriften? Wissen Sie das?«

Er erklärte ihr, dass Felicitas die Handschrift ihres Mannes identifiziert hatte. Die andern beiden kannte auch sie nicht.

»Mein lieber Schwan«, meinte sie, nachdem sie einige der Anmerkungen gelesen hatte. »Meinen Sie, das gibt ein Mordmotiv ab?«

Stoevesandt hob hilflos die Hände. »Das müssen Sie nun herausbekommen.«

Sie sah kurz die Dokumente durch, die Constantin Barnhelm betrafen. Dafür brauchte sie nun keine Erklärungen mehr.« Und sonst war nichts in dem Schließfach? Keine Wertgegenstände, keine Besitzurkunden oder sonst etwas?«

»Ein Brief an seine Frau. Für den Fall, dass ihm etwas zustößt. Keinesfalls ein Abschiedsbrief. Den müssten Sie noch bei der Witwe abholen. Und noch etwas muss ich Ihnen mitgeben.« Stoevesandt holte aus dem Schreibtisch die Dossiers zu den Finanzen von Ewald Angelhoff und zur Person Dr. Fabian Montabon, die er so lange zurückgehalten hatte.

Hanna Stankowski blätterte darin herum. Dann sah sie ihn erstaunt an. »Wenn ich das richtig verstehe, dann war Angelhoff korrupt. Oder zumindest bestechlich. Das kann natürlich auch heißen, dass er erpresst wurde. Seit wann haben Sie das?«

Stoevesandt verspürte wieder das beschämende Gefühl, die Kollegen verraten zu haben.

Er antwortete indirekt: »Ich konnte Ihnen das bislang nicht geben. Bitte behandeln Sie diese Informationen auch jetzt streng vertraulich. Sie sind nicht alle auf legalem Weg erlangt worden.«

»Und warum jetzt?«

Stoevesandt deutete auf die Unterlagen aus dem Schließfach. »Ich – und wir alle – können das alles nicht mehr einfach ignorieren oder unter den Teppich kehren. Auch wenn es Herrn Kriminalrat Dr. Bechtel nicht passt. Er wird uns Schwierigkeiten machen. Allen hier im LKA, die irgendetwas zur Aufklärung des Falls beitragen. Ich kann Sie und Andreas nur bitten, entsprechend mit den Dingen umzugehen.«

Hanna Stankowski lehnte sich auf dem Stuhl zurück, auf dem sie saß, fuhr sich durch die kurzen dunkelbraunen Locken, die ohnehin schon etwas zerzaust aussahen, und blickte Stoevesandt ernst an.

»Ich bekomme das alles noch nicht ganz auf die Reihe. Diese Liste, die Ex-Geliebte, die anzunehmende Bestechlichkeit. Und dann dieses Abwiegeln von diesem Staatsanwalt, diesem Dr. Gäbler, den sie uns jetzt vor die Nase gesetzt haben. Und durch Ihren ehrenwerten Chef. Mir riecht das alles nach Parteipolitik und Vertuschung. Wissen Sie, an was mich das Ganze erinnert? Michelle Kiesewetter, der Polizistenmord von Heilbronn. Wissen Sie, dass man erst Jahre danach die Aufzeichnungen der Video-Kameras rund um den Tatort gesichtet hat? Warum? Weil der Staatsanwalt die Aufzeichnungen für nicht tatrelevant erklärt hat. Wissen Sie, dass bis heute die privaten Handy-Daten von Michelle Kiesewetter nicht ausgewertet worden sind? Irgendjemand hält die Hand drüber. Das ist doch zum Kotzen.«

Ihre sonst so freundliche Ausstrahlung war dahin. Sie unterschrieb die Übergabeformulare. »Ich werde das heute Abend noch Andreas zeigen, und wenn mir seine Frau die Augen auskratzt.« Sie packte die Papierstöße in die Plastiktüte, die Stoevesandt ihr gegeben hatte, und nahm das leichte Jäckchen über den Arm, das sie trotz des angenehm warmen Wetters bei sich hatte. »Wir müssen schnellstens einen Weg finden, damit das aufhört. Damit diese Vertuschungen aufhören. Und diese Einschüchterungen.« Sie gab Stoevesandt zum Abschied die Hand. »Lassen Sie uns zusammenstehen, Herr Stoevesandt.«

3

Am Abend beschloss Stoevesandt, sich im Reden zu üben. Es stand Ines einfach zu, zu erfahren, wie das Gespräch am Vormittag gelaufen war, nachdem sie ihm gestern geholfen hatte. Er berichtete über die Fakten, wie es ihm nun mal am leichtesten fiel. Ines hörte aufmerksam zu und kommentierte ab und an: »Das war bestimmt sehr schwer für sie, allein mit einem so kranken Kind.« »Das hat sie bestimmt geschockt.« »War sie da nicht furchtbar wütend, als sie das erfahren hat?«

Stoevesandt fragte sich, wie es Frauen schafften, selbst bei der sachlichsten Darstellung von Tatsachen die emotionale Ebene auszumachen, sie in Worte zu fassen und auf den Punkt zu bringen.

Als alles erzählt war, sah sie ihn verschmitzt an und sagte: »Pass auf, Gerd Stoevesandt, dass du nicht noch geschwätzig wirst.« Dann küsste sie ihn auf den Mund.

Montag, 2. September 2013

I

Als Stoevesandt kurz vor Mittag das Landeskriminalamt betrat, rief ihn, noch bevor er seinen Code an der Drehtür eingeben konnte, der Mann in der Pförtnerloge ganz aufgeregt zu sich: »Herr Stoevesandt, Sie sollen sofort zum Präsidenten. Melden Sie sich gleich bei der Frau Weber. Soll ich Ihnen ausrichten.«

Er hatte am Vormittag verschiedene Gespräche in der Schwerpunktstaatsanwaltschaft für Wirtschaftsstrafsachen geführt. Man hatte einige wichtige Fälle durchgesprochen. Vor allem die rechtlichen Möglichkeiten gegen die Manager der Landesbank wegen deren windigen Bilanzierungstricks machten dem bearbeitenden Staatsanwalt Kopfzerbrechen. Beim VW-Porsche-Aktien-Deal war nach wie vor die große Frage, wer wann von welchen Transaktionen wusste und vor allem, wie man dies den Betroffenen nachweisen konnte. Er hatte einen ganzen Sack mit weiteren Ermittlungsaufgaben für seine Mitarbeiter mitgebracht, die er eigentlich mit diesen hatte durchgehen wollen. Das musste er nun zurückstellen.

Im Aufzug, auf dem Weg in die oberste Etage, war ihm vollkommen klar, dass dies jetzt das Ende seiner Karriere war. Er würde nicht mehr lange hin und her überlegen müssen, was ihn an der Pensionierung so schreckte und wie er das Ines erklären sollte. Er war sich sicher, dass sich dies nun erübrigen würde.

Als er nach dem Anklopfen und dem »Herein« einer hellen Stimme die Tür zum Vorzimmer des Präsidenten öffnete, sprang Frau Weber sofort auf. »Ah, Herr Stoevesandt. Gut, dass Sie da sind. Kommen Sie gleich mal mit.« Sie führte ihn in den repräsentativen Besprechungsraum, in dem die Meetings mit dem Präsidenten stattfanden.

Stoevesandt stutzte. Die Runde, die ihn hier erwartete, überraschte ihn total. Da saßen der Präsident des Landeskriminalamtes, der Präsident des Stuttgarter Polizeipräsidiums, der Leitende Oberstaatsanwalt der Stuttgarter Staatsanwaltschaft, der Leiter der Abteilung Organisierte Kriminalität am LKA, Georg Kapodakis, und der Leiter der Sonderkommission Glemswald, Andreas Bialas. Allen fünf sah man an, dass hier ein hitziges Gespräch stattgefunden hatte, bevor Stoevesandt dazugestoßen war. Kapodakis hatte einen roten Kopf. Bialas sah so finster drein, wie ihm nur möglich war, und das war sehr, sehr finster. Der Leitende Oberstaatsanwalt sah ziemlich beleidigt aus. Nur die beiden Präsidenten schienen einen einigermaßen kühlen Kopf bewahrt zu haben.

Der Präsident des LKA bat Stoevesandt, sich zu setzen. Dann wandte er sich an Kapodakis: »Am besten, Sie informieren den Kollegen erst mal über die neueste Entwicklung.« Die Unterbrechung des Streitgesprächs schien ihm willkommen zu sein.

»Wir haben einen Treffer in der DNA-Datenbank in Rom, Gerd«, wandte sich Kapo an ihn. »Euer Haar, das ihr an der Kleidung von Ewald Angelhoff gefunden habt, gehört einem Gerlando Rizzuto, geboren in Agrigento. Der Mann gehört zur Stidda und ist spezialisiert auf Morde, die wie Selbsttötungen mittels einer Schusswaffe aussehen.« Er machte eine theatralische Pause, die eigentlich nicht notwendig war. Stoevesandt war auch so sprachlos.

»Mindestens fünf nicht nachvollziehbare Suizide gehen auf sein Konto. Jeweils einer davon auch in Kanada und den USA. Die italienischen Kollegen von der DIA sind total aus dem Häuschen. Bis jetzt hat man Rizzuto noch nie eine Anwesenheit am Tatort nachweisen können. Und dass es sogar eine Zeugin gibt, die den Mann zur Tatzeit am Tatort gesehen hat, das macht die regelrecht high. Das Haar kann ja zu jeder beliebigen Zeit an die Kleidung gekommen sein. Ach ja, das habe ich vorher im Eifer des Gefechts noch vergessen.«

Er wandte sich an Andreas Bialas. »Ihr sollt die Frau nach einem weiteren Tattoo fragen. Wenn sie den Stidda-Stern gesehen hat, dann muss sie auch eine zweite Tätowierung gesehen haben.«

»Und was soll das für ein Motiv sein?«, fragte Bialas. Seine Miene finsterte immer noch etwas nach.

»Das werde ich dir nicht sagen«, meinte Kapo. »Weil mir's die Italiener auch nicht gesagt haben. Entweder die Frau weiß es, und wir haben etwas Gerichtsverwertbares – ohne Suggestionen und so weiter. Oder die Italiener verfallen in Depressionen. Dann wird es wieder schwer, Rizzuto die Tat nachzuweisen.«

»Das heißt, ein italienischer Mafiakiller ermordet hier in Stuttgart den Abgeordneten des EU-Parlaments Ewald Angelhoff«, überlegte Stoevesandt laut. »Wie soll das zusammenpassen?«

»Das ist die große Frage«, meinte Kapodakis. »Zumindest haben wir jetzt einen neuen Ansatz. Sozusagen von der anderen Seite her. Die Stidda wird in der Regel im Auftrag der Cosa nostra oder der 'Ndrangheta aktiv. Und die geben so einen Auftrag an einer öffentlichen Persönlichkeit, dazu noch in Deutschland, nur heraus, wenn man ihnen ordentlich in die Suppe gespuckt hat. Wir müssen schauen, ob wir aus unseren Beobachtungen bei der OK irgendeinen Hinweis finden, wo die sich vielleicht gerade die Finger verbrannt haben. Oder Geschäfte am Laufen haben, bei denen ihnen Angelhoff in die Quere gekommen sein könnte.«

»Also, meine Herren«, unterbrach nun der Präsident des LKA die Überlegungen. Er war ein großer, hagerer und etwas steifer Mann, der nur wenig jünger als Stoevesandt war. Stoevesandt achtete ihn vor allem wegen seiner absoluten

Korrektheit, die er auch in schwierigen Situationen an den Tag legte. »Ich möchte einen Vorschlag machen, wie weiter vorgegangen wird. Es hat meines Erachtens keinen Sinn, die vergangenen Versäumnisse aufzulisten. Herr Kapodakis, Sie stellen sofort eine Ermittlungsgruppe zusammen, die sich um Rizzuto und seine Verbindungen kümmert. Und Sie lassen die DNA-Beschaffung nachträglich genehmigen, haben Sie gehört.«

»Darf ich die Italiener dazuholen?«, fragte Kapo, ohne auf die Ermahnung einzugehen.

Der LKA-Präsident nickte: »Das wäre sicher sinnvoll. Sie, Herr Stoevesandt, werden eine Ermittlungsgruppe einrichten und auch leiten, die sich um diese Liste kümmert.«

Erst jetzt sah Stoevesandt, dass vor dem Präsidenten auf dem Tisch die »Liste« lag. Offenbar hatte Andreas Bialas sie in die Krisensitzung mitgebracht.

»Ich denke, dass es auch im Sinne der Staatsanwaltschaft und im Sinne der Innenministerien von Bund und Ländern ist, wenn wir das Terrain zunächst einmal sondieren«, wandte sich der LKA-Präsident an den Leitenden Oberstaatsanwalt, der immer noch schmollte. »Bevor die Staatsanwaltschaft offiziell Ermittlungen wegen Vorteilsannahme und Bestechung von Mandatsträgern aufnimmt, sollten wir doch im allgemeinen Interesse Anhaltspunkte dafür haben, dass hier tatsächlich Straftaten vorliegen könnten. Herr Stoevesandt, Sie kommen, sagen wir …« Er drückte auf der Telefonanlage vor ihm auf einen Knopf. »Wann muss ich im Innenministerium sein, Frau Weber?«

»Um 15 Uhr«, trällerte die helle Stimme

»Gut, Sie kommen bitte um 17 Uhr 30 in mein Büro«, wandte er sich wieder an Stoevesandt. »Bis dahin müsste ich zurück sein. Sonst warten Sie. Wir sprechen dann durch, wie wir die Aufgaben in Ihrer Abteilung aufteilen können. Notfalls müssen wir Kräfte aus anderen Abteilungen hinzuziehen. Auf jeden Fall hat diese Liste jetzt absoluten Vorrang. Und Sie berichten eventuelle Ergebnisse bitte direkt an mich. Ich denke, ich werde sie dann ebenfalls auf direktem Wege an Sie weiterleiten, Herr Oberstaatsanwalt.«

Der Leiter der Stuttgarter StA nickte ergeben.

»Wir haben dazu noch eine Bitte«, meldete sich jetzt der Präsident des Stuttgarter Polizeipräsidiums. Er war ein sportlicher Typ und mit Sicherheit nicht älter als Andreas Bialas. Eine neue Generation von Führungskräften, ging es Stoevesandt durch den Kopf. Während der LKA-Präsident und der Oberstaatsanwalt trotz der sommerlichen Temperaturen langärmelige weiße Hemden mit Krawatte anhatten, trug der Stuttgarter Präsident ein legeres Kurzarmhemd und natürlich keinen Schlips. Diese Generation, die die alte Garde ablöste, zu der sich auch Stoevesandt zählte, hielt weniger von Hierarchien und pochte mehr auf Teambildung, legte kaum noch Wert auf Förmlichkeiten und sprach die Dinge klarer an. Die alte Garde – sie gehörte zum alten Eisen. Über kurz oder lang.

»Wir möchten darum bitten, dass das LKA ab sofort wieder eng mit der Sonderkommission Glemswald kooperiert. Zum einen, weil es einfach der Fall erfordert. Und zweitens: In der Öffentlichkeit wird der Fall Angelhoff nach wie vor als Suizid wahrgenommen. Sie wissen alle, was los ist, wenn an die Öffentlichkeit dringt, dass wir es mit einem Mord zu tun haben. Noch dazu mit Beteiligung der Mafia und mit einer Bestechungsaffäre.« Er musste dazu nicht mehr sagen. Allen im Raum war klar, was aus den Medien über sie hereinbrechen würde.

»Wir müssen da unbedingt mit einer Zunge sprechen«, fuhr der Stuttgarter Präsident fort. »Und wir bitten dringend um eine entsprechende Unterstützung und Rückendeckung durch die Staatsanwaltschaft.«

Der Oberstaatsanwalt nickte nun nur noch resigniert.

Wieder ergriff der Präsident des LKA das Wort. Er war in diesem Kreis nun mal die höchste Autorität. »Ich schlage vor, dass der Leiter der Sonderkommission, Herr Bialas, auch die Koordination der verschiedenen Arbeitsgruppen am Präsidium und beim LKA übernimmt. Das heißt, alle Ergebnisse der Ermittlungen werden der SoKo zur Dokumentation zur Verfügung gestellt. Und wann immer Sie es für nötig halten, Herr Bialas, dass unsere Beamten an den Besprechungen der SoKo teilnehmen, werden die natürlich dabei sein.«

Alle stimmten einhellig zu. Die Sitzung war beendet.

Gemeinsam gingen Kapodakis, Andreas Bialas und Stoevesandt zum Mittagessen in ein griechisches Restaurant in der Cannstatter Altstadt. Kapo hatte das selbstherrlich entschieden, weil er meinte, man müsse in nächster Zeit ohnehin häufig italienisch essen gehen.

Nachdem sie alle drei bestellt hatten, sah Stoevesandt die Kollegen gespannt an.

»Das war eine sogenannte konzertierte Aktion«, meinte Kapo zufrieden. »Ich habe heute Morgen die Ergebnisse aus Rom bekommen und sofort unseren Präsidenten angerufen. Andreas hat sich gestern Abend die ominöse Liste angeschaut und sofort heute Morgen mit seinem Präsidenten gesprochen. Die haben miteinander telefoniert und beschlossen, auch den Oberstaatsanwalt zum gemeinsamen Treffen einzuladen. Und dann sind die Fetzen geflogen. Du hast einiges verpasst, Gerd. Da kam dann auf den Tisch, was unser Inspektionsleiter so alles unterbindet und sanktioniert. Und Andreas hat mal ein bisschen erzählt, was der Herr Staatsanwalt Dr. Gäbler so alles unterbindet und sanktioniert. Und plötzlich – keiner weiß warum – steht da die Frage im Raum, ob das vielleicht etwas mit den parteipolitischen Interessen einer gewissen Partei zu tun haben könnte, in der zufälligerweise Kriminalrat Bechtel und der Leitende Oberstaatsanwalt Mitglied sind.«

Das Bier kam, das sie sich alle drei zur Feier des Tages genehmigen wollten. Sie stießen an.

»Zum Wohl«, sagte Kapodakis und schlürfte zufrieden schmatzend sein Pils.

Bialas grinste für seine Verhältnisse übertrieben mit zwei hochgezogenen Mundwinkeln. Und Stoevesandt fühlte sich seit langer Zeit mal wieder richtig wohl in seiner Haut.

2

Die Besprechung mit dem Präsidenten am späten Nachmittag verlief sachlich und zielorientiert. Es ging um die Fälle in der Abteilung für Wirtschaftskriminalität und die Arbeitsverteilung. Nach Vorschlag des Präsidenten sollte Stoevesandt entlastet werden, indem Charlotte Zahn einige zentrale Verwaltungsaufgaben für die Abteilung übernahm. Bei der Bearbeitung der einzelnen Fälle würde man die Unterstützung von Kollegen der Zentralstelle für Finanzermittlungen anfordern. Den Porsche-VW-Aktien-Deal würde ein fähiger jüngerer Mitarbeiter federführend weiterleiten, sodass Rudolf Kuhnert für den Fall Angelhoff freigestellt werden konnte. Die Struktur der Ermittlung war ohnehin klar. Die Razzia bei dem Radiologen musste noch so schnell wie möglich erfolgen. Sie war für die nächsten Tage geplant. Aber mit der Auswertung der Abrechnungsdaten konnte man sich dann Zeit lassen, sodass auch Nicole Marinescu für die Auswertung der »Liste« eingesetzt werden konnte.

In nüchterner Sachlichkeit und auf derselben Wellenlänge hatten sie in nur einer Stunde die wesentlichen Grundzüge der neuen Aufgabenverteilung festgelegt. Der Präsident betonte noch einmal, dass Stoevesandt bei allem, was den Fall Angelhoff betraf, direkt an ihn berichtete. Und Stoevesandt fiel auf, dass, wie am Vormittag, der Name Bechtel kein einziges Mal gefallen war.

3

Es war schon seltsam. Manchmal hatte er wochenlang mit Ines kein Wort über seine Arbeit gesprochen. Die großen Fälle, die das ganze Land oder gar die Republik beschäftigten, waren schon Themen für sie. Aber die tägliche Insolvenzverschleppung, der Subventionsbetrug oder betrügerische Geldanlagen interessierten Ines nicht besonders.

Nun sprachen sie jeden Abend über die neueste Entwicklung. Ines freute sich wie ein Teenager über die Wendung, die der Fall genommen hatte.

»Das ist ja wie ein Krimi«, meinte sie.

Stoevesandt war froh, dass seine Routinefälle in der Regel nicht so aufreibend waren. Und er musste eine unangenehme Konsequenz ansprechen. »Ines, die Ermittlungen können sich hinziehen. Unser Urlaub ... Es kann sein, dass ich hier nicht gleich wegkomme.«

Sie überlegte mit gerunzelter Stirn. »Da kann man nichts machen. Wat mutt, dat mutt – ist schon gut. Hauptsache, ich muss mal eine Weile nicht arbeiten. Und vielleicht fahr ich auch alleine an die Waterkant. Besuch meine Mutter, und Eva und Thomas, und meinen Bruder hab ich auch schon ewig nicht mehr gesehen. Lang halt ich es nicht aus mit dem, aber vorbeischauen kann ich. Und ich fahr nach Pellworm und lass mir den Wind um die Nase wehen. Und wenn du hier fertig bist, kommst du nach.«

Dienstag, 3. September, 5.30 Uhr

I

DIE SCHÖNE JULE

Sie schwebte. Nicht überm Wasser, aber in Augenhöhe mit den Baumwipfeln. Und sie war sicher und frei.
Wow! Was für ein Gefühl!

Lange hatte sie gezaudert. Gereizt hatte es sie ja schon immer. Aber getraut hatte sie sich erst jetzt. Nachdem die dicke Elvira sie noch einmal in diesen blöden Hinterhof geschoben hatte. Oben war der offen, klar. Aber ringsum waren Mauern. Man müsste fliegen können, um da rauszukommen.

Ihr war nicht wohl gewesen, aber die dicke Elvira ließ ihr keine Wahl.

»Jule«, hatte sie gesagt. »Willst du immer so weitermachen?«

Sie wollte darüber nicht reden. Sie wollte raus aus diesem Hof.

»Das ist doch kein Leben, Jule.«

Nein, sie wollte nicht reden. »Mir geht es sehr gut, wenn ich draußen bin«, hatte sie dennoch trotzig geantwortet.

»Und wenn der Winter kommt?«

Dann ging es ihr wieder scheiße.

»Die Frau, die da war, du weißt schon, diese Frauenbeauftragte oder was das ist ... Die hat gesagt, das, was du hast, das kann man therapieren. Da kann man was machen, Jule. Sie hat gesagt, dass es Methoden gibt, wo man lernt, mit der Angst umzugehen. Das lernt man in ganz kleinen Schritten, immer nur so, dass man es verkraften kann.«

»Es gibt nur drinnen oder draußen. Da gibt's keine ganz kleinen Schritte«, hatte sie geantwortet.

Die dicke Elvira hatte schwer geseufzt und ihre Hand genommen.

Sie wollte weg von diesem Bänkchen. Sie wollte raus aus diesem Hof.

»Ich weiß nix von diesen Methoden bei so einer Therapie«, hatte Elvira gesagt. »Aber von kleinen Schritten weiß ich was. Schau mal, ich bin zu fett. Ich hab mich jahrelang gequält, hab Diäten gemacht, alles, was es so gibt. Und jedes Mal hab ich einen solchen Heißhunger bekommen, ich hab gefressen, was das Zeug hält, und bin immer noch dicker geworden. Irgendwann hab ich vor mir selber zugegeben, dass ich zu lasch dafür bin. Dass ich einfach die Willenskraft nicht hab. Was mich ziemlich runtergezogen hat. Und ich hab mir überlegt, was der kleinste Schritt wäre, den ich ganz sicher durchstehen könnte. Ich habe beschlossen, nur einen Tag in der Woche gesund und so richtig ohne viele Kalorien zu essen. Und an allen andern Tagen darf ich essen, was ich will. Das hab ich tatsächlich geschafft. Mach ich jetzt schon seit vier Monaten so. Und weißt du was? Ich hab keinen Heißhunger mehr. Ich nehm nicht ab, aber auch nicht mehr zu. Vielleicht bin ich mal irgendwann so weit, dass ich zwei Tage gesund esse, montags und freitags meinetwegen. Aber das muss dann auch wieder ein klitzekleiner Schritt sein, wo ich weiß, den schaff ich auf jeden Fall.«

Sie hatte die dicke Elvira angeschaut. Auf was für Ideen die kam! Aber halt nichts für sie. Was sollte das für ein kleiner Schritt sein? Es gab nur drinnen oder draußen.

Endlich war sie wieder draußen. Zurück im Wald. Die Bäume waren keine Mauern. Sie boten Schutz. Die Leute, die vorbeikamen, sahen einen nicht. Und doch konnte man überall zwischen den Stämmen durch. Man war nie eingesperrt.

Dann fiel ihr Blick auf den Hochsitz. An dem sie schon x-mal vorbeigekommen war. Zu dem sie schon x-mal hin-

aufgeschaut hatte. Ja, es hatte sie schon immer gereizt. Aber getraut hatte sie sich noch nie.

War man da oben eigentlich drinnen oder draußen? Dieser Hochsitz hatte nur ein Geländer ringsum und ein Brett, auf dem man sitzen konnte. Keine Wände und kein Dach, wie der andere, weiter drüben im Wald. Aber wenn jemand kam, der einem etwas Böses wollte, was dann? Dann konnte man auch nur nach oben hin weg. Wie in dem blöden Hinterhof der dicken Elvira. Man musste schweben.

Sie hörte Stimmen. Spaziergänger kamen. Schnell verzog sie sich ins Dickicht des Unterholzes. Wieder ergriff sie in kleines bisschen Panik. Es war schon besser geworden, in den letzten Tagen. Sie fühlte sich wieder ein bisschen sicherer. Doch seit der Mann mit den Blutspritzern an den Schuhen neben der Brücke gestanden hatte, war sie immer noch sehr schreckhaft. Ach, wenn man nur unsichtbar sein könnte. Wenn man schweben könnte. Überm Wasser oder oben auf diesem Hochsitz und noch höher über den Baumwipfeln.

Am nächsten Morgen war sie sehr früh aufgewacht. Es war fast noch dunkel. Sie liebte diese frühen Morgenstunden. Weil da noch niemand im Wald rumstiefelte.

Sie hatte sich angezogen und wollte eigentlich zum Fluss. Doch es hatte sie seltsam hinübergezogen, rüber zu dem Hochsitz. Würde sie es schaffen, dort hinaufzusteigen? War das so ein kleiner Schritt, wie die dicke Elvira gemeint hatte?

Sie hatte unter ihrem Kopfkissen das Pfefferspray hervorgezogen und es in die Hosentasche gesteckt. Dann war sie durch die Büsche und Gräser hinüber zum Weg und ihm entlang zum Hochsitz gegangen. Sie hatte in die Dämmerung gehorcht. Die ersten Vögel waren zu hören gewesen. Sonst nichts. Sie hatte nach oben geschaut und war einfach hinaufgestiegen.

Jetzt saß sie hier und konnte es kaum fassen. Sie fühlte sich nicht eingesperrt. Alles war offen, alles war frei. Sie sah die Baumkronen auf Augenhöhe und die Wege von oben herab.

Selbst wenn jetzt jemand gekommen wäre, selbst wenn der sie gesehen hätte, und selbst wenn der ihr hätte etwas antun wollen – sie hatte ja das Pfefferspray. Sie hätte dem auf die Hände und auf den Kopf treten können, wenn der hier hoch kam.

Plötzlich überkam sie doch wieder die Panik. Schnell kletterte sie wieder hinunter. Und doch hatte sie das Gefühl, dass sie wirklich einen Schritt gemacht hatte. Keinen kleinen, sondern einen riesigen. Aber ob sie ihn wiederholen konnte, wusste sie nicht.

Mittwoch, 4. September 2013

I

Der große Besprechungssaal der Sonderkommission Glemswald war bereits gut gefüllt, als Stoevesandt mit Rudolf Kuhnert und Nicole Marinescu dort eintraf. Nicole hatte die Razzia in der Radiologenpraxis, die morgen stattfinden sollte, am Vortag sauber vorbereitet. Rudolf hatte gestern noch seinen Stellvertreter eingearbeitet, so wie Stoevesandt mit Charlotte Zahn und anderen Mitarbeitern die neue Aufgabenverteilung durchgesprochen hatte.

Im Raum ging es zu wie im Bienenstock. Nur wenige Mitarbeiter der SoKo saßen bereits und studierten Akten. Die meisten standen noch und unterhielten sich angeregt. Etliche Gesichter kannte Stoevesandt vom Sehen, andere waren neu. Er begrüßte diejenigen mit Handschlag, die ihm besser bekannt waren, Hans Wildermuth, den Chef der Stuttgarter Kriminaltechnik, Hanna Stankowski und einige andere. Der lange Kriminalbeamte vom Stuttgarter Präsidium, den er bei der »privaten« Grillparty bei Bialas kennengelernt hatte und der den Einbruch bei Felicitas Angelhoff untersuchte, war ebenfalls anwesend. Nach ihnen kam der Hauptkommissar von der Polizeidirektion Böblingen herein, der zunächst den Tod von Ewald Angelhoff untersucht hatte.

Stoevesandt stellte fest, dass zwei Kollegen aus der Abteilung »Digitale Beweismittel« aus dem Landeskriminalamt da waren, die er kannte. Sie waren auch zuständig für die Forensische Datenanalyse und die Anwendung verschiedener Software-Tools zur Auswertung großer Datenmengen. Der Präsident des LKA hatte sein Versprechen, die Sonderkommission nach Kräften zu unterstützen, also wahr gemacht.

Noch immer stand ja die systematische Auswertung der Kommunikationsmittel von Ewald Angelhoff aus.

Auch Georg Kapodakis war schon da, im Schlepptau zwei seiner Mitarbeiter und zwei Italiener. Irgendwie sahen die Leute von der Organisierten Kriminalität immer ein bisschen verrucht aus, und die beiden Beamten von der Direzione Investigativa Antimafia, kurz DIA, hätten gut und gerne selbst als Mafiosi durchgehen können. Der Jüngere der beiden hatte einen tiefschwarzen, dichten Fünftagebart und schien recht gut Englisch zu sprechen. Der Ältere, ein untersetzter Mann mit Bürstenhaarschnitt und markanter Nase, sprach ein Ruhrpott-Gastarbeiterdeutsch. Luca Mazzaro stieß zu den italienischen Kollegen und machte sich bekannt.

»Sei siciliano?«, lachte der Jüngere der beiden mit dem Fünftagebart.

»La mia nonna è siciliana«, meinte Mazzaro stolz. »Io sono italiano svevo.«

»Wat für Mischung ist dat denn?«, meinte der ältere Mafia-Jäger trocken. »Dickekopf von eine Swabe mit eine sture Kopf von eine sizilianische Omma.«

Luca Mazzaro grinste nur.

Immer mehr Leute kamen in den Raum. Die SoKo mochte mittlerweile gut und gerne fünfzig Mitarbeiter umfassen. Die angeregte Stimmung aller war mit Händen zu greifen.

Schließlich betrat Andreas Bialas gemeinsam mit dem Präsidenten des Stuttgarter Polizeipräsidiums den Raum. Bialas bat alle, sich zu setzen. Der Präsident setzte sich weit hinten in den Raum wie ein stiller Beobachter. Die Gespräche versiegten schnell. Eine gespannte Ruhe herrschte nun. Stoevesandt kam es vor, als ob die gesamte SoKo mitsamt ihren assoziierten Ermittlungsgruppen aus einem Lähmungszustand erwachte und darauf wartete, dass nun die Schleusen geöffnet würden.

Trotz der Ruhe im Raum schien Bialas noch zu warten. Der Leiter der Sonderkommission ließ seinen Blick über die

Whiteboards und Flipcharts gleiten. Fotos, Namen, Notizen und Verbindungslinien zeigten das Abbild eines komplexen Beziehungsgeflechts rund um um Ewald Angelhoff. Rote, dicke Ausrufe- und Fragezeichen deuteten auf Klärungsbedarf hin.

Dann öffnete sich noch einmal die Tür zum Konferenzraum.

»Guten Tag, meine Damen und Herren«, ertönte eine klare, fröhliche Tenorstimme. Herein kam Friedebald Frenzel mit einem großen Stapel Ordner auf dem Arm, den er auf das Sideboard packte, wo bereits eine Phalanx von Ermittlungsakten zum Fall Angelhoff aufgereiht stand.

»Entschuldigen Sie die kleine Verspätung. Aber ich bin selbst etwas überrascht über unser Wiedersehen. Sie werden es meinem Körperbau zwar nicht ansehen. Aber ich bin ein Bumerang. Ich komme immer wieder.« Er stellte sich wie ein Schauspieler vor Publikum neben Andreas Bialas. Stoevesandt fragte sich wieder einmal, wie der Mann an seine Kleidung kam. Die zerknitterte Anzugshose und das hellgelbe Hemd gingen ja noch. Aber die pinkfarbene Krawatte mit weißen Punkten war eine optische Zumutung.

»Also, Sie müssen leider wieder mich ertragen, ha, ha«, meinte der pummelige Staatsanwalt. »Der Herr Dr. Gäbler lässt sich entschuldigen. Aber unser Leitender Oberstaatsanwalt hat ihm eine neue Aufgabe übertragen. Für die kommt eigentlich niemand anderer als Herr Dr. Gäbler infrage. Aufgrund seiner Befähigung zur differenzierten Bewertung von Ermittlungsergebnissen in Hinsicht auf ihre Tatrelevanz. Wie sagt man so nett? ›Wer er ist und was er war, wird uns erst beim Abschied klar.‹«

Im Raum lachten einige Leute, und auch Stoevesandt musste schmunzeln. Frenzel war ihm in mancherlei Hinsicht fremd. Und doch mochte er den Staatsanwalt. Es war nicht nur einfach Klamauk, was der von sich gab, sondern auf seine Weise manchmal recht hintersinnig.

»So, und jetzt muss ich halt wieder ran. Weil ich ja den Fall schon ein bisschen kenne, meinte mein Vorgesetzter. Also nicht aufgrund meiner Fähigkeiten, ha, ha. Aber wie sagte schon der deutsche Dichter Friedrich Löchner? ›Was hilft dir in den meisten Fällen? Die Fähigkeit, dich dumm zu stellen!‹ So, Herr Bialas, nun haben Sie das Wort.« Damit setzte er sich auf einen der vorderen leeren Plätze.

Man sah Andreas an, wie zufrieden er mit der Entscheidung des Leitenden Oberstaatsanwaltes war. Doch er verlor keine Worte darüber und stieg sofort in die Besprechung ein. Er umriss kurz die Aufgabe der heutigen SoKo-Sitzung. Neue Fakten und Dokumente waren aufgetaucht. Man musste sie einordnen. Viele lose Fäden mussten verfolgt werden, um sie irgendwie zusammenzubringen. Die zwei Ermittlungsgruppen aus dem Landeskriminalamt, zum einen von der Abteilung Organisierte Kriminalität, zum andern von der Abteilung Wirtschaftskriminalität, die ab sofort die SoKo unterstützen würden, wurden kurz vorgestellt. Und nicht zuletzt ging es darum, alle Anwesenden mit dem Fall und seinem aktuellen Stand vertraut zu machen.

Er übergab zunächst das Wort an den Leiter der Kriminaltechnik, Hans Wildermuth. Der sehnige Mann mit dem schwarzen Schnauzbart fasste noch einmal die wichtigsten Fakten zusammen: die Ergebnisse der Obduktion, die Spurenlage am Tatort und der fehlende Gegenstand.

Bialas unterbrach ihn und überlegte laut, ob dieser Gegenstand vielleicht doch die »Liste« war. »Wir haben festgestellt, dass das Dokument im Bankschließfach eine Farbkopie war. Angelhoff war mit Sicherheit erpressbar durch dieses Dokument. Vielleicht hat man ihm das Original versprochen. Und er wollte es an dem bewussten Montagmorgen in Empfang nehmen.«

»Er beugt sich über das Schriftstück«, malte Luca Mazzaro aus, »das ihm einer ins Auto gereicht hat. Er schaut es an und – Peng! Der Täter nimmt die Liste wieder mit. Würde doch passen zur Spurenlage. Oder?«

Wildermuth nickte. Bialas notierte den Gedanken auf dem Flipchart und gab dem Kriminaltechniker das Zeichen fortzufahren. Der referierte nun die Erkenntnisse über die Beschaffung der Waffe. Nach wie vor lagen keine Ergebnisse der Schriftanalyse vor, mit der geklärt werden sollte, ob Angelhoff den Kaufvertrag mit dem belgischen Waffenhändler selbst unterschrieben hatte.

Wildermuth fuhr sich mit der Hand über den Schnauzer und zog die Brauen über den dunklen Augen zusammen. »Ich habe mit den Leuten im BKA gesprochen. Sie haben angegeben, dass die Schriftanalyse immer wieder hinten angestellt worden ist. Und zwar, weil der Staatsanwalt hier in Stuttgart die Relevanz als niedrig eingestuft hat.«

»Ja, ja, der Herr Dr. Gäbler und seine Relevanzen«, meinte Friedebald Frenzel. »Ich werd mal reden mit den Leuten am BKA.«

Der jüngere Italiener meldete sich zu Wort. Sein Kollege hatte ihm laufend die Übersetzungen ins Ohr getuschelt. Auf Englisch erklärte er, wie die typische Vorgehensweise bei Morden der Stidda aussah und insbesondere die von Gerlando Rizzuto. Es stand immer eine arbeitsteilige Organisation hinter diesen Taten. Die Planung lag irgendwo bei einem der obersten Bosse. Die Waffe wurde von Leuten besorgt, die keine Ahnung hatten, worum es eigentlich ging, aber genau gesagt bekamen, welche Spuren sie vermeiden und welche sie stattdessen legen sollten. Lokal angesiedelte Mitglieder, die die Verhältnisse am geplanten Tatort kannten, besorgten die notwendige Unterkunft und einen Wagen für den Pentolante mit seiner Spezialaufgabe. Wieder ein anderer sorgte dafür, dass die Waffe vom Ort des Erwerbs zum Ort des Einsatzes kam.

»Sind das große Talente in Organisation«, erläuterte der deutsch sprechende Mafia-Jäger. »Ist sicher, dass auch 'Ndrangheta inne Sduttgart muss involvierte sein! Musst ihr auch hier in Bade-Wurtteberg die reticoli finden.«

»Das Netzwerk«, übersetzte Luca Mazzaro.

»Sind wir dran«, nickte Kapodakis. »Noch nichts, was wir erzählen könnten.« Seine beiden Mitarbeiter nickten mit stoischem Gesichtsausdruck.

Der Italiener mit dem Fünftagebart stand immer noch und hielt noch einmal eine glühende Rede. Selbst auf Englisch hörte sie sich sehr dramatisch an und war für ihren Inhalt sehr lang. Es ging ihm kurz gefasst um die Zeugin, die unbedingt noch einmal befragt werden musste. Und ganz dringend müsse man nach dem Tattoo fragen. Und die Vernehmung müsse rechtlich abgesichert werden, nach deutschem wie nach italienischem Recht. Zur Not müsse die Frau nach Italien zu einem italienischen Richter gebracht werden.

»Wenn wir sie nur schon mal vor einen deutschen bekommen würden«, meinte Bialas finster und wandte sich an Friedebald Frenzel. »Sie wissen, dass Ihr Kollege Gäbler die Frau nicht mehr als Zeugin eingestuft hat?«

Frenzel nickte. »Ich sag ja: dem Herrn Dr. Gäbler seine Relevanzen ... Ich denke, die sind nicht mehr relevant. Oder? Die Frage ist, kommen wir noch einmal an die Frau ran? Und – in der Tat – wie kommen wir zu einer gerichtsverwertbaren Aussage?«

Hanna Stankowski erhob sich. »Wir haben nochmal Kontakt aufgenommen zu der Leiterin der Frauenberatungsstelle, zu Frau Krause-Kiesewetter. Und ich überprüfe gerade, ob wir in diesem Fall einen Traumatherapeuten als gerichtlich bestellten Betreuer beauftragen können. Es müsste schon möglich sein, nochmal den Kontakt zu Juliane Walter herzustellen. Bloß als Zeugin wird sie uns wahrscheinlich nur dienen können, wenn sie sich auch mal ohne Panik in ein geschlossenes Gebäude begeben kann.«

Wieder setzte der Italiener zu einer feurigen Rede auf Englisch an. Er hatte offenbar immer noch nicht richtig begriffen, worin die eigentliche Problematik lag.

»Mister Renzini, we will help you, be sure«, unterbrach ihn Friedebald Frenzel freundlich, aber bestimmt. »Was mich aber noch interessieren würde: Wenn ich die Akten richtig gelesen habe, dann hatte der Herr Dr. Gapka, der ja der Leiter vom Brüsseler Büro des Verbandes der Chemie-Industrie ist, Kenntnis von dieser Zeugin. Woher wusste der davon?«

Der Staatsanwalt hatte ein ungewöhnlich gutes Gedächtnis für Details, fiel Stoevesandt auf. Er sah Bialas an, der ihm auffordernd zunickte.

»Das wissen wir nicht«, antwortete er. »Aber Sie wissen ja, Herr Frenzel: Herr Dr. Bechtel, mein Vorgesetzter also, hat Sie regelmäßig um Akteneinsicht in der Sache Angelhoff gebeten. Herr Bechtel und Herr Gapka gehören derselben Partei und demselben Landesverband an und haben wohl auch regelmäßig Kontakt zueinander.«

»Wir werden den Herrn Gapka das selbst noch fragen. Da können Sie Gift drauf nehmen«, wandte sich nun auch Bialas an den Staatsanwalt. »Wenn Sie erlauben, würde ich jetzt aber gerne die Punkte der Reihenfolge nach abarbeiten. Der Herr Gapka wird uns sicher nachher noch einmal beschäftigen.«

Frenzel nickte zustimmend, und Bialas gab das Wort wieder an Hans Wildermuth.

Nun erzählte der Kriminaltechniker von dem Kokain-Nachweis in Angelhoffs Haar.

Die Italiener wurden ganz aufgeregt. Der ältere fragte, ob man geprüft hätte, ob Angelhoff mit dem Stoff gedealt hatte oder sonstige Kontakte zur Drogenszene hatte. Der jüngere setzte wieder zu einer Rede über die Allgegenwart der Drogenbosse und ihrer Durchdringung der ganzen Gesellschaft an.

»Es gibt darauf keinerlei Hinweise«, würgte Andreas Bialas ihn ab.

»In Brüssel hatte der gar keine Zeit für so etwas«, meinte Luca Mazzaro, der den Terminkalender von Angelhoff wohl mittlerweile in- und auswendig kannte. »Es sei denn, er hat das Zeug direkt bei den Sitzungen und Meetings vertickt.«

»Ähm«, meldete sich Rudolf Kuhnert nun zu Wort. »Also, ich möchte später noch etwas sagen, also zu den Finanzen von Herrn Angelhoff. Etwas ausführlicher, meine ich.«
Erschrocken sah er nun zuerst Stoevesandt, dann den Staatsanwalt an. Selbst wenn sie mit Frenzels Hilfe jetzt eine richterliche Anordnung bekommen würden, so würde jedem im Raum klar sein, dass alles, was Rudolf heute auf den Tisch legte, nicht mit legalen Mitteln ans Tageslicht gekommen war.
»Ich glaube, Sie können fortfahren«, meinte Frenzel und grinste zufrieden. »Ich hatte zuvor schon ein längeres Gespräch mit dem Untersuchungsrichter. Und der war wie ich der Meinung, dass wir eine Konteneinsicht brauchen. Und dass die Anordnung praktisch seit heute Morgen gilt.«
Stoevesandt musste ihm Hochachtung zollen. Der Staatsanwalt hatte ihn wieder mit seiner agilen und vorausschauenden Art überrascht.
Rudolf war sichtlich erleichtert und fuhr fort: »Also gut, dann kann ich, ähm, so viel ja schon vorwegnehmen: Eigentlich gibt es keine Kontobewegungen, die man nicht nachvollziehen könnte oder wo Geldwäsche im Spiel gewesen sein könnte. Ähm, also es gibt ein Konto in der Schweiz. Aber, nun ja, die Schweizer sind ja doch ein bisschen kooperativer geworden. Es gab dort seit Jahren keine Kontobewegungen mehr, und Angelhoff hat das Geld immer ordnungsgemäß deklariert. Und äh, also, wir haben da ja bestimmte, na ja, Informationsquellen geprüft. Es gibt keine Anzeichen dafür, dass der EU-Abgeordnete Gelder aus illegalen Geschäften eingenommen oder auf Konten im Ausland verschoben hätte.«
»Also, mir ham ja jetzt mit mehr als hundert Leut g'sprocha«, meinte nun der Böblinger Ermittler. »Der Angelhoff war vielleicht g'schmiert. Aber dass der mit Droga zu tun g'habt hat, des kann i mir net vorstella.«

Für Stoevesandt und die Kollegen war das Thema damit abgehakt. Doch die Italiener regten sich noch mehr auf. Sie tickten, geprägt durch die Mafia-Erfahrungen im eigenen Land, einfach anders als die deutsche Polizei. Der ältere Italiener hatte wieder übersetzt. Der jüngere verdrehte die Augen und gestikulierte wild, als wollte er sagen: »Wie kann man nur so naiv sein!«

Er beruhigte sich erst wieder ein bisschen, als Bialas widerwillig auch die These vom Drogenhändler Angelhoff auf dem Flipchart notiert hatte. »Wir werden das nochmal bei der systematischen Auswertung der E-Mail- und Handy-Kontakte berücksichtigen«, besänftigte er den italienischen Heißsporn.

»Da müsst ihr uns eben auch noch mit ein paar Stichworten füttern«, wandte sich Luca Mazzaro an die Leute von der Organisierten Kriminalität am Landeskriminalamt. »Damit die Auswertungsprogrämmchen von der Computerforensik das auch finden. Für die anderen Themen«, wandte er sich die LKA-Datensicherer, »da haben wir, glaub ich, auch schon ganz gut vorgearbeitet, mit Stichworten und so. Das könnt ihr dann auch mal demnächst durchs Silicium jagen.«

Stoevesandt fragte sich, ob das wirklich etwas bringen würde. In Brüssel stand immer noch Angelhoffs Computer bei der Anti-Betrugs-Behörde der Europäischen Union. Wenn es einen verfänglichen E-Mail-Verkehr gegeben hatte, der ihnen half, die Tat aufzuklären, dann war er dort zu finden.

Er schwieg jedoch vorerst, zumal Andreas Bialas zur Ordnung rief: »Eines nach dem anderen. Wir haben noch ein neues Ergebnis, das die meisten von euch noch nicht kennen. Axel, sag, was du weißt.«

Der lange, etwas ungelenke Hauptkommissar, der den Einbruch bearbeitete, stand auf. Er räusperte sich und referierte dann etwas monoton, aber kompakt die neuesten Fakten: »Der Schmuck von Felicitas Angelhoff ist wieder aufgetaucht, und zwar bei einem zwielichtigen Händler in Österreich. Ich hätte ja nie gedacht, dass die den versilbern wollen, wenn sie die ganzen Zertifikate dafür einfach liegen lassen. Aber wahrscheinlich konnte da einer nicht aus seiner Haut.«

Jemand hantierte nun an dem Beamer herum, der auf einem Tisch in der Mitte des Raumes stand. Eine große Leinwand wurde herabgelassen, die die anderen Tafeln nun verdeckte. Darauf wurden nun Fotos von Felicitas Angelhoffs Schmuck gezeigt. Es waren ein paar Erbstücke dabei, aber auch modern anmutende Colliers und Ohrringe.

»Höchstwahrscheinlich handelt es sich nämlich um eine rumänische Bande«, fuhr Axel Buchholz fort, »spezialisiert auf Einbrüche in schlecht gesicherten Schmuckläden und Galerien und in Wohnungen von wohlhabenden Leuten. Und zwar europaweit. Sie haben schon öfter versucht, über diesen Hehler Ware abzusetzen. Und ihre Vorgehensweise ist immer ähnlich. So wie in der Villa Angelhoff auch. Man vermutet, dass die auch Auftragsarbeiten erledigen. Zum Beispiel ist kurz nach einem Todesfall aus einem Safe mal ein Testament verschwunden. War dummerweise auch beim Notar hinterlegt worden. Der vermeintliche Alleinerbe hat nur seinen Pflichtanteil bekommen. Und in Österreich wurde bei einem Unternehmer eingebrochen. Der übrigens befreundet war mit dem dubiosen Kunsthändler. Auf dieselbe Weise. Dort sind zur Freude des Mannes aber Papiere gestohlen worden, aus denen hervorgegangen wäre, ob er seine Bilanzen fälscht. Wir bleiben dran an der Sache. Aber man kann davon ausgehen, dass die Rumänen von jemandem beauftragt worden sind.«

»Beauftragt die italienische Mafia eine rumänische Einbrecherbande, um Schmuck zu klauen oder Dokumente, die Angelhoff verstecken wollte?«, fragte Friedebald Frenzel und schüttelte skeptisch den runden Kopf. »Würden die überhaupt zusammenarbeiten, so italienische und rumänische Clans?«

Der ältere Italiener antwortete stoisch: »Die gegenseitig kollaborieren oder gegenseitig bringen sich um. Alles ist mogglich.«

»Aber wer hat denn ein Interesse an dieser Liste gehabt, die sie ja wahrscheinlich bei dem Einbruch gesucht haben?«, fragte Nicole Marinescu. Sie hatte mal wieder vor lauter Eifer rosige Wangen. »Wer gibt so einen Einbruch in Auftrag? Vor allem, wenn das nur Kopien waren. Wer hat denn Interesse an diesen Papieren gezeigt? Dr. Guido Gapka vom Verband der Deutschen Chemie-Industrie und der nationale Sachverständige Dr. Fabian Montabon.«

Andreas Bialas hatte sein Stofftaschentuch gezückt und sich die Nase geputzt. Er sah nachdenklich aus, unterband jedoch wieder eine Diskussion. Er wollte zunächst nur die Fakten. »Herr Kuhnert, wir haben das Okay des Untersuchungsrichters, und jetzt will ich wissen, was Sie rausbekommen haben über die Finanzen von Ewald Angelhoff.«

Die Fähigkeit, seine Zuhörer zu fesseln, war Rudolf leider nicht gegeben. Er referierte die nackten Fakten ohne Einordnung. Auch er nutzte den Beamer, um Einnahmen und Einnahmequellen, tabellarisch geordnet, den fast fünfzig Kollegen im Raum nahezubringen. Doch hätte sich Nicole nicht immer wieder als Dolmetscherin eingemischt und die Zusammenhänge verdeutlicht, wäre das Publikum wahrscheinlich eingeschlafen. Der ältere der italienischen Mafia-Jäger nickte tatsächlich immer wieder weg.

So entstand jedoch das Bild eines Politikers, der alle seine Einnahmen ordentlich verbuchte und versteuerte, sie jedoch nur äußerst unvollständig bei der Europäischen Union angab. Einnahmen, die aus verschiedenen ansehnlichen Honoraren für Gutachtertätigkeiten, Vorträge und Beraterverträge hauptsächlich von der Nord-Badischen Ammoniak-Fabrik, aber auch von Automobilherstellern und einem Energieversorger stammten.

»Also war Angelhoff korrupt wie ein Ferengi«, stellte Luca Mazzaro fest.

»Also nein«, meinte Rudolf verständnislos. »Das gilt nicht als Korruption, ähm, als Bestechung oder Bestechlichkeit. Selbst nach der neuen Gesetzgebung ... Ähm, also, es wird eine Reform des Paragrafen 108e StGB geben müssen, weil jetzt die Regelung nach internationalen Übereinkommen gar nicht mehr geht. Bisher musste ja nachgewiesen werden, ähm, also nur das war bisher straffähig, dass ein Abgeordneter direkt vor einer Abstimmung Geld oder Zuwendungen bekommen und dann entsprechend abgestimmt hat. Aber so wie es aussieht, ähm, also, was ich so weiß, über die neue Gesetzgebung, da wird es immer noch eine enge Kausalbeziehung zwischen dem ungerechtfertigten Vorteil und der Handlung eines Mandatsträgers geben.«

»Sprich: Es muss nachgewiesen werden, dass der Abgeordnete wirklich dafür Kohle bekommen hat, dass er so oder so abgestimmt hat«, erklärte Nicole Marinescu. »Ein paar nette Zuwendungen für die sogenannte Klimapflege oder ›Dankeschön-Prämien‹ sind trotzdem noch drin.«

Rudolf Kuhnert schüttelte den Kopf. »Angelhoff hat immer eine Leistung erbracht. Die Höhe der Vergütungen ist, ähm, ja, schon stattlich. Selbst die Vergütungen von diesem Dr. Fabian Montabon, also, das ist vielleicht nicht anständig im moralischen Sinne. Aber rechtlich, ähm, ich sehe da eigentlich keine Handhabe.«

»Was ist mit Montabon?«, fragte Andreas Bialas.

Trocken und detailliert führte Rudolf Kuhnert die Einnahmen und die Quellen des nationalen Sachverständigen Fabian Montabon auf. Nicole fasste wieder zusammen: »Der kassiert im Prinzip vierfach. Der kriegt sein Grundgehalt von der NBAF. Er bekommt sein Gehalt vom Karlsruher Institut für Technologie, wo er offiziell angestellt ist. Er bekommt ganz offenbar Provisionen, wenn er Entscheidungen in der EU im Sinne der NBAF beeinflusst hat. Und dann zahlt natürlich die EU ihm noch ein Tagesgeld und Zulagen.«

»Und trotzdem ist er pleite«, fügte Rudolf Kuhnert ungewohnt salopp hinzu. »Ähm, also, er hat Schulden in der Höhe von etwa zweihunderttausend Euro.«

»Und dieser Gapka, wissen Sie da was drüber?«, wollte Bialas wissen.

»Das habe ich nur oberflächlich mal geprüft«, antwortete Kuhnert. »Also, so wie es sich darstellt, ist er bei der NBAF angestellt und bezieht von dort ein gutes Gehalt. Der Verband der Deutschen Chemie-Industrie bezahlt seine Wohnung in Brüssel und sämtliche Auslagen im Rahmen seiner Tätigkeiten für den Verband. Aber das scheint alles zu sein.«

»Wir müssen besser verstehen, was die drei miteinander zu tun hatten,« meinte Bialas nachdenklich. »Gerd, bitte, sag uns dazu etwas und zu den Funden im Schließfach.«

Stoevesandt hatte bereits überlegt, wie er die komplizierten Zusammenhänge begreiflich darstellen konnte. Er hatte sich entschlossen, das Ganze über den Inhalt von Angelhoffs Bankschließfach aufzudröseln.

Da war zunächst Ewald Angelhoffs Sohn und dessen Mutter, mit der der EU-Abgeordnete eine kurze, aber heftige Affäre gehabt hatte. Die Erkrankung des Jungen erklärte den Sinneswandel von Angelhoff, der sich in Sachen Chemie – wie der Spiegel-Journalist Petersen es formuliert hatte – vom Saulus zum Paulus gewandelt hatte.

Stoevesandt stellte dann die fragwürdige Liste mit den Namen der EU-Abgeordneten vor. Auch diese wurde auf die Leinwand gebeamt, so dass jeder sich ein Bild vom Charakter des Dokuments machen konnte. Er informierte über das hohe Interesse von Gapka und Montabon an dieser Liste und über die These, dass dies das Schriftstück war, nach der die Einbrecher in der Villa Angelhoff gesucht haben könnten.

Dann zeigte er über den Beamer den wissenschaftlichen Fachartikel »Computational toxicology and non-test methods for screening substances for endocrine activity«. Er versuchte, so gut er konnte, die Zusammenhänge zu erklären, zwischen Weichmachern und Substanzen, gegen die Angelhoff vor dem Ende seines Lebens aufbegehrt hatte, und der Untersuchung solcher Stoffe durch Computertests. Er berichtete auch, was Ines ihm gesagt hatte: Der entscheidende Teil der Studie fehlte – die Auswertung der Tests und die Ergebnisse.

»Hubert Mayer-Mendel«, rief Luca Mazzaro und sprang auf. »Che pazzia!«

Die Italiener schreckten hoch.

Mazzaro ging nach vorne zur Leinwand und fuchtelte wild davor herum. »Hubert Mayer-Mendel. Dem gehört die Handy-Nummer, mit der Angelhoff x-mal telefoniert hat, bevor man ihn abgemurkst hat. Wir haben ständig versucht, den Mann zu erreichen. Das Handy hat der danach nicht mehr benutzt. Immer nur ›der Teilnehmer ist vorübergehend ...‹ und so weiter. Eine Festnetznummer hat der nicht. Wir haben natürlich seine Adresse, wo er gemeldet ist. In Karlsruhe. Da waren mehrmals Kollegen. Der ist nie da, und niemand im Haus hat ihn mehr gesehen. Wie vom Erdboden verschluckt.«

»Er war am Karlsruher Institut für Technologie tätig, wie Sie hier sehen«, erklärte Stoevesandt. »Dort sollten Sie nach ihm fragen.«

»Am selben Institut wie dieser Dr. Montabon«, stellte Friedebald Frenzel zufrieden fest. »Nur von Fall zu Fall ist Zufall Zufall. Nach dem kann man dann auch gleich mal fragen.«

»Volker Petersen, der Spiegel-Journalist, wollte mir übrigens weitere brisante Informationen über Montabon zukommen lassen«, informierte Stoevesandt. »Allerdings nur mündlich. Dafür müsste also noch mal jemand nach Brüssel fahren.«

Andreas Bialas hatte bisher auf das Fachchinesisch auf der Leinwand gestarrt. Jetzt wandte er sich energisch wieder dem Publikum im Raum zu. Er sprach den Böblinger Kollegen an, der in der SoKo für Befragungen und Vernehmungen zuständig war: »Kollege Hahnelt, ich möchte, dass du diesen Dr. Gapka vorlädst. Den knöpfen wir uns vor, so schnell wie möglich. Und diesen anderen Doktor, diesen Montabon ...« Er überlegte einen Moment. »Wir sind dran an dem Computer mit dem geheimen E-Mail-Account von Angelhoff. Wir haben Kontakt zu OLAF, diesem Europäischen Amt für Betrugsbekämpfung. Sobald wir das Okay haben, dass wir eine forensische Kopie machen können, von allem, was da drauf ist, werden wir ohnehin noch mal nach Brüssel fahren müssen. Ich will zuerst wissen, was dieser Petersen über Montabon weiß, bevor wir den vor die Flinte nehmen.«

Dann verteilte er routiniert weitere Aufgaben: die Hintermänner des Mafia-Killers ausmachen, die schöne Jule noch einmal befragen und Hubert Mayer-Menzel finden.

»So, und nun weiß hoffentlich jeder, was er zu tun hat«, beschloss Bialas die Sitzung.

Freitag, 6. September 2013

I

Rudolf hatte Recht. Aus juristischer Sicht war diesen Abgeordneten kaum beizukommen. Was bedeutete es schon, wenn einer empfänglich war? Empfänglich für Präsente? Empfänglich für Ideen? Und selbst, wenn da stand, dass jemand alten Whisky liebte ... Zunächst musste man nachweisen, dass er den auch bekommen hatte. Aber: Nach geltendem Recht konnte der Abgeordnete so viel Whisky geschenkt bekommen, wie er nur wollte, wenn ihm nicht nachgewiesen werden konnte, dass er damit seine Stimme verkauft hatte, und zwar ganz konkret vor einer ganz bestimmten Abstimmung. Schon wenn der Whisky nach der Abstimmung überreicht wurde, war das kein »Stimmenkauf« mehr. Wenn Mandatsträger für sogenannte gesellschaftliche oder wirtschaftliche Partikularinteressen eintraten, wenn sie Beraterhonorare oder Spenden kassierten, so war dies vom Gesetzgeber ausdrücklich legitimiert, weil dies angeblich ein politisch übliches und sozial adäquates Verhalten war. So war die bisherige deutsche Rechtslage, die auch für die deutschen Abgeordneten bei der Europäischen Union galt.

Stoevesandt war klar, dass er die Vorermittlungen zu der »Liste« hinauszögern musste. Der Bundesgerichtshof hatte den Paragraphen 108e »Abgeordnetenbestechung« im Strafgesetzbuch in einem Urteil mit einem Stempel versehen: »Bedeutungslose symbolische Gesetzgebung«, weil damit – salopp gesagt – jede noch so dreiste Beeinflussung von Abgeordneten, von Wahlen und Abstimmungen straflos blieb. Jetzt war der Bundestag dran. Demnächst würde ein neuer Paragraph 108e beschlossen werden. Die Chancen, einen der

Kandidaten auf der Angelhoff'schen Liste dran zu bekommen, würden dann hoffentlich steigen. Aber nach allem, was man so hörte, würden die Strafverfolgungsbehörden auch weiterhin beweisen müssen, dass ein Abgeordneter genau dafür bestochen werden sollte, dass er ein ganz bestimmtes Abstimmungsverhalten zeigte. Die sogenannte »Klimapflege« würde auch in Zukunft durchaus legitim und legal sein – so viel war schon klar. War der Whisky im Zusammenhang einer ganz bestimmten Abstimmung im EU-Parlament geflossen? Wenn er denn nachweislich geflossen war. Oder diente das Getränk einfach nur der Klimapflege?

Nicole Marinescu hatte nochmals gründlich recherchiert. Tatsächlich gehörten die Abgeordneten alle dem EU-Parlament vor 2009 an. Da das Dokument aus Angelhoffs Bankschließfach nicht datiert war, würde es schwer werden, selbst erwiesene Gefälligkeiten in direkten Zusammenhang mit einer Abstimmung zu bringen. Die einzige Chance war, bei möglichst vielen auf der Liste nachzuweisen, dass tatsächlich eine Vorteilsnahme stattgefunden hatte und dies bei allen quasi zur selben Zeit. Aber selbst dann war es ein langer Weg bis zu einer tatsächlichen Verurteilung.

Stoevesandt legte das Papier weg. Er stand auf und sah gedankenverloren aus dem Fenster. Warum waren Gapka und Montabon so scharf auf dieses Dokument gewesen, dass sie dafür wahrscheinlich sogar einen Einbruch in Auftrag gegeben hatten? Eine Strafverfolgung mussten sie noch weniger fürchten als die Abgeordneten. Denn man musste ihnen nachweisen, dass die »guten Gaben« von ihnen gekommen waren und sie tatsächlich ein konkretes Abstimmungsverhalten bei den Beschenkten hatten bewirken wollen. Auf der Liste stand kein »Absender«. Ein Wirtschaftskriminalist wusste nur zu gut, wie schwierig eine solche Beweisführung werden würde.

Nein. Die eigentliche Brisanz lag gänzlich anderswo. Die Öffentlichkeit scherte sich den Teufel darum, ob hier nach dem Gesetz Bestechung und Bestechlichkeit vorlag. Diese

Unterlagen, veröffentlicht in den Medien, hatten genügend Sprengkraft, um einem Dr. Gapka und einem Dr. Montabon mitsamt ihren Auftraggebern bei der NBAF und dem Verband der deutschen Chemie-Industrie das Leben sehr schwer zu machen. Der Image-Schaden würde erheblich sein.

Stoevesandt wusste genau, wo die Liste landen musste. Nur der Weg dorthin machte ihm noch Kopfzerbrechen. Auch wenn er aus Bechtels Schusslinie genommen worden war – er konnte sich kein Fehlverhalten erlauben.

Er gab die Grübelei auf. Die Liste verwahrte er wieder sicher in seinem Schreibtisch. Obwohl es noch früher Nachmittag war, ordnete er seine Akten auf dem Schreibtisch und machte sich bereit, nach Hause zu gehen. Er wollte noch Zeit mit Ines haben.

Sie hatten sich am Vorabend noch einmal lange unterhalten. Heute war Ines' letzter Arbeitstag vor dem dreiwöchigen Urlaub, den sie so herbeigesehnt hatte. Sie war nicht begeistert, aber das Verständnis dafür überwog, dass er jetzt nicht in die Ferien fahren konnte. Er würde noch einmal nach Brüssel fahren müssen, um Petersen zu treffen. Der hatte ihm gestern in einem weiteren Telefonat mitgeteilt, dass er einen wichtigen Zeugen hätte, der anonym bleiben und nur mit Stoevesandt und einem deutschen Staatsanwalt sprechen wollte.

»Du musst die Sache zu Ende bringen«, hatte Ines noch einmal gesagt. »Wat mutt, dat mutt.« Sie selbst wollte tatsächlich gleich morgen allein nach Norddeutschland fahren, Familie und Freunde besuchen, und auf der Insel Pellworm hatte sie eine kleine Pension gefunden, in der sie ein Zimmer gebucht hatte. »Vielleicht tut es mir ganz gut, mal allein zur Ruhe zu kommen und drüber nachzudenken, was ich eigentlich will.«

Stoevesandt sollte nachkommen, sobald er keine unaufschiebbaren Aufgaben mehr hatte.

Er wollte gerade das Büro verlassen, da rief Andreas Bialas ihn an: »Die Vernehmung von Gapka findet am Montagvormittag bei uns im Präsidium statt. Wir haben Glück. Er ist nächste Woche ohnehin bei seinen Arbeitgebern in Mannheim und in Frankfurt. Gehe ich recht in der Annahme, dass du den auch ein paar Dinge fragen möchtest?«

Stoevesandt bejahte heftig.

»Wir können übrigens mit großer Sicherheit davon ausgehen: Die Headline auf der Liste ›Mit der Bitte um Ergänzungen und Tipps‹ stammt von Dr. Guido Gapka«, informierte Bialas weiter. »Die dritte Handschrift haben wir bis jetzt noch nicht zuordnen können.

Und das BKA hat endlich Gas gegeben. Frenzel hat ihnen offenbar ordentlich Feuer unterm Hintern gemacht. Es ist jetzt amtlich: Die Unterschrift unter dem Kaufvertrag bei dem Waffenhändler in Brüssel ist eindeutig gefälscht. Die Waffe, mit der Ewald Angelhoff erschossen worden ist, die hat er nicht selbst gekauft.«

»Also haben die Italiener recht. Man hat sie für den Killer beschafft.«

»So sieht es aus. Und noch etwas: Wir haben das Okay von OLAF, dieser Antibetrugsbehörde in Brüssel. Wir können eine forensische Kopie von Angelhoffs Festplatte machen. Einer von euren Daten-Wühlmäusen, Luca und der Staatsanwalt werden im Laufe der kommenden Woche nach Brüssel fahren. Ich weiß, du hast Urlaub ...«

»Ich komme mit«, erwiderte Stoevesandt sofort. »Meine Frau fährt voraus. Ich werde nachkommen, sobald es möglich ist.« Er erzählte Bialas von dem Zeugen, den Petersen ihm präsentieren wollte. Man würde alles unter einen Hut bringen.

»Wunderbar«, meinte Bialas. Er klang sehr zufrieden.

Montag, 9. September 2013

1

Ein einsames Wochenende lag hinter Stoevesandt. Er hatte Ines bereits vermisst. Sie war am Samstagvormittag losgefahren, er war danach ins LKA gegangen und hatte noch lange gearbeitet. Ein trübsinniger Abend und ein ebensolcher Sonntag waren gefolgt. Er hatte wieder alte Jazz-Platten gehört und darüber nachgedacht, zu welchem Schluss Ines kommen würde. Erneut beschlich ihn die Angst, dass sie ihn verlassen könnte und seine Wochenenden dann immer so aussehen würden.

2

Doktor Guido Gapka saß breit hingefläzt auf seinem Stuhl im Vernehmungsraum. Sein Hemd spannte über dem Bauch. Die Stirn und die rosigen Wangen glänzten ein wenig. Doch sein Gesicht strahlte eine leicht überdosierte Selbstsicherheit aus. Natürlich hatte er einen Rechtsanwalt dabei, einen auf jung drapierten Mann mittleren Alters im Armani-Anzug. Auch der saß, leger die Beine übereinandergeschlagen, im Raum, als ginge es um eine Cocktailparty.

Stoevesandt, Andreas Bialas und Staatsanwalt Friedebald Frenzel hatten sich zuvor abgestimmt, wie sie die Vernehmung angehen wollten. Sie wussten alle, dass sie nicht viel Konkretes gegen Gapka in der Hand hatten. Es ging darum, ihn zum Reden zu bringen.

Frenzel hatte in gewohnt freundlicher Art die Personalien aufgenommen und die Rechtsbelehrung vorgenommen. Er hatte Gapka freudestrahlend mitgeteilt, dass er natürlich als Zeuge und nicht als Beschuldigter vernommen werden sollte.

Dann begann Andreas Bialas mit der Befragung: »Herr Dr. Gapka, wissen Sie, wo Ewald Angelhoff sich die Waffe gekauft hat?«

»Nein, tut mir leid.«

»Aber er hat Ihnen gesagt, dass er sich eine Waffe beschafft hat?«

»Äh, ich weiß es nicht mehr.«

»Sie erinnern sich doch sicher an unser Gespräch in Brüssel. Sie haben da erwähnt, dass Ewald Angelhoff sich eine Waffe gekauft hat. Wer hat Ihnen davon erzählt?«

Gapka blockte ab. »Was weiß ich, woher ich das wusste. Keine Ahnung. Ich wusste es eben.«

»Bitte klären Sie uns doch auf, in welchem Zusammenhang Sie diese Frage stellen«, mischte sich der Anwalt mit näselnder Stimme ein.

»Die Herkunft der Waffe spielt eine besondere Rolle in dem Fall«, erklärte Bialas und blieb bewusst vage. »Hat Herr Angelhoff jemals über eine Waffe, über deren Besitz oder Kauf mit Ihnen gesprochen? Das ist ja nun kein alltägliches Thema. Da erinnert man sich in der Regel.«

»Ich weiß es nicht mehr und damit basta.«

»Aber in Brüssel meinten Sie zu wissen, dass er sich eine gekauft hat.«

»Was reiten Sie darauf herum? Was trägt das zur Klärung des Todesfalles bei?«, sprang der Anwalt seinem Mandanten bei.

»Woher wussten Sie, dass es am Tatort eine Zeugin gegeben hatte?«, legte Bialas nach.

Gapka begriff langsam, worauf die Beamten hinauswollten. »Was weiß denn ich?« Er wurde wieder zu laut und zu forsch. »Was glauben Sie, wie viele Gespräche ich tagtäglich führe. Meinen Sie, ich kann mich da an alles erinnern?«

Bialas blieb unbeirrt. »Haben Sie jemals mit jemandem aus dem Landeskriminalamt Baden-Württemberg oder dem Polizeipräsidium Stuttgart oder der Staatsanwaltschaft Stuttgart über den Fall Angelhoff gesprochen?«

»Darauf müssen Sie nicht antworten«, näselte der Rechtsanwalt schnell.

Frenzel beugte sich nach vorne und sagte honigsüß: »Noch einmal, Herr Dr. Gapka: Sie sind hier als Zeuge und nicht als Beschuldigter. Sie können reden, mit wem Sie wollen und worüber Sie wollen. Anders steht das natürlich bei uns, bei den Vertretern der Strafverfolgungsbehörden.«

Gapka blieb stur. »Ich weiß nicht mehr, mit wem ich worüber gesprochen habe.«

»Woher wussten Sie von der Waffe und der Zeugin?«, insistierte Bialas.

»Weiß ich nicht mehr.«

»Herr Gapka, Sie waren ja mit Herrn Angelhoff in derselben Partei, nicht wahr?«, machte Frenzel weiter. »Und ja auch in derselben Partei wie der Leiter der Inspektion für Wirtschaftskriminalität und für die Organisierte Kriminalität am Landeskriminalamt, Herr Dr. Bechtel. Da waren sie doch sicher sehr betroffen über den Tod von Herrn Angelhoff. Da hat man doch sicher hier oder dort auch mal über den Fall gesprochen, zum Beispiel eben mit dem Inspektionsleiter. Wie gesagt, Sie sind Zeuge – kein Beschuldigter. Aber eine Falschaussage geht natürlich auch bei Ihnen nicht.«

Gapka überlegte. Er begriff wohl, dass man nicht ihm an den Karren fahren wollte, sondern seinem Parteifreund. »Natürlich hat man darüber gesprochen. Aber wer da was gesagt hat, das weiß ich nicht mehr.«

»Sie haben also mit Herrn Dr. Bechtel über den Fall gesprochen.« Bialas stellte mehr fest, als dass er fragte.

»Natürlich. Aber ich weiß nicht mehr, was da genau gesagt worden ist.«

»Haben Sie auch über Herrn Angelhoffs Geliebte gesprochen?«

»Mag sein. Ich weiß es nicht mehr.«

Gapkas Anwalt wurde immer nervöser. Er witterte die Falle. »In was wollen Sie meinen Mandanten da hineinziehen? Ich bitte Sie, mir jetzt klipp und klar zu erklären, was dies alles mit der Aufklärung des Falles Angelhoff zu tun hat.«

Bialas ignorierte ihn. »Können Sie uns bitte noch einmal genau schildern, was Ewald Angelhoff im Zusammenhang mit seiner Geliebten gesagt hat?«

»Mein Gott, woran soll ich mich denn noch alles erinnern?«

»Sie waren in dem Gespräch mit mir und Herrn Stoevesandt vollkommen überzeugt davon, dass Angelhoff sich das Leben genommen hat. Bitte sagen Sie uns doch noch einmal, woher Sie diese Überzeugung genommen haben.«

Gapka machte ein ärgerliches Gesicht. »Ich weiß zwar nicht, was diese ganzen Fragen sollen. Aber bitteschön: Er war verzweifelt, weil er sich nicht zwischen zwei Frauen entscheiden konnte.«

»Das hat er Ihnen gesagt?« In Bialas' Stimme klang überdeutlich der Zweifel mit.

Gapka war nun wirklich verunsichert. Er schwieg trotzig vor sich hin.

»Wussten Sie, dass Ewald Angelhoff einen achtjährigen Sohn hat?«

Jetzt fiel Gapka die Kinnlade runter.

»Der Junge leidet unter verschiedenen Allergien und Asthma. Ein Spezialist hat bei ihm eine beginnende Multiple Chemikalien-Sensitivität diagnostiziert. So, und damit wissen Sie jetzt auch, warum sich Angelhoff seit einiger Zeit der Zusammenarbeit mit Ihnen, Ihrem Verband und Ihrem Arbeitgeber verweigert hat.«

Eine Weile herrschte Stille im Vernehmungsraum.

Dann meinte Gapka bissig: »Hat er das?«

»Wie war Ihr Verhältnis zu Herrn Angelhoff in den letzten Wochen vor seinem Tod, Herr Dr. Gapka?«, wollte Bialas wissen.

»Was soll das nun wieder? Gut.«

»Gut? Nachdem Angelhoff einen Antrag eingebracht hat – zuerst in seinem Ausschuss, dann im EU-Parlament – durch den bestimmte Stoffe, Weichmacher und so weiter, als gefährliche Stoffe eingeordnet werden sollen?«

»Da sehen Sie mal: Weichmacher! Was wissen Sie denn schon über Weichmacher?« Das Stichwort führte dazu, dass Gapka seine Rolle als Verbandsfunktionär wiederfand. »Ich möchte Sie mal sehen, wenn Sie nur noch Plastikartikel ohne Weichmacher hätten. Oder keine Folien mehr, in die Sie Ihre Lebensmittel packen können. Oder keine Infusionsschläuche mehr. Wir kommen ohne Weichmacher nun mal nicht mehr aus. Und wenn nicht diese Umweltfanatiker ständig Horrorgeschichten in die Welt setzen würden, dann könnte niemand verstehen, warum ausgerechnet Phthalate auf der Liste der gefährlichen Stoffe landen sollten. Das sind Abkömmlinge von Alkoholen. Die gelten insgesamt als wenig problematische Stoffgruppe. Aus Kinderspielzeug für Kleinkinder hat die EU fast alle Weichmacher verbannt. Geben Sie Ihren Kindern Spielsachen, die scharfkantig brechen? Sollen die lieber am Daumen als am Schnuller lutschen? Und das alles ohne Not. Für die Weichmacher, die tatsächlich in Babyartikeln verwendet worden sind, gibt es keinen wissenschaftlichen Nachweis, dass die tatsächlich eine schädigende Wirkung haben. Und dass die Phthalate angeblich sogar das Nervensystem schädigen, das verweisen die allermeisten seriösen Forscher in das Reich der Legenden. Unter Wissenschaftlern gibt es ja noch nicht einmal Einigkeit darüber, ob hormonell wirksame Substanzen wirklich der Männlichkeit und der Manneskraft schaden. Weil ein Stoff auf Vorderkiemenschnecken hormonell wirkt, darf dieser Stoff nicht mal in minimaler Konzentration in Radlerhosen oder an der Sportbekleidung verwendet werden. Man lässt die Leute lieber nach kurzer Zeit nach Schweiß stinken. Obwohl es überhaupt keine Hinweise gibt, dass TBT auf höhere Säuger genauso wirkt wie auf primitiv gebaute Meeresschnecken. Die chemische Industrie betreibt einen massiven Forschungsaufwand. Trotzdem gibt es keine breit akzeptierten Hinweise, dass von hormonwirksamen Substanzen aus dem Bereich der chemischen Industrie neue oder bisher unterschätzte Gefahren ausgehen.«

»Sie hatten also handfeste Differenzen mit Herrn Angelhoff«, interpretierte Bialas den Erguss.

»Wir hatten Meinungsverschiedenheiten.«

»Worin bestanden die konkret?«

»Ich werde Ihnen hier jetzt nicht fachliche Diskussionen auseinanderklabüstern, die Sie ohnehin nicht verstehen.«

»Ich muss nichts über Weichmacher und Chemie wissen, Herr Dr. Gapka. Ich muss einen Tod aufklären, der mit Sicherheit kein Selbstmord war. So viel wissen wir jetzt. Angelhoff hat nicht mehr mitgespielt. Ist er Ihnen gefährlich geworden? Vielleicht war er ja nicht nur ein Ärgernis. Vielleicht wurde er ja sogar so gefährlich, dass er beseitigt werden musste.«

»Was unterstellen Sie mir da?« Gapka war ehrlich empört.

Auch sein auf jung gemachter Anwalt näselte nun aufgeregt: »Entweder Sie nennen jetzt konkrete Vorwürfe gegen meinen Mandanten, wo er mit dem Recht in Konflikt gekommen ist, oder Sie unterlassen diese Art der Befragung.«

Bialas sah die beiden grimmig an. »Herr Stoevesandt hat jetzt noch ein paar Fragen an Sie, Herr Dr. Gapka. Aber bevor er die stellt, möchte ich noch folgende erwiesene Fakten feststellen: Ewald Angelhoff hat niemals eine Waffe gekauft. Aber in Brüssel hat jemand mit gefälschten Dokumenten und einer gefälschten Unterschrift die Waffe gekauft, mit der Ewald Angelhoff erschossen worden ist!«

Er machte eine demonstrative Pause. Stoevesandt meinte zu beobachten, dass Gapka wirklich bleich wurde. Zumindest sah er Bialas erschrocken an. Der fuhr fort: »Wir haben auch weit und breit kein Motiv für einen Selbstmord gefunden. Angelhoff hatte vor etwa neun Jahren eine Affäre. Die Frau hat uns glaubhaft versichert, dass es seither kein Verhältnis mehr gab. Allerdings hat er sie noch ab und zu getroffen, weil aus der Liaison ein Sohn hervorgegangen ist, um den er sich regelmäßig gekümmert hat. Herr Dr. Gapka, geben Sie zu: Dieses Gespräch über die angebliche Zerrissenheit von Ewald Angelhoff – das war frei erfunden!«

Gapka schwieg. Doch in seinem Gehirn arbeitete es sichtbar. Irgendetwas machte ihn betroffen. Das war nicht gespielt.

Bialas setzte noch einen drauf: »Sie haben uns Lügengeschichten erzählt, Herr Dr. Gapka. Wir wissen nicht, ob Sie die mit Herrn Montabon oder mit Herrn Bechtel oder mit sonst jemandem ausgeheckt haben. Aber es waren Irreführungen der Polizei. Und wir fragen uns ernsthaft, welche Motive Sie dafür haben.«

Wieder intervenierte der Anwalt: »Unterlassen Sie die absurden Anspielungen.«

Frenzel wedelte beschwichtigend mit den kurzen Armen. »Meine Herren, es geht uns ja nur um die Wahrheitspflicht. Sie wissen ja, die Paragraphen 257 und 258, Begünstigung einer Straftat und Strafvereitelung ... Wir meinen nur, Herr Dr. Gapka sollte sich seine Aussagen dahingehend überlegen, dass er zur Wahrheitsfindung beiträgt. Nicht wahr? Es gibt nämlich weitere Umstände im Zusammenhang mit dem Tod von Ewald Angelhoff zu klären. Herr Stoevesandt, bitte, wenn Sie jetzt Ihre Fragen an Herrn Dr. Gapka richten würden ...«

Die provokative Art der Befragung, wie Andreas Bialas sie in diesem Fall praktiziert hatte, beherrschte Stoevesandt nicht. Doch die war wohl auch nicht mehr nötig. Sie hatten Gapka dort, wo sie ihn haben wollten. Er würde sich hüten, ihnen erdichtete Geschichten aufzutischen.

Stoevesandt öffnete die Kladde vor sich und legte Gapka eine Seite aus der Liste vor, auf der handschriftliche Vermerke von Angelhoff und dem weiteren unbekannten Schreiber waren.

»Erkennen Sie diese Handschriften?«

Man sah Gapka an, dass die Überraschung gelungen war. Er ließ sich Zeit mit der Antwort.

»Das ist die von Ewald.«

»Und die andere?«

»Weiß ich nicht.«

»Ist das die Handschrift von Dr. Montabon?«

»Könnte sein.«

Stoevesandt legte die restlichen Blätter der Liste vor dem Verbandsfunktionär aus. »Ist das die Liste, die Sie so dringend gesucht haben? In Angelhoffs Wohnung und in seinem Büro?«

»Das ist uralt«, meinte Gapka. »Der Name da, der ist längst nicht mehr im EU-Parlament. Ich kann mich da an gar nichts mehr erinnern.«

»Wann wurde diese Liste erstellt?«

»Das weiß ich nicht mehr.«

»Aber dass Sie sie erstellt haben, wissen Sie noch? Speichern Sie so etwas nicht in Ihren Verbandsarchiven?«

»Das sind völlig belanglose Merkzettel. Einfach nur für die Kontaktpflege. So etwas speichern wir nicht.«

Gapka merkte nicht, dass er soeben bestätigt hatte, dass die Liste aus seinem Verband, wahrscheinlich sogar von ihm selbst stammte. Sein Anwalt wurde jedoch immer nervöser. Er überflog mehrere Seiten und schien fieberhaft zu überlegen, welche rechtliche Bedeutung das Dokument hatte.

Stoevesandt beeilte sich, weitere Fragen zu stellen. »Wurden diesen Leuten Geschenke, Vergünstigungen oder sonstige Vorteile angeboten?«

»Und wenn es so wäre, dann wär das nicht verboten. Mein Verband pflegt eine Kultur der Gastfreundschaft und des Entgegenkommens. Und wir erwarten dafür keine Gegenleistungen.«

»Haben diese Leute Geschenke, Vergünstigungen oder sonstige Vorteile angenommen?«

»Sie halten jetzt besser den Mund«, wandte sich der Anwalt an Gapka. »Mein Mandant muss dazu nichts sagen.«

»In der Tat, ich habe dazu nichts mehr zu sagen.«

Stoevesandt faltete die Hände vor sich auf dem Schreibtisch und blickte einen Moment auf sie nieder, bevor er weitersprach. »Diese Liste scheint höchst brisant zu sein. Wie Sie vielleicht gehört haben, wurde in die Villa von Felicitas Angelhoff eingebrochen.«

Gapka nickte.

»Wir konnten jedoch das gesamte Diebesgut sicherstellen.« Dabei blickte Stoevesandt bedeutungsvoll zu der Liste.

»Ich dachte, da seien nur Schmuck und Uhren weggekommen«, meinte Gapka.

»Wie kommen Sie darauf? Woher wissen Sie, dass da nur Schmuck und Uhren weggekommen sein sollen?«

»Was weiß ich? Von Frau Angelhoff selbst vielleicht.«

Bialas griff nun wieder ein und stellte grimmig fest: »Sie hatten das letzte Mal Kontakt zu Felicitas Angelhoff vor dem Einbruch. Da haben Sie sie ebenfalls nach dieser Liste gefragt. Sie haben sie sogar gebeten, danach zu suchen. Frau Angelhoff hat nur Ihnen und sonst niemandem gesagt, dass sie eine Zeit lang nicht zu Hause sei und deshalb Ihrer Bitte nicht nachkommen könnte. Nur Sie, Herr Gapka, wussten, dass die Villa eigentlich leer sein sollte.«

»Wir haben«, fügte Stoevesandt an, »Frau Angelhoff verpflichtet, mit niemandem darüber zu sprechen, was genau entwendet wurde. Sie hat sich daran auch gehalten. Daher können also nur die Diebe wissen, was genau sie mitgenommen haben. Oder der Auftraggeber der rumänischen Bande. Woher wissen Sie, Herr Dr. Gapka, dass nur Schmuck und Uhren mitgenommen worden sein sollen?«

Gapka wurde nun spürbar nervös. Er blickte angespannt zwischen den Kommissaren hin und her. »Keine Ahnung, ich weiß es nicht mehr. Vielleicht hat Dr. Bechtel es mir gesagt.«

»Oioioi«, jammerte Frenzel nun. Er sah Gapka bekümmert an. »Ich mache mir ernsthaft Sorgen um Ihr Gedächtnis, Herr Dr. Gapka. Das ist doch alles noch gar nicht so lange her. Und Sie können sich an dieses nicht mehr erinnern, und jenes fällt Ihnen nicht mehr ein. So fängt das ja meistens an. Kennen Sie den? Zwei Alzheimer-Patienten sitzen im Park. Kommt der Eiswagen. ›Ich hol mir zwei Schoko. Und was willst du?‹ – ›Zweimal Vanille, aber schreib's dir besser auf!‹ – ›Ach was, der Eiswagen steht ja gleich da drüben.‹ Nach 'ner Viertelstunde kommt der eine Alzi zurück, mit zwei Bratwurstbrötchen. Meint der andere: ›Und wo ist der Senf?‹ – ›Verdammt, den hab ich vergessen.‹ – ›Siehste, hab doch gesagt, du sollst es dir aufschreiben!‹ Ha ha ha ha ha.«

Wie es so seine Art war, freute sich der Staatsanwalt über seinen Witz am meisten. Doch auch Stoevesandt konnte sich ein Grinsen nicht verkneifen, und Bialas' Mundwinkel war ziemlich weit oben.

Nur Gapka und sein Anwalt hatten keinen Sinn für Humor. »So, jetzt ist aber Schluss. Ich muss mich mit meinem Mandanten erst mal abstimmen. Herr Dr. Gapka, kommen Sie, wir gehen. Sie machen jetzt keine Aussage mehr.« Damit stand der Anwalt auf. »Wir werden uns nicht mehr äußern. Es sei denn, Sie erheben Anklage. Aber dann legen Sie erst mal Beweise vor. Auf Wiedersehen, meine Herren.«

Auch Gapka war aufgestanden. Seine Hüfte machte ihm offenbar vermehrt Probleme. Er humpelte seinem Anwalt hinterher aus dem Vernehmungsraum.

Die Beamten blieben noch einen Moment sitzen. Sie hatten für die Verhältnisse doch recht viel erreicht. Gapka hatte mehr oder weniger zugegeben, dass Dr. Bechtel seine Informationsquelle war, was durchaus zu einem Problem für den Inspektionsleiter werden konnte. Er hatte außerdem bestätigt, dass die Liste tatsächlich aus seinem Verband stammte. Und er hatte doch recht intime Kenntnisse von der Beute, die die Rumänen in der Angelhoff'schen Villa gemacht hatten. Kenntnisse, für die es einen erheblichen Erklärungsbedarf gab.

Dienstag, 10. September 2013

I

Bereits am Montag hatte Kapodakis bei einem späten gemeinsamen Mittagessen Stoevesandt darüber informiert, dass seine OK-Ermittlungsgruppe erste Erkenntnisse hatte. »Komm zur nächsten Sitzung. Dann seid ihr auch auf dem Laufenden.«

Auch Bialas hatte am Vortag bereits angekündigt, dass er an der Besprechung der OK-Ermittler teilnehmen wollte. Er war bereits da und hatte Luca Mazzaro im Schlepptau, als Stoevesandt mit Nicole und Rudolf zu den Mafia-Jägern stieß.

Die Beratung blieb recht unstrukturiert. Kapos Leute wirkten nicht nur alle ein bisschen verrucht. Sie waren auch einigermaßen chaotisch. Die beiden Italiener taten ein Übriges hinzu. Mit blumig ausgeschmückten Erläuterungen über Charakter, Gefährlichkeit und Missetaten der Mafia. Die Sitzung zog sich hin.

Das Bild, das sich nach und nach ergab, sah folgendermaßen aus: Baden-Württemberg und insbesondere der Großraum Stuttgart stellte für alle Mafia-Organisationen einen Schwerpunkt in Deutschland dar. Vor allem die kalabrische 'Ndrangheta, aber auch die Cosa Nostra hatten hier eine wichtige Basis. Die große Zahl an Gastarbeitern, die in den sechziger und siebziger Jahren aus dem Mezzogiorno in den Südwesten der Bundesrepublik geschwemmt worden waren, bildete das ideale Umfeld, in dem kein Italiener so schnell auffiel. In Stuttgart und im Neckarraum waren vor allem zwei Gruppen der kalabrischen 'Ndrangheta aktiv. Oberhand hatte momentan eine Gruppe aus einem kleinen, verschlafenen Ort namens Ciró im kalabrischen Hinterland. Die Geschäftsfelder waren das Baugewerbe und Kolonnen von Schwarzarbeitern, die Geldwäsche, hauptsächlich über eine Vielzahl von Pizzerien, und der Kokainhandel, der in ganz Europa von den Kalabresen kontrolliert wurde. Es gab eine Reihe von Restaurants, die mutmaßlich in enger Beziehung zur 'Ndrangheta standen, zum einen für die Geldwäsche, zum andern als Treffpunkt der lokalen Chefs. Der Edel-Italiener Da Cosimo unweit der Stuttgarter Innenstadt spielte dabei wohl eine zentrale Rolle. Zumindest konnten häufig, wenn es denn einmal zur Anklage wegen Scheinfirmen im Baugewerbe oder Steuerhinterziehung mit dem Verdacht auf Geldwäsche gekommen war, Verbindungen zwischen den Angeklagten und dem Besitzer des Restaurants festgestellt werden.

Stoevesandt wusste, dass das Da Cosimo auch bei den Honoratioren von Stadt und Land sehr beliebt war. Vor allem die Politiker der ehemaligen Regierungsparteien gingen dort aus und ein. Und auch Winfried Bechtel ließ es seine Umgebung wissen, wenn er mal wieder für horrende Summen minimalistische italienische Leckerbissen zu sich genommen hatte.

Man wusste darüber hinaus, dass zwischen den Mitgliedern der Clans in Stuttgart und denen im Ruhrgebiet enge Beziehungen bestanden. Bei Straftaten, die man der Mafia zuschrieb und die zum Gegenstand der deutschen Strafverfolgung geworden waren, hatten sich hier immer wieder Verbindungen gezeigt. Informationen der italienischen Antimafia-Ermittler untermauerten diese Annahme. Doch darüber, wie die Strukturen in den Clans momentan aussahen, wer wo das Sagen hatte und wer mit wem kommunizierte, konnte nur spekuliert werden. Fakten stammten aus alten Fällen oder von den Italienern, die in der Regel nur dann den Kontakt zu den deutschen Kollegen suchten, wenn sie in Italien jemanden dran kriegen wollten. Wer in der Zeit vor Ewald Angelhoffs Tod in der Szene mit wem kommuniziert hatte, entzog sich den Kenntnissen und war nur schwer zu rekonstruieren. Das deutsche Recht verbot nun mal Lauschangriffe ohne konkreten Verdacht, wofür die beiden Italiener vollstes Unverständnis zeigten.

Man hatte versucht, den Weg des Killers Gerlando Rizzuto in Stuttgart nachzuzeichnen. Bei keinem Hotel und keiner Pension war man fündig geworden. Was nicht verwunderte, da Rizzuto sicher nicht unter eigenem Namen abgestiegen wäre und höchstwahrscheinlich ohnehin bei einem »Cousin« übernachtet hatte. Festgestellt hatte man, dass der Bruder des Besitzers des Da Cosimo vier Tage vor dem Mord ein Auto gemietet hatte, das am Tag der Tat der Leihfirma wieder zurückgegeben worden war. Der Wagen war jetzt in der KTU. Doch die Wahrscheinlichkeit, auch nur eine Hautschuppe von Rizzuto zu finden, war äußerst gering. Bestimmt hatten der Täter und seine Helfer alles gesäubert, und mittlerweile war der Wagen durch verschiedene Hände gegangen und auch von der Leihwagenfirma gereinigt worden.

Rizzuto wurde unterdessen von der italienischen Polizei observiert. Er hielt sich in der Marina von Palma di Montechiaro auf Sizilien auf und verhielt sich vollkommen unauffällig.

Auch der Weg der Tatwaffe konnte bisher nicht nachgezeichnet werden. Dafür musste man mit den belgischen OK-Spezialisten Kontakt aufnehmen. Erste Schritte waren eingeleitet. Vielleicht konnten die Belgier anhand von Phantombildern und mit Kenntnissen aus der einschlägigen Szene ermitteln, wer die Waffe gekauft hatte.

Dann hielt der jüngere Italiener wieder eine englische Rede: Man müsse den Weg des Kokains verfolgen. Er hatte sich mittlerweile rasiert, doch auf Kinn und Wangen schimmerte schon wieder ein blauschwarzer Schatten. Das Kokain für Mittel- und Nordeuropa, führte er weitschweifig aus, stammte immer aus Holland oder Belgien. Dort war nach Spanien noch immer der zweitgrößte Umschlagplatz für

»Vitamin C«, wie es in Italien genannt wurde. Von den großen Häfen, vor allem von Antwerpen aus, wurde es nach Deutschland geliefert und dort unter die Leute gebracht. Wer den Weg kannte, den das weiße Pulver von der Nordsee bis nach Baden-Württemberg und Stuttgart nahm, der kannte die Strukturen und Netze der 'Ndrangheta.

Er hatte ja Recht. Trotzdem ging Stoevesandt sein Pathos leicht auf die Nerven.

Der Italiener schilderte gerade, wie in Antwerpen Containerschiffe aus Ecuador und Kolumbien anlandeten, die zwischen Säckchen, gefüllt mit Kakaosamen, zwischen Bananenkisten und tiefgefrorenen Garnelen Tonnen von Kokain für Millionen Euro nach Europa brachten, da trällerte das Handy von Luca Mazzaro »Che sarà«. Der sprang auf. »Das ist das KIT.«

Er ging etwas zur Seite, um sich dann jedoch wieder Andreas Bialas zuzuwenden. »Silencio, per favore«, bat er die Leute im Raum. »Einen Moment bitte, Frau Wember. Ich schalte mal das Handy auf laut. Dann kann mein Chef auch gleich zuhören. Wo, sagten Sie, ist Herr Mayer-Mendel jetzt?«

»Der sitzt momentan ein paar Zimmer weiter, hier im KIT«, antwortete eine resolute Frauenstimme. »Aber wenn Sie mit dem persönlich sprechen wollen, dann müssen Sie sich beeilen. Der fliegt morgen zurück in die USA.«

Bialas sagte: »Wir fahren sofort nach Karlsruhe.« Er nahm Mazzaros Handy auf. »Hier spricht Hauptkommissar Andreas Bialas, Leiter des Dezernats für Tötungsdelikte am Polizeipräsidium Stuttgart. Frau Wember, Sie sind die Institutsleiterin, bei der Dr. Mayer-Mendel tätig ist?«

»So in etwa«, antwortete die Frau. »Er ist ja eigentlich gar nicht mehr hier. Offiziell noch bis Ende des Monats.«

»Wir müssen ihn dringend sprechen. In einer Mordermittlung. Können Sie mir dafür geradestehen, dass er das Haus nicht verlässt, bis wir da sind und und dann für eine Befragung zur Verfügung steht?«

»Kann ich«, meinte die Frau energisch.

2

Das Institut war in einem neoklassizistischen Gebäude in der Karlsruher Innenstadt untergebracht, in einiger Entfernung zum Universitätscampus.

Nicole Marinescu hatte, während Stoevesandt, Bialas und Luca Mazzaro in der Kantine des LKA ein schnelles Mittagessen zu sich genommen hatten, ein kleines Dossier über das Karlsruher Institut für Technologie erstellt. Dieses las Luca Mazzaro während der Fahrt nach Karlsruhe Stoevesandt und Bialas vor.

Das KIT hatte eine Sonderstellung unter den deutschen Forschungsinstituten. Es war einerseits eine Universität mit fast 25 000 Studenten, andererseits eine Forschungs- und Entwicklungseinrichtung mit einem starken Fokus auf praxistaugliche Innovationen und die Zusammenarbeit mit Industrie und Wirtschaft. Eine Großzahl von interdisziplinären Projekten, bei denen Wissenschaftler aus unterschiedlichen Fachrichtungen eng zusammenarbeiteten, war eine weitere Besonderheit. Das Institut, an dem Dr. Hubert Mayer-Mendel seine Abhandlung über die »Computational toxicology« geschrieben hatte, beschäftigte sich unter anderem mit »anthropogenen Stoffströmen« und deren Wirkungen in der Umwelt, mit Stoffen also, die der Mensch herstellte und sie dann in die Welt hinausströmen ließ.

»Du kommst mit, Gerd«, hatte Bialas kurzerhand entschieden. »Ich glaube, du bist der einzige von uns, der vielleicht ansatzweise versteht, was in diesem Artikel von Mayer-Mendel steht.«

Stoevesandt war es recht. Er hatte das deutliche Gefühl, dass ein weiteres Puzzleteil der Angelhoff'schen Geschichte aufgedeckt werden konnte.

Im Eingangsbereich des Instituts empfing die Leiterin, Frau Professor Cornelia Wember, die Kommissare. Sie hatte knallrot gefärbtes, volles Haar und einen grell geschminkten Mund. Alles andere an ihr wirkte eher burschikos: das kräftige Kinn, die herzhafte Stimme, der feste Händedruck und das grüne, bis zum Hals geschlossene T-Shirt mit dem Aufdruck »Auch Einstein irrte« und dem Bild des Genies mit herausgestreckter Zunge.

Sie führte sie in einen Raum in einem oberen Stockwerk, der nicht besonders nach Technik oder Entwicklung aussah. Hier standen lediglich etwas mehr und etwas größere Bildschirme herum als in einem normalen Büro, und die vielen Bücher und Papiere auf den Schreibtischen und in den Regalen wiesen auf geistige Tätigkeiten hin.

An einem kleinen Besprechungstisch aus lichtgrauem Resopal saß ein Mann. Er mochte um die dreißig sein, hatte weiche, hängende Schultern und einen beachtlichen Speckgürtel um die Hüften. Er gehörte mit Sicherheit zu den Männern, die immer das aus dem Kleiderschrank nahmen, was zuoberst lag. Das führte dazu, dass er eine weinrote Cordhose und ein hellblaues T-Shirt trug. Ein Besuch beim Friseur war überfällig. Aber der vergeistigte Blick hinter einer zeitlosen Brille ließ klar erkennen, dass der Wissenschaftler seine Zeit für Wichtigeres brauchte.

Bialas, Stoevesandt und Mazzaro begrüßten Dr. Hubert Mayer-Mendel und setzten sich zu ihm. Frau Professor Wember blieb am Fenster stehen, die Arme unter dem üppigen Busen und Einsteins Nase verschränkt. Stoevesandt fragte sich zunächst, ob es nicht besser wäre, den Wissenschaftler alleine zu befragen. Doch bald zeigte sich, dass die Anwesenheit der Professorin durchaus hilfreich war.

Bialas legte ihm die Mobilnummer vor, unter der die Polizei versucht hatte, ihn zu erreichen. »Ist das Ihre Nummer?«

»Äh, ja. Die von meinem deutschen Handy«, nickte er.

»Wir haben versucht, Sie damit zu erreichen.«

»Na, das ist klar. Äh, ich hab's ja ausgeschaltet, in den Staaten. Da hab ich eine andere Nummer.«

»Seit wann sind Sie denn in den USA?«

»Seit vielleicht zwei Monaten – oder?« Er sah sich hilfesuchend nach seiner Chefin um.
»Seit Mitte Juli«, bestätigte die.
Bialas bat Luca Mazzaro um eine Liste, die er dem Mann vorlegte. »Sehen Sie diese Daten? Hier haben Sie mit dem EU-Abgeordneten Ewald Angelhoff telefoniert.«
Zahlen erfasste der Mann sehr schnell. Er nickte.
»Warum haben Sie mit ihm gesprochen? Worum ging es da?«
»Äh, ja, wir haben da ja so ein Projekt. Und da hat er sich dafür interessiert. Ich weiß auch nicht, warum.«
»Hubert hat ein System entwickelt«, hakte die Professorin ein. »Das war das Projekt, das er meint. Es gibt verschiedene computergestützte Methoden, um Chemikalien zu bewerten. In ihren Eigenschaften, in ihrer Toxizität und so weiter. Er hat Algorithmen entwickelt, um die teilweise recht unterschiedlichen Ansätze zu kombinieren. Es ist ein Expertensystem, mit dem man sehr gut voraussagen kann, wie eine Chemikalie sich verhält. Und zwar genauer und weitergehend, als wenn man die einzelnen Tests unabhängig voneinander durchführt.«
Stoevesandt zog aus seinen Unterlagen eine Kopie der wissenschaftlichen Abhandlung aus dem Schließfach von Angelhoff und legte sie auf den Tisch. »Ist das die Arbeit, von der Sie sprechen?«
Mayer-Mendel nickte und blätterte in den Unterlagen. »Das hab ich Herrn Angelhoff zugeschickt. Das wollte er unbedingt haben.«
»Die Studie ist aber unvollständig«, stellte Stoevesandt fest.
»Äh, ja, das ist so. Das durften wir doch nicht veröffentlichen.«
Wieder sprang Frau Wember erklärend ein. »Das ganze Projekt wurde durch Drittmittel finanziert, also durch Gelder von der Industrie. Oder, genauer gesagt: von der Nord-Badischen Ammoniak-Fabrik. Und die wurden plötzlich

storniert. So ganz verstanden hat das hier niemand. Aber Herr Dr. Montabon, der das betreut hat, hat plötzlich drauf bestanden, dass die Ergebnisse – Hubert hat das ja alles beispielhaft anhand der Phthalate durchgespielt – dass die nicht veröffentlicht werden. Und er hat ihm einen Super-Job angeboten. Im Gegenzug dazu, dass Herr Mayer-Mendel auf die Veröffentlichung verzichtet. Karriere gegen Wissenschaft. Nicht wahr? So war es doch im Grunde, Hubert.« Sie machte aus ihrer Verärgerung keinen Hehl.

»Was für einen Job?«, fragte Bialas.

»Äh, ein Forschungsprojekt in den USA.«

»Er darf in einer Forschungs- und Entwicklungseinrichtung der NBAF in New York sein ganzes Wissen einbringen. Für die Entwicklung neuer Stoffe. Dafür werden auch solche In-silico-Methoden genutzt. Man entwirft einen neuen Stoff erstmal im Computer, nach den Erkenntnissen und Vorgaben des Expertensystems. Bevor man sie im Labor in echt zusammenbraut. So will man maßgeschneiderte Eigenschaften erzeugen.«

Stoevesandt ging durch den Kopf, was Ewald Angelhoff ihn in dem Telefonat kurz vor seinem Tod gefragt hatte: Er hatte wissen wollen, ob man eine Anzeige wegen Betruges erstatten kann, wenn ein Unternehmen mit unterschlagenen Informationen Geld verdient.

»Hat die NBAF irgendein finanzielles Interesse daran, dass die Ergebnisse Ihrer Arbeit zu diesen Computermethoden nicht veröffentlicht werden?«, fragte er.

Hubert Mayer-Mendel hob nur hilflos die Schultern. Stoevesandt hatte einmal in Wikipedia nachgeschlagen, was der Begriff ›Nerd‹ genau bedeutete, der inzwischen die neudeutsche Sprache bereicherte. Ein Fachgenie, dessen soziale und kommunikative Kompetenzen leicht unterbelichtet waren – Dr. Hubert Mayer-Mendel schien der Prototyp dafür zu sein.

»Ich kann mir das nicht vorstellen«, meinte die Professorin. »Man ist schnell dabei, die chemische Industrie zu verteufeln. Und momentan sind die Weichmacher das Teufelszeug Nummer Eins. Klar, die Industrie macht damit gute Umsätze und satte Gewinne. Wenn man Jahr für Jahr weltweit dreihundert Millionen Tonnen Plastikartikel und Plastikfolien herstellt, dann gibt es eben eine entsprechende Nachfrage nach dem Zeug. Aber erstens ist es gar nicht so einfach, diese Stoffe zu eliminieren. Und zweitens macht die Industrie auch laufend Anstrengungen, kritische Stoffe zu ersetzen. Gerade die NBAF. Die hat eine Alternative entwickelt, die allgemein als unbedenklich gilt. Dafür hat sie die Herstellung von einem besonders kritischen Weichmacher schon vor Jahren eingestellt. Wenn Sie mich fragen ...« Sie setzte sich nun doch zu den Beamten an den kleinen Resopaltisch. »Also, wenn Sie mich fragen, dann war das die persönliche Laune von Dr. Montabon.«

»Und der kann einfach so entscheiden, dass so ein Projekt eingestellt wird?«, fragte Mazzaro.

»Nicht allein«, meinte sie. »Aber der hat da großen Einfluss bei der NBAF. Die Leute hören auf ihn. Er hat ja auch schon, bevor er ans KIT gewechselt ist, bestimmte Projekte betreut, die durch die NBAF finanziert worden sind.«

»Und welches Motiv sollte Montabon haben, dass die Sache nicht veröffentlicht wird?«, fragte Bialas.

»In der EU sind die Weichmacher gerade ein heißes Thema«, erklärte die Professorin. »Der Streit geht um ihre Einstufung. Wenn man sie zu potenziell gefährlichen Stoffen erklärt, müssen sie so schnell wie möglich durch ungefährliche ersetzt werden. Da muss man erst mal investieren, um die Ersatzstoffe zu entwickeln, und die Umsätze mit den alten Stoffen fallen weg. Ich glaube einfach, dass Dr. Montabon hier kein Öl ins Feuer gießen wollte. Es gibt rund achthundert Stoffe, bei denen endokrine, also hormonähnliche Wirkungen bekannt sind oder vermutet werden. Bisher ist aber nur ein ganz kleiner Teil dieser Stoffe Tests unterzogen worden. Auch weil von Seiten der Chemieunternehmen immer wieder gesagt worden ist, dass der Aufwand einfach zu groß und zu teuer ist. Mit dem Expertensystem von Hubert kann man nicht komplett auf Versuche in vitro oder in vivo verzichten. Aber der Aufwand wäre um einiges geringer. Dr. Montabon war ohnehin immer einer, der die Auffassung vertreten hat, man könne der Industrie nicht zu viele Tests zumuten. Ich glaube, er hatte einfach die Befürchtung, dass die Ergebnisse von Huberts Arbeit Wasser auf die Mühlen von denen gewesen wäre, die wirklich eine strengere Handhabung dieser Stoffe wollen.«

»Wissen Sie, dass Herr Dr. Montabon nicht nur bei Ihnen, sondern immer noch bei der NBAF fest angestellt ist?«

Sie war ehrlich überrascht. »Tatsächlich? Er ist ja nicht an unserem Institut angestellt, sondern im Bereich ›Biologie, Chemie und Verfahrenstechnik‹. Ich hab mich ja ohnehin immer gewundert, dass er überhaupt von einem Großunternehmen an eine Forschungseinrichtung gewechselt ist. Normal ist der Weg ja andersherum. Und dass er dann schon nach einem halben Jahr zur Europäischen Union gegangen ist, war auch komisch. Dann ist Herr Dr. Montabon also eigentlich ein direkter Interessenvertreter der NBAF, und alle bei der EU meinen, er sei ein unabhängiger Wissenschaftler. In Ordnung kann ich das gar nicht finden.« Sie schüttelte den Kopf mit der roten Mähne.

»Was ist das eigentlich für ein Typ, dieser Dr. Montabon?«, wollte Bialas wissen.

»Ein Workaholic. Immer unter Strom. Dem geht es nie schnell genug«, antwortete sie.

Einen Moment schwiegen sie alle. Dann schob Luca Mazzaro dem Wissenschaftler noch einmal den Bogen Papier zu, auf dem die Telefonate zwischen ihm und Angelhoff dokumentiert waren.

»Wir sollten diese Liste noch mal durchgehen, Dr. Mayer-Mendel«, meinte er. »Sehen Sie hier. Da hatten Sie Kontakt zu Herrn Angelhoff. Worum ging es denn da?«

»Was ist denn mit Herrn Angelhoff«, fragte der Nerd. Er schien wirklich keine Ahnung zu haben.

»Man hat ihn am 22. Juli durch eine Kugel in den Kopf getötet«, informierte ihn Bialas nüchtern.

Mayer-Mendel riss die Augen auf. »Am 22. bin ich in die Staaten geflogen. Äh, am 22. Juli meine ich.« Er wurde richtig aufgeregt.

»Lassen Sie uns mal von vorne anfangen, Herr Mayer-Mendel. Wie haben Sie Kontakt zu Ewald Angelhoff bekommen?«, fragte Bialas.

»Äh, also, Herr Angelhoff hat mich angerufen. Im Mai vielleicht. Er hat von dem Projekt gehört, also ich meine von unserem Ansatz, also dass wir die gängigen In-silico-Methoden kombinieren. Und wir wollten ja weitermachen. Wir hätten das so ausgebaut, dass auch Versuche im Reagenzglas in die Computeranalyse eingeflossen wären. Also, dafür hat sich der Herr Angelhoff interessiert.«

»Und dann?«, fragte Mazzaro.

»Ja, ich hab ihm dann den ersten Teil der Publikation zugeschickt, also das, was Sie da haben. Aber die Ergebnisse konnte ich ihm ja nicht geben, solange das nicht veröffentlicht worden ist. Das hat er verstanden. Aber dann wurde das Projekt ja auf Eis gelegt. Oder eigentlich ja gecancelt. Und da hab ich den Herrn Angelhoff noch mal angerufen und ihm gesagt, dass das nichts wird.«

»Und dann hat er Sie wieder angerufen.« Mazzaro deutete auf die Liste mit den Telefonaten.

»Ja. Er hat sich aufgeregt. Und er hat gemeint, dass das unverantwortlich sei, so was nicht zu veröffentlichen. Und er hat gemeint, ich könne ruhig in die USA fliegen und den Job annehmen. Ich soll ihm die Ergebnisse überlassen, und er würd schon dafür sorgen, dass das publiziert wird. Da hab ich's ihm eben versprochen. Dass er die ganze Arbeit kriegt.«

Er überlegte einen Moment. »Das war nur ein paar Tage, bevor ich geflogen bin. Da ging alles so schnell, und ich hatte so viel zu erledigen. Und dann ist mir durch den Kopf gegangen, ob ich das wirklich machen kann, ich meine, ihm die unveröffentlichten Ergebnisse einfach geben. Und da habe ich mit Dr. Montabon drüber gesprochen, ob ich das machen darf. Und der hat gesagt, das sei schon in Ordnung. Ich soll ihm den Rest von der Publikation geben. Er würde den dann Herrn Angelhoff weiterleiten. Der hat den ja gut gekannt. Und er hat gesagt, ich soll mir da keinen Kopf machen und meine Reise vorbereiten und mich auf den neuen Job freuen. Ich hab ihm dann den zweiten Teil ausgedruckt und mitgegeben.«

»Wann genau sind Sie nach New York geflogen?«, fragte Bialas.

»Am Montag, ziemlich früh. Der Flug ging so etwa um halb neun. Ich bin schon am Sonntagabend nach Frankfurt gefahren und hab am Flughafen übernachtet. Ich glaub, ich war schon um halb sieben bei der Gepäckaufgabe. Ich war ja noch nie in den USA.«

Andreas Bialas zog, während der Wissenschaftler sprach, sein großes Stofftaschentuch aus der Hosentasche und massierte sich damit die Nase. Er sah Dr. Mayer-Mendel düster und nachdenklich an. »Ich glaube«, meinte er dann, »Sie müssen Ihren Flug morgen verschieben. Sie müssen diese Aussage noch einmal machen, und ich denke, vor einem Staatsanwalt.«

3

DIE SCHÖNE JULE

Gestern war sie zum ersten Mal hinaufgestiegen. Auf den andern Hochsitz. Den mit den Wänden und dem Dach. Gestern war Montag gewesen. Sie wusste das, weil dann kaum noch Leute in den Wald kamen. An den Wochenenden verkroch sie sich immer, so gut es ging. Da war viel zu viel los.

Aber gestern hatte sie es gewagt. Sie wusste: Das Wetter schlug bald um. Sie spürte das an der Luft. Und tatsächlich hatte es heute Vormittag schon geregnet.

Dort oben saß man im Trockenen. Und trotzdem schwebte man in Augenhöhe mit den Baumwipfeln. Von diesem Hochsitz aus war der Überblick fast noch besser als vom andern, dem ohne Dach. Man sah von weitem, wenn jemand vorbeikam. Und man konnte sogar sitzen bleiben. Die Leute konnten einen von unten nicht sehen, wenn man sich ein wenig duckte. Aber man konnte durch die Ritzen zwischen den Brettern hindurchschauen. Man sah selbst dann noch recht viel.

Und sollte doch einer hochkommen wollen – das Pfefferspray lag immer griffbereit. Und sie hatte ihre festen Stiefel an, die, mit denen sie nach unten treten würde, wenn es sein musste. Sie war über sich selbst erstaunt gewesen. Sie war nicht draußen – hier oben war »drinnen«. Und trotzdem fühlte sie sich sicher.

Heute war sie wieder hinaufgegangen. Sie hatte den Überblick genossen. Obwohl es schon wieder nieselte und alles grau in grau war. Dann hatte sie ihn gesehen.

Der Mann gehörte nicht hier her. Das war kein Spaziergänger. Der ging zu langsam, der sah sich zu sehr um. Und der war nicht richtig gekleidet für dieses Wetter.

Er war klein und schmächtig. Aber der hatte etwas, das ihr Angst machte. Wie eine Schlange. Oder eine dürre Katze, die jeder Maus den Garaus macht.

Der Mann war vom Weg abgegangen ins Unterholz. Musste der pinkeln? Oder noch mehr? Sie konnte hören und sehen, dass der sich nicht hinsetzte oder stehen blieb. Der streifte umher. Der suchte etwas. Sie hatte sich unwillkürlich geduckt und ängstlich gewartet. Erst als sie lange nichts mehr von ihm gesehen oder gehört hatte, stieg sie herunter.

Den ganzen Nachmittag waren dann Kinder im Wald gewesen. Trotz des miesen Wetters. Ganze Horden hatten den

Wald durchstreift, wahrscheinlich eine Ferienbetreuung aus einem der Waldheime. Die Betreuer hatten versucht, den Bengeln etwas über Bäume beizubringen. Aber die hatten nur Blödsinn im Kopf und schubsten sich gegenseitig und schrien herum. Wenigstens blieben sie auf den Wegen und im lichten Wald. Vom Unterholz und von ihrer Behausung hatten sie sich fern gehalten.

Sie war nach Büsnau hinübergegangen und hatte sich bei der dicken Elvira mit Lebensmitteln eingedeckt. Sie hatte sich viel Zeit gelassen. Langsam und höchst wachsam war sie zurückgegangen zu ihrer Hütte. Die Kinder waren weg, und auch der fremde Mann war nirgends zu sehen oder zu hören.

Jetzt lag sie auf ihren Matratzen und konnte nicht schlafen. Plötzlich hatte sie wieder Angst vor diesen schrecklichen Träumen. Und vor dem unheimlichen Mann heute im Wald. Unwillkürlich musste sie an den Langen denken. Den mit den Blutspritzern auf den weißen Turnschuhen und an den Händen. Sie versuchte, sich zusammenzureißen. Aber der Gedanke wurde geradezu zwanghaft: Die beiden waren vom selben Schlag. Die hatten etwas miteinander zu tun.

Mittwoch, 11. September 2013

I

Am nächsten Tag fuhren sie sehr früh los, dieses Mal mit einem komfortablen Dienstwagen der Staatsanwaltschaft Stuttgart, was gut war, denn eine sechsstündige Autofahrt nach Brüssel lag vor ihnen. Stoevesandt hatte sich mit Friedebald Frenzel in den Fond des Wagens gesetzt. Ohne den Staatsanwalt würde man sie nicht an den Computer von Angelhoff lassen. Am Steuer war Çelik Ercan, Computerspezialist aus der Abteilung »Cyberkriminalität/Digitale Spuren« am Landeskriminalamt. Daneben saß für die Sonderkommission Glemswald Luca Mazzaro. Bialas hatte heute eine wichtige Besprechung mit seinem Präsidenten und war unabkömmlich.

Stoevesandt merkte bald, dass er ein alter Knochen unter diesen Kollegen war. Sie waren alle drei Mitte bis Ende dreißig, benahmen sich ungezwungen und pflegten geradezu einen schnodderigen Sprachstil, den Stoevesandt manchmal fast als despektierlich empfand.

Çelik Ercan und Luca Mazzaro trainierten im selben Club Jiu-Jitsu. Eine Weile unterhielten sie sich über einen Kameraden, der eine echte »Kampfassel und ein Vollpfosten« war, der »null Feeling« hatte und das »Siegen durch Nachgeben« im Leben nicht checken würde.

»Mit der Dummheit kämpfen Götter selbst vergebens. Johann Christoph Friedrich von Schiller«, kommentierte Frenzel trocken.

Stoevesandt hörte nur mit einem Ohr zu.

Dann kam das Gespräch auf Staatsanwalt Dr. Gäbler. Mazzaro hatte mitbekommen, dass Gäbler den Fall Angelhoff nur unter Protest an Friedebald Frenzel wieder abgegeben hatte.

»Tja, wissen Sie«, meinte Frenzel in seiner unnachahmlich neckischen Art, »der Herr Dr. Gäbler, das ist ja nun einer, der legt sehr großen Wert auf die Ratio. Und wenn der jemandem auf die Füße tritt, und der reagiert emotional, dann findet der das ziemlich verächtlich. Aber jetzt kränkt es ihn halt sehr, dass der Leitende Oberstaatsanwalt so irrational reagiert und ihm auf die Füße tritt.«

»Ein echter Vulkanier also«, meinte Mazzaro ernst.

»Na ja, Mister Spock hat mehr Humor. Der wusste wenigstens, dass ein Witz eine Geschichte mit humoristischem Höhepunkt ist. Kennen Sie den? Schreit Captain Kirk: ›Haha, Scotty, sehr witzig ... Jetzt lass den Quatsch und beam meine Hosen auch noch runter...‹«

Mazzaro lachte. »Den kannte ich tatsächlich noch nicht.«

Auch wenn Stoevesandt die Pointe nicht richtig verstand, verblüffte ihn Friedebald Frenzel wieder einmal mit seinem unerschöpflichen Fundus an Witzen zu allen möglichen und unmöglichen Themen.

Der wurde nun jedoch ernst. »Sagen Sie, Herr Stoevesandt, Herr Mazzaro, was haben Sie gestern in Karlsruhe beim KIT Neues erfahren?«

Mazzaro wandte sich nach hinten und meinte: »Sagen Sie's, Herr Stoevesandt. Sie haben's besser verstanden als ich.«

Der fasste die Informationen, die sie von Dr. Mayer-Mendel und seiner Chefin bekommen hatte, zusammen. Frenzel hörte aufmerksam zu und schwieg eine Weile nachdenklich. »Man hat Angelhoff also in eine Falle gelockt«, meinte er dann. »Der fehlende Gegenstand – das waren die Ergebnisse dieser Studie. Und wer steckt dahinter? Dr. Fabian Montabon, das Phantom der NBAF. Es wird Zeit, dass wir uns mit ihm gründlicher beschäftigen.«

2

In Brüssel angekommen checkten sie zunächst im Hotel ein. Es war um einiges komfortabler und gemütlicher eingerichtet als die Unterkunft bei Stoevesandts erstem Besuch in Brüssel, und es lag nur wenig weiter entfernt von den Gebäudekomplexen des Europäischen Parlaments.

Dorthin begleitete Stoevesandt die beiden Kollegen und den Staatsanwalt, vor allem, um sie mit Frau Bethke, der einstigen Büroleiterin von Ewald Angelhoff, bekannt zu machen. Sie würde die drei in das Gebäude des Office Européen de Lutte Anti-Fraude, kurz OLAF, das Europäische Amt für Betrugsbekämpfung in der Rue Joseph II bringen. Stoevesandt würde nicht mitkommen. Es war sicher nicht nötig, einem ausgefuchsten Cyber-Spezialisten wie Çelik Ercan über die Schulter zu schauen, wenn er eine forensische Kopie der Festplatte von Angelhoffs Computer machte. Und er hatte noch etwas anderes vor.

Sie mussten eine ganze Zeit lang warten, bis Frau Bethke zu ihnen in das riesige Foyer des EU-Parlamentsgebäudes kam. Es ging hier heute deutlich anders zu als bei Stoevesandts erstem Aufenthalt. Da war ein Kommen und Gehen. Überall standen Gruppen von Menschen, die sich unterhielten oder warteten. An den Sicherheitsschleusen war ein Gedränge wie auf einem Großflughafen. Ein babylonisches Stimmengewirr erfüllte die hohe Halle. Hier kamen Engländer, die Herren in konservativen Anzügen, die Damen in braven Tweed-Kostümen. Dort stöckelten zwei Italienerinnen auf High Heels neben ihren männlichen Kollegen im legeren Armani-Dress her. Polnische und tschechische Wortfetzen flogen ihnen um die Ohren. Dort hatte ein echter Spanier seinen stolzen Auftritt. Die Deutschen fielen vor allem dadurch auf, dass sie eine gewisse Schnodderigkeit an den Tag legten und die Krawattenknoten locker trugen. Sie alle miteinander aber waren ihrem Gebaren nach ungeheuer wichtig. Man spürte fast körperlich die Gewissheit dieser Leute, die ganz große Geschichte mitzuschreiben.

Schon als sie vom Place du Luxembourg auf das Gebäude des EU-Parlaments zugegangen waren, hatte Luca Mazzaro einen Moment staunend dagestanden. »Wahnsinn! Ein UFO, eine Raumstation. Jetzt ist mir klar, warum diese EU-Heinis nie wissen, was auf der Erde los ist.«

»Hier geht es zu wie auf Deep Space Nine«, meinte er, als sie nun in der gewaltigen Eingangshalle standen. Dann wandte er sich an Stoevesandt. »Ich weiß ja, dass wir Ihnen mit unserem Star-Trek-Gequassel auf die Nerven gehen. Aber das ist keine Science-Fiction.«

Frenzel nickte. »Eine Persiflage auf die Wirklichkeit.«

So hatte Stoevesandt die Weltraum-Phantastereien noch nie gesehen.

»Schauen Sie mal da drüben, die Engländer«, meinte Mazzaro. »Gebildet, aber eingebildet. Sind steif wie Stöcke und zeigen keine Emotionen. Meinen, sie könnten alle andern bevormunden. Typische Vulkanier. Und dort die Griechen – Bajoraner, wie sie im Buch stehen. Hatten mal eine sehr hohe Kultur, und wurden dann von anderen Völkern immer wieder überfallen und unterdrückt. Jetzt kriegen sie den Hintern nicht mehr hoch und meinen, mit dem Dickkopf, den man sich im Widerstand zugelegt hat, da käme man durch jede Wand.

Cardassianer übrigens – das sind die, die Bajoraner überfallen und tyrannisiert haben – da haben sich die Autoren von Star Trek die Deutschen als Vorbild genommen. Die ›Preußen des Universums‹ sind das, oder sogar so, wie sie im Dritten Reich waren. Und manche Sachen stimmen aus der Sicht von anderen vielleicht immer noch: Cardassianer sind pünktlich, sind ordentlich und gehorchen jedem Befehl. Und die Bajoraner, die mögen Cardassianer überhaupt nicht.«

»Und wir Türken sind die Romulaner, die nicht mitmachen dürfen«, warf Çelik Ercan ein.

»Die Italiener sind übrigens die Talaxianer«, grinste Mazzaro. »Immer hilfsbereit, immer freundlich und immer gut gelaunt. Aber immer gibt's irgendwo im Universum Knatsch und Krach. Sehen Sie, Herr Stoevesandt: Wenn Sie sich diese Sachen mal angeschaut haben, dann verstehen Sie, warum's in der EU oft auch nicht funktioniert.«

»Es würde funktionieren«, warf Friedebald Frenzel ein. »Sogar hervorragend. Wenn die Polizisten Briten wären, die Köche Franzosen, die Mechaniker Deutsche, die Liebhaber Italiener und alles von den Schweizern organisiert würde. Und wissen Sie, Herr Mazzaro, wie man die EU im Handumdrehen vernichten kann? Wenn die Köche Briten sind, die Mechaniker Franzosen, die Liebhaber Schweizer und die Polizisten Deutsche – und alles wird von den Italienern organisiert. Ha, ha, ha.«

3

Als Frau Bethke die drei Star-Trek-Fans endlich abgeholt und sich mit ihnen auf den Weg zur Europäischen Betrugsbehörde gemacht hatte, konnte Stoevesandt sich Zeit lassen.

Er schlenderte durch den Parc Léopold, vorbei an der Bibliothek Solvay. Schon in Stuttgart war das Wetter umgeschlagen. Der schöne Spätsommer war fürs Erste vorbei. Auch in Brüssel war der Himmel grau, und am Morgen hatte es leicht genieselt. Doch der Regen hatte mittlerweile aufgehört, und er konnte halbwegs trockenen Fußes das Europa-Viertel erkunden. Er überquerte die stark befahrene Rue Belliard und ging ein paar Straßen weiter zum Rat der Europäischen Union, einem kastigen Gebäudekomplex. Hier also tagten die Regierungschefs oder die Ressortminister, wenn es um europäische Entscheidungen ging.

Stoevesandt ging weiter zum Berlaymont-Gebäude, dem Sitz der EU-Kommission. Man hatte das Gebäude schon hundert Mal in Nachrichtensendungen gesehen. In echt wirkte es fast noch kühler und abweisender als auf den Fotos. Während es beim EU-Parlament nur so wuselte, war hier kaum eine Menschenseele zu sehen. Er kam zu einem riesigen Kreis-Verkehr mit einer parkähnlichen Insel in der Mitte, dem Rond-point Schuman. Ein Stück ging er die Avenue de Cortenbergh hinauf, eine Straße mit hohen, meist modernen Bürogebäuden.

Ihm fielen die vielen Tafeln an den Hauseingängen auf. Selbst in den älteren klassizistischen Häusern schienen fast nur Büros für Verbände, Organisationen und Firmen untergebracht zu sein. Dezente Schilder wiesen auf den Brüsseler Sitz von BP und und Shell in einem Gebäude am Rond-point Schuman hin. Ebenfalls an dem großen Kreisel, direkt gegenüber dem EU-Kommissionsgebäude, hatte der Bankenverband der City of London seinen Sitz. Ein Bürohauswegweiser aus Plexiglas beeindruckte Stoevesandt besonders. Das Haus beherbergte offenbar weit mehr als sechzig Repräsentationen von Firmen, Organisationen und Staaten. Darunter die Brüsseler Büros der AXA-Versicherungen, des Kosmetikherstellers AVON, von Nestle Oil und verschiedenen Pharmafirmen, von Texas Instruments, Hewlett Packard und SAP, die EU-Vertretungen von Gibraltar und der schottischen Regierung, die China Daily Media Group und der AQUAFED, einer internationalen Vereinigung von privaten Wasser-Dienstleistungsunternehmen. In der Avenue de Cortenbergh fand er hinter einer verspiegelten Glasfassade auch das Büro der Nord-Badischen Ammoniak-Fabrik.

Stoevesandt sah auf die Uhr. Jetzt musste er sich doch etwas sputen. Er ging zurück zum Rond-point Schuman und dann die Rue Archimède hinauf, eine freundliche Straße mit kleinen Läden, Cafés und Restaurants, in der anscheinend noch Menschen lebten. Doch auch hier fielen die Schilder mit Hinweisen auf Firmen und Verbände aus aller Welt auf. Schon als er an dem kleinen Park des Square Ambiorix anlangte, kam ihm Volker Petersen entgegen.

Stoevesandt hatte lange überlegt, wem er wirklich vertraute. Rudolf natürlich. Aber der war Beamter wie er und durfte sich ebenso wenig wie er selbst bei einer Indiskretion erwischen lassen. Er hatte Ines vor ihrer Abreise gebeten, in Hamburg von der Festnetznummer einer Freundin aus den Spiegel-Journalisten anzurufen. Petersen hatte schnell verstanden und ihr Ort und Zeit genannt.

»Herr Stoevesandt, Sie hier?« Es war wie ein zufälliges Treffen. »Kommen Sie jetzt gerade aus Stuttgart?«

»Eine Weile bin ich schon hier. Hab mir gerade das Europa-Viertel angeschaut.« Sie gingen gemeinsam durch die kleine, gepflegte Parkanlage.

»Und? Gefällt es Ihnen?«, fragte Petersen und schmunzelte in seinen Bart.

»Ich muss ehrlich gestehen, dass ich überrascht bin, wer hier alles so seinen Sitz hat. Von der Vertretung der schottischen ›Highlands and Islands‹ über deutsche Zahnarztverbände bis hin zur ›Chamber of Commerce‹ der USA.«

Petersen grinste jetzt breit. »Auf jeden EU-Parlamentarier kommen hier in Brüssel mindestens zwanzig Lobbyisten. Die EU selbst schätzt, dass hier zwischen fünfzehntausend und dreißigtausend Leute tätig sind. Siebzig Prozent davon für Unternehmen und Verbände, der Rest für staatliche Einrichtungen und Nicht-Regierungsorganisationen. So genau weiß es aber niemand. Es gibt zwar ein Transparenzregister für das EU-Parlament und die Kommission. Aber da muss man sich nur eintragen lassen, wenn man ständig Zutritt zum Parlament haben will. Da alleine sind schon mehr als viertausend Lobbyisten registriert. Die vertreten insgesamt, manchmal arbeitsteilig, sechstausend Lobby-Büros – von Firmen, Verbänden, Kanzleien, Regierungs- und Nichtregierungsorganisationen. Wer sonst noch so rumschwirrt, weiß kein Mensch, weil sich die EU einfach nicht dazu durchringen kann, die Registrierung zur Pflicht zu machen.«

Stoevesandt wollte jetzt nicht über Lobbyismus sprechen. Er steuerte ein Parkbänkchen an. »Setzen wir uns einen Moment. Ich möchte Ihnen nur eine kurze Mitteilung machen«, fuhr er fort, nachdem sie Platz genommen hatten. »Sie werden ein Dokument erhalten. Wann, wo und von wem, das kann ich Ihnen nicht sagen. Ich weiß es nicht.«

Petersen schwieg und sah auf die Blumenbeete und die Statuen des kleinen Parks.

»Dieses Dokument enthält Anmerkungen, maschinengeschriebene und handschriftliche«, fuhr Stoevesandt fort. »Die handgeschriebenen sind von Angelhoff, Dr. Gapka und Dr. Montabon. Und das ist eigentlich schon alles. Wussten Sie übrigens, dass dieser Dr. Montabon nicht nur beim Karlsruher Institut für Technologie angestellt ist? Er ist nach wie vor auf den Gehaltslisten der Nord-Badischen Ammoniak-Fabrik.«

Petersen pfiff leise. »Ein Under-Cover-Lobbyist sozusagen. Das ist ja auch schon eine nette kleine Story.«

»Sie sollten warten«, meinte Stoevesandt eindringlich und stand auf.

»Keine Angst. Warum mich an eine kleine Story vergeuden, wenn es nach einer großen riecht.« Auch Petersen erhob sich.

Sie gingen schweigend noch ein kleines Stück gemeinsam, bevor Petersen sich verabschiedete: »Machen Sie's gut, Herr Stoevesandt. Bis morgen dann. Ich denke, ich habe für Sie auch eine kleine nette Story.« Dann ging jeder seiner Wege, wie Bekannte, die sich hier zufällig getroffen hatten.

4

DIE SCHÖNE JULE

Die Nacht war eine Tortur gewesen. Der Tag war nicht besser. Wie in der Zeit nach den Schüssen drüben am Parkplatz fühlte sie sich bedroht und verletzlich. Der grauenhafte Mann von gestern ging ihr nicht aus dem Sinn.

Den ganzen Vormittag hatte es geregnet. Sie war in ihrer Behausung geblieben und hatte sich ganz ruhig verhalten. Wie eine Maus, vor deren Loch die Katze sitzt.

Als am Nachmittag der Regen nachließ, horchte sie lange hinaus. Außer dem Platschen der Tropfen war alles ruhig. Niemand hatte sich bei diesem Wetter in den Wald verirrt.

Sie nahm ein paar Lebensmittel und etwas zu trinken mit und ging zu dem überdachten Hochsitz. Noch einmal lauschte sie auf jedes Geräusch in der Umgebung. Dann stieg sie hinauf. Ja, tatsächlich, hier fühlte sie sich besser als am Boden.

Sie hatte etwas gegessen und begann ruhiger zu werden. Da sah sie ihn wieder.

Er hatte jetzt eine Regenjacke übergezogen, die ihm viel zu groß war. Aber es war derselbe Mann, dieselben katzenhaften Bewegungen. Und er suchte etwas. Immer wieder ging er vom Weg ab, links oder rechts in das Gebüsch.

Sie hatte sich geduckt und auf den Boden gesetzt. Durch die Ritzen der Wände konnte sie ungefähr sehen, wohin er sich wandte. Er kam nun ihrer Behausung gefährlich nahe. Wenn er jetzt im Dickicht verschwinden würde, dann war ihr Zuhause verloren. Wie sollte sie dort noch wohnen können, ohne in ständiger Angst zu leben? Und tatsächlich: Der Mann schlug sich in die Büsche. Sie hörte das Knacken der Äste, auf die er trat, und das Rascheln der Blätter, die er zur Seite schob. Gefühle der Verzweiflung stiegen wieder in ihr auf.

Nach einiger Zeit der Stille kehrte er zurück aus dem Unterholz. Sie versuchte, wieder durch die Spalten in den Wänden zu linsen. Sie sah kurz sein Gesicht. Er hatte die Kapuze zurückgeschlagen. Es war ein südländischer Typ mit stechenden Augen. Und er hatte ein zufriedenes Grinsen aufgesetzt. Nun kam er den Weg auf den Hochsitz zu. Sie musste die Augen schließen und die Lippen fest zusammenpressen, um nicht zu schreien.

Dann riss sie die Augen wieder auf, um zwischen den Brettern hindurchzusehen. Er stand jetzt direkt unter ihr. Wo war das Pfefferspray? Sie spürte es am Körper in der Hosentasche. Der Mann war unschlüssig stehen geblieben. Kurz blickte er hoch. Dann bückte er sich und fummelte kurz an Schuhen und Socken herum. Sie sah etwas blitzen. Dann war das Messer auch schon wieder in seinem Ärmel verschwunden. Doch die Hand, die sah sie noch einen Moment länger. Und auch den kleinen eintätowierten Stern zwischen Daumen und Zeigefinger.

Der Mann drehte um und ging zurück ins Dickicht, direkt auf ihre Behausung zu. Jetzt hatte er einen Plan. Er würde dort auf sie warten.

Sie fröstelte und begann, am ganzen Leib zu zittern. Sie saß auf dem Boden des Hochsitzes und war wie gelähmt. Der Traum ... Der Traum mit dem Messer ... Deshalb war dieses Messer immer wieder aufgetaucht. Was, in aller Welt, hatte sie denn getan, dass Gott oder das Schicksal es so böse mit ihr meinten?

5

Stoevesandt traf sich wieder mit dem Staatsanwalt und den Polizei-Kollegen in der Brasserie des Hotels zum Abendessen. Hier war kein Sterne-Koch am Werk, aber es war genießbar.

Die drei hatten wenig zu erzählen. Der Staatsanwalt und Luca Mazzaro hatten einige Formalitäten zu erledigen gehabt. Dann hatte Ercan die Festplatte des Angelhoff'schen Computers kopiert und forensisch gesichert. Und das war es auch schon. Auch Stoevesandt hatte von seinem Bummel durchs Europa-Viertel nicht viel zu berichten.

Gegen Ende des Essens – Frenzel und Çelik Ercan hatten sich noch einen Nachtisch genehmigt – fragte Luca Mazzaro: »Herr Stoevesandt, wir werden gleich mal versuchen, den Computer von Angelhoff zu knacken. Möchten Sie dabei sein?«

Natürlich wollte er.

Gegen acht Uhr, nachdem jeder sich für ein Stündchen auf sein Zimmer zurückgezogen hatte, trafen sie sich bei Çelik Ercan. Der hatte bereits einen Laptop mit verschiedenen anderen Geräten verbunden und bastelte noch ein wenig an den Verkabelungen herum. Luca Mazzaro war bereits da und half ihm. Kurz nach Stoevesandt kam auch Friedebald Frenzel hinzu.

Sie schoben die Sitzgelegenheiten im Raum so zusammen, dass jeder einen halbwegs guten Blick auf den Bildschirm hatte. Die beiden Jungkommissare hatten sich Bier besorgt. Frenzel hatte eine Flasche Rotwein und zwei Gläser organisiert und fragte Stoevesandt, ob er ihn dazu einladen dürfe. Ihnen beiden war der Wein lieber als das Bier.

Ercan hackte noch ein wenig auf die Tastatur des Laptops ein und sagte dann: »So, ich wäre so weit.« Auf dem Bildschirm war die Eingabemaske von SAFe-mail mit dem Logo erschienen, das an einen kreisrunden Tintenfleck erinnerte. Die Eingabe eines Passworts wurde gefordert.

»Fangen wir mal mit seiner Frau an«, meinte Ercan. »Wir sollten erst mal das Übliche probieren. Der Passwort-Knacker kann unter Umständen ganz schön lang laufen, bevor wir da ein Ergebnis haben.«

»Felicitas«, sagte Mazzaro.

Çelik Ercan hackte mit atemberaubender Geschwindigkeit den Namen in die Maske, probierte, als das nichts brachte, den Namen von hinten und kombinierte dann die einzelnen Silben: li-tas-fe-ci, fe-tas-li-ci, tas-ci-li-fe und etliche andere Kombinationen. Nichts passierte.

»Okay. Nächster Name: Wie heißt die Ex-Geliebte?«

»Die hat er nicht als Passwort genommen«, meinte Stoevesandt spontan. Nach allem, was er erfahren hatte, konnte er sich nicht vorstellen, dass Angelhoff noch eine solche Nähe zu Dana Barnhelm gehabt hatte. »Versuchen Sie es eher mal mit seinem Sohn. Constantin mit C.«

Ercan tat, was er geheißen wurde, auch hier wieder von vorne, von hinten und blitzschnell in wahrscheinlich allen möglichen Silbenkombinationen. Es funktionierte nicht.

»Dann vielleicht doch mal die Ex.«

Der Name »Dana« war schnell durchprobiert, und auch »Barnhelm« brachte kein Ergebnis.

»Okay, hatte Angelhoff einen Hund, eine Katze, ein Pferd oder einen Papagei?«

»Moment mal«, unterbrach Luca Mazzaro. »Probier noch einmal Constantin. Aber: ein C, dann eine Null, dann den Rest in normalen Buchstaben.«

Ercan tippte die Kombination ein – und siehe da – der Sesam öffnete sich. Der Computerspezialist grinste seinen Kumpel an und meinte: »Ein schlaues Kerlchen, dieser Sizilianer.«

Jetzt wurde es spannend. Tatsächlich lag vor ihnen der gesamte E-Mail-Verkehr, den Ewald Angelhoff in den Wochen vor seinem Tod über dieses anonyme Postfach abgewickelt hatte. Sie einigten sich schnell darauf, alles nach den Empfängern zu ordnen.

»Ich möchte sehen, wie er mit Dana Barnhelm kommuniziert hat«, sagte Stoevesandt. Er wollte nur eine Bestätigung, ob die Frau ihm die Wahrheit über ihr Verhältnis zu Angelhoff gesagt hatte.

»Hallo Dana, ich kann vom 27. bis 31. Mai. Geht das bei dir? Wie geht es Constantin? Hat er immer noch diese Kopfschmerzen? Sag ihm liebe Grüße! Ewald.«
»Hallo Ewald, ich denke, ich kann's einrichten. Constantin geht's viel besser gesundheitlich. Er schimpft zwar über die neue Lehrerin. Aber die Kopfschmerzen und der Schwindel, das ist weg. Und ich hab das Gefühl, er kann sich auch wieder besser konzentrieren. Bis dann. Dana.«

Da war nichts Verfängliches. Es war Angelhoff wirklich nur noch um den Jungen gegangen.

»Montabon«, meinte Frenzel nun. »Das würde mich jetzt doch brennend interessieren.«

Stoevesandt nickte energisch.

Auf dem Bildschirm erschienen die Mails, die Angelhoff und Fabian Montabon sich zugesandt hatten. Anfangs, im März und April, gab es lediglich ein paar Abstimmungen über Termine. Sie sprachen sich an mit »Hallo Ewald« und »Hallo Fabian«. Dann wurde der Ton plötzlich rauer, die Anreden wurden weggelassen:

Montabon: »*Hallo Ewald, was ist in dich gefahren? Was soll der Antrag zu den Endokrinen Disruptoren?*«

Angelhoff: »*Das Thema muss endlich auf die Tagesordnung.*«

Montabon: »*Aber nicht so. Guido hat dir doch auch den Artikel von Professor Dietrich und den anderen gegeben. DAS ist die Linie!*«

Angelhoff: »*Die sind doch alle von euch gekauft. Bekommt da auch nur einer keine Drittmittel oder Beraterhonorare?*«

Montabon: »*Bist du nicht mehr ganz bei Trost? Zieh den Antrag zurück! Und hör auf, ständig auf den Tests rumzureiten. Da haben wir jetzt endlich durch, dass es da nichts gibt, was wissenschaftlichen Kriterien standhält, und du greifst dieses Thema immer wieder auf.*«

Angelhoff: »*Du weißt besser als ich, dass das nicht stimmt. Was ist mit der Studie am KIT?*«

Montabon: »*Zieh den Antrag zurück. Du setzt unsere Provisionen aufs Spiel!*«

Angelhoff: »*Ich brauche keine Provision.*«

Ein paar Tage später ging es weiter:

Montabon: »*Zieh den Antrag zurück, wenn das überhaupt noch geht. Die Passage mit der Forderung nach den Tests streichst du raus! Argumentation: Vorhandene Testmethoden sind unzureichend. Sonst werde ich ungemütlich.*«

Angelhoff: »*Mein lieber Fabian, hör auf, mich unter Druck zu setzen. Ich werde euch nicht weiter den Steigbügelhalter machen. Und schon gar nicht bei den Endokrinen Disruptoren!*«

Montabon: »*Dann will ich dich daran erinnern: Es gibt da eine gewisse Liste. Die liegt immer noch bei Guido. Und da ist – wie du weißt – deine Handschrift drauf. Ich bring sie an die Öffentlichkeit, da kenn ich gar nichts.*«

Angelhoff: »*Da ist auch deine Handschrift drauf und die von Guido!*«

Montabon: »*Das kann man retuschieren!*«

Angelhoff: »*Aber nicht auf der Kopie, die ich habe. Bring die Liste an die Öffentlichkeit, und ich lass euch beide mit auffliegen. Ich lass mich nicht von dir erpressen, nur damit du an dein Zeug kommst. Darum geht's dir doch nur noch. Du hast doch nichts mehr anderes in deinem zugedröhnten Gehirn. So weit ist es mit dir gekommen, Fabian!*«

Montabon: »*Na dann nehmen wir doch einfach die andere Liste, von der du noch nichts weißt. Die, auf der Guido notiert hat, was du alles so ›geschenkt‹ bekommen hast die letzten Jahre. Das Meißner Porzellan für deine Felicitas ... und die Reise nach Thailand und ein paar ›Honorare‹, die lieber nirgends auftauchen sollten ...*«

Angelhoff: »*Ich kann dich auch in die Scheiße reiten, glaub's mir. Meinst du, ich weiß nicht, woher du deinen Stoff bekommst? Dein Zahnarzt freut sich bestimmt über die ›Öffentlichkeitsarbeit‹, die ich für seine Dienste machen könnte. Und glaub bloß nicht, ich hätte nicht kapiert, was neulich im ›Da Paolo‹ los war. Ich weiß genau, wer da ein und aus geht. Und dieser Italiener mit dem Froschgesicht, der sich da mit deinem Zahnarzt so gut verstanden hat – ich glaube, dem ist eine gewisse Publicity auch nicht so recht. Glaub mir, ich kann dir und diesen Leuten richtig wehtun. Also lass mich in Ruhe!*«

Diese letzte Mail von Angelhoff war zehn Tage vor seinem Tod abgeschickt worden. Eine Antwort von Montabon kam nicht mehr.

»Uff«, sagte Mazzaro nur, und Friedebald Frenzel seufzte wieder mal: »Oioioi, da laufen ja alle Fäden zusammen!«

Sie warfen noch einen Blick auf die Korrespondenz zwischen Angelhoff und Gapka. Sie war in der Zeit vor seinem Tod ausgesprochen mager. Das wenige an Austausch zwischen den beiden war knapp und sachlich gehalten. Oft verstand man nicht, worum es da eigentlich ging.

»Wir müssen das systematisch auswerten«, meinte Frenzel. »Keine falschen Schlussfolgerungen, bevor wir das nicht alles abgeklopft haben. Wissen Sie, was schlimmer ist als menschliches Irren? Computergestütztes Irren.« Er gähnte, schenkte sich noch einen Schluck Wein ein, den er mit auf sein Zimmer nahm, nachdem er sich von den Polizeibeamten verabschiedet hatte.

6

Auch Stoevesandt war jetzt müde, ja fast ausgelaugt, und ging auf sein Hotelzimmer. Er wollte gerade zu Bett gehen, als er noch einen Anruf auf sein Diensthandy bekam. Das Display kündigte ihm Kapodakis an.

»'n Abend, Gerd, ich hoffe, du bist noch wach. Pass auf: Die Italiener haben uns mitgeteilt, dass wieder ein Pentolante auf dem Weg nach Stuttgart ist. Sein Spezialgebiet ist das Aufschlitzen von Kehlen und Halsschlagadern, und zwar so schnell, dass er selbst noch nicht mal Blutspritzer abbekommt. Ein echter Künstler muss das sein.«

»Woher wissen die das?«

»Die haben andere Möglichkeiten, aufs Telefon und aufs Internet zuzugreifen, als wir, Gerd.«

»Und warum nach Stuttgart? Ist das wirklich sicher?«

»Es gab entsprechende Kontakte zwischen Sizilien und Stuttgart. Und dann fragen wir uns natürlich alle: Auf wen hat der es abgesehen?« Kapo schwieg und machte es spannend.

»Und? Was denkt ihr?«

»Wir kommen hier immer wieder auf dieselbe Idee. Die Frau im Glemswald. Die Obdachlose. Sie ist die einzige, die dem ersten Killer, diesem Rizzuto, gefährlich werden könnte. Dass die keine allzu gute Zeugin wäre, das wissen die ja nicht.«

Stoevesandt drehte sich langsam der Kopf. Das Wortgefecht in Angelhoffs anonymem E-Mail-Account, die KIT-Studie und deren Ergebnisse, die Angelhoff unbedingt wollte, die Verbindung zu den Mafia-Killern – das alles wollte erst richtig verdaut und geordnet werden. Kapo deutete sein Schweigen als Zögern und fragte: »Hast du noch eine andere Idee?«

»Nein. Nur, dass ihr Felicitas und die Ex-Geliebte und den Jungen auch im Auge behalten solltet. Könnt ihr den Mann denn observieren?«

»Die Italiener behaupten, sie hätten ihn so mit Sendern gespickt, dass er nackt durch den Wald laufen müsste, um nicht gefunden zu werden. Wir versuchen derzeit, ihn zu orten. Wenn wir ihn haben, bekommst du sofort Bescheid. Und Gerd, wir wollen die Sache momentan so klein wie möglich halten. Also noch kein Wort zu Frenzel oder den andern beiden. Bialas sieht das auch so. Also. Geh mal ins Bett, und schlaf gut. Für uns wird's 'ne lange Nacht.«

Donnerstag, 12. September 2013

I

DIE SCHÖNE JULE

Sie fror erbärmlich. Sie hatte schon manche viel kältere Nacht durchstanden. Aber mit Schlafsack oder zumindest einer Decke. Das Dach des Hochsitzes schützte vor Regen. Trotzdem hatte sie das Gefühl, dass sich alles, was sie am Leib hatte, klamm anfühlte. Hinzu kamen die mangelnde Bewegung und der fehlende Schlaf.

Manchmal war sie in der Nacht eingenickt. Dann war sie wieder aufgeschreckt, wie aus einem Albtraum, um festzustellen, dass es ein Albtraum war.

Immer wieder hatte sie in die Nacht hinausgehört. Doch außer dem Tröpfeln des Regens war nichts zu hören. Auch die Tiere verkrochen sich bei diesem Wetter und harrten reglos aus. Einmal in der Nacht musste sie dringend pinkeln. Sie wagte nicht, vom Hochsitz herunterzusteigen. Sie machte in eine Ecke des kleinen Raums und bekam plötzlich eine Heidenangst, der Mann mit dem Messer könnte das Plätschern und Rieseln hören. Doch zum Glück verschluckte der Regen die Geräusche.

Immer wieder war ihr die Frage durch den Kopf gegangen, warum es dieser Kerl auf sie abgesehen hatte. Immer wieder sagte sie sich, dass es dafür doch keinen Grund gab. Und doch wusste sie im Grunde ihres Herzens, dass es mit dem anderen Mann zusammenhing. Dem mit den Tattoos an Hand und Arm. Und dass sie der Sozialarbeiterin und der Polizei etwas gesagt hatte, was sie hätte für sich behalten sollen.

Gegen Morgen, als es zu dämmern begann, hörte der Regen auf. Auch ihre Stimmung wurde nun ein wenig heller. Das lähmende Entsetzen wich ein kleines bisschen, sodass sie wieder halbwegs klare Gedanken fassen konnte.

»Die dicke Elvira hat mir das Leben gerettet«, ging es ihr durch den Kopf. »Mit ihren komischen kleinen Schritten.« Sonst wäre sie nicht hier oben. Und unten hätte sie keine Chance gehabt.

Doch was jetzt? Sie musste noch einen Schritt machen. Sie musste warten, bis jemand vorbeikam. Vielleicht das Pärchen, das fast jeden Morgen zum Joggen kam. Oder einer der Leute, die ihre Hunde hier ausführten, auch bei so schlechtem Wetter. Sie musste die Leute ansprechen, denen sie sonst aus dem Weg ging. Sie musste um Hilfe bitten. Die Leute, die sie immer als Störung und Bedrohung empfunden hatte. Die sehnte sie nun fast herbei. Bis jemand kam, musste sie hier oben ausharren.

2

Stoevesandt hatte nicht gut geschlafen. Immer wieder hatte er im Traum und Halbschlaf die schemenhafte Gestalt einer Frau vor sich gesehen. Er hatte die seltsame Zeugin ja noch nie persönlich kennengelernt. Doch er kannte ihre Geschichte. Er wusste, dass sie schon genug Mist erlebt hatte. Er spürte die Bedrohung und hatte einfach Angst um sie.

Nach dem Frühstück ließen sie sich ein Taxi kommen. Nur er und der Staatsanwalt würden bei dem Gespräch dabei sein. Das hatte der Informant, den Petersen aufgetrieben hatte, sich ausgebeten. Es schien überhaupt ein argwöhnischer Mensch zu sein, der sich schon vor der Zustimmung zum Gespräch Kopien der Personal- und Dienstausweise hatte zukommen lassen.

Sie ließen sich zum Gare du Midi, dem größten Bahnhof Brüssels, fahren, warteten auf dem Parkplatz davor eine Weile und wurden schließlich von Petersen mit einem Mittelklassewagen abgeholt. Der Spiegel-Journalist erzählte ununterbrochen über die Brüsseler und ihre Eigenheiten und lenkte ihre Aufmerksamkeit auf seine Geschichten. Er fuhr sie eine Weile durch die Gegend, planlos, wie es Stoevesandt schien, als wolle er es den beiden Fahrgästen schwer machen, sich zu orientieren. Stoevesandt hatte jedoch durchs Wandern einen guten Sinn für die Himmelsrichtungen. Das Ziel lag eindeutig im Westen der Stadt.

Er hatte bisher in Brüssel noch nicht viele Wohnhochhäuser gesehen. Die Massenmenschenhaltung am Hamburger Mümmelmannsberg oder dem Stuttgarter Fasanenhof schien den Brüsselern erspart geblieben zu sein. Nun jedoch hielten sie an einer Reihe mit zehn- bis zwölfstöckigen, gleichförmigen Häusern. Sie steuerten eines davon an, und Petersen klingelte, auch jetzt bemüht, den Beamten den Blick auf die Namensschilder zu verwehren. Nachdem geöffnet worden war, fuhren sie mit dem Lift in den achten Stock. Dort wurden sie schnell in eine Wohnung eingelassen.

Der Mann, der nun vor ihnen stand, trug einen Hut und darunter augenfällig falsches schwarzes Haar. Auch der schwarze Vollbart war angeklebt. Eine massige Brille verfremdete das Gesicht obendrein. Stoevesandt meinte erkennen zu können, dass die Augen geschminkt waren, und einen Moment überlegte er, ob sie es vielleicht mit einer Frau zu tun haben könnten. Von der Statur her wäre das durchaus möglich gewesen, und der Anzug, den der Mann trug, war ihm deutlich zu groß. Doch eine eindeutig männliche Stimme ließ keinen Zweifel am Geschlecht ihres Gesprächspartners.

Er sprach französisch und bat sie ins Wohnzimmer. Petersen übersetzte. Der Mann entschuldigte sich für seine Vorsichtsmaßnahmen und bat dann darum, den Staatsanwalt und den LKA-Beamten abtasten zu dürfen, um sicher zu gehen, dass sie nicht verkabelt waren. Frenzel zog bereitwillig das zerknitterte Jackett aus. Er wirkte heute mit weißem Hemd und royalblauer Krawatte sogar ganz manierlich. Auch Stoevesandt ließ die Untersuchung ergeben über sich ergehen.

Der Mann wies auf die Sitzgelegenheiten in dem einfach eingerichteten Wohnraum. Es sah so aus, als würden hier ältere und wenig bemittelte Menschen leben. Ein paar Bilder waren abgehängt, wie man an den hellen Flecken auf den gemusterten Tapeten sah. Auch einige Standfotos auf den Kommoden hatte man einfach nach vorne geklappt.

»Er entschuldigt sich«, übersetzte Petersen nun eine französische Erklärung des Mannes, »dafür, dass er Ihnen nichts anbieten kann. Dies ist nicht seine Wohnung. Die Mieter wissen noch nicht einmal, dass er und Sie hier sind. Er möchte von Ihnen auch die Zusicherung, dass Sie nicht versuchen, seine Identität zu ermitteln.«

»Entweder«, meinte Frenzel beflissen, »er gibt uns Hinweise, die wir durch unsere Ermittlungen erhärten oder verifizieren. Oder wir können nichts damit anfangen. In beiden Fällen ist seine Identität völlig unerheblich.«

Der Mann nickte und sprach weiter. »Er weist Sie noch mal darauf hin, dass Sie nichts aufnehmen oder aufschreiben dürfen und bittet Sie, Ihre Handys hier auf den Tisch zu legen.«

Auch dieser Bitte kam man nach. Der Mann kontrollierte, ob die Handys ausgeschaltet waren. Entweder war er eine Persönlichkeit des öffentlichen oder europäischen Lebens, der sich keinen Lapsus leisten konnte, oder er war übertrieben misstrauisch. Denn weder Petersen noch die Beamten hatten ein Interesse daran, ihn auffliegen zu lassen.

Dann begann der Mann zu sprechen, und der Spiegel-Journalist übersetzte wieder. »Ich möchte Ihnen bestimmte Informationen geben. Sie könnten mit dem Tod des EU-Abgeordneten Angelhoff in Verbindung stehen. Welche Verbindung, werde ich Ihnen nicht sagen, und ich werde dazu auch keine Fragen beantworten. Ich werde auch auf andere Fragen keine Antwort geben.«

Er machte eine Pause, bevor er dann beherzt weitersprach: »Es geht um den deutschen Sachverständigen Dr. Fabian Montabon. Der Mann ist hochgradig kokainabhängig. Er ist mittlerweile bei einer Dosis von hundert Milligramm angekommen. Und das fast täglich. Entsprechend hoch sind die Summen, die er dafür aufbringen muss. Er bekommt den Stoff von einem Brüsseler Zahnarzt, der wahrscheinlich sehr viele Kunden beliefert.

Herr Dr. Montabon war lange Zeit ein sehr tüchtiger Mitarbeiter der EU-Kommission, sehr aktiv, scheinbar unermüdlich. Ein Workaholic, der kaum eine Ruhepause brauchte. In letzter Zeit hat er sich aber verändert. Er ist extrem reizbar geworden, geradezu cholerisch und aggressiv. Er ist größenwahnsinnig, überschätzt sich völlig. Dann wieder ist er zu nichts zu gebrauchen, lässt Termine platzen, ist unzuverlässig.«

Es waren die typischen Symptome eines Langzeitkonsumenten.

Der Mann hielt inne. Ihm schien bewusst geworden zu sein, dass er ungewollt emotional geworden war. Er sprach sachlich weiter: »Hinzu kommt sein Lebenswandel. Er verkehrt in Kreisen, in denen man sehr viel Geld für Autos, für Frauen und für rauschende Feste im Quartier des Sablons oder rund um die Avenue Louise ausgibt. Ich vermute, dass er finanzielle Schwierigkeiten hat. Und«, er machte eine Bedenkpause und sagte dann vorsichtig: »Ich gehe davon aus, dass Monsieur Angelhoff davon wusste.«

»Sagt Ihnen das Restaurant ›Da Paolo‹ etwas?«, fragte Frenzel.

»Ich beantworte keine Fragen«, meinte der Mann brüsk, um ihnen dann doch mitzuteilen: »Das ›Da Paolo‹ ist ein teures italienisches Restaurant. Es wird mit der Mafia in Verbindung gebracht. Herr Montabon hat dort regelmäßig verkehrt. Um Partys zu feiern. Und um an seine Drogen zu kommen.«

Stoevesandt dachte an die Kokain-Spuren in Angelhoffs Haar und den aggressiven E-Mail-Verkehr zwischen den beiden. »Hat ihn Herr Angelhoff manchmal begleitet?«

»Wohl eine Zeit lang.« Er stand auf. »Mehr habe ich nicht zu sagen.«

»Warum erzählen Sie uns das alles?«, fragte Stoevesandt nachdenklich, der sich ebenfalls erhoben hatte.

»Weil er nicht will, dass EU-Politik unter dem Einfluss von Drogen gemacht wird«, übersetzte Petersen. Auch er stand nun.

Der verkleidete Mann wies ihnen den Weg zur Zimmertür. Er hatte gesagt, was zu sagen war. Trotzdem wandte er sich noch einmal an die beiden deutschen Beamten, bevor er die Wohnungstür öffnete: »À propos, Monsieur Montabon ist nicht mehr in Brüssel. Er befindet sich gegenwärtig in Deutschland. In einer Entzugsklinik im Schwarzwald. Ich vermute, dass sein Arbeitgeber dies veranlasst hat.«

Damit komplementierte der namenlose Mann die Besucher aus der Wohnung und schloss schnell die Tür hinter sich zu.

3

DIE SCHÖNE JULE

Es kam niemand. Sie fror immer mehr. Drüben in den Büschen raschelte es. Ganz in der Nähe ihres Zuhauses bewegte sich etwas durchs Unterholz. Warum kam kein Mensch heute durch den Wald?

Plötzlich übermannte sie wieder die Panik. Sie war doch eine Gefangene hier oben. Irgendwann musste sie wieder hinunter. Sie konnte nicht ewig hier oben bleiben.

Dann hörte sie Stimmen. Es war ein Paar. Aber nicht die Jogger, die sie kannte. Sie hatte diese Leute noch nie hier gesehen. Sie sahen wie Wanderer aus und doch auch wieder nicht. Die waren nicht zum Ausspannen hier. Dazu waren die viel zu aufmerksam und angeregt.

Doch sie musste sich entscheiden. Sie konnte langsam einfach nicht mehr. Die Kälte, die Feuchtigkeit, die Anspannung – sie ertrug es kaum noch. Und es war ja eine Frau dabei. Da würde der Mann ihr doch nichts tun.

Als die beiden auf dem Weg in Höhe des Hochsitzes waren, kletterte sie schnell hinunter. Sie rannte auf sie zu und stammelte: »Bitte, Hilfe, mir ist schlecht. Mir geht's nicht gut. Können Sie mich hier wegbringen? Bitte.«

Die beiden sahen sie an wie ein Phantom.

»Das ist sie«, sagte die Frau. Die beiden griffen sie links und rechts an den Armen. Sie führten sie, schneller als es ihr lieb war, auf den Weg, der nach Büsnau führte. Immer wieder schauten sie sich unruhig um. Fast wollte sie sich dagegenstemmen. Sich losreißen. In den Wald fliehen. Wer waren diese Leute? Die Angst überkam sie. Doch die Griffe waren fest. Es gab kein Entrinnen.

Dort, wo man am Ende des Waldes bereits die Häuser von Büsnau sah, stand ein dunkler Wagen. Ein Mann war an ihn gelehnt. Ihre beiden Begleiter mit den festen Handgriffen gingen mit ihr direkt darauf zu. »Wir haben sie«, sagte die Frau. Der dritte Mann öffnete die hintere Wagentür. Sie zwangen sie einzusteigen und schlugen die Tür hinter ihr zu. Sie war in dem engen Raum des Autos gefangen.

Das Knallen der Tür besiegelte die Attacke. Ihr Herz begann zu rasen. Im Kopf drehte sich alles. Sie hyperventilierte und hatte das Gefühl, keine Luft mehr zu bekommen. Sie würde sterben, hier und jetzt, auch ohne dass diese grässlichen Menschen sie umbrachten. Die Todesangst, die sie erfasste, war unerträglich. Dann war es ihr, als würde sie neben sich treten und entschwinden und alles nur noch von oben, wie durch Nebel, aus den Wipfeln der Bäume beobachten.

4

Als sie zurück ins Hotel kamen, wartete Luca Mazzaro bereits im Foyer auf sie. »Können Sie gleich mal mit nach oben zu Çelik kommen?« Er wirkte sehr ernst.

Auf dem Weg dorthin informierte er Stoevesandt und den Staatsanwalt: »Wir haben eine Konferenzschaltung zum Präsidium in Stuttgart eingerichtet. Damit wir Andreas vorab über die wichtigsten Ergebnisse informieren können.« Erst als er die Hotelzimmertür hinter sich geschlossen hatte, sprach er weiter: »Er hat uns gesagt, dass in Stuttgart wieder ein Killer unterwegs ist. Sie glauben, dass der es auf die ›schöne Jule‹ abgesehen hat.«

»Oioioi!« Mehr fiel Friedebald Frenzel dazu nicht ein.

Sie setzten sich zu Çelik Ercan um den Laptop herum, auf dessen Bildschirm Andreas Bialas seine nicht zu kleine Nase auf sie zuschob.

»Wir haben eine Ortung«, informierte der Leiter der Sonderkommission Glemswald. »Aber der Mann hält sich irgendwo in den Wäldern zwischen Bärenkopf und Büsnau auf. Es ist ungeheuer schwierig, ihn da genau anzupeilen. Außerdem scheint sich der Sender seit einiger Zeit nicht mehr zu bewegen. Keine Ahnung, ob er ihn nicht mehr bei sich trägt oder ob der gerade pennt. Die Frau haben wir auch noch nicht gefunden. Wir haben ein paar Leute inkognito als Jogger oder Spaziergänger in das Gebiet geschickt. Ich wusste bisher nicht, dass wir direkt auf dem Stadtgebiet einen Dschungel haben. Wie sieht's bei euch aus?«

Stoevesandt und Frenzel berichteten. Was sich in den E-Mails zwischen Ewald Angelhoff und Fabian Montabon angedeutet hatte, war durch den anonymen Informanten bestätigt worden. Montabon war kokainsüchtig, er hatte offenbar Berührungspunkte zur Mafia in Belgien, und er war momentan in einer Entzugsklinik in Deutschland.

»Wir brauchen unbedingt den Kontakt zu den belgischen Kollegen«, sprach Bialas in den Raum hinter sich. »Vielleicht wissen die mehr über dieses Restaurant, dieses ›Da Paolo‹.«

»Wir sind dran«, hörte man die Stimme von Kapodakis im Hintergrund.

»Und diesen Montabon müssen wir uns vor die Brust nehmen. Kommt so schnell wie möglich zurück«, meinte Bialas noch. Dann beendeten sie die Telefonkonferenz.

5

Es war ruhig im Wagen, als sie Brüssel in Richtung Aachen verließen. Stoevesandt versuchte mitgenommene Akten zu studieren, konnte sich aber nicht richtig konzentrieren und sah meist aus dem Fenster. Frenzel neben ihm arbeitete an seinem Laptop und hatte dieses Problem scheinbar nicht. Er scrollte aufmerksam die angezeigten Dokumente rauf und runter und tippte ab und an etwas ein. Auch Mazzaro und Ercan schwiegen die meiste Zeit.

Es war schon weit nach vierzehn Uhr und kurz nach Köln, als die SMS von Kapodakis auf Stoevesandts Handy kam: »Wir haben ihn. Alles okay.«

»Was ist mit der Frau?«, schrieb Stoevesandt zurück.

»Ist gesund und lebendig«, kam die Antwort.

»Sie haben den Killer gefasst«, informierte Stoevesandt die Kollegen im Wagen

Im selben Moment sang auch Mazzaros Handy sein »Che sarà«. Bialas bestätigte die Nachricht. Die Erleichterung war allen deutlich anzumerken. Im Wagen wurde es wieder lebendig.

Frenzel arbeitete weiter an seinem Laptop. Stoevesandt konnte sich besser konzentrieren. Und die beiden Jungkommissare auf den vorderen Plätzen unterhielten sich über Computerviren und Spyware. Irgendwann musste Mazzaro damit angeben, dass durch ihn der Code von Angelhoffs Computer geknackt worden war.

»Du hast einfach nur Dusel gehabt«, meinte Ercan.

»Nichts da, ›Dusel‹. Ich kenne im Gegensatz zu dir Superspezialisten einfach ein paar gängige Verschlüsselungstricks«, erwiderte Mazzaro spitzbübisch.

»Der sogenannte Trick mit der Null anstelle des O, der ist schon so alt, dass ich gar nicht mehr draufgekommen bin, dass den noch einer anwenden würde. Du hast Dusel gehabt, Sizilianer. Und wahrscheinlich bist du sowieso nur durch euer komisches Traumdeutungssystem drauf gekommen. Ein Schwein ist die Vier, und ein Soldat steht für zwölf – oder wie war das? Und ein EU-Abgeordneter ist wahrscheinlich 'ne Null.«

Mazzaro grinste. »Und du hast dir wohl den Knopf an der Hose wieder angenäht, ohne sie auszuziehen, und vergisst jetzt alles. Auch die einfachsten Codierungstricks. So was glaubt ihr Türken doch, oder? Ihr dürft doch auch nachts nicht pfeifen, weil sonst der Teufel kommt und euch holt.«

Friedebald Frenzel sah von seinem Laptop auf und rief fröhlich »Ach, kennen Sie den? Ein Sizilianer geht in eine Disco und hat ein T-Shirt an, auf dem steht: ›Türken haben 3 Probleme‹.«

Çelik Ercan redete ihm dazwischen: »Ein Türke kommt auf ihn zu und fragt: ›Ey, was is das für'n Scheiß?‹«

Mazzaro machte weiter: »Der Sizilianer antwortet: ›Siehst du, das ist euer erstes Problem, ihr seid viel zu neugierig.‹«

Çelik Ercan: »Der Türke geht wieder und kommt nach ein paar Minuten mit einem Kollegen wieder und die beiden schubsen den Sizilianer herum.«

Luca Mazzaro: »Der Sizilianer sagt: ›Siehst du, das ist euer zweites Problem, ihr seid viel zu aggressiv.‹«

Ercan: »Die Türken ziehen ab, und der Sizilianer trinkt sein Bier aus, tanzt noch eine Stunde und geht dann aus der

Disco raus. Draußen warten die Türken mit fünf Mann, alle ziehen Messer.«

Die Pointe ließ sich Frenzel nicht nehmen: »›Seht ihr, das ist euer drittes Problem, ihr kommt mit Messern zu einer Schießerei!‹«

Stoevesandt konnte nicht anders, als breit zu grinsen. Nicht einmal wegen des Witzes. Es war die Situation an sich. Das also war die neue Generation der Ordnungshüter. Und er war froh über die SMS von Kapo.

6

Stoevesandt ließ sich gleich zuhause absetzen, als sie gegen acht in Stuttgart ankamen. Er fühlte sich erschöpft. Die Reiserei war anstrengend, und die unruhige Nacht im fremden Bett eines Hotelzimmers steckte er nicht mehr so einfach weg.

Als er die Wohnungstür öffnete, stolperte er fast über das Gepäck von Ines. Sie stand in der Küche und bereitete Bratkartoffeln zu. Auf dem Esstisch stand eine riesige Portion Matjesfilets, die mit Sicherheit von dort stammten, wo man sie am besten zubereitete.

Er konnte und wollte seine Freude nicht verbergen und nahm sie in den Arm. »Du schon hier?«

»Ach, weißt du, meine Mutter hat sich wahnsinnig gefreut, dass ich mal wieder kam. Aber nach einem Tag fängt sie an, mich zu betütteln und zu bevormunden wie ein Kind. Mein Bruder hat sich gefreut, aber der ist so mit sich und seiner Familie beschäftigt, da stehen die drei Kinder so im Mittelpunkt ... Mit seiner Frau kann man nur übers Kochen und Backen und über Sonderangebote reden. Ich wusste bald nicht mehr, worüber ich mit ihnen sprechen soll. Nach dir fragen die gar nicht, und Stuttgart ist für sie ein weißer Fleck auf der Landkarte.«

Sie stellte die Bratkartoffeln auf den gedeckten Esstisch. Stoevesandt hatte Gläser und einen Weißwein geholt.

»Bei Eva und Thomas war es sehr schön. Das ist sofort wie in alten Zeiten. Ich glaube, wir haben bis morgens um drei geklönt. Aber die hatten keinen Urlaub wie ich. Die mussten morgens wieder raus.

Und auf Pellworm, da bläst einem der Wind den Regen horizontal ins Gesicht. In vier Stunden bist du um die ganze Insel und hast alles gesehen. Ich hab mir's größer vorgestellt. Wattwandern war bei dem Wetter nicht drin. Da kann ich genauso in Stuttgart rumsitzen. Und außerdem hab ich dich vermisst.«

Stoevesandt unterbrach das köstliche Mahl, ging zum Telefon und rief Bialas an: »Sag mal, Andreas, wo war das, wo du deine Ehe gerettet hast?«

»In Achkarren am Kaiserstuhl. Ist dafür ausgezeichnet geeignet. Und wenn du bei der jetzigen Wetterlage noch irgendwo eine Chance auf ein paar Sonnenstrahlen haben willst, dann dort.« Bialas gab ihm eine Adresse und hatte sogar noch die Telefonnummer im Handy gespeichert.

Stoevesandt rief dort sofort an. Ab Montag war ein Zimmer für sie frei. Stoevesandt buchte für vierzehn Tage.

Freitag, 13. September 2013

I

Frenzel machte Druck.

»Der will diesen Montabon so schnell wie möglich vernehmen«, informierte Andreas Bialas Stoevesandt in einem Telefonat.

Man hatte über die NBAF den genauen Aufenthaltsort des EU-Sachverständigen herausbekommen. Die Vorladung für den Montagvormittag war schon geschrieben. Da legten die Ärzte der Entzugsklinik, in der sich Dr. Fabian Montabon aufhielt, ihr Veto ein. Sie wollten keinesfalls, dass er die Klinik verließ. Offenbar war die Gefahr zu groß, dass er sich verdünnisierte und bei der nächsten Gelegenheit eine Line durch die Nase zog. Frenzel hatte daraufhin kurzerhand beschlossen, die Vernehmung in der Klinik im Schwarzwald durchzuführen.

»Ich weiß, du hast Urlaub. Ich sag es dir nur, damit du informiert bist«, meinte Bialas.

Stoevesandt überlegte. Die Klinik lag quasi auf dem Weg von Stuttgart nach Freiburg. Nur einen kleinen Umweg musste man da machen. Und das Bedürfnis, Montabon einmal leibhaftig kennenzulernen, war groß.

»Weißt du was, Andreas?«, beschloss er kurzerhand. »Ihr holt mich ab. Ich komme mit. Ich habe schließlich auch ein paar Fragen an den Herrn Montabon, die die Liste aus Angelhoffs Schließfach betreffen. Meine Frau kann mich in der Klinik abholen. Wir fahren dann weiter an den Kaiserstuhl.«

Bialas berichtete auch von der Aktion am Vortag. Eine Spezialeinheit der Fahndung hatte Juliane Walter, alias die ›Schöne Jule‹, gegen Mittag aufgegriffen und sie so verschreckt, dass man sie zuerst einmal wegen einer akuten Panikattacke in psychiatrische Behandlung geben musste. Die Fahnder hatten im Grunde nur eines im Auge gehabt. Die Frau musste so schnell wie möglich und im wahrsten Sinne des Wortes aus der Schusslinie gebracht werden. Man hatte den Aufenthaltsort des Killers doch noch recht gut auf ein bestimmtes Waldgebiet eingrenzen können. Die Italiener hatten tatsächlich seine sämtlichen Schuhe verwanzt, so dass er wirklich barfuß durch den Wald hätte laufen oder aber sich neue Schuhe kaufen müssen, was unwahrscheinlich war, da diese Mafia-Profis in der Regel kamen, ihren Job erledigten und so schnell wie möglich wieder verschwanden.

Man war dann mit dem Sondereinsatzkommando und einer Hundestaffel in das Waldstück gegangen und hatte den Mann geschnappt. In einer ersten Vernehmung hatte der natürlich angegeben, spazieren gegangen zu sein. Das außergewöhnliche Messer, das er bei sich trug, war selbstverständlich nur für die Selbstverteidigung. Man musste prüfen, ob man ihn an die Italiener ausliefern konnte, die ihn gerne haben wollten, oder ob man ihn wieder laufen lassen musste.

2

Stoevesandt wollte das Büro am frühen Nachmittag verlassen. Schließlich hatte er ja Urlaub. Da rief die Vorzimmerdame des Präsidenten an. Er solle möglichst rasch zu dessen Büro kommen.

Stoevesandt sah auf den Kalender. Heute war Freitag, der dreizehnte. Er war nicht abergläubisch. Trotzdem ging er im Geiste kurz durch, welchen Fauxpas er oder einer seiner Mitarbeiter sich geleistet haben konnte, bevor er nach oben ging.

Er wurde von Frau Weber mit der hellen Stimme sofort ins Allerheiligste gebeten. Der Präsident bat ihn, sich zu setzen. Steif und förmlich fragte er nach Stoevesandts Befinden, um dann doch schnell zu dem zu kommen, was eigentlich sein Anliegen war.

»Herr Stoevesandt, ich weiß, Sie sollten eigentlich schon im Urlaub sein. Aber es ist mir sehr recht, dass ich doch noch eine gewisse Angelegenheit mit Ihnen besprechen kann.«

Er machte eine Pause und suchte nach Worten. »Also, es ist so, dass Herr Dr. Bechtel ... Also, Herr Bechtel muss kurzfristig ein sehr wichtiges Projekt im Innenministerium übernehmen. Wir haben damit das Problem, dass ab sofort die Stelle des Inspektionsleiters nicht mehr besetzt ist.

Herr Stoevesandt, ich weiß dass Sie in zwei bis drei Jahren in den Ruhestand gehen werden. Und Sie wissen, dass ich für die Besetzung der Spitzenpositionen im Hause gerne langfristige Lösungen anstrebe. Aber unter den gegebenen Umständen ... Ich möchte Ihnen den Vorschlag machen, die Stelle des Inspektionsleiters der Abteilung vier zu übernehmen. Ich bin absolut überzeugt, dass die Stelle damit in kompetenten und zuverlässigen Händen ist. Und auch wenn das, wie gesagt, keine Dauerlösung ist – es gibt uns genügend Zeit, einen geeigneten Nachfolger für Sie zu finden oder aufzubauen.

Überlegen Sie es sich bitte, Herr Stoevesandt. Sie haben ja jetzt ein bisschen Zeit, darüber nachzudenken. Und geben Sie mir nach Ihrem Urlaub Bescheid.«

Montag, 16. September 2013

I

Die Entzugsklinik lag malerisch, umgeben von Wald und Grünland, etwas außerhalb des Städtchens Hornberg, quasi in der geografischen Mitte des Schwarzwalds. Ein älterer Bau mit modernen Erweiterungen und wintergartenähnlichen Anbauten bot kaum mehr als achtzig Patienten Platz. Gebäude und Einrichtung waren von einer ruhigen Schlichtheit, zugleich jedoch freundlich und hell.

Friedebald Frenzel war nach ihrer Rückkehr aus Brüssel fleißig gewesen. Während der Fahrt informierte er Stoevesandt und Andreas Bialas: »Diese Klinik nimmt nur Privatpatienten auf. Vor allem alkoholkranke Chefärzte, Manager mit Burn-out und ein paar depressive Lehrer. Beamte dürfen da auch hin. Also, falls wir drei mal durchdrehen sollten in unseren Jobs, dann wissen wir, wohin, ha, ha. Und natürlich nehmen sie auch drogenabhängige Sachverständige, wenn die privat versichert sind, oder wenn die Firma es zahlt, wie bei Dr. Fabian Montabon.«

»Die NBAF zahlt seinen Aufenthalt dort?«, fragte Bialas.

»Man war dort zuerst sehr, sehr zugeknöpft«, erzählte Frenzel. »Der Name Montabon hat bei dem Chemie-Riesen keine Begeisterungsstürme ausgelöst. Aber anscheinend hat man es dann doch für vernünftiger erachtet, mit der Staatsanwaltschaft zu kooperieren. Ich habe kurz mit einem Personalchef gesprochen. Der ist für den Bereich zuständig, in dem Montabon ja nach wie vor beschäftigt ist. Er hat ein paar Andeutungen gemacht. Und er meinte, er käme heute auch nach Hornberg und könnte uns noch ein paar Informationen geben.«

In der Tat wurden sie im Eingangsbereich der Klinik bereits von zwei Herren erwartet, beide in noblen Anzügen mit modischen Krawatten. Frenzel in seinem zerknitterten Anzug und der lila Krawatte wirkte dagegen wie ein Clochard. Die Herren verteilten Visitenkärtchen. Der eine, ein kräftiger Mann mit freundlichem Gesicht, war Leiter eines »Service-Centers für Human Resources«, was wohl auf deutsch so viel wie der Chef der Personalabteilung war. Der andere, ein hagerer und ernst dreinschauender, war Rechtsanwalt. Die NBAF zahlte Montabon also nicht nur den Aufenthalt in einer Entzugsklinik, sondern auch den Rechtsbeistand.

»Bevor Sie mit Herrn Dr. Montabon sprechen«, meinte der Personalchef, »da würde ich ganz gerne noch mal hören ... Na ja, ob Sie ihm etwas vorzuwerfen haben oder warum Sie ermitteln.«

Die Herren hatten schon organisiert, dass man ihnen einen kleinen Raum zur Verfügung stellte, in dem normalerweise therapeutische Gespräche stattfanden. Auch hier war die Einrichtung schlicht, aber freundlich.

»Vielleicht erzählen Sie einfach mal etwas über Herrn Montabon«, ging Frenzel sofort in die Offensive, nachdem sich alle gesetzt hatten. »Offenbar haben Sie ja veranlasst, dass Herr Montabon sich jetzt in dieser Klinik befindet.«

Der Personalchef sah kurz den Rechtsanwalt neben sich an und meinte dann beherzt: »Ich möchte mit offenen Karten spielen. Da Sie ermitteln, wissen Sie ja bereits: Herr Dr. Montabon ist leider in der letzten Zeit immer mehr ... nun ja, der Sucht verfallen. Das hat sich natürlich auch auf seine Arbeit niedergeschlagen – so etwas bleibt nicht aus. Wir haben ihn mehrmals aufgefordert, sich behandeln zu lassen. Es wurde sogar mit finanziellen Konsequenzen gedroht. Aber ...«

»Das heißt, er hätte keine Provisionen mehr bekommen?«, fragte Bialas.

»Die Provisionen ... ach ja, das war die größte Sorge von Herrn Montabon. Dabei ging es längst um viel mehr. Wir haben bereits überlegt, ob wir ihn überhaupt noch als Mitarbeiter unseres Unternehmens halten können.«

»Wofür hat er Provisionen bekommen?«, wollte Stoevesandt wissen.

»Das sind eine Art Boni. Die werden nicht von uns verteilt, sondern von anderen Stellen. Wenn besondere Leistungen erbracht werden. Wofür genau, kann ich Ihnen nicht sagen.«

»Und die Anstellung beim Karlsruher Institut für Technologie? Ist das üblich, dass Mitarbeiter der NBAF solche Zweitanstellungen haben?«, fragte Frenzel höflich.

»Damit habe ich auch nichts zu tun.« Der Personalchef wurde jetzt frostiger. »Ich kann Ihnen dazu nichts sagen.«

»Okay«, meinte Bialas, um einen versöhnlichen Ton bemüht. »Herr Montabon ist kokainsüchtig. Er muss seine Sucht finanzieren. Sie sagen ihm, dass es so nicht weitergeht, und drohen ihm mit Konsequenzen. Wie hat Herr Montabon darauf reagiert?«

»Der Umgang mit ihm ist leider immer schwieriger geworden. Er wurde immer sturer. Er war in letzter Zeit nur noch darauf fixiert, Gesetzgebungen durchzusetzen, für die er die Boni bekommen würde. Ich habe wahrlich nichts dagegen, wenn die EU Gesetze verabschiedet, die im Sinne der chemischen Industrie sind. Aber wenn sich selbst hohe EU-Beamte über ihn beklagen und uns vorwerfen, dass wir Erpressung betreiben, und drohen, damit an die Öffentlichkeit zu gehen, dann hört der Spaß auf. Leider war Herr Montabon völlig uneinsichtig. Mir kam er fast größenwahnsinnig vor, so als ob er in Brüssel praktisch alle Fäden in der Hand hätte und machen könnte, was er wollte. Und als wir dann vom Ausmaß seiner Sucht erfahren haben, da haben wir die Konsequenzen gezogen.«

»Haben Sie das von Dr. Gapka erfahren?«, fragte Stoevesandt einer Eingebung folgend.

Man sah dem Personalchef an, dass er sich überlegte, was diese Polizisten noch alles wussten. Dann nickte er. »Es ist üblich im Verband, dass die Funktionäre weiterhin in ihrem Mutterunternehmen bleiben und von ihm bezahlt werden. Aber noch mal meine Bitte ... Können Sie mir mitteilen, was Sie Dr. Montabon vorwerfen?«

Frenzel seufzte. »Ach wissen Sie, wir ermitteln in dem Todesfall Ewald Angelhoff, der ja ein guter Bekannter von Herrn Montabon war. Im Augenblick ist Herr Dr. Montabon für uns ein wichtiger Zeuge. Es gibt bislang keine konkreten Anschuldigungen gegen ihn.«

Irgendwie glaubte ihm der Personalchef nicht. Der Name Angelhoff schien ihn noch unruhiger zu machen. »Ich möchte Sie einfach bitten, mich zu informieren, wenn Sie gegen Herrn Montabon ermitteln sollten. Ich werde es ohnehin über unseren Rechtsanwalt erfahren.« Er wies auf den hageren Mann neben sich. »Wir werden Herrn Dr. Montabon noch einmal unterstützen. Mit einem Rechtsbeistand und mit der Behandlung hier in der Klinik. Herr Dr. Montabon hat viel für das Unternehmen geleistet. Das sind wir ihm noch einmal schuldig. Aber ...«

Er sprach es nicht aus, doch man würde Montabon fallen lassen wie eine heiße Kartoffel, wenn in der Öffentlichkeit auch nur der leiseste Verdacht unlauteren Gebarens auf die Nord-Badische Ammoniak-Fabrik zurückfallen könnte.

2

Es wurde wirklich Zeit, mit dem Mann selbst zu sprechen, der wie ein Phantom durch ihre Ermittlungen geistert war.

Montabon betrat den Raum, kurz nachdem der Personalchef gegangen war. Ein großer, dünner, fast magersüchtig wirkender Mann mit leicht gelocktem, weißblondem Haar und wasserblauen Augen. Sein bleiches Gesicht wirkte klug, die Züge leicht blasiert. Doch dunkle Ringe unter den Augen und der flatterige Blick zeugten von Entzugserscheinungen. Er bewegte sich lässig, fast ein bisschen fahrig, setzte sich, lehnte sich ungezwungen zurück und schlug die langen Beine übereinander.

»Meine Herren, was kann ich für Sie tun? Polizei und Staatsanwaltschaft ... Ich komme mir ja fast wichtig vor.« Er hatte eine unangenehm scheppernde Stimme. »Aber ich habe ja sogar einen Rechtsbeistand. Da kann mir ja gar nichts passieren. Nicht wahr?« Er lächelte den Rechtsanwalt schief an.

»Herr Dr. Montabon, wir ermitteln im Todesfall Angelhoff«, begann Frenzel die Vernehmung. »Welches Verhältnis hatten Sie zu Herrn Angelhoff?«

»Das allerbeste«, meinte Montabon großspurig. »Ja, eine tragische Geschichte, dieser Selbstmord. Und da ermitteln Sie immer noch dran rum?«

»In der letzten Zeit scheint Ihr Verhältnis zu Herrn Angelhoff nicht mehr besonders gut gewesen zu sein«, entgegnete Frenzel.

»Woher wollen Sie das wissen?«, meinte Montabon patzig.

Frenzel legte ihm die Kopie des E-Mail-Dialogs vor, den sie in Angelhoffs geheimem E-Mail-Postfach gefunden hatten.

Montabon warf einen Blick darauf. Der Mann war intelligent und verstand sofort, was das für ihn bedeutete. »Das ist ein Geplänkel. Natürlich waren wir nicht immer einer Meinung.«

»Herr Angelhoff hat Ihre Provisionen aufs Spiel gesetzt. Die brauchten Sie aber dringend, um Ihre Sucht zu finanzieren. Ich denke, da hört die Freundschaft doch auf. Oder?«, meinte Frenzel freundlich.

»Was geht Sie meine Sucht an?« Er wurde aggressiv. »Angelhoff hat ein bisschen rumgezickt. Das war alles. Und das bisschen Provision, da lachen ja die Hühner.«

»Ging es nicht um ein bisschen mehr als um die Provision? Die NBAF hat ihnen gedroht, Sie zu entlassen. So sagte es Ihr Chef uns soeben.«

»Mich entlassen? Das sagt einer, der das gar nicht zu entscheiden hat. Die kriegen doch in Brüssel ohne mich gar nichts zustande.« Der Mann hatte wirklich den Bezug zur Realität verloren.

»Hier steht etwas von einer Studie am KIT«, brachte Stoevesandt sich nun ein. »Was ist das für eine Studie?«

»Eine Studie, von der Sie nicht mal die Überschrift verstehen würden.«

»Eine Studie, die Angelhoff veröffentlichen wollte und Sie nicht. Eine Studie, die Angelhoff veranlasst hat, sich zu erkundigen, ob er ein Unternehmen wegen Betrugs verklagen kann, das diese Forschungsergebnisse nicht veröffentlicht. Wo ist der zweite Teil dieser Studie, den Herr Dr. Mayer-Mendel Ihnen überlassen hat?«

Montabon schwieg und sah verbissen aus dem Fenster.

»Sie drohen in der Mail, diese Liste an die Öffentlichkeit zu bringen.« Stoevesandt legte ihm das Dokument mit den Namen der EU-Abgeordneten und den Anmerkungen vor. »Sie wollten Herrn Angelhoff erpressen.«

»Ach, dieser alte Furzkram«, entgegnete Montabon. »Das ist ja vollkommen obsolet.«

»Ja, ja«, meinte Frenzel, »so obsolet, dass man in die Villa Angelhoff eingebrochen ist, um es zu finden und wahrscheinlich zu vernichten. Wer hat den Einbruch in Auftrag gegeben? Sie oder Herr Gapka? Wir haben dazu übrigens schon Herrn Gapkas Aussage.«

Der Rechtsanwalt hatte sich schon zu Beginn des Wortgefechts die E-Mail-Kopien hergeholt und sie eifrig studiert. Jetzt hatte er sie vollständig überflogen und die Brisanz des Inhalts erfasst. »Sie sagen jetzt gar nichts mehr!«, wies er seinen Mandanten energisch an. »Woher haben Sie das? Ist das überhaupt ein gerichtsverwertbares Dokument?«

»Aber sicher doch«, nickte Frenzel eifrig. »Forensisch gesichert, von einem deutschen Richter autorisiert und von der europäischen Anti-Betrugsbehörde abgesegnet.«

»Ich muss mir das erst mal in Ruhe anschauen, Sie sagen jetzt nichts mehr, Herr Dr. Montabon.«

Der hatte mittlerweile einen tief depressiven Gesichtsausdruck und machte eine Handbewegung, die nur noch sagte, dass ihm alles egal war.

»Eine kleine, ganz einfache Frage hätte ich doch noch.« Frenzel klang wieder mal honigsüß. »Wir bräuchten nur zwei Namen: Wie heißt Ihr Zahnarzt? Und wie heißt das ›Froschgesicht‹, das Herr Angelhoff hier erwähnt?«

Montabon war noch bleicher geworden und hatte jetzt Panik in den Augen. »Ich werde Ihnen gar nichts mehr sagen. Hier ... mein Anwalt ... Er hat es Ihnen ja gesagt. Und wenn Sie noch was haben in Zukunft, dann wenden Sie sich bitte an ihn.«

Abrupt stand er auf und verließ den Raum. Der Rechtsanwalt nickte den drei Beamten zu und folgte seinem Mandanten.

Frenzel seufzte: »Ich habe nichts anderes erwartet. Es wird nicht einfach für uns werden.« Bialas nickte und zog sein großes Taschentuch hervor. Und auch Stoevesandt war vollkommen klar, dass es Montabon gewesen sein musste, der wissentlich oder unwissentlich die Mafia auf Angelhoff gehetzt hatte, und dass es unendlich schwer werden würde, dies auch zu beweisen.

Zeitlose Septembertage

I

Die Stoevesandts waren gemütlich über den Schwarzwald getuckert, nachdem Ines ihren Mann in Hornberg abgeholt hatte. Sie waren auf Landstraßen nördlich an Freiburg vorbei und weiter am Südrand des Kaiserstuhls nach Achkarren gefahren. Der kleine Winzerort bestach vor allem durch seine Lage, eingeschmiegt in ein Tal, das sich von Südwesten her in den Kaiserstuhl schob.

Das Hotel war so, wie Andreas Bialas es beschrieben hatte. »Wenn du's mondän willst, musst du woanders hin«, hatte er gesagt. Ein massiges Gebäude aus alter Bausubstanz, mit Gauben, Klappläden und Blumen an den Fenstern, beherbergte ein Restaurant und zwei Dutzend Hotelzimmer. Die Gaststube, in der sie zu Abend aßen, war mit dunklem Holz vertäfelt. Ein knarzender Dielenboden und alte Fotografien an den Wänden erzeugten Bauernstubenatmosphäre. Das Essen schmeckte ihnen erstaunlich gut. Vor allem der sogenannte »Gruß aus der Küche« bestand aus kleinen, originellen Leckereien, die Stoevesandt allesamt köstlich fand.

Man hatte ihnen eines der größeren Hotelzimmer gegeben. Es war recht bieder eingerichtet, aber blitzsauber und vor allem ruhig. Stoevesandt merkte nun doch sehr, wie ihn die letzten Wochen mitgenommen hatten. Und auch Ines hatte sich im Norden nur bedingt erholt. Vierzehn Tage lagen vor ihnen, an denen sie die Seele baumeln lassen konnten. Schon die Aussicht darauf wirkte wie Balsam für Nerven und Seele.

Und es wurde wirklich eine Zeit, in der sie dem Kopf die nötige Ruhepause gönnen und dem Bewegungsdrang des Körpers gerecht werden konnten. Diese Ecke Deutschlands war noch nie in Stoevesandts Bewusstsein gedrungen, obwohl sie nur zwei Autostunden von Stuttgart entfernt lag. Für ihn hatte Deutschland hinterm Schwarzwald aufgehört. Ines hatte noch auf die Schnelle einen Reiseführer gekauft, den sie in den ersten Tagen ausgiebig studierten. Und erst jetzt wurde ihnen bewusst, dass vor ihnen ein Paradies für Wanderer lag.

Das Hotel lag unterhalb von Weinbergen. Direkt neben ihm ging ein Weg los, der hinaufführte, durch die Reben, mit nahezu unerschöpflichen Möglichkeiten, das kleine Mittelgebirge von Südwesten her zu erwandern.

Der Kaiserstuhl war New-Orleans-Jazz pur. Beschwingt, harmonisch und zugleich ein wenig schräg. Es war die Musikrichtung aus Stoevesandts Jugend, die ihm den Einstieg in den Jazz eröffnet hatte. Im Geiste hörte er die Klarinette von Sidney Bechet, und der Klassiker »Honeysuckle Rose«, interpretiert von Ella Fitzgerald und Count Basie, ging ihm wieder im Kopf herum.

Eigentlich konnte man den Kaiserstuhl mit seinen gerademal fünfhundertfünfzig Metern Höhe nicht wirklich als Gebirge bezeichnen. Doch war er steil genug, um mit einigen Pässen wie dem Vogelsangpass und dem Texaspass aufzuwarten. Und die Wanderungen hoch zu den Aussichtstürmen hatten es durchaus in sich. An einigen Stellen trat deutlich der vulkanische Ursprung hervor. Sie wanderten im Vulkanfelsengarten, einem Steilhang aus schwarzglänzendem Vulkangestein und hohen Stützmauern, als Ines plötzlich stehen blieb.

»Schau mal, da oben wachsen Kakteen, sogar mit Früchten dran. Und da, das ist doch ein Feigenbaum. Mit Feigen. Meinst du, die kann man essen?«

Sie sahen, als sie schließlich den Hang bis ganz nach oben erklommen hatten, zur einen Seite ein Gut inmitten von Weinbergen, zu dem ein mit Zypressen gesäumter Weg hinaufführte. Zur andern Seite hatte man einen fast unwirklichen Blick auf den Breisacher Münsterberg, der mit dem alten imposanten Münster wie eine Insel in der Rheinebene lag. Dahinter, wie eine Kulisse, die den Eindruck verstärkte, erhoben sich die Vogesen. Die Landschaft war auf beiden Seiten nur als grandios oder lieblich zu bezeichnen, sodass sie für einen Norddeutschen fast schon ein bisschen kitschig wirkte.

Seltsamerweise störten Ines die Berge hier nicht. »Man sieht ja fast immer auch in die Rheinebene hinunter«, meinte sie. Sie waren beide begeistert von der Vielfalt der Gegend. In nur wenigen Autominuten erreichte man Gebiete mit den unterschiedlichsten Landschaftsbildern. Die Wasserwelten der Rheinauen, die sanften Hügel des Markgräflerlandes, kleine Städtchen mit schönen Altstadtkernen und Puppenstubenatmosphäre und Freiburg mit seiner Mischung aus lässiger Urbanität, Tourismus und studentischem Leben.

Das Wetter war anfangs noch etwas unbeständig. Doch die Temperaturen lagen rund vier bis fünf Grad über denen von Stuttgart. Auch hier regnete es in der ersten Woche immer wieder, aber das Klima war anders. Ein Schauer ging nieder, der Himmel riss wieder auf und ein strahlend blauer Himmel stand über den terrassierten Weinbergen und bewaldeten Berggipfeln. Es wurde zudem immer besser. Gegen Ende ihres Urlaubs hatten sie spätsommerliche Tage, an denen man ohne weiteres noch abends im Freien essen oder ein Glas Wein trinken konnte. Und die Zeit verflog.

2

Erst zu Beginn der zweiten Woche sprach Stoevesandt das Thema an: der Vorschlag des Präsidenten. Auch wenn er hier fast völlig abschalten konnte, so war ihm der doch immer wieder durch den Kopf gegangen. Und wieder hatte er sich dabei ertappt, dass er am liebsten nur geschwiegen hätte. Aus Angst vor Ines' Reaktion. Was, wenn er das Angebot annehmen wollte und sie darauf bestand, zurück nach Hamburg zu gehen, und das so schnell wie möglich?

Es war bei seinem letzten Mittagessen mit Kapodakis gewesen, in der Woche vor dem Urlaub, in der es drunter und drüber gegangen war. Sie waren wieder ins Philosophieren gekommen. Über Gut und Böse und die Schattenwelten. Schnell waren sie sich einig gewesen, dass es doch sehr unterschiedliche Qualitäten von menschlichen Schattenseiten gab. Die Niedertracht eines Mafiakillers stellte nun mal jeden anderen Charakterzug, den ein solcher Mensch haben mochte, in den Schatten, um im Bild zu bleiben. Schwieriger war es bei den Ambivalenzen eines Ewald Angelhoff oder eines Winfried Bechtel. Beide hatten durchaus Eigenschaften, die zu Anerkennung und Erfolg geführt hatten. Doch Eitelkeiten und Vorteilsnahmen, die ins Kraut geschossen waren, hatten den einen den Job und den anderen das Leben gekostet.

Stoevesandt, so hatte Kapo seinem Kollegen attestiert, hätte nur eine unangenehme Eigenschaft, nämlich unliebsame Vorgesetzte zu mobben, wohingegen er, Georg Kapodakis, der einzige Mensch ohne Fehl und Tadel sei. Ein echter Grieche eben, der nur zu viel aß und trank und zu laut schnarchte.

Stoevesandt hatte geschmunzelt. Er wusste es besser. Ein echter Grieche neigte auch zu Eigensinn und zu »sarkasmos«, den der griechische Redner Demosthenes erfunden und ausgiebig benutzt hatte. Und er selbst hatte eine Schattenseite, die noch viel schwerer wog als seine Neigung, den Vorgesetzten zu ärgern. Er bekam den Mund nicht auf. Auch wenn dringend ein klärendes Gespräch notwendig war. So wie auch jetzt wieder im Kaiserstuhl.

Wenn Ines las oder sich allein zu einem Einkaufsbummel aufmachte, hatte er die Muße, um über sich nachzudenken. Und er kam zu einem Schluss, der ihn nicht befriedigte und doch beruhigte. Der Wesenszug des Schweigens war tief in seinen Charakter verwoben. Man konnte ihn nicht einfach mit dem Verstand erfassen und nüchtern beschließen, eben anders zu sein. Zu sehr war die Angst vor der Konfrontation, vor enttäuschten und ablehnenden Reaktionen ein Teil seiner seelischen Eingeweide. Das dringende Bedürfnis zu schweigen würde immer da sein, bis an sein Lebensende.

Aber er hatte diesen Charakterzug nun einmal klar und deutlich wahrgenommen. Und er war sich bewusst geworden, welche Auswirkungen er auf seine Beziehungen, und vor allem auf seine Ehe haben konnte. Also musste er, wenn er die Eigenheit nicht gefühlsmäßig in den Griff bekam, mit dem Verstand dagegenarbeiten, sobald er merkte, dass etwas schieflief. Und im Moment hieß das, mit Ines zu reden, ganz gleich, was dabei herauskäme.

3

Sie saßen beim Abendessen in einem der typischen, lauschigen Innenhöfe eines Gasthauses. Da erzählte er von dem Gespräch mit dem Präsidenten.

»Und das sagst du mir erst jetzt?«, war ihre erste Reaktion.

Er hatte sofort wieder ein schlechtes Gewissen.

Dann aber schob sie nach: »Aber das ist doch eigentlich ein Triumph für dich. Was hat dein Präsident gesagt? Warum musste Bechtel gehen?«

Stoevesandt wiederholte die Erklärung des Präsidenten.

»Das ist doch appeldwatsch«, meinte sie entrüstet. »Man hat ihn geschasst, weil er offenbar Dienstgeheimnisse an Parteifreunde ausgeplaudert hat. Und da nimmt man ihn einfach aus der Schusslinie. So ist es doch. Oder?«

Stoevesandt nickte.

»Und was willst du machen?«, fragte sie. »Nimmst du an?«

»Das kommt auch auf dich an.«

»Warum auf mich? Was möchtest du denn?«

Stoevesandt faltete die Hände vor sich auf dem Tisch. Nach einer Bedenkzeit sagte er: »Ich möchte, dass wir zusammenbleiben, Ines. Dass wir beide zusammen alt werden können. Dass wir noch viele solche schönen, gemeinsamen Erlebnisse haben wie in den letzten Tagen. Das möchte ich vor allem anderen. Und deswegen kommt es auch auf dich an.«

Sie überlegte eine Weile. Dann sagte sie: »Und wenn ich jetzt alles mitmachen würde, was immer du auch entscheidest, was würdest du dann tun? Ich will einfach nur mal wissen, Gerd Stoevesandt, was ist dein ureigenes Interesse?«

»Es reizt mich den Job anzunehmen. Schon deshalb, weil es ein Triumph ist, wie du sagst.«

»Na, das ist doch endlich mal eine klare Aussage. Weißt du ...« Sie machte wieder eine Gedankenpause. »Ich habe ja schon ein bisschen Zeit zum Nachdenken gehabt, da oben im windigen Norden. Und ich sag dir jetzt einfach mal, was mir durch den Kopf gegangen ist.

Ich muss aufhören zu arbeiten. Zumindest in diesem Job. Der macht mich kaputt. Der Stress nimmt zu. Wir haben immer mehr Patienten und immer weniger Zeit für den einzelnen. Und diese Arbeitszeiten. Es wird nicht besser, es wird immer schlimmer. Ich werde Teilzeitarbeit beantragen. Und wenn sie da nicht mitmachen, dann kündige ich auf Mitte nächsten Jahres. Das sind finanzielle Einbußen, aber länger halte ich es einfach nicht aus. Sonst musst du mich auch noch in diese Burn-out-Klinik im Schwarzwald bringen.«

Die Bedienung kam vorbei, und sie bestellten noch ein gemeinsames Viertel Wein. Dann fuhr Ines fort:

»Aber das alles hat ja eigentlich gar nichts mit dir und unserem Wohnort zu tun. Mir ist irgendwie klar geworden, dass ich die Misere in der Klinik auch immer mit Stuttgart verbunden habe. Vielleicht auch, weil ich da eigentlich nie hinwollte. Aber das sind zwei Paar Stiefel.

Da oben, in Hamburg, da hab ich gemerkt, dass ich dort auch nicht mehr tohuus bin. Die Stadt hat sich verändert. Die HafenCity – das ist nicht mehr mein Ding. Aber auch die alten Wohnviertel sind nicht mehr wie früher. Und ich kenne kaum noch jemanden. Wir müssten auch in Hamburg ganz von vorne anfangen.«

Der Wein kam. Es wurde ihnen nachgeschenkt.

»Also kann ich auch erst mal in Stuttgart bleiben und auf Ruhestand machen. Dann sehe ich, was mich so erledigt, die Klinik oder die Stadt. Mach du ruhig deinen Job weiter die nächsten drei Jahre. Dann musst du dich ohnehin pensionieren lassen, und dann sehen wir weiter. Und – Gerd ...« Sie nahm ihr Glas hoch. »Ich will auch mit dir zusammenbleiben. Ich will auch mit dir alt werden. Und irgendwo auf dieser Welt finden wir ein Örtchen, wo es uns beiden gut geht. Und wenn es hier ist.« Sie stieß mit ihm an.

Freitag, 4. Oktober 2013

I

Er sah sie jetzt zum ersten Mal, wenn auch nur auf einem Bildschirm. Doch Stoevesandt war sofort klar, warum sie die ›Schöne Jule‹ genannt wurde. Das Leben auf der Straße und die Angst hatten sie gezeichnet. Doch trotz der vielen feinen Fältchen und des herben Zugs um Augen und Mund war sie immer noch schön. Das dunkle, glänzende Haar war leicht gewellt. Hier und da begann es zu ergrauen. Den dichten Schopf hatte sie im Nacken zusammengebunden. Das ebenmäßige Gesicht hatte klassische Proportionen. Die strahlend blauen Augen standen in einem faszinierenden Kontrast zu den dunklen langen Wimpern. Trotz des verhärmten Ausdrucks war ihr Mund weich und geschwungen.

Hanna Stankowski hatte in den letzten Tagen und Wochen Himmel und Erde in Bewegung gesetzt, um eine richterliche Vernehmung zu ermöglichen, bei der Juliane Walter sich frei, ohne Druck und Panik, äußern konnte. Das Arrangement, das sie gefunden hatte, war einigermaßen bizarr. In dem ummauerten Hinterhof eines kleinen Lebensmittelladens in Stuttgart-Büsnau hatte man die Gemüsekisten und Getränkekästen ein bisschen zur Seite geräumt. Dennoch prägten sie das Flair der Örtlichkeit. Auf einer Bank saß die schöne Jule, neben sich eine Verkäuferin aus dem kleinen Tante-Emma-Laden. Zum Glück war das Wetter wieder schön und spätsommerlich warm geworden.

Man hatte der Zeugin angeboten, ihr einen Beistand zur Seite zu stellen. Die Psychologin, bei der sie inzwischen in Behandlung war, hatte sie ebenso abgelehnt wie die Leiterin der »Zentralen Frauenberatung Stuttgart«, Frau Krause-

Kiesewetter. Sie wollte »die Elvira«, eine mollige Frau mit dunklen Locken und braunen Kulleraugen, die jetzt neben ihr saß und ihre Hand hielt. Immer wieder hatte Juliane Walter gesagt, die habe ihr das Leben gerettet. Was sie damit meinte, blieb unklar, aber die Verkäuferin mit dem freundlichen Blick hatte offenbar eine beruhigende Wirkung auf die obdachlose Frau.

Vor den beiden war ein Biertisch aufgebaut. Darauf standen verschiedene Tonaufnahmegeräte. Hinter dem Biertisch hatten auf Plastikgartensesseln vier Amtsträger Platz genommen: Hauptkommissarin Hanna Stankowski, die die Vernehmung führen sollte, Staatsanwalt Friedebald Frenzel, ein deutscher Richter und ein italienischer Richter. Hinter diesen standen zwei Kameras, die auf die beiden Frauen auf dem Bänkchen gerichtet waren.

Die Bilder dieser Kameras waren es, die Stoevesandt nun sah. Gemeinsam mit Andreas Bialas, Georg Kapodakis, den beiden italienischen Ermittlern der Anti-Mafia-Einheit und zwei Polizeitechnikern saß er in einem Übertragungswagen, in dem die Vernehmung aufgezeichnet wurde.

Die Befragung begann. Frenzel erledigte zunächst die notwendigen Formalitäten. Dann fragte Hanna Stankowski behutsam nach den Ereignissen am 22. Juli, dem Tag, an dem Ewald Angelhoff ermordet worden war.

Juliane Walter schilderte in klaren, einfachen Worten noch einmal, wie sie da unter der Brücke gesessen hatte, wie die zwei Schüsse fielen, mit zeitlicher Verzögerung, und wie der Mann mit den weißen, blutbespritzten Schuhen an den Fluss getreten war. Der italienische Richter, der gutes Deutsch sprach, wollte eine Ortsbegehung. Man einigte sich darauf, nach der Vernehmung den Tatort und die Umgebung zu besichtigen.

Dann fragte Hanna Stankowski, ob Juliane Walter den Mann beschreiben könne, der sich kurz nach den Schüssen in der Nähe von Angelhoffs Wagen aufgehalten hatte.

»Der hat lange Beine gehabt«, erzählte die schöne Jule. »Ich habe ja nur seine untere Hälfte gesehen. Aber der war dünn, das hab ich gesehen. Und der hatte einen Gürtel mit einer ganz dicken Schnalle dran.«

»Haben Sie irgendetwas an dem Mann gesehen, was Ihnen ungewöhnlich vorkam?«, fragte die Kommissarin.

Sie nickte: »Er hat weiße Turnschuhe angehabt. Und da waren dunkle Spritzer drauf. Ich glaube, das war Blut. An der Hand, das war auf jeden Fall Blut. Die war ganz verschmiert, die Hand. Und auch die Mappe – die hat er ja auch in der Hand gehabt, in der verschmierten – da waren auch Blutspritzer drauf.«

Stoevesandt fragte sich, ob der Frau bewusst war, dass sie auf absehbare Zeit nicht mehr auf der Straße leben konnte. Der Killer, den sie vor drei Wochen festgesetzt hatten, war nicht der einzige, der den Job erledigen konnte. Wo man sie jetzt untergebracht hatte, wurde streng geheim gehalten. Doch draußen konnte sie niemand schützen. Ihre einzige Chance war eine Therapie, die ihr ermöglichte, sich wieder in geschlossenen Räumen aufzuhalten. Vielleicht ermöglichte dies ja sogar einen Neuanfang, mit neuem Namen und neuer Identität in einer fremden Stadt.

Ob sie eine Waffe gesehen habe, wollte der italienische Richter wissen.

»Nein, der hat keine Waffe in der Hand gehabt. Nur diese Mappe.«

»Aber seine Hände haben Sie gesehen?«, fragte Hanna Stankowski. »Beide Hände?«

Sie nickte.

»Ist Ihnen da noch etwas aufgefallen?«

»Die eine Hand, die rechte – da waren so Tätowierungen drauf.«

»Können Sie die beschreiben?«

Die beiden italienischen Mafia-Jäger im Übertragungswagen, die extra noch mal angereist waren, wirkten nun höchst angespannt. Der jüngere, der wieder mal einen dunklen Fünf-Tage-Bart hatte, hielt es fast nicht mehr auf seinem Sitz aus. Der ältere, deutsch sprechende, wäre am liebsten in den Bildschirm gekrochen.

»Also, da an dieser Haut zwischen dem Daumen und der Hand, da war so ein kleiner Stern drauf. Und weiter oben ...«

Plötzlich riss die schöne Jule Mund und Augen auf. Sie blickte über die Beamten hinweg und sah aus, als ob sie ein Gespenst gesehen hätte.

»Ein Drache«, sagte sie dann. »Es war ein Drache.«

»Porca miseria«, entfuhr es dem älteren der beiden Italiener. »Un drago.«

Auch der jüngere fluchte nun auf Italienisch, dass es nur so rasselte.

»Haltet mal die Klappe!«, herrschte Kapodakis sie nun an. Die schöne Jule hatte erneut zu sprechen begonnen. Ihr Blick war wieder auf die Kommissarin vor ihr gerichtet.

»Nicht der da am Fluss. Den mein ich nicht. Der Mann im Aufzug. Der hatte einen Drachen. Am Unterarm. Aber der da im Sommer, der mit den weißen Turnschuhen und dem Blut an der Hand, der hatte eine Schlange. Die war so um einen Dolch rumgewickelt. Auch am Unterarm.«

»L' abbiamo«, sagte der ältere Italiener und schlug sich auf die Schenkel. Auch der jüngere vollführte Freudensprünge.

»Auf dat Frau, da musset ihr jetzt aktgebben«, meinte der Mafia-Jäger dann sehr ernst.

Georg Kapodakis und Andreas Bialas nickten.

Freitag, 25. Oktober 2013

I

Kapo hatte das Ganze organisiert. Sie trafen sich bei seinem Lieblings-Griechen in der Cannstatter Altstadt. Yannis hatte ein Nebenzimmer für sie reserviert, in dem sie nun zu neunt saßen. Kapodakis hatte zwei seiner Leute aus der Abteilung »Organisierte Kriminalität« mitgebracht. Die Sonderkommission Glemswald war mit Andreas Bialas, Hanna Stankowski und Luca Mazzaro vertreten. Aus der Ermittlergruppe »Liste« bei der Abteilung für Wirtschaftskriminalität am LKA waren neben Stoevesandt auch Nicole Marinescu und Rudolf Kuhnert anwesend.

Sie bestellten zunächst einmal und redeten über dies und jenes. Als alle Essen und Getränke vor sich hatten, schloss der Kellner diskret die Tür zum Hauptraum. Und als alle den Mund voll hatten, einschließlich Kapo selbst, begann der während des Kauens zu reden.

»Also, zum Spaß sind wir nicht hier. Das ist ja wohl klar.«

Er legte seine Gabel weg und schluckte, um flüssiger sprechen zu können. »Ihr werdet in den nächsten Tagen Berichte bekommen. Von uns, von den Belgiern und von den Italienern. Und die sind nun mal, wie sie sind. Vor allem die belgischen Kollegen ... Die legen die Karten nicht offen auf den Tisch. Aus dem, was da kommt, werdet ihr euch kein Bild machen können. Die wichtigsten Infos haben wir nur mündlich bekommen. Und bei den Italienern weiß man auch nie, ob die nicht mehr wissen, als sie uns sagen. Na ja, und in unseren Berichten stehen ja auch nur die Fakten, die wir gerichtsverwertbar belegen können. So, und dann haben wir drei Berichte, jeder aus einer andern Sicht, und niemand macht sich die Mühe, mal eins und eins zusammenzuzählen.«

Er nahm wieder einen Bissen und sprach weiter: »Denn während das organisierte Verbrechen mittlerweile so aufgestellt ist wie ein international operierender Konzern, dürfen die Europol-Kollegen immer noch nur Daten sammeln und analysieren, und bei Interpol dauert die Beantwortung von Anfragen so lange, dass man meint, die arbeiten noch mit Postkutschen. Der Fall Angelhoff hat uns aber jetzt doch ein paar interessante Zusammenhänge geliefert.«

Er wandte sich an einen seiner beiden Mitarbeiter und bat ihn, zu erzählen, was er aus Belgien erfahren hatte. Der Mann hatte eine tiefe, brummige Stimme und sprach nahezu emotionsfrei:

»Also es ist so: Sechzig Prozent des Kokains, das in den letzten zehn Jahren beschlagnahmt worden ist, kommt übers Meer und landet in europäischen Häfen. Früher war Rotterdam die Nummer Eins. Die Routen nach Rotterdam wurden deshalb immer strenger kontrolliert. Was zur Folge hatte, dass die Drogenhändler das Zeug umgeleitet haben. Und zwar, was die Häfen an der Nordsee angeht, vor allem nach Antwerpen.

Die Belgier haben entsprechend reagiert. Und sie haben auch die Drahtzieher ins Auge gefasst. Sind allesamt Kalabresen. Man hat bestimmte Leute observiert und abgehört. Und hat dadurch ein paar dicke Treffer gelandet. Letztes Jahr im August: zwei Tonnen Kokain, eingenäht in Jutesäcke mit Kakaosamen. Kurz danach wieder ein Import. Im Oktober in einem Bananen-Container. Siebentausend Kokain-Pakete, jedes mit mehr als einem Kilo Gewicht. Der größte Kokainfund in der Geschichte Belgiens.

Nur sind plötzlich Anfang dieses Jahres die vier Hauptakteure der Kokain-Mafia von jetzt auf nachher von der Bildfläche verschwunden. So, und damit waren die Informationsquellen futsch.«

Kapodakis hatte unterdessen genüsslich weitergegessen. »Und nun«, sagte er mit halbvollem Mund, »kommen die Italiener ins Spiel. Erzähl mal, Gerhard«, forderte er den zweiten seiner Leute auf.

Gerhard war ein behäbiger Mann mit Bauch und Glatze, dem es offenbar Freude bereitete, ein bisschen Spannung in die Geschichte zu bringen.

»Vier Mafiosi, die in Belgien maßgeblich für den Empfang und die Verteilung des Koks zuständig sind, das aus Kolumbien und Ecuador kommt, die fahren nach Italien und kommen nie wieder zurück. Darunter der Santista der Società in Belgien und Holland, also der oberste Capo. Sie fahren nach Kalabrien und waren nie wieder gesehen.

Die Ermittler der Anti-Mafia-Einheit in Rom haben dafür nur eine Erklärung. Die verrotten in irgendeinem Abflussrohr oder in einem Betonfundament. Und warum? Weil ein Boss aus Cirò seine Chance gewittert hat. Die Italiener glauben, dass zwischen zwei recht einflussreichen Clans aus Cirò und aus Platì ein Kampf um gewisse Pfründe ausgebrochen ist. Platì war bisher zuständig für Belgien und Antwerpen. Aber die Statthalter dort haben ja in Belgien klar versagt. Die Verluste durch die Erfolge der Drogenfahnder in Belgien, die haben ganz schön wehgetan. Also hat der Clan aus Cirò die Schwäche der Leute aus Platì genutzt. Vielleicht haben sie sogar die Entsorgung der Versager übernommen. Die Italiener meinen, dass das wahrscheinlich auch vom Capo di tutti capi, also dem Bezirksoberboss der 'Ndrangheta, abgesegnet worden sein muss. Auf jeden Fall hat der Clan aus Cirò einen nach Brüssel geschickt, einen neuen Capo, der die Geschäfte dort jetzt führt.«

»Und den hat Angelhoff gesehen«, sagte Nicole Marinescu und hatte vor Aufregung rote Wangen.

Der OK-Ermittler mit der tiefen, monotonen Stimme, der für die belgischen Puzzleteile zuständig war, nickte ihr zu. »Es gibt nach Erkenntnissen der belgischen Polizei in Brüssel drei Restaurants, die eindeutig von der Mafia betrieben werden. Das ›Da Paolo‹ gehört dazu. Dort treffen sich auch die Capos gern mit ihren ›Familien‹.«

»Das Froschgesicht. Angelhoff wusste also, wie der neue Capo aussieht«, meinte Luca Mazzaro dramatisch.

Kapodakis nickte. »Er hätte den neuen Mann identifizieren können. Zumindest als Einziger, der dazu vielleicht bereit gewesen wäre. Die Belgier haben übrigens Andeutungen gemacht, dass ihnen schon die Bezeichnung ›Froschgesicht‹ die Arbeit erleichtert. Sie haben da wohl einen im Visier.«

»Das heißt ...«, meinte nun Andreas Bialas, zog sein Taschentuch hervor und rieb die Nase, bevor er nachdenklich weitersprach: »Das heißt, jemand muss der Mafia gesteckt haben, dass Angelhoff den Boss verpfeifen könnte.«

»Und das kann nur Montabon gewesen sein«, führte Hanna Stankowski den Gedanken fort.

»Der hat Angst um seinen Job und dass er sich seinen Schnee nicht mehr leisten kann«, machte Mazzaro weiter, »wenn Angelhoff nicht mehr mitmacht und nicht mehr die Interessen der NBAF durchpaukt. Montabon versucht Angelhoff mit der Liste zu erpressen. Der schießt zurück, und Montabon liefert ihn ans Messer der Mafiosi.«

»Ähm, was zu beweisen wäre«, meinte Rudolf Kuhnert trocken und legte damit den Finger in die Wunde ihrer Ermittlungen.

»Wie auch immer«, meinte Kapodakis. »Auf jeden Fall hat euer Ewald Angelhoff, ohne es zu wissen, ganz tief in die Scheiße gegriffen. So, und jetzt zu etwas anderem ...« Er hob sein Bierglas. »Jetzt trinken wir erst mal darauf, dass ich einen neuen Chef habe. Und zwar endlich mal einen, der wirklich was von Polizeiarbeit versteht.«

Stoevesandt schaute auf und erhob sein Glas. Er sah in die fragenden Augen der Kollegen vom Stuttgarter Polizeipräsidium.

»Da Herr Dr. Bechtel dringend im Innenministerium gebraucht wird, werde ich die Inspektionsleitung übernehmen. Also ... Alle Getränke gehen auf mich.«

Worauf Mazzaro aufstand und den Kellner rief: »Wir brauchen Ouzo und Metaxa. Und für mich einen Ramazzotti.«

Anfang November 2013

I

FELICITAS

Sie saß jetzt zum fünften Mal mit diesen Leuten zusammen. Normalerweise hätte sie sich nie mit ihnen abgegeben. Der ältere Herr war ganz nett. Er hatte Manieren und war gebildet. Doch seiner Kleidung sah man an, dass er es nicht weit gebracht hatte. Er hatte vor kurzem seine Frau an den Krebs verloren, was ihn völlig aus der Bahn geworfen hatte, weil er immer davon ausgegangen war, dass er vor ihr gehen würde, und nun mit dem Alleinsein nur schwer zurechtkam. Da war diese Verkäuferin, ein schlichtes Gemüt mit unförmiger Figur und unvorteilhafter Bekleidung. Ihr Mann war einfach zusammengebrochen und nicht mehr zu sich gekommen – ein Hinterwandinfarkt. Eine jüngere Frau, die dazu neigte, durch Quasseln den Schmerz und die Schuldgefühle zu verdrängen, hatte eines ihrer drei Kinder bei einem Badeunfall verloren. Ein etwas ungehobelter Handwerker, dem es gar nicht gegeben war, sich in Worten auszudrücken, war nach dem Krebstod seiner Frau mit zwei kleinen Kindern allein geblieben. Auch die anderen im Kreise hatten alle einen engen Angehörigen verloren und versuchten, damit irgendwie klarzukommen.

Sie wusste selbst nicht so recht, warum sie jedes Mal wieder kam. Nachdem die Polizei ihr beigebracht hatte, wie Ewald tatsächlich umgekommen war, war sie in ein tiefes Loch gefallen. Sie hatte tagelang nichts gegessen. Der Arzt hatte ihr einen Psychiater empfohlen, der auf die Betreuung von

Trauernden spezialisiert war. Der hatte ihr erst mal durch Gespräche und leichte Medikamente übers Schlimmste hinweggeholfen und sie dann zu diesem Selbsthilfekreis eingeladen, den er leitete.

Das Gute war, dass man nichts sagen musste, wenn man nicht wollte. Die Polizei hatte ihr ohnehin geraten, möglichst mit niemandem über die wahre Todesursache zu sprechen. Nur der Psychiater wusste Bescheid. Dreimal war sie jetzt hier gesessen und hatte nur zugehört. Seltsamerweise hatte es etwas Tröstliches, wenn die anderen von ihren Schicksalsschlägen erzählten. Sogar die Arbeit des Seelenarztes mit den anderen war keine Belastung, wie sie so sehr gefürchtet hatte. Wenn er die junge Frau dazu ermunterte, das Experiment zu wagen und nicht mehr zu reden, nur noch zu fühlen und ihm zu sagen, was dann hochkam, wenn die sich dann in Tränen auflöste und danach doch sagte, es habe unendlich gut getan, dem Schmerz einfach seinen Lauf zu lassen, dann heilte das auch ihre Seele ein bisschen.

Beim letzten Mal hatte sie dann zögerlich und unbeholfen von ihrem Verlust erzählt. Sie musste gar nicht darauf eingehen, was genau passiert war. Einen Nachnamen musste man hier auch nicht nennen. Der spielte keine Rolle. Es ging einfach nur um die Gefühle. Und es passierte etwas, das sie nie für möglich gehalten hatte. Sie fühlte sich zum ersten Mal seit Ewalds Tod verstanden. Von all diesen Leuten, mit denen sie nichts gemein hatte. Die sie im normalen Leben kaum beachtet hätte. Und sie begriff, dass es etwas gab, das nichts mit Status und Besitz zu tun hatte, sondern nur einfach damit, dass man ein Mensch war.

Langsam und in kleinen Schritten fand sie wieder ins Leben zurück. Sie war wieder imstande zu überlegen, was aus der Villa werden sollte. Sie beschloss, sich erst einmal eine hübsche Eigentumswohnung zu suchen und dann einfach abzuwarten. Sie konnte das Haus, das ihr so unheimlich geworden war, dann immer noch verkaufen oder vermieten oder einfach leerstehen lassen.

Ihr wurde bewusst, dass sie eine Aufgabe brauchte. Die Organisation zur Musikförderung von Kindern hatte bei ihr angerufen und sie gebeten, sich wieder zu engagieren. Irgendwann würde sie die Kraft dazu haben und vielleicht sogar noch mehr. Den Mut, sich mit der Frau zu treffen, mit der Ewald vor Jahren eine Affäre gehabt hatte, und seinen Sohn kennenzulernen, den hatte sie nicht. Aber sie hatte verstanden, wie wichtig dieser Junge für Ewald gewesen war und wie sehr seine Krankheit ihn beeinflusst hatte. Vielleicht würde sie eines Tages eine der Selbsthilfegruppen unterstützen, die allergiekranken Kindern und ihren Familien halfen. Ewald wäre so stolz auf sie – wenn er es doch von irgendwo dort oben würde sehen können!

Sie ging ab und an sogar wieder zu den Kaffeekränzchen ihrer Freundinnen. Wobei sie den Kontakt zu Barbara mied, die ihr jetzt so kalt und egozentrisch vorkam. Und sie kam Renate näher, zu der sie früher kaum einen Draht gehabt hatte. Die hatte stoisch immer wieder mal angerufen, um Kontakt zu halten und sie zu den Kaffeerunden einzuladen.

Sie sah die Menschen anders als früher. Sie hatte das Gefühl, dass sie plötzlich die Fähigkeit besaß, unter die Oberfläche zu schauen – bei anderen ebenso wie bei sich selbst.

Ende November 2013

I

Die Pressekonferenz schlug ein wie eine Bombe. Die Öffentlichkeit hatte den Fall Angelhoff längst unter der Rubrik »tragische Fälle von Burn-out, Depression und Suizid« zu den Akten gelegt. Da erfuhr sie nun, dass der EU-Abgeordnete Ewald Angelhoff in einem Stuttgarter Waldgebiet von einem Mafia-Killer ermordet worden war. Es war ein gefundenes Fressen für die Medien und für jede Art von Spekulation.

Auf Sizilien hatte die Polizei Gerlando Rizzuto festgenommen. Dem deutschen Auslieferungsersuchen würde man nachkommen. Unter der Hand hatte Kapodakis Stoevesandt erzählt, die Italiener würden ausrasten, wenn der Mann durch die laschen deutschen Gesetze schnell wieder frei käme. Sie selbst waren jedoch auch nicht in der Lage gewesen, den zweiten Killer, den Messerstecher, festzusetzen. Bei italienischen Fällen reichten die Beweise gegen ihn nicht aus. Und dass er in einem deutschen Wald spazieren ging und ein Messer zur Selbstverteidigung bei sich hatte, konnte man ihm nirgends zum Vorwurf machen.

Natürlich gaben Polizei und Staatsanwaltschaft bei solchen Pressekonferenzen nur gesicherte Tatsachen preis. Und nur so viel, dass die Beweisführung beim Prozess nicht gefährdet war. Dass es eine Kronzeugin gab, ging niemanden etwas an. Ihre Existenz wurde geheimgehalten. Und wo Juliane Walter sich befand, das wusste so gut wie keiner, und Stoevesandt wollte es auch nicht wissen.

Natürlich wurde von Journalisten nach den Motiven für den Mord gefragt. Die Antworten blieben äußerst unbefriedigend. Friedebald Frenzel, Andreas Bialas, Gerd Stoevesandt und Georg Kapodakis hatten lange beraten, was man nach außen geben konnte. Die Tatsache, dass Angelhoff ein wichtiges Gesicht der 'Ndrangheta hätte identifizieren können, durften sie nicht einmal andeuten, um nicht die Ermittlungen der Drogenfahnder in Belgien zu gefährden.

Dass Dr. Fabian Montabon zu der Tat angestiftet hatte, konnte nicht bewiesen werden. Er würde in Belgien wegen des Besitzes von Kokain angeklagt werden, das man in seiner Wohnung gefunden hatte. Und er verlor seine beiden Jobs. Auch sein Zahnarzt konnte belangt werden. Durch die Aussagen einiger seiner Kunden konnte bewiesen werden, dass der sich in großem Stile als Nobeldealer für die Schönen und Reichen und Wichtigen in Brüssel betätigt hatte. Doch beide – Montabon und sein Zahnarzt – schwiegen eisern, was ihre Beziehungen zu gewissen italienischen Kreisen betraf, und dies wohl aus gutem Grunde. Montabons Rechtsanwalt hatte sich, nachdem er sich erst einmal in den Fall eingefuchst hatte, als äußerst hartnäckig erwiesen. Sie konnten dem Sachverständigen nichts anhaben, und dass er zweimal ein Gehalt kassiert hatte und sich quasi undercover für die NBAF betätigt hatte, war kein Straftatbestand.

Auch Dr. Guido Gapka hatte man noch mehrere Male verhört. Der war kooperativer geworden. Aber natürlich wies er jede Mitschuld von sich. Glaubte man ihm, so hatte er sogar Schlimmeres verhindert – was immer er darunter verstand. Er gab zu, von der Kokainsucht Montabons gewusst zu haben. Er habe das problematische Gebaren des Sachverständigen beobachtet und schließlich ja sogar das Unternehmen informiert. Montabon habe einerseits immer aggressiver Einfluss auf die Arbeit des Kommissionsausschusses genommen, dem er angehörte. Andererseits habe er geradezu neurotisch Angst gehabt, dass seine Doppelrolle als KIT-Experte und NBAF-Angestellter aufflog. Gapka hatte, wie in einer langen Vernehmung nach und nach herauskam, durchaus gewusst, dass Montabon zu drastischen Mitteln greifen wollte, um Ewald Angelhoff wieder gefügig zu machen. Montabon sei es gewesen, der unter allen Umständen verhindern wollte, dass die »Liste« ans Licht der Öffentlichkeit kam. Auf mehrmalige Nachfrage gab er halbherzig zu, dass natürlich auch für ihn, seinen Verband und die NBAF das Dokument eine gewisse Sprengkraft hätte. Aber deswegen kriminell zu werden – niemals! Und dass Montabon so weit gehen würde – unfassbar!

In späteren Vernehmungen widerrief Gapka die Hälfte seiner Aussagen. An die andere Hälfte konnte er sich nicht mehr erinnern. Eine Beteiligung an den Erpressungsversuchen, an dem Einbruchsauftrag oder gar dem Mordauftrag wies er weit von sich, und man konnte auch ihm nichts beweisen. Recht bald war ein anderer der Leiter des Brüsseler Büros des Verbandes der Deutschen Chemie-Industrie, und Gapka war von nun an nur noch unter seiner Mannheimer Adresse zu erreichen.

Die »Liste« erwies sich als äußerst schwieriges Ermittlungsterrain. Wie Stoevesandt befürchtet hatte, konnte man den Abgeordneten, die darauf standen, in keinem Falle eindeutig eine Vorteilnahme im Zusammenhang mit Entscheidungen des EU-Parlaments nachweisen. Auch das Führen einer solchen Liste und die Notizen darüber, ob einzelne Personen dem Verband mehr oder weniger gut gesinnt waren, konnte nicht geahndet werden. Gapka hatte dazu nur lapidar gemeint, dass das bei allen Interessengruppen so üblich sei und man sich vor wichtigen Abstimmungen immer ein Bild über die Kräfteverhältnisse mache. Selbst bei den Fällen, bei denen ganz offensichtlich eine Bestechung erwogen worden war, mussten die Ermittler klein beigeben. Ob ein Geschenk oder eine andere Wohltat angenommen worden war, konnten sie nicht nachweisen – was insbesondere Nicole Marinescu sehr erzürnte.

Ein paar Tage nach der Pressekonferenz erschien in einem großen Nachrichtenmagazin der lange Artikel eines Volker Petersen. Was gerichtlich nicht belangt werden konnte, schlug in der Öffentlichkeit hohe Wellen. Einige der EU-Abgeordneten auf der »Liste«, die nach wie vor dem Parlament angehörten, kamen in Erklärungsnot. Zumal im September eine ganz ähnliche Aufstellung der Tabaklobby durch die französische Tageszeitung »Le Parisien« publik geworden war. Auch hier waren für einige Europaabgeordnete Vermerke gemacht worden, ob sie »empfänglich« waren oder eine »dringende Intervention« nötig wäre. Das Ganze stand im Zusammenhang mit einer Abstimmung des Parlamentes der Europäischen Union, bei der die Tabakrichtlinien verschärft werden sollten.

Ausgiebig wurde von Petersen die Rolle von »nationalen Sachverständigen« beleuchtet, natürlich anhand des Beispiels eines Dr. Fabian Montabon im Rahmen der europäischen Chemiegesetzgebung. Ein Schrei der Entrüstung ging durch die lobby-kritischen Umwelt- und Verbraucherverbände. Im Europa-Parlament befeuerte es wieder die Diskussionen, weil selbst dort niemand so genau wusste, wer eigentlich in den Sachverständigenräten der EU-Kommission sitzt. Die Gemüter waren ohnehin durch eine Studie erhitzt, die zeigte, dass eine Expertengruppe zur Bekämpfung der Steuerhinterziehung zu achtzig Prozent aus Vertretern von Wirtschaftsprüfungsunternehmen und Arbeitgeberverbänden bestand, währen Klein- und Mittelunternehmen gerade mal drei Prozent und die Gewerkschaften ein Prozent der Experten stellte. Von eher linken Abgeordneten wurde eine verpflichtende Registrierung von Lobbyisten im gemeinsamen Transparenzregister des EU-Parlaments und der Kommission verlangt, was auch Sachverständige, die Mitglieder in Expertengruppen sind, dazu zwingen würde, ihre Auftraggeber offenzulegen.

Und auch die Initiative von Ewald Angelhoff, strenger mit hormonell wirksamen Umweltsubstanzen umzugehen, wurde in dem Artikel gewürdigt. Die Erklärungsversuche für den Mord an Angelhoff blieben allerdings auch hier dünn.

So diskutierte man in Brüssel und der großen Politik hauptsächlich über den Einfluss von Lobbyisten und wie dieser transparent gemacht werden könnte. In Stuttgart und Umgebung dagegen zerbrach man sich den Kopf, warum die Mafia es auf einen EU-Abgeordneten abgesehen hatte oder ob der vielleicht Opfer einer Verwechslung geworden war.

Ein weiterer Artikel wurde veröffentlicht, der sich wie eine Art Vermächtnis des Ewald Angelhoff las.

Einige Wochen später erschien in der wissenschaftlichen Fachzeitschrift »Science« die Studie von Dr. Hubert Mayer-Mendel mit dem Titel »Computational toxicology and non-test methods for screening substances for endocrine activity«.

In der Fachwelt, bei der Europäischen Behörde für Lebensmittelsicherheit und der Europäischen Chemikalienagentur stieß die Veröffentlichung auf großes Interesse. Auch Umwelt- und Verbraucherschutzverbänden gab er Auftrieb. Die Forderung nach strengen Tests und Regeln für Chemikalien, die schädlich für Umwelt und Menschen sein könnten, wurde erneut laut. Derweil drückte sich die EU-Kommission um eine Entscheidung und ließ erst einmal Expertengruppen aus Wissenschaft und Wirtschaft diskutieren, wie schädlich hormonell wirksame Substanzen in Plastikartikeln, Lebensmittelverpackungen und Kosmetika denn nun wirklich seien.

Stuttgart

In Ihrer Buchhandlung

Reinhold Erz
Maskenball
Ein Baden-Württemberg-Krimi

Ein Kripobeamter, ganz privat, auf einem »Erotischen Maskenball« im Stuttgarter Swingerclub – warum nicht? Als Zorro verkleidet, erkennt ihn ja keiner, denkt Kommissar Martin Schwertfeger. Doch dann findet ausgerechnet er im SM-Studio eine vakuumverpackte Leiche, und seine kleine Flucht aus dem Alltag wird zum Albtraum. Zur gleichen Zeit gerät das Leben der ehrgeizigen Journalistin Sara Blohm aus den Fugen. Ihre Recherchen führen sie auf die Spur eines kriminellen Netzwerks aus Wirtschaft und Politik, und schon bald sieht sie Verbindungen zum Maskenball-Mord. Was als heiße Story für die Titelseite der Stuttgarter Rundschau gedacht war, bringt sie unversehens in höchste Gefahr …

208 Seiten.
ISBN 978-3-8425-1219-1

Silberburg-Verlag

www.silberburg.de

Stuttgart

In Ihrer Buchhandlung

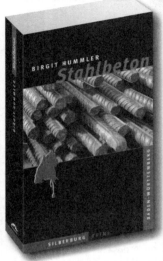

Birgit Hummler

Stahlbeton

Ein Baden-Württemberg-Krimi

Hauptkommissar Andreas Bialas steht vor einem Rätsel: Am Feuerbacher Tunnel in Stuttgart wurde ein Toter gefunden. Doch wer ist er? Und wer ist der anonyme Anrufer, der die Polizei auf den Leichnam hingewiesen hat? Nur eines ist sicher: Der Tote starb an Tuberkulose.

Einen Monat später finden Bauarbeiter auf der Großbaustelle der Fildermesse die Leiche eines Mannes zwischen den Schalbrettern für eine Stützmauer. Schnell wird klar, dass es sich bei dem Toten, der für immer unter Beton verschwinden sollte, um den anonymen Anrufer im Feuerbacher Fall handelt. Die Ermittlungen führen Bialas und sein Team in die Welt der Bauwirtschaft ...

464 Seiten.
ISBN 978-3-87407-988-4

Silberburg-Verlag

www.silberburg.de

Stuttgart

In Ihrer Buchhandlung

Birgit Hummler

Crashkurs

Ein Baden-Württemberg-Krimi

Hanna Stankowski ist nicht begeistert, als sie die Aufklärung eines Unfalls übernehmen muss. Schnell stellt sich heraus, dass der Autounfall, der den Tod eines jungen Finanz- und Anlageberaters zur Folge hatte, durch eine angesägte Spurstange verursacht wurde und dass der Tote nie zimperlich mit seinen Mitarbeitern umgegangen ist. Ein Verdächtiger aus diesem Kreis wird schnell gefunden und festgenommen. Trotzdem passieren weitere Unfälle nach demselben Muster. Das Ermittlungsteam findet nur eine Verbindung zwischen den Opfern: Alle sind in der Finanzbranche tätig, verkaufen Geldanlagen und bewilligen Kredite …

560 Seiten.
ISBN 978-3-8425-1244-3

www.silberburg.de

Stuttgart

In Ihrer Buchhandlung

Sigrid Ramge

Lemberger Leiche

Ein Baden-Württemberg-Krimi

Deutschland ist im Fußballfieber, auf dem Feuerbacher Lemberg ist Weinblütenfest. Und während alle ehrlichen Bürger fröhlich feiern, wird in der Altstadt eine Bank ausgeraubt. Schnell richtet sich der Verdacht auf den Metzgerlehrling Fabian Knorr, der nach einer durchzechten Nacht verkatert und mit einem Teil der Beute auf dem Alten Friedhof aufgegriffen wird. Ein paar Tage später wird unterhalb des Lembergs eine Leiche im denkmalgeschützten Kotzenloch gefunden. Als der Tote identifiziert ist, ahnt die Kommissarin Irma Eichhorn Zusammenhänge zwischen dem Bankraub und der Leiche am Lemberg. Die Spur führt bis nach Mallorca …

288 Seiten.
ISBN 978-3-8425-1217-7

www.silberburg.de

Stuttgart

In Ihrer Buchhandlung

Sigrid Ramge

Das Riesling-Ritual

Ein Baden-Württemberg-Krimi

Der charmante Taschendieb Luigi Baresi wacht nach einer Diebestour auf dem Stuttgarter Sommerfest neben einer Leiche auf. Eine klare Sache, so scheint es zunächst. Aber je tiefer das Team der Stuttgarter Kripo um Hauptkommissar Schmoll bohrt, desto rätselhafter wird alles. Nachdem schließlich ein Geständiger verhaftet worden ist, scheint der Fall gelöst. Doch da kommt ein weiterer Mann auf mysteriöse Weise ums Leben. Einzig Kommissarin Irma Eichhorn vermutet einen Zusammenhang zwischen den Fällen und ermittelt auf eigene Faust. Die Nachforschungen führen sie bis nach Sizilien.

256 Seiten.
ISBN 978-3-8425-1318-1

www.silberburg.de

Göppingen

In Ihrer Buchhandlung

Sibylle Luise Binder

Rosstäuscher

Ein Baden-Württemberg-Krimi

Eigentlich hätte die Göppinger Amtsveterinärin Friederike Abele, genannt »Fritz«, mit Kontrollen auf Hühnerhöfen und mit übereifrigen Tierschützern genug zu tun. Doch dann wird sie Zeugin, wie im Gestüt Birkenhof ein Pferdewirt umkommt. Wenig später stirbt in einem norddeutschen Zuchtbetrieb auf ungeklärte Weise ein Besamungstechniker. Beide Männer haben für den Pferdeauktionator und Züchter Hugo Sierksdorf gearbeitet, den Friederike noch aus ihrer Ausbildungszeit kennt. Die junge Tierärztin glaubt nicht an Zufälle und beginnt, auf eigene Faust Nachforschungen anzustellen. Was sie herausfindet, kann sie zuerst nicht glauben, bis sie selbst ins Visier der Drahtzieher gerät …

236 Seiten.
ISBN 978-3-8425-1396-9

Silberburg-Verlag

www.silberburg.de

Tübingen

In Ihrer Buchhandlung

Sybille Baecker
Mordsangst
Ein Baden-Württemberg-Krimi

Kfz-Meister Felix Stolze wird abends schwer verletzt in seiner Autowerkstatt in einem Dorf bei Tübingen aufgefunden. Als die Ehefrau des Mannes benachrichtigt wird, stellt sich heraus, dass der fünfjährige Sohn Niko beim Vater war. Doch von ihm fehlt jede Spur. Polizei, Feuerwehr und das halbe Dorf suchen Tag und Nacht, doch Niko bleibt verschwunden. Was ist tatsächlich in der Werkstatt geschehen? Der Fund eines Kinderschuhs bei einem Steinbruch lässt das Schlimmste befürchten. Bleibt Brander und seinen Kollegen genug Zeit, das Kind zu retten, oder ist es bereits zu spät?

320 Seiten.
ISBN 978-3-8425-1458-4

Silberburg-Verlag

www.silberburg.de

Ludwigsburg

In Ihrer Buchhandlung

Jürgen Seibold
Brutal vergeigt
Ein Baden-Württemberg-Krimi

Weil kurzfristig eine Band ausfällt, packt Bestatter Gottfried Froelich sein Keyboard in den Leichenwagen und fährt nach Ludwigsburg ins Blühende Barock, um die Lücke im Programm des dortigen Straßenmusikfestivals zu füllen. Doch als er erfährt, warum die Band nicht auftreten konnte, wird sein Spürsinn geweckt: Deren Gitarrist und Sänger Mick Jäger starb nach einem Stromschlag, den ihm sein Mikrofon verpasst hatte. Unfall oder Mord?

Ein Fall für die Kripo Ludwigsburg – und für den neugierigen und immer hungrigen Bestatter Froelich.

208 Seiten.
ISBN 978-3-8425-1427-0

www.silberburg.de